想你到大海

百年前未完成的懸念，來到了雨水的盡頭。

鍾文音——著

這個人究竟是誰，
連風和浪都聽從祂，
當我們遺忘這一切時，
祂將通過夢境再次告訴我們。

目錄

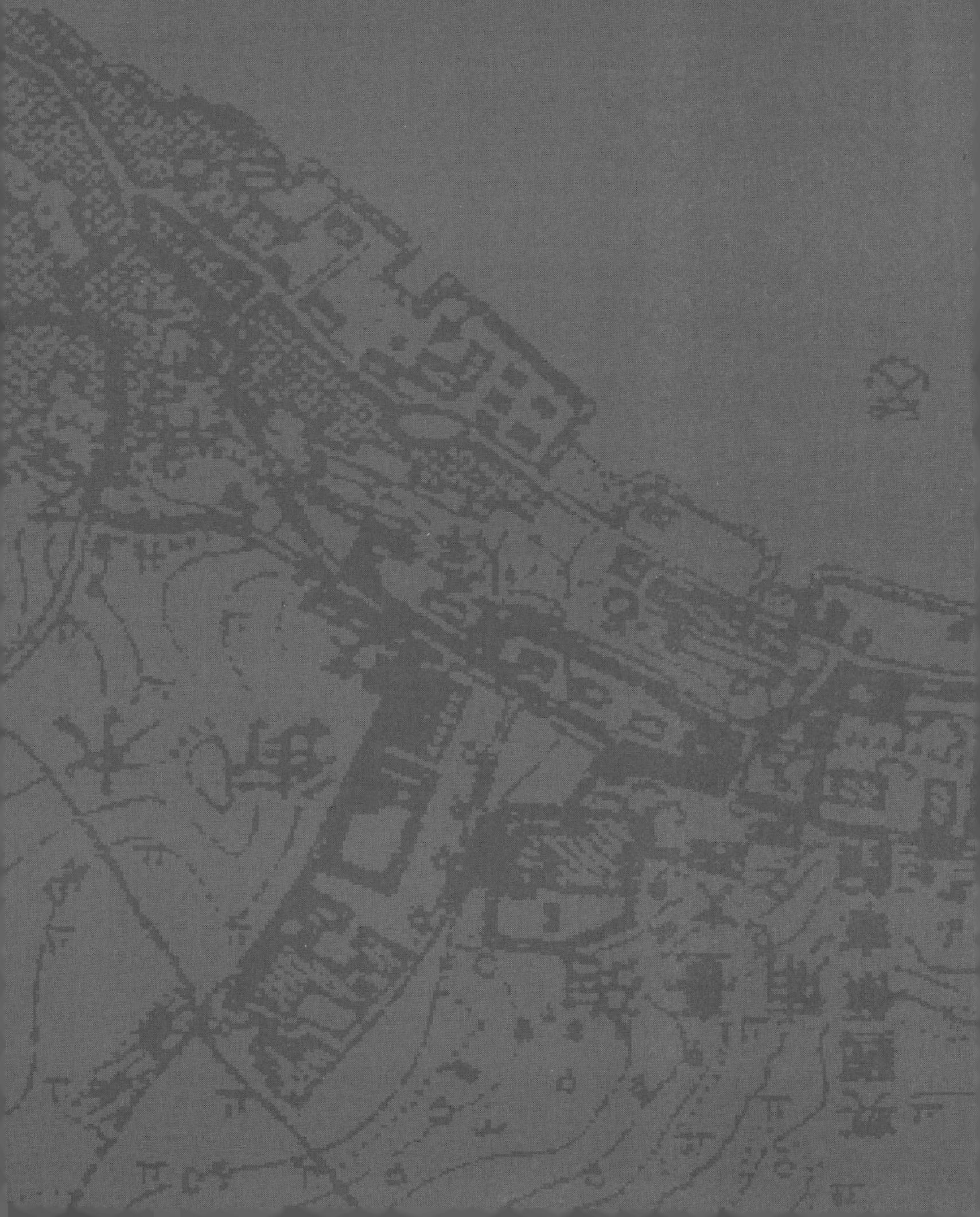

【序曲】

維若妮卡用手帕為耶穌抹面
自此手帕轉印著聖者的肖像

在墓園迎接她的是一個長居西洋墓地的老女嬰，那曾經出現在牛津學堂的幽魂女嬰，曾坐在教室裡安安靜靜地流著淚，彷彿老靈魂。女嬰死的時候，她才七歲，那時仍過著看不到未來的生活，或許這女嬰知道她的苦，從不嚇她，只是陪伴她，像一個洋娃娃閃動著長長的眼睫，女嬰說著她聽不懂的語言，每回都重複說著那幾句話。很多年後的八月十九日下午，當她抱著以利時，她忽然想起那個遙遠的學堂午後，還是少女的她忽然就看見一個美麗哀傷的洋娃娃鬼魂來到小桌旁，瞪大眼睛望著自己。眼睛充滿著渴求。往事影像來到眼前，她心裡忽然一陣沒來由的思念，她抱著以利出門，走去街上市集，向小販買了一束花，買了一包糖果，然後她一路沿著街的陰影走去外國人墓園。夏天蟲鳴嘶響，她聽見腳步窸窸聲響地滑過雜草漫長的小徑，樹木竄長，但卻滿眼荒涼，來淡水避風取水的船員染病而客死異鄉者，已無法辨識刻在墓碑的名字。

幾年來，死亡的外國人日增，商人與官員各領一區，基督與天主分別隔開。她聽著天空有鳥聲翱翔，循著鳥聲她才找到女嬰的墳墓，見到墓碑上的英文指出女嬰出生於一八六五年七月十日，一八六七年八月十九日過世，安息在天堂的國度……但她看見女嬰突然張開的眼睛，目光溫暖地射向她來，以如望彌撒的神色等待著她的到來。

女嬰說我等妳來作伴等了一個世紀這麼長，妳終於來了。在歷史的陰風中，我看見妳的故事，卻不曾聽聞妳的名。妳丈夫的名字把妳遮掩過去了，妳叫什麼名字？米妮，她答。頓時女嬰在黑暗中瞥見她護照英文名字 Minnie，下方被蓋上一個海關戳印的畫面，耶路撒冷的千年空氣和她體內的淡水濕氣瞬間電光火石撞在一起。米妮航行世界，她是站上這塊寶血之地親見受難埋葬復活升天的島嶼女子第一人。自此這荒園上寂寞了一甲子的女嬰開始有了伴，女嬰隔著西洋墳墓的石牆，聆聽米妮說著自己過去水陸航行的故事。愛作夢的島嶼夢婆自此找到了可安歇的夢枕，她等待著一個也叫米妮的當代女子接收她發自雨水盡頭的夢語。

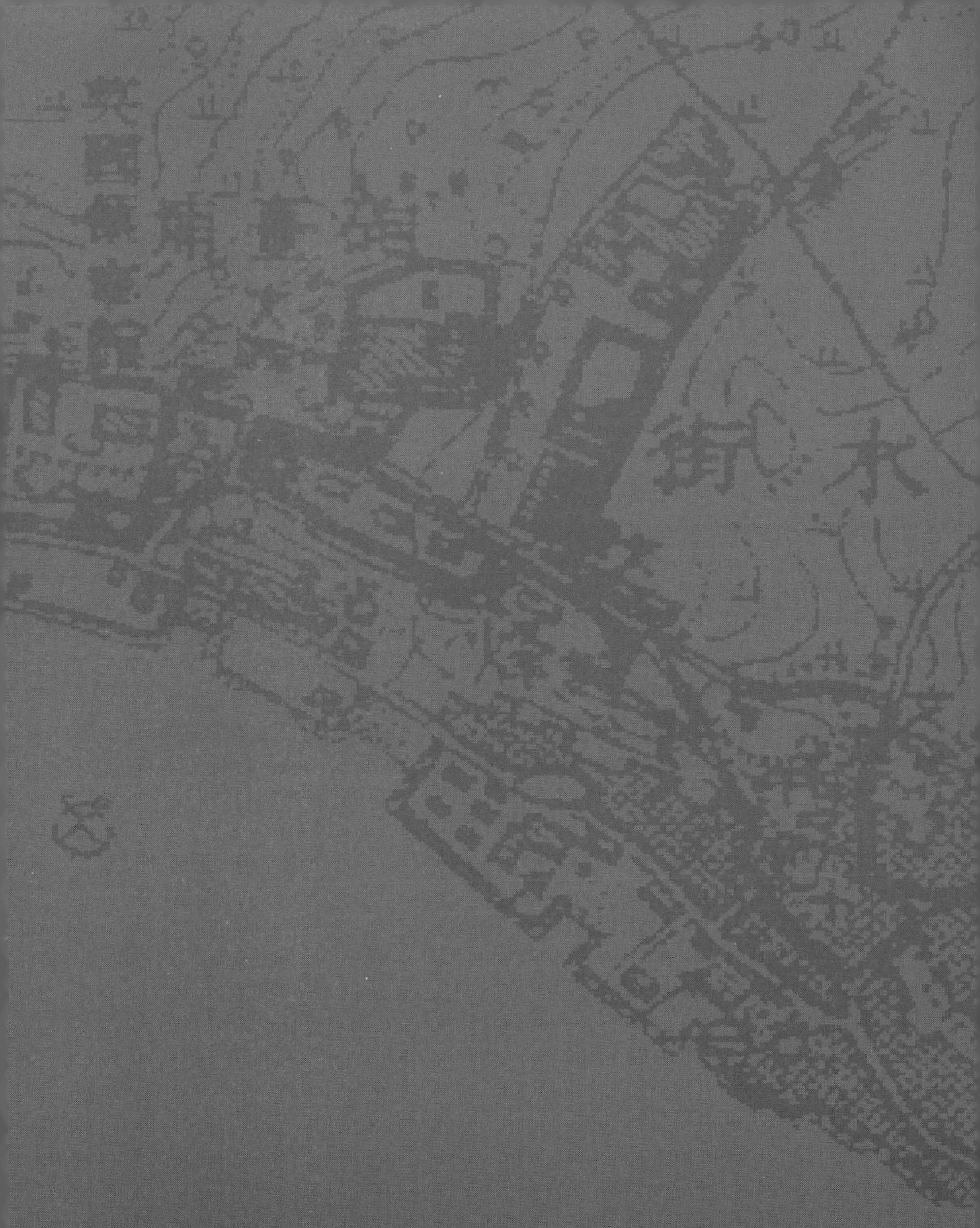

【卷壹】

諸神的航線

一　在雨水的盡頭

在雨水的盡頭：

滬尾，一場百年前未完成的懸念，使得她的夢異常潮濕。

醒來彷彿胸吸滿整座大海的鹽分，浸泡出一張愛情的臉，

將海風烘曬成航行的記憶，

一個堅定的男子正渡海而來。

熄了燈，章米妮坐在半山腰的露台上眺望淡海，出海口迷霧上星光點點。霧從海面掩了上來，她將「我們的海」的招牌霓虹燈熄滅，此刻看來我們的海靜靜如墨色碑帖，不復騷動的白日人流，只餘海面漁火流光蕩漾。

雨水的盡頭是滬尾，島嶼的盡頭是大海，她的盡頭是愛情，她彷彿聽見船告別港口的哀愁，海進入寂靜，旅人進入夢境。時間晚了，在客廳喝啤酒吃洋芋片的客人也都各自進到房間了，先前嬉鬧的聲音逐漸轉為海風的聲音。宜蘭女孩之前在端盤子時，不慎將一杯裝滿冰塊的啤酒杯傾斜，冰塊啤酒倒進某個正坐在沙發看書的旅客衣服背後，瞬間冰塊沿著頸部流入背脊，男客人頓時身體著火似的亂跳，許多旅人見狀忽然從憐憫中笑開了。

米妮趕緊拿毛巾給這個遭冰襲的男客人，男客人接過毛巾時惱怒地看了她一眼，模樣是要她趕緊去緝凶的烈火熊熊。她替來打工的宜蘭女孩賠不是，答應讓男客人免費住一宿。男客人聽了卻不領情，他說不然妳陪我去看海。說完也不等她回答，轉身就拎起也被弄得濕答答的書本回到自己的房間。她的印象裡這個男生是住單人房，但卻是第一次看見他，他入住時是宜蘭女孩在櫃檯辦理的，而她恰好那幾天不在。要她陪他去看海，這一點都不浪漫，這簡直和陪他上床一樣困難。米妮心想再也沒有比陌生的兩個人要獨處且還要看海散步更煎熬的事了，何況他看起來頗難相處。她心裡暗自給他取了個冰啤酒男孩代號。

想起他惱怒的臉龐時，客廳的旅客不知何時都轉身回房了。

剛剛去巡房務的宜蘭女孩發現一間訂雙人房的菲律賓女生硬是擠了三個人，要她們換到三人房又鬧得有點不開心，她聽見宜蘭女孩對菲律賓女生說我們的雙人房沒有加床的服務，妳們只能換到比較貴的四人房房間。

米妮，我沒辦法處理，宜蘭女孩接著扯嗓叫喚著她。

她去房間看了一下，三個大女生仍一臉笑著，賴在床上，沒有要換床的意思。她一看是菲律賓女生，就轉頭跟宜蘭女孩說，算了，沒關係，讓她們三人就擠兩人房，她們其中一人願意睡地板。上回三個台灣女孩來偷偷擠兩人房妳不是非要她們換房？這回怎麼又可以？宜蘭女孩攤攤手，在櫃檯和她討論著。她笑著拍拍她的肩，打工小妹不解民情，她說菲律賓人隨興，看得出她們不是為了省錢，是因為喜歡擠在一起，但上回台灣女孩來擺明了是要貪小便宜，所以我就硬是要她們換房間。

之後台灣女孩在旅館網站入口留言和臉書放話「我們的海」逼迫她們兩個人加價和換大房，三個人變兩個人，抹黑的言語完全和事實相反，但該堅持的還是要堅持，該放水的時候要放水。她和宜蘭女孩這樣說時，自己都有點不好意思起來，因為她也從來沒有社會化過，其實是很憑感覺做事的人。她覺得宜蘭女孩滿特別的，敢衝撞他人的認知與價值，像她就是習慣息事寧人。

處理完房務糾紛，旅館大廳的餐桌上食物仍殘餘散亂。緊接著她聽見傳來水聲沐浴聲低語聲，還有齟齬聲親密聲。這些聲音揉雜成旅店的夜晚奏鳴曲，齟齬聲通常都是先前在客廳聊天時的餘緒，抱怨另一半在客廳和誰曖昧，親密聲多半是單人旅者邂逅了另一個單人旅者之後的餘事。旅店的夜晚，隔著牆的每個房間都透露著命運的紙牌，有人只是相逢在路上，明日將天涯。在旅店每天的告別都在發生，來來去去，就像前方的漲潮退潮。

等到門縫下的光一一捻暗後，夜貓子走到露台。

這個時間節點恍如前方海面的退潮，裸露的沙灘，在月光下如沙金，遊晃著曖昧的溫柔。剛剛徒步拾級而上的熱汗淋漓，已和麻棉布料和肌膚融為一體，白天參加葬禮的氣味還黏在布料的肌理上，彷彿被往事咬得很深的傷心氣味，今晚就得脫下來好好清洗一番。但眼下還沒有力氣去換洗，海風吹來，一波波的送來屬於葬禮獨有的一種混雜著煙塵百合檀香與淚水的氣味，聞久了有點酸氣腐朽，像是小孩哭久身上會瀰漫的乳酸味。平常這時候章米妮是坐在門前眺望前方的海，今日更需如此眺望方可解憂，她知道海底深處有一座龍宮，這龍宮容得下各種心殤。只要傷心，她就看海眺望海洋，憂愁就如浪逝去。

白天她去了台北的殯儀館，弔唁結束後，送行到靈骨塔的路程她並沒有跟隨。甚至她只潛行在廊外致意就離開了，有幾雙紅透的熟人眼睛一度轉頭看向她，但在氣氛凝重下，沒有人走過來攀談，或者大家想結束再聊聊。但她在儀式開始沒多久就離開了，一個人默默地走在民權東路，好似心情平復了些，這時才走去橋下取車。進入密閉的車內，她聞到在死亡與新生兩端的氣味，這氣味有為往生者燒的，也有為活著的人祈求的煙塵。是因為葬禮才讓她突然覺得年華一點一滴地流逝，對生命如此沒有把握，一切的努力顯得如此怪異起來。

葬禮是藝術家友人，或許該說他們一度曾是地下情人。身分曖昧，他的死亡卻讓她感覺遙遠，可能後來不連絡了，不連絡大概跟死亡也差不多，因為彼此不會再見面，他在她心中已死亡多年，因而真正的死訊傳來，她反而覺得他復活了。她看見他的妻傷心欲絕，她知道那個人才是真正的未亡人，他的護喪妻。他的一切訊息，後來她都是看臉書得知的。

在自媒體寫悼念文字，使得死亡的悲傷感成了一種按讚的奇異狀態。往生訊息的下方是另一個人張貼新生兒的喜悅。隔著一條虛線，鏡花已成水月。往昔和他常奔馳到淡水，他說要看海，為了看海還曾經逆向行駛，她喜歡他的任性，但離開他也因為他的任性。就在她胡思亂想捻熄一根菸時，她聽見二樓的旅客熄滅了燈，忽傳來他的歌聲，帶點蒼啞，熟男之聲。她還沒見過這個入住者，這些天她都不在我們的海，由打工換宿的人打理。這間旅店早已走上軌道，彷彿它本來就在淡水小丘，鑲進風景中了。

這間旅店比較像是民宿或青年旅館，但因整個大台北地區不能登記為民宿，所以還是稱為旅店或旅館。以前多半是叫旅社，很有古早味，但不知為何她對於早年的旅社感到一種隱晦的情色感，可能因為她聽過古早年代的情侶沒有地方可以短暫歇息，都是到旅社解放情慾的魅影所影響，她接手管理後，就決定不再沿用旅社這個古早名字，她是最近幾年才接收管理旅店。

旅店早在米妮的父親年代就上了軌道，因而米妮也樂得不再掛心。她想起在學校同學常笑她的臉經常閃過一種清心寡慾的神色。她其實也曾在上帝面前問過自己求甚麼？米妮自認甚麼也不求。但真的甚麼都不求的人應該是豁達開朗可親可愛，但她知道自己的生活確實是沒有太多的物欲之求，但有時候不免在別人眼中卻是一個枯槁無趣的人吧，一個無知的人將來到上帝的國，她想自己應該和別人也無話可講吧。她老覺得自己像是一個一天到晚行善卻忘了充實自己智慧的人，有一天到了上帝之國，發現沒有人想和自己在一起。

也許受到接管祖父輩留下來給她管理的旅店旅人的啟發，米妮忽然看見自己的封閉，因此打算也學著到此的旅客一樣地四處在小鎮或者島嶼遊蕩，到處看看走走，而且她還當起導覽員來，沿著小鎮的每一條路每一棵樹前進。米妮是一個非典型教徒，但她認定自己屬於天主。比如她常說奇蹟就在身邊，比如她忘了帶錢包出門，若剛好在地上發現一張鈔票鐵定是天降神蹟。又比如她的貓感冒，她說禱告幾天就會好了。諸如此類的小小生活奇蹟，於米妮生活就像上帝的雜貨店，隨時都有小喜悅。

米妮有空也會去聽聽聖歌，也常唱詩歌時忽然內心被海潮撞擊似的淚流滿面。她外表無趣但其實內裡如此多情，因而雖然和朋友交往淡泊不親但卻也友誼不斷，經營旅館使得她在天涯海角都有朋友，起先她從不知道自己會有經營腦子，但她本身喜歡旅店，喜歡這種人來人去總是空的地方，每個人遲早都會離開。旅館給她一種海的感覺，一種轉身即逝、轉眼凋零之感。

在我們的海打工的宜蘭女孩就說米妮像是諸神派遣人間的使者，常做心靈促銷活動，對心靈有著超高的熱情溫度，甚至很多人看到米妮會覺得她的頭上冒出天使的光圈。雖然米妮一向對熱鬧溫馨的氣氛過敏，但她喜歡淡水，打從出生就標誌的初心，她會在此長長久久。

她等待脫胎換骨。她跟很多朋友說吾年少也賤，年輕像未開化的土地，我要開發我自己了。於是米妮又被叫回了米妮。姊的年代，米妮當得很徹底，她是那種十八歲就先老了一張臉的女生。嚴肅，邊界多，看不慣沉陷在墮落街撞球街手足球檯的男女，更別談那些甚麼同居巷的學生們了，米妮甚至從不走進同居巷，她都繞路走。但經營旅館讓她開始必須調整自己，因為旅館是相反的，旅館的邊界太遼闊，一不小心就跨入別人的邊界，有時還會被情慾踩個稀巴爛，旅館是安全的，也是危險的。

後來很多人看到米妮都說她整個人變得光彩流熠，更年輕更柔軟，和她以前未老先衰的乾枯嚴肅無聊判若兩人。米妮想以前自己還得照顧父親，這長照工作實在太辛苦了。父親走後，又加上重新經營旅館，看到旅人歡樂自若的神情，她逐漸在壓力下解放了自己，開心開懷的神情滋潤著身心，臉於是有了新的表情，有了奇異的光彩。

自身的慾望能否和心中信奉的主不起衝突？她正走在這條千百年來許多人經歷過的路，靈與肉切割的人生。夜半鞭打自己的修士恥於慾望的鑽動，買救贖券的人進行日夜的禱告，只要有對立，心中就會像眼前這座海，騷動不已。米妮夜晚在露台看海的房間如此寫道。她有書寫的習慣，喜歡和自己對話。

米妮喝茶，宜蘭女孩喝可樂，米妮一直無法適應冰涼的可樂，宜蘭女孩卻非常適合，彷彿宜蘭女孩天生有個西洋胃，米妮的舌尖卻只裝著島嶼。

月光下的河流一片靜謐，歲月流光。她偶爾會和宜蘭女孩在半山腰上聊天。

她想起大學社團老師曾告訴過自己的一個聖經裡面的故事。妳記得我曾說過關於施洗者的故事嗎？米妮問宜蘭女孩。

記得，施洗者聖約翰。宜蘭女孩慢慢想著，應該是不久以前可能剛好想到甚麼而問過她吧。

米妮說起施洗者約翰來到猶太的曠野傳道。他對人們說：「離棄罪惡吧，因為天國快實現了。」他代表著能夠勇敢指出他人錯誤的人，在約旦河他為人行施洗：有很多人聽了施洗者約翰的道之後接受了施洗者的洗禮，洗去了罪。但最後他觸犯了王，不畏王權，不顧自己安危地勇敢指出希律・安提帕斯王的罪，被下令逮捕後，因國王顧忌其威望而尚未殺他。有一天王的女兒莎樂美為父親跳舞，王大樂之後賞賜女兒，竟向神起誓說可以賞賜女兒任何物品。哪裡知道皇后慫恿莎樂美向王要施洗者聖約翰的頭，王也藉此機會派人殺了施洗者聖約翰，將頭放置盤中，賜給了莎樂美。

宜蘭女孩聽了起了一身雞皮疙瘩，這時她們背後的教堂傳來鐘聲。米妮說當年傳道者來到淡水時，最先也是為五個人洗禮，他們唱詩歌：阮認主不驚見笑。這五個人常讓她想起五顆種子，最後竟遍地開花。五個人有讀書人、油漆匠、代書、木匠、工人。米妮偶爾會和宜蘭女孩進行宗教的分享，但大部分都是米妮在說。

她重新將老旅館刷上油漆，把「我們的海」看板的光度從橘色光調成藍色光，於是即使沒有月光，在山坡上這間面海的旅店看來像是一顆藍眼睛，凝視著百年來在雨水盡頭小鎮的歲月流光。在雨水的盡頭，也是淚水的盡頭。

管理這棟旅店，程序很快熟悉，但困難的是處理各式各樣客人的心情與突發的小細節，各種怪癖的客人，還有客人忘記帶走的物品也幾乎可以寫成一本在旅途的遺失物之書。最怪的客人是曾經忘了拿走義肢，不知他後來是怎麼離開的？還是義肢是用來偽裝的乞討者？掉落最多的就是耳環戒指項鍊等細物或圍巾領帶襪子，刻意留下不帶走的通常都是書籍，尤其旅遊指南書，或者商展介紹之類的書。旅遊指南書在旅行結束後瞬間成廢書，成了旅館書架上最多的書。

規模小的旅店缺點就是週日房間不夠，週間卻又顯得房間太多，週日每一間生意都好，週間就靠本事。所以她也在思考著如何擴大海外客源，為此她參加了多倫多旅館與觀光文創營。

從訂房入住到旅館補貨，一切都可在網路完成，除了打掃與清潔外。這也是麻煩之處，米妮和附近幾家小旅店聯合聘請以減低單獨請人的壓力，但速度稍慢，讓等待入住的客人有時會抱怨。接手管理我們的海後，她的耳朵已開始習慣長繭，嘴巴開始習慣說對不起、不好意思，微笑再微笑。

凝視這間面海的悲喜小旅店，照顧著幾隻老貓與她這間從祖父年代就有的小小旅店，這間在小山坡的面海旅店，每面窗都可以看到海，但因為要爬坡，這使得攜帶行李的客人視為畏途。米妮聽說祖父年代在碼頭還可以付費找搬運工協助扛行李，現在碼頭到處都是觀光客，古老的體力工作顯得如此稀有昂貴。

這也使得來到我們的海的旅人多是背包客，她也在網站貼出小山坡石階的照片，提醒將大行李寄放火車站，換成小背包再前來。但仍常見有人提著行李箱在山下打電話要他們旅店的人下去幫忙扛。訂金都收了，這時候真是只能「以客為尊」，即使心裡咒罵著這種奧客，覺得自己付錢就是老大，不看貨不管網站公告的警示圖片與訊息。她的手臂與腳力都被這山坡訓練得很有力了。

她的家就是旅館，她最熟悉旅者的寂寞了。一個人入住旅館總是會吸引她的注意，但在我們的海，經常是一個人來入住，或許因為這樣，一個旅人很容易和另一個旅人結伴。因她還頗擅長攝影，所以自接管之後就有了些創意。這裡是她熟悉的淡水，她的青春之城，她當業餘地陪也綽綽有餘。

昔日的百年老旅社成了「我們的海」，兼賣文創商品，文青小粉絲在臉書轉載，成了免費活廣告。保留原屋子的古典木質樓梯，但走起來卻四處作響。有人時樓梯被踩得嘎嘎響，但沒人時卻也是回音處處。有時半夜鬼魅們在嬉遊，但只有米妮聽得見腳步聲與說話聲，還有某一面祖母級的老鏡子會發出嘆息聲，她把鏡子貼了一張從淡水鄞山寺得來的符咒，但卻失效，且嘆息聲還夾雜著孤獨的哭泣聲。她想可能自己不該貼著寺廟的符咒，自此她就把聲音當成深夜廣播節目，低音頻的磁性嗓音彷彿窗外的風聲雨聲，並不礙著她。

這裡骷髏處處。

「要在異族人中稱頌祢，歌頌祢的名。」異族人卻將神的使者砍了頭，那些上岸的傳教士被砍的頭顱依稀張著窟窿眼睛望海，洋鬼在這島嶼最早的通商口岸徘徊，稱頌主的名卻魂斷異鄉。那些為戰爭而死的鬼魂和洋鬼傳教士聊天時，不知誰笑誰傻。開港通商之後上岸的商人際遇也波折，「淡水水土之惡乎？人至即病，病輒死。凡隸役聞淡水之遣，皆唏噓悲嘆，如使絕域，水師例春秋更戍，以得生還為幸，彼健兒役隸且然，君奚堪此？蓋淡水者，台灣西北隅盡處也。高山巍峨，俯瞰大海。」旅館大廳的牆上掛著一張淡水八景老照片，圖片旁列印了一段取自郁永河《裨海紀遊》的文字。

老照片下的長桌上擱著留言簿，留言著旅客的心情文字，牆上也有不少留言的便利貼，世界各地旅人寄來的明信片則被米妮貼在各處，十分醒目。每張明信片代表一個座標，彷彿是世界地圖的長卷微縮。偶爾也有寄來合照的輸出相片，像是古老的流浪者，傳述在各地行走的見聞，建構著島嶼未能出城者的世界想像。

旅店的夜間繼續熱鬧，夜間同樂會有淡水老靈魂夢婆、魂埋島嶼的戴姑娘，戴姑娘是德國小姐，終身獻主而未婚。戴姑娘和夢婆是最常在此遊蕩的夜魅，她們已成好友，如魑魅寄生此地，但戴姑娘不找米妮，她喜歡孤獨，像武俠劇吊鋼絲似的到處飄飛不定。另有一對魍魎，一個清兵一個法國兵，這兩個兵身上都還留著槍彈的孔，豬肝色的血漬像米妮祖母封存在玻璃罐的梅子。至於其他過世在此的西洋人和那些因溽熱潮濕招致瘴氣痢疾的鬼魂則不在屋子裡，他們怕熱怕濕怕擁擠。他們老是在淡水的老街徘徊，有的在淡水茶室偷喝茶，有的在百年老廟的廣場看老人下棋，有的在渡船頭找替身，有的在教堂預定復活的完美計畫。他們等待被超度，走佛道儀式的鬼魂在每一年的清水祖師廟祭典前排隊，等候被點名，但有的一等就是一個世紀，尤其是自殺的魂魄。走哈利路亞路線的鬼魂，在每一年六月二日的馬偕日擠滿教堂，等著被聖水洗滌升天。她在島嶼環島旅途裡遇見的鬼也多，山林海邊的老旅館，她曾好幾次被鬼壓床，還有在鏡子中看見鬼。後來她習慣帶聖經上路，一到旅館就把《聖經》放在櫃檯，久了她發現鬼其實不可怕，他們只是有些世間願望未了或懸念未解，不論是餘恨未了或是餘愛猶存，他們都在等待可以為他們了願的人。他們比人還單純，一心一意。

比如旅客有的可比鬼還難纏，他們客訴沐浴的水不夠熱不夠大，他們抱怨櫃檯不夠親切，他們抱怨抵達旅店前的石板路階梯爬起來很累人，他們懊惱行李太重提不動，但他們嬉笑怒罵或在床上鬼吼鬼叫時完全不理會別人需要安靜，他們總有很多理由覺得顧客是老大。她在櫃檯前聽著他們的抱怨，保持嘴角上揚的微笑與沉默，微笑不語卻又表情很認真聽的樣子可說是對付奧客最厲害的武器。她常想這樣的便宜價錢有如此潔淨的美麗房間應該偷笑吧，何況半山坡面海風景與背對山林的一整片相思樹與自然天籟難道無法值回票價？奧客永遠不明白為何自己會被叫做奧客。鬼可好相處多了，他們安靜，甚至悲涼，他們本身就是一首哀歌，一首生命未完成的輓歌。

關於鬼魂，自章米妮接手後，樓梯聲響時響時不響，鬼魂也有他們的心情波動。旅客雖看不到聽不見魑魅魍魎的四重奏，但來此住宿的旅人聽說作夢的頻率增高了，且有時整間旅店的客人還會作同樣的夢，有意思的是反而這間會作夢的旅店還因此吸引了不少喜歡創作的人前來入住，他們想要體驗夜晚到來，沉沉聽著海的潮波聲浪，逐漸進入夢的搖籃，然後故事就自動傳輸到腦海。

只是泰半的人感覺有作夢，但卻記不得夢的內容。

過去她也曾去旅行時，住到了由醫院改建而成的旅館，她也不覺得有何怪異。聖經往床邊小櫃子一擺，心頭就穩了。但隔天卻在旅館櫃檯聽見很多人投訴，有的人還鼻青臉腫，說是夜晚不知被誰打傷了，還有人看見自己整個身體被高高抬起之後重重摔下。

後來她在旅館的每個房間床畔抽屜都擺上聖經與佛經，安頓旅人的信仰，也許這帶來了心理安慰，也安了魂吧。逐漸地關於旅店夜晚集體作夢的情況少了，滯留的魑魅魍魎也像是被超度似的紛紛離開了，最後她感覺「我們的海」只剩夢婆還在留戀著過去，留戀著看海，或許夢婆喜歡百年老房子，夢婆喜歡鄰近的姑娘樓，因而夢婆流連在這座港口流傳的堅貞愛情。只要米妮寫字時，就能招魂到夢婆的現身，夢婆的身體充滿植物與海洋鹽味，聞到這個氣味飄在暗處，她就知道夢婆現身了，但夢婆只是看著她寫的字，或者偶爾會在她入眠後，偷偷更改她書寫的內容。夢婆從十九世紀到現在，夢婆說她一直在等米妮，正確說應該是她在等米妮的耳朵聆聽夢婆的遙遠之夢。

淡江女孩，我等妳好久，從妳十八歲來到淡水車站的那一刻起，我就一直看著妳，希望妳為淡水寫愛情故事，但妳寫來寫去都寫自己，夢婆說。

我哪有寫來寫去都寫自己，她辯解著。

妳的淡水充滿聖潔，但墮落街的氣息比妳更強烈。夢婆說。

那是我的青春墓誌銘。她笑說。

現在妳可以寫點別的，關於淡水，妳的青春，還有我那獨特的愛情。夢婆竟建議她書寫的內容，這使她想笑了。

隔天她在清晨時光聽見有物品在挪動東西的聲響，她以為是旅客在收拾行李發出的聲音。等到要起身出門買早餐時才發現她的書桌上多了好幾本書，她看著書皮，都是她大學的舊書，都是她捐給圖書館的書籍，她早已忘了它們的存在。吃完早餐後，她陸續為幾個客人辦理離房結帳手續之後，她拉了張藤椅，坐到了露台上看著夢婆放到她桌上的幾本書，關於通商口岸的滬尾圖片與傳道者的日記，還有一本手寫字，但字跡卻模糊難辨。

在雨水的盡頭，百年前未完成的懸念，使得夢婆來到了米妮的床枕。她不明白夢婆心口掛著甚麼樣的懸念？夢婆在十九世紀的那場愛情可說是驚天動地且為島嶼第一人。米妮不知道還能幫夢婆甚麼忙，而夢婆卻說妳只需要傳輸我給妳的夢語變成文字就行了。米妮心想那沒問題，每天自己都在動用文字語言，作為一個愛書人與導覽員地陪，她覺得夢婆交付給她的工作太有意思了。

夢婆像是夜間飛行的機師，領她駛向百年前一場未完成的懸念。她很好奇夢婆有甚麼心事未了？夢婆聽見她的心聲後說，傻女孩，妳別想歪了，以為我要爆料我丈夫的怪癖或不可告人的祕密，恰恰因為我的丈夫是一個毫無祕密的人，於是關乎我的懸念未完成，必須深訪我的心和我的所思所想，我想有一天妳才會明白。

那夜她睡到這個奇怪的枕頭後，夢開始燃起生命，且擬仿她的書寫風格，以米妮口吻再製傳輸而出，敘述具體而真實。夢中她看見港口貿易商船陸續開來，海龍號和海門號大賺兩岸海運生意，銜接大陸與島嶼的商船馳載著冒險家的夢想。那個夢婆懸念至今的男人當時還航行在海上，暈眩嘔吐地穿過諸神的航線。

夢婆等待將未出土的筆記還魂，她在百年老厝的陰風裡昏睡了許多個荒蕪的日子，好像就為了等待米妮這樣的新女性到來。

鬼影緘默的眼睛裡燃燒著一艘古船，等著將福音與愛情拋下錨的深邃眼睛男人的出現。夢婆傳輸的語言，像個精明的在地導覽員，從島嶼最初的通商時間軸線出發，聽憑記憶的召喚，全景特寫交錯，忽雌忽雄，人稱轉換。夢婆確定米妮就是她等待多年要找的人，地上百年，天上百日，時間多到讓夢婆打盹，夢婆等得氣定神閒。夢婆不厭其煩地在夜間旅店祕密孵育米妮的夢境，古老畫片沾染著青春色調。遙遠的夢婆十二歲，等待一死一生，死者是丈夫，生者也是丈夫。那個年代只有雙妻命，從無雙夫命，夢婆且首嫁洋番，夢婆說不是她先進而是神為荒島伊甸園立了新碑。

在雨水的盡頭，她的夢異常潮濕。沉甸甸地醒來，彷彿胸腔吸滿整座大海的鹽分。她疲憊地起身，倒了一杯水喝，抬眼看見虛空浮現一行字：狐狸有穴，飛鳥有巢，但人子卻在沒有枕頭的地方。她揉揉眼睛，心想自己眼花嗎？字很快就消失無蹤，夢中有人對她耳語著福音。

傳道者 **為神所用**。西班牙人荷蘭人已退出，主日崇拜沒有生根，旋即成為島嶼腐葉。神的愛筵不開席，島嶼封閉如初。郁永河來到淡水採硫磺與海盜蔡牽各自占據滬尾傳說已成歷史暗影幽魂，他迎上的是滬尾紅毛城飄揚英旗時代，一八六五年英商陶德上岸，他在陶德之後的七年抵達。這名花花公子似的貿易商引進了大陸的茶葉到島嶼，他推廣植栽，茶葉香撲鼻，沿著滬尾一路上溯到艋舺大稻埕，帆船像是仕女的扇子，搧著海風一路馳進商家。港口貿易繁滋，外商洋行私產租借盛行如混血世代，戎客船裝載米糖，往來黑水海峽，換來了絲綢陶瓷藥材。唯獨基督之名尚未抵達。當他搭上遠離加拿大的鐵路時，他這未來命中注定的抵達之島尚在搭牛車，羅漢腳還赤腳走在泥路上。當他搭上遠洋的大船郵輪時，他這未來命中注定的抵達之島還在以獨木舟和帆船行走江湖。十九世紀的航海夢幻是爭奪戰，水手抵達的島嶼沾染的是梅毒而不是救贖。一根船上的鐵釘就可以換一個女人，或者一顆炮彈就可以換取茶糖樟腦。當他在舊金山搭乘美國號欲前往香港時，英法之間的海底電纜早已架設，而他未來命中注定的抵達之島，人們還在橫渡黑水溝裡丟了性命。就在大船離開金門灣時，他忽然想起了自己的家，想起了親人已在遠方。海大，遠處之地，那裡有異教黑暗的夜晚，那裡有憎恨的殘暴，那裡有未開化的斷頭之危，那裡有瘴氣之惡。他在顛簸的船艙內寫著日記，自問還有機會再回到他的故鄉嗎？他禁得起這種可怕的遭遇嗎？他會做錯誤的抉擇嗎？接著，他又想，每個人都會遇到這樣的人生初航，主也曾遇到。挑戰與考驗的時刻，早晚他們都會進入客西馬尼園。海，始終決定著島嶼的命運；島，始終為海的潮汐牽腸掛肚。舉目望群山，他知道自己會永遠與主同在。詩篇帶給他力量，上帝是他煩憂的避難所，是他的拐杖，是他榮耀的避難所，是他永恆的棲息地。任海洋將他的身體重重地扛起又摔下，和天使摔角的島嶼海神起初並不喜他的到來，因為他將改變島嶼信仰。天使飛過海神的夢，留下彼此摔角碰撞的痕跡，最後海神們知道不可逆轉機緣。時機成熟時，連天氣都會幫忙傳道者。果然那日抵岸的天氣在冬日陰霾中算是氣朗雲開，海神善待他，因為他的日夜禱告反而讓海神動容，不求自己一人的安樂，只為眾生求福祉的傳道信念，讓海神不禁想起日夜拜祂的徒子徒孫們，所求無非是一己之私利，健康時求財求愛求事業求順利，直到生病時才又轉求只要健康一切皆可放。信徒從未想過如何讓自己的色身為神所用。他也曾問神該如何為神所用？神久久沉默，只說他的抵達，行為的本身就已是一個示現，一個神啟，任何人看了就會明白如何為神所用。因祢的名，就是鬼也服了我們，他當夜的禱告。

冰啤酒男孩沒依時間出現，那夜他曾要米妮陪他去看海。

米妮問宜蘭女孩是否有看到那個男生，宜蘭女孩說沒見到，可能他還在生氣，早上有見到自動投鑰匙的籃子多了他的房間鑰匙，他提早退房了。

怎這麼無禮？她心裡想。除非他很悲傷，她理解悲傷者的無禮與憤怒。

她走到電腦桌前，找出他入住當晚幫他拍下的幾張照片。當晚還有其他幾個旅客也等著拍照，所以並沒有特別注意到他。現在仔細地看著他的臉孔，她感到一種深沉的悲傷。冥思著甚麼樣的悲傷會有這種眼神？他的瞳孔泛著如星辰的水光，再把鏡頭拉近特寫，她看見的是她自己為他拍照的身影。

米妮在旅店為旅人留下身影。久而久之，幫旅客留下住宿身影的紀念照成了這間靠海小旅店的特色。旅店還有個優惠措施是以後客人如果還住到這間旅店，只要憑旅館當時為他們拍的照片就可以打折，但前提是得接受再拍照一次，不論時間隔多久，不論世事變化。若不願意被拍照留影，可以留下故事或者在旅館玻璃櫃內留下一個紀念物。這個入住送照片的方案，在多年前可說是非常新穎，雖然在網路自拍年代已經不特別了。

由於來淡海者多為自助旅遊，休閒放鬆，又有免費專業攝影可茲留念，很多人第一次被拍照留影多半願意，就像拍婚紗照時誰不快樂，只是世事滄桑。之前來拍照的戀人，轉眼再來旅店，伴侶已轉換他人或者從雙人行變成單人行（也有其中一人過世或離開），或者變成三、四人行都有。攝影並非外拍，而是在旅店加蓋的頂樓工作室拍下個人肖像或是同行者合照。頂樓是一間看起來像攝影棚的空間，但又不是那種拍模特兒的專業棚，看起來倒像是另一個異質世界，幽暗無光，牆上捲軸隨時可以拉出來各種布幕，靜態如花朵、湖泊，動態如蝴蝶飛翔、瀑布流動。平行世界的空間跳躍，從一個布幕到另一個布幕，一張張虛擬影像的快速翻轉，舊金山大橋、紐約帝國大廈、東京與巴黎鐵塔，世界很近很近。

旅店的照片起先貼滿了米妮之前的旅行照片，後來這一年幾乎被旅客從世界各地寄來的明信片貼滿。平行世界的流動布幕迅速替換。

自米妮接手經營旅店後，旅館的規模依然沒有擴大，但回客率卻增加。這意味著新客人少，老客人常回流，他們拿著舊的影中人，來換取當夜的新人生。

淡水潮濕，老旅館的客廳置有一西洋壁爐，圍爐聊天是旅館的本意，但卻不經意地帶出許多人的傷心往事。在晚上的圍爐裡，旅人交換流浪足跡，說來沒有特別之處，但因氣氛加溫了彼此的相濡以沫。自此天涯，自此海角，因陌生反而敞開心門。於是在我們的海，夜晚充溢著流動的口水。故事可以虛構，影像卻極其真實。在快速翻轉年代，沒有人對感情有把握，拍照有如存證，太過艱難。說故事可真可虛，流言飛射，匿名者不詳，躲在雲端射飛靶。年輕人多選擇拍照，熟齡者多選擇說故事。顯而易見，太年輕沒有故事，熟齡者畏老則不想留影。

為客人拍完照片之後，她常感覺自己彷彿吸納太多臉孔背後自動傳輸的故事，一時之間她的心情還未能收攏妥當，因此她會坐在露台高處看海。也沒真的看著海，只是面海沉思，甚至有時只是把自己坐成了一尊雕像，也沒有任何繆思來訪的影子。和海對望，吸入海味海潮，她就像一個盜海者。

她想起下午在路上，有個婦人走近她，突然對她說：「妳年輕的時候可以束著腰，隨意到自己所喜歡的地方去；但妳年老的時候，妳要被人束著手，帶到妳不願意去的地方。」她想要和婦人說話，轉眼卻見人影消失無蹤。

渡海的傳道者以醫藥聖經收伏了熱帶的原始任性，渡海者的足跡布滿在我們的海，但真正使淡水下沉的卻是驚人的遊客，使我們的海又愛又恨的遊客，雜沓穿梭在魚丸阿給鐵蛋蝦餅熱炒射水球之間，渡海者的十字架與禮拜堂的紅磚牆成了白色婚紗吐出盟約的背景。

她的朋友常介紹非台北或外國散客入住我們的海，付費拜託米妮帶他們的朋友遊走淡水，為此她經歷一些心理調適過程，因為她帶客人遊走之地，都是她的青春焚城足跡，情境總勾招已故的前塵往事。但卻不除魅，彷彿她心裡也躲藏著一座姑娘樓，見證感情起落與生滅。她白天偶爾帶散客遊走淡水，平常沒事就在旅店寫東西，到處行旅傳道者的旅程。

不知何時，旅店就在她的胡思亂想中也安靜下來了，聞到泡麵的香氣，旅人夜晚餓了。她的思緒如此洶湧，一個浪打上來就遍體鱗傷。這夜望海，望出很多往事。彷彿偷盜了海洋的夢境。她彈彈小腿，讓發麻的小腿舒緩一下後，就踱回屋內。

她爬上我們的海頂樓，途經幾個入住者的房間，聽見旅人的聲響，那是她習慣的聲音，比如喘息、踱步、沐浴、如廁、呢喃、電視劇或者音樂。她的房間在頂樓，三樓加蓋上去的一個小閣樓，可以眺望海中明月，對面是觀音山，山丘下是淡水港口，傳道者上岸之處。拉下窗簾，不能再看海了，再看下去甚麼事都做不了，動彈不得。傳道者之妻，飄蕩在姑娘樓的夢婆，幽魂總是入她夢來，只是最後她常丟掉鬼魂，直奔海而去。

尋常在我們的海完全靜默後，她才慢慢地航進了睡眠海洋。她常想睡著之後的自己跑去了哪？有人幫自己看著身體嗎？她常想著這類問題，身體睡著靈魂是否看守著自己此世的身體，但那些睡夢中離開的人又是怎麼回事。不過她就是想太多了，以至於常耽擱了手邊要做的事，她開始為傳道者的淡水之城做著地陪導覽工作，熟讀各種淡水書寫。在傳道者筆下往昔的滬尾在十九世紀是一座繁華的城鎮，城裡的市場麇集著漁夫、農夫、園丁、小販在討價還價；有米店、鴉片館、廟宇、藥鋪在互爭顧客；也有木匠、鐵工、理髮師、轎夫等往來街道營業。城裡充滿黑燻燻的煙塵，汙穢骯髒。淡水航運商業興盛，外國人在此可以置產，這使得淡水成了重要商港。面河的大船吃過深水，下錨貨物，板車聲音此起彼落。

那時的淡水是島上西北部的小村莊，離廈門僅有一日行程，然而兩地卻有天壤之別。單調的滬尾，顯得紅毛城的紅如落日搶眼。通商口岸帶來熱鬧，當時擁擠的程度已然近乎摩肩擦踵，淡水海關將樟腦茶葉蓋上關防，換來紡織品日用品金屬品，貨船滿載，揚名立萬。媽祖旁的觀音菩薩與水仙尊王，還有順風耳與千里眼，戮力護送船隻安全地離與返。現下看來卻有種閒閒如廟門石雕之感，望著淤積的河港，為商港的消失而落寞著。

漁人商人換成旅人身影，還有茶室查某的紛沓於途，昔日偕醫館的繃帶酒精化為咖啡香、沾血的棉花棒化成小蝦餅，漁港眾船戶芳名徒留龍柱匾額，船夫不再搖槳，他們改搖政治八卦。地方史誌著名的米店與鴉片館成了超商裡的一包包小米與一盒盒香菸了。舊市場改建，農夫化為小農經濟下的知青農耕，或地賣給建築公司而成田僑仔。

福佑宮媽祖和教堂天主分據兩端，各自擁有信徒。魚酥蝦卷飄著油炸香，香客拈香，信徒左右合十。昔日的手工職人已轉成商店服務生在煮咖啡打泡沫紅茶或者賣著廉價的中國製品東南亞服飾，喜餅店川流不息，海風海產店送往迎來新生與畢業生，彷彿是淡水學生的高檔餐廳聚會所。港口淤積，感情淤積。

河岸成排的燒烤炭煙將米妮的眼睛瞬間迷濛了起來，就在那時她聽見一個射水泡的少年忽然大喊射中了射中了！街上店鋪的擴音器喊著要買要快！如魔音一路從鬧街飄上她在靈台伏案寫字的耳膜。她睇眼看見捎來醫藥與福音的古船，已然在外海徘徊，駛近了下錨處。

是夜夢枕畫面是海。海龍王的蟹兵魚將守著龍宮。夢婆說她的過去米妮早已轉世到當代，島嶼混血重疊，政治更迭，以致形成身世之謎，各有說法。看腳趾和手肘看顴骨看耳朵，平埔血統下藏著一張噬血的傷害地圖。夢婆靈魂不死，只是女巫祭祀場將化成教堂，在傳道者渡台這一世，夢婆將轉世成他的妻，越海行海穿海踏海而去，陸路海路雙軌並行，台語英語交叉而過，與其歷史說她是島嶼首位航行世界的醫師娘，還不如說她是島嶼首位遠洋世界的宣教師，她不是附屬品。在她還沒轉世成傳道者之妻前，她是平埔婆巫師之女，母系社會大家族的接班人。但她在某一年突然生了重病，且預料自己度不過那年的寒冬。她在夢中告訴米妮她必須復活，才能成為傳道者之妻，不然她年紀太大了，無法輔佐傳道者。死亡進入重生，等待復活。

夢婆堅持在十九世紀動盪年代復活，天堂雖好卻無聊。潮濕瘴癘鬼等著她，但他們怕愛情，她有桃花尚方寶劍足以護身。

傳道者 **在水面行走，在海面寫詩。**大海大海，諸神的航線上有媽祖清水祖師關聖帝君天父耶穌基督，八仙過海、韋陀伽藍護法和順風耳千里眼絡繹於途，這些他抵達島嶼才認識的島嶼原住神。但能在水面寫上海洋之詩的是他心中的唯一之神。他要任祂差遣。先前的天地已經過去了。航行多日，陽光映照的臉龐無不疲憊，船靜靜地在海岸搖擺，夜鷺似的船，駛過風暴，閃電打在船杆。一八七一年十二月二十四日，船泊廈門港。十一點，改搭雙桅帆船金陵號前往福爾摩沙。晚風攜來暮色時，揚帆啟程。他在一八七一年十二月三十日乘著金陵號，航行六天六夜，嘔吐與暈眩中，抵達打狗港。宣教師彼時都在南台灣工作，北部一直無人傳福音，他知道後，立志學使徒保羅：「我立了志向，不在基督的名被稱過的地方傳福音，免得建造在別人的根基上。」下午四點，船隻進入打狗港。他轉搭一艘小舢板登岸。德記公司的職員哈代盡心為他安排住宿。他內心喊著主啊，我要把自己獻給祢。這新天地的語言，將我橫梗阻礙在祢與島民之間，請讓這新語言長到我的雙唇。他嘔吐了好幾天，先前幾日他感覺自己竟就要死在船上了。恐怖又歡愉的時刻，他將榮耀獻給了心中的神，他知道祂是所有慈悲和力量的泉源。不可知的神性並非真的是不可知，而是渺小如我們，沒有這樣的天分與天眼。上回看夕陽是甚麼時候？這片海域漂流像島嶼人的黑色瞳孔，深黑不見底，混融的陽光飄著海鹽的氣味，手中的聖經，緊抵著胸口，偉大的恩典。每當這個時候，他就尋求天啟，翻閱《聖經》〈詩篇〉第四十六篇，他求主的保護。港內響起啟碇遠航的火炮信號。船開始緩緩地駛向汪洋大海。有許多送行人揮舞著手帕。唯獨他留在底艙。在碼頭擁擠的人群中，他沒看到一張熟識的面孔，他想眾人的眼神有誰會投在自己這樣落魄又可憐的人身上。他與故鄉之間，相隔一個大陸之遙。他沒必要走上甲板，也寧可關上房門。神啊！我唯一的盼望與力量，求主保護看顧我，平安帶領我到東方。安息的聖徒，需要主守護我，請讓我更親近祢；請安慰我軟弱的心，阿門，他祈禱著。這時終於船艙的燈不再搖晃，油燈吐芯藍紅色火焰，窗外星子的沉默，讓他想著如何能夠在一座從未聽聞耶穌的島嶼彰顯主的榮耀？如何容許一種極度的陌生所帶來的思想震撼？汗體味、鹹味、嘔吐餿味、吐奶味、酒味，宛如藍墨水般浩瀚遼闊的海域，有白浪澎湃湧現。船在洪濤之間浮浮沉沉，越浪前行，使他陷入極度的悽慘境況；準備隨時大嘔特吐。此種情況下，無法集中思緒。禱告是一段甜蜜又甜蜜的時刻。他想上帝待我們何其美好。

郵差送信的摩托車聲音響在小丘時，通常是午後三點，整個旅店靜悄悄時光，入住旅客外出，退房旅客離開，郵差仰頭看見米妮在窗外伏案發呆時會喊一聲掛號或者包裹喔。這天收到的包裹是金姑娘從異國寄來的珠串飾品與美麗的圍巾，附上的明信片正是游牧女孩包著圍巾，睫毛下是晶亮的雙眼，手上掛滿各式珠串，看起來像是瑪瑙水晶綠松石顏色的玻璃塑膠珠串，以彩繩編織，綴滿白牆，彷彿彩繪。

我們的海的牆面掛滿各式旅行的物品，還有台灣各地文創寄售的物品，這很能滿足旅客喜歡在旅途裡採買紀念時光小物的慾望。米妮把多年旅途的攝影作品，關於海的系列做成明信片，在窗口在房間在露台落腳的旅人寫著明信片，而她也經常收到旅人從世界各地寄給她的明信片。

她將明信片和照片釘在房間的牆上，她看起來和之前父親生病時常掛臉上的那種拘謹的神色已經變化甚大，她逐漸變成一個比較像是走回人間的人。那種大學時僵化在她臉上的嚴肅模樣也已蛻變。她不知改變自己的是甚麼？但隱隱感覺是這間旅館之故。或許天主透過這個形式向自己說話。如果妳是自己選擇了大海，那麼在風浪面前，何須抱怨。這一日米妮收到的遠方旅人寄來的明信片上是這麼寫著，彷彿在安慰她的擱淺。

明信片使得旅館多了點異國情調，旅店到了夜晚還陸續傳來說話聲。不捨得入夢的旅人在露台說話，斷斷續續如浪打來，忽然有些爭論。她聽見有人說起一路從北海岸過來時，去了海洋公園看海豚表演，有個女生說海豚一直搖臀擺尾好可愛。被另一個男生說就是有你們這種人，不看真正的海卻跑去看虛假的海，海豚搖臀擺尾是悲傷痛苦的反應。

有外來旅客在櫃檯詢問她關於如何去北海岸。她拿出地圖向他們解說時，她彷彿看見她自己最初的北海岸之旅。

北海岸之旅往往是淡水人經常驅車前往的沿海路線，那時被她代稱為動物園男孩的大學男友載她前往野柳海洋公園，拍攝海洋水族公園與海豚表演。將海洋微縮在一個玻璃缸，但在裡面的魚族卻巨大如船，左右擺動就被玻璃彈回，迴圈式的繞行，白藍光是虛擬的陽光、水草、石頭、貝類。那日大概是她對淡水有史以來最冷冽的印象，坐在摩托車後座，牙齒直打顫。當時回程一路也和男友說著海洋公園可愛背後的殘忍性，他是一個沉默的人，不隨便發表意見，他只在前頭騎著他那高高的追風機車，偶爾問她冷不冷，要她躲進他的大衣背後。旅途裡，他唯一發表的意見是，要停止商人的利益追逐絕對是一種幻想，要觀眾不買票以抵制海洋公園也是一種違背人性的思考。妳看著好了，海洋公園只會增多，不會減少的。她聽著前方傳來被海風切斷的聲線，帶著義正詞嚴的某種激昂。她像小女孩窩在大衣裡面，緊緊環抱著男孩的腰，像是抱住一線生機，整個冬季海洋的蕭索被包裹成繭，風灌滿大衣，海浪激岸，那時她希望這北海岸旅途永遠不要抵達終點，當然這是一種幻想。

果然後來島嶼的海洋公園一座座地開了，島嶼的海岸線逐漸被水泥消波塊或者財團買走了，整座島嶼就像水族館。如果沒有海，峽谷高地盆地都將裸露，岩石砂石砂礫灰塵滿天。她看著水族館想到淡水東北風吹起的畫面。

幾年後，她來到東海岸，每回經過海洋公園，那裡面的魚族大概就像得了潛水夫病的漁人，再也無法親近海洋。而那個動物園男孩也落戶花蓮山水之間，但他不是為海而來，他是為大理石而來。海洋館裡面擱淺的海豚依然在表演，電視上播放著被誘捕的幼小抹香鯨在水族館中成了上台的表演者，大海消失，世界成了一個池子，抹香鯨蠢蠢欲動想要撲殺馴獸師的野性瞬間爆發。

某個旅客把電視遙控器瞬間轉台，說著最怕看這種豹獵殺羊或是人類獵殺動物的影片。

那人獵殺人呢？另一個旅客回問著。

那名切換遙控器的旅客說，這我可見多了。說話的這名旅客臉部線條如鹽烤過的銳利，眼神卻很風霜。

傳道者 **未知的征途，最早醒來的人**。這是一八七二年的新年，打狗港邊的李麻牧師正在等待他上岸。雨霧的港口，風帆已昂揚。未知的征途，從未聽聞的語言，充滿啟航的意義。他作了奇怪的恐怖之夢，夢見他在島上不斷地敲開許多人的嘴巴，那些被他拔走的上萬顆牙齒仍極其銳利，無臉的牙齒狠狠地咬向他來。神啟如斯，拔落的牙齒被時間催熟成一則則歷史，在寂寞海洋，島民遙祭前生種種，每一個浪潮都洶湧地打上歷史的海岸，只是人們將耳朵關閉。從信徒變成魚群，葬身海床者匍匐於途，他得以倖免，主的鮮血代他流淌，他看見夢裡有個年輕女生在哭泣，又好像在等待著他。神對他耳語，他將度過每一趟危機，寫下島嶼歷史，在這座布道者尚未觸及的黑暗之心，他想改變信仰生態。鬼哭神號，沉船浩劫，冥河擁擠，上岸者稀。他無法領略缺乏信仰的人如何獨活的恐懼，若非天生是命運好手，怎麼闖得過生命艱難的層層閉鎖禁錮。信念讓他離鄉如此遙遠，在冥頑昏睡的起霧夜晚悄悄潛進島嶼的夢境，島嶼人的夢境如何描述？起霧的夜露華濕濃，是否溽熱的島夢境也如小夜曲，那一顆顆敵族頭顱都成為夢的囈語，飄洋穿梭迴盪在山林海域，起霧之後夢語仍在，島嶼血漬從未乾涸，他將帶著沾著聖血與賊血的十字架插在這座海中之島，聖血與賊血同在，這是神給他的啟示。他猶如是最早醒來的人，將眼光撒網似的凝住一座海中突起的島，像是今世夢裡多回的前世彼岸，航行多日，他的耳裡浸滿了海濤，肺葉溢滿潮水的回音。那時起霧的夢境展演著島嶼人懸在梁上的骷髏頭，兩眼望穿著他的到來。像是千年沉船遺址等待海人挖掘，千顆骷髏頭在島嶼風中望穿海水等待文明的黎明浮世，十誡等待宣揚，木偶巫師都得隱沒退位。不可殺人，這一誡讓哭泣的人頭自此歡喜。樂土在望，到普天下去傳福音，他只為了讓許多人靠近他心中的永恆之神。道即是永恆，在他到來之前或以後，他的神將是蠻荒裡的新品種。神開啟未來，他看見自己將為島民帶來的高麗菜花椰菜水蠟樹夾竹桃等外來種，外來種與特有種交鋒。在原始廣大的傷心海洋行駛，就在這個冬日的黃昏，一陣甜腥的南方微風充斥鼻息，這使得往後的許多年，當他日行百里睡在山坳森林荒村，聽聞夜半蛇蟒猴子暗公鳥的私語，路經蕨類地衣布滿的濕滑雨林，聽見從最深的無間地獄發出聖樂，以致往後許多年他甚至將被潑糞丟石頭恐嚇傷害都不能摧毀他的意志，寧可燒毀不能朽壞。就像無數等待上岸的渡海者，高貴的野蠻人等待著狂信者如他般地紛紛上岸，他那未來轉成島嶼妻的夢婆還在冥河的路途上趕路，主將天賜良緣，賜他島嶼妻，復活的深海甬道折射著許多透明曖曖之光，上帝的語意與天使的羽翼飛翔，他看見正在渡河上岸的男子，他的瞳孔神經如細網接收著島嶼的一切感知，氣候溫度濕度氣味人聲。他的胸前晃蕩游移著一團發亮的光暈，在南方的冬陽下他迤沓著身影，岸上人們黑白深邃的眼神一直盯牢著他，他的手按著胸前的光暈，荊棘十字架，沾血的十字架將保護人子。夢醒，他在南方之港，打狗。海岸貓跳躍，叼著魚。

在旅館大廳說著見多了人獵殺人的旅客名叫陶德，旅館都會給予外國客人輸出一個中文書法的中文名字，他問著宜蘭女孩陶德中文名字的意思後，他卻搖頭說不喜歡，尤其那個「德」字，他覺得不配。

於是宜蘭女孩給了他另一個中文名字「逃得」的寫法並告訴他字義時，他非常喜歡逃得這個名字，逃了就得了，跟信主得永生一樣簡潔，他說自己確實是從工作中逃逸的人。他住在我們的海多日，米妮才知道他是戰地記者，走過太多烽火，無法再進入戰地之後他選擇幾座島嶼漫遊，但他卻發現島嶼的歷史充滿獵殺，歷史幽魂廝殺從未離去，這種回溯歷史似乎治療了他的心太早住進一座被戰爭摧毀的廢墟。越戰獵鹿人、現代啟示錄，米妮經過他的房間，經常聽見這兩部老電影的配樂重複鍵地來回被播放，充滿美感的殺戮感。她答應逃得，往後一、兩天會撥空為他導覽淡水。

希望不要給我太廝殺的歷史，逃得說。

她笑答、絕對不給你這樣的片段，給你看的會是最具靈光維度的傳道者往日生活。

逃得聽了聳聳肩，他說傳道者的故事也令他害怕，太信仰太宗教的人也都是某種狂人，他微笑說著，但接著又說沒關係，這比殺戮的故事好。

他們慢走淡水，避開了假日。假日的淡水幾乎是快下沉到海中了。那個過往的淡江女孩，她當時每天握著相機，學習復古的負片沖洗，窩在暗房；正片放映，喜歡關下燈光後只剩銀幕投射的光。在不遠的牛津學堂，百年前傳道者引進幻燈機，學生睜大眼睛看著幻燈片上的地質、天文、歷史圖片等。世界在學堂展開它的寬度深度。轉動幻燈片，一張一張的放映，再來幻燈機就退到電腦之後了。

當時青春的踩踏，每一塊磚都是沿著傳道者與島嶼妻的路行過，當時人們叫他洋鬼子，洋人是鬼是番，洋人是殺手也是傳道者。港口飄揚鬼火的臉，槍炮彈藥輸入，茶葉樟腦輸出。鬼火搖曳在雨水的盡頭，那些鬼臉對還有著髮辮豬尾的人來說，就像哥倫布航海歸來後，向主子報告看見黑人的驚異，黑人不是人，是鬼，販賣黑鬼，奴隸海岸從此燃燒，海底成黑色，埋葬億萬黑鬼。黑色海洋，無人看見，她在這家旅店，卻常夢見。她的生活充滿往昔人們口中的紅毛仔，她在地球村美語補英文，心裡想從這片海航向世界。但起初她把島嶼活得像生活在一座高原，彷彿要穿越千山萬水才能抵達外界，因為那時候即使她心幻想他方，但首先她被人生第一個在乎的大學情人釘在原地，身體無法移動，畢了業仍老往淡江校園跑，那小她一屆因此還在學校的男友也就是在她的情人芳名錄代號「動物園男孩」尚住在大田寮，租處窗口就是河，再遠可以目視海。

就是從那個時候開始，她的心裡住著一座海。

你要去當兵了，她看著海說。

他在背後說，考上預官了，到時有軍餉分妳一起花花。

我再去看你，她說。

我會來淡水找妳，他說。

後來男孩去了左營，遙遠的南方，憂鬱的熱帶。米妮去尋他幾回，老是在那種黑壓壓的小旅館見面。由於每次搭車到高雄左營時，一路已然昏睡疲憊。到了營隊，在門口看見一堆放假的軍人，頭都仰著尋找日月等待的人。她也馬上看到他了，比現場兵都高些，眉宇也深濃些，很容易注意到他。鐘點計費的愛情，充滿僥倖的存在。不知為何她每次去見他都覺得是最後一次，這預感在某一回收到他的信，信裡面還附了一張匯票時，她彷彿嗅到了分手費。

失聯是只要一方把所有的通訊連結關掉刪除，且不找不回，也就按下熄燈號了。

傳道者 **河岸稀疏著淒涼的聚落，多丘陵，多山澗。**從海面彎進河道時，岸上可以見到羊齒植物、青草和矮灌木。再轉入海面之後，整天風潮動盪，浪沫濺灑。船隻顛簸不止。常有狂風暴雨乍現。闃黑中的繁星都可以消融這些氣味，海中漂蕩著命運的潮水。孤獨這種字眼對他太廉價，即使孤獨才剛剛要偷渡上岸。陽光射進船艙，他看見船已抵岸，應許之地就在眼前。紅霞似的光將他包圍成剪影，大海調節了島嶼的溫度，溫柔的海風像天使的羽翼，這片海，這濃霧，送他前來，他閱讀很多大衛王經歷的故事，與保羅因著他的崇信、虔誠和執愛，而遭受試煉及其鼓起勇氣的過程。冥思默想，感到甜美無比。每天閱讀，從章節段落中獲得新知與論點。竟日密雲、濛霧和霪雨。他們的船隻狂肆地顛仆動盪。暈船。碧海青天，海象靜默。他這可憐的靈魂也就安靜下來。自從他離開港口啟程往島嶼以來，這是風橫雨暴最為激烈的一天。可憐的傳道者在海上無法閱讀。整個人病得像條狗。除了嘔吐之外，無法思考任何事情。一片迷濛、洶湧、澎湃的海域。驚濤駭浪，真是悲慘的時刻。他走下底艙。聞到的氣味；他心裡的感受，真是荒謬可笑。有誰能夠冥思默想？航程中，海濤馳騁，狂風暴雨最為亢奮的日子。沒有進食，不能閱讀，僅只嘔吐。船隻如此地顛簸起伏，他想自己還能生還嗎？為何整艘船幾乎翻覆過來？船上的東西就翻來滾去，甚至出現一隻牛頭犬躺在艙門口。傳道者把這一切想像成是生命之旅。海洋，在當年如此多情也如此險惡。

米妮想起最後一次自己和動物園男孩的旅行，那是他陪著一起環島，採訪島嶼所有的動物園，是一個電視節目要她寫腳本，採訪之後寫成腳本供電視拍攝。她初畢業時還常去淡大找男友，因為她在一家天主教電視製作公司的工作不算太重，也不太需要她加班，除了要出差勘景外。那是她最靠近天主之地，經過神父修士的房間走廊，她常想起牆上寫的：為了不要讓他們陷於誘惑，但救他們免於凶惡。阿門。每回經過都會不自主地念誦這一句經文，免得自己也心神不寧。

那年她才剛滿二十二歲。春天還在體內發作，她的春天比別人長，因此受苦的冬天也不比別人短。外國修士的臉面刮得十分乾淨，甚至都還聞得到古龍水的味道，有時他們會跟她照面時微笑，但大部分她見到他們時都在低頭沉思。她想像著他們可能性情剛烈也可能溫柔羞赧，但他們和沙彌僧人一樣都是離開家的出家人，維持身體不被人碰觸的完美聖潔，沒有任何野獸似的足跡或氣味遺下。

慎獨，她腦中閃過這個字詞。那無數個日子誤闖或有意行經的修士房間廊道，彷彿下過流星雨的黃昏，在老是下班往返淡水和還在學校的男友嬉遊的疲憊中，那些房間對她當時這樣的年輕女性有一種象徵，潔淨的象徵，她好像從男友的墮落街租處離開後，需要將染汙的身體行經這條時空廊道，使之洗淨。在一樓打完上班卡之後，行經廊道，荒寂如乾涸的河流，只有她是潮濕的。甦醒時刻，萬惡深淵免於她墜落，但下班後，她一分鐘也沒多待公司，抓起包包打了整點零一分的卡，迅速往淡水奔去，午夜的河流流淌，她感到飢餓似的孤獨。隔天她上班，依然走上修士房間的廊道，潔淨的程序，像洗衣機似的搓揉她在淡水染汙的身心。

她想赤裸的胴體是否也可以潔淨如剛出生？無底暈眩的墮落正等著她墜下而不知，前方有層層把關的人而她毫無覺知自己即將離開這座潔淨荒寂的廊道，之後淡江男友離開她，她往大海行去，接著父親生病，她只好回到這座青春如夢的廊道，遙想那台北城內充滿修士的隱形祕密花園之地。

垂死的慾望深淵，眼淚如海的愛情，戀棧的房間長出了離去者殘存體味的青苔，凹陷在顛顛倒倒的時間差，雪白的床單鋪上又拉開，在每個多霧的夜晚想起青春行經的修士廊道，水晶玻璃般的清澈目光，又魅惑又純潔。遙遠而短暫的廊道回憶，她在入住旅館的旅人臉上尋找祕密花園修士的臉孔，但她不曾在那些沾滿旅途風霜的臉孔中看見任何一個擁有那個曾和她目光深深交會過的修士之眼，她是那玫瑰花園的一株雜草，等待時間剷除殆盡。沉入海底的青春，打撈上岸已成骷髏地。

她喜歡教堂，喜歡聖樂詩歌，但其實並非正統教徒，偶爾也喜歡不同宗教的莊嚴儀式，也很喜歡信天主的旅人們用念珠來念經，玫瑰經文有歡喜五端、光明奧跡、痛苦五端、光榮五端，充滿文學性的雜糅意涵，曾在墨西哥旅行時，她遇到聖母遊行隊伍，聖母殤子像纏繞的荊棘也像是蛇信，彩色碎玻璃拼貼成的聖母像華麗得如同骷髏頭被裝飾的繁花勝景，救贖者與被救贖者的善惡之華同時綻放，看得她目眩神迷。她往後走上任何一條旅路時，那雙修士之眼總是會不期然盯著她瞧，眼裡沒有評判，只是深深地看著她，像是她自己的眼睛長到了對岸。

坐落東區的傳播公司，異國美食鋪成一張年輕的胃蕾地圖，希臘義大利紐約西雅圖西班牙德國美食跳躍在招牌中，她在繁華街頭覓食，在黑暗與冷得發顫的攝影棚走動，感覺自己的青春就要被這些打著教育旗幟卻庸俗得要死的節目給埋葬時，主管丟一個企劃案給她，一個關於拍攝動物園的節目，她負責採訪寫企劃，發通告，寫主持人文稿與旁白，工作像是文青兼打雜。在拍攝前，她得先把島上所有的動物園親自走一回才能寫腳本。當時所謂的動物園和公園的概念差不多，只要有動物在裡面就可以，陸地動物或天上飛的鳥禽，或者在水上表演的海豚都算動物園。

男友很快就答應她一起出訪兼出遊一週，沿著島嶼前進在她眼中十分超現實的動物園，那些不在他們日常生活裡的動物，在人工擬仿的空間裡交配、老去、死去。保育員特別准她進去和受過訓練的大猩猩拍照，大猩猩卻一把搶了她手上的筆記本，然後一屁股坐在她的筆記本上，且沒有要歸還她的意思。當然最後保育員動用食物魅力，大猩猩就彈了起來。她的筆記本有著大猩猩屁股氣味，真不知要如何去味。強烈的動物荷爾蒙，沾滿青春的筆記本。還好大猩猩沒把她當成美女。但牠對她有記憶，後來帶外景隊去拍攝時，牠繞著她東聞西嗅，彷彿在記憶裡找尋她的身影。待她拿出筆記本時，大猩猩又跳又嘶吼地興奮異常。牠遺忘了自己的叢林，卻記得了她的筆記本，這真讓年輕的她感動。

她很訝異台灣當時有不少公私立動物園，有的動物園說穿了就只是鳥園、蝴蝶園、昆蟲園、蛇園、鱷魚園、水族館、海豚表演館，那是一趟奇幻之旅，白天看斑斕爬行視覺，夜晚看男友爬行慾望，那些入夢羽化帶著斑敗腐花似的氣味燃燒整個床枕。整整一個禮拜的環島，白日看盡動物，晚上如發高燒。好像預知分手按下倒數計時器了，把每一分鐘都過得緊緊密密難分難捨。

她開始在路途裡幻想有朝一日一定要去南非去肯亞，去看真正的長頸鹿、獅子、老虎、大象、河馬。但她哪裡也沒去，她一整年的時間幾乎都在島嶼的動物園走踏，然後在假期空檔才能回到淡水。男友還沒畢業，假日回到淡水時，多半還在睡大頭覺，開了門，迷迷糊糊地又跑到床上倒下。她帶著青春痘與動物園的獸味躺在他的旁邊，親切時他的手會越過枕頭環抱著，搞臭臉時就面牆彎身蜷縮成一個繭。

她的淡水青春被他延長了一年，結束動物園的節目後，她在身上沾滿魔獸混著青春荷爾蒙氣味的年紀買了第一張離開島嶼的機票，去香港。從島嶼到半島，從淡水到維多利亞港，視野充斥著那種在台灣完全見不到的高樓，但又有比台灣更深邃的市井生活，香港被殖民的同時，根一直還留著。比中國更中國，比西方更西方，就在一座半島激盪著她第一次的島嶼出走。香港海洋公園更巨大更虛幻，真正仰賴海洋生活的蜑民卻又無比真實。

她回到淡水後，動物園男孩終於離開淡水當兵去，她自此雖生活淡水但卻絕少去淡江大學城，感覺青春已老。動物園的故事主角也都魂埋島上了，叢林或者海洋，雨林或者濕地，與時間齊老。大學情人把她看得透澈，他說她這種理想主義者把偏鄉視為情懷，把海洋視為洗滌，把天空視為寬大，無非都是自我幻想。他最後寫給她的信，她記得他是這麼嘲笑自己的。

他繼續開發他的大理石，甚至投入股份在海灣沿岸大興飯店，他竟也成了旅館同業。他蓋的旅館面海，但他從不去住，他是要將海換成鈔票的，每一間面海的房間都可以換成數字。

她可以想像他不看海，年輕時他看海是因為跟著她，他看的海就像十九世紀從淡水通商口岸上來的英人陶德，海是貿易，閃亮的是金幣。

傳道者 **只要找到一條河。**神父、牧師、語言學家、社會學家、植物學家與冒險家都在航海家的領土上東西交流，海上忙碌如今日的空中大巴穿梭天際。他一心一意地找尋著一條河，找到源頭，即是信仰的力量，主的命運正在塑造他的際遇，失去再擁有，擁有再失去，建構毀滅喜悅掙扎從來都是生命的過程，他已經看到自己的未來將在這座島上來回奔波，屈辱與榮光。他將教育此地孩子，看牧這群島民。航海者知道最鹹最苦的海水中藏匿著甘泉，爬山者知道奇花異草在嚴峻山林，而他知悉心靈最黑暗之處總是最期盼聆聽主的福音。航向不眠的夜，闃黑色塊凝結不動，目睹夕陽西墜海洋，前方已是無知之岸，充滿深淵與寂寥。靜黑一點一點地染上心裡，在這片汪洋，是誰偷偷搬動了際遇？他知道唯有主，可以考驗他。漫進船艙的喧囂聲浪，他皆將之化為福音，他禱告自己也禱告同行者，將平安抵達這惡名昭彰之島。抵達島嶼邊緣，一切聽起來是異邦人的喧囂之聲，在地的語言聽來如節拍強烈的音樂，他張開耳瓣聽著島語，在內心自動轉成羅馬拼音。用想像涉獵未來，他知道心裡有絲不安，但這並非緣於恐懼，這只是島上氣候的影響所致，當時他還不知道這海島的氣候對白皮膚藍眼睛者不是溫暖而是危險的，白人需要一段很長的適應時光，未適應者往往因熱病而亡。陽光太過熾熱時如網罩，遮蔽天空，形成包膜似的瘴氣癘鬼。他曾從船上瞥見海港的街上四處有火光，有的島民將一種看起來黃黃的紙撒在海上。後來他才明白這是島民對無形眾生的奇異智慧，紙是錢幣，通行陰間，海上兄弟也需過路費，島民邊撒紙錢邊對他這個西方異邦人從頭到尾打量著。他看見島民黝黑的皮膚掛著善意的微笑，瞳孔黑白分明，他也朝他們微笑，然後他拎起兩只松木箱走下甲板，在港灣尋找和他有同樣膚色的傳道者李庥牧師。

夕暮時分，米妮遊走在西洋仔長眠的墳墓區，看見暗處湧出著燐火，聽著前方的海洋澎湃，群樹隨風窸窸窣窣，夏日蟬聲沿著天際線一路嘶囂至外海，像是要昂聲傳達死神的訊息。好像前方一波波的浪會捎來一封封的信，覆蓋在這座酷癘之島。前行者總是偉大的犧牲者，後來者不過是仰仗些許蔭涼即能虛張聲勢。

彼時的島嶼惡瘴氣候，已然被馴服許多年了，新的孩子帶著舊世界的目光，終會看見此刻的幸福城堡是堆疊在無數人的悲歡離合的淚水上，堅毅的精神架起風中無畏的骷髏頭，從歷史骷髏的兩隻巨大黑洞裡，她看見遠方。

霧未瀰漫夜色前，她沿著一階階的小路往上攀爬，視線綿延而彎折，灑在石階的破碎樹影，和她的影子交錯又分離的是傳道者與他的島嶼妻和她複沓的滬尾。

雨水的盡頭處，血淚才要開始流淌。

傳道者與島嶼妻的靈魂從這裡啟航。初抵滬尾的異鄉人躺在馬廄裡面，聞著稻草氣味和潮騷的聲音。她想像傳道者在異鄉失眠的清晨醒來，起霧的山與海，讓他想起故鄉，更遠的祖父故鄉蘇格蘭。異鄉人拿出信紙，寫信。

寧願燒盡，不願鏽壞。醒目的字眼經常在醫院看見，醫院錯身的步履忙碌得彷彿停下一秒都是耽擱，點滴吊架與滑輪敲響了每個昏睡的時刻，提醒死神的無所不在。但在死神之前，人們在這家醫院可以得到應許，應許之地沒有謊言，只是人們常自欺欺人。

第一次夢婆直接帶著傳道者進入她的夢來，她看見他的喉嚨被放著一個管線，喉嚨的洞口仍榮耀著對主的恩典，流泌的腐朽汁液都是大信者心中的復活聖水。

夢中她見著人子拿著苦杯問天父，一定要這樣嗎？如是，他就把手中的苦杯喝了。如是，他就把手中的苦杯喝了。醒來時，她連喉部都感到苦汁滿溢，這樣苦，如何挨過？除了大信之心。在生命的終點之前，傳道者依然奮戰，提筆寫著：是否還有希望醫治？三天後，這希望隨著肉身灰飛煙滅，傳道者卻自此留名。

傳道者紀念醫院外的竹圍站是一座依賴醫院而繁華的奇特之地，泰半的人都是要往淡水歡樂而去，但在竹圍站卻沒有地方可以歡樂，除了居民之外，外來者大概都有一種中途被迫下車之感，因為前往之地是醫院。

昔日傳道者看見以竹林所圍起的村莊已然幻滅，竹圍於今環繞著高密度高樓大廈，一棟棟面海的房子讓看海成了某種付費的奢侈象徵。距離傳道者焚燬的六十年後，一九七〇年代竹圍分院新建，這裡是許多病人的新天新地，許多生命的終點站，收容著病體。以前她因為父親生病而經過福音機時，她都以像抽樂透似的心情來按著機器。她把曾經抽過的福音紙都壓在旅館櫃檯的玻璃櫃。「我們在一切患難中，祂就安慰我們。」（哥林多後書1：3—4）看到字詞，她就有了安慰。

有時她會從淡水窗外望向對岸，八里觀音山頭在黃昏前迸裂而出的光芒，安撫著她，這第一道曙光如神，放光在她的黑暗之心。她看見傳道者在水面行走，好像告訴著她，這心必先受忍辱，之後才能榮耀神。「早上七點半，離開城鎮時，孩童對他們投擲石塊。當他們行經一個未曾拜訪過的村落時，喧譁的群眾朝他們衝擁而至，面容帶著肅殺，非常可怕！他們面面相覷，寸步難移，幾乎窒息。爾後，舉行禮拜，有兵卒出席。下午，進入一個村莊，沒人願意聆聽福音；朝他們投擲垃圾、穢物、糞尿、石頭。」

人在生死曠野中她知道一定埋藏著偉大的種子，在生死曠野中，時間的意義？

西班牙在台僅十六年，十六年可以做甚麼？

荷蘭人在台三十八年，兩倍於西班牙人，三十八年可以做甚麼？

日本人在台五十年，比荷蘭人多十二年，五十年可以做甚麼？

而傳道者在台近三十年，三十年可以做甚麼？

傳道者的三十年可以開出往後超越百年的盛世繁花。

那麼自己呢？她自問著，在時間惘惘中自己可以做甚麼？

在夢中，夢婆聽見她的叩問後，她聽見她的腦波開始傳輸著夢婆的語言風景。夢婆在枕頭留下了天語，夢婆說她想再度召喚那歷史性的啟航，她在諸神航線看見未來的丈夫在海中顛簸前進。

傳道者 **狂信者上岸**。一八七一年十二月三十日打狗港。上岸的這一天，天空寧靜澄亮。就在這一年，他夢中預見的未來島嶼妻，她的未來小丈夫竟忽而破病往生，彷彿神力之助。注定該死了這小丈夫，童養媳身分如何維繫？島嶼妻依然每日受婆婆責打，且被迫得綁痛苦的三寸金蓮小腳。十二歲的她等待命運翻盤。神啟，十二歲的她夢見一個異鄉人上岸，異鄉人這一上岸，就足以掀起往後的驚濤駭浪。一八七一年年底打狗港罕見的冷，寒風將港口籠罩在一片灰雲中。岸邊很多打工仔蹲在地上抽菸，望著連下了幾場不尋常的大雨，冷雨夾著烈風虎虎上岸，送上了暈吐不已的異鄉人。雨對於旱港是個好兆頭，港口最怕擱淺，擱淺等於死港，無法流通貨物，無法載異鄉人來去。舊年將去的這一天，從夢中醒來，他在顛簸暈眩中起身上岸和另一個正慌張要上船的異鄉人錯身而過，一個抵達一個離去，一樣的傳教者身分。後來他才知道那傳道者是因為大雨而離去，西班牙傳教士無法忍受看不見太陽的島嶼，他對著剛上岸還搞不清楚東西南北的他說了一些話：這真是陰霾如鬼魅的地方，你看我的皮膚都長成癩痢頭似的斑點。小心砍頭的人，小心蚊子，小心大雨，小心霾霧。他聽著這帶著拉丁口音的傳道者離去，霧最後把離去的船隻遮掩，忽然有人拍著他的肩膀，他轉頭聽見帶著島嶼口音的英文說著密斯特罵該？他點頭，隨穿著漢人服飾的帶路通譯者離開打狗港。準備把麥子的精華、歡愉的油和寶血般的酒灑向未聽聞過主之名的地方。他感覺自己看似一無所有，卻又是一切都有，天體星辰河流大海樹木花草都在迎接他，憑著身上名為愛的力量，他堅信在荒蕪之島可以長出可靠的甘飴，那真正的美善。抵達的路途雖無沒藥與乳香，只有出草的斷頭刀與恥辱的唾液等著他。但還有很多信徒與夢中的未來之妻。一八七一年冬末，霧來得太快，他幾乎沒有空間與時間來目睹第一次抵達打狗港前的海岸風光。他自十歲就打算奉獻給主。看著這座島，從來不知道自己的生命會和亞熱帶產生關連，且這一連，竟就是一生的時光。他當時不知道有一雙眼睛在另一個時空看著他，也不知道往後他的身影將倒映在這雙眼睛的晶亮瞳孔上。但當時他知道「此地就是了」，此異鄉將成為故里。一條無形的繩索，引他到這美麗之島。先前暈浪，海上歷劫四天，暗無天日，能撐下來的就是眼前這座美麗的婆娑之島了。將海與風烘曬成的航行記憶。這新天新地，此地就是了。所有歷經的黑風，海的腥味，曝曬的魚屍，種種午後的酷熱無風帶，臉頰上鹽的結晶，都有了被烘燒的歡愉褶皺，有了意義的磨難。就如他往後的傳道人生。航行，男子的苦力與嚮往交織的海上時光，每天海洋舞台都是戲劇的演出，壯烈的或者微細的變化裡，他試圖發現一點真理的永恆，雖然永恆的寧靜常來得比島上的雷陣雨更快消失。但信仰就是不會被外境改變的才能稱為信仰，日後他將停格成一張永恆的肖像，這島嶼的故事等待著他的啟航。堅信者的流放地。你到了，一路辛苦了，岸上的堅信者李麻牧師來到港灣迎接他。五年前即來到這座島嶼的堅信者朝他迎面走來，堅信者是第一個將主的聖名宣播於島上的傳道者，他的足跡遍及南方之路，南路艱辛，高屏平原如荒地，阿里港琉球阿猴竹仔腳鹽埔橋仔頭林君英，收伏西拉雅平埔番（有名平埔番婆幽魂就此活了幾世紀）。木柵拔馬柑仔林崗仔這些名字於他聽來非常異國情調。如一面鏡子彼此映照，傳道者有一種面容，那就是不容許哀傷挫敗失意憂鬱掛在臉上。他看見堅信者那風骨，視死如歸的表情，他看見另一個傳道者的死亡，七年後島上的熱病將染上李麻傳道者，他看見堅信者的微笑，他是屬於這塊島嶼的，他知道這個來迎接他的傳道者未來將葬在打狗港，但他卻還沒看見自己的命運安魂曲。在這樣陰鬱的島上冬日，竟有一種蕭索的寒氣，竟無一絲島嶼南國陽光，一片灰暗的雲拖到港灣，他的眼睛充溢著三十幾天航行的血絲，他的身體散發的氣味倒像是一個流放者，踩上荊棘地，覆轍他的父母親當年從蘇格蘭被流放到新天新地一般。他沒有愁苦，相反的是如此的雀躍，這是真誠散發出來的，沒有一絲一毫的勉強與做作，不需做給任何人看，他的信仰自然會佐證這一切，早晚他們都會進入客西馬尼園。主永遠都知道他的心，他的心只有安放一個名字，無可取代的名字，這個名字島嶼人還不識，但他已看到未來不僅島嶼人識主且將痛哭流涕的懺悔。救贖行為就在他抵岸之刻，鐘聲已響，他在海上航行嘔吐時，在那腐朽的酸味裡瞥見了世界的寂靜，他聽見了呼召，看到了奇蹟，他告訴自己絕不會濫用主的偉大心靈，他伸出手握向李傳道者的手時，心裡浮上了這句話。同時他還聞到了岸上等候他的傳道者身上的氣味和自己非常雷同，後來島民告訴他，他的身上有一種神聖的氣味，但同時又夾著非常濃烈的西方人身體的奇異腥味。原來每個民族的氣味都不同，那麼島民的氣味是甚麼？他想起了海，海是島民的氣味，海水總是走了又來了，寂靜如月，洶湧如戰馬，望鄉的海，也是沖毀地平線的海，主說把山脈降低把海洋升高，主說一切的自然變化都在神的控制之下，這盲目而強大的力量，也不過是主的掌中遊戲。主附耳說，是我把房間的棟梁安置在水裡，雲是信仰的馬車，火焰是傳教師，我藉著風的翅膀遍行天地，是我奠定了大地的根基，這地基永不會被摧毀，就是山脈被捲進了海底，信仰也不會沉睡。主是天地人的避難所。狂信者聽到附耳的神曲，他在抵岸前信心充溢胸豁，他仰頭對神說，我活著的每一天都要對主唱歌，我存在的每一個時刻都要稱頌主。身處熱島野嶼，以無比的信念一步一步地踏進這黑而濕的土地，這時空中傳來老鷹甜美清澈的歌聲，他迎接了新土地新子嗣。

這些年她沿河而居卻很少想起淡水，像是一個無法登陸的水手，離校後幾乎沒有再上岸過這座青春之城，往昔的墮落街，那不復再的青春女子，彷彿白日夢來到了當下，夜夢尚可承接，白日夢近乎荒謬。

淡水代表的是一個放在心中的名字，那個名字埋藏著大學城的記憶。愛情在人生多年後，變成動詞：生命的靈性際遇與放任身體的逸樂，兩端的擺盪。即使遺忘如此地牢不可破，只消按下記憶按鈕，但一切卻都沒有被遺忘。青春像鞭炮四炸，煙塵瀰漫，碎片飄飛，以為一切都要結束了，其實只是開始。螢火蟲飛過之處，拖著性愛的微光。微光閃爍，僅度歡愉，除此皆是黑暗。

那彷彿欲執著至死的青春，一個人尋著每一條街每一條巷，企圖發現動物園男孩的機車停靠在哪一座港灣。她那樣靜默地走在淡水，秋天多雨，樹林霉爛，在暮色徘徊中，海洋成為一塊鉛鐵，鎔鑄著她的青春。

但終究人不是依賴這樣的執著才靠近愛情的，她不知道背後是甚麼力量在牽引著人的旅程。

她讀書的大學城充滿靠海之城的逸樂氛圍，青春人與失眠者常往淡海奔去，情人與失戀人都在，他們必須往河水的盡頭才能洗滌愛垢染著。聽海的聲音，胸中充滿了潮汐，呼吸隨著漲潮起伏。望著星空藍圖，與海同枕。海成了逃逸吶喊，對著大海流淚也是常有的事。青春時臣服於愛情，愛情就是際遇的推手。就像傳道者寫他在禱告後，在山林帷幕下，躺下來作夢、冥思、歇睡。望著夜色蒼茫，星光殘點，他終宵難眠，他將目光投射高空上的璀璨銀河，寂寞星球，蒼穹的造物主，他讚嘆著，確知造物主的全能。而青春人也讚嘆著愛情，卻惶惶然不知愛情充滿險境。

在沿河小鎮的喧囂人聲裡，有時她從山丘往下望著人們，看著少男少女騎摩托車呼嘯而過時，她心裡總會想自己輪迴過多少回了？他們的青春與她消失的青春有何不同呢？因為遇見夢婆，她感覺自己彷彿活過很多世了，或許這一世居住淡水的意義就是為了以文字重返傳道者與他的島嶼妻的經歷，從而寫下吉光片羽。

她停下書寫的導覽筆記，推開面海的房間，黃昏的光線投射在快要被人潮淪陷的淡水。

交換鸚鵡交換巧克力糖交換織布交換絲綢交換種子，一座曾經是貿易的通商口岸，上來了一位提著松木箱的男人，箱裡面除了聖經還是聖經，他唯一想要的貿易是尋找聖經販售員，好兜售他胸臆中滿懷如海的福音。

傳道者 **此地就是了。**初春三月他抵達滬尾，眺望觀音山山色，感覺一片寧靜，福音耳語就是此地了。主帶來一場春雨，豐沛雨水斜衝著灌入屋內，鑽入地板，流入地下河水，他在雨季中強烈感受到滬尾的潮濕。之後，卻又迎來乾旱的此夏，他即將展開與命運的搏鬥，與天使摔角。踩踏龜裂的土地，想起那些泛潮的雨季，黑潮攜來的暖流沿著東海岸向北迴流，蒸氣逐漸催溫上升成厚厚雲層，盤旋在山頂的雲層隨時都會捲起一場雨神的狂歡。植物如得熱病瘋魔，快速蔓延生長，青苔藤蔓牢牢盤據直到地老天荒。高溫蒸煮著島嶼，風染瘴氣，疾疫四竄，這昔日的惡島光是氣候就可阻絕上帝的恩賜。無法想像島嶼熱病是如何阻絕生死兩岸，強烈的熱氣團形成的颱風，大水淹沒稻田作物與村莊人畜，摧毀船隻，刨起樹根，颳走房屋，海中漂浮人與船的碎片，屋內總是又悶又濕又冷又發霉，襲擊著許多傳道者的意志，那時他的心如綠色殉道者，穿越一座座海洋與陸地，站在遠方的甲板上，望著白骨燐火如海上燈塔，當時他還不明白這些矗立海岸上的燈塔都是不同島族辨識家的依循火光。他不需要燈火，胸前的十字架在微曦中閃亮，就是他的指引火光，十字架的鮮血凝住一個捨身的高貴姿態，他只需要仰望這個姿態就足以翱翔，雖然前幾日的風浪暈得他的五臟六腑幾乎移位，酸蝕著喉道。為了接近祂，即使前方不明，即使斷頭的頭顱在風中飄蕩，空洞的窟窿映出藍色海域，讓上岸者生畏。然傳道者無畏，十字架住在心裡多年，只要攤開紙頁，真理立即撒在蠻荒似的大海。奇異的植物，燠熱的氣候，星辰高懸在沉滯的海風天空上，蔚藍得恍如他前進的岸邊是世界盡頭，踏上岸邊，撫地親吻岸上石頭，那燙成沙灘的海埋藏著未來的荒骨，無數傳道者殉道棲息的藍海，海等待換血。彷彿穿過千年沉睡的大海，任潮水淹沒腳踝，直朝前方島嶼奔去。島嶼邊緣，山脈的綿延氣勢讓他凝視良久，他想就是無下榻處也一點都不憂愁，因為上帝的訊息就藏在這海這島，海島未來將訴說神蹟，見證異鄉人屬靈的勇敢。在這深邃的海洋，他看見最凶猛也最寂靜的心靈等待信仰的棲息，斷頭的鐮刀埋伏森林，如浪的山歌也催眠如夢。安靜的路從來都不是他的過程，卻是他的盡頭。海床廣闊，深藍如夢，霧來霧散，星流從海洋注入他的藍色瞳孔，熱情無須冷卻就可化成鋼鐵，海流的白色虛線像是一條指引他的路。傳教沒有捷徑，唯一的捷徑是愛，他將來自故鄉的聖經編織成島嶼第一座教堂。在福爾摩沙他將被流傳著許多不同的名字，從黑番鬚到聖者，他將摘取島嶼的夢想桂冠，裝著聖經的舊木箱。就在這個冬日的新舊年交接之際，他的船即將靠岸雨水盡頭的小鎮。夢中有人問這故事誰是述說者？那是看見島嶼百年興衰的不死幽魂，像是為基督守貞的金髮姑娘們般不願返鄉，那寫下他也寫下島嶼之妻的平埔幽魂，靜靜地穿越百年。就像看一萬次也不厭倦的聖書，就像放著乾掉植物標本的火柴盒，裡面堆滿落葉的盒子，在玻璃框裡安靜吐息的礦物，日後他從島嶼各地收集來的標本，讓他在他鄉編織著另一個聖殿。裝一瓶思念海洋的水，掬一把瘴氣的泥地，沒有一種書寫能抵達他的精神聖地，但他仍堅持書寫，為了見證他在島嶼開天闢地的歷史時刻。在這東西方一觸即發的時刻，神啟許他一個島嶼妻，她即將等待轉世，轉了生生世世，為主復活降世。航行在我們的海，在最深的海洋，往北，星星在河床等著他上岸。內心感到不曾有過的平靜與安心。他不確定上岸後等待他的際遇，但他對未來的信念卻非常篤定。淡水，他反覆在心中念著這個新地名新字詞。河流末端的尾巴，雨神自此停下腳步，雨水的盡頭，雨到此就停了。滬：雨，尾：盡頭，美麗的詞。

就像一座紅毛城把大海的傳奇推進了島嶼的心臟，就像一條馬路就把媽祖送出了河港之外。中山路切割了新舊兩岸，那些奇異帶著故事閃亮般的名字如崎仔頂、圭柔山、牛津、滬尾砲台、埔頂、烏啾埔……打高爾夫球的人在崙丘上敲打著小白球，神社變忠烈祠，北門鎖鑰成了婚紗照現場。河流的時間流進了大海，她的青春流進了河流，西班牙人、荷蘭人、英國人染白了海洋的膚色，塑深了島嶼人的五官。

我在我們的海，把大海寄給妳。她寫著信給金姑娘。滄水，水勢大而波潮洶湧，擱淺的淡水回不去了，霧鎖淡水。窗前的寫字桌和窗外的老街讓淡水有兩張臉，青春已老，海卻不老。

回覆所有的電子郵件之後，她和逃得走去淡水老街，逃得從戰地記者轉成美食記者，他笑說只是從不合法的殺戮轉成合法的殺戮，美食的殺戮就是戰地，漁獲和山產都是從海洋和山林獲得，血染海洋的魚翅和沙西米最讓他厭惡，因此聞到淡水的魚腥味，他一度繞路走。他知道台灣和亞洲人瘋狂信仰米其林，他笑著對米妮說，好奇怪，你們的味覺要靠外國人指導。敏感的逃得意識到米其林被瘋狂追星源於島嶼缺乏自信所致，媚外是他逗留在此的感受，他在酒吧裡隨時都有女人朝他拋媚眼或者搭訕，一夜情像是速食，他的身心從炮火廢墟來到米其林花園似的性愛島嶼，他簡直是欲仙欲死了。

先前逃得消失好幾天，直到這幾日才有空讓米妮帶他導覽淡水。米妮知道長得好看又是白人的逃得，想來這幾日在台北城受到很多歡迎，他的房間空了幾日，日日懸掛著：請勿打擾。

藍色航行的渡船頭，岸上觀光客雲集吃著阿給魚丸蝦卷餛飩，吃的世界總是快速而簡單，沉重殺戮化為一道道美食時，已經難以還原原本的血腥。當鵝肝變成味覺的天使時，誰還會去想肥大的鵝肝是怎麼來的。隱藏真實，得往黑暗裡走。米妮聽著逃得激昂的批判聲音，想起多年前自己忘了為何曾被帶去參觀醫學院的解剖，回來幾乎有一年沒碰過肉，聞到肉味就反胃。

逃得也是某種狂人，才能往戰地烽火和廚房廝殺處勇往直前。

但這種狂人也多半帶著某種信仰，冷不防有時她會照見自己黑暗的另一面。她帶著逃得往西仔墓區走去，逃得說墓園反而是最安靜的所在。她看著墓碑，見到許多洋傳道者之妻客死島嶼，想來不是信仰使人信念灰飛黯淡，是情愛使人黯然返鄉，死去另一半的傳道者多半會回鄉。從海來從海去，這潮濕溽熱之島在那之時常奪人之愛，回返原鄉的傳道者如何承受這海上的再次折騰？

唯有淡水真理堂的傳道者能將十字架的錨牢牢地定在雨水盡頭的望海之城。在歷史古蹟慢走，她常思索如何度過戀人死亡的餘生，想起死在島嶼的異鄉人，或者過世在他鄉的島嶼人。

渡海者芳名錄：華雅各，語言不通，夫人在島嶼過世，傷心回加拿大。閨虔益，五歲男孩死在島嶼，染上島嶼惡疾也回返原鄉。黎約翰，來島嶼四年，死在島嶼，夫人黯然獨自歸鄉。歷史牆面寫著異鄉亡者與傷心孤獨的回返者。年輕時，她讀這些史料，望著婆娑海洋的日落時，都會不禁掩面傷懷不已，好像她是未亡人似的，她為這些孤獨的亡魂哀傷，她看見他們離島的背影，吞嚥感傷與不得不的背離，島嶼魂埋至親，妻兒丈夫的枯骨吸納島嶼瘴土惡水，歸鄉人只得把傷疤拓印胸口，把燙人的熱淚封印，像塑鋼前的熱度燒烤著心，冷卻後才能化為剛強。

傳道者 **抵達這山這城**。踏上島嶼的最初時刻，掃過一陣疾風後轉為一片寂靜，唯一的聲音是呼召：此地就是了，此地就是了。不斷搗進耳膜的話像是海的潮音，日夜呼召。他聞到硫磺岩石海洋森林的氣味，地質槌、扁鑽與望遠鏡將是他未來認識島嶼的工具，他將一一探索這島嶼偉大的海洋山川森林峽谷的古老訊息。距離他抵達淡水的一個月之後，時間是一八七二年的四月七日，他在艱困中立下如此誓言，他朝海吶喊著，我再一次與祢立誓，就是痛苦至死，我一生也要在此地，我選擇的地方，被祢差用，願上帝幫助我。自此，他終生沒有改變過一秒一刻的誓言，此是真正的誓言，沒有猶豫沒有懷疑，沒有改變，沒有三心二意，只有一心一意。上帝定然是聽到了他的誓願，回應給他的路是很快就出現了第一個弟子阿華，接著是五門徒，然後是島嶼妻，命運的迴圈已然形成，最後變成島嶼解救病痛的白藥水從西方寄到了島嶼，日後他將成了沒有醫生執照的醫生，他將買豬腦豬心土法煉鋼解剖學。三月七日初春，他搭上一艘像尾大魚的船，從南方揚帆，惜別打狗港，航行海洋。兩日後的下午三時，在水氣飽滿的春日，抵達了雨水的盡頭，滬尾港生機盎然，一座紅色的建築矗立山丘。左岸的觀音正俯瞰著他的到來，觀音慈悲，容得下異族異教，人卻容不下，他的新福音在此開天闢地，勢必有很多的阻礙等待著他，但他知道即使殉道也在所不惜，這是堅信者的命運。自此這觀音山色將為他日夜所眺望。彷彿準備迎接他的到來，連島嶼的海神都靜默，連千里眼與順風耳都禮敬。命運即將按下關鍵倒數了。

旅館某個房間傳出「大海」歌聲，米妮走過時貼著門，聽出是宜蘭女孩在唱著激昂又悲切的歌。一九九七年也是冬日，才子歌手在竹圍的傳道者紀念醫院棄世而去。重症急診室就是米妮曾送父親來的地方，重疊著歌手最後的人間居所。

她推開露台的門，看見不遠處的海洋與前方的河海交界處暈染著灰階色的美，水面無風。黃昏的黑幕在降下前，周邊的景物籠罩著一片霧氣的灰光，這時她多半會坐到露台前眺望觀音，慈悲容顏在雲煙四合時彷彿聖體召喚。

依山築起的墳塚與靈骨塔的前方是密集如火柴盒的高樓大廈，這些人住到郊區無非是為了看這片海吧，但他們有多少時間看海呢？

有時烏雲壓得很低很低時，連她都分不出死人與活人住之地了。彷彿對岸是陰陽海，人鬼共處，人神共存。看著這條河流，即將被夕陽的殘片裹上糖漿似的顏色，多少戀人，多少傷心人，還有貓兒狗兒，都在河邊靜默似的站成了雕像，淡水暮色逐漸溶解進黝黑，金光熠熠，糾纏的金絲銀線彷彿讓河水蘊藏著百年來島嶼的命運符碼。

唯有當觀光人群散去時，河邊雕像卻在這時才動了起來，傳道者留著黑鬍子的頭像旁邊有聖經與醫藥箱，他的傳奇等待上岸。

河水曾經淹過傳道者的聖經與醫藥箱，炮彈也曾經阻絕他的上岸，熱病也曾經讓他近乎昏厥意識瘋魔，山地出草的險境也隨時可能發生。於今熱病與瘧疾，嘔吐與暈眩，種種苦難都化為甜蜜，有如傳道者雕像背後的星巴克咖啡館。白鯨記的二副星巴克，化為咖啡香美人魚圖騰，傳道者的名字於今安慰著很多病人的苦痛呻吟。美食與醫藥，如此具體的療癒。一個開荒賣咖啡，一個闢地成醫療。

當年入境隨俗，搭轎子、竹筏與徒步的旅行者，已經轉化為捷運渡輪或者腳踏車悠拜。

彼時傳道者的淡水河右岸是一片耕作良好的平原，種有稻米、甘蔗與玉米，平原延伸到大屯山麓，左岸是觀音山。由關渡朝基隆河去，八芝蘭的市場養鴨人甚多。急流淺灘交錯，甘蔗田與苧麻園是沿岸風光。

她放下書籍，從山丘高處望向河邊的這一幕是她一日裡最美好的時光，她感覺自己是個旁觀者，看著這青春之城如何地從繁華走向雜蕪，看著歷史圖片裡的戎客船如何演變成家門前的觀光化藍色航行。

有時候她會從高處角度的旁觀者移位走到淡水碼頭或者真理堂一帶，常常她就從嘴巴或者筆端流瀉而出他們的故事，也許因為她的導覽工作之故，她尋常會刻意地想起他們，甚至刻意地邀請他們入她夢來。他和她，傳道者與他的島嶼妻，少了一個都無法完整的歷史。在她讀淡江時，她從來沒有看見他們存在於她的青春史，因為她的青春史如此寂寥，如此淺薄。直到青春大火燃盡了生命的慾望柴薪，她才悠悠看見這座老城，淤積的河水送來傳道者，他的抵達之謎。

那是一八七二年三月九日的下午三時，三月時節的午後光線在水氣揚起前頗為明朗，是誰拍下傳道者在淡水河搭船的畫面？每當她到傳道者紀念醫院就診時，傳道者駛入淡水的那張照片總讓她看得出神。一艘船坐了十一個人，清朝的髮辮依然在漢子背後，戴斗笠的島嶼人在船頭，傳道者坐在船尾，滿臉黑鬚。當年他望著即將航進的淡水山海，他在日記寫著：舉目向北向南看，然後向內陸遠望，青翠的山嶺，心靈非常滿足，心神安寧且清靜。

昔日的淡江女孩已然成了淡江一姊，姊的年代沒有帶來資深的快樂，只帶來歲月有如河水淤積的心情。一間小小醫館演變成數家教學醫院，緣起一個人立誓為神所用的意志。將痛苦熬煮出生命艱辛的美德，一心頌讚的心陪伴著旅途的驚濤駭浪。她常看海，看海的無常，看海的戲劇性，看海的寬容，看海的無情，這就是她的天她的地了。

你們要紀念從前帶領你們，向你們傳上帝信息的人。回想他們生前怎樣生活，怎樣死：要效法他們的信心。（希伯來書13：7）醫院人來人往，病床的輪椅與鐵架聲經常哐噹地行過樓與樓之間的通道，不知有多少人走過多少這個通道，但她發現很少人像自己這般駐足良久地觀看醫院傳輸傳道者初抵滬尾的照片，或許因為來醫院太痛苦太悲傷了，因而周遭景物都看不見了。她看著這張大輸出的黑白照片，常讓她想著是誰拍下這個歷史性的影像？傳道者如何生又如何死？他是帶著信心生，帶著信仰死。信為人言，傳道者不厭其煩地動用喉部傳道，最後的喉癌使他靜默以終，發出無聲的吶喊。

殺我可以，舌頭留下。她聽見傳道者最後的吶喊。
她一時之間忽然流淚莫名，在露台上無聲地將淚流成一條河流。生命最無言的莊嚴。一個傳道者的福音不是通過他的喉部展現的，是通過他的行為見證與信心展現的，忽然有個聲音在她心裡響起。她感到一種出乎尋常的力量在她心裡悄然升起。

忽然一陣吵，她聽見夢婆在木頭樓梯中跳上跳下的，還拉起老是沉睡在鏡子的戴姑娘一起跳舞，戴姑娘在鏡子裡只是發出嘆息，不理會夢婆發出很大的跳舞巨響。米妮停下筆望著空間的鬼火舞影，心想還好沒人看得見她們，否則大概夜半全衝出旅店，從我們的海跳到前方的淡海了。幽魂正在等待呼召轉世，良人在等待她的降生，她寫下他們相差這十六年的人生，一個少年繼續仰望他的主，一個童養媳每日每夜的勞動工作，不曾想過命運會被改變。冥使鬼差全都在為他們集氣，為他們即將到來的相逢進行倒數計時的媒人工作，鵲橋會還要歷經十六年的磨難，因為沒有磨難的愛情或者信仰，都將是輕如鴻毛，容易質變的。只有至死不渝，才有可能產生愛情與信仰。
夢婆在她的夢中日記寫下很多數字，亟待解碼的數字，她想再次召喚那歷史性的每個時間點：一八六〇、一八七二、一八七八、一八八〇、一八八四、一八九三、一九〇一。三月九日、五月二十七日、一月一日、一月十九日、六月二日。
尤其是五月二十七日，結婚日，異戀婚盟。
她看見旅店有人貼了一張詩作，聽其他人說就是晚上會在露台彈吉他的旅人史蒂瑞，她一直都還沒見到他，她出門的時間他好像都還在房間裡眠夢，或者他早已出門也說不定，他訂了一個月的住宿時間，就像租房子一般，不知為何他會來到這裡這麼久的時間？她心裡好奇著。

黎明前的低溫是這場愛情的溫度，不為人知的日常崩壞，覆蓋的眼淚不為人見。如果愛情建構的是大船，就可以抵過海洋的顛簸吃水深牢牢地穿過風暴。她來自島嶼，明白海洋，沿著海岸線，興風作浪。看見雨水盡頭的水手，看見一座山奔向一座大海。在他之前是哪個藝術家睡那張床，他作過的夢是否還留在枕畔之海，這一切在未來注定成為一個回憶。如同以後她也將忘了動物園男孩，除非看見海洋。

傳道者 **大霧鎖海**。離開海洋的船隻是無用的，如果離開群眾與教義，那麼一個宣教師也是無用的吧。他是這麼想著，他知道這是他進入島嶼陌生群眾的時間了，他的頭顱尚在，熱血不歇。他在海龍號輪船上度過第一夜，島嶼邊線剛毅，他用番仔火點上土豆油燈，和其他外國同工們聊著天。在北部早他一步來到的史溫侯是在一八六一到一八六四落腳淡水的，三年時間史溫侯留下甚麼，這讓他很是好奇，而自己又將留下甚麼呢？這更讓自己狐疑著。狐疑的不是關於自己的信心，狐疑的是自己是否太過自信？天亮後，望著逐漸接近的海港水色山景，大霧鎖天，潮濕的空氣瞬間飛過他的鼻下，忽然讓他遙想起蘇格蘭。遙遠的君父。彼時他不知道自己正站上島嶼宗教史最綿長壯闊深邃的海岸。縱使過去的他從未抵達這美麗之島，但內心卻有一條隱隱的線，把自己和眼前這座如鯨之島連結起來。和自己的命運有所關連，他的直覺飛翔，彷彿看到使徒的翅膀。岸上的植物開始勃發著長長冬日後的初綠，海濱植物受風面的傾斜度已然回春地逐漸挺直。這島的海風想來是粗礪的。葉脈上有風傷的痕跡，寒流消殞，冷雨蒸發，太陽的溫度升高，有些鳥，依偎在木椿上，招潮蟹爬行，被海水淘洗的石頭，荒立島嶼邊緣多久了？這愛的潮聲這樣壯烈，這往來律動的潮汐如時間移往，小漁村內港水深彎靜，夕陽溫柔照路。此刻，他看見神的靈行於海面上。神將水分上下，空氣以下為水，旱地為地，水的聚處為海。要生養眾多，遍滿地面，治理這地。也要管理海裡的魚，空中的鳥，旱地上各樣行動的活物。海洋是地球的第一個美麗的名字。命名是語言力量的起航。洪水，孕育神話的糧倉，也魂埋很多人身。夜晚航行島上，帆船輕擺，已無海洋潮浪的顛簸。三月九日禮拜六約下午三點，他們一行人終於抵淡水。船入淡水港，拋錨泊岸。深受淡水山明水秀的感動而有所領悟的他即刻決志：這裡就是真正在等候我的「牧羊之地」。在他之前未曾有同工在此服事。噢！讚美主！我心歡樂，高興得真想張開雙臂熱烈地歡呼。對青山綠水纏綿著的淡水景色，近看遠眺，雲淡風輕，心中留下極為深刻的印象。一位道友約翰先生盡他所能的提供給他最好的下榻住處。那所謂最好的住處，其實只是一間靠路邊少有人居住的空蕩房間。但只有上帝知曉，他的內心有多麼地感激。往昔殉道的狂信者在他的心響起了聖樂，那些將自己的終生獻給小鎮教堂的聖樂音樂家聖像畫家們在他的心頭如跑馬燈地轉著。相較歐陸，這異境異語的島嶼如此粗礪，如此充滿原始的熱情與奇異埋藏危險的肅殺氣息。黝黑的男人穿著寬鬆的衣服，頭髮綁成辮子，像定錨的繫船粗麻繩。女人多被陽光或者辛苦的生活給曬得黧黑，眼皮底下躺的臥蠶是青春，島嶼也像躺在海灣的小小臥蠶，身材矮小的女人有著棕色肌膚，女人將頭髮散在肩背上，天冷覆蓋一塊布巾，天暖戴花冠，熱情洋溢。他們的顴骨都顯得張闊高聳，下顎的骨頭也崢嶸，異鄉的陌生鄉音有稜有角，這是甚麼樣的臉？他們來自於何方？族群的語言與基因還沒經過雜交混血。海水拍岸撞擊退下，挾著海的腥味，湧上鼻息。他喜歡這個氣味，海和風的滾動，他喜歡這個潮聲。往後他的人生眺望這座海洋，他在臨窗的房間寫著家書與日記，一頁頁的時間扉頁，等待他的抵達與描摹。從加拿大、從蘇格蘭、從英格蘭來到台灣，這些豈是小事。他從北部入淡水，目光左右游移在山色與小城的風光中。在船上，三月初春港灣濕寒，他第一次感受到島嶼那無處不在的濕氣，舉目向北向南觀看，然後向內陸遙望濃綠的山嶺，心靈非常滿足，心神安寧且清靜。頓時知道此地就是他的居所，永恆的居所。李庥和德馬太短暫同他在淡水停留三天後，將一起由淡水出發踩踏北台灣，走陸路前往南部教區最北的布道站大社（豐原），他跟他們同行，順便想觀察將來要落腳一生的傳教教區。

米妮經常從小鎮蜿蜒的小徑緩慢地回到這間面向河海的房子。

就是在這個時候，她會望著夕陽，從露台看向河邊，望向碼頭。傳道者與島嶼妻的愛情，超越世俗的結合，是為主生也為主死的愛情。而現代的戀人忙著看落日，驚嘆夕陽無限好還是為一切留不住的美好惋惜？她只知道愛情愈來愈輕薄了，和信念一樣。

她看著人潮逐漸變成剪影之後，也彎進了屋子。她在微風露台，讀著傳道者的書，學著和他一樣博學，寫日記，禱告，即使他們的神不一樣。然後入睡前，她熄了燈，不遠處的出海口迷霧上的星光點點變得清晰了。

夜晚在面海的房間，傳輸著夢婆的夢，有時候夢來，有時候夢不來，夜半來天明去的夢婆多情，等待異鄉人上岸。

霧鎖淡水，霧罩滬尾，她在夢中看見一艘帆船駛向雨水的盡頭。這多雨的小鎮，通商口岸帆船林立，淤積的沙尚未擱淺船隻，河海交會處潮騷夜語，信仰下的愛情，等待啟航。夢婆告訴她關於島嶼妻出世的那一年，在這關鍵性的時刻，因一紙天津條約，帶來了洋番，洋番群像裡面有張臉孔，等待成為她永世的番丈夫上了岸。

傳道者 **未來之妻，遊蕩百年的夢婆。**一八六〇年，這一年，淡水通商對外國貿易的分水嶺時間點，傳道者在神的眠夢中，看見一個女嬰等待出世。那是你的未來島嶼之妻，他聽見這句神諭。未來神的得力助手正在等待重生。女嬰正穿越兩爿窄仄黑暗的產道。在觀音山腳下的女子子宮棲息，正用力順著羊水擠出自己的頭，然後一絲不掛地在黑暗低矮的磚瓦房裡發出啼哭之聲。女嬰出生那年，傳道者十六歲，十歲時他就決意把生命獻祭給天主，每一年他都成長壯大自己，讓自己逐漸成為神的最佳僕人，神的僕人品行極為重要，因為他們是神的代言人，既然代言神，又怎能不做好自己。蕙仔誕生，好像為了等待被異邦人改名字而取得如此廉價似的。一八六〇年的五股坑，潮濕的氣候，透南風。年少時他常看著世界地圖，嚮往將神的福音帶到普天下的處女地去，在尚未聽聞神音之地宣揚神的旨意，插上第一道十字架，蓋上第一間教堂，唱出第一首牧歌。那時未來的傳道者還在多霧的故鄉苦學苦讀，他尚不知未來的新天新地，猶不知他將航海江山，踏遍泰半陸地後，最後定錨一座太平洋孤島，後半人生走踏一顆長得像是番薯的島嶼，以淡水海港為家，二十九年裡踏遍漢人鄉鎮平埔村落生番地界，攀高山踏川海行遠方。航行諸海諸山諸島，顛顛簸簸的日與夜，他的未來之妻仍未降世，還在飄浪。趕著投胎的女嬰，此刻經過堅硬夾縫的骨盆腔道，擠出血水，被一雙溫熱的手接住，然後就在五股的張家陰暗的房間裡放聲哀號著，剎那間，她失去了對她往昔的記憶。她正一步步地走上和他的生命交叉線。祭禱，真理，誓言；啟航，歸返，潮汐，他站在島嶼望向世界。而女嬰呱呱墜地時，島嶼原始母系社會已經逐步被漢化，漢人社會瓦解了母系盤根錯結的意義與力量，女巫系統退回山林，神性被收回，於是那一世的女孩彷彿是貧窮人家交易的賠錢貨或者是地主人家怕養不活而必須送人的無緣囝仔，女嬰有著很廉價的名字，且很快地女孩就列隊進入島嶼當時大肆流行的童養媳世界。他的未來之妻在童年就有了丈夫，有了大官大家，女孩勞動異常甚且常被虐待只因為他們說不能白養她。十二年的童養媳命運正等待被他翻身，等待他助其掙脫既定的命運。

米妮到淡水捷運站和逃得見面。她說好要當他的地陪，但導覽一天之後，這個人又搞失蹤，他把大背包寄放旅館之後就一個人飛奔馬祖，只在留言板告訴米妮，這淡水的海已經無法滿足他的眼睛。她看見他曬得皮膚通紅，像是燙水蝦，藍色眼睛像馬祖的藍眼淚。

真想就住在馬祖，他說。

那為何不住下來？她回問。我也喜歡馬祖，馬祖有一條路的名字和我的母親同名。因為一條路的名字而愛上馬祖，妳真浪漫。逃得笑著說，有點調侃意味。但旋即覺得不該調侃別人的認真，於是轉了話題說自己的情況。

畢竟想只是想，他現下還不允許在任何一處落腳。他過幾日就得回英國了，有新的派遣任務。離開前，我想再看看淡水。他嚥了口水，還想再見見妳，後面這一句話吞回肚子裡，他想即將離開的人不應該輕易吐露情感，不該隨便用「想」這個字。

他告訴自己要永遠保守這個喜歡米妮的祕密，這個祕密就像他曾為了生存在戰地裡而偷了某個死人的皮夾一般。

米妮帶逃得經過福佑宮，站在廟門前朝河邊望去，她告訴逃得這個地方才是當年的碼頭位置，聚落的起點。逃得對古匾額古石柱和古石碑皆看得仔細，裡面的神是媽祖。他說啊馬祖？他剛從馬祖回來就遇見媽祖。

她聽了笑，告訴他媽祖旁邊是觀音菩薩與水仙尊王，靠海都要有海神，保護船隻平安。當年很多人來到這裡，但也有人從這裡逃走。民主國總統唐景崧就一路從台北跑到淡水，躲在德國籍的輪船上逃到廈門去。很多人也從淡水港回到大陸，日本人占據台灣之後，淡水命運也不一樣了。她向逃得稍微解釋了一下往昔淡水港在日本人來臨前曾經扮演一個獨特送往迎來的角色。

逃得點頭說大英帝國就是靠海權打下江山，他可以理解。但這位叫唐景崧的人是不是太孬種了，他說。

她聽了大笑。接著她帶他在老街晃了一晃，喜餅店他倒是很有興趣，對於店家的喜餅試吃也毫不猶豫地吃了幾口，他說你們的結婚喜餅儀式很甜蜜，很特別的一種告知婚禮訊息的儀式。她還帶他吃了點淡水小吃，可惜逃得吃不慣，甚麼魚丸湯包子或者阿給鐵蛋魚酥，他說你們的食物很奇怪。

她反駁他說英國食物才奇怪，她聽說倫敦幾乎都在吃炸魚條與薯條。這回換他大笑。

走到紅毛城，往昔英國領事館有著英國的日不落帝國與東印度公司殘存的歷史碎片。永久租借紅毛城主樓作為領事館，直接收割自西班牙人與荷蘭人，港口尚未擱淺，貿易樓正需要，一八九一年蓋了紅磚洋樓，從此紅番有了相思地。她這樣說時，被逃得打了一記臂膀。她很想說說這裡曾經有個和他同名的洋人茶商陶德的故事，但她發現眼前的他似乎對貿易故事不感興趣，他常常陷入思考的模樣，使她不想出聲打斷。他對唐景崧比對陶德有興趣，但對於自己和陶德同名的巧合則流露一種興味盎然的神色。

後來這個陶德和平埔南澳女孩結婚後呢？他終於問了關於異鄉人的終極問題，駐足或者離去？

可惜我也不知道，這只適合虛構的想像，她說。

逃得笑著，望著前方河水漫漫，海洋遼闊。

河流、觀音山和教堂尖頂，這就是淡水主景。當他們走到真理大學的後山山坡上時，逃得望著前方說，她點頭說簡單來說是這樣沒錯。走進牛津學院時，他自言自語這小鎮很異國情調，牛津英文字對他是很鄉愁的名詞。

中央十字架的兩端上面，看起來好像一座座小佛塔，他指著紅磚屋脊兩端的尖塔。

她點頭，佩服著他的觀察。基督教從淡水傳入之後，傳道者花了很多年募款到經費蓋了學堂，為了平撫民眾佛道信仰的情緒，因此在十字架兩端多加了小佛塔。

這做法真是妥協得有尊嚴又非常聰明，如此就保護了建築。這位牧師很不一樣，知道堅持之中要埋著一些無傷大雅的妥協。

佛塔與十字架並現天際線，西式的拱形窗與廈門清水磚閩南瓦東西並置。正堂與左右護龍合體，她補充說。

不過小佛塔仍然比十字架的高度低很多，他指出差異。那時他們已經走到山坡上，俯瞰學堂單脊斜屋頂的紅板瓦，相思樹林一片霧濕秀逸，一時之間，他說有點愛上這裡了。他轉頭看她時，她把眼光飄移到海，作為一個旅人實在不該那麼容易吐出愛這個字。

那時他們已經走到紅磚色的教堂與灰藍色的醫館，左側原來的梅花茶室從良成淡水教會福音中心，金門王和李炳輝的流浪到淡水的旋律在她腦海播放起來。

在這樣的旋律中，忽然聽見手機大響的音樂聲。

手機顯示著旅行社的電話。她在電話中和旅行社核對了要前往多倫多的旅程，講了一陣子之後掛上電話，完全忘了原本站在一旁的逃得，這會兒他卻已經不知跑去哪了？她在原地等了一會兒，仰頭看見他已經走上另一條有著階梯的小巷，她叫著他的名字，跟他揮了手，示意她要回旅館了。逃得點頭，臉部映在初捻亮的街燈中，勾勒出金髮的線條有一種柔和的暈黃。

他那個點頭的金髮勾邊的天使模樣是她最後記憶他的畫面，但每天的轉身者如過江之鯽，她已逐漸習慣離別。

當她走回我們的海之後，她就急著安排多倫多之旅，而隔天一早逃得也就要離開我們的海了。他們只剩下今夜，除非就在今夜。

那天夜晚躺到那個會作夢的床枕之後，夢婆卻告訴她，那是我暗中促成的安排。夢婆要她前往多倫多，去多倫多安大略博物館探望被傳道者帶到異鄉的島嶼物件。

醒來時，天微亮，海面翻動著魚白浪花。她被夢婆大力搖晃她的床才醒轉，那是夢婆在白日將至前的最後一抹能量，太陽出來後，她就如露水消失在這棟樓。夢婆在她的夢境傳輸傳道者抵達滬尾的種種文字，而她今天卻要離開淡水。她推開窗戶，聽見漲潮一波波打上岸邊的騷動浪聲，她按下了手機的錄音模式，錄下海的聲音。

她帶著海的聲音前往異地，收拾行李之後，留下交代事項給宜蘭女孩和幾個想要交換住宿的年輕人。然後載她的計程車來了，她跟司機說往八里開去，走台十五線，離開島嶼前，她要一路看海。

二 我把大海寄給你

單一的愛情與單一的信仰，
都成了某種救贖的渴望了。

米妮一個人在下過雨後的異城喝著咖啡。

她剛剛結束了文化與觀光海外研習營。在潮濕的青春路上，她看著多倫多大學城的男男女女行經而過，那樣的嬉笑，渾身散發的都是引誘與被引誘。在黑暗中，她個子嬌小皮膚細緻，旁人看她也如大學生。但是她心裡知道，像她這樣在微雨的寒夜，獨行又獨行的人，生命不可承受之輕只有她明白，年輕的心尚未老成，受潮的心長年背光。

抵達多倫多前，她曾在淡江一家咖啡館喝著卡布奇諾。時逢九月開學，周邊青春學子喧鬧聲量奇大，訓練自己如膠囊的封閉能力是有的，把外界的聲音關在耳朵的膠囊之外。此刻在異鄉，膠囊般地活著，依然是如此，她可以走到天涯海角還是一個人，但這不意味著她不需要別人。

老靈魂的雨夜，喧譁與寧靜的兩端都不是她想去的，一端是酒吧，要和那麼多的朋友閒聊瞎扯，歷經多年多回她已覺得疲憊而了無新意，她很佩服許多朋友可以聚在一起虛情假意或者相濡以沫，她的個性沒有這種熱誠，或者說太清醒。

有時她以為喝酒最好和陌生人，因為愈陌生愈快樂，但她又失去這種探索或者一切都無所謂的那種人生如戲的能力。就這樣，她在酒吧門口前徘徊了一下，猶豫了幾秒，還是沒有推門進去。

和同類喝酒，靈魂燃燒卻疲憊；和陌生人喝酒，身體燃燒卻清醒。她感到左右都不是，她喝完咖啡後，決定就去雜貨鋪買酒獨飲即可。在櫃檯結帳時，卻因沒帶證件不能買。她想外國佬真奇怪，買酒要看證件，她的臉不就是證件嗎？但在多倫多，她的臉如斯未經風霜，即使心已世故如老天使，即使翅膀都飛不動了。

老闆不賣她菸酒，想買醉都不行，她覺得有點沮喪。繼而又自嘲，等有一天店家不看證件就賣她菸酒時，或許這才是她真正該沮喪的時候。就在推開雜貨鋪的門時，背後有人叫住了她。她回頭一看，覺得這笑容真美，那樣毫無芥蒂與心防的微笑，朝向一個孤獨者的微笑。年輕的黑人笑起來有虎牙，遞給了她一根菸，他說剛剛看見她沒買到菸酒。於是他們靜靜地抽完菸，然後說再見，結束那一夜她在異鄉被寂寞打擊的脆弱之心。

黑人牙膏，島嶼和黑人最靠近的物質。童年問母親為何用烏郎齒膏？母親笑說烏人牙齒白。走回旅館的路上，她想起動物園男孩也曾問她：如果我是黑人，妳還會愛我嗎？那年她十八歲，沒看過世界，直覺反應是搖頭，一副怎麼可能的表情。

開始接手旅館之後，她才明白，島嶼人多麼偏見，凡是白人與白皮膚多是好看的，看台北那些外國白人在酒吧近乎狎妓的嘴臉。但凡是黑皮膚的多是不好的，也常被加上一個貶抑的「勞」字，因而即使爛白人在島嶼還是吃香喝辣，美白產品也總是大賣。黑皮膚到底有甚麼問題？上帝的傑作？她捻熄了菸蒂時想起非洲板塊的可怕販奴悲歌，白種人的歷史暴行。但時間經歷這麼久了，人類的刻板印象仍拓印著。如果上岸的傳道者是黑皮膚，是否他的傳道受到的阻撓更大？上帝為何賦予這些族群會被欺凌或者難堪的膚色？她胡亂地想著。黑人已經離開雜貨鋪。而她繼續走回旅館，研習營已到尾聲，她不知道夢婆安排這趟行程的隱喻何在？也許因為她還沒去安大略皇家博物館，所以也就還沒明白旅程的意義。

躺回旅館的床枕上，她望著天花板，期待夢境顯現。

躺了好幾天夢婆都不曾入夢，也許離島嶼太遠了，夢婆的頻率傳輸不到天涯。她起身開冰箱，取出一瓶啤酒喝，她只要喝酒就容易入夢，彷彿她跟酒神是一對，她的先祖酒量好。在這個到處都是神的年代，從裝神弄鬼到殺神殺鬼，百鬼夜行，或許夢婆也得謹慎出沒，鬼也怕鬼。她幾次在多倫多旅館看見島嶼很多神主牌位被傳道者帶到異鄉，魂魄飄遊，返鄉無望，無法上岸。

在旅館沒遇到故鄉人，卻遇到故鄉鬼。神主牌找著後代，希望有人引他們的魂魄回歸島嶼。她在夢中仔細地看著神主牌上的姓氏，沒有看到屬於自己的章姓，她跟這群神主牌鬼說抱歉，我不是你們要找的後代，沒法超度你們。

那至少妳可以說說我們的故事或者把訊息帶回島嶼吧。神主牌有人發難說著，有鬼附議，看她沒答應，還把手掐在她的脖子，讓她在睡夢中幾乎喘不過氣來，她忙說著好好好，我會寫下來，像報信者般。神主牌們聽了鬆手，紛紛如骨牌般退後，有人自言自語地抱怨被帶來異鄉前也不幫牌位去靈，害他們三魂七魄中的一魂一魄跟著飄洋過海到異鄉。

神主牌們離去前，突然問妳是酒鬼嗎？她搖著彷彿千斤重的頭。我們聞到妳身上有酒味。她解釋說就是因為酒喝多了才見到你們，如果我喝的是小溪，那你們以前比起我喝的酒那簡直可以說是酒海了。神主牌們聽了紛紛不好意思地笑著，影像逐漸消失中，她聽見他們有人說著妳把我們漂流異鄉的苦衷與相思寫出來，我們保妳永居平靜淨土，我們的祝福且永駐妳心。

神主牌們知道她曾經為親情與感情受苦，她醒來，淚流滿面，鬼界比人間有情。島嶼神主牌莫名其妙被帶到遙遠的多倫多，她依稀聽見他們的吶喊。滲著汗水的淚水，喉嚨有點疼痛，呆望著天花板良久，頂燈炫出一圈圈迷幻昏黃的光線。忽然她聽見櫥櫃裡有敲擊的聲音，像海浪般擊打岸邊的聲浪，像是在我們的海的房間常聽見的聲響。她起身打開衣櫥，聽見她的行李箱發出拍打的聲音時，她才想起她從淡水旅店帶來的小枕頭忘了取出來。打開行李，看見夾層的小枕頭，取出聞了聞，有自己的氣味，也有海的味道。海的味道，讓她好眠。

她再次昏沉沉睡著後，神主牌的這些祖先們不再騷擾，但不知是酒的眠眩力量還是真的是枕頭的作用力，她的夢婆在異鄉停擺幾天後，突然出現，夢婆開始傳輸了要她寫下的文字，靈界紛紛現身要她寫下文字，但顯然夢婆的能力高人一等，只有夢婆傳輸的文字清晰無比且耐性異常，夢婆可以無止境地等待她逐字逐字地寫下後才離開夢境。這夜，夢婆看起來很興奮，音頻頗高，好像是特別喜歡多倫多這座城市似的。夢婆打開歷史景片，讓她看見往昔多倫多聯合旅社，三月大雪。雲稀且寒冷，傳道者一離開漢彌爾頓皇家旅社，住進艾略特屋，他們逛著城市，師範學院諾克斯學院大學與醫學院。之後他們再度和門徒玖仔住進靠近車站的聯合旅社，遇見多倫多大規模的奧克蘭治示威，支持新教的團體在街上遊行。美麗的日子，但相當寒冷。坐馬車的年代，搭太平洋鐵路到多倫多，住進聯合旅社回到列祖之地，快樂之地。回到胡士托，傳道者向父母親告別，感謝他們以仁慈款待妻子，少見的妻子兩個字被掛到傳道者的嘴上，他們二度旅行返家，他則是第一次在日記用了「我太太」。有一回他們坐帆船，傳道者的書箱卻掉到水面上。島嶼妻幫忙曬書，這位島嶼「太太」非常開心地聞著書的味道。

醒來，她在夢中看見夢婆的微笑，夢婆聞著書的神情如春天。

傳道者 **誰會帶給他從伯利恆牆腳下湧出的清涼泉水？**最美的詩是神顯現在人身上的艱難存在，不要在未來中尋找過去，只要在過去中尋找啟示。他真摯的快樂來自主的指引，有的書一文不值，有的書卻價值連城。信誓旦旦的唇吐約定，晶亮的瞳孔散出光芒，聖經就是阮的光，他在講台上如此地高喊著。就是這個時刻，一塊扁平的大石頭朝他擲來，石頭略過他的頭額，打到牆壁，石頭裂為三塊。他和門徒阿華仔平靜地彎身拾起這三塊石頭，等人群退散，他拿起了重達三磅的石塊，在陽光下看著石頭的紋路與色彩，石頭久握的溫度傳導到他的手中，他頓時感到一股勇氣的力量。這力量一直支撐著他度過島嶼最慘烈的無數戰事，包括一八八四年最慘的教難。一八七二年四月七日，從南部到淡水，擔任宣教師第一天：在淡水，閱讀、散步的時候他默想著，在這個時刻，實在沒有任何文字可以表達他內心的感覺。如今他服事的場域已經確定，他的靈魂得到多大的解脫。而另外一個責任則放在他的肩頭，他看見許多美好莊嚴和美麗的北台灣景致，是主引導他到這裡，這裡還沒有人設立教會，「我的靈魂因此而狂喜，我可以在此奠下基礎。我早已準備在這個地方付出生或死，所以請主幫助我。」中國兵和外國人紛爭，激動拿出刀槍經過他的小屋，我們高喊著殺死番仔鬼，他是番仔鬼。外面總是械鬥，為族群為利益，有人鼻梁被打斷，有的衣服被扯破，直到滿清士兵出現懲戒了打人者。有一天神蹟出現，朝他丟石頭的人有一天來到了教堂，他對傳道者又鞠躬又懺悔，請求傳道者的原諒，他期待被基督拯救前希望傳道者可以先拯救他。

章米妮一直記得異鄉的這一夜，自己像是個瘋子似的跑到大街上，四處竄走，期待能在旅館附近遇見那雙午夜如星辰的藍眼珠。她記得那個和她下榻同一間旅館而認識的男人說過他很容易失眠，她想失眠者應該會漫步街頭，失眠者還沒躺回床上。因此試圖環繞旅館附近的每一條街巷，一一行過，但都沒有遇見，看見的都是那樣毫不起眼的身影，一團團的旅客還有流浪者，沒有他的身影。那其實也不是熟悉的身影，只是相逢異鄉的四天，但這個身體比鄰她的身體卻很立體，她聞得出他的氣味、他的樣子。何況在許多時刻，他們會在某個地方相逢，打聲招呼或者微笑，或者隔著窗子在餐廳裡見到他，或者在研習會的現場。那時心沒被晃動，心也還沒被寂寞咬傷。甚麼時候才會讓念頭付諸行為，甚至是帶點瘋狂的行為，其實是不知道的，如果預先知道，會降低了瘋狂。時間本身不是謎，是何時按下時間倒數計時器才是謎。為何是是那個時間點？為何不是早遇見或晚遇見？時刻表無法掌握，因而相逢成了難題。

就像今晚，突如其來想見這個才認識沒幾天的男人，甚至還沒跟他單獨說過話。因為明天晚上就是觀光文創營的離別派對，上百人的晚宴，即使明晚遇到也應該沒有時間獨處了。路邊有幾個喝著啤酒的人朝她行經時以言語輕薄著，她聽而不聞地走著，落寞走回旅館。在大廳橫掃幾眼後，轉去最後可能尋找男人的地方，大廳盡頭的酒吧。她走進黑暗的酒吧，每張小桌上點著香氛蠟燭，穿越酒客朝她狂射的眼光，她像攝影機巡覽一回後，確定沒有男子的身影，離開酒吧，按了電梯，落寞地轉動鑰匙，回到自己的房間。但一時卻還沒死心，從環保書包裡翻出活動手冊，翻著查爾斯的名字。然後幾度拿起床櫃上的電話，又掛回電話，最後撥通櫃檯電話已是晚上十點。試圖念著男人的英文名字，想要查他住在哪一間房。但櫃檯的人卻回說沒有這個人，又念了幾次可能的發音，心想這是甚麼怪姓呢，字母上有一撇，她不知如何念。名字好念，但姓氏卻是一個她大概永遠都發不好音的字。

抱歉，沒有這個人。櫃檯說。

好的，謝謝。她失望地掛上電話。她明白櫃檯有守住客人資料的職責，她看著自己彷彿就像在淡水旅館櫃檯遇到瘋狂尋找一夜情就轉身離去的男人身影的女人，跑到旅館來找男人的女生逼著旅館給她們連絡資料，那時她都是冷冷地看著這些瘋狂尋愛女子，心裡的聲音是妳們這些笨女生難道看不出男人就是故意不留連絡電話地址給妳們嗎？笨蛋花痴，宜蘭女孩見了跑來櫃檯堵人的女生，背後發出的酸語更狠毒。

她現在就是宜蘭女孩口中的笨蛋花痴了，但旋即她安慰自己畢竟還沒跨出第一步，何來笨蛋花痴之詞。她只是不想讓際遇溜走而已，她給自己找理由，想見一個人有千百種理由，和想離開一個人有千百種理由一樣。國中時她搭公車經常碰見一對母子，兒子是混血男孩，男孩母親就像台灣一般的年輕婦人。搭公車時每一回都見到那個母親不斷地罵著小男孩，罵自己的孩子是雜種，罵他那不負責任的鬼仔阿兜仔父親丟下她消失無影。那個母親罵自己孩子是雜種的激昂聲音，迴盪在整個午後多半只有老人搭的公車空間，整個空間傳到她的耳際都是雜種的回音。這個聲音消失好久，在異鄉的床畔突然如海水般地灌進來，她彷彿看見混血小男孩眼眶噙著淚水，任憑母親毒辣的語言穿進穿出。被洋鬼父親遺棄的女人與男孩，曾讓她想過那女人的職業是酒吧女，港口酒吧是島嶼的血色夢幻。帶我走吧，女人的夢想破碎，女人不僅無能離開島嶼，更且被丟包似的繼續生活在島嶼的血色夜晚。女人帶著混血男孩在酒吧工作，她當時自己不斷地編織著這個混血故事，想著這對母子下車後將前往港口的酒吧工作，混血男孩也許也被迫陪客？她胡亂想著後續的發展。

她想起這遙遠的母子畫面時，聽見旅館門外傳來嬌喘聲音，這聲音幾乎是旅館的基本配音，她不以為奇。孤單地躺回床上，忽然自己也被突然襲擊的情慾淹沒，像海嘯，快來不及逃生時，她即將眼看著自己也被潮騷淹沒滅頂之前，她留住一口氣呼吸，彈跳上岸。看著慾潮倏忽退去，她沒溺斃。慾望來襲的時間不過三秒鐘，和地震預告時間差不多。慾海拍岸如三秒膠快速揮發。打開水龍頭沐浴洗髮，打開吹風機吹乾頭髮，用溫暖的氣息薰風拂過髮絲，讓情慾退潮。旅館總是藏汙納垢，但卻能安頓動盪潮騷。

沐浴讓她有種莫名的溫暖撫慰。

清晨醒來，她盯著天花板注視良久，為自己昨晚夜行大街小巷的瘋狂行為失笑起來。拿出相機與背包後，她有個最後的任務是將要前往安大略皇家博物館。她想在離開這座城市前，至少把心安放在博物館的古老時光之河，但即使這樣安慰自己，內心仍極其悵然。

她在淡水擔任旅館與經營在地導遊的工作，工作有一部分和文化田調的訓練相關。因此參觀博物館就像參觀自己的廚房，她很習慣進入博物館。走在多倫多，街道空間適度合宜，街上的人走得很近卻不會摩擦到，但冷不防卻讓她撞到一個人。昨夜瘋狂找的男人，在六月微風的吹拂下，在她準備遺忘那個在營隊讓她見了傾心的男人，異鄉邂逅是一件危險的事。就在她行將抵達博物館賣票處時，這個男人卻迎面和她撞上了，意外出現了，轉角遇到愛，不是虛構的羅曼史。尋找一夜的男人像是蜘蛛人直接降至眼前，來不及隱藏昨晚還曾瘋狂尋他的心思模樣，頓時她有點掩不住驚喜的神情。

你也來看展？笑著問，竟是這樣毫不遮掩的開心。

查爾斯搖頭，他說只是出來散步，他喜歡走路，可以一連走好幾個小時不歇息。

他立即看得出這個女人喜歡自己，他露出賊樣的迷人微笑，但笑裡藏著暗劍鋒芒。她問他是否也要一起到博物館參觀？他說本來是沒有，一向覺得博物館死氣沉沉，沒有太特別的展覽就不會被吸引。但如果陪妳進去看展覽，這倒是有興趣。

她聽了笑著，很高興自己在他的心裡比一座博物館的吸引力還要巨大。雖然這是謊言，但甜蜜的糖霜對此刻生命正落陷在低血糖的暈眩者仍是必須的。

她跟男人說不會花太長的時間參觀，因為她來博物館其實只為了看一區的文物。那是多倫多安大略皇家博物館裡，唯一吸引她目光的螢光記號。接著她帶著男人直奔島嶼展覽區與太平洋展覽館，受神主牌們的夢中委託，她得去看看漂流異鄉的原鄉魂。

她的島嶼光是氣候就可以要了異鄉人的命，沒完沒了的雨，每個時刻都潮濕著身心，或者溽熱。或者高達三十七度的高熱煎熬，飛沙走石，眼睛總是發炎。玻璃窗內的島嶼文物，一座海洋忽然就在眼前興風作浪，望穿雲霧，群山現前，從雲的隙口砌出一隻明亮的藍眼睛。「我衷心難分難捨的台灣啊，我把有生之年全獻給你。」忽然聽見這樣的呼召，教徒彷彿都有第三隻靈視的眼，聽見主的召喚。全新全意的歸宿，沒有離與返的掙扎擺盪，沒有上岸與不上岸的雲遊鄉愁，沒有無依無靠的人子憂傷。當純然的悲苦有著理想作為基底，悲苦本身也有甜蜜。她羨慕沒有掙扎的人，那種一心一意，較之於她的三心二意，實在是羨慕至極。但每個午夜，她望著陌生的城市，總是先看見意念的無孔不入。

照片上有著織布的平埔族婦女肖像，織布機兩側刻有精美紋飾，織布背景植物環繞，苧麻、香蕉絲、蘆葦、黃藤。亞熱帶氣息在冷氣房裡飄進她的鼻息，三角形菱形方形紋路如祖靈眼睛，島嶼邊緣海浪拍擊。

一塊布就是一個族群的地誌。

男人的臉幾乎貼到玻璃窗上，盯著黑白相片裡的人著迷似的看著。沒想過他對這些島嶼物件這麼有興趣。

好獨特的神色，好美的家族肖像，混得很美，男人說。

循著男人的目光望去，玻璃展示櫃內的牆上懸掛三張黑白肖像，一張是織布的女人，眉宇之間有如一座山，濃眉深邃，精爍而瘦。另兩張家族照，她微笑地看著，她來這裡就是來尋找他們的。

家族照有穿唐裝也有穿洋裝。確實好看，像是經典照片，百看不膩。男人十分喜歡，指著最右邊的女性說，她也是台北人？

台北比台灣更清楚的地理座標，她點頭，心裡想台北人這個詞非常不正確。

肖像旁邊有張手寫契約，男人問她上面寫甚麼？

以此自信，毫無阻礙。念著原鄉的文字，卻像在凝望一座島嶼。

傳道者 **主安排的命運**。午後三點的淡水港，陽光柔和地灑在水面，他來到二十四號棲身，這未來要改寫歷史的地方，以醫療布教，你要餵養我的小羊。他有一個志願，絕不到已有教會的地方傳揚基督，免得他白白分嘗了別人的工作成果。到世界去傳福音，他在夢中聽見這樣動人的聲音。但他當時不知道這是一場屬靈的信仰，傳道者們都必須參加這場屬靈的競賽，而這場競賽傳道者或者信仰者，也可能被淘汰或者在中途陣亡。海中大魚。他後來才看清楚台灣像條魚，雖然當地人說是番薯，但他覺得是魚，美麗的魚，在大海中閃爍著美麗的土地，落戶這裡的山水人家是主帶引他來的。仔細端看著福爾摩沙的地貌，那些巨大綿延的山脈，他想是主要把訊息帶給當地人。島嶼天氣午後夏日酷熱，打狗南方的那些熱帶叢林，藏著造物主的祕辛，天花瘧疾霍亂瘟疫衝擊著島嶼人的生命安危，他相信主的訊息會帶給他們安慰。美國將軍李仙得正巧在他抵達島嶼時離去他鄉，他無緣得見著這名異鄉人，他只能藉著想像這名千里赴台尋找船難者骸骨的將軍踏訪島嶼蠻荒時所引起的注意，異鄉人的面貌就像分歧者，如此容易辨識。李仙得踽踽獨行在島嶼的魚尾巴，踏行南方的岬角像是海上一尾鯨魚之脊，水坑龍鑾潭保力社寮……這些地名在他們的眼中一如原住民聽聞他們的名字史溫侯柯靈烏柯柏西湯姆森畢奇禮古里馬史蒂瑞科勒，生物學家攝影家博物學家地理學者商人領事船長水手，樟樹林投瓊麻苧麻林檳榔木麻黃，幾艘舢舨就把大航海時代與東印度公司時代的傳奇者一舉航進了亞熱帶雨林的夢幻暴風眼，眼鏡蛇蛙鳴夏蟬伴著踏水車的聲響攪拌著耳膜的迷炫呢喃，貓頭鷹蝙蝠與領角鴞的夜音編織著詩，迷路了有發亮的銀色葉脈可以指路，渴了砍肥厚的莖葉吃，掬河水飲，捕魚烤吃，羊齒植物布滿潮濕歧路，顏色華麗如織錦的蝴蝶搧動著夢的旋律，他們以為這是海洋的盡頭，海龍王的地上寶藏龍宮。熱氣在夜晚盤旋著極高的濕度，高燒三十七度的熱島嶼，使異鄉人又愛又恨欲生欲死的悶濕氣候，挑戰著他們寒帶身體的適應力。穿過無光的黝暗濕滑森林，山谷下的小村多情，屋頂炊煙朝向海洋。他們看見蝴蝶燦爛與蚊蟲噬血同在一片天空飛翔的島嶼奇景，仰息這片天空的異鄉人身負使命之餘以陌生化的眼光記錄探勘了這座尚未被發現的島嶼，異鄉人安慰了異鄉人，他並非一個人，心也從不感到孤單。雖然肩負十字架到普天下傳教的使命在北台灣是第一人，但他的心裡從來沒有寂寞感，寂寞太廉價了，那不是他生命的情調，他的心早在十歲的時候就融進了主的聖寶血，插進十字架的心流的血不是紅色的，是純潔的白，是比虛空的虛空更浩瀚。為了主，為了靈魂的前進，他的一切都可退位。為了主，他的一切也都可前進。聽憑主的安排，別人看不見主，他看得見，這大千世界的一切都是主的足跡與妙手。他在這座島嶼準備向海洋學習，釋放耶穌的大能，他是代言人。當主差遣十二位門徒到世界時，那是一個不可能中的不可能的任務，主說愛人如己，這大家相信，主說使死人復活，很多人就不信了。但選擇部分相信部分不信根本就不是信仰，小信之輩不在他的眼裡。他後來跟門徒阿華學了赴湯蹈火這個詞，他很喜歡這樣的熱情獻祭，作為神的兒女，他要為神所用，彰顯神的大能，一如神無時無刻不在人的身上彰顯祂的善工。祂不會除去你生命中的種種疤痕，然而祂必會好好地排列它們，以使它們幻化成水晶上精美的雕工。雕刻傷疤為藝術品，絕望的人到祂這裡的美麗承諾。喝主的杯，神復活在他的心裡，在他的行為中復活，復活將給島嶼的人看見神蹟。主說他的未來事蹟也都是神蹟。折斷所負的軛，挺身而出者是大信者，到陌生地傳福音者是大信者。那時他還不知道一生以聲帶宣說主的教義與神蹟的自己最後竟是死在一片恐怖的靜默裡，喉癌潰爛了他宣揚主的聲帶，那是很多年後的結尾之聲了。在即將跨過三十年之前，在霪雨霏霏的滬尾，在雨水的盡頭處，望著起霧的早晨，聽見雨水滴簷，聽見時鐘滴答響，聽見懷錶在胸前轉動齒輪，唯獨他無聲地以食道發出腹語，他說：神，我來了，我照祢的旨意來到不曾揚祢名之地，我行走大海島嶼，我的事未來在島嶼的淡水經卷上被記載了。這霧鎖滬尾的一萬多個日子裡，他和島嶼妻將共同生養著未來的傳教子嗣，這一切都為了神的榮耀，請帶我走吧，如果時間已經敲響了天堂的贖罪鐘。他的兒子將因他的苦難而學會順從，兒子是未來他的島嶼繼承者，他會善用他留下的產業。放棄人生的虛幻魔法，成為一名隱者，他聽到從海中浮上來的這句話。

多倫多邂逅的男人查爾斯很認真地聆聽她說著異鄉人來到海島的聲音，男人聽著，眼睛透亮，帶著有如人類學家的考古神情。

皇家博物館太平洋島嶼區的福爾摩沙展示櫃內彷彿長出一座座島嶼，走出一群身上流著藍色血液的人，彷彿四周飄著腥鹽之味，亞熱帶氣息撲鼻而來。瑪瑙琉璃，銀銅鉛金，交易來的物品，被傳道者攜回了原鄉，被迫與島分離的物。

用來裝人頭的人髮垂飾獵首袋，以麻繩和鞣皮製成，紅橘兩色的毛鬢裝飾，以狗毛染色，綴以一排人髮，掛著珠鍊與銅鈴。男子成年，祈求部落豐收，解決雙方爭訟，以人髮為垂飾，誇耀戰功；藉人髮的靈力，祈求順利獵得首級。她看見賽夏、泰雅，獵首級習俗之物。頭骨上有燻黑和血液塗抹痕跡。傳道者寫著：「土著崇拜的神祇」。編織品與服飾，蘆葦管鏤空的長袖衣，編織品有喇叭形背簍，籐編的篋。鹿皮帽，用整個鹿頭皮製作，硬化處理後，上面還保留鹿毛和耳朵。帽子的正面穿縫著圓形貝板。傳道者慎重地寫下：「酋長帽」。草編頭環，平埔族用來治療儀式時使用。頭環材質主要為稻草，兩側垂有球形小袋，內裝治病用草藥，造型與他尋常所見的巫師頭環形式不同，鹿頭骨賽夏族，獸骨崇拜的奇特信仰。賽夏族相信將獵得的頭骨掛在梁柱上，可以趨吉避凶。火柴盒內裝著各種植物、礦石等，漢藥標本。紅色小玻璃珠間綴有八十六粒的圓形小鉛片，上鑄有細格紋，垂綴有魚鱗紋飾魚形鉛片，白麻為底的織花，雲雷紋壽字紋玉字紋，各種鳥獸紋。

她那當地陪導覽的性格使她不斷地習慣訴說著，向查爾斯解釋著展出的相片中的服飾意義。島民如何受漢人影響，你看到的圖片有噶瑪蘭婦女盛裝、賽夏族婚禮帽飾。他們靜靜走過排筏模型與蛇的標本，被封存在玻璃罐內的標本如失去時間感的懸浮物，像是還會吐出熱帶氣息的蛇信還在吞吐中。帶角的鹿頭骨還沾有血痕，崇拜的古老神祇昂揚著部落的尊嚴。

展覽館運用非常多的大型輸出黑白照片，他問她為何相片中許多年輕的男生女生露齒笑的照片卻年紀輕輕就缺齒。她說這是部落的儀式，一種鑿齒之美。

和現代人的審美觀差異真大，查爾斯不解地說，好好的牙齒竟然要拔掉。

她跟查爾斯解釋著泰雅族關於身體毀飾的儀式，包括鑿齒穿耳紋面。其中以鑿齒最讓查爾斯看得吃驚，他說補牙都來不及了，怎麼會刻意鑿齒。

其實在當年的習俗裡卻是必要的，更重要的他們的語言如果未經鑿齒，有的竟無法發音，鑿齒會改變咬字及發音。

聽了她的解釋，查爾斯大擊額頭，說著原來如此，這讓他想到曾看過一個著迷性愛的女人將牙齒拔掉好進行愉悅口交，還有拔掉肋骨好自己彎身取悅自己的怪癖者，身體之美與習俗之差異，永遠存在。

你說得更怪異，她想著無齒的嘴環繞著男生根器的女優，世上真是無奇不有。她繼續解釋著穿耳在幼年就進行的泰雅部落儀式，部落人將耳垂割裂，然後以細竹或獸骨穿過耳洞，在耳上穿置竹管、獸骨裝飾。儀式就是要讓大家看得到，因此鑿齒當然不會鑿看不到的後牙，就像紋面也不會紋看不到之處，既然是一種標誌，當然要很清楚地展現。因此鑿齒就是將門牙兩側各一顆或兩顆牙齒敲擊取下，真是不怕疼，查爾斯聽了舉起大拇指讚揚。

傳道者在台灣拔那麼多牙齒，他曾在日記寫著島上的人對於這種神經的牙痛似乎忍受度極高。他的目光每回都被原住民那深邃的臉龐給牢牢地釘著了。

查爾斯說今天的博物館之旅打破了他對於死氣沉沉的展覽偏見。每個族群都愛美，只是文化長期演化累積之下，形成美感的差異。

查爾斯笑著補充說，但是中國女人以前的綁小腳，我對這種美則真不敢苟同。一路沿著時間軸線過去，島嶼的景觀呈現。

玻璃盒裝有島嶼植物葉脈和金石礦石、家禽、雕刻、繪畫、出家人袈裟、農具、人頭骨、武器，看來傳道者是島嶼收集狂，那時這位大信的布道者航行回祖國時，在航海的漫長旅程，他不僅自信滿滿，且身分不再是島嶼異鄉人，他是島嶼女婿，是上帝的代言人。在這片不知航行幾次的大海上，霧鎖前方，海象依然狂暴，他靜靜地從行李箱裡拿出一塊石頭，來自島嶼的石頭，象徵受難者的石頭，他握在手上，然後靜默地頂禮著。屬世的榮光就像花草一般的脆弱，但信仰者的榮光是海，是浪。

他問著她上面寫很多中文字的布，她貼近玻璃瞇眼看著，一塊黑白布上貼滿書寫教義的小塊貼布。「不尊敬不感謝真神大道」的字下方是通往黑色區塊的地獄，城門通往紅色烈焰的煉獄；「耶穌說我就是道路」的字上方白色區是天堂，有城門通往黃色光芒的天堂。出生入死悔罪信服，救主耶穌救靈魂。

當時傳道者在三峽傳教，忽然有人進來，奮力朝他丟了一塊比拳頭還大的石頭，石頭擊中他正在寫字的粉筆牆，力道之大使牆面都凹了一塊。所幸他的身體毫髮無傷，但卻被傷了心，難道這裡是最難將十字架插上之地嗎？一塊莊嚴的石頭。他毫髮無傷地將石頭撿起來，他帶回原鄉，以此示意後人，信仰會保護大信者。被不信者狠狠擲向聖壇的石頭靜靜地被框在玻璃櫃內，它的價值不在材質，而在歷史時刻。大信者在島嶼受襲的時刻，他帶著讓人不禁打起冷顫的微笑，靜默的微笑比憤怒來得更有力量。不信者當場嚇壞跑走了，幾日後帶著歉意來到十字架前，自此也成了牧羊者的使徒。這個暴徒與信徒合為一體的見證者名字叫林瑞源，他像是來試驗傳道者的意志，之後過了幾天來懺悔，他改信基督教。這是一個歷史時刻，征戰島嶼的成功信號，已經寫進了歷史。危險卻以安全收場，悲壯卻以歡笑結束。

航行回加拿大的航海旅程，他從行李箱裡拿出那塊石頭，將見證過主的石頭安放在原鄉，多倫多諾士神學院博物館裡。

石頭本來收藏在多倫多諾士神學院博物館，這個展覽特別從神學院借展，展出了這個曾經企圖擊傷傳道者的石頭。她對男人說著石頭的故事，說著狂信者受到上帝保護的關鍵時刻。男人聽著也微笑，卻帶點遊戲的輕盈。他說喜歡佛教，自己不是大信者，甚至不是信徒，但一直覺得自己的哲思傾向於佛教。他以為她是佛教徒，她笑說自己都喜歡，但更喜歡教堂，覺得明亮聖潔。

看妳這麼專研傳道者，我還以為妳是追隨者，男人說。

她向男人說自己是個沒有邊界的人，自己只是一個慕道者，對執拗的大信者既欣賞又感到異質的陌生，能夠為他人全然獻祭而從不思考自己利益如星辰稀有，寧可傷害自己也絕不犧牲別人，這是讓她想要追尋傳道者的原因。

忽然她想起夢中夢見的島嶼神主牌，她走到神主牌區一一看著上面刻的某某某之靈。她在心裡祭拜著，並向查爾斯邊走邊說話時，他們已經走出了博物館，小小展覽室的島嶼海洋即使壯闊，也不過幾個玻璃櫃，很快就結束了大信者的物件旅程。

她看著自己穿著夾腳拖的指甲，已被旅程走出一節節的粗繭。多倫多迎面走來不少東方臉孔，有人好奇她身旁的藍眼珠男人，這使她心裡不禁想著剛剛在博物館看的相片女子，傳道者的島嶼妻，當年她走在這異鄉街頭，注視的目光應該是排山倒海吧。照片裡的她那樣氣宇昂昂，英氣勃勃，比其他女子都有自信。

查爾斯走路很專心，因此忽然他的外套傳來手機的鈴聲時，把她嚇了一大跳，好像覺得這個人不會用手機似的。查爾斯簡單說了幾句話後就把手機掛了，敏感者都會察覺到的那種口吻，電話那一端的人不是情人就是妻子，她聽得出那種口吻，那種口吻就像花粉，嚴重會過敏，不嚴重就讓它在空氣中飄流而過。這通電話使她瞬間和這男人可能交往的想像力降到海平面以下。

走在路上，他們忽然都沉默著。

她想如果這天沒在街上相遇，是否自我的歷史要改寫？南極蝴蝶搧動了翅膀，竟就啟動了愛的開關，使得這一切都甦醒了。

就像一八六〇年，一紙中國簽下的條約，讓淡水迎來了異邦人。傳道者在這一年先去當了小學教員，而他的未來之妻，正棲息陰暗的黑水中，在某個陰暗的房間，島嶼妻才要穿出日後無緣的母親那如山壁的窄仄產道。十二年後她的夫在島的外海啟航，而那個往後要許配給她的丈夫，彼時正在房間望著壁虎發呆，男孩不知道自己將活不過一八七二年。那一年他們都還是個孩子，卻已是夫妻。

突然，她想起了海。

她突然失笑想起昨夜自己像瘋子似的跑出去，期待能遇到他的執念。

閃電打在救贖者臉上的光應是上帝的臉龐，但上帝長甚麼樣子？

有時候她在某個熱鬧或者喧囂的咖啡館酒吧，突然靜靜地觀看這周遭一切時，會有奇特的內外斷裂之感。

突然，她記起了海。

苦果的氣味早已聞到，這氣味太熟悉了。他身上像極了島嶼情人。過去的城市情人記憶，他沉默如鐵，他漂泊如藻，像極了往昔的戰地情人。他嗜慾如鷹，像極了往昔的天蠍情人。他身上疊映著她的故事。所以讓她一時不敢趨近他。但這是很後來的感覺了。從他沒穿上衣的肩膀和雙臂的肌肉來看，卻又讓人覺得他也不只是做軟性工作的人，或者他喜歡勞動。他有著金色頭髮和帶點偏藍的眼睛，她和男人還有一個相同點，旅行並非是慾望的驅使，恰恰相反的是，是別人把他們推上旅路的。

但她以往的情人都是常常消失的男人，那種失聯近乎凌遲，一種最惡的惡意。於是年輕時常受到一種精神的凌遲。那種凌遲是完全不見血的屈辱。比如怎麼樣也找不到他，就是將電話撥到燒了也找不到，可以感覺到「不被找到」的那種惡意，正因為這惡意也不是甚麼大不了之惡，故再次見面男人一樣若無其事，不覺得對她有任何的傷害。而她居於面子，也不能大嚷嚷地哀怨：你怎麼都不接我的電話，好像成天在想著他似的。

就是沒遇過傳道者這種好男人，她笑說。

查爾斯聽了覺得那是許多女孩變成女人之路，受點苦就成長了。何況妳怎麼知道傳道者就是好男人，他可能是好的傳道者，好的信徒，但未必代表好男人好丈夫。查爾斯一副懷疑論者的神情。

於是她就開始說著一些關於傳道者的故事，但男人更有興趣的是他的島嶼妻，還有這故事的背後更重要的是那些上岸後沒有再回到原鄉的異邦人。

她想起自己在淡水的日子，經常在老宅聽見的腳步聲，從床和鏡子所發出的嘆息聲。除了這等待他上岸的平埔幽魂，即將等待轉世，轉了生生世世，為主降世。

傳道者航行在島嶼的海，在最深的海洋，往北，星星在河床等著他上岸。傳道者的內心感到不曾有過的平靜與安心。傳道者不確定上岸後等待他的際遇，但對未來的信念卻極其篤定。這粒種子注定發芽，蔓延擴散整座島嶼。這篤定就像結婚的誓言，就像受洗般的篤定。

查爾斯笑著聽她那彷彿詩歌箴言的描述。他說現代人過的生活與談的愛情本身就是不篤定，不確定性使得人少有單一的生活，於是單一的愛情與單一的信仰都成了某種救贖的渴望了。

傳道者 **等待和她的會合**。預言裡凡記載著日期的皆有隱喻，比如一座新的聖殿落地時間，以西結被擄的日期，啟示錄的記號，凡此都是有意義的。辱國的失敗戰爭，遙遠的天津條約，卻改變了島嶼的歷史維度與命運排列，使他的異國身分既危險又蘊涵新的可能。他從島嶼人因不安定所激發出來的韌性裡學到富貴險中求的意涵，島嶼未被開墾之地是最大的礦產也是埋伏最大的危機。島嶼春日露華濕濃，港邊老厝覆蓋著牽牛花，紫色的小花在陽光下很美，還有婦女身上的含笑花香氣都使行經的他心曠神怡，許多人家都有神案，供奉祖先牌位和海神媽祖，海神神差順風耳早已聞悉他的到來，島嶼諸神從無攔阻他的到來，但他卻帶走許多牌位到他方，祖先牌位放在博物館的玻璃窗內，島嶼列祖列宗望著盯著他們看的金髮碧眼人，一直不明白自己是怎麼會被迫與島嶼切割的。就像白令海峽使得兩艘船航向轉彎，一邊成印第安人，一邊成南島人。牌位有魂有魄，他們的靈魂自此天涯，有的被帶到他鄉，成為被人參觀的物件。信主的子孫不再祭祀，信主的子孫不再拈香，他們在家族祭典時悄悄將頭轉到別處。當父親見到兒子們在教堂唱詩歌時，父親們尖叫跑開，彷彿見到日後自己將成無主之魂，無人祭拜的靈，父親們驚恐。除夕夜來到了高潮，被父親拿著長刀衝向不祭主的長子，被趕出門的媳婦孩子，直到母親出來求情，父親放下怒氣，妥協孩子拜主也要敬祖，週日允許作主日禮拜。他宣說主的恩典揀選，善行才能得救，他改變了島嶼。際遇從海而來，渡海者擦亮十字架時，海人看見一道光劈開島嶼，島嶼的神主牌卻哭了，暗夜憂傷的童養媳女孩則笑了。

離開安大略皇家博物館，下午的太陽落到了建築物的另一面，他們走在建築物的陰影面，心裡也竄流著曖昧不清的小黑影。

她一路說著，口乾舌燥。當他們經過一家啤酒輕食店，他體貼地說我們進去喝點東西吧。

她跟著男人走進速食餐館，內部光線微暗，適合不熟的兩張臉勇於對看。餐館賣的無非是披薩薯條，吃起來都像盆火的食物。於是他們只點冰啤酒。大白天僅僅兩三個人窩在角落裡喝著啤酒配著薯條。他們閒聊著博物館所見，心情還停留在島嶼這對以神為封印的愛情故事。

他心不在焉地聽她說著島嶼遙遠的神主牌與童養媳的故事，她秀著剛剛在博物館拍的展覽照片邊說著。原先他所著迷的家族肖像，似乎不那麼引起他的注意了。她笑說你怎麼好像突然對故事就沒了興趣？他仰頭喝了手中的可樂娜啤酒，啤酒泡沫上滾動著一片如夕陽的檸檬黃。那個留著黑鬍鬚的男子與那個美麗的島嶼女子，他說以後洗耳恭聽，但現在他的心在當下。

當下？當下是哪個當下？她笑著。前一個念頭接續下一個念頭，不知他的當下是停在哪裡？看來妳是一個總是想太多的人，我的當下就是當下，說白了就是妳。他直白說著，像是被她逼供似的口吻。惹得她笑著，想太多的人，這句話他不是第一個對她說的人，她想太多，要如何想才是剛剛好？

他們喝啤酒喝到橘紅的夕陽逐步吞沒整個街心的兩側，天調暗了光線，這光線適合談戀愛。多倫多城市的棋盤街道井然有序，先前玻璃帷幕與金屬建材都在談戀愛，發著神采奕奕的光，金色光束跳躍長長的街道，僅僅十五分鐘，像情慾璀璨的過程。天體物理學家發現日落最美的光影常常是落在有著棋盤式布局的街道。到了夏季第一天日落北移，冬季第一天日落南遷，於是筆直高大的摩天建築群逐漸將日落切割出一條條的光影，如河流的光影，夕陽和建築物共舞。

他們喝盡最後一口啤酒，望著街道忽然閃爍的燦爛夕暮出神。光影擬仿的雲海夕照像海洋潮動，在都市叢林裡，人需索的情境鴉片。想必就是在那一刻感覺到他們之間有共同的音頻與質感，會盯著落日餘暉直直看入迷的人。

他們談話的期間，他還曾伸出手掌要她幫他看看掌紋所躲藏的命運啟示錄，她看著，說著他的婚姻至少會有兩段以上時，他笑著似乎感到滿意的樣子，甚至還嚷著說才兩段啊？果然是對婚姻沒信仰的人。

你結婚了嗎？她終於開口問了他的隱私。

妳看我的手相看得出有兩段婚姻，但看不出我有沒有結婚？他戲謔地說著。

其實剛剛用婚姻是錯誤的字詞，應該用關係才對。她補充說。

我單身，他說。那妳呢？他問。

她說上帝也沒有為我造配偶。他笑，聳聳肩，覺得她回答得很有意思。

他忽然說，我們回妳的房間。

我的房間？為何不是你的房間？她心裡疑惑著。

她把有點變暖的啤酒喝盡，藉著有點酒興對他不好意思地說起昨晚試圖打電話到櫃檯詢問他的房間的糗事，但櫃檯卻說沒有這個人。他聽了拍擊著額頭笑說，因為他有室友，所以登記的是室友的名字。室友？她耳朵豎起，確定沒聽錯，不是女朋友。是啊，我們一起參加這個研習活動，順便考察業務。

她聽了心想難怪找不到男人的名字，昨夜真是夠瘋狂的。不敢把自己跑去街上尋他的神經病行為說出來，他聽出她的弦外之音，告訴他這個環節，等於是一個邀請，一份沙漠需要遇見綠洲的渴望。

她看看錶跟著起身，他們走回不遠處的旅館。一路上她仍沒開口邀請他到自己的房間，直到兩人進入電梯，四下無人時，他終於開口問她的房間號碼時，她秀了鑰匙上顯示的號碼。於是他在離開電梯時說，我等會去敲妳的門，我先回房間一下。查爾斯接著又笑說以後出門最好訂一個人的房間，室友會壞事。電梯門闔上前，他轉身丟上來一抹很奇異的微笑，像是怎麼會有這種好運發生在自己身上的神情。但其實他不知道她的心思。電梯門闔上後，她一個人在電梯裡發著痴笑，鏡子裡的臉櫻紅。

他說在喝啤酒前，其實他就一直想到她的房間，但大太陽的，好像不是回到房間的時間。她沒說出口，那關於昨夜自己狂奔出去尋他身影的瘋狂行為，才見幾面就跑出去尋人的瘋狂，任誰也會嚇到吧，現下她保留一點小小的優勢，雖然暴露找過他，但這也只是一個引信，過去式的情慾信號和放煙火一般瞬間殞落。而現在說出一起回旅館的人是他，他先暴露自己的是當下內心的渴望。而她那深埋的慾望，還沒一觸即發，即使一打開也許也會像核爆，但至少眼前沒有人受傷害，染汙的心還沒開始。她等著進入汙泥穢地，另一個島嶼女子卻等著受洗昇華。十八年的青春按下熄燈號，新的身分新的時間等著形塑島嶼妻的命運。

男人消失在旅館的廊道，她不知為何他要先回自己的房間梳洗，但確定他會再回來，他的眼神燃燒著一把火。他知道她是海洋，可以為他滅森林火。

她在房間裡等待陌生人的敲門。

夢婆替她選了一個異邦人，但卻只是露水姻緣。晚上她如果入夢，她得好好問她為何不只讓她參觀博物館，還要帶個男人回房間。

她躺在床枕上，感受夢婆是否在場。確定空蕩蕩的感覺充滿虛空之中時，門鈴大響。

她開門見到那樣白皙的臉。白得嚇人，像要粉墨登場的白人。他手裡拿著的竟是酒，他回房間最主要的目的不是沐浴，是把酒神帶來一同作樂。我戒酒了，但還沒戒色。他笑說，別戒了，開戒守戒反反覆覆很麻煩。

男人手上多了一瓶酒。來自蘇格蘭的酒。原來他是蘇格蘭人，這讓她覺得有些巧合。她之前沒聽出蘇格蘭口音，他喝酒時跟她說他的祖先很早就到多倫多，從蘇格蘭移居到多倫多。

她喝了一口蘇格蘭的烈酒說著，難怪，白天你對我說的傳道者故事有興趣。

他說，有一天，我會去看妳，去看妳說的海，去看看照片上為主生也為主死的婚姻。

她說可供傳世的愛情都有不為人知的日常崩壞，只是因為人們不想知道這些日常瑣事，關注的傳奇故事都被浪漫化，彷彿不食人間煙火。

他點頭說所有的人間事物其源頭概念都可以說是一種投資概念，包括愛情，沒有人不想開花結果，包括捐錢，總是為了功德利益，包括求神問卜，總是有事才臨時抱佛腳。

給予對方的愛情常常就像一台漂亮的販售機，玻璃窗前秀滿著各種可口物質，無害地開著洞口，只要投下一點硬幣旋即就被取出，隨意而溫暖地擺在各式各樣前進的人潮與路口。

為甚麼妳會成為愛情販售機？男人問。

因為我總是太容易給予。太容易施捨，但愛情不是施捨，愛情建構在雙人舞，必須深度互動，只要是單方面就會傾斜。

他說給予太多，就少了珍惜。

在她的生命裡，見過幾張悲傷的臉孔，深沉的悲傷，歷經過風浪的那種悲傷，不是少年維特的那種未經事事的煩憂，是被際遇打擊的失敗男人。他們受挫的眼淚總讓她心疼，以致給予到連失去了自己也渾然不覺。

後來經過多年的磨練，她才決定不再將自己的眼淚無望地注入悲傷男人乾枯的井底了。

他聽了說妳這種無望就是一種覺醒，可見人們做任何事物都隱含著投資概念。

連信仰也是投資嗎？她想著信仰下的婚盟。

他聽她的疑問，發出笑聲，像是理解的笑聲。

他說對啊，行善也是希望獲得通往天堂的通行證。白天我聽妳說的故事，認為那是因信仰而結婚，並非因愛情而結婚的。這也是一種投資，希望回收的是傳播主的名，讓信仰在地化的方式就是通婚。但投資之前的關鍵是際遇與選擇，如果當初只是為了愛情投資，比如她那應該瞎了眼才會投資她之前那種敗犬男人吧。她躺在床上看著天花板旋轉的電風扇，想著島嶼那一樁樁失敗的愛情。

他說妳完全不在意回收其實也是違心之論。

或者該說短期虧損或可為之，沒有人受得了愛情一直處在長期虧損狀態，她說。

他說愛情的本身就是妳想要得到的投資報酬。比如有的愛情希望回收愛或者金錢或者小孩或者情慾，而妳的愛情聽起來就是要獲得愛情的本身，這是最難的回收，因為牽涉的是最具變化性的心。反而我們今天在博物館看的傳道者的福爾摩沙愛情是最安全的，因為信仰將他們牢牢繫在一起，在主的見證下永不退轉。

她後來拒絕憂傷的男人，自以為清醒地找了個樂觀的男人。但後來她又發現這更致命，因為太過樂觀的人往往忽略現實。於是她跟著樂觀了幾年，總以為他只是缺一塊磚，哪裡知道他缺的是一座城。

他聽了摸著這亞洲女孩的柔軟髮絲，覺得她是一個善良的人，但愛情需要的不只是善良。所以現在她不論遇見悲傷或樂觀的人，都停止當愛情的救世主了，聖母結束愛情療程。不當聖母，只當剩女，她笑說。可惜男人聽不懂這樣的隱喻。

愛情絕對不會是一個療程。難怪傳世的愛情其實都建構在日常生活上，關乎一生的愛情，不會只是一個療程，而是生死相繫的種種考驗，日常生活柴米油鹽的落實，理想折損時的互相陪伴，午夜夢迴會不斷憶起的肖像，移動世界時會掛在雲端的名字。

即使發生的最初不是因為愛情，但最後愛情卻讓他們傳世：傳道者與島嶼妻。夢婆第一次以島嶼妻現身敘述，這讓她感覺自己並不寂寞。

島嶼妻 被醃漬過的夜色。度過少女成為少婦的朦朧第一夜，疼痛與撞擊，渾噩如被醃漬過的夜色。度過無知的幾夜後，她才逐漸明白性愛是可以純粹簡單又可強烈如前方海洋的東西。在迷人五月初的夏夜，這世界上只有一個男人有幸可以看見她褪去所有的衣裳，只有一個女人有幸可以看到傳道者不穿西裝不穿西裝褲，月光裸露下的肌膚潔淨如聖壇，男人指著窗外的樹告訴她那是他親自種下的，有的是他從故鄉帶來的，外來樹種在異地萌芽，種子落在這潮濕多雨的小丘上，等待將來樹蔭成群。他問她知道我的故鄉有多遠嗎？她笑著搖頭，從沒聽過加拿大與多倫多。他起身拿著燭火走到貼著世界地圖的牆面，要她也下床，她穿得少，有點不好意思地走下床來，月光與燭火照著她那十八歲的肌膚光滑如海面，丈夫說她走路有力，骨骼堅硬如十字架。人的脊椎如十字架，而她的脊椎更像是十字架。海面的風微熱，露水很濃，霧氣瀰漫幽暗的房間。她看著她的男人指著地圖查看方位的樣子有如航海員，這男人已從她的老師變成丈夫，看著丈夫說起故鄉的人故鄉的花草魚鳥，覺得他比甚麼人都聰明，他比甚麼人都有力量，他彷彿可以把海水整個都倒過來，他現在是她的一切，往後也會是她的一切，可怕的一切，擁有時如銅牆鐵壁，崩壞時如土石流。燭火映照下，被應許的伊甸園，完全聖潔，蛇在冬眠，蘋果不結果。她僅聽憑主的呼召。天亮時，醒轉在新天新地，為丈夫煮了第一餐，丈夫的餐點樸素，粗麵包與豌豆甘藍菜，且他吃得少，那時的海洋天色如嬰兒的藍眼睛，十八歲的身體感到新的變化，信仰鑿開了私密隧道，播下種子。傳道者開始一日儀式，而她出門澆水時，看見了德姑娘和金姑娘正穿行草地，她們朝她微笑，她也微笑，她說英文古摸玲，卻聽得金姑娘說早啊。她感到一種寧靜。任何生命都展現一種自體的光芒，我喜愛憐恤，但不喜愛祭祀。儀式永遠無法代替內心的義，他曾經這樣教過她。但如果能夠既愛儀式又能憐恤他人是最美好的。醫館一早就有患者來排隊等開門，他們期盼著能把病體一遞或病手一伸就瞬間被神蹟醫治，卻從沒想過自身疾病的源頭。這裡有神蹟，瞎子能看見、趕鬼入豬群、趕附身女孩的鬼、五魚二餅可餵五千人、療癒被鬼附身的啞巴、治好癱子、寡婦兒子復活、痲瘋病人痊癒、駝背女人不再駝背、耳聾者可以聽見、枯乾的手可以復原。丈夫傳神蹟靠的是手工，拔牙治癲痢爛瘡痢疾，能一張手就平靜了風和大海，他常說穿越大海來到島嶼，改從島嶼看世界，明白這海是神的禮物，就像前方的沙灘始終接納著踩踏它的陌生人。早課後，他們在外廊聽海聲，勇氣信心孤獨涵泳在熱帶的潮濕空氣中，波瀾洶湧潮騷不止，日夜喧囂，退潮後的沙灘曝曬著細瑣走動的螺貝蝦，有些螺棄殼而去，有些貝類一張一闔美麗如蝴蝶翅膀，這座海如此美麗，起霧的早晨讓傳道者想起遙遙的家鄉，海是神的化身，帶引他來到島嶼，且還結了婚。晨間他望著身邊呼吸勻稱的年輕女人，烏黑的長髮下有著帶點印第安人的深邃感，年輕的生命等待綻放，他是她的船，即將帶她航行信仰的海。

她每天一睜眼就看見傳道者，生命新航道的領航員。初夜是在水聲與夜聲中入睡的，異鄉人的身體有著信仰的純淨度，彼此都是對方的新大陸。他將靈魂交到她的手裡，救贖了她。他望著晨曦，想起自己睡在新天新地的幸福。沒有愛情的婚姻其實也是一種幸福，毫無掙扎，也不會隨時光褪色。等待發現愛情的路還很漫長，何況還有圍繞丈夫身旁的許多門徒們會陪著她。昏暮中就走來了阿華仔，他玩笑說要為他們辦蜜月之旅，其實那蜜月之旅是一條傳道之路。她就這樣第一次離開觀音山下，和丈夫穿越山徑江河，移動的能力使她相信神已經進入她的生命了。對於她這樣從小無望的人來說，這一天就像一個神啟，一個女子啟示錄，一個信徒啟示錄。

遙遠的陸塊分離了海洋，一位傳教士來到台灣傳教帶回多倫多的收藏品擠滿小小的展場，一塊傳教的告諭布，就像手作的文字宣導片一般。宗教儀式用具道士袍服……祖先牌位，看著這些流離他鄉的祖先牌位，上面有著不同的姓氏，某某公，某某媽……她的內心忽然萌生一種奇異之感。如果照鄉下的引魂人所言，牌位也有後代人懸念的意志所在，三魂七魄裡的一魄也在其中的話，那麼這些無意中被集中封箱，漂洋過海，然後又集體在玻璃櫃內讓金髮碧眼的人東瞧西覷的祖先們，是否他們午夜也開起同鄉會，訴說流離失所的鄉愁。

外來者不知道牌位的意義，只以為是木頭，逢年過節還丟到洗潔精中沖洗。祖先魂魄不知是否也會有冰冷的感覺。

躺在男人身旁，想起白天跟男人所見所說的「牌位」故事。

他摸著她的髮絲，他說作家和導遊總是在說著別人的故事，說著歷史，說著生活。總是以想像來延伸已然封箱的靜默故事，啟動故事的時間輪軸。

她問他，我們的相逢有意義嗎？指向未來的隱喻嗎？

他沉默著，窗外的天色灰濛，還沒亮。

他的身體是她會思念上岸的島嶼，但此刻他也成了她的愛情神主牌位。像是被高高地舉起來卻又被深深地跌回毀滅的火爐裡。

眼淚滑過茂密的髮絲，軟骨的耳，依傍枕邊。歡愉的淚，快速乾旱的床，磨成一張離別的臉孔，昨夜的身體鋪展像一場旅行的延長賽，狼的狂野已靜默，兔的機靈也已攤瘓。

以沫以血相濡相遇，在移動的日子裡過渡肉身。但更多是被灰塵覆蓋的記憶，被風掩過的名字，很多人已成龐貝城的灰燼，或者蝕刻的雕像。日子久了，煩惱的不是情慾，而是眼見掉谷底的盤纏。駝著沾滿沙塵的身軀，迫降她的島嶼，短暫收留，飢餓如急躁產卵的珊瑚，海域一片血紅。

他說妳沒有穿衣服比穿上衣服還年輕。看見男人的手腕處與腳的關節處有紅色的印記，皮膚不斷增生的癬。這是她熟悉的皮膚頑癬症狀。熨燙的皮膚像燒焦似的脫著如雪的皮屑。如傷痕的怵目驚心。

憑著這樣的傷痕，他早已航過她的生命之海了。

這個旅程像是犯了桃花劫，她每天在床上都想著男人之島，藍色情挑，陌生暖流。在等待陌生人時，心裡有種忐忑。有點像是做賊似的，把床上從島嶼帶來的夢枕暫時放進衣櫥裡。

在桃花未開前，深受這折磨。被撥開的濕泥，即將開出一片深植黑暗的血色桃花。這是古老的信號，發燙的火炬點燃眼前的狼煙。沒有人過問旅人在外的情慾，因為這不需要知道。雨不會怕落下，因為它本來就為土地，為植物，為一切乾燥而來。單身旅人也不該怕寂寞，因為注定寂寞。

明知他是酸雨，即將酸蝕她的心。但當時一觸即發，一點凝視就如天崩前的閃電，雷電交加，穿透黑夜，即使只是一瞬，也是旅者之黑夜安慰。即使千年不開花，也扣問菩提如是。她的執念牽引她上路，或者是冥冥之中的安排？可是甚麼是冥冥之中？真是不得而知。手指沾滿軀體的氣味，洋人皮膚的氣味像是過熟發酵的夏天，得用靈魂的深度汁液才能清洗殘味。

當遠方近在咫尺，當戀人近在床邊，離別就已開始了旅程。

沒有預料來臨的一夜，多倫多之夜，大信者似乎看見這座島嶼急需海洋的撞擊，金髮男人是海洋的臨別秋波。

他說我們還會再相遇，以海洋為憑證。

他打開房間門，她望著男人離去的背影，空間遺留他曾經存在的痕跡是發皺的被單，還有一瓶被喝剩的酒，以及一塊肥皂，愈洗愈薄的肥皂像慾望。

之後剩她一個人收拾行李，回望一眼焚燒身體慾望的房間。同時心裡一方面非常焦慮，開始打電話給航空公司，希望訂到最早一班返台的機票。前往機場，等候登機時陸續來了和她說同樣語言的人，旅客臉色顯得疲憊，擴散漫流的語言擠滿著耳膜，使她不得不戴上耳機，先按下海的聲音，接著按下昨夜旅館的聲音，房間的聲音不是飲酒作樂的那種，而是像在說悄悄話的那種呢喃。摩挲的聲響，走動的步履如貓，沐浴的水聲。

男人去多倫多電台錄節目了，他有著好聽的聲音。此時透過耳機，聽起來像是他在做線上深夜廣播節目。他曾說現在已經賣不掉他的聲音了，廣播成了少數人的媒體，因此廣播成了他的業餘工作，他的父親希望他接手家族企業，他開始研習新的媒體，開始去了解甚麼是業務甚麼是行銷。

研習營結束，她說故事的方式卻更老派。她好像無法成為淡水夢婆想要她成為的樣子，改不過來的事還是改不過來，但至少在被釘在島嶼之前，她有一段旅行，還有一段看起來似乎有發展性的萍水相逢。

男人掩上房門，毫無眷戀的俐落。他的轉身姿態優雅，但襯衫發皺，有著被高溫身體滾燙過的痕跡。芭比娃娃對苦命阿姨，賣身的女人在她的旅館樓下，她在旅館裡看電視，好不容易轉到一台電視撥放電影，還是古裝電影，仔細一聽卻是配德文，但在之前的啤酒屋播放著英語老歌，還是她大學舞會常播的那款老歌，這城是老了。她這個慕道者，縱身入海卻空手回。

離開旅館前，她望著房間，發皺被單，滾到地上的圓筒衛生紙延伸著白色的曲線，像一條道路。散了一地的報紙，桌上凌亂的水杯，浴室仍飄蕩著如霧的水氣，濃烈的洗髮精沐浴乳的人工香精……那是十多年來熟悉的旅館房間氛圍，只是有時孤單，有時孤單更甚。但沒有一次不感覺孤單，但這種習以為常的孤單說來並不孤獨，只是她習慣回望。她是京都的回望佛，因這一回望而無法成佛。她是義人羅得之妻，因這一回望，而讓回憶變成鹽柱。幸運的還有書寫，書寫的回望，看似凝固實則默默地在融化，融化一切被封存。她想念起夢婆，夢婆的執念、懸念如書寫。

她即將離開這座有著自己與島嶼拓痕的城市。

登機廣播後，她切掉反覆聽的聲音。尤其是那段男人練習著如何發音她的名字的那一段特別有趣，百聽不厭。循著號碼入座後，她看著機艙外的跑道，引擎聲下是奔忙的小車，不知何時夕陽已經將光燦的橘紅色染上了每架飛機的尾翼，這樣的微光溫暖，撫慰她不安騷動的心。多倫多自此住進了她的心房，她像是要刻意和這座城市連結似的有了一段露水愛情。比之於以前她自信毫無阻礙的愛情簡直輕如鴻毛，但這樣的輕也許比較是她想要的。起飛後，她往窗外一看，竟就看見了那間旅館，還看見了安大略皇家博物館，她想著在微光的展覽房間裡孤獨的牌位，那些流落他鄉的牌位是否還有靈魂附著其上？異鄉人不知島嶼的習俗與在地信仰，以買紀念品的收藏方式將這些島嶼物件帶到了異邦，覺得那些祖先牌位也在和她靜靜地揮手道別，如孤魂野鬼的牌位。

她就此結束多倫多的行程，她來到機場候機。

在飛往家鄉的機艙裡，她悄悄拿出袋子內的一小撮頭髮綁成的垂飾，那是異邦人和她看了皇家博物館的島嶼收藏展後，悄悄在夜晚製作給她的紀念物。那髮是金中帶褐色的，洋男人的頭髮，這使得原本象徵勇士戰功的黑色垂飾，顯得如此柔軟與陰鬱的情色。

在進入高空萬里的飛行後，她逐漸在黑暗中沉睡，鄰座的男人離她那麼近，他也睡著了，看一半的電影還在打打殺殺。他們比鄰而陌生，陌生人如此容易靠近的空間，不交談不交會，長途飛行得挨著彼此。聽見身體發出最細微的聲響，靜電的髮絲無重力地飛揚。

她在似睡似醒中，看見她年輕時讀書的那座靠淡海的大學城，那慘澹的青春，沒有信念，沒有核心，就像只為愛情而生的年紀。那多雨的小鎮，每一場雨都把她下老，下霉了。在雨水的盡頭，海不枯石不爛。

她看見髮絲繫成的小垂飾物夾著一張小卡片，她讀著，在心裡譯著字詞。

查爾斯，男人的名字。

自此分別，必然再見。

回到島嶼自己的房間。

夢婆好幾天沒入夢，她想這夢婆真識相，知道旅途裡她的房間有人而進入安息日，直到她歸來淡水。

三　尋找者的國度

各式各樣的旅人將他們留給旅店的告別言語化為一個小小的物件，
彷彿離別的憂傷藏在相思豆裡。

一位聖經販售員沿著雨水的盡頭兜售著麻袋裡的小冊子，雨水的盡頭山丘植滿通脫木相思樹，落滿金色絨毛與鵝黃小花，在耐寒耐熱的節氣中迎著海風，迎著新世界的到來。這座港口不久前才劃入了世界航運地圖，領航員新上手，新的通商口岸吞吐著帆船貨船，後門進貨前門開市，海洋帶來了異種人，異種人攜來了異種教，唯獨一次又一次的颱風是島嶼每年盛夏光臨的故舊，強烈捲起的海風把港口小山丘上的樹林茅屋連根拔起，泥沙濁水淹過街道。即使如此，充滿貿易熱情的人們在水面上上下下，彷彿天塌下來也阻止不了他們走向這座雨水盡頭的小鎮。這位年老的聖經販售員一路徒步來到這裡，像是要用盡他最後一口氣來宣說甚麼似的站上了某個石階高處。他朝著上下岸的人潮說著索多瑪城與娥摩拉城的滅亡故事，索多瑪與娥摩拉如此異國情調，耳朵滑過這兩個字詞的路人們聽了覺得奇特，聽過太多說書的老人家們問著佇賣貨郎講的是哪個朝代哪個地方的故事啊？港口搬運工經過時有人朝他抓辮子，有人朝他吐口水，有人罵伊肖仔，有路人碎念無知伊在講啥米。也有人拿了許多小冊子，跟他佯稱回家取錢，卻再也沒出現過。聖經售貨員傻傻地在港口吹著冷風等著那幾文錢，他一直站到淡水暮色降下，卻沒等到那拿了冊子說要賒欠的人。

他想這就是罪惡。

聖經販售員一天下來賣掉三本，他黯淡地走在滬尾，他徒步走到滬尾河邊，他喜歡滬尾就是雨水的盡頭的意思，他知道自己的生命已然走到盡頭，在盡頭處他聽見呼召，知道這小鎮已有傳道者上岸扎根。在港口上，有個正要登船到廈門的讀書人望著年邁的老人在港口販售聖經小冊子，他被這樣的舉止感動，信心之妙用瞬間穿山入海，而他回望自己也年紀一把了，除了讀書之外，好像從未有過信仰，不知生不知死，不知天堂不知地獄。在四周寂靜無聲時，忽然有個從虛空中降下的聲音說著我在群樹下看守著牧群，我在樹下等待著你。

這年老的讀書人一時感到羞愧又惶恐，心裡不知為何竟回答著您這位牧羊人請等等我，請去除隔在您我之間的距離，我的靈魂在放逐中常紀念您，我樸拙的文字尋找您的美麗韻腳，被自己內在的聲音喚醒後，他仔細地聽著聖經販售員說的故事。風霜如刀般地布滿在聖經販售員的臉上，讀書人心裡感覺這個人就像是在佛陀入滅前最後一個趕著路想要見到釋迦牟尼佛的老人，老人長途跋涉怕無福分見到佛，佛陀要入滅前對弟子說，我還有一個弟子已經在路上了，等他來，我才入滅。讀書人上岸後，望著雨水的盡頭山丘正在動土，從海上運來的紅磚逐漸搭起了樓房，樓房頂上一個十字架高立。港口通商之後的新局面，他已經聞到了即將變革的滬尾。這個抵達廈門的讀書人在經商之餘讀著在岸上買的小冊子，夜晚讀著，心裡彷彿被觸動了甚麼。雨落在異鄉紅瓦，冰冷空氣四竄，但裡面的文字卻節節吞噬著他，最後把他的心啃食得連影子都見不到時，他發現窗外已經天亮。

很多年後，讀書人再次回到這雨水的盡頭，但他落腳在滬尾對岸的老家八里坌。一八七四年八月十二日傳道者來到觀音山下，對觀音山的美屏息欣賞著，在河左岸，傳道者望著自己的屋子與學堂，望著來處，那時天空一片陰灰，卻唯獨傳道者山丘的小屋發亮，樹林溫暖潮濕地散出芳香，水柔軟得如空氣，濕潤著他的臉。在律動的海洋中浮游的船隻，在還沒有下雨之前，颯颯的東北風已經把空氣中的熾熱趕出了海，捎來了一點的涼意。這美麗的八里坌，這婆娑之洋，他心中丘壑越發寬廣了，彷彿見到上千個門徒走向他來。四日之後，傳道者在山坡最後一抹落葉墜入大海時，迎來了那年淡水冰霜似的寒流天氣，蕭索枝椏伸向天際舞踏如神曲。他內心卻盈滿詩歌。繼一八七三年一月九日他為五位堅信者施洗之後，第二度施洗，待施洗六人恭守聖餐。一八七六年九月十七日在大龍峒傳道者施洗四十人之中，來自八里坌者有八名，讀書人就在這八名之中領受施洗。讀書人離開孔廟就往大龍峒去，有人問他讀聖賢書，卻信洋番教。讀書人笑說，讀聖賢書者怎會戲稱別人洋番呢，洋番的聖賢汝又豈知，不知就不能批評。

傳道者施洗錄標記著八里坌首批施洗者有曾玖、曾媽和、劉來、曾德、陳能、蔡生。第二批有劉娛、張邁、陳山、郭德生、劉娛嫂、曾玖嫂、張邁嫂、蔡生。曾玖受洗時六十歲，與張邁後來同被選為長老，此即讀書人的後來故事，一八八八年歸主聖殿。一個小小的聖經販售員，如蝴蝶效應地成為他者命運的關鍵點。當真理榮耀如利刃刺著這位年老衰頹的聖經販售員時，他的心必須莊嚴自己的角色，因為他此時代表著主在人間的舉止。

於是這位年老聖經販售員在只賣出三本小冊子的頹喪之後，他忽然大有體悟：發現宣說因罪惡而滅亡之城的故事前，他應先說說自己的故事，如此才能打動路過行人。於是他改說自己也曾是惡名昭彰的賭徒，輪到連褲子都拿去當了，但有天他去了逍遙學院聽到傳道者宣說福音，自此改過自新，現在他不僅受洗，且已是一腳踩進天堂的人了，這時港口忙碌的人中有不少人聽了感到好奇而停下了手邊的事，走到聖經販售員的旁邊，好奇取出冊子來看。這位聖經販售員那天賣了一百五十四本，一位看起來有些錢的人家買了許多本冊子，其中包括旺仔。

當時這個叫旺仔的漢人正在淡水港等待雇用他的主子從山丘上走到河邊，他讀著手上剛買的小冊子，看得很入神。他的嘴裡念著小冊子羅馬拼音的閩南語，小冊子上面印著「信靠神」三個字。這是這麼多天以來旺仔陪伴史蒂瑞遊走島嶼最閒的一刻，就在這一刻他感覺自己遇見了神，也在史蒂瑞引介下遇見了傳道者。旺仔這位粗壯的漢人用洋涇濱英語陪伴博物學家史蒂瑞一起旅行島嶼已經有一段時日了，前幾天他們還在基隆海岸採集，由於他忘了帶博物學家吃飯必須用的刀叉工具，使得博物學家在偏僻之地狼狽吃飯。旺仔是一個通譯與僕人，也是一位廚師與採集者，他協助博物學家在旅途的島嶼所需。一八七三年九月英國領事館接到了一封從廣州寄來的信，廈門韓德森美國領事為史蒂瑞取得了旅行證照，允許博物學家史蒂瑞進入福爾摩沙。

這位博物學家前往廈門，等待來到島嶼的海龍號輪船。如果你到了福爾摩沙被野蠻人獵去頭顱的話，我一定會召集美戰艦炮轟這些野蠻人，韓德森對史蒂瑞笑說。

結果抵達與離開島嶼五個月的史蒂瑞不僅沒有被獵去頭顱，他且活到九十八歲。史蒂瑞搭著海龍號進入淡水，在傍晚時分上岸後，被寶順洋行的茶香一路吸引到傳道者的屋子。他向傳道者說到獵頭族和船難者的不幸，尼布達號和安妮號，他在上岸前曾聽聞的行刑故事，一百九十七顆頭顱像浮球般地任由海水潮汐捲走。史蒂瑞在山林遇到生番差點要攻擊時，曾把手扣在槍上隨時準備攻擊，而當時和他同行的傳道者卻說寧被砍頭也不殺他們。史蒂瑞聽了很佩服傳道者服從十誡的第六誡：不可殺人。

如果是我，我也一定先自保。聽米妮正在導覽故事的旅客史蒂瑞這麼說著。米妮在內心驚呼，當史蒂瑞遇上史蒂瑞，不同時代的同名者回答幾乎相似，她在博物學家史蒂瑞的書中曾讀過類似的話。但旋即她就想其實大多數人也都會這樣回答的。她聽了朝他微笑，沒認同也沒否認。先自保或者先保別人，就是平凡人與傳道者的差異處。

參觀者看著傳道者屋內牆壁掛的圖表與地圖，那是傳道者用來教授地理和天文的工具。聖徒的安息，系統的神學，人性四階段，教會史，解剖學，生理學。當年博物學家史蒂瑞來到這間房子時，他也是這樣認真地看著傳道者的屋內陳設，他看著傳道者教授研習的書籍，當年傳道者立即向他邀約授課，希望他教學生一些關於海洋生物，關於大海的知識。當年史蒂瑞非常訝異著傳道者的熱情，他發現傳道者的成功來自於他融入了社群，且平等對待每個人。尤其在部落非常成功。傳道者跟他解釋這是因為部落的人對漢人有敵意，因此反而驅使他們接受了主，渴望新希望的來到，他們的歌喉非常好，吟唱起聖歌，彷彿昂揚天地毫無阻礙。

這是她第一次在導覽中提及史蒂瑞這個名字，因為今天來參加淡水一日遊的客人有一位就叫做史蒂瑞（Steere），祖先混過德國血統。這個和島嶼洋人博物學歷史有關的特殊姓氏，使她瞬間提及了十九世紀的史蒂瑞，關於他在淡水和傳道者相遇的幾個片段，還有他曾經教淡水學堂學生們認識貝類魚類的幾個時間點，她覺得那是非常有想像力的畫面。就像於今讀到史料提及當年有島嶼人認為傳教士用孩子的眼睛和血液來製藥的謠傳，謠傳歸謠傳，聽來卻充滿恐怖的張力。

那個聖經販售員與旺仔更有小說感，史蒂瑞和她一同走回旅店時這樣說著。

她點頭。但改變人物等於改變敘述者，且得加入更多的虛構，這對講究真實的導覽員是充滿挑戰的，小人物的資料太少。

誰也不知道聖經販售員和旺仔相遇的那一刻發生甚麼事，也不知道旺仔遇見傳道者如何，其實可以隨妳說，只要旅客聽了開心，史蒂瑞又說。

她笑著史蒂瑞果然是商人，精采是賣點，而不是真實。

她帶史蒂瑞從山丘眺望著海，淡水暮色是導覽員必帶的景點。河岸上擠滿看落日掉入海洋的戀人。她一直覺得趕著看夕陽的戀人帶著一種悲涼感。史蒂瑞聽了笑她容易感傷，感傷的英文聽來像是中文的山東饅頭，她突然笑了起來，史蒂瑞不知她笑甚麼地發了一下愣。看完夕陽，史蒂瑞要去台北，有個餐會。於是約明天再續導覽。

史蒂瑞打電話給米妮時，她正從夢婆的白日夢裡醒轉。史蒂瑞已走到河邊，她快速套上鞋子，抓了包包下樓，走出旅館。

步行時，年輕時的淡水與百年前的淡水不斷地交錯在她的腦海，她明知很多事情想不得，不得想，但緣於工作，不想都不行。

史蒂瑞再次出現時，幾乎遮住了她眼前的所有光線，他個子頗高，這讓她顯得像是從山裡頭蹦出來的小土人。嗨，他彎下身來和她握手。如果要問候親臉頰，他可能整個人要彎成九十度。這使得她和他走在一起太醒目，他一頭蓬鬆亂髮，笑起來有點憂鬱。

昨天為何不覺得他那麼高？她想可能他們昨天並沒有並肩，且一直在上上下下爬行，因此沒有那麼強烈的感受。

她和史蒂瑞分享著島嶼最美的是在這塊土地只要往任何一個方向就可以遇見海，看見水。小街小巷小角落，必須將目光微縮成碎片，像是青花瓷最美的圖案。大地山河整個微縮成一個卷片，在恬靜的街燈下，所有的耳語都成了細碎的背景音。

史蒂瑞說耶穌總是在強光中隱沒，人類是唯一會尋找意義的受造物，他告訴她人在尋找人生的意義時，往往不是找到自己而是找到神。

她聽了笑著說就像戀愛失敗的人就變成了哲學家。

也有人找到神之後，不是不相信神就是與神不歡而散。

我喜歡與神對話，近乎神交，她說。

妳的神是誰？他問。

她指指心又指指天。史蒂瑞則在胸前畫著十字。這萬物一切都是神寄存的形體，沒有定形的容器，但他們發現即使是這樣，對世界好奇卻毫無阻礙，因為他們都是沒有邊界的人。史蒂瑞要看滬尾寺廟，他對教堂反而不感興趣，來異國要看當地的事物才真正來過。於是她先從捷運附近領他往教堂的相反方向去，學府路是她大學時租屋之路，曾經住過的五層樓公寓仍在，一代又一代的學子住進她曾經住過的公寓，公寓正對著淡水老寺廟鄞山寺，他們轉了轉鄞山寺。大學時她曾在這寺院倚牆拍照多回，她閉著眼睛都可以說出這寺的前殿正門的神像是韋陀伽藍，兩門是護法神四大天王，進入大殿兩旁必先經護法神。但這細節太複雜，她就省略向史蒂瑞述說了。廟前殿的三川脊單簷旁的兩側有左右護龍，鄞山寺背後隱在荒丘之地的是聖本篤修道院。

她跟史蒂瑞說在讀書時她常和被她暱稱為動物園男孩的男友去聖本篤修道院更多於進入鄞山寺。因為她很喜歡修道院的氣息，很多年前聖本篤修道院一帶幾乎被荒丘綠林環繞，可供他們閒晃探險，或者芒草及膝，常常走失了原來路徑。趴在牆上眺望白色聖母矗立林中，看著裡面的修女整日讚美著天主，談論神聖的事情。而在她的大學城周遭卻總是八卦著一些無聊的話題，因此她很常在這裡閒晃。許多的黃昏，她和動物園男孩常一起漫步在聖本篤修道院四周。當年有很多的小路可以通往淡江，比如小坪頂是他們最喜歡的路徑，或者繞到公墓旁，在聖本篤修道院外圍荒地聊天。就在和史蒂瑞重新提起聖本篤修道院這個地方時，她的腦海瞬間跑到昔日之景，帶著芒草雜生的牆外，牆內卻有著中世紀修院的樸素之感。

史蒂瑞要米妮談談在淡水讀書的光景，他想了解一個島嶼大學生的生活樣貌。

她想起恍如隔世的青春時光，那些讀書時常去歷史系選修文物之美的獨特節點，她喜歡去故宮看宋代畫。喜歡在那樣低溫微光的空間，瞇眼隔著玻璃痴痴盯著范寬的谿山行旅圖，細觀畫裡林間的煙雲變滅，水墨的晴晦深淺。她寫著筆記，那時一起選修的歷史系男孩曾和她一起爬上山丘時說著我們所在的位置是在淡水的第一崙，而他租屋之地大田寮就是淡水的第二崙。她在修道院的靜默氛圍裡靜靜聽著，就像在新學一個字詞似的專心。崙，好典雅的形容詞，沙崙，崙下有沙灘，山聚著海。然後他們散步公墓，那時她剛在學習如何拍好影像，四處拿著攝影機拍著，也常把這個歷史系男孩拍了進去。她和這個喜歡和她一起在聖本篤修道院閒晃的男生混了一年，終因另一個學妹介入而讓往後成了兩條徹底的平行線。偶爾會想起一些遠去和他閒晃的老舊光景，比如聖本篤修道院，比如鄞山寺，比如和他在她住的後山黃帝殿前望著迷濛河海方向的神情，歷史系男孩說著古老地貌的知識，那是她頗薄弱的領域（即使她很愛旅行）。他一直指著某處線條說看見沒，那裡就是自兩百萬年前起，大屯火山陸續噴發，熔岩向四周流去，形成一條條低處的餘波之處，這餘波在淡水境內分裂成五條如手指般的丘陵，就是五虎崗。他好像指著跳躍的海上鯨魚般，她卻目盲只見大海不見鯨魚。

妳在想甚麼？史蒂瑞問，空氣太安靜了，她忘了自己是來當地陪的，不是來回憶的。但回憶常不是主動的，回憶是隨機被點選的。歷史系男孩是純愛，動物園男孩是火山爆發似的愛，但不論哪一種，都在大學之後逐漸殞滅。

她忘了史蒂瑞在等她說話。於是她說起大學時她第一次遊晃聖本篤修道院時所聽聞的一個現在想來依然具有啟發性的故事，當時一名修女跟她說過聖保祿的一個小故事，讓她至今依然難忘。那故事是關於即使像聖保祿這樣崇高地位的信徒，在他祈求上主拔去他肉體上使他痛苦的刺時，卻無法如願以償。年輕時的她聽了感到很震驚，瞬間她好像明白甚麼卻又不明白著甚麼。信仰不是為了換取甚麼，信仰不一定因為虔誠而達其所願，相反地可能會有更多的考驗。

連聖保祿都對上主祈求卻不可得，她的祈求於是顯得如此貧乏。

那妳為何沒有成為教徒？他問。

這是兩回事，天使不是只有在教堂才看得到啊。她說。史蒂瑞點頭，他說淡水頗異國情調，但卻又非常在地，兩者混在一起，使他覺得很有意思。談到聖本篤，他們的腳程卻來到了鄞山寺。門神是護法韋陀伽藍，兩爿門神是四大天王。風水上屬蛤蟆穴，前殿對著泉州人的蜈蚣穴，蛤蟆是蜈蚣的剋星，不利於泉州人，因此泉州人就在正殿後側開挖兩個像是蛤蟆眼睛的，蛤蟆大戰蜈蚣，她說著風水，史蒂瑞聽著點頭微笑說這真是有意思，明明是人在住，但卻總是在意風水，甚麼龍穴虎穴蛤蟆穴與蜈蚣穴，人的事卻搞出一堆動物來背書。

進入殿內，史蒂瑞非常好奇佛桌上紅盤裡擺著的紅色兩瓣如月牙兒的東西，看人手持一陣後還往地上一丟就更好奇了。她於是教他怎麼拜，如何擲筊，告訴他兩片紅色一正一反才代表允諾，卻見他擲得地板鏗鏘哐噹響的，卻怎麼樣也不見笑筊時，倒是他先笑了。

怎麼都沒有被允諾？他笑說。

可能你問的問題太難回答，她笑答。

可能我說的是異語，媽祖聽不懂，他又笑說。

媽祖聽的是心，不是表面的語言，她認真地解釋著，這讓史蒂瑞又笑了。沒有笑筊，卻讓他笑了好幾次，露出一顆虎牙。柱子和石碑上刻的中文字讓他很好奇，她說都是捐款者芳名，或者有的是標誌祖先族群從哪裡來的地名或堂號。

廟前兩岸都是樓房，在廟門前，她指著前方告訴史蒂瑞，往昔這裡是老碼頭，商賈林立，貨船靠岸，工人登陸，貨物裝卸，淡水古景只能用想像了。

一座港口不過百多年前，商港的功能竟就完全消失殆盡了，好可惜，史蒂瑞說。

沿著幾隻貓兒，他們也緩慢地攀登小徑，左轉入廟旁的重建街，沿著圍牆石階，連接碼頭與山丘聚落的小小彎曲之路，米仔市街與布埔頭街都隱沒在遺留的一堵磚柱上。行至祖師廟時，史蒂瑞特別被廟頂上的交趾陶吸引，白瓷人像騎著兩隻虎，生動地俯瞰著海。再往前走，拐到龍山寺，瀏覽龍柱石獅虎窗麒麟堵，入廟安靜，將山丘下的喧囂隔絕了，廊廡合院難得安靜。

他說這裡還擲筊嗎？

是啊，只要是廟都有擲筊儀式。她又補充說，但清水祖師廟神像很特別，只要祂佛力顯靈時，為了指示蒼生明路，祂會落鼻示警。

史蒂瑞聽了摸著他自己的大鼻子，模仿落鼻模樣，她看了笑，心想這洋鼻子可真高大，落鼻時一定很醒眼。

這樣的顯靈，非常人性。史蒂瑞收起玩笑地對她說，妳有沒有發覺所有的神性都建立在人性上，基督受苦這件事是啟示錄，但更多是對他們身而為人的啟發性。苦的意義成為淨化，因此苦不再是苦，苦成了迷人的事。但苦的歷程太過艱難，還沒看到盡頭的迷人之處，恐怕已經中途陣亡。

在山丘高處極目，可見台北港，油桶滿布海岸，還有八里療養院、垃圾處理場、林口發電廠……作為旅行者史蒂瑞有其敏銳處，他說怎麼疾病與汙染的處理都設在最美的海岸一方。她瞇著眼看著海，昔日的痲瘋病院也是另一名傳道的醫者成立的，現在遠觀瀰漫著一股靜寂的氣息，任海風吹拂，像孤島。

她沒有辦法回答史蒂瑞的疑惑，因為海在這座島嶼一向是等著被傷害的。

他說一定要去摸摸海的溫度，或者下海游泳。那是島嶼冬日，對他而言卻溫煦如夏。她深怕他真跳海，一逕帶他往山丘走去。他很失落地跟著她走，人生地不熟。只好緊跟著她。然後她帶他去面河的一家獨立書店，彼時未知他們闖進了一家書店的末日時光。

貓在看海，人卻看手機。他們登上二樓，坐在露台上吹風，旁人都穿外套，獨他短袖清風。他看見河水，又禁不住往河邊探去，摸到水，直喊著不冷，不冷，河水溫暖。真怕他跳河，那就上頭條了。他說來到淡水，最想摸到海水，這會使他感覺他在島嶼。

很快地史蒂瑞感覺到島民們對海水的冷漠。她該怎麼跟他解釋一座島嶼的子民把自己過得很像是舊大陸的怪異。她還是沉默吧，只要他不跳海就行了。

在靜默中，他突然轉頭對她說，在雨水的盡頭，我會把大海寄給妳。藍眼睛燃燒著紅色的海，夕陽落在觀音山的眉間。一座山奔向一面海，山魚水雁，出航的愛情忽然就鳴笛拔錨。他這樣說的時候，彷彿夕陽燃燒的溫度。

但這時候死去的父親忽然跳入眼簾地對她耳語，女兒啊，妳哪裡也去不了。

她在心裡笑著父親把旅館交給她簡直就是愛的綁架。

是的，親愛的父親，明天和明天的明天我都會在這座海。送走異鄉人，我不離開這座海，不離開我們的海，於是我只能把大海寄給遠方，寄給你——異鄉人。

傳道者　在黑暗中織網。門徒們，找尋屬於自己的靈糧。他和在島嶼的第一位受洗的門徒阿華出外去鄉間拜訪一位老朋友，這位老朋友是一位農人，農人看到他們非常排斥，放出了隻大黑狗來攻擊他們，孩童也跟著在旁吶喊大叫，高聲地辱罵他們倆。他想人的榮光就像花草一般的脆弱，但人的信仰可以頂過大海大浪，建構好這個價值，或許人可以變成不同的人？就像人子的生命一般，可以完全被改造。教徒有太多沾血的事情，有太多征戰的眼淚。他也常聽見基督被戲稱成雞禿、耶穌變鹽酥的時候，但任何宗教移植他方都會面臨語言的錯謬與風險，一旦從一個人擴大到一個組織，擴展成一個教派，危險就開始發芽了，黑暗也在網中暗織。家庭都難脫暗影，何能檢視一個組織能完全透視光明。信仰是自己的事，和他人的評鑑無關。他的門徒之一劉澄清這樣對他說著。劉澄清因為信教，自此被孤立，被認為背叛，被認為遺棄祖宗，兄弟與家人都對他不滿，商議祖產自此他竟無分，私塾學堂的小孩子也不再到他的課堂上課，且讀書同輩沒人和他說話。劉澄清這樣的讀書人只因信了洋教而有數年的時間沒有學生願意給他教課，空蕩蕩的書院寂寥安靜，他靜靜地望著黑瓦屋簷滴落的雨絲，感受被孤立和排擠的滋味，讀儒釋道書，卻信洋教，他自己也難解釋，信仰是很私密的事，但信仰卻又必須分享時，常常會墮入神祕之境而引來更多的對立。自己的心被召喚只有自己知道，他用書法抄寫聖經，一字一字地寫著，恍如屋簷落下的雨滴，點滴成涓，他訝異地發現上帝早已來過好多好多回，至於孔孟之說，東坡之詩，在他的心中也毫無影響其重量。幾年過後，這個讀書人那空寂多年的學堂終於來了一個人，傳道者的未來島嶼妻。他教女學生讀點古書，島嶼妻則和他分享教義，在五月的梅雨過後，又來了幾個山地女孩，問問她們為何要來到主的懷抱，她們說因為只有這裡願意讓她們成為自己，接納自己，成長自己。其餘之地，貶低她們，勞役她們，傷害她們。在朗朗讀書聲中，女學生們抬頭看見黑瓦屋簷縫隙開出一朵花，雨後陽光溫柔，彩虹就掛在山頭，她們的人生第一次擁有一本書，且這本書竟還可以陪伴終老。她們摸著書皮，甚至比撫摸情人都要充滿著愛意，她們來學堂還可以認識朋友，讀好書還有銀元可拿，她們的世界被主的恩典打開，這在過去是沒有的際遇，於是不纏足的女性有了新的世界可以闖蕩。傳道者帶著拔牙與白藥水讓許多人臣服，帶著醫藥箱是最容易軟化人心的救命武器，這也使得教徒日後從底層變菁英，使最初島嶼邊緣人成了日後走入島嶼銜接現代化的先鋒，處於邊緣底層的信徒，在當代化的腳程裡，成了接受傳道者帶來西方與現代理念最初接受訓練的人。傳道者當時並未想到後來發生的這一連串事情，他只是一心一意，只是知道要以信仰和醫藥救人，他無意之中竟埋下了島嶼後來擠破頭也要當醫生的啟蒙種子。他的門徒跟隨著他習醫，日後成了最早接觸西方醫療技術的前輩。很多年後，在他漫步相思樹望著海時，他才知道自己的背後代表著島嶼接受西方啟蒙主義與科學理念，在當時他開的課算是非常先進，從天文地理到數學科學，醫學解剖學與植物學，島嶼海洋突然面向了西洋，第一代教徒因禍得福，學習成為家族的傳承，教育成了上進的重要手段，信主而改變了命運，他們都是這麼地相信著，即使被砍頭，被奪去祖產也不後悔。傳道者的記憶力極強，豐富的理解力與雄辯力使他能在荒蠻海岸撐起一片天地。人們經常看見他不分晨午散步在砲台埔山丘的沉思身影，還有不時聽見他和牧童與淡水在地人所習得的活潑語言。

我們的海這日在大廳舉辦摸彩慶生活動，住宿者可以帶朋友來歡聚，度過十二月的感恩派對與客人壽星天使的祝福活動。夜晚則有舞會，由打工妹宜蘭女孩一手籌辦，十二月是旅店的旺季，間間客滿。點亮耶誕燈，成了旅店的小小歡樂高潮。

通常章米妮並不會去參加旅館所辦的這類活動，她看起來活潑，內心卻害怕這類舞會。她覺得所有的舞會，尤其是青春時期的舞會，可說是全世界最世故的愛情交易市場。比如大學城女生宿舍與交誼的男生宿舍所配對的舞伴，完全依身高比例，於是個子嬌小的永遠跟最矮的男子。某一回她到了現場，發現許多靈魂美麗但不是那麼顯眼的女生卻一直坐冷板凳。那是她唯一參加的一場舞會，應該是被室友拉去的，在配對時，就分給了一個物理系的小個頭男孩。她穿著一件白色裙子走出宿舍時，看見八個男生排排站在女生宿舍外頭，矮個男孩走向她，就像完全知道她就是舞伴似的解碼表情。但到了舞會現場，她始終沒跟他坐在一起，連一場舞也沒跳，也沒人邀跳舞，她就像一粒石頭在夜晚霓虹閃爍的空間裡不染塵埃。慢舞來時，她離開了舞場。誰能在那裡看見靈魂的美，當然不需要，也不會看見。那是一個豪華青春配對的遊樂場，不屬於大一時還找不到如何擺放身體的人。她從學生活動中心走出時，校園仍喧囂異常，四處有不同的迎新晚會，有夜遊山林的，她想這可能還有趣一些，女孩害怕時可以拉住男孩的夜遊計謀。有抽機車鑰匙到沙崙淡海的，有溜冰或游泳比賽的，有放映電影欣賞會的。牧羊草坪外散坐一些男孩女孩，她往宮燈大道走。一路走向克難坡，英專路，走到市區，走到老街，走到河邊，走去看海。

空氣清爽，霧氣陰濕，她喜歡淡水，但卻沒有愛上大學城，大學城沒有獎賞，只有偽裝的知識與愛情，只有世故的評比。當年傳道者的淡水女子學堂或許更有趣，有知識也有愛情，有獎賞也有榮耀。在她的年代，大學城只剩下逸樂居多，因此在學堂，她甚至恐慌自己這樣的老靈魂身處在這樣輕薄吶喊的青春裡，或者另一端是努力不懈的用功者，努力獲得獎學金，可以看見這類人離開學校的往後人生也是不斷地爭取著終將凋零的花冠華冕。

在人們意想不到的時候，祂會忽然地來到。她聽見這句話，當她孤獨地行走在夜晚的淡水老街時。某一回要去上課的途中，遇見一到舞會現場即被她甩掉的矮個男。矮個男旁邊的同學都認出是她了，在她低頭經過他們時喧笑說著長得不錯嘛，頗有哀怨舞會當時怎沒看到的可惜口吻。

那種青春時連結的無意義空間甚至比歷史空間蒼白。

突然米妮聽見有人敲門，她打開門看見是史蒂瑞，他伸頸張望著她的房間裡面，彷彿房間有他要找的人，但她沒有請他入內的意思。

晚上你不參加舞會和生日趴？她問。

史蒂瑞搖頭說，趁天光猶亮，妳可以帶我再到處去遊逛淡水嗎？洋眼珠改變島嶼妻的命運，而我的命運誰能改？史蒂瑞又開玩笑地說著。

帶我去看墓園。

她笑著心想這人可真是自己當地陪所見過最奇怪的客人，特別喜歡暗世界，踩踏幽冥之路。

他們倆走在旅店迴廊，四處飄著食物的香氣和耶誕歌。從十一月底聽到十二月中的耶誕歌曲，不知為何她覺得哈利路亞聽來很有悲壯感。尤其是聽黑人的唱腔，總是聽得她熱淚盈眶，尤其在起霧的露台。

旅館電視螢幕不斷重播著各地點亮耶誕燈的歡樂活動，到處擠爆著人潮，交通四處打結。都市人待不住窄小的屋子或者無法在一個房間安靜下來，尋求外在的歡樂總是最容易的方式，因而政府很容易討好民眾，一隻虛擬的黃小鴨可以讓河川沿岸觀賞的人擠爆，一些樹纏繞著人工的各色燈泡也使所有的人趨之若鶩。史蒂瑞看著島嶼的瘋狂，他悲憫地說，你們一定是生活太無聊太匱乏了，所以才這麼容易被討好。甚麼都沒有的人一點點施捨就變成很大的東西，就這麼些樹燈，大家就開心了，這真好玩。

米妮聽了覺得史蒂瑞的分析有道理，但她嘴裡說著這現象也不只台灣啦，很多地方都是這樣，生活的慣性一旦出現不同的插曲，就會引發熱潮。

所以我最怕看節日之後的東西，比方說耶誕節已經過了很久，但老擺在路邊的耶誕紅，或者被丟棄的耶誕裝飾，粉亮金閃的飾物突然都成了垃圾，史蒂瑞說。

那你也一定害怕看到結婚過後的杯盤狼藉？她笑著回問。

沒錯，所以結婚一定不請客。

你還沒結婚？她又問。

沒有，但有女朋友。

她聽了覺得這回答真直接，直接省去曖昧性。

但可能會分手，史蒂瑞忽然在她停頓的語氣上接了話。

她沒接話，正巧兩人已經走到了淡江中學，之前打過電話照會的管理員讓他們進去，管理員和她熟，笑說半夜不怕鬼敲門。

她笑著，沒翻譯給史蒂瑞聽。史蒂瑞對管理員微笑，以為管理員說的是問候句。

在淡水外國人的墳墓園區，她常彎身一一盯著上面刻的外國人名字，名字有的帶著素樸的手刻痕跡，女性的名字也引起她的注意，珍妮、瑪麗、珍娜特、羅莎、珍麥吉爾、莎拉、艾達、莉莉安、蘇菲亞、珍愛莉莎，她們是隨著主或者情人而來到島嶼？還是個人的意志驅動？或者命運隨機揀選？百年來，商人官員基督徒天主教徒來到淡水死在淡水……史蒂瑞拿著手機上的手電筒照著墓碑，米妮覺得這個人真的是不怕鬼。

史蒂瑞特別注意德國人，他留意上面刻著M. HECHT的墓碑，米妮跟著走過去。一八九二，死於淡水，享年三十九歲。

她對史蒂瑞說巴恩士當初是受到台灣首任巡撫劉銘傳之邀來到淡水監造砲台和訓練兵團。她解釋著巴恩士碑文上刻的：大清欽賜雙龍三等第一。洋務運動的異邦人靈魂落戶淡水，不知轉世是否仍在島嶼？如果復活東方，他的德文會不會特別好。她的想像力所到之處彷彿擊中了輪迴的沉重性，史蒂瑞聽了覺得有意思。

她和史蒂瑞在逛墓園時說以前自己就常這樣地想著有些朋友對於某個國家的語文特別厲害或者特別有興趣，她常想會不會他們不知哪一世是藍眼睛呢。當然藍眼睛只是一個洋人的象徵。

有國籍或者國籍不詳者的墓碑在海風吹拂下，潮濕著一張臉，爬滿了青苔，寂寥黯淡陰幽。外國墓園是史蒂瑞有興趣的地方，入住我們的海的旅人沒有人要求她帶他們去墓園過，他們對食物餐廳的興趣往往大過於歷史。但史蒂瑞對廟宇的興趣則大過於教堂，他說從小在西方長大，從來不知東方宗教信仰為何物。他要她教他如何擲筊，對於這些儀式，他興趣盎然，卻僅止於好奇。

爬坡走上紅樓，小徑窩著幾隻慵懶老貓，紛紛起身在她腳下熟門熟路地磨蹭撒嬌著，上了二樓，他們點了杯咖啡，坐在靠近窗前的位子上看海。

她常想或許青春之城的動物園男孩在他們一起望海時就已決定對自己的理想妥協了，她知道當自己偷偷轉頭瞥見他望海而眼睫流露出不經意的哀傷時，她就知道他的未來了。所有的大成就者的故事其元素必有隱含啟示的原型：揮別所愛、離鄉受苦、孤獨閉關，孑然一身，空無所有，所有空無。他們如神話堅毅，這究竟是如何做到的？為何他們的青春如此放逸貪執？她和史蒂瑞聊天，發出這樣的疑惑。

奧德修斯必須揮別所愛，為了未來，划起船槳，開始漫長的漂泊旅程。奧德斯修在他的旅程中行走了已開發的世界版圖，且遭遇了許多災難困頓，其所經歷的這一切，即是這趟旅程的意義。但信仰的古船尚在嗎？史蒂瑞看著牆上的傳道者故事時，他對她說著這些話。

史蒂瑞的說詞突然一下子把她導覽史料的阻塞之門撞開一個出口，對了，就是這個，其所經歷的一切，就是這趟旅程的意義。她突然高興地站起來，彎下身抱了史蒂瑞一下，史蒂瑞嚇了一大跳，不知她為何突然雀躍起來。他不知道書寫者與口述者為人物找到出口時的喜悅之情。

史蒂瑞跟著她的一路述說好奇地四處張望，他按下快門，直到他們進入真理大學校園的傳道者故居，他頓時被牆上懸掛的老照片吸引，他彷彿被釘在原地似的，他指著洋傳道者旁的女子說這女子長得真是美，出奇地美。她叫聰明，他說聰明女孩他喜歡。她的英文名字也叫米妮，應該說我也叫米妮才對，她說。聽明中性，米妮卻女性，史蒂瑞笑說這兩個名字聽起來很混血，中西合併。

她繼續說著這遠從加拿大來的傳道者背叛了原來不娶的心，他是為了主才娶了島嶼女孩，因為這樣才能讓福音打入本地社群，這也是島嶼東西方文化種族的混合初始。十七、八世紀以來，西方帝國主義的殖民主義競逐渡海，美麗之島遂淪為異族經濟掠奪與榨取的殖民地。宗教是先遣部隊，異邦人這列隊伍可能帶來神光也可能攜來病毒。

就像當初白種人的病毒可以毀掉整個印第安民族，史蒂瑞回應米妮的說詞。

一八七三年十一月二十三日博物學家史蒂瑞和傳道者相逢在這座海。十一月下旬在傳道者的日記寫著這天氣像是下過霜似的冷到無法入眠。當時從密西根來到淡水的史蒂瑞也冷得直發抖，因為空氣太潮濕，像是把整座冰海倒在身上的潮濕，濕到骨子裡。白日他趁天氣好時到海邊撿拾了很多貝殼。並在學堂對著這些頭頂下還繫著辮子豬尾巴的學生們講著海洋知識，他秀著自己在雞籠和平島買來的珊瑚魚甲殼貝類，學生們看得目不轉睛，彷彿他們不是住在四面環海的島。她看著牆上黑白圖片向史蒂瑞導覽內容。

他笑說原來這叫做史蒂瑞遇見史蒂瑞，他的名字在島嶼原來是有承先啟後的地位。

當一九九六年傳道者的銅像揭幕時，這位傳道者的老友博物學家史蒂瑞的調查筆記手稿和島嶼標本還躺在密西根大學博物館，那時只有極少數人知道史蒂瑞這個人。史蒂瑞筆下的台灣森林密布，雲霧繚繞。

她邊說著上一個世紀的史蒂瑞邊帶著現代史蒂瑞離開滬尾文物館，傳道者的十二本日記手稿史蒂瑞無緣見到，他僅能得見片段的輸出，文字難辨。他們沿著紅毛城一路走到牛津學堂，推開門的學堂教地理人體構造植物學新舊約先知與使徒傳。他對這些內容一臉無趣的樣子，他笑說這麼正經八百的人毫無灰色地帶可以讓人性的缺點歇息，這傳道者實在太完美了，他說其實自己有點害怕這樣完美的人格。

他們隨興地繞著看，直到他看見一張輸出的黑白風景大照片之後，他突然忘情拉著她的手奔向可以眺望海的高丘處。

他朝著山丘下的大海吶喊。

海風烈烈，海面上只有幾艘載滿油的油輪如靜物般地靠岸航行。

傳道者 **淡水舊時代的山海景色**。潮濕得可以從嘴巴吐出魚。像是古畫片的暈黃一片，古老的名被一個時代的霸權強改成了中正路。天氣依然潮濕，濕濕濕。下雨又颳風，滂沱大雨一直不斷，工作沒有進展，但仍應感恩。即使日子發霉，但每當他眺望著這城這海，心裡滿是歡喜的讚嘆，真是美極了，感謝主引領我到荒島，唯有從蠻荒下手，造物主的力量才能彰顯。主引領他到這不曾有人傳教之地，發誓要在此立下教會基石，基石已經逐漸有了一石一磚。在沒有通譯幫助下，他只能說著之前在打狗學過的一些話，這時，藍眼睛遇見另一雙藍眼睛，在寶順商行的幫助下，他順利在四天後就租到了房子，這潮濕低矮的房子之前是滿清駐紮港口的清軍馬廄，一個月租金五元就這麼說定了。屋子落在山丘與淡水河之間，一條蜿蜒小徑兩岸樹群高大，一直走可以通到河邊。英領事館的亞歷山大借了他一張床和一把椅子，一個陌生的當地善人陳阿順借了他一盞蠟燈。他開始用石灰粉刷牆壁，清洗地板乾淨後，掛了一條紅色棉布當垂簾，這樣一來就有點他老家的宗教氣味了。是夜，他終於孤獨一人，點上油燈，瞬間就有了光。吃些乾糧，燈下的影子像老舊油畫的昏黑，他的心裡踏實平靜，默默地打開跟著飄洋過海的兩個松木製的行李箱，裡面除了幾件衣物外，最重要的就是聖物，沒有聖物這座空間將了無靈魂。二九四號這個號碼是他租用的第一間禮拜堂。在禮拜堂後方有放牛羊群，隔天他跑去和牧童說話，十幾個牧童小孩見了他卻大聲喊著外國鬼、番仔鬼。彷彿他真的是鬼，蒼白西洋鬼，有著如月亮般雪白肌膚。直到他來了第三次之後才有機會和孩子們說上話，他用西洋物件來吸引孩子們的注意。給孩子們看懷錶，孩子忍不住摸著他的手臂、鈕釦和衣服，尤其是皮膚上的毛摸起來很新鮮，孩子都因為這樣的新奇刺激而呵呵發著傻笑。後來牧童們每天反而期待他的到來，期待他帶來的新世界，而他也趁機把孩子們說的話加上拼音，反覆學習，於是他的詞彙增加得很快，同時他同步用英華字典來學習漢字。他覺得這漢字真是美妙的結構，像繪畫也像建築，一筆一畫又像大海的潮騷，主開他智慧，他就很快能用閩南語傳道宣教，這是在歷經疲憊之後的欣慰。他已經看見主在這群孩童的心緒裡長出了根，他預見了長大後的牧童們將成為教徒，後來其中一位牧童真的成了宣教師，成了傳道者在島嶼播撒的信仰種子。他在島嶼的這前十年已經匯聚了一群鐵粉學生，鋼鐵般的粉絲成形，人數雖少，卻是信仰的根脈。他們有空就跟著傳道者在島嶼四處走動，形成了有如師徒之間的深厚感情連結，這是逍遙學院，一座可移動，沒有住址沒有門牌的學校，是走到哪裡哪裡就是教室的無畏與氣派。在大樹下在山坡上，在天空下在草地上，一切都是主賜給他的逍遙學院；或在廟口稻埕前，也是逍遙學院；或在海邊沙灘處，也是逍遙學院。十年之後他才有了第一座安放上帝種子部隊的空間，以家鄉為名蓋了牛津學堂，這學堂是為了主為了學生，當時還不知道這群上帝的未來之子的學生群裡將有他的未來之妻，不知他的島嶼妻即將來到，彷彿冥冥之中天主的劇本早已寫就，他只是等待一切的發生。相信上帝自有旨意，造物主在每一種生物形態裡安置了某種信號以通知周圍別種生物，彼此通聯於無形中，此訊息用來限制外來者的侵犯或者對可能的共生共物表示歡迎。他先是島嶼外來種，後來卻變成了與島嶼無數人共生的共物種，甚至島嶼歷史不能沒有他。他即將遇見等待他馴服她成為信仰之妻的到來，空氣瀰漫著希望的氣息。他和主之間傳遞信息可以無遠弗屆，只需靜心禱告。就好似阿爾卑斯山的稀有植物和深海裡的藻草通了電流般，他想這是一個好預兆，當他看著牛津學堂最後一個安置十字架的尖頂完工時，他仰望著藍天，看見了陽光衝出迷霧形成如光暈般的柔和，主來了。信徒終於和主在這片陌生蠻荒的島嶼再度重逢。

妳看，這裡就是剛剛我們在展覽館看到的黑白照片所拍攝的角度，史蒂瑞說。

米妮，妳一直住在這座海？他又問。

她點頭說是，但卻是這幾年才管理旅館，才開始了解自己的在地歷史。

史蒂瑞安靜地聽著她說，她幾乎看不到他的表情，他的高度使她仰頭都只見到他那過細的頸子，瘦削的身影。

百年浮雲，傳道者揚名，已成島嶼符號，成了北台灣基督長老教會的代言，成了醫院的代名詞。而傳道者之妻，即使是台灣第一個航行世界的女宣教師與先生娘，即使寫下島嶼女史傳奇之頁，但卻沒有多少記載。時間就是殘酷的本身，時間就是無常的示現。她說起自己坐國外的椅子，腳太短常無法著地。

我則無法盤腿，你們的榻榻米最讓我頭疼。

種族移動時，身高皮膚都得重新適應溫度和氣候，她笑說。

還有鼻孔也得適應，他說著把自己的鼻孔撐大，彷彿非洲黑人似的。他說不是開黑人玩笑，是真的到熱帶地區鼻孔會演化成特別大，如此才能散熱。

你提到演化？那也是上帝的旨意？米妮問。

也是啊，雖然科學家一直要證明演化是生物本身自動驅動的適者生存，但有一個看不見的神祕之主催發演化的成功，這也不是科學家所無法證明的。

就像西藏僧人入定時心臟的頻率可以維持一個平行線，難道這也是上帝在他身上的旨意？她又問。

神祕的人與神祕的事物我都歸於天主的神祕。他說起中世紀時期聖人特別多。但黑死病卻也愈狂烈。人們於是以教會之名。將教堂愈蓋愈高，因為黑死病狂燒，人們以為這樣可以阻止瘟疫蔓延，以為比較接近上帝。到底有沒有上帝？上帝不只是在天上，是無所不在，也就是我們的心。他指著心時，他們正經過傳道者蓋的教堂，他看見尖頂教堂立即辨識為哥德尖頂，圓頂教堂是在米開朗基羅文藝復興之後才有的。頂端用十九世紀的彩色玻璃，射進教堂內的光採自然光，是來自上帝的光。

對於教堂，他比米妮還熟悉。但他說中世紀教會也很腐敗，妳看一五八七年萊特主教情婦生了十六個小孩。

權力被濫用時，往往連結著性，她笑說著。

可是聽妳說起這個傳道者，卻一絲一毫都沒這個毛病呢，他也笑說。

因為他的心都連著天了，是心乾乾淨淨的人，她真心說著。這樣一心一意的人，總是讓她看見自己的三心二意。

以前的教堂旁邊伴隨著很多家茶室，她大學時期每回走到教堂，在階梯坐著發呆時，常偷偷把目光瞥向旁邊街口的唯一一家茶室，不知是否有人來禱告後就直奔茶室，或者到茶室之後跑來告解。對於茶室的鶯鶯燕燕，似乎更吸引她的好奇。覺得那茶室的藏汙納垢更靠近人性。但她又非常喜歡教堂，尤其傳道者蓋的這間教堂，小巧精緻，出格獨特，旁邊植滿原生植物與外來植物，倚著紅磚拍照，幾乎是淡江男孩女孩畢業照的必取之景。

她的心頭瞬間想起當年來這裡拍照時為她照相的動物園男孩，這兵變一別至今，人生竟再無絲毫交集。由於分手時帶著許多的疑惑與遺憾，不知他為何要離去，不知為何他會說走就走，太多的不知為何，因而時光雖然溜走多年，卻像一片烏雲，會瞬間遮住她的快樂，當然這烏雲也不會停留太久。

當地陪導遊不能忘記客人。於是她又趕緊找話題聊聊。

問史蒂瑞為何來淡水？他說是因為金的介紹。

金？米妮點頭知道史蒂瑞說的是金姑娘。

原來你認識我的學姊。

對啊，我們在一個國際志工團體認識，我剛好看到一份和台灣有關的史料，因此想來台灣，她就介紹妳和我們的海民宿給我了。她人真好，還幫我訂了一切，以及如果想看其他島嶼的景點資料。

她問金姑娘在異鄉過得可好？

他戲謔似的笑著說，這女人經常心裡受苦，但死不了。

米妮聽了大笑。

他停頓了一下，又說他一直覺得金姑娘這樣的人很奇特，信仰看似堅定，但慾望卻也很強烈，只是她自己不知道。堅定的另一面往往是強烈的慾望在支撐，慾望用得好可轉為道用，用不好就會反過來變成摧毀自我信仰的武器。

她聽著不斷地點頭，以激賞的眼光回應史蒂瑞的說法。她接著說我跟你介紹的傳道者，他絕對是慾望強烈的人，但他的慾望完全用在傳福音蓋教堂這樣的激情上，所以信仰與慾望結合，成就了有史以來北台灣最大的福音建基工作。但金姑娘不一樣，她的堅信完全植基於自己，因此一旦有了慾望，世俗的慾望反而涓滴滲透信仰的支柱，不小心還會瓦解。我說的瓦解不是說她就不信了，她還是很堅信，只是她把堅信嫁接在所有可以合理化的事情上，比如守貞對她其實很難，她以前在我們學校有人背後叫她聖女貞德，我都暗地叫她不求小姐，但其實她是很渴望愛情，只是把愛情假託在別的東西上面。

聖女貞德，不求小姐，你們真壞，其實她不是，史蒂瑞笑說。

她想這話聽起來，感覺他們好像熟悉到進入彼此私領域的樣子。難道她眼中和自己曾經一樣無趣的金姑娘，這位可能即使到了天堂都沒有天使要和她聊天的人，竟然在國外還滿受歡迎？她知道這種異地而處的異國情調，礙於語言與文化，旁人無法聽出與看出最真實的個性，有時卒仔也會變帥哥、無趣女也可能變可愛。她在旅館遇過太多這樣的人，台灣女生趨之若鶩的老外在她富有一雙觀察人的眼睛裡都被看透，而老外喜歡上的台灣女生有的卻令她根本不敢恭維。

她這樣想著自己的學姊金姑娘時，突然有點不好意思，好像盡想其缺點，有種不懷好意似的。其實當金姑娘決定上路做人生的大旅行時，她就知道金姑娘那絲毫密不透風如牆壁的腦袋已經鑿出了光線。

米妮得到的天啟訊息簡單而明白。不像夢中影像總是充滿象徵與隱喻，甚至新認識的夢婆連輸入她腦中的文字雖然是擬仿她的書寫文字語言，但卻還技高一籌，竟比她的還艱澀，連分段都不願意。好在夢婆至少仍然守住可辨識可讀懂的文句，如果夢婆用天語夢語囈語，那就失去給她訊息的意義了。如果既知傳輸失效，何必熬煮文字？夢婆沒有鬼話連篇，夢婆只是執意輸出前世的精髓，讓米妮為他們再次顯影。

自此不再趕著復活的夢婆，用文字復活，文字就是夢婆預定的完美復活計畫。米妮是後來才明白這個隱喻，於是如果在外地停留較長之地，她都會帶著這顆夢枕上路。連去醫院探望朋友都帶著夢枕。不論白天或夜晚，夢的條件是她必須是入睡狀態的，因此並不管時間是日或夜，也不管哪個地方。

當她在想著金姑娘與夢婆時，史蒂瑞早已跑去教堂周邊四處拍照，轉回來時手上多了雞蛋花。他遞給她一朵，她將它別在髮際，他笑說，島女的味道出來了。我在這裡還沒有島嶼的感覺，除了看海的時候。

我也是，如果不往海看去，常常忘了自己生活在一座島嶼。忘了海水的溫度，忘了海水的召喚，忘了海水的氣味，她說。

史蒂瑞指著前方港口搭乘渡輪離岸與上岸的人影問他們打哪裡來？將往何處去？彷彿禪意似的問句。她說往八里去，從八里來。

八里男人和妻子吵架就跳上最後一艘開往淡水的渡輪，尋茶室女人解悶去。岸上女人望船興嘆，只得在對岸叫囂夭壽短命有種別返轉。男人在漸漸遠去的船隻裡扯著牙笑開懷，淡水河沒蓋子啊，挑釁生氣牽手膽敢就跳下水來追。淡水燈塔燭光百燭，照遠九百海里，紅綠分別灑向海中，指引討海人的方向。往昔清光緒年代，滬尾街上也另建燈竿，火用瓦斯，色白每兩秒間發出一閃光。也許傳道者當年所見的煙即是海上燈塔和民家燒煮之煙。

接著，她帶史蒂瑞走上淡水教堂，小巷茶室消失已久。當年從對岸奔赴至此的漁夫們不僅忘了茶室，也忘了海了吧。

喝茶的地方？他問。

她點頭說是，但又說不是，聽得史蒂瑞一愣一愣的。她說淡水茶室主要是販賣慾望情色，史蒂瑞聽了覺得來到淡水忽然有些意思，可惜已經看不到茶室了。對於來自天主國家的史蒂瑞，對傳道者這樣的角色可能太熟悉了而無感。她這樣解釋時，他反駁說教堂與茶室都有意思，只是傳道者被書寫之後定型了樣子，不若茶室男女，雖沒被書寫，雖也走下了歷史，但卻活蹦亂跳著慾望，一代又一代不曾離去的慾望。

只是換了樣子，比如現在網路的聊天室，其實也是茶室春秋的變形，她補充說著。他點頭說她終於說對了他的意思。

他拍完教堂的照片後，她帶他走到教堂區，指著這一區說這裡本來是茶室專區呢，走到二十四號，說著這裡原本叫阿珠店，是一個淡水名女人阿珠在台灣五〇年代開的第一間茶室，廳堂就是茶室。有港口的地方就會有情色，漁民沒有出海時，或遇到天候差的時候，他們就來到了阿珠店開講扯淡，教堂周遭一時茶室蔚為風潮。許多人就常為了要到禮拜堂而行經街口處的梅花茶室，小小招牌下，客廳藤椅坐著幾個人在呷茶，女人老了，來找她們的男人更老了，老人茶下隱藏的情慾在醞釀中。往昔路上可見淡水的駐軍，夜慾的年代，映著窗外的彩繪玻璃，聖潔與染汙往往是一線之隔。

流浪到淡水，盲人吹著口琴沿著各茶室行去，這使得教堂和醫館如此人性。但天主見不得，往後榮景不在，淡水教會陸續收購被飲茶男女遺忘的茶室，茶室又有了神光。

許多老淡江人讀書時的茶室猶在，學生去鎮上剪頭髮時，穿梭迷路市集，常看見暗處燈光暈黃的茶室微火下幾張線條刻滿風霜的臉在傖俗的小客廳聊天喝茶，透明杯子裡漂著廉價茶葉的茶水鵝黃黃地燒滾著等待燎起的慾望，注入的熱水氤氳了燈泡下眼睛迷濛的歐吉桑。

年輕的青春經過店門時，女學生帶著微微的緊張看向他們一眼，他們也看女學生一眼，那像是相濡以沫多於色情張揚之感的小小密室。僅付茶資，或也可付上額外的體液，體液比記憶更容易安頓之地。當年趕著清晨最早一班回到對岸的負氣男，家裡的女人或許脾氣也已然消去，或者鎮夜未眠等著好戲上場。兩岸橋未建年代，渡船載著兩班最密集的工潮學潮，一班是清晨，一班是黃昏。和今日的旅客相比，那些人的表情彷彿更像是天生適合水上人家，他們總是靜默地看著海天一色，或相識者低語閒聊著，淡水日落就在海水中一點一滴地流晃而去，時時刻刻望山看海，人生就流逝了。

聽她說的時候，史蒂瑞瞇眼望著已成宣教中心的空間入神，他說現在這空間怎麼樣也聞不到情慾的氣味了。他笑說，還是妳的民宿比較真實，慾望的氣味還很飽滿。她聽了笑而不語，心想他真可愛，這難道是暗示嗎？旅館就是光明正大的茶室啊，變相的茶室，戀人或者不是戀人都可以來此完成埋葬或者植栽情慾的種子，只是我們的海並不提供休息，他們提供漫長的休息。開房間是動詞，也是代名詞，她教著史蒂瑞這句於他的新詞，他說中文真有意思，常常有許多雙關語是他常混淆的。比如她和某人有過節，但她和他一起過節，過節同詞，卻不同義。

她後來透過聊天才逐漸拚湊出細節，原來史蒂瑞和學姊是在旅途的青年旅館認識的，那時學姊在旅途轉機的曼谷滯留了幾天，曼谷是一座國際大雜燴，要認識人不難。因史蒂瑞會說中文，而使他們很快就打成一片，何況青年旅館常是慾望勃發之地，只是史蒂瑞和學姊的故事並不屬於她。

史蒂瑞忽然說，真幸運，有妳導覽。

他問她在大學時生活此城的心情？

她說得想想，因為青春已然焚城，她得打撈那快乾涸的記憶井水，這得費上一點時光。因而她簡單對他描述，說那時候淡水對她而言遊人如織，無論哪個年代，淡水是開埠最早的港口，淡水永遠不缺人們的抵達，戀人總是從城裡奔至此看夕陽。淡水早年只有慢車，慢速度使遊客自動慢下來，會靜看風光，傷心人在此眺望河水也渴望被洗滌，當年的河水一度甚至比傳道者筆下所寫的骯髒，以前人們會把洗衣水或廚餘往河裡倒，傷害河流一路從竹圍到小坪頂都可見到黑水，雲集的工廠，也曾是許多島嶼上一代人打工之地，女工在此度過青春時光。當年沿岸的工廠多是平房，和於今兩岸的高樓大廈景觀相比，地貌全非。

走到街上，她帶史蒂瑞彎進協和號餅鋪，它的後方如一個簡易民家的博物館，玻璃櫃內是製餅的手工磨板，可以壓出囍字、雙魚掛藍鴛鴦等圖案，白牆上掛著黑白淡水老照片，說老照片，時光也不過七〇和八〇年代，這對歐洲人來說，簡直是恍如昨日。史蒂瑞認真看著，像是曾經活過此地的老靈魂。

她繼續說著淡水開港後，除英法美俄之外，一八六一年到一八七四年間德國、葡萄牙、丹麥、荷蘭、西班牙、義大利、奧地利、日本、祕魯，相繼擁有通商權利，商船行駛淡海，淡水洋行從漁民銳利臉孔風景轉成西方奇異膚色，淡水中西文化一觸即發。

史蒂瑞聽見她吐出德國這個敏感字眼時，他的臉色稍微有了變化。

德國當年就來到淡水了，她再次以肯定句說了一次。

他笑說德國在進入別國的領土歷史上很少缺席，德國人到處趴趴走。

「我在雲霧中看見山巔，從雲中隙縫觀望全地，波瀾大海遙遠的對岸，我亦愛在此眺望無息。我心未割離的台灣啊！我的人生攏總獻給你。我心未割離的台灣啊！我一生的快樂攏在此。盼望我人生的續尾站，在大湧拍岸的聲響中，在竹林搖動的陰影裡，找到一生最後的住家。」她讀著傳道者的英文日記給史蒂瑞聽。

傳道者比他們當代的島民都還要用力探勘這塊陌地，他的愛比在地人都要深邃。有的人來到這裡一心想離開，但他是來了就不走了。

沒有人比他愛這裡，連我都沒有，她向史蒂瑞這樣說。

史蒂瑞卻毫無被感動的樣子，他淡淡地看著海說，妳口中的傳道者的貢獻毋庸置疑，但我要提出的是島嶼之所以會如此地突顯他的重要性與彰顯他做過的事蹟，更多是因為島嶼本身政權常常移轉，因此長年缺乏愛，一座爹娘不疼的島嶼，一旦有人第一次如此全心全意地愛著，就會覺得這個人太重要太偉大了。我在別的地方也遇到過妳口中這樣的傳道者，但都沒有像你們這座島嶼這樣瘋狂回報著愛意，醫院以其名紀念之外，整座淡水幾乎成了傳道者的歷史代名詞，這種盛況真是前所未見。可能因為長久缺乏被愛的島嶼因而深深愛上了愛它的傳道者。

一直被轉移和拋棄的島嶼，因而愛上了對它不離不棄的傳道者。史蒂瑞說得更明白了。

你說得倒像是一場愛情。米妮笑說著。

隱形愛情，缺乏信心者才會瘋狂示愛，你們島嶼對傳道者的愛意其實埋藏這樣的因素。就像你們很多人媚外一樣吧，帶著匱乏。

媚外如果改成媚內，就好了，她想。她沒接話，因為找不到合適的英文單字轉譯自己的戲謔之詞。她邊走邊想著剛剛史蒂瑞的說法，有時她看著史蒂瑞的側面，覺得這個人真是理性，但這也正是島嶼所需要的思維，也是她人生最匱乏的面向。度過青春的感性，浸過大海的野性，她希望自己逐漸有所理性。

在他們前方的遊客紛紛搭上了渡輪，他們則慢慢往海的方向走，徒步回到我們的海。

別人投向他們的奇特目光已經逐漸習慣了，最初她常帶阿兜仔徒步遊走大街小巷時，迎面殺來的好奇或不禮貌目光常使她不舒服，好像她是巴望著洋男的媚外女子似的，久了也就釋懷。

現在她更清楚為何一直被看，就是因為缺乏愛缺乏自信才這樣盯著異鄉人看吧。

那麼傳道者的島嶼妻想來當時被注目的程度應該如港口的雨，總是下不停的雨，蔓延在好奇者的心中，或者背後罵島嶼妻的人也常有。然而時光證明發生在雨水盡頭的這樁愛情是沒有病毒的。

這夜，夢婆眠夢中微笑說歡喜米妮這樣地看待這樁往日愛情，雖然這場愛情埋藏很多不為人知的微生物似的小小病毒，但生活的漫漫長夜裡誰沒有面對過這些情緒病毒呢？重點不是病毒，是怎麼看待這些病毒，甚至能將病毒提煉成藥。

對岸有棵大榕樹，傳道者常在那裡牧羊，但八里沒有留下任何的遺跡去彰顯。

傳道人曾經駐足的時光，除了八里海邊這棵大榕樹。

在淡水碼頭可以眺望到這棵榕樹，從大樹旁走過的人喧鬧如淡水此岸。淡水看起來總像是要下沉的樣子，腳步挨過一個腳步，如浪波動，直到入夜才安靜下來的小鎮，海成了大學戀人口中的可販售之物。

漁船都已成觀光船，她翻閱著傳道者日記，看到他寫一篇最初看見漁民釣魚之景，把她的思緒從史蒂瑞身上帶離，昔日海洋與漁人的生命都頗繁滋。「走在沙灘上，看見漁民在海裡放置漁網，然後拉著漁網的兩端尾繩，（如果有魚的話），將網拖上岸。漁民備有竹筏，就是把大竹管綁在一起。驚見漁民神奇地騎著海浪。漁民擅長此項技能以謀生。」此技能逐漸被馴服，沉睡的魚蝦不再恐懼被釣，但應該恐懼的是汙染。哪一種可怕，都可怕。

今天旅館只有兩個人進駐，一個史蒂瑞，一個是打工換宿的學生。還有看門的狗與露台的貓。她關上窗戶，看夜晚的淡海天邊閃著雷電，海風很強，她喜歡這種起風的時刻一個人漫步在無人的街道。

整個小鎮沉睡時，她走下石階，在拉上鐵門的老街上走著，像老貓踱步青春老街，腦中閃過第一次在老街剪髮、算命、吃魚丸、吃魚酥、吃阿給、吃米粉、吃大米腸、吃喜餅，好像老街都跟吃有關。

那時的初戀即是動物園男孩，十八歲相識，戀情走了幾年。當年男孩的臉上經常閃耀著帥氣光彩，她那時是如此地著迷他，執著不悟的迷戀，現在這個名字卻連聽都不想聽一回，彷彿聽到耳朵會被弄痛似的。沒有信仰的愛情，容易因為另一個人進場就質變的感情。聽說男孩的女兒都念幼稚園了，成家立業的男人來過淡水嗎？來過這青春與她的場域嗎？在這座多雨的小鎮回望過去，怎麼倒帶看都像是一場空夢。歲月已逝，閃電從淡海一路閃到老街的鐵門，閃出一道魚白銀光。但雨一直沒有落下，於是她繼續走，走上英專路，走上好漢坡。彎進水源街，信步走著就走到了墮落街，街上開始有人聲，等待鹽酥雞炸物的學生各站角落，等待玩牌的學生吃的消夜正熱著鍋。

混世兒女的愛情，很輕很輕。

她轉出這條曾經聲名狼藉的街，卻感受不到她當年生活的氛圍，只看到窗戶下一張張的臉映著電腦藍色螢光，所有的墮落也成了虛擬。她如貓走著，彎進校園，牧羊草坪上的白橋在雷電中十分刺目。

忽然迎來一張臉，史蒂瑞。

他說失眠，也出來走走。

她陪他走上驚聲大道，走在傳播學院。

未老先衰，青春已老，沒有甚麼力氣的此時此刻，她發現自己竟連談個戀愛都覺得疲憊了。是不是失去了嚮往的座標，難怪出發前要先建立抵達的目的地。

舉步都是異鄉，這種心境不曾有過。

史蒂瑞聽著她一直提到老境這個字眼時，他搖頭失笑著說，妳還年輕吧，但心境卻如此老邁，提早老化的心，有礙健康。

走，帶我去看妳大學曾住過的地方，他說。

於是他們邊走到後山，她邊說起十八歲的那場夜遊，那種尷尬年紀只剩下外表長相，認識彼此都是憑著表面，女生宿舍外等待的男生也是盯著美女看。

歡迎新生的夜遊是以有人扮鬼作弄新生為高潮，夜晚時分更添加恐怖。她去參加後山夜遊，是真的想秉燭夜遊。不過沒人真的來夜遊，大夥心裡都往評比誰美去，新生歡迎會簡直就是選美大會，稍微美一點的周邊的熱度就高些，醜一點的就只好自己要心臟強一點。她當時看不見她自己，她以為自己是屬於醜一點的這一邊，但發現整晚夜遊都滿多同學學長跑來搭訕時，覺得自己原來錯估長相，雖非美女，也是屬於有特色的中等美女。她向史蒂瑞說起年輕時沒自信的樣子，他說他更是屬於呆笨級數的人，遇到任何女生都說不出話來。她聽了很訝異，史蒂瑞現在可是記者，寫的內容辛辣直接，毫不遮掩。

他忽然牽起她的手，但就在這時，雷聲轟隆劈下，她抓著他的手奔向黃帝神宮躲雨。牽手的浪漫被她轉成實用性，抓住他只是為了奔跑，為了能快速避開大雨。

在大雨中，他們等待雨停。

雨來得快去得快，回到我們的海的路途，他們走著走著衣服也乾得差不多了。

她沒有回應他的手遞給她的溫度，也沒有回應在大雨中如閃電的眸子。

他進房間後，屋簷下的雨滴依然在她窗前如沙漏落下。

她其實不明白際遇，比如在多倫多可以那麼喜歡查爾斯到近乎瘋狂的程度，半夜還跑到大街小巷尋找這個陌生男子的身影，召喚他的出現。而史蒂瑞一點也不比查爾斯差，而且他會中文，嗓音迷人，個子挺拔，但卻被她拒絕。有時候人和人的相遇像觸電，觸到才發生熱能作用。她和史蒂瑞就像兩個各自擁有完整電力的人，但卻缺乏引信來燃燒彼此，但缺的是甚麼引信，這讓史蒂瑞感到迷惑，而她自己也不明白。

她只知道史蒂瑞離開後，她才會想念他。

如果在躲雨時，再靠近一點，引信也許就點燃了，但在那一刻卻停住了，只能說費洛蒙的強度還不夠，或者該說，地點不對，她在淡水，過去的魅影干擾著她，如果她去國外尋他，或許她會淫蕩也說不定。或也可說角色不對，她的身分是地陪，如果陪到床上，這若被傳開來可有多難聽，我們的海豈不成了媒介情色的茶室了。或也可說人種不對，史蒂瑞是一個謹慎的人，他發出非常難以辨識的低頻暗號追逐獵物，是很容易被獵物逃脫的，而他又沒有勇氣再加深獵捕的劑量，於是就成了暗夜的遺憾。

他們互道晚安。她悄悄聽見進入房間的他在脫鞋換衣物，心裡頓時明白他是一路尾隨她來到牧羊草坪的，他想要一場臨別秋波，而她的身心卻乾涸如荒地。

今晚是他在淡水的第幾個夜晚？他沒說要留幾天，也是隨興的旅人。異鄉人沒有和在地產生連結時，一切都會變成只是某個年老時微不足道的回憶，淡水這樣輕，雨水的盡頭意味著雨季不再來。不知史蒂瑞為何堅持要繼續留下來。如情如慾如婚盟，都是連結，即使只是一夜情也都會記得彼此吧，他尋求連結，尋求記號，兩人世界沒有連結記號就沒有回憶的重量。

她和史蒂瑞在這幾日幾夜的散步，是很輕很輕的。也許淡水有他要尋找的東西，只是不知那會是甚麼？

她按下吹風機吹乾她的髮絲時，看著吹風機上的飛利浦品牌名字時，兀自發笑起來，菲力普，她在旅館裡也曾遇過這樣的名字，一個旅人。如果菲力普再次尋她而來，是否會失望呢？如果換她去找菲力普，那她或許會愛上他，換個地方，換張床，她整個身體也會被置換的。她立即明白有些人會在海外放蕩的原因，異國提供一種距離感，一種非我感，一種陌生化。當自己不再是原來的那個自己，豁出去的膽量就變大了，而愛情常常必須開始於最初的試探與接下來承接的勇氣。她吹乾頭髮後，她躺到床上，一靠向枕頭，她馬上如得高山症般的含氧量低，很快就進入昏睡狀態。只聽見夢婆笑著她老是想太多，難怪無法一心一意。學著我，答應結婚完全沒有第二個念頭，只有以此自信，毫無阻礙。

傳道者 **遙想起三月時節初抵滬尾**。源於堅信的力量，他知道自此這滬尾的每一棵樹每一條路都將熟悉，島嶼的植物與礦石標本靜靜地躺在他收集來的玻璃盒，而火柴盒內擺放著島嶼植物種子的傳承祕辛，就像生命的奧祕，蘊藏島嶼的解碼器。無限悠長的聖音，不會讓他抵達時感到任何的驚怖。初春的三月九日，他的抵達，曾在滬尾掀起一陣黑洋番的好奇與鄙視聲，人們把他當成是洋行的貿易洋番或走狗買辦，殖民航海時代的圖利者。直到他那台語布道的聲音四散，以在地語言終於化解了隔閡，終於在陌生之地插上了主的名。但他在起初時並不知道遠處有個島嶼女孩的命運將被他改變，那時他抵達時的島嶼女孩還是個孩子，還在黝暗的空間度著奇怪的童養媳命運。他從來沒聽過童養媳這個詞彙，驚訝於這樣的夫妻結合，近乎買來的妻子，從小就先養在家裡，自此家裡多了勞動人口，未來還能生兒育女，又確保不會逃跑離開的一樁奇特生意。他的來到無意中竟改變了未來之妻的命運。結婚後，有時他望著未來之妻就在眼前走動，或牢握著他的手時，他都有一種奇幻感，感覺主的奧義。他感覺妻子的力道十分強烈，那是堅信者才有的手勢，為此他感到安慰。如果妻子面對與洋人結婚的新世界都不恐懼，那麼他何以會恐懼，因為他不是孤單的，在這座島嶼繁衍子嗣，荷負主的家業，荊棘已然成桂冠。島嶼妻在他旁邊讀著經語，她常盯著他這個直把異鄉當故鄉的牧羊人，她告訴他撫摸著他的手時，她的心緒常飄過他們初次相見之景，那時她來到女學堂的最初只想逃離可怕的勞動家務且好強個性鞭策她一定要拿到銀元的獎賞，她努力學習，以擺脫文盲。雨過了此地就停了，她的命運到此就不再滾動無知了。因為她，牧羊人有了新天新地。她成為他這個異鄉人之妻，這是何等的命運，這是何等的波濤洶湧，在島嶼從來還沒有人做過的第一次土洋婚盟之舉，這是何等的暗喻？生命的出口如迷宮卻也如明亮的房間一覽無遺。

是夜，白日的導覽，使米妮疲倦地幾乎趴在桌子上，伏案的紙張寫著：「將絕望埋葬，黑暗的根才能向上長出翠綠的樹，在我們的海，海洋讓人看見無常，她的心被海鹽浸過，吞食過海上的月亮。有些傷害以為離去，經另一場愛情攪拌，才發現仍燒燙灼熱……」突然颳起了一陣大風，把她寫的文字稿紙吹飛，紙飄到窗外，她一時抓不住飛離的稿紙。只見它愈飛愈遠，她奔出門口時，稿紙像風箏似的一路飛過小丘小徑，一路飛往出海口，眼看就要落海了。彷彿那紙有意志似的。奔出門，所能僅是目送文字祭海。文字在腦海無妨，索性她熄了燈，靜靜地聽著遠方的潮聲。

入宿我們的海的旅客還算安靜，但像史蒂瑞這麼安靜的很少，彷彿他不存在。她貼牆傾聽，發現他的門不曾開過。他一整晚都待在房間，許是被海神召喚。而她則被繆思欽點，在曠日廢時之下，想要寫下一個遙遠的理想渡海者，在現實材料與自我遐想的虛實裡，重新將這個名字放上島嶼座標。但其實更多是她自己的幻影，投射。寫著寫著，不知何時她趴在窗前睡著，不知過了多久，才聽見大門被開啟的聲音。抬眼只見窗外晨曦已現，藍眼睛正緩緩地在海中央張開時間的網，白天和史蒂瑞介紹過的對岸觀音山，觀音菩薩正張開慈悲之眼。

她揉著眼睛站起，看見史蒂瑞套著布鞋，沿著民宿階梯一路散步往海邊去。手邊稿紙沾了夢囈似的口涎。

果然他是一個人上路的旅行者，能忍受旁人在身邊的時間有限，最終要回到一個人漫遊。他不是傳道者，傳道者的信仰是將自我去除，完全為神所用，將生命奉獻出去。史蒂瑞不能，他只能是自己。但人成為自己也是難度。為神所用就像高第蓋聖母院，一直擴增，無限崇仰，意志的馬拉松。成為自己就像在蛋殼上的微雕藝術，把自己置在顯微鏡下觀察一切的意念，像貓捉老鼠不放過任何瞬間。

管理旅館這段時日以來，她見過來來去去不知凡幾的旅人，但讓她留下印象的僅有幾個，或者是一些畫面，就像她上路的旅途，浮光掠影瞬間勾召的也就是一些人一些事。那個在夏末最後一場蟬鳴時，凝神望著蟬在地上翻滾的日本人，他蹲著一直盯著蟬，她不知他盯多久，但從她伏案寫作到起身喝杯咖啡至少也過了一、兩個小時，他還在盯著蟬，像是蟬的送終者，也像入定老僧。

不久她聽見門開，他走進來，手掌心躺著翅膀透明的蟬，美麗的靜止姿態。他還在盯著蟬笑著，突然抓起她的手，送給妳。他特意用更多的表情與身體語言，顯得特別真摯，甚至真摯得誇張。忽然，蟬彈動了幾下，在她的掌心。她差點尖叫，因為有點怕昆蟲。但還沒叫出來，蟬就靜默了，真正地靜默了。她把它放進民宿玄關處的玻璃櫃內，玻璃櫃內有很多小物，都是旅客隨意留下的。蟬顯得極其美麗，帶著淡青色的身軀，彷彿聆聽了整個夏季交配的生命祕辛。玻璃櫃內還有枯葉乾果，像是植物學家的盒子，也像傳道者來到島嶼的收藏，傳道者往昔把島嶼行走的標本收在玻璃盒內與火柴盒中，因此米妮也以此想法沿伸了這樣的設計。

各式各樣的旅人將他們留給旅店的告別言語化為一個小小的物件，彷彿離別的憂傷藏在相思豆裡。玻璃櫃任何一個入住者都可以隨興取出與置入，但僅能用交換的。相思豆換菩提子，松果換莢果，楓葉換欖仁葉……唯獨一隻蟬的旁邊被她釘著紙片：此不交換。因牠死在她的掌心。

她預計史蒂瑞也會撿個甚麼東西放入玻璃櫃，但會是甚麼呢？她一時之間還想不出來。

躺在夢枕上，今夜無夢。

夢婆也過安息日。

四　解碼者

就像一個上岸水手忘了海一樣，
忘了海，才能回到陸地。
忘了青春之城，才能在江湖老去。

地球臭氧層破了一個大洞的那一年，一九七〇年出生的孩子因為磁場的改變，腦性麻痺的孩子誕生了，皮膚癌白內障的阿婆阿公增多了。於今臭氧層破洞被治癒，是因為氟氯碳化物減少了。下榻在我們的海的旅客威廉在旅館咖啡座說著很多人沒聽聞過的說法。

我吃素、不開冷氣、不搭汽車，威廉說。

那你搭飛機嗎？坐在沙發旁的背包客聽了轉頭問威廉。威廉啜了口咖啡，想了一下點頭笑說可惜我沒有翅膀，不然一定不搭飛機。

他是一路騎著腳踏車來到淡水的，他曾經騎車環島，抵達高原深山大海，奉行回到古早年代人生的旅人。但他全身乾乾淨淨，一點也沒有旅途風霜的那種流浪漢感。

宜蘭女孩跟米妮咬舌根說，年輕就是這個流浪漢的本錢，即使髒了也看不出來，灰塵都被他的白皮膚和陽光般的笑容給掩藏了。

米妮看得出宜蘭女孩喜歡威廉，於是她鼓勵宜蘭女孩也可以當當地陪，帶旅客出去漫遊。於是宜蘭女孩開始猛K淡水史料，以及傳道者的故事。

宜蘭女孩都是從網站找資料，米妮建議她到圖書館找書看。

宜蘭女孩說她一看到書就開始打瞌睡，每一個字都認得，但卻無法讀下去。宜蘭女孩攤攤手笑說書和我絕緣。語言文字在當代猶如斷電，宜蘭女孩的話讓米妮想到學習另一個語言系統的傳道者，每個異鄉人都需要一個語言的解碼者。

身體語言成了解碼的可能，但許多時候身體語言表達的誤判，語詞的誤讀，常讓旅人陷入更大的危險。身體解碼是難的，除非雙方有默契。因為身體解碼錯誤而引發的危險更多，這從來都是異族者最難之事，因為身體背後拖帶的是整個文化世界的養成。

威廉說語言還不是最難的，煎熬的還有島嶼的濕熱與悶熱。紫外線完全是他的皮膚殺手，米妮望著旅館悄悄滋生牆角的壁癌，島嶼的梅雨季，總是讓整座旅館得了霉病，反潮難好，她必須不斷除濕，防護每一絲縫隙。傳道者當年來到島嶼時，整個世界的疾病還沒有進階，還沒有演化成變形金剛。溽暑時節，整間旅館吹來的海風燥熱，彷彿火燒海。冬日卻蕭索，蒼白如葬禮的顏色。

米妮在旅店也放著一台福音機，旅客覺得這福音機很像吃餅乾水餃裡面包的幸運籤。旅客不一定會去按鈕，但她倒滿常去按福音機，讀讀裡面的文字往往有了安慰。她抽到「活物站住的時候，便將翅膀垂下。在他們頭以上的穹蒼之上有聲音。直往前去，靈往哪裡去，就往哪裡去，行走並不轉身。」（以西結書1：12）誰能為我解碼？這樣抽象的文字的意涵。她想著語言本身就是歧義，何況天語。但無論何義，都是如此飽滿的祝福能量。

她的房間牆上已經愈貼愈多福音紙了，只是有些輸出紙文字已經模糊，隨著時間又歸返成空。如同在海面寫詩，在壇城畫沙畫，在冰山雕刻。寫作就像吐出的那一口氣要撐住整個水下的寫作時間，這每一張福音紙就是她的一口氣。

福音不需解碼，只需相信。

她在旅館工作，旅館的工作永遠在進行解碼。

從訂房到接待旅客，英文雖是必須，但面對各式各樣的好奇旅客提問才是真正的解碼開始。扮演解碼者稍一不慎就會引發戰爭，比如處理宿舍似的單人床問題最多。六人與四人單人床是不分男女的，入宿者只有入住才知道。米妮記得她曾有一回旅行到巴黎時，入住八人床的青年旅館時才發現竟有七個男生這樣高比例的性別差異，她才放下行李時，整個房間散出的男性肌膚臭味與如獸的荷爾蒙氣息讓她瞬間逃跑。她再次拿起背包，到櫃檯說要換成單人房。她說寧可多花點錢也無法忍受住在動物園。櫃檯女生笑著回她說一個房間入住七個男生一個女生，這樣的比例其實很少見。米妮說真的不習慣，本想說如果有兩、三個女生一起作伴睡在大通鋪也還可以。

旅行永遠不知道遇到誰。

不只性別要解碼，宗教要解碼，習俗與文化更要解碼。

威廉說他去斐濟旅行時，在博物館曾經見到一顆高懸岸上的頭顱黑白模糊照片，因為撫摸孩童頭頂而遭砍頭的無辜傳教士，一樁示好之舉反而招殺身之禍。

好奇殺死貓，也殺死廚師，米妮說。

威廉不解？廚師？

米妮說起叔父少年好友的故事。某天少年好友廚師阿輝來跟叔父告別，阿輝很興奮地說起即將和遠洋的阿拉伯農耕隊抵達沙漠綠洲，他負責整個農耕隊的飲食。這名廚師有天去市集採購食材，在某個攤位上好奇地對著一名包著頭巾的女人說，可否掀起妳的蓋頭來，讓我看看妳的樣子。後來整個農耕隊卻怎麼樣也找不著這名廚師，農耕隊去問當地的部落酋長，酋長神祕地說，這人你們不用找了，因為他已經被某個女人的丈夫家族給埋在沙漠了。沙漠遼闊無邊，去哪尋他呢？

文化是關鍵解碼，解碼語言與身體，儀式與風俗。

比如傳道者進入噶瑪蘭時，最肅殺的出草都沒有阻絕他的心，主暗中保護了傳道者。但在往後的日治時代裡，一名日本醫生進入部落，獻上了最珍貴的味噌，卻被部落以為是糞便。桂冠成了羞辱，命運按鍵猶如拆地雷，死亡一觸即發。醫生兒子重返部落，以愛馴服，將復仇化為蝴蝶，斑斕的璀璨沒有殺傷力，但炫目的光彩讓人難忘。有人問這名醫生的兒子不痛苦嗎？他說痛苦的，但復仇更痛苦。而我以為原諒的本身就蘊藏痛苦。醫生的兒子後來經常進入那個殺父的部落，以愛來融解誤解。

信仰的本身就是一種人與神的解碼。

傳道者進入島嶼，首先就是要進行語言的解碼，羅馬拼音。每一個字他都仔細地寫在筆記本裡，從每天開始的人間問候句到神語的解碼，很多年後他編了一本廈門出版的《中西大辭典》，字詞有很多怪怪的拼音，想來是他學習的對象有口音所導致的怪詞。米妮把這本書交到宜蘭女孩手中，說她可以學習裡面的中文拼音，當作閒聊時可以和入住者交流的範本，老外學習幾個中文單字可以增加彼此的感情傳輸，畢竟學習幾個在地語言才有抵達之感。她已記不清到底學過多少國語言的你好謝謝不客氣沒關係。學了當地語言容易交到朋友。

Peng-an,peng-an平安平安。聽著異語，很快地傳道者學了異語後，他總是說平安平安，無論遠近的人，我要賜他們平安。

學習另一套語言系統有時必須轉換另一組舌頭，比如泰雅族過往的鑿齒習俗，某部分是為了發音，這是她聽過最獨特的學習，近乎獻祭的語言學習。

傳道者 **神是守約的神，人卻是背信的人。**在島嶼上傳道者看見守約者的心之美，他的第一個門徒阿華和起初的五門徒是至死不渝的守約人，終生的守約人才配得與主同在，這世界太多背信者，輕然諾者神鄙視，舊約新約婚約誓約，約者守約人，盟約的信守者。信心能討神的歡心，使萬民作主的門徒呼召不是空穴來風，是一種信心行動後的應許，釋放神在他身上的旨意。在列國萬邦中他獨獨鍾情於島嶼。島嶼愈小海洋愈大，他的島嶼小小的，已足以安放十字架的大大宇宙。海洋的鹹水浸滿他的細胞，他的眼淚汗水血液都是海洋的濃縮。一星期有一百萬人歸主，如此盛世他沒有機會看到。日後以他為命名的街道，來得很晚，島嶼意識到自己的歷史與命運時，他們這些西洋人外來者的臉孔才逐漸顯影，名字才開始被宣揚。在昏濛時刻，淡水老街曾經以十字架的磚打造的屋宇陷入了空蕩蕩的哀愁，教堂兩岸的窄仄暗巷見不到光，黃昏未到故事已來，茶室女人已然在梳妝台上畫上眉毛點上胭脂等待客人的到來。鶯鶯燕燕就在教堂兩岸徹夜未竟。雨夜的港口擺渡上岸的再也不是傳道者，而是背離婚盟而急於解慾澆愁的男子。那些男子正是他要傳教的對象，如果他還在這世界的話，他要往難度之人去，往難處之處行。上帝樂於幫助絕不向逆境屈服的人，他要活出合神心意的生命。他的幽魂守護著港口，以至於當那天來臨時，以他的名字命名的街道開始發光時，茶室消失了，走動窄巷的換成到處拿著數位相機的觀光客，幾乎要把淡水老街壓垮的人潮奔流路上。教堂成了拍學士照與婚紗照的最佳背景，以傳道者之名開的小店鋪在地理的轉彎處消失了重量，但時間還給他的是更多的信徒更多的聖歌。連續多雨的幾日後，他帶著阿華和苦力挑夫來到對岸的八里坌，天氣依然潮濕，暖風襲來才稍微能夠解一絲悶，沿著海岸推進，覆滿濃密的樹林，一群在等待他拔牙的村民列隊，臉部扭曲狀，約莫是非常疼痛。帶著金雞納霜等藥來到村裡，他的出現像是上帝降臨，先是帶引村民唱聖歌，唱完聖歌拔牙，每個人張開口就是一口爛牙，鬆掉的牙齒暴露在牙床上，拔完牙的村民解除了鑽疼神經的痛，全都笑開了。八里坌港口比淡水寬闊，雲聚集西海岸，傾盆大雨忽至，接著暴風雨，下雨又颳風，海岸線潰堤，奔騰的海潮音灌入耳膜。

這一天，旅館的福音祝福機給米妮的訊息是「失喪的，我必尋找；被逐的，我必領回；受傷的，我必纏裹；有病的，我必醫治。」福音解碼，傳達的旨意是祂必醫治你。

年輕時的海，抵達沒有捷徑，除了雙手雙腳的勞役。沿岸成衣廠與工廠林立，許多淡水遲暮老人的歲月煙消雲散。她遙想著在滬尾早年的商港裡，到處都是商人洋行林立年代，傳道者在商人重利的貿易環境裡，以及沿街沿海廟宇香火鼎盛之地，竟然能夠揚基督之名，且還能開辦醫館與第一座女學堂。是怎麼樣的信念讓他茁壯？年輕時她只看見自己的肚臍眼，小悲小喜，即使離傳道者如此近，她仍看不見他，看不見歷史，看不見島嶼女子的傳奇史篇。

她帶著旅客一路行經餅鋪，福佑宮，舉手拜拜，現在他們要前往之地是她的陌生地。小鎮年輕女人從竹圍成衣廠來吃米粉湯的市集已被拆除殆盡，碼頭沿岸的米腸魚丸魚酥鐵蛋阿給包子餵養觀光客，人們朝聖美食，並不朝聖傳道者。經禮拜堂，她跟旅客說，這教堂是此地大學生最愛攝取的風光之一，洋教堂的古老紅磚在淡水落日下暈上一層非常華麗莊嚴的色彩，隨著光線移動的色彩，迷離渙散，照相機喀嚓喀嚓響，到處有人在取景。她也曾在紅磚牆與紅磚階梯前拍下穿大學服的照片，那時她的眼睛望向鏡頭後面的那個人，那個人已經在東海岸成了另一個人，商人與陌生人。

走在舊街道，舊時光滑過。大學時動物園男孩常騎著摩托車載她四處遊竄淡水，他們雙雙望著出海口時，她從沒問男人將來要做甚麼，她知道他們畢業後不會走在一塊，那種確定畢業後不會在一起，明白彼此只是現下此時此刻因為沒有交往別人而在一起消磨時光的心念，常讓年輕的她感到一種憂傷，而男人並不知道她知道他的想法，她知道男人畢業就會和自己分手的想法。並非就此分手使她感傷，而是曾經在最青春的大學城時光一起望向這片淡水夕陽的戀人身影讓她感覺如此虛無虛幻，花上最青春的四年一起望海，一起看淡水落日，卻心裡偷偷篤定會分手的感覺十分讓人沉淪。像吸了迷幻藥似的似真非真的感情，就發生在這座通商口岸。又墮落又清醒，又失望又盼望，就這樣交雜在她的青春之海。

這片曾經商人絡繹於途的出海口，給予大學男友賺錢的雄心也說不定。但她當時在想甚麼呢？她也沒有甚麼雄心，有的只是閒晃，想看海就看海。於今重新回到淡水，在山徑望著這座海，她才明白她和他都在同一個貿易港口，眺望海，但她看見的那艘船是「名」，他看見的是載著「利」的那一艘船，名與利，海上其實只有這兩艘船。很多年後，如果他們重新選擇，她會如何？或者她也很媚俗地想，如果可以有錢又可以做理想的事，是否可以呢？但當時沒有這種兩全其美的選項，就是現在也沒有。勢必要有一端的犧牲，或者一端的退讓。

導覽工作就是熟能生巧，走了無數次的路徑，說了無數次的台詞：淡水在十九世紀是北台灣最大貿易港，一八六二年六月二十二日開關徵稅，茶、樟腦、硫磺、煤、染料出口，鴉片、日常用品進口。帆檣林立，洋樓客棧喧囂。一八六七年地震，當時淡水坍毀的房舍中，有十七具中國人的屍體被清理出來，而淡水港興建中的一間廟宇也傳倒塌，同時，雞籠發生八公尺高的海嘯，比平時高出五公尺。當地人以打劫失事擱淺船隻為職業，連衣服都被扒光，眼見二、三十個歐洲人全裸地奔向領事館求救。一八六八年，陶德在艋舺北邊的低海拔丘陵地將樟樹移植到自己的庭園，他發現島嶼完全不設法防止森林資源的竊取。蘇格蘭商人陶德魅力無窮，深山食人族公主聲稱陶德是她的君主，拿陶德令牌等於有了護身符，遊歷群山可以免於被吃掉。在這樣的以名利為號召的貿易港，送來了傳道者，在所不惜的殉道者，這讓她現在才看明白理想與現實的兩端還是有人可以以性命來實踐的。有保留有退路的人都是愛得不夠，自私的人會傷害別人，因為他們計較的是自己所擁有的，而不是他能夠將擁有的施予給別人。

島嶼旅客很多人都心不在焉地聽著，他們四處拍照，自拍團拍猛拍亂拍。剩下幾個外國佬圍著她在周邊聆聽著。

導覽工作結束，她帶旅客到傳道者往昔的醫館，她看見旅客臉上的疑惑：醫館怎麼會飄來咖啡香，醫館不是酒精就是藥水味的？餐飲禮品咖啡糕點與輸出的歷史影像——醫館成了文創咖啡店，她買了一杯咖啡外帶之後，再順著歷史的航道前進。窄巷裡有幾個目珠混濁的女人看著她，她想起老一輩的失學文盲，顯得當年傳道者創設的牛津女子學堂是如此獨特，十九世紀的女性可以上學，百年後的女性卻因台海政治動盪而過得比前人女性更落伍，許多老女人一生文盲，接著晚年眼盲。米妮想起祖母，祖母一生嚮往的天地在其生前從沒有到來。

擺盪化妝鏡與書桌之間，祖母應該寧可選擇書桌。

知識成了撫慰。女子學堂，島嶼女子教育的創始，他深切知道文盲將是傳教士傳教的阻礙。傳道者用羅馬字譯寫聖經，且來學堂讀書還可以拿到獎賞，這可真是最早的女子獎學金。米妮這樣解說著歷史，許多人聽了覺得很有意思。

傳道者 **在多霧的海港望見遙遠的故鄉**。他最喜歡那一刻站在丘陵高處望著來時路，當年從香港搭輪船經台灣海峽往北行駛，船在廈門轉向東方，橫越海峽，漲潮時船長驅直入沙洲，低潮時必須在港外下錨，他在港外迎接巴克斯船長的到來，他在淡水港口迎接太多異鄉人了，他們都因為傳道者而來到主的懷抱，不再漂流在無名無信仰無恩寵的國度。大屯山色與海連成一線，背後的山是觀音的慈眉善目，他不認識觀音，但無損他對山的喜愛與對慈悲的理解。他帶著門徒學生不知爬了多少回的觀音山了，觀音山徑長滿及膝的草，枝葉繁茂的古榕樹還有刺人的林投，一些婦女和兒童們在海邊撿拾牡蠣與海菜，這是他的故鄉所沒有的風土景致，造物主如何造物？他不敢懷疑還是不能懷疑？又或字典沒有懷疑這兩個字。但凡一個大能的主，創造這世界的一草一木到五色人種是怎麼創造的？他知道傳道時該如何解答關於他人的困惑。他常說我們不用知道主「怎麼」工作，我們只要管認識主，主就是世界，主就是一切。島嶼雨水厚，他經常在滂沱大雨狂下時一路徒步回到淡水，島嶼風雲變色，天氣就像傳道工作，時有進展時無進展，但他明白即使工作沒有進展仍應感恩，一切都是隱喻。好天氣時他會在海邊教課，迷人的日子讓聖經的光發亮，學生不多，但他們是種子，他會一直灌溉下去，直到島嶼人相信天國近了。將所有潮濕的日子除去霉味的愉悅是每天來到以星空為頂的山坡，他和門徒總是每日從山下一早就起來往上走，披荊斬棘，很多地方是沒有路的，必須將這些草木斬開，他們的身上充滿了汗水，甚至被草割傷流血。學生阿華總是不明白，為甚麼老師要這麼早帶他來到山上，於是他就在山頂與阿華同唱詩篇一百篇，大聲喊著阮認救主，毋驚見笑。他在山上聽著前方大湧拍岸，朗誦詩篇，領受聖詩的啟蒙，瞬間阿華涕淚縱橫，一次又一次，他彷彿看到聖靈開啟他的心，讓他那一天從大自然的美景中，感受到偉大的上帝，上帝的奇妙，阿華開始能觀看能傾聽，感受上帝所創造的信息。門徒感受傳道者來到這荒蕪之島不是為了自己，他只為島嶼帶來聖經，不像西方很多水手為島嶼帶來梅毒。潔身自愛，一心追隨基督，他明白作為一個門徒是要付上代價的。主是每個人生命重要的時間節點，基督前基督後，時間感晃動了整個文明。基督必須是活出來的生命。道成肉身，由神轉化為人，藉由人的接觸來傳揚並把生命給予人。「如同父差遣我，我也這樣差遣你們。」感受生命的悸動，他就是一位被基督所差遣的宣教師。傳道者在教室放置世界地圖、若干天文圖、歌譜，如此小小馬廄就成了講堂，上帝的禱告室，經文的圖書館，他收集島嶼植物礦物的博物館，打開島嶼門徒的眼睛。

神的每一個「不」字都是有理由的，可是每一次祂總是會用別的方法來補救祂的「不」。有信心的人不著急。

應許賜福之地，一句都沒有落空。米妮今天在福音機抽到的文字：信我的人，從我的腹中流出活水的江河。非常視覺的語言，當她看著淡水河時。有時候旅館有交換打工者來到，這時她的時間就多了出來，她會閒晃在河的兩岸，她像是住在水城的姑娘，搭著渡輪往來兩岸。或者她會躲在房間，和夢婆交心，聽夢婆說故事。

河水兩岸都是傳道者經常往來之地，一八七四年三月二十二日在八里坌開設教會。八里坌庄民曾玖在某一天來到了滬尾，當他聽傳道者以台語激昂的宣說時瞬間被震懾住，他力邀傳道者來對岸宣教，但苦於沒有地方，於是曾玖提供自己的家來作為禮拜堂，參加者竟有老小二、三十人，曾玖先是籌資蓋了一間茅屋為傳道者來時遮蔭，之後再擴建成教堂。從此這個觀音慈悲容顏下的平埔族社群有了另一個神殿。改變一座島嶼的信仰，讓歷史橫生轉彎。這路徑，先是沿海，續而沿河，然後在天空上，插起十字架。她在望河看海時，腦中不斷閃爍老舊影片似的黑白畫面。俯望這條河流時，她偶爾會感到哀愁，尤其前方港口矗立著垃圾處理廠的煙囪與油港的船隻時。河流總是送來際遇，能牢牢將際遇握住者少，任憑際遇差遣者多。露台前方，她看見在河岸上拍婚紗的戀人，戀人望海，卻渾然不知他們正站在歷史之海。「照律例，永為我丈夫」對照現在的結婚六爪鑲鑽戒，當代的愛卻像冰雕，又像戀人追逐的淡水落日。太陽出來就是別離，春色已渡冥河，在生死流浪的曠野，島嶼荒涼土地上開著一株名為科技的花朵，到處有吃到飽，她不知道靈魂如何吃到飽？傳道者與島嶼妻之戀，故事早已被放進玻璃盒，發黃照片，散著曖曖微光。

米妮想著想著，逐漸打起盹，任夢婆在腦海輸入文字。

傳道者　福音能貫通耳朵所有的神經。要在陌生的土地上當神的代言人，首先要學習在地語言。從船靠岸的那一刻，他在甲板上望向海港大街時，他就盡力地張開耳瓣，像他後來在島嶼紀行時認識的海神旁邊的順風耳般，從遠處即可聽見聲音。只是南方的口音沒有停留在他的耳朵太久，學習拗口難認的漢語漢字，漢文老師教語言，使他在島嶼的歷史瞬間在這一刻轉了彎，他的布道必須在地，必須本土，他說著白話字，以台語羅馬拼音來布道，這樣可以讓文盲也能學習讀經，為此他成功地擔任島民與上帝之間的解碼者，也自此讓島嶼的教會在布道時有了獨特的語言風格，最在地的聖語。而當時他學習新語言時也充滿著樂趣與新奇，在生活中學習語言是最好的方式。他的耳朵已經敏感如馬背上的神經，可以解析各種聲音腔調，他是如此不服輸，耳朵自然也得敏感，五官被他全部動員起來，為上帝福音做準備。收集各種方言腔調，訓練耳朵分辨北部沿海和蘭陽平原的漳州內埔腔，熟悉島嶼沿海和盆地的海口腔，試著和滬尾山坡牧童反覆練習生活語言，直到最在地的語言住進他這個外來舌頭。他在日記裡寫下自己學習漢文的幾個片段。每日出現的libai「禮拜」，讓他覺得非常靠近主。他和漢文老師讀書，學習漢字。他覺得漢字真是個文雅卻又怪誕的傢伙，這沒有詞尾變化，沒有字形變化的文字，他也喜歡這個「怪異的夥伴」。八音的「語調」也非常奧妙。他在一幢教堂，用漢語在島上嘗試做禮拜，有時也用英語講道，尤其在港灣停留的船艦上，他會主動上船艙為航海人傳誦福音。剛抵達島嶼時他整天都在學習漢字和會話。落日之際，前往海邊。複習他的漢文，並且練習到三更半夜。備妥一百個以前不認識的新字。前往海邊。大聲複誦他所學過的語調學習更多的新字。大聲朗誦一大段《約翰福音》的讀本，再如同一般人那樣口說白話；再度練習漢字部首，全部默寫，同樣的字詞，往往得反覆練習。溫習它們的發音、語意，練習。寫信給他所愛的雙親時，手寫著，嘴巴卻仍照常練習著，直到嘴唇和語句融合一起，直到夜闌人靜。在進入睡眠前有時腦海會自動播放他一路離開原鄉開拔到中國，再到福爾摩沙的這段路程的所見所聞，清朝移民到島嶼時他已經嗅到那股腥風血雨，海外有洋人列強，島內有一起又一起的械鬥。漢語老師告訴他這島嶼人頗烈性，老師朗誦詩時，他沒聽懂。很久之後，他才知道詩言「殺人如草死如眠，骷髏屯積血飄灑」，你害怕嗎？老師問他。他搖頭，恐懼是因為無知，溝通可以減少距離。他問漢語老師島上的人在爭甚麼？漢語老師說不外是灌溉水權、爭取墾地，除利益衝突還有文化差異，土豪仕紳官衙洋行各擁己利，像你這種純粹為上帝而來的人，我還沒見過。臨走前，他向這位說實話的漢語老師求個字，他說你一定會在島嶼開設教堂與學堂。這位漢語老師在宣紙上寫下字，教他很久才認識了宣紙上的「大信之人」。他很高興得到贈字，漢語老師了解他不是一個狂信者，他是大信者。一個字不同，天差地別。

每一回的地陪工作都讓米妮踩踏死去的青春，一回又一回。地陪工作也是一種解碼。她每回發出的語詞，都讓旅人更靠近淡水一點，但也可能更讓人遠離。

淡水的小鎮景觀變化劇烈，老街前的算命人早已不在，她猶然記得第一次大學某課程要交的作業是得採訪淡水人。她在老街走啊走的，不知該如何開口採訪，就好像要被迫做問卷調查一般的緊張。看見舊貨商店門前擺著一張桌子，桌旁立著一張紅紙，上面寫著毛筆字：不準退費。算命人拉了張凳子要她坐在方桌子旁，他的桌子就擺在門口，人來人往就聽見他在算著她的未來。算命仙鐵口直斷她會在二十九歲結婚，適合教育工作……她想這若是不準以後也無法退費。然後她就和他聊他在淡水生長的故事，怎麼走上算命師一途的，東問西問，花了五百元，回去交了篇深度報導。

老街的故事採集後來就在談戀愛中淡出了，青春不關心土地，愛情起大霧時，瞬間就遮蔽目光。老是傳說有鬼的後山，林地被公路開膛破肚，有鬼也早四散。錯落交織的山徑林立電梯大廈，泥濘沙岸微生物逃竄。

旅人分享著剛萌芽的情話，世界正漂亮的廣告看板標題斗大。處處都是傳道者與島嶼妻的某種變形再版。只是有的人信仰的不是造物主，而是造物主造的物。比如有人終其一生保護雨林。手機狂傳著每天上演世界各地的傳奇，每日更新在社群的金玉良言：我用半個世紀，等來了花開的一秒鐘。我無法給妳無盡財富，但我可以給妳無盡的花朵。西雙版納女子與德國丈夫的結盟，他們傳的道是搶救自然，愛的情是同盟者，雨林被砍下，製成了鞋子雨衣家具，他們要重新讓熱帶雨林恢復，以茶橡膠林地取代，在原始雨林撒種子，他們知道有些樹不想死，即使被燒過。

宜蘭女孩也經常在旅館許多轉角處貼著她轉載來的故事，讓旅館看起來更像是文創店。文創就像滷肉飯，在我們的海，相遇旅人的愛情卻非常非常輕，甚至不能叫做愛情，或只能稱為一夜情。一夜情者幻想用半個世紀等來的花開剎那，因為匱乏所以特別嚮往。旅人行過，留下難以辨識的模糊痕跡。除非婚盟，除非建立關係。

一位德國佬娶了島嶼女孩，來到淡水度蜜月。他們即將再次從海洋離開，抵達歐洲。可以望見愛情的地平線冒出兩座活火山，噴出熱漿，即將身體交合。他們和米妮在廚房相遇時聊天問著她不結婚？她搖頭又點頭，說結不結婚不能只問我一個人。異國戀人彼此充滿愛意笑著，廚房充滿咖啡香，她笑著又說肯定神在補愛情天時，遺忘我這一塊還在人間的石頭了。有時旅客在大廳聊天時，話語也會傳到在不遠處打電腦的米妮耳朵裡。剛剛旅客聊的愛情故事，她豎起耳朵聽著，彷彿見到傳道者與島嶼妻的那份犧牲一切也在所不惜的堅持執著。也有年輕背包客說著這種傳奇聽來很美，因為我們不是當事人。有人是擁抱異文化，有人對大自然充滿激情，有人對物質時尚充滿朝拜，有人愛貓愛狗，有人恨人。

體驗式旅行正流行，這使得旅館必須兼做很多導覽行程的生意，旅館和民宿難分，地陪必須廣博又善說，必須增加對土地的認識，設計各式各樣的文旅，文化活動在地食材之旅採茶體驗部落生活葡萄酒莊園品酒之旅部落獵人之旅觀光美食之旅稻田米香之旅獨木舟之旅採蚵之旅農夫之旅甜點之旅。簡直是觀光領導文化的時代。

有旅客轉頭問著米妮旅館有推出旅遊套裝行程嗎？她從胡思亂想中望向餐廳一堆旅客集結之地，那個發聲的人揮揮手，她看見他了，一個安靜的中年黑人，怎麼突然對套裝行程有興趣？

她注意到這個五十多歲的美國黑人居住在我們的海時間頗長了，每天看他望海，哪裡也不去，看到人都是微笑，良善卻如鐵石的心。今天他竟參加夜晚圍爐聚會，她想這真是新聞了。於是她走過去和他打招呼說目前還沒有套裝行程，都是隨意走走，走到哪說到哪。

他說有機會妳再導覽我吧。說的時候，圍爐桌的酒瓶轉到了他，真心話大冒險，他選真心話，他說了為何來到台灣。

原來也是為了愛情。只是他必須時間一到就要出境，出境再入境，就又可以再待上三個月，而台灣是日本女友建議他來一遊的地方。他秀著手機裡的日本女朋友，說女友已經當阿嬤了，丈夫過世。

她知道近代日本女生喜歡黑人可以追溯到作家山田詠美的情色書寫，赤裸潮濕，甜蜜又苦澀。看黑人大叔忙著秀出遠在日本的阿嬤女友，表情笑得天真，一口白牙雪白燦燦，一種真摯的純真。她一直覺得黑人有一種隱藏的憂鬱感，就像憂鬱藍調，讓人下墜到黑暗的深淵。那奴隸海岸沉埋上億骨骸，海成為葬身地。

夜晚到來，黑人廚師在廚房煮東西，旅客都很期待，結果他端出來卻是泡麵。他笑說台灣的泡麵真好吃。

旅館必備的食物，討好人要先討好舌尖。

傳道者 **被恩典揀選的人。**惕勵自己。傳道者在這陌生的村子裡被認為是一個狂信者。他不知道在地人講的甚麼緣分，但他懂得冥冥中一切的道路有主的安排，比如第一個門徒歸信者阿華竟然能聽了就深信不疑，且視自己如再生父母，他說有了主簡直生了一對翅膀可以飛翔。阿華陪他四處招募新學生，孩子與少年一路盯著他們看，阿華向農人說您的孩子來上學吧。農人看著他們兩個吃飽閒閒的狂熱者回問著難道你們會幫我們牽牛去餵草嗎？阿華望著他說牽牛吃草真的很重要，耕田耕種都需要牛，不是到野外割草就是得牽牛去田岸餵。他聽了轉念想那就讓我們去他們牽牛的地方傳道。他來到牧童牽牛吃草的地方，他直接向牧童們宣說上帝的存在，指出那個光。綿綿雨季時，厝內牛糧沒了，餓牛脾氣壞，會頂撞傷人，牧童只得冒雨牽牛去吃草。夏日熱，孩子往水裡一跳，在水裡抓魚，用牛屎烤魚，和他吃得津津有味。他要孩子們看牛的閒暇時間順便習道，以天空為篷，以草地為蓆。逍遙學院如此寬坦自在上下無邊，他看見神的微笑，從島嶼的暗夜裡閃出燦爛星光。有一回一個牧童騎牛走山路，人從牛背跌下，差點被牛踩過去，所幸牛竟只輕輕地貼著牧童的身體，彷彿有靈性似的沒有踩踏過去，牧童從牛腳中脫身，朝傳道者笑著說上帝有保佑。那個天真牧童的微笑，讓他瞬間覺得這是一個好客也好鬥的雙面島嶼，好客如江海的遼闊，好鬥如山徑的窄仄，並存一體毫無遮掩，他喜歡站在水稻田看著農夫耕地，覺得農夫是漢人社會最可愛的一群人，大抵勤勉誠實而有道德，這些性格給他這樣的感受是因為看見農人處在嚴酷的島嶼自然條件，颱風可以捲走每一年的收成，但農人仍然撐過了大自然給他們最嚴格的考驗，以大自然艱難模式所鑄成的性格，故多有英雄江湖氣概。塵世的財貨其實擁有的不多，以鐮刀和斧刀度日，柴木即可拾來當燃料，炊煙可以判斷風向與三餐，荒涼的沼澤可以變成金色稻浪，蠻荒可成樂土，這不就是上帝的精神嗎？上帝不一定在教堂，天使常飛過的地方是這些小老百姓的頭頂上。每回他在講道時，許多人都悄悄地站在屋簷外好奇著，有的人目光熱烈地回應著。他知道有一天這些人當中就會出現門徒，上帝的宣教師。

米妮帶黑人廚師路易士走在淡水老街，和黑人走在一起被注目的眼神簡直到了讓她難以忍受的地步。路易士卻顯得老神在在，他說可能自己被看習慣了，東方人看他就好像看到一個新物種似的，或者像是在參觀動物園的眼神。

妳不應該在意。路易士安慰她。她帶他去吃中式喜餅，路易士對豆沙和鳳梨口味感到特別，聽米妮說著台灣喜餅的意涵。考慮將來和日本阿嬤女友也可以訂製喜餅。

淡水小鎮唯一比較沒變的是英專路和中山路，即使商家不斷更新，但商家雲集的街氛圍卻大同小異，就是大學城的風貌，很容易聚集廉價連鎖的店街，有如複製的公館，複製的士林。

當旅人從世界來到淡水旅行時，她彷彿也跟著看見世界。她住淡水太久，落腳在淡水河沿岸日深，因為太靠近而失去陌生化的眼光。淡水和往昔一樣熱鬧，只是今人從捷運來，昔人從海上來。

捷運列車轟然馳過，她想著那恐怖的隨機殺人嗜血事件早已被淡忘了。低頭族繼續盯著螢幕，夢周公者的夢漂浮在藍色的椅子上，時間自動將記憶沉入深淵，讓出新的空間給予新的時間。7-Eleven購物架上的炭不再只是為了聚餐烤肉，水果刀也不再只是為了切水果，匍匐著血漬的印象與恐懼很快就如窗前風景滑過。

曾經搭上那班寫進捷運史列車的旅客來到旅館的圍爐說故事，她說起那一天她依稀記得是慌慌張張奔出捷運的，走到路上才發現鞋子不見了，她站在街上沒人願意載，她才低頭發現自己不僅赤腳，且渾身衣服沾滿了血跡，捷運乘客者的血跡。終於有一輛計程車停下來載她後，不斷從照後鏡望著她。她說你等會開廣播就知道發生甚麼事了。時間快速遺忘受難者，倖存者也快速遺忘時間，再轟轟烈烈的善蹟與惡蹟都將在日復一日下，成了牆上的一抹影子。這雨水盡頭的小鎮港口，歷史的血跡早已沖刷不見。戰爭，殉教者，貿易商人，船夫在歷史發黃檔案裡無人翻閱。

再大的事情也終會如雲煙過去，米妮做了總結。

路易士聽她這樣感慨說著捷運列車殺人事件，也跟她分享九一一時他就在那棟已成灰燼大樓的往事。那一天他在地下美食街餐廳廚房工作，還好樓層低，很容易就逃出來。煙花似的爆炸，墜毀，融化，灰燼，重建，紀念碑，瞻仰，拍照，上傳，災難成了螢幕的一個讚。米妮說她常接待紐約客，紐約客之後也會寄來紀念碑照片，有旅客告訴她再怎麼的人工悼念都沒有只是站在現場一瞬的悼念深邃哀傷。

只要站在現場閉目一下，感覺所有的幽魂都飄過來。

妳說得好嚇人，路易士聽了笑著說。

她沒告訴路易士她的體質很容易感受亡靈，當然那些出沒在我們的海的那些鬼或者魑魅魍魎就更不能提了。

至於夢婆，這老靈魂進入安息日多時，就像跑去閉關的朋友似的突然失聯。

夜晚夢枕無夢，她竟然想念起夢婆來。

【傳道者】島嶼最初有五受洗者。當地讀書人跟他說佛陀最初也有五比丘。信徒是教派的根基，是大信者，使徒故事永遠動人。五個月後，他用閩南語第一次講道：「我要怎樣才能得救」，當時在場聽的人嘲笑或恭聽者皆有。一八七二年四月十日，他在淡水設教會，一個重要紀念碑。距離他抵達淡水不過月餘，聖蹟已經顯現。一八七三年出現第一批受洗者嚴清華，吳益裕，林孽，林杯，王長水。嚴清華，阿華是他的第一個門徒，對傳道者忠心耿耿如天父再現，他當時就已經看出阿華的意志與潛力，未來他將是傳教師領袖，負起牧養北台灣教會的衷心事工。第二位受洗者油漆匠吳益裕起先是反骨者，不斷干擾聚會與騷擾聽眾的滋事者，還常埋伏路上等著阿華做完禮拜要回家時，有幾回在路上使勁揪住阿華的辮子，甚且還摑阿華一巴掌，擋住阿華的路，辱罵他。起初這油漆匠是一個人做壞事，後來又找了其他人一起使壞。傳道者沒有怪他，只是每天禱告祈求上帝賜給這個憤怒的油漆匠一些生命的光。這個臉上有麻子，但這長相聰穎的男人終於有一天來到了屋子，吳益裕說自己過去的生命還真是無意義，對於過去向阿華所做的事感到抱歉，「請你們原諒。」懺悔之後，吳益裕的生命起了變化，他覺得開始有了意義，開始忠誠於主。但他信主後，他的母親卻非常生氣，他一進屋就用掃把打這個她眼中棄祖的不肖子。傳道者安慰他說一個人的仇敵往往是自己的家人。第三個受洗者林杯是淡水人，以打工做農為主。因雙目失明求治於傳道者，之後見到神蹟而受洗。林孽因患眼疾向傳道者拿藥，才接觸主。他知道很多人都是因為生病才願意接近主，但一開始這是藥引，之後就會蒙主薰陶。王長水則是一介書生，因見證奇蹟而受洗。當時傳道者意識到西方藥物將是傳教的重要媒介，因為人生病時最脆弱，這時才會放下傲慢與偏見，看見自己的無助，仰望神恩的賜予。起初的信仰是帶刀的，和傳道者最初渡海沒兩樣，充滿風險。比如陳姓父親起初讓長子到教會是基於好奇，讓長子去聽聽這外來教到底在教啥，哪裡知道長子一接觸教會就很感興趣，之後還帶了兩個弟弟來，他們學習傳道者教他們的羅馬拼音讀經，自此不再拜神明與祖先的神主牌。這讓他們的父親非常生氣，擔心以後沒人到祖先的墓前拜拜，因此禁止三兄弟前往教會，並令他們每天都要拜祖先牌位。為了平息父母的怒氣，三兄弟決定參加祭拜禮，但在家時手裡仍拿著香，拿香時則把頭轉到另一邊。他們的另一邊上帝是主，他們背對祖先神主牌，嘴巴唱詩讀經禱告，且為生氣的父親禱告。後來三兄弟改在晚上農人看守的稻田屋相聚讀經，而他們的父親卻愈來愈生氣，在除夕夜，當家中像往常一樣準備了祭拜祖先的東西，卻見三兄弟不肯參加祖先祭拜，父親怒不可遏，拿了一把長刀衝向長子，他們三兄弟逃難似的跑到一個教徒家裡去避難。父親無法消除這口氣，將媳婦和孫子也一起趕出家門。沒多久就沒人敢走進家門。母親心軟，求父親，父親才放下刀子，答應孩子們回來不會傷害他們。父親為了家庭於是原諒孩子，也允許他們在家裡禱告，他們帶著妻兒每個禮拜天參加水返腳教會主日禮拜。傳道者聽了這件事的始末之後，知道這都是主的力量，主無所不在，信主者不再媚鬼神，而是回到造物主的懷抱。一八七二年四月十日傳道者寫著：上帝把他們使徒明明列在末後，好像定死罪的囚犯；因為他們成了一台戲，給世人和天使觀看。（哥林多前書4：9）

生活在這座多雨的小城，也許因為她開始導覽故事，因而召喚了命運，狼煙信號已被點燃。她開始樂於長居淡水，她的生命在此靠海小城發生很多的第一次，一如傳道者的生命在此展開無數次的頭一遭。淡水，滬尾，雨水的盡頭，皆是她淚水的初始。她在大學城開始談戀愛，談信仰，談電影，談創作。也在此城失去童貞，失去樂觀，失去陽光。在此城看見大海，看見落日，看見上岸的異鄉人。外來者帶來病菌，也受到當地病菌侵襲。傳道者的信念像大海，石不枯海不爛，傳道者恆以死亡為伴侶，她望海時想著這樣的割捨與壯闊，不像她是一個執著甚深的人。

淡水學興起，米妮感覺自己的青春卻要老去。如要追索她的青春必須從克難坡說起，若要追尋傳道者的小鎮，必須從滬尾港說起。

每所校園都會賦與一塊隸屬青春的銘刻地。

帶領旅人，她常抄小徑。坡上邊緣爬了許多青苔，往左右山徑走，可以避開人車密集的英專路。但即使走上幾回克難坡，繞進幾回古老鄞山寺，她以為青春時認識的淡水小鎮已無法重返了。現在的海是屬於他人的，小鎮也是他人的。大學城也是他人的，尤其如果要在學生臉上尋找她過去的影子更是難上加難，她根本有時候連一個臉孔都看不清楚，他們的臉都沉浸在茫茫網海。她是那種只消好好專心幾個鐘頭就能打理功課的人，但當時難的部分是專心，彼時她總是閃神恍神，上課昏昏欲睡，出門即被世界吸引，難以躲在圍城裡好好讀死書。她當時吶喊要讀活書，叫醒歷史，要活在大街小巷，活在以往的關塞衙署祠廟教堂宅第墳墓。活在海洋日夕的洶湧與靜默，活在愛情那種椎心的慾望奔騰與失落。

她的大學城生活，混在無太多個性與理想性的青春熱潮裡，心情就像一個從遙遠國度初初上岸的異鄉人，她常覺得自己不屬於這座校園，和周遭同學格格不入。他們只知道她是一個喜歡文藝的靜默者，但不知道她的內心藏著一座巨大海洋。情人動物園男孩，也是深沉而安靜的人，兩人碰在一起，像是兩粒古老石頭，擦出火花後，即墜入盤古開天的黑暗寂靜。雙方都不解彼此，但都知道兩造是紅樓夢裡的頑石，受日月精華烘焙，頑石要找的是絳珠草，而不是另一粒石頭。石頭流淚久了就化成水晶、化成玉。她躺在他身旁，常感到如此地寂寞，甚且他會突然轉身離去，丟下她一個人，她完全不知他為何不悅，一個一句話也不吐半句的硬石頭。

軟玉碰硬石，虐心又虐身。唯獨有幾次是歡愉的，那多半發生在極端氣候，比如盛夏，兩人都沒回家，他突然來找她，公寓只剩他們，沐浴後裸身在空無家具的客廳，冰涼的磁磚瞬間鎮透了潮濕的身體，那些崎嶇於心靈的硬塊會軟化些，使得擁抱有了溫度。

多久的人了，卻不時讓她想起。

動物園男孩就像淡水最後一班列車，早已是歷史的發黃圖片，看河的變化速度飛快，一條沿河的路經常塞爆，每天都有人在路面上敲敲打打，輕軌高築，房子高築，只有海平面下陷。擁擠的河岸，沒有甚麼理想性。各式各樣的運動在台北城內燃燒，擴音器高分貝滑過耳膜，肥皂箱演講像酬神戲棚。城市本身就是一座大劇場，走在路上不時有人會從地底探出一張黝黑的勞工臉，他們被叫泰勞菲勞越勞印勞。在淡水，熱鬧卻相對沒有太政治的氛圍，生活在人潮如流水的一方之地，安逸如邊陲。淡海沙崙，夏日踏浪，誰記得渡海者，誰知道在淡水小鎮上隨便往遺跡一抓都能抓到歷史的血痕。

英專路開滿商家，有幾家服飾店價錢昂貴，一件洋裝也要兩千多元，大學時期一年就買那麼幾件，有時室友餽贈的生日禮物也來自這條街。影印輸出店是必備的，自助餐廳是必有的，免費下載的影片更是大學生的最愛。一個月吃一下海風，平均分攤餐食，彷彿日子就是太平盛世。但她那時從來沒喜歡過淡江，側門、大田寮、後山學生如洪流，衝得人沒得躲。賣牛肉麵的張媽媽店裡明亮乾淨，就像她那張白淨的江南女子臉，在那裡打工還可免費吃一碗麵，每回都點炸醬麵，張媽媽說不嘗碗她的牛肉麵？她總是搖頭，說伊不吃陰肉。陰肉，牛肉就是俗稱陰肉。張媽媽在她畢業後曾有一回突然出現在我們的海，她要跟米妮借錢。

張媽媽說不能說是借錢。因為我後天就會還妳，我只是要戶頭有存款證明，張媽媽又說朋友介紹她去紐約唐人街或者去有小台灣之稱的法拉盛開牛肉麵店，當然先打工。

她問那張爸爸呢？那個有著溫文長相的北方大叔張爸爸，總是在麵店幫忙切滷味，總是安安靜靜，笑時眼睛拉開一條線。

他啊，我要和他離婚。妳們是傻女孩，沒有社會經驗，所以就覺得張爸爸很好，別被他的外表騙了，他外面有養女人，他根本就是吃裡扒外。張媽媽突然從低音調轉成高音階，嚇了她一大跳。別提他了，妳們畢業後，我也把張媽媽牛肉麵店關了，我要到紐約，賺美元，不靠人，就憑自己的手藝，但是辦簽證要有銀行存款證明。

張媽媽這段話確實把她在淡江最美的記憶打散了，那時她常看著他們倆在廚房的背影時想，這真是平凡夫妻最美的背影啊，連煮麵切菜都優雅，內裡卻不堪。

那時她才剛幫忙旅館事務，父親又生病，根本沒有存款。

張媽媽問她可以跟家人借嗎？

她搖頭，家人就是父親，他都倒下來了。

後來忘了聊些甚麼，只是午休後她得回到旅館櫃檯打理事情，她目送張媽媽的背影，那是她最後見到這大學城最照顧她胃囊的張媽媽背影。有好幾次她看著紐約客來到我們的海時，她都好想請紐約客幫她去紐約唐人街看看有無張媽媽的身影，一則尋人啟事當然沒說出口，她想張媽媽應該是沒用臉書的，至於究竟張媽媽後來有沒有來到紐約？或者遷移到其他的大學校園繼續賣牛肉麵？這些都是不得而知的事了。

就像一個上岸水手忘了海一樣，忘了海，才能回到陸地。

忘了青春之城，才能在江湖老去。

她逐漸想要忘記一些事，但卻忘不得。大千世界流動在她眼前，每一客體都是一個對境，於是記憶在她的生命中又強韌地留存了下來。

傳道者 **遠離傷心島嶼的另一個傳道者。**醫館醫師華雅各的夫人病逝，華雅各帶著兒女回返加拿大，遠離傷心地。黯然神傷回到原鄉的牧者事工不少，多半因天氣因語言無法適應，更多是面臨愛人在島嶼措手不及的死亡，再有信仰的人也如岸潰堤，終至離開島嶼。傳道者目送許多離去者的背影，看著他們決然地離開島嶼，揮揮手，直至船消失在海的盡頭。之後，他又開始迎接另一個渡海的宣教師，除了他生前最後一個上岸的吳威廉之外，沒有人待得下去，他一直不明白那些離去的背信者，他能接受親人死亡而離開傷心島嶼，但實在難以接受只因為天氣潮濕灰冷或者太酷熱就要離開的牧工。離去的華雅各的日後工作由領事館的林格醫師接手，醫館不能沒醫生。牛津學堂首批學生背景有農夫、牧羊人、傭工、家畜買賣、船夫、雜貨商、漢藥商、礦工、儒生。十個月竟就看了六百四十位病人，十哩以外的遠處島民都可以因為想來這裡而慕名看病，他們走路來看診，他們在門外茅下等待看病的時間，是傳道者宣揚福音的好時機。茶商阿春是傳道者看見上帝將門徒隱藏在許多屬於祂自己人中的一位。李春生成了主的見證者，這也使他更具信心。但坊間不知誰放的謠傳，竟傳說南方打狗的馬雅各醫師奉耶穌之名，為病人念咒，挖取死人心肝配藥，以死人眼睛研磨製作珍貴藥散，獲得奇效。暴民聽信謠傳，醫館桌椅與藥品被搗毀，馬雅各醫生只好退回旗津。馬雅各對他說首要對治的是島民的心病，其次才是瘧疾，心病難醫。他在滬尾研發檸檬汁奎寧劑，被叫做白藥水，治療很多人的眼疾，於是島民相信主是治療自己的大醫師，就像他跟他們說起痲瘋病人進入約旦河全都病癒的故事。許多被趕到山上的原住民住在山上時反而沒生病，平埔番到平地造屋種地，卻因不適應平地返回山林而生病的人不少，還有請工人蓋教堂時也常發生工人突然生病之事，這座島濕度瘴氣深，農人翻土時，裡面有瘴氣，被翻出了毒性。傳道者用檸檬水當瀉藥用蒲公英根熬煮，加鐵的過氯酸鹽，也是他在島嶼的治病良方。未開放的島民曾以為牙痛是因為某種黑頭蟲跑進去作祟，這種說法使他發笑。但島嶼人的神經似乎特別強，竟可以忍受直接用鉗子拔牙的痛苦，或許因為他總是讓病患先唱讚美詩歌，接著才拔牙講道，通過讚美詩歌，或減低病人的恐懼。拔好後他將牙齒放到病患手上，以茲證明確實從病患的嘴巴拔下。不到一個小時他可以撬開人們的嘴巴拔下一百顆牙齒，二十九年來他看過的口腔聞過的氣味都超過人類學家的人種研究，他親自拔下了兩萬一千多顆牙齒，像黑玉米般的牙齒訴說著主人吃過的食物與身體的祕辛。一八七三到一八九五年的北台灣島民幾乎人人來到他的眼前爭相排隊只為了拔牙，為了除蛀蟲。島民謝他，他總是立即宣說一切都是神的庇佑，一切攏係為基督，連結婚也是為了主。一如他內心的初心：「我再一次與祢立誓，就是痛苦至死，我一生也要在此地——我所選擇的地方，被祢差用，願上帝幫助我。」在這個聖人先知尚未來到島嶼的時間點，他聽到主的聲音回應：勿將聖潔之物贈予狗，不可在豬群之前撒珍珠，以免遭其踐踏爾後又來蹧踐你們。但又說你贈予吧，你將珍珠丟向豬群吧，因為對聖物珍珠本質無損無減。

一路沿著河水航向島嶼北方。過了百年，南方盛世仍未開，航海時代在南方綿延青春人的夢想是走船，在漫長的航海上吸滿了惰氣，度過寂寥空虛可怕的海，在海洋顛躓的翻滾中進入夢網，如魚沉睡，醒來已然看見懷念的陸地。當北部知青在咖啡館論戰時，南方彷彿還裹在大航海時代船艙所瀰漫的惰氣裡。當討海人或水手的叔叔哥哥們，從島出發，從島上岸。

海洋從來不是如傳道者的靈糧，海洋是黑鮪魚，黑鮪魚是鈔票，鈔票是溫飽，溫飽是微笑，微笑是幸福的許諾。但傷心海洋更多，颱風掃蕩，守寡的漁民村婦紅顏已老，寂寞已老，傷心已老。她們走到海邊認屍，腐朽海味瀰漫，被魚吃掉的眼睛，被鹽浸泡的手腳，殘酷的海，她們自此不再靠近，也禁止孩子靠近。

和北部的海洋比起來，西部南方海洋顯得如此靠近庶民生活的艱難，出海是為了討生，比起西洋渡海者少了精神面的支撐，唯一海上思念的都是家眷。海洋被築起水泥，阻絕看海出海是很後來的事了。

米妮的生日和傳道者抵達淡水同一天，回返百年前的此日，她尚未誕生成一尾雙魚，屬於大海的雙魚，不是魚缸的魚族。百年前的三月九日當傳道者抵達她的淡水時，她也許在他的異鄉漂泊也未知。也許他們交換過命運，也許某世的她曾在霧濛濛的蘇格蘭高地，受宗教驅逐，和他的夫望向另一個被稱為加拿大的新大陸，他們撫育孩子的新天新地。

彼時神不知鬼不覺，書寫者動員想像力，將命運交換，才能讓他們顯得如此熟悉，處處遭逢得如此巧合。她深信前幾世的命運早已伏筆在這一世了，因此她誤打誤撞來到淡水讀書，是命運的安排，因為考試時，她有一題不會寫先擱著，但所有的答案卻不慎地都往前一格填，分數大人降低，私立學校讓她父親頭疼學費且失望，但名字已經高懸在那裡，一條河流一座海洋一條老街等著年輕的生命踩踏探勘。

傳道者 **門徒阿門**。他拼出Amen，告訴他們這是宗教用語，在禮拜和禱告時表同意或肯定。阿門一詞的使用，可見於《聖經》和《古蘭經》。阿門最初用於猶太教，後來為基督教所採納。基督徒常在禱告或讚美詩時，運用阿門作為總結和肯定。也就是「誠心所願」，從摩西時代至基督教時代，此用詞都是常用的，而且詞意經常反映在經文當中，他向門徒列舉了申命記：「利未人要向以色列眾人高聲說、有人製造耶和華所憎惡的偶像，或雕刻，或鑄造，就是工匠手所做的，在暗中設立，那人必受咒詛。百姓都要答應說：阿門。」「我好堅定向你們列祖所起的誓，給他們流奶與蜜之地，正如今日一樣。我就回答說：耶和華啊，阿門。」「願榮耀因耶穌基督歸與獨一全智的神，直到永遠。阿門。」「願主耶穌的恩惠常與眾聖徒同在。阿門！」他舉例了羅馬書、啟示錄、耶利米書，傳授給門徒關於阿門這個字，他們指著自己是門徒，阿門。指著門說阿門，指著春聯萬事如意說阿門，傳道者聽了笑了，無處不阿門。誠心所願，阿門救了許多人，在風中飄蕩的骷髏頭，一個信主會被砍頭的時代。傳道者無法旁觀他人的苦痛，於是每當有無辜者被誣陷時，他就去申告。當他知道有人買通替代的人好讓他們代罪上枷鎖，傳道者知道這些上了枷鎖的人根本沒犯案時，他就去申告，他經常申告，讓不義之人現身。後來有一天當他走在艋舺路上遇到暴民朝他叫囂時，某個曾受傳道者施愛與申告成功而被放出來的人剛好經過，於是袒護著傳道者，幫他擋住暴民的攻擊。這件事讓他相信地獄永遠有個位置是給見到道德淪喪卻袖手旁觀的人，他絕對不袖手旁觀，而那個受他恩惠的人也懂得回報。門徒教他一個台語字kong-péh-tshát-uē：他不講白賊話，他要說真話。但暴民流氓的恐嚇依然不斷，他被丟石頭潑糞扔雞蛋，教堂被拆，他在刀口下無數的逃生。他最常遇到的是侮辱信教的人，可怕的行徑是故意掛兩顆頭顱在艋舺的城門上，那是信教者的頭顱。行刑者在父親的眼前砍了兒子的頭，之後再砍了老父親，那兩個人的頭顱被放在籃子裡，一路慢慢地提到了艋舺，每到一處，傳令員就告訴大家，如果去信那個番仔的教，下場就是這樣。籃子上面有個告示寫此是信異教者的人頭。有讀書人入教被罵爾人入番仔教，爾即為番仔奴才。但大信者終於還是來了，有個商人人生最後的八年一直是忠信基督。商人的信藏在小竹管裡，輾轉來到了傳道者的手中。「我，陳士美相信一切天地，天使和漢人，都是偉大的上帝所造的，我相信我們的救主耶穌成為人子並且為士美而死。我相信上帝在獄中愛我，祂的靈給了我安慰並令我欣喜，我感謝上帝讓福音傳到淡水。我相信耶穌救主，有能力救我並賜給我永生。」《馬太福音》寫耶穌受洗到曠野四十晝夜，禁食時魔鬼出現。魔鬼三次試探，敬拜魔鬼，將得到世上的萬國，和萬國的榮耀。《路加福音》寫這一切權柄及其榮耀曾經交付魔鬼。你若是神的兒子，叫石頭變成餅，解除飢餓。證明自己是上帝之子，要耶穌往聖殿山跳下。魔鬼試探完全失敗，他走到艋舺城，看到父子檔骷髏頭空洞的眼神卻飽含著殉道者的愛意時，他知道這一切都是神對人子的試驗。

米妮在讀大學時，那場弔唁外婆的南方葬禮十分喧鬧，那種過度被哭泣與道士吟唱及夾雜電子花車式的哭腔，總使她想逃。在南方晃蕩幾日，又速速回到山城大海。溫潤潮濕滬尾使得葬禮的荒澀消失。大學城男女雜居，當時動物園男孩租的公寓是三女一男，他本身具有會讓人卸下心防的特質，長相神似約翰藍濃年輕版，但卸下防備不是說他會打開心胸，而是他整個人的文藝氣質讓他具有無害感，沉默又予人穩重安全感。只是他的女性室友都很同情米妮，因為每當她來找他時，他經常不在。開門的女生每回都瞪著無辜與同情的大眼睛說，他不在耶。

那時米妮經常和金姑娘在心情受挫時，一起爬上清水祖師廟的石階，眺望前方海洋，尤其在圓月時，黑夜輪船緩緩承載著慾望與眼淚。多年後，她在淡水聽聞某個大學好友自殺辭世，內心被深刻撞擊著，她瞬間明白過往的歷史就如預言，隱喻有著非凡的命運張力。書寫者和布道者大概都是某種被誤以為的狂信者。

她給史蒂瑞看著大學時自己在淡水拍的照片。史蒂瑞是少數那種一直回到我們的海的好旅客。

以前因為刻意復古而用底片拍攝，所有的負片都必須變成沖洗才得以見到真相，淡水潮濕，照片像流淚，她逐一掃描進數位檔。當年在紅磚階梯拍照是為了畢業照，幫她攝影的人是當時錯以為要跟隨一生一世的人，哪裡知道他去當兵，感情就結束，而且是處在繁華小鎮的她被遺棄。足見這並非背叛，而是感情遠去。她跟史蒂瑞說著，他那晶亮的瞳孔閃著認真的神情。

其實當我看著男友在鏡頭的小窗看著我的時候，我就在心裡敲下了感情的喪鐘，只是我渾然不覺那雙鏡頭背後的眼睛可以瞬間失去了注目我的慾望與力量，時間在當時就被切割了。

很多時候，人有預感，但只是把那個暗示忽略了，恐懼不安使妳目盲。史蒂瑞說。那現在呢？他問。

我眼下只關心旅館的經營，感覺愛情像氣球，偶爾抓住一下讓它隨風共舞即可。生活在旅館，使我對於所有的際遇感到萍水相逢，沒有永恆。

史蒂瑞聽著一副不可置信地笑著。

這一天，米妮在電腦看照片時，電腦檔案跳出她為史蒂瑞拍攝的檔案，史蒂瑞當時選擇不交換故事，他希望她拍下他在淡水城的樣貌，作為旅途紀念。

有的人在旅途裡脫軌，會反過來做一些他在母城所不做或不敢做的事，有的人則永遠是定軌的人，不論天涯海角，永遠將母城複製到他城。

妳是哪一種？史蒂瑞曾問。

我還沒離開太久，短暫旅人不算數吧，我還不知道自己是屬於哪一種。

史蒂瑞有一張畫家最喜歡繪畫的深邃臉孔，還有一頭蓬鬆金髮，像威尼斯之死的那種少年，金髮在攝影棚的燈光下閃閃發亮。昨夜睡著，沒有歸類整理，現在仔細看照片，她發現這個人的眼神常飄到遠方。後來又轉去看別的旅客的檔案，有的她只記得離開我們的海後，轉去別的地方旅行，後來的旅程，一開始大家都還有聯繫，有感情或想感謝的旅客會寫電子郵件給她，但隨著時間移往就逐漸遞減了，接著就消失在網海了。都是這樣的，人只要沒有關係連結，即使感情再深都難以維繫，久了就只能放在心海，總不能一直寫你好嗎？我很想念你。這種言詞都是沒有力量的，寫久了和客套話也差不多。她在旅館裡認識多少人，起先興致勃勃直如不見你會死的，最後也都消失電腦彼端了，難怪人要建立關係。

史蒂瑞為何還要再次來到淡水？她想著，突然手機響起，電話那頭就是史蒂瑞。他說我迷路了。

她問他在哪裡？他說在墓園。

又跑去墓園？她匆匆忙忙套上鞋子往小徑走去，知道他應該不得其門而入吧。但基於導覽多年的敏感度，讓她知道也許他和西洋墓園裡的魂埋者有關？她到墓園外面時，見到史蒂瑞隨興坐在某石階上寫東西。

我以為任何人都可以進來，史蒂瑞笑說。

為甚麼要再來？之前還看不夠啊，她笑問。

我的某個祖上過世在這裡，他說。

難怪，那找到了嗎？她輕輕問，唯恐打擾墓園的百年老魂魄。

嗯，他點頭。手上竟拿著寺廟的香燭。他說入境隨俗，於是她幫他點燃香燭，祭拜一番。他拍了幾張照片，同時也用自拍拍下他們的合影。

妳不怕墓園？他問。

不會啊，老鎮亡魂多，夢婆可能就是我在逛墓園的時候進入我的夢的，夢婆跟我說她轉世幾次，幾乎變成島嶼化石。

史蒂瑞聽她一直說著鬼魂之類的，也比較不害怕了。

她突然用中文說了惡人無膽，他聽不懂只是笑，還猛點頭。

也許回去把這件事寫在報紙上，他說。

只要有人書寫，有人述說，你的祖上故事就復活了，她說。

墓園像是一張聯合國的座標地圖，海權西方年代，積弱中國的不平等條約與海島冒險家樂園全微縮在此。他們的魂埋在這島國異鄉，沒有人超度他們，夜晚想開場派對，彼此連語言都不通。不過金姑娘來信說，消失肉身的靈魂是可以溝通的，人的有限只因肉身。墓園樹林蓊鬱，石碑淡雅，有種奇異的異國情調。史蒂瑞是她來到民宿遇到的第一個尋根的外國人，他拍好照片準備上傳給家人，傳輸線很快就連結了柏林。看來史蒂瑞的任務已然完成，他感到輕鬆。

她問為何上次不告訴我？

他說因為不確定，所以和家人連線，寄了墓碑照片才確定。總不能弔唁錯人吧，他搔搔頭。

再次沿著小徑回到民宿，一些小花開了，陽光灑滿海岸。

她餵了貓，發了幾封信。在史蒂瑞即將離開淡水前，她又帶他走了幾個歷史景點。

他們再次行走老街時，遊人開始四面八方湧進這條街，和高大的外國人走在一起使她變得醒目起來，遊人不知淡水過去即是洋人走動的港口。又帶他繞進福佑宮，他想起之前在這裡擲筊。問她和鄞山寺有何不同？她說這裡是拜媽祖的，之前鄞山寺是拜佛的。媽祖不是佛？他問。

她笑說是海神，以前廟的前面就面對著淡水河，在海上庇佑討海人，早年有望高樓，可以指引海上船隻進港，福祐宮兩側昔日有米市街、布市街，話說到此大概就滿了。宮旁兩岸賣炸魚酥。史蒂瑞吃素並非因為宗教，是一種形而上的精神，德國知識分子特別流行吃素，顯得吃肉很殺戮。她想起之前來到旅館下榻的威廉，不知道這個不搭公車的人徒步到哪裡了？她聞著兩旁炸得酥香的魚酥甜不辣菜肉卷，嘴有點饞，這味道特別熟悉，連結著青春時光。

她和史蒂瑞從廟宇又漫步到昔日的殖民地，紅毛城、砲台埔、淡江中學、淡水郵局、淡水禮拜堂。禮拜堂有著中式閩南屋頂，西洋拱形門窗，坐落於馬階街二十四號屋的背後是馬階落腳淡水的租屋處，牛津學堂是台灣第一所西式學堂，她簡單地說了一下，以導覽的制式口吻。他說她講說明性的文字和述說自己的感情時，竟是兩種聲調，兩款性格。她聽了笑笑，對於即將來到的離別沒有太多感受，因為作為民宿的管理者與地陪，來來去去形成了必要的風景，就像以前她當旅人時必得告別許多的民宿主人與旅人一般。揮別的手勢對深情者是這般難受，對管理旅店或是旅人卻又是尋常。

她繼續帶著史蒂瑞往淡水捷運站東側鼻頭街二十二號處走。

一九四四年十月十二日美國飛機空襲北台灣，擊中殼牌倉庫油槽，三晝夜火光燒亮整個淡水小鎮，那可能是淡水開港以來最華麗的火焰沖天，對岸觀音慈眉望著這團火，是否也慈悲落淚。

她指著建於傳道者時代一八七〇到一八八〇年代的殼牌運輸貿易公司，嘉士洋行在這裡建油槽，倉庫區內鋪設鐵軌接通淡水火車線，油臭味讓淡水居民稱此地為臭油棧。倉庫的牆面有著閩南扁平的方磚，窗台門框架使用泉州隴石，她說話的時候，邊遙想著港口載滿油品的船艦航行港灣，正等著卸油的畫面。在滿是觀光客的人潮中歷史顯得如此失真，彷彿這只是她的想像。

傳道者　獨創拔齒法。他開始幫人拔牙是因為看見人的痛苦。一八七三年他和一群學生離開新竹前，一群監視他們行動的士兵當中有一個士兵罹患猛烈的齒痛，他看著那樣的疼痛，心生不忍。於是找來了一片堅木，拔去了士兵那顆搖晃得厲害的壞齒，原始拔齒法使得這士兵感激地流下淚來。這啟示了拔牙對當地人的莫大需要，回到淡水後，他請當地鐵匠製了幾種拔牙器具，並向美國購得拔牙機。他們叫他瘋狂黑鬚番，因為他可以一天拜訪同樣一個地方好幾次，一點也不疲憊或不耐煩，他總是先唱詩歌，接著以醫療診治，然後才傳福音。把島民的痛苦放在第一順位，他們自然感到被尊重與被解放。他掃街走，挨家挨戶，上山下海，從城鎮到鄉下，到山林部落。兩間小講堂有博物室圖書室，這就是他為主的到來所準備的小空間。他經常散步在林蔭大道，藉自然美景體驗上帝的神奇，歌詠萬物。看著前方的海，他就像一滴大海，主的天空人子的海，他持續用大海寫信給主。他且喜歡去海邊撿石頭，然後把石頭放進玻璃櫃，用小卡紙寫上tsicohthau。玻璃櫃像是博物館展場，裡面有許多植物葉脈與種子，還有標本。紙片上寫著毒蛇tok-tsua、蝙蝠ia-pô、蟬仔siân-á、相思仔siunn-si-á、稻草tiū-tsháu、棕蓑tsang-sui、番薯han-tsî，還有無數的尚未標籤的島嶼寶物。屋外入夜的

hué-kim-koo火金蛅閃亮著星子微光，性交歡的訊息鋪天蓋地，這是自身的演化還是主的創造？他散步時想起了門徒問的問題，他當時脾氣火爆說汝信心無足。門徒低下了頭。此刻他感到一片寧靜，但萬物的個體命運，其實也如港中的霧，多情而迷濛不清。

消失好多天的史蒂瑞從基隆回來，他說去採集貝殼，他喜歡貝殼，放了幾個在旅館的玻璃櫃。並把最破舊的貝殼送給米妮，他把貝殼放到她的手上時，她觸摸到他的掌心溫度，熱熱的，如剛出爐的雞蛋糕。他到了和平島，這座昔日名為棕櫚島的海岸撿拾貝殼。

因為歲月的痕跡很美，史蒂瑞說。

她點頭，喜歡又美麗又殘破的東西。

因為這只貝殼，她真希望史蒂瑞不要離開我們的海。

史蒂瑞說他想看電影，她心想至今還沒陪旅客看過電影。但因隔天史蒂瑞要離開淡水，因此她就撥出時間帶他去看了一場關於宗教獨身的電影，回程他們在捷運上討論著還好基督教可以娶牧師娘，不然像電影中的波士頓羅馬天主教教會如何包庇戀童癖神父，就會成為敗壞教會的主因，也是信徒最危險之境，當神父披著道袍卻私下侵犯孩童，且還道貌岸然向信徒說著萬福瑪利亞時，這真是對聖母的褻瀆，史蒂瑞有感地說。

天主教修士發誓終生獨身，獨身可以，但禁慾太難，她說。史蒂瑞點頭，眼睛卻看著她，她迴避開來，看著前方的海。

這回史蒂瑞真要離開我們的海了。

隔天，她送史蒂瑞到淡水捷運站搭車時，天色已經完全黑了。捷運站人潮陸續湧進出城的旅客，她幫史蒂瑞買了捷運票，彎身和史蒂瑞親吻臉頰告別，然後目送他走進捷運。嗶的一聲，彷彿那是遠洋的汽笛聲。史蒂瑞魚貫地隨著人潮步上手扶梯時，他轉頭朝她揮手了一下，她也揮手了一下。說是制式送別，卻也悄然升起一股愁緒。她看見史蒂瑞臉上閃過一抹不捨的神情。

她頓時被齧咬的感受也浮上心，那些遠去的經歷，如何賦予旅人一趟又一趟的旅程意義？她的多倫多之旅，那些流落異鄉的神主牌，查爾斯不知旅行到何方了？

一個旅館的經營者不能太多情，一個當地陪導覽的人更不能太多情。她轉身踱步走回我們的海，穿過青春走過無數回的老街、小徑、市場、茶室，無論身邊有多熱鬧，最後都還是一個人的身影。雨忽然飄了下來，在細雨的小鎮，微風忽起的寒夜，老貓踱步的幽靜巷弄；宛若攜她重返年輕之城。巷道沉默，在旅人都出城之後，鎢絲街燈顯得慘白黯淡，靜靜投影在沿河而立的幾個疏落的垂釣者。

時光很奇異地分離了他們所愛所戀的人，束手無策嗎？有的，她聽見空氣中傳來一個彷彿神語的叩問。隱約發出令人難以抗拒的瞑眩氛圍，她陷入了錯覺的時間感，好像自己非常老了，看見青春的時光膠囊裡躲藏著一座隱形大海，這人間一切無常的起伏遞嬗，都被一雙老靈魂之眼望穿內裡。

細瘦的雨絲被燈管照得清亮，走過陸續關門收攤的巷弄，趁還沒拉下鐵門前買了包魚酥吃，走在狹窄的貓徑，聞魚味撲來的貓兒幾乎是她在淡水最好的朋友了。牠們陪她走過青春甬道，使她在我們的海雖寂寥卻不冷清。

飄在頸後的雨絲使她有如古都藝妓般，雨絲有撲粉之感，她摸摸頸後，手中潮濕，接著她抹去臉上的淚水。心想這時光被削得如雨絲般薄了，這心境老去，竟使得淡水變得這麼地具有緬懷性，彷彿青春愛恨的一切都可以被記憶眷顧，被歷史釋懷。走上通往我們的海的半山腰，回頭再看一眼山徑下的淡水老城，港口起霧，雨港夜景瀰漫著亡靈似的哀愁，這個時刻，所有白色的傖俗終於徹底退去，換上景幕，夜晚還魂海該有的神祕。她長途跋涉最終來到大學青春之路，來路黯淡，前路未明，她的愛情回憶不值錢，他們的時光故事則等著拍賣。

海平面飛過一架飛機，海面閃爍銀光。她闔上窗戶，躺回床上發呆。

夢枕傳來的訊息充滿悲傷。

傳道者 **倖存者與無辜者**。那時讀書人若和傳道者靠近就會被譏為番仔奴才，島嶼罵外來人番，罵外來種番，到異地說是落番，因他人他地才是番，自己不是番。番到底有何罪惡？一八七五年，這個叫莊宗德的人才是罪惡，他強暴淡水婦人陳戴氏，十四歲的童養媳，童養媳的命運從此悲慘，沒人會娶她，淪為下女。而強暴者為逃脫懲罰，躲到某個教會裡竟獲得保護，且還躲了一年，後來被教友揪出，在基隆被捕，行刑者將莊宗德押往淡水審理時，他聽聞此事還特別前往關心，那時候還沒成為妻子的蔥仔也在街道的人群中看著這件事。後來再聽丈夫說起這件往事時，她的心裡還十分悲憤，哀嘆這可憐的童養媳，再也無法立足養家與社會。教堂當時無辜地成了罪犯的避難所，一度被教民破壞，撕毀黏貼的堂規戒律，沿路大叫殺拿番教之人，毀物件，驚擾懷孕婦人，辱罵女性。他曾安慰島嶼妻，吾主上主的神臨到她身上，派遣她向貧苦的人傳報喜訊，治療破碎了的心靈，安慰一切憂苦的人。他知道這座島嶼的鄉村血緣與親緣關係的連結非常深厚，這也形成了歷史相沿的械鬥遺風，形成性格的一種功利性與勢利性，連信主都充滿了功利性。比如有人入教其實是為了獲得權力，信主後依恃著教會而欺壓鄉鄰百姓者不少，還有那仰仗帝國主義的炮灰與走狗者也甚多。莊宗德強暴十四歲童養媳的消息震驚了相似年紀的蕙仔，十四、五歲的女孩應該過著甚麼樣的生活，為何凌虐她們的都是自己人？她問過當時還是學堂的老師，也就是傳道者，傳道者只是看著蒼穹，指著天空說那裡有答案。妳信妳的路，別怕。三年後，主回應了她的答案，她成了傳道者之妻，烙印在她身上的童養媳將成歷史鬼影，一道封印。

忽然，夢枕斷電。米妮第一次發現自己竟然可以強行切斷夢婆的夢，如果那個夢是讓她恐慌害怕或者不喜的，但切斷前會有鬼壓床的壓迫感。

喘息驚醒，彷彿見到陳戴氏被強暴的場景，闖入的男人，強行壓倒她的一切，粉碎她的未來。被強暴的童養媳，連養家都不要了，二度被遺棄，生家賣掉她，陌生人作踐她，最後養家遺棄她。陳戴氏後來也到了教會，被聰明帶進了學堂，之後任何資料再也找不到陳戴氏這個名詞。她重新開始她的新生活，每天點著番油燈習字讀經，有一天賣番油的小販見到她，才發現她是他曾經許配過的無緣妻，兩人對望一眼，河海正融進最後的一抹霞光，她無言遞上銅板，他安靜地打著油，遞給她時，他顫抖著嘴唇說，是阿婆不要妳，我沒有，這些年妳都去了哪？她依然無言地提著番油，轉身前她說，如果你信主，你就見得到我。後來這無緣丈夫尋她來了，他自此也留在教會裡，夫妻成了兄妹。

她在窗前虛擬地寫著這個故事的尾端，悲劇到了主的手裡，都能翻轉。今夜特別疲憊，夢殘餘著現實的咬痕。

她在天微亮的藍光中，思起白天看的電影：「如果養育一個孩子需要全村人的通力合作，那麼要侵害一個孩子也是如此。」村人合守祕密，全體就成了共犯結構，教堂若成了逃避世俗罪惡之地，久了就變龍發堂。一層層藏汙納垢，人性如風飛沙，一代又一代，覆蓋再覆蓋。

晚上躺回夢枕，夢婆卻依然靜悄悄的。她想是這一週夢婆輸出了太多傷害性的記憶。暴徒與信徒總是比例懸殊，這讓夢婆想起自是百感交集。

今晚是屬於她自己的安息日，無夢。無風之夜。無愛，戀人都已離去。作為一間旅館注定只能是過客，任何人在此都將終須一別，滯留愈久者給予的幻想反而是一種哀傷，她再次提醒自己，不該對旅人產生任何情愫，一絲一毫都不要有，一點一滴都要回歸海。不阻塞愛的血管，她才能好好在我們的海活下去，才能守住自己的色身江山。

她推開窗，藍灰色薄紗窗簾在月海中飄蕩如翅膀。

海風灌滿她的全身，海潮音傾注她的耳朵，直到她變成史蒂瑞放在她手心的那只古老的貝殼，任風吹水蝕，靜靜地守著海老去。

海平面下的愛情，難以浮出地平線。

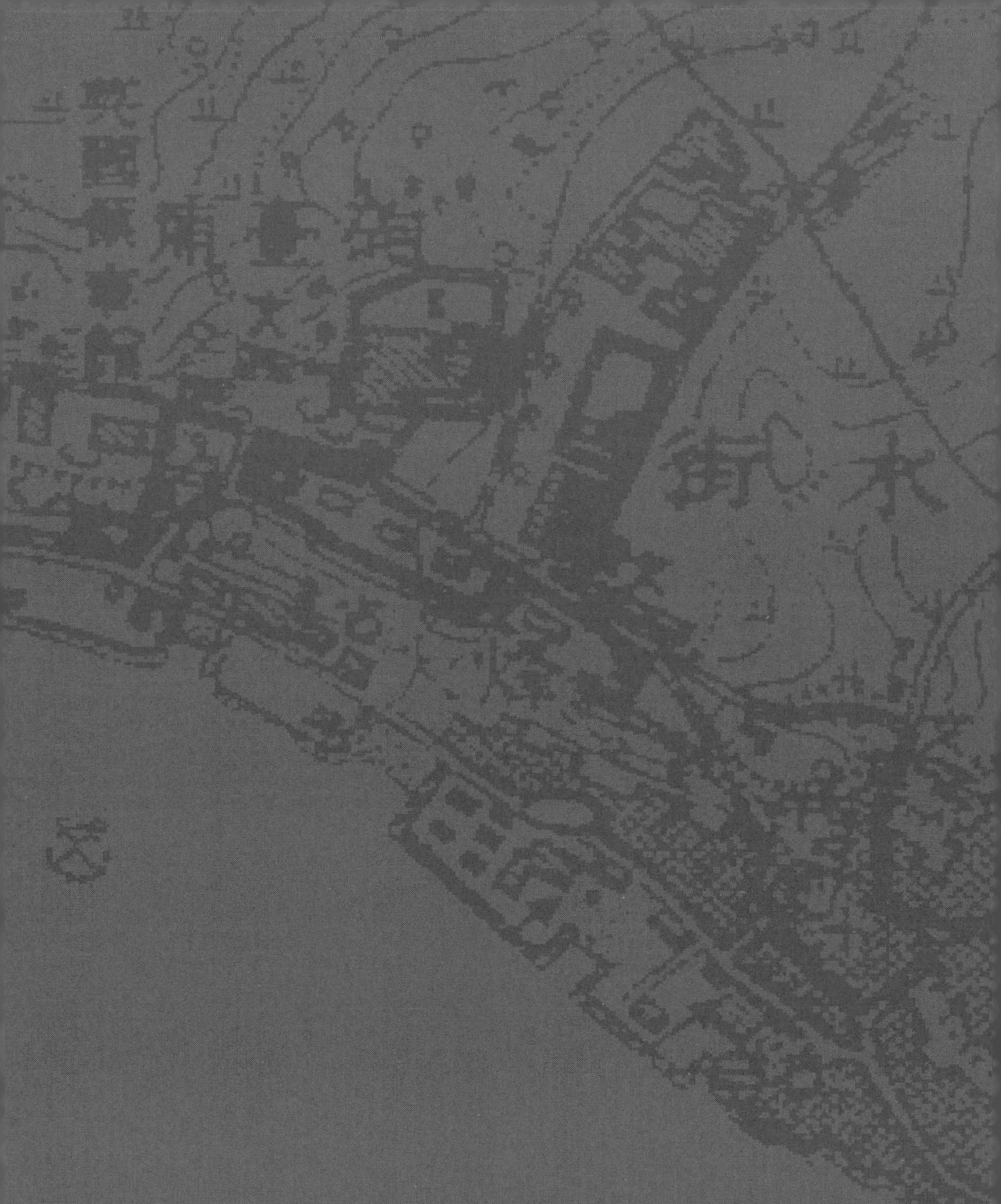

【卷貳】

島嶼複音

五　當他們出發時

她緩緩進入睡眠，窗外閃電劈下，雨露素馨中，十月的貿易風帶來了植物獵人與險惡的異地傳染病，海平面與地平線的愛情，等待婚盟，等待傳奇。

徒步的故事寫下之前，異鄉人先是渡海，任何一個欲圖抵達島嶼的人的必經之路。環繞的海域環伺夢想的樂園，渡海盜海背海抵海，龍宮的蟹兵魚將覬覦著信心不足的人，白骨幽魂在海中磷光神祕閃爍，載浮著千古慾望的重量。島嶼原鄉人與異鄉人的行旅形成多重回音的複沓，看著傳道者的台灣行踏地圖時，章米妮總會不期然地想起自己的行旅，行旅的起點或抵達的終點往往是淡水。從淡水出發，踏上山之巔，水之湄，在多焦點多重疊的時光移往下，個人的體驗紀行留下了雪泥鴻爪般的歷史回盼。

抵達之謎，許多人的先祖從南方上岸後，一路徒步到蠻荒靠海或山林村落。抵達之謎，是青春嚮往的踩踏之地，是愛情最初的探勘之地。島嶼複音，迴響著海洋脈動。

抵達之謎，男子因工作而移動，女子因婚配而移動。

在時間覆轍的行旅中，她發現傳道者在一八七二年三月九日和李庥牧師與德馬太醫生的島嶼初旅行中，從淡水一路到雪山下的紀行。一千元紙鈔背後是藍腹鷴，史溫侯雉雞，英國領事命名的特有種鳥有著華麗的羽色。抓了海鵝的漢人拿去賣給洋人，一個索錢，一個獵奇。夜鷺可能不好吃，因而沒被抓去烹煮食用。鵝有屬於海洋的，海鵝巨大的翅膀一張開就如雲朵飛翔，長達三公尺的翼尖在風力搭配下，如滑翔機可以鎮日滑翔天空，有如孤獨的自我表演。海鵝？當她這樣說時，很多旅人並不明白，當她改說成信天翁時，來到我們的海的旅人就都認識了。

蝙蝠蛇雲豹，穿著雲豹皮衣的部落山林硬漢的照片高懸旅館，自從米妮管理我們的海，她就常更換牆壁的展覽，她認為只要有變化就帶來新意，即使多次入住的旅客也都有新鮮感。何況影像是她擅長的，肖像人物風景物件空間的迴異攝影在迴廊裡更替著四季風情，她在被釘住的人生裡也試圖召喚想飛的心。

我在哪裡還可以看到茶室集結在淡水的市街？夜梅花茶室還在嗎？櫃檯出現日本人乃木先生的笑臉。他用發音奇怪但結構完整的中文句子問著米妮。

乃木先生想要去拍些照片和收集在地故事，晚上在交誼廳做交換故事時他想可以派得上用場。米妮想起之前乃木先生去尋訪醫館回來還嚷著說，好奇特啊，醫館變成咖啡館，苦痛轉成甜美，往昔堅貞的信仰化為當代旅客在咖啡館的八卦聊天。然後他轉去馬偕街十九號的多田榮吉故居，舊日日本木屋隱藏在樹林裡，他就在那裡坐了一下午，想著那裡的有些事物是又熟悉又陌生，感覺就像一條鹹魚，是魚，但卻是一尾再也難以重返大海的魚。他忽然靦腆地笑著自己這個形容很糟糕，但在客廳聽了他的分享，旅客卻都感到十分有趣。

乃木先生選擇分享故事，也願意讓米妮拍下他在旅館的肖像。他對旅館希望住宿旅客關於說故事或留肖像的選項感到新奇，他說這都是他常做的事，他喜歡旅館的文藝氣息，有一種淡然，卻又讓人心繫此地的奇異感，他不知道這氣息是怎麼被凝聚與擴散的，但培養土應該來自米妮，他說這旅館有著主人的氣息。

米妮不懂他怎麼會有這種感覺的，但作為一個長期在部落觀察的人類學者，他很習慣從臉部辨識人的一切，他看見她旅行留下的痕跡，旅人總是不斷地在告別他人，在空間移動，對於任何喜愛的事物要保持一定的距離，旅途裡一旦被情愛捲進去就難以移動，並非無情而是太有情。在路上太久了，回到這片海，仍然洗刷不去風霜，風霜裡的淡然，兩股力量互相滲透，造成一種奇異的氛圍，存在又不存在。

夜晚旅館說故事時間，倒像是巫師降臨。夜晚，旅人幽魂會緩緩步出，喝了幾瓶啤酒之後，有人會玩真心話大冒險。

旅人之一突然說起自己的祕辛，可能因為明日將各奔天涯，故事流淌開來變得容易。有一個韓國女生突然就玩起真心話，吐出自己的祕密，可能因為是外國人，不怕被別人知道祕密。韓國女生用英文說著自己曾懷孕，但出生的嬰兒卻還未看一眼，就直接把嬰兒給家中香火薪傳的唯一繼承者哥哥，她那不孕的嫂嫂陪生，一聽嬰兒哭聲旋即抱過血淋淋的嬰兒時，才見到母子臍帶還連著，醫生剪斷臍帶那一刻，兩個女人流淚了，她和她嫂嫂心情各異。嫂嫂欣喜若狂，在還沒離開產房，就狂喊著寶貝寶貝。不孕女人的痛苦，自此被免除。往後孩子將叫她這個親生母親為姑姑，日後她因隨著採購的工作得奔赴天涯，一個幾乎以天涯為生的女人，彷彿容易和孩子切斷連結，此後江湖不相思。至於孩子的父親是誰？她不曾說過，因不能說，能說的是某個已分手的男友被她設計了一夜情，此後換來一座香火鼎立。

米妮在眾人圍成一圈的客廳聽著女人的故事，心想著真實人生的離別哀傷，從出生就注定離別，使得小說即使再科幻都無法解除哀愁在人心的設定程式。

韓國女生拋出了爆炸性的女人生子故事之後，另一個有點年紀的台灣中年女人竟勇敢了起來。她說她也把自己的孩子丟在美國。此話一出，每個人嘴巴都張得大大的，眼睛吐出好奇的火光。女人嘆口氣說，自己二十出頭時很不懂事，有一次去日本玩，有了一夜情。之後她就從日本轉去舊金山，在舊金山遇到一個情投意合的美國白皮膚金髮男生就結了婚，婚後懷孕，期待結晶誕生，哪裡知道孩子生下來竟是完全的東方臉，絲毫沒有丈夫一丁點白肌膚或是金褐色髮絲的基因。她突然想起那個日本一夜情，她竟帶著一夜情的種子結婚，她嘆了口長氣忽然不語。

後來呢？大家忙問著。

我實在覺得太丟臉，竟把孩子丟給洋丈夫，跑回台灣。後來還給丈夫寄去了離婚協議書，不久後聽說丈夫為了孩子的母親還刻意和亞洲人談戀愛，孩子還沒一歲丈夫就娶了一個日本女生，這樣東方嬰兒就不會無父無母之感。

這男人真是大愛耶，有女生驚呼。

我當時才二十出頭，不懂這些東西，就被一個丟臉情緒卡住，竟拋夫棄子。而那個無緣的洋丈夫因為期待了十個月，所以他一直把那個孩子當作自己的孩子，一出生就喜歡那個孩子，他願意接納孩子，我卻不行，真是年輕時太無知了，她感慨著說。

那孩子都沒再見面？有人問。

沒有，有看過照片，現在都讀大學了，過得很好，一直不知道自己的身世，以為日本女人是她的親生母親，這樣很好，我就像一個代理孕母似的，哈，她自嘲地說著。

另一個上海來的中年婦女也說起自己的故事，說離婚後丈夫就帶著孩子搬離了原來的住處，她找了好些年都沒找到，為了找孩子，她是最早使用部落格的人，為了讓孩子至少日後可以搜尋到母親的名字，她相信孩子總有一天會想要找母親，果然孩子就是利用搜尋引擎找到了她經營的部落格，連繫上之後，知道母親的苦心與找他們的苦楚，雙雙都獲得了和解。這回她就是帶著孩子來台灣旅遊，孩子沒加入真心話遊戲，在樓上房間打電玩。

旅館經常有如故事交換地，只要有人拋出議題。今晚猶如女人與孩子的故事之夜。

夜色降臨了海，米妮走回自己的房間，看了一眼海色之後，拉上了窗簾。躺回夢枕，她今天反其道而行，改向夢婆傳輸今夜聽到的故事。夢婆沉默，忽然哼起搖籃曲給她聽，她聽著聽著就想到童年母親的溫暖，逐漸遺忘了離別無緣的故事，關於女人的夜哀愁。

傳道者 **踩踏北島嶼的初體驗**。啟程的路在大雨降下前還算清晰，下午的雨很快就來了，山嵐雲霧，濕滑泥濘，行過腳踝盡是血口，低矮叢林蠕動著螞蝗，黏在腿上吸著血，肥肥地附著皮，傳道者彎身扯下張牙利口的螞蝗，到處露水答答響，讓傳道者渾身濕透，這是他的島嶼探勘初體驗。芒草及膝，遮住山路一片陰鬱，雲深路遠。風聲吹動如吹笛，蝶蛹都在沉睡。他和李麻和德馬太一起由滬尾出發，走陸路前往南部教區最北的布道站大社，他順便要觀察將來要傳教的北部教區。三月滬尾的雨纏綿，今天明天後天大後天和往後的每一天幾乎是下雨下雨下雨，濕氣與霉氣讓他彷彿以為自己來到的島嶼在面對海洋過久因而長出了鰓來，他如一尾魚，以鰓吐納濕霉。光是思念陽光就足以讓人棄島離去，光是冬日濕氣讓太陽躲起來這件事就使許多初來到島嶼宣教的神父教士和牧師們打退堂鼓，尤其是西班牙的教父們總是請求回到祖國，地中海的陽光讓他們嚮往不已而遺忘了自身宣教的最初理想。他知道自己不同，因為他自認是一位堅信者，早已打定在島嶼北部插上主的名，不在已有基督揚名之處宣教，蠻荒野地正是他想要開墾的地方。他要在主未到之地將主的名傳遍島民的每一對耳朵裡，他們只要送他一對耳朵，就會愛上他的喉音吐出的主之名。因此即使這樣讓人生病的雨霾氣候，夏日炎熱冬日濕冷，悶滯不已，但他對自己說著安靜吧，憂悶的心，不要再怨嘆；烏雲上面，仍然有陽光照射著。烏雲不會在生命的上空太久的，他上岸之後就一直這樣告訴自己。和李麻與馬德太的島嶼初旅行，他帶著孩童似的新眼光看待人類學家與植物學家紛紛上岸探勘的意志與熱情，好奇目光隨時都能搜尋到上帝旨意之處。上帝的訊息就藏在這海這島這山這水，海島未來將訴說主的神蹟，異鄉人屬靈的勇敢，在這深邃的海洋，在無光的森林，他訝異十九世紀從未被有文明進入的原始之美，十九世紀整個世界不知翻過幾番了，各種精緻藝術也早已入了航海殖民者的海盜船，被扛到了大英博物館，島嶼竟依然如初，純真之歌裡沒有是非對錯，只有維護種族的雄心壯志。西洋人書寫中的野蠻人，躲藏著高貴，讓他看見最凶猛也最寂靜的心靈等待他的棲息，斷頭的鐮刀埋伏森林，如浪的山歌也催眠如夢。靜默的路從來都不是他的過程，但將是他的盡頭。

米妮管理這間面海靠山旅館時，留了一間靠露台的房間給自己，還把這房間隔了一間小暗房，暗房在不沖洗照片時就變成書房。一張桌子一張單人床，靠浴室那邊安裝不感光的小紅燈，擺上四張小學生課桌，放上可以洗上八十吋照片大小的塑膠盒子，放顯影劑、定影劑與清水之用。在暗中洗底片，架起龐大沉重的機器，繫上曬衣架般的尼龍繩與夾子，定溫的流水、藥水，慢慢顯影的照片，成像過程，有如記憶再現。洗出來的照片滴著水滴夾在尼龍線上，那些駐足在我們的海的短暫旅人就像一格格靜止的時間。

堅持手工是這個年代有意思的字眼，如果不是手工洗照片，旅館主打攝影完全是沒有太大吸引力的。米妮用傳統底片拍攝，再以手工洗出一、兩張送給入住者，唯一的前提是拿沖洗照片的旅客兩年以後一定要再來入宿，再次讓她按下快門，述說時間的變化，憑她沖洗的黑白照片來入住，兩年後可以免費獲得住宿券一張。旅客一聽兩年，都說太長了。手機更新不也差不多兩年，她覺得兩年竟然太長，這樣的當代時間感讓她非常挫敗。兩年太長，沒人有把握這樣的約定，可時間太短，似乎看不出生命流逝的軌跡。其實兩年轉眼即逝，只是人們對於日子是用一種真實距離來看待，遂顯得漫長。後來就改成一年，一年很快，轉眼就來到歲末。何況有人認識十來天就可以結婚。有人卻認識十來年也不會走上紅毯。客人的建議，米妮欣然採納，於是又改成只要願意隨時再次拿照片入住，都可以獲得打折，但兩年後依承諾回來，則完全免費。

乃木先生聽了說一年內的承諾我一定很快就達陣。因為我隨時都會回來。乃木先生相信緣分不經由時間的長短，他相信意念的力量自然會驅動人回到某個地方見某個人。

傳道者 **在晨曦中起床**。他略微整理行李後，搭上小船渡河到對岸。沿著介於山海間低處的平地繼續前行。上午他們一行人走到平地的盡頭，接著爬上台地。他看著台地上散布著竹林圍繞的農家，後來才知道淡水的隔壁就叫竹圍，島嶼有很多地方都叫做竹圍，他看見淡水有另類奇葩似的紫色花卉，他認識到這花卉在中文有個紫羅蘭的美名。紫色點綴著青翠草地，綿延成恬靜的風光。原本他期待會在路上看見隨風起伏搖曳的稻穗，卻在北台灣旅行時未見如此風貌。他盼望著島嶼的明媚風光能伴著未來的旅程裡擁有愉悅的心情，然而，之後他們卻得跋涉渡過源自深山潺潺流出的清澈溪水，陡峭山林切出一條溝壑，水勢在大雨過後非常湍急，涉水時得抓著樹枝。當他們下坡走到一個寬闊的平原時，山林已經降下黑幕，他們趕著路，進入一個小鎮，問了路人，才知道進入歇息的小鎮叫做中壢。隔天，他們經林口中壢桃園新竹白沙屯大甲大社埔里，歷時一週。三個異鄉人同住了二十三天，就此確立北島嶼由他負責未來的布道。某個晚上他們歇在一間黝黑的房間，在城內可怕窄小、骯髒、漆黑的客棧寄宿，看著豬隻近在咫尺，跳蚤在他們身邊嬉戲。當夜傳道者在日記寫著：「中壢看來像是個安靜的小鎮。鎮上只有一條長街，沿街兩邊都是泥屋。」再次清早出發，接著來到另一個高地，那裡有數百隻牛群在吃青草。中午，他們佇立高地邊緣。由此處可眺望自眼前開展的富庶平原。整體看來，它像是由竹叢所構成的蔥鬱森林，稍作停歇之後，他們緩慢地走下高地，在掩映的樹林和莊稼的稻田中行進。他目睹島嶼美麗又富庶的平原，感覺居民的生活似乎豐饒富裕。當他們走進圍之以牆垣的竹塹城門時，天色已然一片昏黃。隔天六點起床，他們徒步離開，沿路欣賞著島嶼田園風光，他辨識著大麥、小麥以及豌豆科植物，沿途路邊有許多蒼涼蕭瑟的小村，生活就顯得匱乏了。他們循著海邊走，走了將近一整天，跋涉在荒漠的沙丘。夜晚皎月東升，

在靠近海邊的白沙屯（Peh-soa-thun）過夜，他望海，感覺海的藍色血液的脈動。

男人的肖像有著恍似一座黑海的深邃眼眸，當米妮把鏡頭微縮成特寫時，她看見男人的瞳孔內倒映著拍攝者也就是她自己的臉孔。她望著照片，沒有太多的感覺，只是看見自己的臉微縮在那雙晶亮銳利的瞳孔時，她望著望著都著迷了起來，也許那時候他們的某些命運就重疊在一起了。

前客剛離開，下一個旅人就入住了。春去秋來，旅館是時間之屋。旅館的性愛是翻身即逝，每天屋頂上曬的床單毛巾，洗之前都飄飛著身體汗味或者性愛過後的可怕腥羶氣味，必須用大量的漂白水與洗潔劑才能去掉染汙。

米妮有時候會走上旅館的屋頂，穿梭在白色被單之間，白色被單在風中飄揚如海浪，讓她可以忘掉思緒。洗被單的房務阿姨最初會被她嚇到，但後來就習慣了，感覺這個女生也是旅館的幽魂。

她記起史蒂瑞退房的那日住房冷清，加上房務阿姨請假，因此米妮就臨時當起打掃工。她推開想像中會像是核爆後的房間。史蒂瑞先生的房間，她想著他在這個房間作過的夢是否還留在枕畔之海？她腦海飄過這句話時，房間的模樣卻讓她詫異，竟十分整潔，沒有凌亂痕跡，棉被幾乎只被動了一角，浴室也很乾淨。以往她進入剛退房不久的房間，一打開房間門就會聞到西方人的體味，她必須打開窗戶瞬間通風。房務阿姨的鼻子可以解析房間是男生或女生住過的氣味，有沒有辦過性愛趴踢，或者是哪國的人種入住過。房務阿姨有回悄悄告訴米妮西方人要大量用香水，因為體味太濃。可是他們用古龍水，我得

用更大量的除臭劑，才能讓房間變回無氣味狀態。

她閃過房務阿姨的貼耳話語，一邊撿起史蒂瑞在浴室用過的毛巾，整理被褥，洗杯盤，掃地，按下吸塵器。過去她環島旅行時也經常住旅館，她常想打掃房務的人會不會好奇這之前是甚麼樣的人住過呢？史蒂瑞離去的房間整齊，連牙刷牙膏都沒拆封，毛巾掛在白色磁磚上也顯得靜靜的姿態。沒有戀人交纏的棉被亂象，沒有體液痕跡的枯枝敗葉，除了氣味仍留在某些角落。氣味是旅館最花費時間打掃的，看不見的氣味卻十分具有侵略性。

唯獨史蒂瑞的頭髮氣味，沾黏在枕套上。她在抖動被單時，看見白色的床單遺留一條圍巾，白色的圍巾和被單幾乎融合一起，像雪。史蒂瑞忘了拿走他的白色圍巾。她拿起圍巾圍在脖子上，看著房間的自己，然後又低頭聞了聞圍巾的氣味，乾淨中仍傳來絲絲男性荷爾蒙的身體氣味，又溫柔又陽剛。這使她忽然想念起他。

米妮打開面海的兩片木窗，陽光灑進，遠方出海口，一觸即發的開港時刻，百年搖擺而來，海等著被航行。航海者避風取水，海盜者侵擾，商人貿易於途，傳教士傳播主的愛，班兵墾民與官員駐防，海盜與傳教士狹道卻不相逢。她看的這片海，曾經是海盜穿行的台灣海峽，女海盜與收養的契子變成夫妻的故事，冒險與浪漫，最佳類型小說，可惜不屬於淡水故事。在我們的海，今夜圍爐有旅人聊起女海盜鄭一嫂的故事，在場幾個女旅者瞬間都覺得相形見絀，石香姑為蜑戶妓女，在廣州灣和海盜鄭一結婚，婚後隨夫為盜，石香姑成鄭一嫂。鄭一在海上又盜了少年張保仔，見美色少年收為契子，實為同性吸引。鄭一死於海上後，鄭一嫂成了海盜集團首領，最後竟和契子結婚，張保仔和鄭一一樣死於海上，海盜的墓地就是魂歸於海，這個鄭一嫂後來在澳門終老，海盜改成賭場大老。旅人說得面紅耳赤，彷彿化身故事中人。

昔日的海盜者，化為今日的盜海者。島民是出走者，海只是媒介，他們從海盜得的是夢想。相信文字力量的旅人持續寄文字和照片到我們的海，字海沖激腦海，彷彿他們希望海將他們的生命碎片打撈上岸，即使殘片也是緘默的光陰，一個黯影的存在。

在我們的海，大海總是微縮成一滴，一滴大海。

她是一滴大海，作著攬海之夢。

傳道者　徒步走過島嶼。他和德馬太一起脫下鞋子，赤著腳，將褲管捲到膝蓋之上好徒步走路。而李麻因為發燒必須坐椅轎。下午三點，抵達大甲（Tai-kah）。這是一個有著六公尺高牆的骯髒城市。暫歇後，傳道者要李麻必須休憩睡覺，他累壞了，看起來是又濕又累，十分可憐。他們深入地方探查，所到之處，群眾尾隨在後，對他們狂囂怒吼著。凌晨斜風細雨，天空晴朗乾爽。他開始試著赤腳行走在砂礫塵土上，李麻牧師因身體不適坐在竹編的椅轎上。他們一行人走在一條相當崎嶇荒煙的路上；路上遍布頑石，趕路而行，就在距離他們抵達目的地還有一大段路途時，老遠就見到大概有四十位平埔族人來迎接他們，其中以孩童的笑容最能瞬間洗滌他的疲憊，他當時心想著主聖名如能從他們的嘴裡被吐出，那一定是人間最美的歌聲。他們熱忱地握著彼此的手，引導著傳道者一行人進入一處叫做豆社（Toa-sia）的村落，他還看到漢人有不少也住在這座村落。待在豆社期間，他開始學習當德馬太醫生的助手，他對醫學很有興趣，他知道上帝造人的奧妙。眼前有如此多的人前來看病，醫療總比聖經走得快一步，因為立即解除痛苦是如此的必須，就是那個時候，傳道者知道自己未來的方向。而李麻牧師則在一旁叩問著許多前來尋求疑惑解答的人，他稱這些人是「欲求道理的人」。沒有幫忙看病的時候，他四處走動，在多霧潮濕的林間走探錯落的茅草磚屋，做著筆記或者讀經，他不時地觀察著部落的居民們，他看見他們收起野性時是如此地充滿質樸之美。

乃木先生說，帶我去看海。

米妮樂於當地陪，委身到很低很低的塵埃，她笑著自己這樣不成樣的比喻，但可以為了愛為了信仰而將個人低到塵埃裡去，這確實是她近幾年的感受，因為長期導覽淡水傳道者受辱經歷，被吐口水、被潑糞、被丟石頭、被水沖走、掉到溪水、差點被砍頭、患瘧疾、溽熱煎熬、徒步百里腳腫，傳道受難記讓她生活在虛無縹緲的現實圍城中有了根柢，彷彿開鑿了廢墟裡的一道靈光，她很受召喚，即使沒有受洗，她的淚水早就為自身受洗了一回又一回。在生活面，她常取經於不同的信仰，打開更多的邊界，就像她遇到無數的異鄉人一樣，她把自己也生活成一座我們的海，生活成一間旅館。

面對來來去去的人，她自認可以轉眼成天涯人。

為了帶乃木先生去看另一座海，於是她把旅館交給來打工換宿的另一個淡江女孩，細問才知道這淡江女孩也來自一片海，她是噶瑪蘭女孩，和之前來打工的宜蘭女孩一樣都是來自這片美麗的山海平原。米妮姑且稱她為噶瑪蘭女孩以分別之前被她代稱的宜蘭女孩，她很喜歡取代號，方便腦中搜尋記憶節點。

噶瑪蘭女孩從後山來到淡水，而她和乃木先生則要從淡水往後山去，就像當年的傳道者一樣，只是傳道者和門徒徒步，一路越過三貂嶺。

原住民當年像是撞球似的被另一個族群撞到深山林內，被遺忘的部落，深山再也看不見海。後山女孩直到她下山讀書望見太平洋時，她流淚了。是海送來了祖先，也是海送來了異族人。在平原沙洲兩岸廝殺的叫聲或者在砍頭畏懼的暗夜，人恐懼人，文明畏懼野蠻。噶瑪蘭女孩信仰的正是傳道者當年徒步入山的長老教會，她姓偕，光是這個姓，就說盡一切。

噶瑪蘭女孩卻不知道這姓是來自傳道者之名，她說她的父親寧可別人叫伊莫那。噶瑪蘭女孩曾建議乃木先生去造訪樂水部落，美麗泰雅，女孩父親偕爸爸可以招待他們。

乃木先生的中文說得非常好，原來他的母親是台灣人。他這個人類學家只討論自然，卻不討論土地，米妮覺得他有趣，人類學變成自然學，把人重新放回自然的一部分，她覺得這有意思。

直接去拜訪宜蘭部落，靠近永遠是最好的了解。乃木先生對正在說話的米妮突如其來按下一張照片，彷彿她是他採集的樣本。妳拍過我，我也得拍妳，乃木先生說。米妮想看他相機螢幕上的照片，他卻不給她看，他說別期望人類學家把肖像拍得像婚紗照。

你覺得我拍旅館的住客有像在拍婚紗照嗎？

沒有，我覺得妳很像在拍遺照。乃木先生這話一出，就被米妮打了一記臂膀。你真的是一個很愛開玩笑的人。

沒有，我是認真說的。妳捕捉的每一張肖像都帶著某種悲愁的角度，有的是眼神，有的是刻痕，有的是輪廓，有的是嘴角，有的是氣質，總之都能找到某個哀愁的點，那個點恰好是吸引我的地方。

那我拍出你的哪個部分帶有悲愁的成分？米妮追問。

妳覺得呢？

乃木先生聽米妮述說淡水傳道者的故事後，他要她帶他去看傳道者看過的海。大海，宜蘭花蓮，島嶼最美的海，或該說離海最遠的地方。但最遠是一個相對的距離，她選擇宜蘭和花蓮，也許是心理的距離，而非現實的距離。

海可以曬傷人的相思。島上的太陽有著巨大的能量，人和陽光幾乎沒有縫隙的存在，才半日儲存了一季的白就被豪奢用盡，在此她的肌膚還原和自然共進退，白日滾燙，夜晚冰涼。東海岸的白天與黑夜，溫差讓她重新適應著和氣候的感官關係。

騎摩托車，乃木先生載著她從基隆一路騎，刻意走著傳道者往昔的旅路。

傳道者當年蓋在貢寮的禮拜堂，現在變成一間媽祖廟，旁邊還有核能發電廠，反核標語在風中飄蕩著。物換星移，連神也易主。

他們穿越前山繞到後山才尋到許多隱藏的部落，聲響極大的摩托車引擎發著顫抖，賣力地承載他們的體重一路爬上坡，沿著坡好多房子在興建著，水泥屋雜亂地簇擁著新地標，有的工人正在貼著小磁磚。台灣衛星城或是小鎮之類的傖俗透天厝也複製到最遠的海，這樣的人為風景讓她走到天涯海角的島嶼邊緣都還心驚膽跳著。唯一的不同是此地的透天厝常見露台，露台是在地人重要的居所，甚至比客廳重要，他們在露台乘涼喝酒聊天，進行小道消息和外交關係，也常露宿於此。旅館女主人就坐在露台上和小孩子們玩著棋，見到事先約好的他們到來，露著靦腆的笑。

周遭盡是小孩子在嬉鬧，他們黑亮的肌膚閃著一種大地本有的古老氣息，一種土地生命力野放著。在不遠方的海域布滿了等待出航的船，海邊還有一隻愛玩海浪和泡海水的小狗，狗是部落飼養的動物。在海岸上乃木先生凝望著遠方，指著前方說那是海的尾巴，他想去尋訪島上保存的古老傳統。他覺得島上最美的事是騎腳踏車欣賞風景。島嶼孩子是海神的孩子，對海有一種與生俱來的深情。

乃木先生就像所有的旅人對當地的想像隔閡著文化，多半僅能在表面觀察，不是形成極大浪漫就是極大幻滅。他比較是傾向浪漫一端，這使得他融入島嶼比較快速，很容易就交到朋友。他說人類學家停留在觀景窗背後觀看他人或者淪陷在自我編造的故事都是一種罪惡。有限的切片觀察，且即使是文獻也經多手傳述，多已失真。觀景窗的框內世界則是一種經過拍攝者的剪輯，審美目的宣傳目的，無非加深對框內的聚焦從而再失焦。框內有限，記憶也有限。框內延伸需要想像力，框內瞬間捕獲觀者眼光，強烈放送，總是能引發渲染力。比如傷害照片，災難照片，大屠殺照片，受難者照片，倖存者照片。一張照片引發恐懼的是感染了死神的氣息。

傳道者 **旅行已過數天**。這天到了禮拜日，舉辦午前和傍晚的崇拜，有百人出席李庥講道，那時傳道者還不會講閩南語，因此需要口譯，也因為這樣更讓他下決心好好學習語言，沒有語言是不可能深耕的。他在日記裡寫下「這真是令人愉悅的一天。」到了禮拜一，卻仍沒時間好好讀漢文，因為德馬太醫生要他幫忙分發藥品，這島上生病的人真多，這讓他感到十分訝異，難道這裡是瘴癘之島？李庥牧師繼續和「欲求道理的人」辯經。晚上，輪他上台發表演說，李庥牧師在旁口譯。這讓他一心想要學習李庥，在內心暗自期許要好學習台灣話。他當時更歡喜的是，很多人竟在聽他說話時流下淚來，這些淚光閃閃一直讓他在演說結束後依然心情激動。入晚時分，聽著鄉間蟲聲蛙鳴，低矮的小窗外掛著明月，他再次告訴自己，這島是我的世界盡頭了，也是我終老之地了。隔天拿藥的村民日漸少些，終於有時間再次複習他往後大半輩子所必須相處的老朋友：漢字。他覺得漢字像圖畫，一筆一畫如此地充滿視覺象徵，「人」就像一個身體，兩隻腳往地上站立，漢語老師告訴他漢字有形音義，這就是所謂的「形」，他聽了覺得很有意思，喜歡就會學好的，他祈求天父的幫助，同時竭盡所能地勇於開口練習，不怕見笑。他知道除此之外別無他法。在島嶼紀行的日子裡，他寫信講道，做醫生助手，閱讀漢文，外出散步，仔細觀察村民所蘊藏和表現於外的心理層次變化。當時尚未展開旅行，天真覺得島民都很溫馴良善。直到他回到滬尾，開始面對新的生活，他先是整地，植樹植花。看著田地開出的蔬果美得像油畫。蘿蔔、甘藍菜敏豆花椰菜，西洋蔬菜，從家鄉帶來的種子，很快就會開花結果。常常有人因為好奇而來找他抬槓，但這一天卻有一個抽鴉片的人跑來問他說如果自己跟隨傳道者的路走，這樣我會有甚麼報償？他說如果你是真誠地去相信去信仰，那麼一定會帶給你很大的快樂，而這種快樂是憑信教就可以得到的。抽鴉片的人卻回說你這個紅番已經把我們的快樂與詛咒給混在一起了，你給我們的東西讓我產生矛盾，我有祖先牌位，你卻叫我們不要拜，還把刻的木頭神拿去燒。你們這些紅毛番將鴉片強加在我們身上，洋人打開鴉片戰爭殺戮我們，接著卻派傳教士來告訴我們這世界有上帝。先傷害我們，然後又派人來安慰我們，輸入我們鴉片，卻要我們不要抽鴉片。現在我已經中毒了，我從這枝煙管當中得到所有的快樂，如果你能安排地獄的事情，如果真有上帝，記得請祂送給我一些鴉片煙膏，讓祂來安慰我這個可憐的靈魂。抽著鴉片的人吐吞著雲煙說道，兩頰凹陷，雙眼灰濁，像是已經在另一個世界了。傳道者聽了在心中給這個可憐人祝福，他知道不是每個人都像阿華那樣擁有著大信之樂，對抽鴉片的人來說，上帝就是鴉片。但對抽鴉片的人卻不得不加以反省。往後他常常帶著贖罪似的心情希望可以補償島嶼因為外來者所受到的傷害。他問主該如何幫忙抽鴉片的人，上癮是一件麻煩的事，但他對主的崇拜或許也可說是一種上癮，永遠難戒除。主甚麼話都沒說，只是讓他孤獨地看見比自己還早到的島嶼傳道先驅者的故事，他們經歷的傷害與挫敗。往後他的生活將在被潑糞丟石頭，丟泥塊，放狗咬人之中度過，他在大溪差點被洪流沖走，在景美傳教被丟磚塊。在原住民部落差點被槍殺而亡，感染痲疹，得到瘧疾，但他仍然要在瞎子與瘸子走的陌路上開路。發燒潮濕，可怕的頭痛。日記沿路而寫下的文字是生病、發燒。發燒、生病。

他們坐在宜蘭山上俯瞰平原，十分安寧的自然風光。他們談樹談鳥談花，不談土地，土地牽涉政治正確。乃木先生說在日本也不能談戰敗，但可以談原子彈，日本忘了侵略人在先，才導致原子彈的傷害，忘記自己對別人所做的一切卻一直談自己被別人所傷害的一切，這倒果為因。

她聽了很驚訝他面對自己祖國歷史的誠實，這使她想要免費招待他繼續住在我們的海，但他說他想住到真正的海。淡水的海是假的？她笑問。不是假的，但看出去的是淤積的河港，要看真正的海不是舉目就能見，何況也不能游泳。西海岸的海洶湧，台灣島嶼雖環海，但能親近的海邊卻不算多，不是水泥阻絕就是岩岸矗立。

騎車是最好的方式，但她不會騎腳踏車與摩托車，又不想麻煩別人，因此大半都以徒步方式看海，走海。或者陪同部落族人去發放老人午餐時，踏勘小巷小徑。

乃木先生則繼續騎租來的摩托車四處拍照，記錄人像與語言。

黃昏時，就在面海的民宿露台上和她分享他所拍攝的照片，或者遇見的人事物。在我們的海的夜晚，他善於分享，善於說故事。他對照片的看法跟她略有不同，因為她是以還原的角度看，像寫小說。他是以聚焦的方式檢查照片細節，像寫詩。但他們對照片的微縮世界所代表的觀點則多抱持中性理解，也就是不受照片傳達的訊息的主觀影響，也不被框內畫面侷限。解讀照片和閱讀一樣需要高度想像力是他們一致的觀點。反覆觀看圖像就會植入心裡，反覆放送有強化的作用，但這不是他們說的想像力，觀看只是想像力的起點，如果一直反覆看框內，那麼就一直在原點繞。所以要看一下圖像，接著就闔上圖像，回到心裡。

照片會勾召人們的記憶，圖片很像一顆巨石，丟下去就濺起記憶，而記憶就是被礬石沉澱後的東西。當她看一張照片的時候，記憶就回來了。她說比如這張照片，當時窗外下著雨、愁容滿面的朋友已然告別……對別人來說也許這只是一間房子，但對她而言卻是想像的起點。離去後沒有整理的床鋪，起點會勾起她對場景後面的人的記憶。雖然這張照片沒有人，可是對一個靠想像力生活下來的人來說這裡面充滿了人，到處都是人，整座空間都在等待還魂。

文字語言的路徑和攝影常是相反的，他說。

我拍照其實也只是記錄，但作為一個理解還差很多。有更多的心情是語言無法表達的。有時乃木先生話還沒說完，就突然跑到海水中，比她還像住在島嶼的人。她留在岸上凝望著遠方，看著海洋的潮汐進退。她曾問乃木先生的願望是甚麼，他靦腆地笑著說，那可能有一百個願望呢。

近黃昏的陽光正在儲蓄著一日的華麗以謝幕，他們的影子在路的前方拉得長長的。及至爬上了山原，他們在山丘上極目眺望，夕陽已緩緩下沉至遼闊的海平面，不消幾分鐘，落日染紅了海域，彷彿連太陽的剛烈都被如棉的海洋給融化了。山上的野百合尋常中有著一種美豔之姿，野地裡無窮的生命力在漫洨著。在山丘上望海看海時，她覺得自己的血液宛如也跟著流淌著海洋兒女的熱情。

他們在部落和當地人在涼亭望海賞月，雨大肆潑灑，乃木先生唱起歌來，戀人的身影，在此成了後山峻峭山川下的溫柔畫面。正午吃飯，一夥人即開始飲酒。原住民是天生的調酒師，米酒加巧克力奶茶，清酒加舒跑……任君高興。相較於她只喝啤酒就顯得很沒想像力。他們在信仰中，認為離婚有著很大的罪。乃木先生聽了說那他是有罪的人且犯了好幾次罪。他如此坦言，大家聽了都笑了，他忽然透露自己目前是離婚的單身狀態，引起一些討論的雜語聲。

山色寧靜，透著一股原始的力量。然而歷史的荒謬性卻也在此片刻遭逢。他們跟著民宿人一起吃飯，在我們的海打工的噶瑪蘭女孩雖沒法一起來，但她介紹了父親與民宿給他們倆落腳，他們互換旅館，大家都是打工仔，在別人的屋簷下打工以換取住宿。交換物質的感覺真好，不花一毛錢，我們以前就是這樣生活，大家互助，偕爸爸說。他是噶瑪蘭女孩的父親。

偕爸爸還烹煮了原住民風味餐，偕姓引起她的注意，這也是為何當初噶瑪蘭女孩來她的旅館打工時，她聽到她的姓氏就錄用了。他們的兒女這時全在台北，他們成了臨時的兒女，這間旅館讓她有家的味道卻又沒有家的血緣宿命，沒多時她就愛上了這裡，但她只是陪乃木先生來，陪他看過傳道者抵達的最藍之海，她就要回到她那台北恆是灰撲的海了。

米妮欣喜在部落還能見得到傳統屋景觀，她日日對著屋瓦和石砌牆，感受部落山村尚存的一丁點有氣無力的原始氣息。乃木先生也感嘆著視覺景觀一旦消失就一去不回了，泰雅紋面等文化蘊涵極可貴的人類學資產，可惜它在草亂的政策下成了犧牲品。在民宿夜晚，露宿亭上，涼風習習如兒時廊下的催眠曲，圓月由黃轉白，一路從水湄爬至山巔。前方海浪撞擊岸邊節奏時緩，時如爆裂似的彈退，溫柔與暴烈交響著耳際。通常和月亮同進退的她在這裡見到睽違已久的日出，絕美之景連文字形容都屬多餘，華美至只能心領神會。

逗留的幾日她跟著當地人去做老人分食義工，老人胸腔充滿活力，心臟如一座海。當然也有萎靡者，如露台涼亭上老是坐成一尊雕像的偕爸爸的鄰居，他在東海岸入海而得了潛水夫症，從此海再也靠近不得。

乃木先生問為何這個人老是在望海，卻不近海的感覺。老人說就像看到成排的美女，卻隔著玻璃，如虛擬的海。他幾乎每天喝米酒加舒跑，眼睛紅腫，聲帶嘶啞，皮膚黯淡，看海看久使得臉如雕刻，悲傷使得他看起來隨時都要垂淚的模樣。有時候乃木先生會拿啤酒同他聊天，「坐在海邊的人」他都這麼叫著海港上那些得了潛水夫症的漁人。

島嶼尚未打開時，破壞早已來了，凌亂新蓋的房舍，原住民居屋僅存幾間，偏遠路況壞，天候不定，山上交通困難。在聒噪的旅客裡，乃木先生突然顯得靜默，但他隨時吐出一、兩句話就很有分量了。夏日的豔陽下，他們遊走東海岸，曬得如夜黑深海，牙齒白如浪，肌膚彷彿可以刮出鹽的感覺了。

傳道者 **晨間禮拜**。每回離開一個地方他照例會做晨間禮拜，禮拜四他們前往另一個平埔番部落。赤足涉水，一次次地渡過激流險灘，沿途風光宜人，他們心情高亢。費了很多體力與時間終於爬上陡坡的空曠台地，走到台地的邊緣，從那個地方可以俯覽坐落在山谷裡的部落，首先是羅列的屋舍進入眼簾，他聽見天父說這裡是應許之地。男人、婦女和孩童自屋內陸續走出，朝他們呼嘯地喊著，聲音嘹亮，從這聲音裡可以感受他們是受到熱烈歡迎的，這讓他感到主的回應不虛。接著他們一行人緩慢地走下山，進入大社（Tai-sia）。讓他訝異的是這些村落居民竟已然是信徒了，難怪如此歡呼著他們的到來，此情此景，前人的耕耘讓他充滿了信心。辭別部落的新信徒們，他們再度往崗巒峰嶺的內陸行去，曲徑蜿蜒，從荒涼無人之境，他知道他們已經逐漸深入島嶼更蠻荒的地帶，這意味著還沒被文明馴服的部落依然靠著本能與傳統生活，一觸即發是喜是悲只能交給上帝。就在這一次的島嶼行旅，他看見了和北美不同的島嶼土番茄，他摘了一顆放進嘴中，緩緩地咀嚼這生吃起來有著甜美生鮮大地氣息的果實。此次深入蠻荒，蒙主的一路護佑，村落來了三十個人受洗，沐浴神光，喜悅地領受聖餐，表情羞澀靦腆，毫無殺氣。傳道者試著問這些臉上寫著追求道理的村民，全然領受的背後心情，受洗與領聖餐的意義，他們大多沒能回答出來，於是他要大家繼續讀經，他們一個勁地點頭，展現一種新信仰的喜悅，他再次被這種表情吸引，他在西方從未見過這樣原始純然由心而生的欣喜表情，毫無帶著自我性的一種臣服，微笑如嬰孩。結束內陸蠻荒地帶的參訪，他們再次返回豆社（Toa-sia），這裡有十五個人要受洗；只要聽說有人想受洗，他即感受到李庥牧師的熱切，那種再遠都願意奔赴的精神，正是他的同工榜樣。某日受洗之後的傍晚時分，村落舉行一個聚會，打破疆界地首次邀請漢人加入，這讓他可以好好近距離仔細地看著山林部落裡的漢人樣子和平地漢人的模樣差異，他在筆記本寫著這是極大的不同，看起來漢人的精明都寫在臉上，他們聰慧和勤奮，然而他知道這只是個起頭。是的，一切對他都還只是一個開始，畢竟那時候的他連自己落腳的地方都還沒有，只是隨著李庥牧師開發過的地方走一回，頗有撿現成學習之感。他像是一個遊客突然闖入一個異質陌生地，沒有自己的門徒與教堂，但他知道很快自己就會有要耕耘的領地。當夜，在深山部落的石板屋內，在寒冷瑟縮中他諦聽著雨聲從屋簷滴落的靜靜謐響，悠緩如雨中之歌，如主對他吟唱的島嶼小夜曲。

他們聊起一路上所見的抗爭聚會，貢寮核電廠，像是一個美麗的暗影鬼域。這種美麗的暗影，彷彿是舊有的傷痛被掀開來。維持古老的生活，必須付出巨大的代價，討海人得從一座島移往一座島，去上學去工作，去講標準國語，去裝扮成另一個樣子，討海人離海愈遠，山鬼離樹愈遠。島嶼生活的圖像必須在自己的島才能回到海，才能找到對自己的真正看法。但自己的島已然消失，沒有島，沒有立足點無法回到海，只能任生活漂浮，流離。

福隆一帶是危險又甜蜜的海，她帶著乃木先生去走海，看著海邊戲浪人，突然想起動物園男孩。大學時他們曾來此游泳，上岸後才見到彼此的背上都是吻痕，水母的吻痕如此激烈，留下一道又一道如禁慾修士夜晚面對慾望勃發時對自己的鞭撻虐痕。動物園男孩現在應該是大理石工廠的大老闆，東海岸的大理石開發殆盡，沿岸擱放的幾乎都是進口石。一座島失去山石，買來別島的石頭補天補地、補豪宅與豪奢旅館的門廳。人的房子蓋得比廟高，比教堂豪華，信仰也常成了裝飾。其實她常行經動物園男孩的分公司，就在八里過了渡船頭一帶，一間又一間的大理石工廠集結，但她不曾遇過動物園男孩。最後一次見面，動物園男孩要結婚前，她愚痴跑來東海岸求他一見而不可得，她愚痴地想知道為何一個和她在大學交往時口口聲聲說絕對不結婚的人會在離開自己不久之後就結婚？她想知道為甚麼？

金姑娘聽了曾說，答案不就是妳不是他想要結婚的人罷了，就這麼簡單。

真相如一把明亮亮的飛刀射向米妮。

在交換中度過人生歲月，交換物質，交換故事。

在以物易物年代，如果你手工不好，恐怕沒人要跟你換東西了，所以那時候的婦女每個人編織的工藝都好得不得了。有個做織布貿易的朋友用賺來的錢買了房子。她常開玩笑自己是用文字的智慧換了美麗的衣物，母親以前常對米妮說衣物最不值了，傻瓜才換衣物，要換黃金白銀。就像島嶼用美麗的海美麗的山卻換來核廢料廠，用物質來收買一無所有的邊緣人，於是鐵條水泥築起一間又一間的陋屋，一二層樓的四方形屋和海有連繫的僅剩下幾個小窗可以望海，深山部落棄守山稜線，靠海的棄守海岸線。她帶著乃木先生四處遊走時，感慨地對乃木先生說著。

就像我在你們的旅館河邊看到的景象很相似，即使搭渡輪到對岸，看到的港口風貌竟然也都長一個樣子，所有的攤子像是一起說好了，都在賣炸物，射水泡，烤魷魚，乃木笑說。

你說的這些還算是好的了，你沒看到八里像臭頭山，到處被挖得破碎。我們用消失的十三行古蹟換取一座汙水處理廠，我們用海換取一座石油港，我們用山換取垃圾焚化爐，我們用眼睛換取每天的視覺汙染，米妮尖銳地說著，聽得乃木先生猛點頭。

他說不解為何島嶼要放棄這麼多美麗的事物，他深深地嘆了一口氣說我去深山時，看見部落在看電視新聞，聊的內容感覺就像我還在你們的旅館。

米妮感嘆連這樣的外來者都可以瞬間感受整座島嶼逐漸長得相似的命運，且發現島民的口水流淌著竟也是差距不大的八卦或者新聞。

他們沿著蘭陽溪往深山去。偶爾停下來讓乃木拍照，河岸平原，泥土樹葉海水他都能入鏡。其實這景象透過旅遊書已經出現在乃木先生的腦海無數無數遍了，但原是想像中的島嶼，忽然成了具體的所在，他像是在重新建構腦海中的島，在他的鏡頭中仍然可以靠著某種取樣的美麗而撐起島嶼傳說的海。陽光瀲灩，雲層空曠。近岸泥土泥濘，天口與出海口幾乎是灰藍色。

島很小，海很大。

那時傳道者的傳奇在還沒上岸前就已經展開了，沒有人會質疑一個傳道者的愛，但傳道者改變一座島嶼是事實，信仰的安慰和魔術的幻象一樣，無依無靠者打開心就看見愛，這愛比槍炮彈藥都強大，比貿易瓷和黃金或者人頭戰利品更重要的東西就是信仰的愛。征服島與島，部落與部落。他在這裡讀出了島的愛意與恨意，原住島民對權力慾望的察覺極低，因為他們看去的方向是大海，大海就足夠了，沒有想過海需要爭奪。唯有海被傷害時，他們才明白原來他們被權力愚弄多年，既然這樣，就把權力拿回來。

乃木先生在泰雅族群裡很受歡迎，日本人讓部落一些耆老想起一九二七年夏日八月來到這島與那島，將外海島嶼如珍珠串起的異鄉人。從蝴蝶到民族誌，鹿野忠雄這條中線，吸引無數熱愛昆蟲學民族誌的人一再跨越。

消失北婆羅洲不復歸來的人類學家，乃木先生嘆道。

那麼淡水的傳道者就是忘了離開的宣教師，米妮回答。

陌生人自此成了故里魂或者成了異鄉鬼。

從山坡望向海，渡海與背海者交錯。

黃昏的東海岸，海的齒輪停下了，擺動的魚尾也停息了。

她和乃木先生時而中文時而英文地聊著，乃木說這寂靜的海彷彿死海，就像此路不通被中文稱為死路一般。他在空曠之地，點起了一根菸抽，這時候他的樣子會讓米妮想起在淡海時期和她一起看海的大學情人，那個最後以環島的動物園之旅而結束彼此關係的男人。她坐在海邊時也在冥思著是甚麼樣的艱難或者安逸的懷想，使得理想者朝另一個方向轉彎或者迷航。

那整整四年的無數個青春時光，夕暮到來之前，他們去看那條河。雲煙四合中，殘碎似的夕陽一點一滴地被河水蕩開，流光似水。光舞攪滿了釣魚人的絲線，黝黑中漫著平靜搏鬥的氣息，就像他們的青春，環繞知識與愛情，急迫要將世界倒進來腦海的年紀。有時他們會刻意站在看得見海的山丘上，看著白日的烈陽沉到觀音山的背面，他們躲避河岸的人群，在荒山望海，擁抱發高燒的愛情。他寡言，她也寡言，只是看海。那時，他們身後的小鎮，雨水瀰漫，潮濕得讓青春男女沉浸在墮落街或者同居巷那日夜不分如雨的纏綿。那時鎮上的人總是在夜晚吸著海上飄來的濃霧，空氣潮濕得可以吐出魚。依山傍海而逐步高起的山徑上與低階矮房的屋頂上，走動著貓步貓奴，貓王與嬪妃後裔們如山魚水雁，將山海浸染得又寂靜又喧囂。但她後來的這場愛情卻像被捕獸器夾到的貓王，因為強烈自尊忍痛拖延的後果是面臨愛情的截肢。

動物園男孩當時說晚年最美的畫面應該就像我們現在這樣，一起看海，但島嶼人卻是年輕時看海，年老時被關在養老院，他說話時聲音蒼啞。他是個嘴巴有點櫻桃線條的男子，面目清秀，鼻子挺拔，說話有時像是閉著嘴巴，聽不太清楚。她說話聲音也小，聲線也如夜間鬼魅，同學常說聽他們倆說話像是含兩顆滷蛋。

霧鎖淡海年代，他騎著機車沿著老街載她一路轉向海行，把小鎮的黯淡漁火與璀璨商家拋在身後，有時候坐船到八里眺望關渡橋，混濁河流捲起的浮沫也是混濁的，一如他們的曖昧愛情。

乃木先生問她看海時在想甚麼？她搖頭笑著，都是一些看起來很像是收視不清的往事畫面，時而清晰時而閃爍，所以最好是關掉畫面。

這夜她和乃木先生加入一些部落文青在繪製看板與布條，海風吹進靠山傍海的涼亭，漁船在前方夜行，垂釣死亡，黑夜大海如黑鉛，白浪如齒，即使四周人聲沸騰，於她卻是無邊的寂靜。

最藍的海像是交響曲可以對話。所有靠海的名字都是這樣美麗，島嶼關於海的名字都美。盜取海的夢，在這座海島待太久，彷彿夢境可以自行繁衍，海的兒女會說預言，年輕人看見異象，老年人作異夢。整間旅館都像是進入集體式的啃夢，和淡水在我們的海，不太一樣的夜晚氛圍。

在淡水的我們的海，她作的夢是私密的，在最藍的後山之海，島民作的卻是集體的夢。他們常夢見有人盜海，偷海，使他們再也看不見海，這是他們最害怕的事。她問自己，最害怕的事是甚麼？青春期不斷上山下海去尋訪福音，但名為慕道，其實於今看來像是去度假似的，只有心情差才想去樂土一方，心情大好就遺忘山遺忘海遺忘主。

乃木先生和她分住不同的民宿，晚上她一個人回到民宿，身心感到放鬆，入住他方，因為陌生而顯得神經敏感，思緒繁多。深夜她在案前用手寫著一路買來的明信片，一時之間不知要寄給誰。她想也許寄給遠方的已逝故舊，也許寄給傳道者的島嶼妻，島嶼妻或許會入她夢，成了夢中筆記。或者寄給夢婆，夢婆在淡水孤單嗎？

夢婆總是拖著她那雙鬼腳曳行，腐花敗葉的氣味沿著海風送進。

在最藍的海的夜，她聽見夢的潛行。寫下寄給遠方的明信片後，她泡了杯茶，拿出旅館抽屜擺放的經書讀著。她自覺是膽小的人，許諾神的功課，即使打著瞌睡，即使疲憊不堪，也會大致進行入夜前的每日禱告功課，或長或短。近來她入睡前更會閱讀一、兩段聖經，為了進入傳道者與島嶼妻的生命信念，隨意翻某一頁，往往具有預言的效果。在生命需要解答時，祈求神意降臨。遙遠的金姑娘已經在通往島嶼的路上了。她是否通過生命黑暗隧道的一站又一站考驗？

她在明信片寫下下榻的部落民宿的地址後，她想投遞到最藍的大海，大海是島嶼的郵箱。夜晚她聽見從海水深處湧起的浪濤聲是如此地悠遠而沉鬱。彷彿招魂者在海裡游來游去。她聽見高燒不退且顫抖不已的傳道者裹著毯子，以白藥水奎寧入腹，像是從古老的島嶼記憶所提煉的魔幻液體，主以河水來醫治人子的燒燙，以島上野生柑橘來治療水手的敗血症。她緩緩進入睡眠，窗外閃電劈下，雨露素馨中，十月的貿易風帶來了植物獵人與險惡的異地傳染病，海平面與地平線的愛情：等待婚盟，等待屈辱，等待混血，等待榮光，等待傳奇。

傳道者 **主自有安排**。又是禮拜一，勤奮工作日。一早在夜色尚未完全離去時，他們就摸黑起來，忙於準備離去要收拾的物品。天亮時分，有五十五個跟隨者和他們一起離開村落，這樣龐大的跟隨隊伍對他而言無疑是聽見主的回音。到了下午兩點，他們來到漢人的村落，欣賞著林間的優美風光，深深平撫著傳道者的心，他四處看著植物，觀察當地栽種的農作物。他好奇地看著島嶼和北美植物的巨大差異，島嶼農田景觀錯落著美麗的稻穗，番薯、大麥叢生，甘蔗田綿延，這讓他想到糖的甜蜜與暴力，西方貿易的媒介物產，原生產地者卻未必是受益者。沿路壯麗的大花紫薇遍長，不遠處是嵩山峻嶺，他看見全身赤裸的土著行過。他們稍微休歇，吃些包裹著黑糖的飯糰，掬山泉喝，接著又是跋山涉水，開始蠻荒土著之行。因為要往更蠻荒的部落走時，他看見隊伍中有很多人開始出現恐懼的表情。獵頭部落，是他們最怕遇到的族群，但傳道者相信主自有安排。憑著大信之心，他們第一次站到了冷冽的山溪河床上，雙腳感到冰冷暢快，溪床遍布大小不一的石頭，淺灘處的水質清晰見底，小魚小蝦生命力盎然地游動著。峽谷裂隙中，不少路段十分狹仄，峭壁山勢高聳入天際，他仰頭觀看，看到如千迴百轉的一道道天空之河。夕陽西下後，他們趁天黑前，在靠河床處的平坦林地休息，掬溪水洗去風塵，砍柴薪，起篝火、煮飯食，餐風露宿。為了避免濕氣，他教大家撿些枯枝落葉平鋪成臥榻。簡單吃了晚餐，他們吟詠聖詩道歌，主的聖名瞬間在群山間盤旋，靜謐林間的生物們也紛紛鳥語蟲鳴伴唱。在野外山林禱告後，大家紛紛各自找地方休眠時，他拿出筆記本，寫下了這如幻之景的美麗：躺下來作夢、冥思、靈修、歇息。蒼茫夜色，殘星閃爍，人子終宵難眠，仰觀銀河璀璨如鑽，他默想著將這一切展演於蒼穹的偉大造物主。一夜好眠，夢中之夢都是宇宙大能。隔天，他們一行人繼續出發。島嶼土地上擱著大量木頭和石塊，當他和其他布道者拖著沉重的步伐一次又一次地出發時，有常因踩空失足而跌倒，或者有時他內心湧起了不安，這不安並非是對自己失去信心而害怕，而是他擔心跟隨者退卻，怕人子會報怨天主。好在這烏雲不會在天空停留太久的，過些時，天空總會轉為明亮。進入山林的路徑則越來越狹窄，一度窄到只有六呎寬；頭頂矗立著兩百呎高的峭壁。他在筆記中寫著字，記錄所見的這一切。島嶼山林遍布，像是亞當和夏娃的伊甸園，他感到一陣寧靜。所幸雲開天明，看得見路徑方位後，就減少了失足的恐懼了。清晨微光從林間射出，使他們可以清楚地攀爬高山峻嶺。一路上看到濃密高大的豐饒樟腦樹林密生，山谷裂開的罅隙如主的雙眼，深奧無言；石縫中的冷泉蜿蜒流竄，紓解他們旅途的津渴，對未知的憂煩他皆拋雲霄之外。山勢陡峭如屋脊，樹木如雲環繞，他看看林相，估量他們這一行人攀爬的山並不算太高，他要大家具足信心繼續行進，他們涉足溪壑的河床，遇見平埔番的武裝者，這個武裝者原來是來為他們領路的，他帶他們前往埔社（Po-sia），這一走就是四天半的時間。哈利路亞，十字架的戰士們。

米妮在最藍的海醒來的早晨，翻開旅店櫃檯擺放的新約全書，隨意翻的這一頁標題是最後使命。後來，當十一位使徒在一起用餐時，耶穌向他們顯現神蹟，責備他們缺乏信心，這是為那些固執不肯相信親眼見到祂顯靈的人所講的。耶穌給了他們一個使命：「你們要到世界各地去，向每一個人傳揚福音。相信而接受洗禮的，必定得救；不肯相信的必被定罪。相信祂的人，有祂的權利施行神蹟，能奉祂的名趕鬼，說新的方言，又能手拿毒蛇，喝了甚麼毒物，也不會受害。他們按手在病人身上，就能使病人痊癒。」後來主耶穌就被接回天上，坐在上帝的右邊。門徒奉命到處去傳揚福音；主和他們一同工作，用神蹟來證道。

這回他們要驅趕的鬼是核電，反核。之前在貢寮，在過往傳道者的貢寮教堂所在位址已成核電代名詞之地，他們加入驅核反核的趕鬼遊行。神蹟會來嗎？這原不是她該問的，她只做她認為該做的。山海子民仰望天，禱告著，他們深信上帝聽到祂所選召的人晝夜的呼求，上帝會迅速為他們申冤的，人子所做就是懷著信心與不斷禱告。教堂十字架劃進藍海，激起傷害的怒吼。你可以看見，你的信心救了你。

藍眼睛睜開，大海將得救。

厚重衰老的腳鍊滑過岩石，黃昏葬儀社的人出來吹著悲傷的嗩吶，她看著這些山海人與部落長老的臉如陰鬱落日，頭目的王冠枯萎，卻像是有能力把整個海水都倒翻過來的氣勢。

怒吼聲如流星四起，祂的殿要成為禱告的地方，而你們竟將它變成賊窩。海是禱告之地，卻被變成慾望與政治的貪爭之地，憤怒之聲如潮水奔來。所有的冠冕都是用荊棘編成的，她想可以在苦難的現場做些甚麼呢？寫下，寫下，寫下，寫下，她聽見海傳來回音。

藍眼睛亮得快，天色轉魚白。

黎明前的海水有船出航的聲音，房子外的柏油路，在陽光下像一條白河。魚將重返大海，網到的魚將多到連網都拉不動。沒有看見就相信的人，有福了。海的教堂陸續走出禱告者，十字架映在白色的柏油路，如鳥雙翼。

她戴上昨日從山林婦人手裡買下的珠珠，亮麗珠子串起的項鍊熱鬧如火山噴發。買了一條黑白珠子相間的珠鍊，掛在脖子上，黑亮肌膚下，很多人都以為她是部落人。廣播聲很快就喚醒還賴床的人，廣播來自村長，從語氣可以聽出一種氣憤和堅決。當初核電的興建是怎麼被決定的？她想起大學時期曾去蘭嶼看海，當時聽聞蘭嶼核廢料是用要興建魚罐頭工廠所欺騙來的。因為村長不識字所以就盲目地簽了約，當時有村民這樣說。

一座魚罐頭工廠變成核廢料工廠，不識字是危險的。山林裡的人被當成鄉巴佬，文盲的荒人。她看著這些滄桑臉孔的老人，這樣的海和這樣的臉孔會使她淚流。想起過往旅程，她快速梳洗完畢後，晃到村外，只見村落長老們已然換上傳統服飾，路上停著許多卡車，載滿著男女老少。她自己綁上布條，也幫乃木先生綁上布條，太陽照得人們眼睛都瞇成一條線。

太陽毒辣地灑在柏油路上，熱氣騰騰，隱含一股怒氣。前山後山的村民自兩端會合，還有從各地來支援的抗議者。前方是海，後方是山，自然景觀巍聳，族人的臉布滿風霜。她綁著「核電滾蛋」的布條混在他們的隊伍裡，而乃木先生一點也看不出是個異族者。他也跟著身著運動T恤，十字架頸項在陽光下反射著光芒，他的臉龐露著期望，許多媒體趨前拍他，彷彿他成了一種外國人也支持反核的宣傳品。但她知道很快地人們將遺忘這一切的發生。

吶喊一陣子之後，她退到海域之外，午後的海面寧靜如鏡。當地人跟她聊天說以前後山路遙，因此很多的婦女都是自己在家生產的。曾經有個婦人生雙胞胎，一個跑出來了，一個卻還在肚子裡出不來，這婦人只好捧著流血的下腹自己走到山下，一路血就像滴漏，不斷地流在沙地，婦人及時跑到醫院，但當時的小診所醫生也沒接生過，只好硬著頭皮把刀劃向婦人的肚皮了，劃開後，嬰兒哭聲震天價響。

倖存者都是命大的人，現在這孩子已經是部落老人了，引領抗爭的第一線。

說的老人就是昔日這個讓母親奔命求救的嬰兒，現在老人要為山海奔命。

她跟乃木先生都只是路過的旅人卻介入從貢寮一路燃燒到後山的反核的遊行，最後兩人還去參加當地的一場婚禮宴會來作為對山林部落的告別。

他們跟著偕爸爸一起去參加部落的一場婚禮，好像他們和新人很熟似的，在部落裡不分親疏，很容易就熟上，稱兄道弟，大家都是一家人。在新人接待的桌子旁，他們簽下了名字與祝福，同時拿了一張擱放在小碟子上的新人照片，名片大小的新人婚紗照片，可愛甜美，看得出非常年輕，年輕到不知結婚後必須要擔負柴米油鹽的單純安逸神色。婚禮在教堂舉行，尖頂的十字架彷彿能從寶血降下讚美愛的詩歌。從淡水長老教會到山林海域處處可見的小小教堂，彷彿恩典穿過海洋，降臨島嶼。教會以愛降伏島嶼的仇殺，誰都明白這種征服才是王道。誰不愛恩典，主就在戀人的生命裡，新人正這麼唱著讚美詩。

你是否願意娶你面前的這位女士為妻？按照聖經的訓示與她同住，在神面前和她結為一體，愛她、安慰她、尊重她、保護她，像你愛自己一樣。不論她生病或是健康、富有或貧窮，始終忠於她，直到離開世界。

我願意。

她輕易地聽到了男人對主發誓的愛情，語言的海誓山盟，難以信守但卻輕易吐出的我願意。她和乃木先生相互一望，好像要去確定彼此的耳朵聽的字詞是否正確？乃木先生的眼神更是充滿了不相信的意味。

婚禮沿著空地搭起的塑膠棚內擺著鋪上粉紅塑膠布的喜桌，教堂走出新人雙方的親朋好友，喜孜孜的臉孔，被陽光烘焙得肌膚發亮。就在羅曼蒂克的音樂中，新人穿著白紗禮服與白西裝走出教堂，純白衣裳映著黑亮肌膚，米妮抬眼感到這時連教會上方的十字架都會瞬間被這樣的喜氣與青春發出的亮光感動。她按下幾張快門，一如她在我們的海為入住者拍下歷史瞬間的照片一般，「我存在」是照片的當下意義或者是時光移往的未來參考座標？每每看新人的婚紗照她都會陷入奇異的黑洞時間，她甚至專注到沒有察覺新人來敬酒了，乃木先生拍了她一下，她從沉思中抬眼對新人笑說祝福。卻見新人露出彷彿在腦海中努力搜尋眼前這兩個人究竟是誰的表情。

乾杯乾杯，乃木先生說。

落日的酡紅爬上了他們的臉，藍海逐漸飄起風。乃木先生要她替自己和新人一起合照。乃木先生喜歡太平洋的海色，不怒濤洶湧，也不沉靜文雅，卻有一種內斂憂鬱的海象，這是他會懷念的海景。

他說等一年之後我們再一起回到這座海島，看看新人的婚姻是否還在，如果還在就代表主的祝福見證是真的，不然幹嘛還在教堂結婚，乃木先生說。

她搖頭笑說在教堂結婚就不離婚這可是很難說的，乃木先生沒有看見她跌入沉思的神色，一逕地指著教堂說除非妻子不貞才能離婚，不然離婚又結婚就是犯邪淫。邪淫這兩個字聽得她背脊發涼，海風襲來，背後傳來賺人熱淚的讚美詩。主是這樣說的，但人卻長出自由意志，乃木先生笑著又補充說。

對人類學家來說，教會代替原始信仰的本身就是介入侵入，這種侵入和結婚這種束縛人性大概也差異不大，服從本身可以是一種美德，也可能變成一種令人害怕的束縛。乃木先生喝酒話變多了，不管同不同意，有他說話，至少她一個人在這場奇異的喜宴裡不會感到落單，因為偕爸爸早就不知跑到哪一桌了。

明年我會再來這裡，探望戀人的去向。乃木先生說他看人很準，他直覺這對新人是為了腹中骨肉而結婚。

即使這樣，也未必一年會離婚？她不解乃木先生為何執意明年再來探查教堂前的海誓山盟是否禁得起人性的考驗。

一年熬過就多半會忍很多年，通過脆弱如紙的婚姻，往後就變得堅韌了。他田野採集多了，心裡自動有著自己的大數據。

賦別前，她隨著偕爸爸到山丘上採野百合的種子。等她回到淡水她會把野百合種子埋到土裡，就像傳道者當年把後山的麵包樹帶到了淡水一般。待來年淡水的花開了，她便會想起斯土，純樸美麗，對人沒有防備也沒有邊界的一種自然情感。她等不及野百合入土，對山海平原兒女的思念種子已翩翩飛翔。那一剎那，藍海整個映入眼簾，這真的才是藍海，北部的海太灰了。她自言自語著。

她一個人在海邊晃蕩，風將喜桌上的粉紅塑膠布襲向她來，不斷地包裹纏緊著她，直到她快不能呼吸時，她醒了過來。

黑暗中微光，有螢火蟲飛過。她喝了口茶，搓揉著胸口。她感覺被壓床無法醒轉的恐懼逐漸消失。

夢婆來過。

傳道者 **遇見水番人**。有二十個土著番仔朝他們走來。他睜大眼睛望著被稱為水番的島嶼民族，水番土番洋番攏愛番婆，番婆卻愛番茄番藷番啊火，他聽見有小孩在笑說著這樣的打油詩。水番人指著不遠處的湖邊說他們的家就在那裡，示意他們可以前往坐客。傳道者很訝水番人的親切，並不若外界傳說他們會砍頭的恐怖。水番人的肩上披著獸皮，手持弓箭，花圈套在額頭，這讓他想起了北美的印第安人。李庥傳道者對他笑說，可能他們的身上有神光，使他們逐漸放下了屠刀。他聽了也笑著說，自己感覺對初次遇見的島嶼人也有一種兄弟之情。當天色逐漸黯淡時，他們進入一個完全被山嶺所包圍的埔里社（Po-li-sia）的山谷中。島嶼群山環繞，這讓生長於平地的他感到十分新鮮，這時山林部落裡走出許多男人、婦女和孩童，他們出來迎接著這群傳道者。一頭公牛因為他們的到來而被宰殺慶祝，平埔番唱著山歌，歌聲迴盪山林，四周彷彿瀰漫著遠古以來的聖靈。因為沒有教堂可以安歇，他們就只能寄宿在一間乾草和竹片搭建的簡陋茅舍。當天傍晚，他聆聽李庥牧師如何對島嶼人傳道，他算了算當晚所聚集的社族成員約莫百人以上。他看島嶼人非常專注地聆聽台上的講道時，內心感到堅定，他知道自己屬於這座島，將繁衍在這座島，將魂埋於這座島。那些表情一直儲存在他抵達島嶼的往後時光，以致竟能釀出近三十年的甜蜜福音。當然他當時也觀察到這些島民都比較務實，比如來聽講道有時是衝著醫療，他們總是過度地關心著這個塵土俗世的事情，甚且把他們這些宣教師當作是來保護他們生命的人，而不是去開發自己的靈性。但傳道者在當時只是個局外人，初次抵達貴寶地，他想或許這一切也只是表面。奉耶穌基督的聖名，他相信一切的發生都是神的記號。

米妮一個人先行回到淡水，乃木先生繼續往花蓮去，乃木先生離開前拍了很多原住民的歌舞表演，他笑說獵人的野性現在只能展現在動人的歌聲與曼妙的舞蹈了。她只陪他到宜蘭。

在我們的海，旅館官網寫著這樣的廣告：陪你島嶼飛翔，唯獨不降落花蓮。

很多花蓮人寫信到旅館問導遊難道後山進不得？

她都沒回信，難道我不想帶客人到花蓮都不行嗎？

想去的自己去啊，她想自己只是說不帶客人到花蓮旅行，又沒說客人不能降落花蓮。

旅客也常有人問她，為甚麼？

宜蘭女孩都會笑著幫她回說，我們米妮只愛宜蘭，只到宜蘭。

宜蘭女孩私下也問過米妮，她笑說有些地方去不得，去了山崩地裂，海水倒灌。

怕地震啊，宜蘭女孩聽了笑說。

妳還真說對了，米妮笑答。

她的腦海瞬間跑出青春初抵花蓮就遇地震的初夜，滿臉滿身都覆蓋著被震落的衣服畫面。

自此乃木先生又成了遙遠電子郵件的一個符號，他們記得的所謂的地址已經化為英文數字的一些代碼。這些電子代碼，成了旅館依賴做生意的代碼。

老派作風者也仍不少，很多客人維持手寫習慣，旅館總是每隔一陣子就會收到明信片。

回到旅館，果不其然已有好幾張明信片放在廊道的小桌上，移動的旅人就是青鳥的化身。常收到史蒂瑞寄來的明信片，這回竟還收到查爾斯寄來的，還有其他一些早已離開的旅人。史蒂瑞的明信片，發自旅地柏林，末了還寫：妳是我喜歡的東方女孩。但除了他的一雙長腿外，她已經快想不起這短暫滯留旅館的臉孔了。玻璃櫃上的那枚墓園小石子，古老堅毅，顯示地球的生命亙古。而人的感情卻如此短暫，生命也輕盈。

德國，軍靴，皮革，墓園，藍眼睛。在多倫多認識的查爾斯寄來的明信片上的地址卻是一個陌生地，他寫：我在亞洲了，接下父親家具的生意，到東南亞尋找新的發展。將來有一天我們會再相見，最末一句話。米妮讀著查爾斯所寫，她想又有一座雨林要哭泣了，雨林的樹魂變成都市雅痞的家具。

至於乃木先生，在我們的海還沒有等得及輪到他來說故事，他就轉往花蓮，甚至更遠的台東或者綠島蘭嶼去了，或許他將抵達更遠的島嶼。相約半年後回來，他在伊媚兒郵件上這麼地寫著。她忽然想起旅途時他提過的鹿野忠雄，他入了婆羅洲雨林自此失蹤無影，沒有回返。不知乃木先生會不會再來？她突然想起她借了他一把傘，她在伊媚兒回信給他說，記得把傘寄回來。

乃木先生不明白為何她堅持要回那把傘，不就一把傘嗎？她說不管，就是要還。她不好意思說傘就是散的同音，但寫這樣清楚，這樣在意不和他分散豈不心裡有鬼。其實他不還傘也罷，因為這樣來來去去的旅客都是心上長著一口鐵的，硬得很，轉身就走，容易生鏽。即使她知道旅人經常彼此有好感，但這種曖昧好意也就像一陣風，風過雲過，就剩際遇了。

宜蘭女孩一見米妮回來就忙說旅館三輛提供給入住者騎的腳踏車不見了一輛。見她聽了沒反應，又說了一次，還補充說應該是被偷的。

她笑笑，這小鎮騎腳踏車不好騎，被偷就算了，也找不回來。腦子裡忽然轉過傳道者騎腳踏車的畫面，他是在淡水擁有第一輛腳踏車的人，一八九五年傳道者之子叡廉從加拿大運了輛腳踏車送給父親，鎮上的人見到傳道者騎著腳踏車往來，臉上露出新奇的神色。鐵馬、腳踏車，他們心想哪一天也要去弄一台來騎騎。

回到雨水的盡頭，時節夏日，老街密集商店處處煙塵。未久鬼月至，旅館也得順應在地神，她和宜蘭女孩準備餅乾水果等供品，加入街拜行列。糕餅店拜的祖師爺是諸葛亮，旅館業要拜誰呢？她心想就拜海神吧。有朋友說鬼月她都不拜，因為她都是直接供養齋僧寺院，不然不小心拜了，怕引來了鬼。這觀點讓她覺得好玩，她想起了夢婆，不知她算不算鬼？但夢婆信基督，應該不會變鬼。夢婆只是一個剛好和她的磁場接近的能量波吧，她曾和查爾斯聊過，查爾斯不信這些神祕事物，他認為只是磁場。米妮不管這些，她一直喜歡這些說不清的東西，比如鬼魂，比如夢境，比如歷史，比如愛情。

老外旅客特別喜歡看島嶼這些獨特儀式，雖然他們也不懂這些儀式。

一條頂著炎熱所形成的狂拜隊伍，她沿著許多擺放供品的大街小巷走去。八月末端的豔陽直射，刺亮至看不見邊際。刺亮的光和燃燒的煙塵混成一團，如玻璃上的霧靄。

老街上的老廟，供養老神，紅木桌上祭品滿滿。請來的布袋戲班，僅父子三人，父親戲偶，兒子負責電射光與噴霧機，另一個孩子負責錄音機。連口白都是事先錄好的。觀眾都是路人稍微停一下看著笑著，連一個觀看的好奇孩子都沒有，孩童都在玩手機。

來到鬼月，充滿禁忌之月，海邊沒甚麼人，深怕水鬼埋伏。旅館的外國旅客百無禁忌，依然往海裡走，往傳道者的墓園去。

潮水在落日時分逐漸露出金沙似的泥灘，寄居蟹在沙堆裡竄流，吞食著潮水送來的藻，夕霞下透明的卵如星辰在沙灘上四處閃亮。散步的旅人從米妮的露台下行經，她聽見異邦語言滑過耳際。起身去廚房想弄點吃的，未料廚房已經擠滿了各國遊客，看見她走進來，全都笑著說難得妳走進廚房。

她笑著不語，看著旅人在長桌上擺滿的食材，有人在開著番茄旗魚罐頭，有人在煮義大利麵，有人在切蔥準備炒飯，有人在煮著羅宋湯，有人在殺魚。氣味雜沓，她決定先把廚房讓給旅客，只打開冰箱拿了粒蘋果就又走回露台。

蘋果，在傳道者的年代，島嶼最新奇的果實，在祖父輩童少年代也是珍貴食物，在她的年代，卻平凡成五粒一百元。有旅人寄來的明信片上印著蘋果園，樹枝掛著甜香紅著臉的蘋果，藍天下如伊甸園。花園之罪從此開始，她咬著蘋果，看著明信片上的教堂內部，燭火映著十字架。金姑娘明信片寫著這看起來就像我的贖罪券，這讓她想起十八歲那年兩個女生一同旅行的花東火車之旅，她從火車上看著海，金姑娘說，海隔絕著年老父親與少年父親的相見，多少年的相思，父親說連夢裡都想回到彼岸家鄉靠海的小屋，那屋裡有父親年邁的老母親。島嶼山林現在則埋有死去的父親。金姑娘的父親喜歡海，因此她也喜歡海，她喜歡我們的海。

金姑娘很少提自己的感情，拘謹的女人竟然提及往日的感情，這讓米妮的眼睛揉了揉，心想自己有沒有老花。難怪金姑娘會說這是自己的贖罪券，感情裡頭多少埋藏著罪惡、愧歉。海可以捲走一切，燭火也可以燒盡一切。

她咬著蘋果，望向河海，左邊極目有渡輪穿梭，右邊極目有海色一線。

河海是這座小鎮的故事起點。

渡輪吃水不深，傍晚燈火霓虹瞬間倒影破碎，隨著渡輪而逐漸散開滑開，最末一班渡輪駛離後，她都沒有離開房間，也忘了去買食物吃。廚房該已經空蕩下來了，她再度踱回廚房，發現有一隻小老鼠，牠矗立桌腳旁一動也不動，黑暗中睜著發亮瞳孔。她又走回到房間，把廚房留給了牠。

秉燭夜遊，換成秉機夜遊，眺望沿河路徑，手機四處閃著電光。她的寶可夢，就是夢婆。

傳道者 與船長巴克斯的旅程。自淡水上岸，幾天後他沿著淡水—五股—中壢—新竹—香山—新港社—獅潭。在東西方風俗與信仰的交疊與岔路上，他看著島嶼奇特的祭祀風俗，在稻埕廣場被排成人字形的骨頭拼圖，關於撿骨二次葬習俗（一八七二年四月二十日），他眼見許多人沾染嗜食鴉片的惡習（一八七三年三月十九日），最讓他難忘的是島嶼的新年和廟會，他帶著人類學家與孩子似的混合體，眼睛看得入戲入迷，他不斷問著門徒阿華關於這些儀式與活動的意義，他的手忙著記錄。元宵炸寒單（一八七九年二月五日），很快地他在島嶼度過了七個新年，元宵節那天他帶著妻小去提燈籠，黑夜的街巷閃著燈火，心裡感到一種彷彿觸及永恆的寧靜。這一年還特別要阿華帶他去看炸寒單，多年的島嶼時光，他如民俗誌地寫著流水帳似的日記。看著七爺八爺和乩童（一八八八年八月四日），他好奇著七爺八爺的巨大高矮差，覺得很有意思，他甚至繞到七爺八爺的面前，死盯著看，突然卻見到有人從七爺八爺的身體裡面爬出來，七爺八爺瞬間被分成兩半的擱放在檯子上方時，這情景看得他目瞪口呆。門徒阿華還告訴他，如果雕像有鬍子的是七爺八爺當神之後的模樣，沒有鬍子的代表的是他們還沒成為神之前的樣子。他聽了下意識地摸著自己的鬍子，心想自己永遠不可能是神，人子怎可僭越。他聽了嗤之以鼻，心想這些七爺八爺又怎麼是神？裡面躲的不就是人嗎？為甚麼套個外殼外服就變成神？在日記裡他寫著門徒向自己解釋白天的見聞：道士為民眾驅瘧疾，桃葉、綠竹、黃紙驅魔，再繫於病人的衣服或附於身上作為符咒，或用硃砂的印蓋在病人的衣背上，或者搖鈴、吹法螺、拍法索驅鬼神。有些和尚讓病人喝香灰水，治病。還有教信徒躲到廟的神像桌下，神桌下如結界，可以躲避惡魔的侵害。巫師以三尺長的三枝竹棒，每枝竹棒頂端綁著紅布，以驅逐病魔。或紮一個草人，讓妖魔附身到草人身上，再將草人送到屋外，供以銀紙和菜飯等祭送品。還有以黑狗身上拔下來的七根毛繫在瘧疾患者的手上。各式各樣，無奇不有。道士爬刀梯（一八七九年五月二十八日）。他見到殺豬拜大道公（一八八九年四月十三日），對乩童角色感到有趣，好奇為何他們背後血淋淋的卻不怕疼，阿華說是有神附身，退駕才會覺得痛。乩童的魂魄不在身上，此景真是很奇特，乩童的魂魄跑去哪了？自從走過街上的祭典之後，他偶爾午夜裡會夢見被成排剖肚的巨大豬公仔，嘴巴咬著橘子，豬皮上蓋著無數的紅色印章，煙塵繚繞，黃昏後被大卸八塊的豬肉碎片，如紅雨墜落，醒來時，他汗涔涔得一身濕。孩童玩著有趣的打陀螺跳加官放風箏，旁邊有戲班在寺廟前搬演，阿華跟他說酬神的戲碼是桃花過渡。看著一男一女來回酬唱，辭句開放而帶些淫意，歌聲悲涼。阿華又說閩南人戲花樣多，大戲歌仔戲皮影戲傀儡戲布袋戲，南管北管唱腔迥異，車鼓馳犁與山歌野調互尬。一路上他看了很多戲，看得津津有味。有時他看見很多村人不看戲，直盯著他看，兩目黝深瞪視，彷彿他是多毛的猴子。移民開墾的臉龐如刀刻，銳利而樸實。沿街叫賣聲有吹螺搖鈴的，熱鬧繽紛。但凡是外來者，他們都稱為番。番仔衫番仔餅番仔火番仔茶，還有他這個洋番仔。他覺得自己其實也可以稱為阿華口中的客家人，以客為家。直到他去了噶瑪蘭，才重新感覺自己更貼近土地，貼近原始的伊甸園，未被修剪的雜草有著狂妄喧囂的生命力。然而走在這條路上，若無主的神蹟護佑斷無可能。經常聽聞漢人入山採藤取棕伐樟獵鹿，或動植物學家入山採集，或像他這類的傳教者行旅布道時，總是險象叢生。沒有聽聞過主的名字的野番，個個睜亮黑瞳地望著陌生人。起先的島嶼布道，瘴癘與番害，讓他們時時都踩在死亡的稜線上。一八九〇年八月，他帶了一批學生自淡水出發到東部布道，一路爬過基隆之南的山巔，進入噶瑪蘭平原，在谷口時就聽到狂呼慘叫的恐怖聲音傳來，有人遇到生番割田出草，一個漢人倖存者逃出來驚魂未定地說著有四個同伴被生番刺死，且被割了頭。後來他也遇到生番帶著槍衝出來的事，生番攻擊走在他們後面的長老，好在機靈的長老當時躍入水中才躲過一劫。生番有時也在海岸沙中擬仿海龜足跡，以誘捕村民出來補龜時，他們好從埋伏處躍出以長槍刺死村民。他們最常問傳道者的是我不知道上帝的存在，那你如何讓我們信服主？他說神聖的指紋自然會彰顯在你的心。上帝在照顧你，各日在顧，各日導路，上帝在照顧你。果然多年後，這些等待施洗的靈魂已然列隊，三千餘人榮耀歸主。

海邊長年陰鬱，偶有晴霽，冬天的尾巴搧起最後一道風時。米妮聞到旅館的棉被已然度過一整個冬日的潮濕冬去春來，那夜她見夢婆不談自己的前世今生，夢婆說要助她一臂之力，以酬謝她常聽夢婆說夢話。

夢婆在夢境裡問米妮在我們的海為何不舉辦山盟海誓婚禮？

米妮醒來時，窗外陽光滿室，起身走到露台望海，這海是她一輩子的海，最藍的海。她腦中播放夢裡所見，藍海白紗鮮花，搭個白色教堂的頂，儀式就有了莊嚴，前方有海有觀音低眉慈目，後方有層次而上的山丘老房，在這裡許下盟誓，山海為證，就像百年前的傳道者與島嶼妻。接著她依夢婆所說，再把牆刷成像希臘的白，石砌石椅，如希臘海島，增加氣氛。旅館有個大露台，本是供旅客望海的亭台，木頭椅旁的陽傘下陰影提供旅人喝咖啡看海，大露台與她房間的露台隔著一整片花籬，植著桂花、茶花、雞蛋花、野百合，她又多植了一排的粉色玫瑰花。

砲台埔山林上，許多傳道者帶來的植物也已然長成了島嶼的樣子，雞蛋花垂在紅磚牆面有著異國風情。季節遞嬗，英文season從希伯來文zeman演化而來，主派定好的時間，延伸成旅人移動的季節。氣候溫度雨水濕度，時間的詩。婚盟牽涉時間，婚盟的時間就像植物授粉，就像植物嫁接，結婚日期將成為印記。土地還存留的時候，莊稼、寒暑、冬夏、晝夜就永不停息了。凡事都有定期，萬物都有定時。她的桌曆跳出創世記和傳道書如寓言的文字。

這是夢婆夜裡幫她翻頁的。

於是，在我們的海，即將開辦藍色大海婚禮。彼時的新聞一打開都是鬧劇，擠滿著老少配爺孫戀，或有哭泣的八十歲女人一臉花樣地控訴七十歲老公外遇……這使她在寫海誓山盟的婚姻字詞時，感到十分無力。時間是生命的殺手，更是感情的殺手，無視於醜聞連篇的當代，她仍執意聽夢婆的話，要為旅館強打結婚幸福牌，以增加收入。與海比老的愛情，這文案上傳網路廣告後，打著限量，打著海神為戀人作證，於是預定在看海露台結婚的新人很快就把有限的名額給占滿了。

誰來見證婚禮呢？由米妮掌鏡攝影，但她想總不能由她這個單身者見證別人的婚禮吧。她開始張羅六對預訂在旅館辦的婚禮。春天到秋天，正好一個月一場。其中有一對是住宿時臨時起意的，還要宜蘭女孩幫忙做暗號，要她幫忙把戒指藏在蛋糕裡。他們在露台放煙火，每個入住者都是見證人，分享結婚蛋糕。

山盟海誓，說是蒙主見證的婚禮，不會質變。但她的基督徒朋友有好幾個也都離婚了，舉行佛教婚禮的也離婚了，神管不了人的婚約。看來關係的結合不是誰來見證，而是被見證的戀人能否以此自信，往後毫無阻礙。

米妮觀察過會來我們的海結婚的多是文青小倆口，她多了兼差攝影的副業之後，收入可以養活她這片看海的遊蕩之心了。這使她愈來愈愛這座海，覺得自己就是靠這座海養老的。

在我們的海舉辦的婚禮來到尾聲時，夢婆入夢，夢中給了米妮尚未履及的新旅次。

關於傳道者的事蹟，米妮總是倒背如流，說了又說，彷彿她會永遠住在這條河流，彷彿她會一直當導遊地陪把他們的故事一直述說傳承下去。

夢婆笑著說自己從沒看錯人，從沒託付過錯的人。除了她那古早年代不能掌握的童養媳婚姻。米妮笑著跟夢婆說，那個童養媳小丈夫還不是按主的旨意離開妳了，所以傳道者一上岸，那個無緣男孩就被主召回了，這樣才能成全你們。

夢婆說這伊甸園的花園看似荒蕪，但卻容不下第三人，有時連上帝都會被遺忘，禁果就這樣綻放開來，花園種子蔓生。

午夜醒來，她看見鏡面起了霧，夢婆悄悄飛掠而過。

夢枕沉甸甸，回憶濕漉漉。

夢婆流淚，相思成災。

傳道者 登上侏儒號的巨人。這天，他在滬尾港口停泊的船上遇見了船長巴克斯，船長邀請他到船艙上講道，講到《以賽亞書》第三十五章第八節時，他看見船長這樣的軍人竟留下了男兒淚。當晚他在日記描述在海軍裡多得是像巴克斯這類型的船長，他們帶著維多利亞女皇的日不落帝國的榮光四處航行征戰，個個是英勇的基督徒。但寫完這句話後，他突然感到不安，航行征戰意味著掠奪與殺戮，沾滿血腥的軍船卸下任務之後，像是一個老去的獅豹。在恭守聖餐的隊伍裡，巴克斯對他說今後自己要做神的忠心僕人。因為這句話讓他對巴克斯另眼相看，懺悔者的眼淚勝過一切，眼淚可以化為信仰的支柱。於是他們有了不凡的交情，為此他把巴克斯寫進日記，而巴克斯則寫了遠東海域的見聞。之後他受淡水西南方約六十哩處的新港社平埔族頭目劉清遠的邀請前往新港社，這頭目之子後來也做了教會的宣教師，這使得他的這趟旅程別具意義。新港社信教，興建教堂，他迫不及待地想要出訪，巴克斯也想一起去，他想藉由傳道者的力量進入部落，他勸導島嶼人善待航海人與船難的倖存者，巴克斯和傳道者同行的時光，巴克斯就像一個門徒又像傳道者的保鑣。傳道者這回備妥很多醫藥，帶著金雞納霜治療當地人的眼疾，熱病與瘧疾正盛行，水質壞又天氣悶濕，很容易讓他們在旅途裡感到疲憊。見到他們兩人老遠走到山林時，劉清遠頭目正在抽著鴉片菸，聽傳道者不厭其煩地講道時，這頭目突然把菸桿一丟，豪邁地說不抽了。傳道者最欣賞這樣的人，夠氣魄。這位頭目變得非常虔誠，還讓兒子當了宣教師。傳道者總是從人性與生活的難處下手來宣教，他知道每個人的起跑點，如此才能和他一起行走這艱難之路。先施以恩惠，再行宣教。先唱聖歌才拔牙，怪的是村民說唱了聖歌之後拔牙竟就不痛了，或許因為聖靈充滿。巴克斯船長在現場看見五、六十人排隊等著傳道者醫治時，他瞬間流露虔敬的心，而最讓巴克斯看得心服口服的是當他看見傳道者為一位睫毛倒插的婦女小心翼翼地用小刀修了一個細小的竹片當工具，再以竹片將睫毛從眼睛挪移開來的愛心與耐性，巴克斯這樣的軍人佩服極了。減低痛苦是傳道的首要工作，痛苦者最需要的是被解除苦痛，從醫治帶來和善氣氛，才有可能改變他們的成見。傳道者和巴克斯之旅，從淡水到雪山，他們倆在旅途都得了瘧疾，過度曝曬與雨淋，冷熱交錯，潮濕又骯髒的旅途，後來連巴克斯這樣的硬漢也倒下了，他得了熱病，還被用轎子抬回了淡水。傳道者這趟旅程完全讓浪蕩子巴克斯船長見證到主的靈光。當他們雙雙回到淡水，巴克斯也康復之後，傳道者眼見巴克斯的船拔錨離開陸地，他在岸上也忍不住流下淚來，知道彼此之後只能在主的福音相見了，巴克斯船長自此將帶著聖靈航行海上。巴克斯告別傳道者之後，搭船前往西伯利亞與日本，隔年日本率遠征軍入侵南台灣，發動牡丹社事件時，沒想到傳道者的這位老友竟也在其中，他搭船到墾丁海域，告訴傳道者他去墾丁海域就如同去雪山之旅般，他不是為日本人做事的，他只是搭順風船來到海域，他的心只有維多利亞女皇和上帝。傳道者最後再聽到巴克斯船長的訊息是他去了一座荒島，他帶著贖罪似的薛西佛斯日復一日運石上山的精神，打造著心中的教堂，以解放他在軍旅中手刃過的無數亡靈。傳道者想著巴克斯船長，看著前方的淡海，想起他們探險歸來時一起得過的熱病，想起以往的旅途。那是一八七三年，他和巴克斯到了生番部落，看到生番與漢人的襲擊與雙方的夜間混戰，部落獵取人頭的熱情就像船長看見海洋一般，勇士們的臨終願望是要兒孫勇不弱於祖先，敵人的血是種族的榮耀。天生的獵夫，能跑能追逐，直到獵物倒下。比獵犬更勝於探索氣味，任何虎豹也不如獵人的躡足潛行。狩獵者隱伏於山上，監視著平原與海岸，帶著和洋人交換來的一枝槍、一把刀、一組弓箭和一個裝人頭的粗麻網袋，這就是所有獵人的配備，許多在山林用短釜劈樟樹樹幹的工人常因跪著俯身工作而在尚未察覺生番靠近時早已被砍去了頭顱，那些失去丈夫或父親的家庭，傳道者也去拜訪了好幾次，婦人孩子哭泣著祈求主的幫助。這些事情讓他和巴克斯的行旅特別警醒，因為他和巴克斯進入的部落已然兩個月沒有聞到人頭的血腥味道，獵人們為此悶悶不樂，甚且焦躁不喜。酋長召集勇士開會，計畫再次取人頭的狩獵之旅。酋長對傳道者的威嚴似乎有所震懾，但酋長認為洋人不了解他們的傳統，不知隱伏行動是勇士，曠野閒走是懦夫。就在一八七三年的一月一日新年，天昏地暗，暴風雨日，雨勢斜劈而下，天氣惡劣，他們快速離開，用樹葉遮頭，走了濕滑的山坡，不斷跌倒又爬起，雨一直狂下，穿越茅草叢，還邊走邊唱詩歌。那時候巴克斯已經患了瘧疾，他要門徒徹夜未眠地守護船長，他們入住豬舍似的客棧，被苦力的咆哮賭博吵了整夜。隔日雇了轎子讓巴克斯乘坐，趕到竹塹中壢五股坑，又過了一天終於回到淡水。巴克斯那日即趕緊回到侏儒號船艙內，吃藥休養，之後他要船上四十名水手來聽傳道者的福音，他記得那時候巴克斯說命撿回來了，之後定要當個好人時的奇異懺悔神情。之後就換傳道者染上瘧疾，忽冷忽熱。他在冷熱交替中，為進入屬靈聖殿的巴克斯船長高興，巴克斯身上沾染海洋的氣味，肅殺的殖民味道，為日不落帝國的維多利亞女皇效忠的殺氣騰騰。在屬靈的競賽上，人子要投入生命的聖戰是需要決心的。起先巴克斯船長在屬靈的賽程上，已然進入了淘汰賽。但他應維多利亞女皇的殖民政策效忠時，他的冒險勇氣卻令人刮目相看的。血肉之軀不能承受上帝的國，等待復活的屬靈工程在幾年後則發生在巴克斯船長身上。人從灰塵的地而來，救世主則從天而降，屬人與屬天的肖像正在形塑著這位穿越大風大浪的船長身上，島嶼番害頻傳，生物本能的地盤守護，血跡沾滿海洋，浸滿山林野地。海中海岸的番害移往內地，船長與水手征戰的傷痕累累。他以醫藥收番人之心，仍不免心驚膽跳。多年之後，巴克斯船長寫給傳道者的一封信裡如是寫道：「我是那永活的，也是那死去的；我是那過去的，也是那未來的。」他曾是那七頭十角的海中怪獸，十個角都戴著冠冕，七個頭也都鑲著褻瀆上帝的名號。傳道者看見老友巴克斯已經在通往錫安山的路上，額上將要烙印天父的名字。不要怕，要信，海中怪獸敬拜這天這地這海，登錄在羔羊的生命冊上，這船長即將要安息。主的恩惠，常與聖徒同在，誠心所願。漂在大海的訊息，一生在海上的船長一定收得到。

米妮將野百合的種子移植到淡水，仔細地挖著土，將種子埋在旅館的花園。休息時她偶爾會翻讀今日佳音，這日給她的文字訊息：從不貪圖人家的金銀財物。就在這時她聽見山下小徑前方傳來汽車的聲音，一輛計程車正從路口駛向我們的海的方向。

來的人是早在上個月就預訂日期卻遲來的背包客，久違的金姑娘，她剛從他方旅行歸來。學姊故舊特地來淡水看她，順便住住旅館。她已經從雅痞變成背包客，跟別人的人生相反，趕在中年到來前玩樂。當她從計程車下來時，若非因為已經在電子郵件連繫過的話，米妮還真的會認不出她來，金姑娘瘦乾得如比她老了一代而不是一歲。

金姑娘見了米妮直說歲月不公平，她還是老樣子。金姑娘直拉著她的手，像是企圖親切又像是需要米妮扶住她如風中枯枝的身體。

金姑娘是米妮給她取的綽號，金姑娘長年都穿長裙，且有蕾絲的那種長裙，米妮覺得她像是從維多利亞莊園走出來的姑娘。金姑娘和她是在女中一起讀書的校刊主編，高中時代的佼佼者，但大學沒考上公立大學，意外和她一樣落腳淡水。金姑娘大學畢業談了一場愛情之後，人生瞬間委頓下來，後來聽說窩在老家鄉公所工作，安於一個平凡只做蓋郵戳的人，安於每週日只去教堂安自己的心。她許久沒有金姑娘的消息，再聽說就是金姑娘存夠了錢，跑去周遊列國。她心想金姑娘竟能自鄉公所出關，原來她勤跑教堂是為了安撫躁動的心，多年後她才承認躁動也可以是生命的一種推動力。

金姑娘這次回來，聽說米妮在淡水接手旅館的工作，於是就尋她來了。金姑娘雖周遊列國，沾滿了旅途塵埃，但自認信仰依然堅貞，這回還來當傳遞訊息的角色，她跟米妮說要去八里療養院見幾個修女，還有受朋友之託去養老院代為探望朋友的母親。希望米妮可以同去。八里沒車確實不方便，米妮想起施比受更為有福，她微笑著想起早上的佳音預言。從淡水到八里，金姑娘直說這淡水小鎮竟沉淪至此，大嘆可怕，這些房子山，比山還高的房子，遮住了看海的視線。

八里大街上走動著教會學校穿著白衣藍裙的女學生們，她們離少女的青春已遠，但青春現場的女孩們又如何感受自己的青春？從來沒有，青春者不知自己正處青春的浪潮，故以為十八的自己就已經老了。金姑娘忽然停在相思樹前，仰望著樹梢某處，光從縫隙掃進，映著她的瞳孔，相較她那枯萎的軀體，那雙眼睛像是在燃燒，兩只火熱熔爐似的滾燙著跳躍的光。金姑娘年輕時那近乎庸俗的信仰語言與過於誇張的神蹟神情在歲月的篩洗下，變得沉靜起來。金姑娘說起自己旅行耶路撒冷時，常把橄欖園想成是相思園，不知這算不算不忠？說完還兀自摀嘴笑著。金姑娘果然不求了，經過這麼多年，她說沒得求了，當初求主帶她去探望祂的苦路、五餅二魚的海、發現經卷的山洞、客馬尼西園。主讓她走了那麼久才走到客馬尼西園，結果她看到的是更多的苦難現場，自殺炸彈、對立衝突、戰爭炮火，果然在異鄉的磨練，讓金姑娘變成另一個人，少掉老掉牙的宗教語言，更有自己的思維，更入世幾分，多了人情味，用真切的現實感去貼近土地、去體會人的苦難，而非打高空了。

這世界煮了太多難喝的心靈雞湯，卻缺乏願意走入地獄的神曲，米妮心裡這樣說著。很想把這些話送給金姑娘，但金姑娘已經走入林子裡，她隨金姑娘拐進灰撲的修女住處。金姑娘被囑託要交付給修女的東西其實是一張支票，為求慎重，當面面交。說是有人要捐給教會，但不願意具名。這世間不願意具名的大多是黑函，好人好事多渴望被流傳。金姑娘說因為這樣，她被感動了因而自願擔任訊息快遞者。再轉到八里養老院，金姑娘也是去送支票，並探訪其中一位老太太，嫁到異鄉的朋友母親在養老院度餘生。米妮感到旅館這幾日將有很多故事等著被述說。

她們倆在八里渡船口漫步，這往昔傳道者經常上岸之地已成十分世俗的港口，漁夫這個職人快消失了。渡船口炸雙胞胎的油鍋依然劈啪響，孔雀蛤炒九層塔的氣味依然有往昔的味道，只是小店變大餐廳。她們挑了沿河的一家小餐廳吃簡餐，聊天的主題都是她們這幾年如何地東奔西跑，就像有人往左有人往右，永遠碰不到似的。島嶼妻也去過耶路撒冷，也許她們彼此的靈魂曾經錯身也說不定。金姑娘說在苦路時和自己錯身的有很多是靜穆的修女。米妮感覺金姑娘變得柔軟多了，不若很多人將信仰變成一道牆，和他人有牴觸時即變成一粒頑石。也許看盡中東的戰火，信仰燃起的殺戮硝煙，讓人涕零。

傳道者 **高貴的野性**。他繼續觀察書寫，覺得這座島嶼的人們看起來是如此的純樸善良，有著圓黑的眼睛，身體看來粗壯黝黑。島嶼人就像世界其他的原住民一般，群居而帶著懶洋洋的癖性，隱藏很多高貴的品質。觀察著他們的生活，他們也朝傳道者微笑，小孩成群好奇地尾隨身後，追著他繞著他，只因他的長相特殊。他看見島嶼人不論老幼都正抽著捲葉的菸草，很多人牙齒不好，嘴中老是咬著物，後來他們遞給他一粒粒長得神似橄欖的東西，示意他咬下，他感到一陣刺激，舌尖發麻，後來才知道島嶼山林四處有檳榔樹，他們因為吃檳榔才導致牙齒蛀黃黝黑。他看著他們生病的牙齒，心想這島上植物可真烈性如刀。他喜歡靜靜地看著他們那種與自然相處的和諧氣氛，他每天都要看好幾口牙齒，他們的牙齒就像等著和身體分家，不再具有威脅性，甚且以鑿齒為美。旅行島嶼，深深感到這應許之地的多面向，恐怖中帶著奇異的美好感受，即使風雨來襲或者入住豬圈或汙穢旅社的經驗擾眠，但他知道負面的烏雲很快就會一掃而空。他不禁再次遙想起，初抵島嶼旅程的最末，他經由埔里回到豐原東勢，與李庥牧師和德馬太分手後，進入孤單一人的長途跋涉旅程，返回新天新地裡的破髒之屋，那最初落腳的屋子原是清官養馬之地的馬廄房潮濕如海，想要生個火而不得，他得讓意志長出魚鰓才能在這樣潮濕的水中之島活下來，且插上主的旗幟。

現在有談感情嗎？金姑娘問米妮。

感情在父親過世後都變得很輕很輕了，過眼即成雲煙，一旦沒有承諾就沒有未來。生命也是一場舊約新約，照約定走卻又不想被約定束縛，這很需要智慧。那妳呢？米妮反問。

我啊，我只要穿上近乎修女的衣服就是絕緣體了，金姑娘自嘲。

過去我們去山地服務隊時，曾遇到一些還俗的神父，這是怎麼回事？米妮忽然想起那些還俗的神父。

金姑娘說這是漫長的故事，有時間我會告訴妳。原來金姑娘也曾經和一個還俗神父在一起過，結果竟是一場大災難。她一直以為金姑娘的信仰是基督教會，原來她是天主教會，大學的生活米妮經常是一邊有學長拉她入佛學社，一邊有學姊拉她進團契，而金姑娘則常帶她去見修女念玫瑰經，搞得她經常「神」經兮兮。

金姑娘當年純真的眼神像是上帝的刀劍之光，神啟與天使之光的新生之夜，這個光是米妮能夠喜歡金姑娘的原因，也是讓她安住在極度世故的大學城的某種隱形力量。金姑娘某些眼神充滿批判、分別、敵我，每個人在其面前都像是有罪的教徒。所幸金姑娘雖然信仰頑固，但心其實是柔軟的。於今金姑娘的眼神從被不斷沖刷的海岸轉成柔情的水池，金姑娘說走出了封閉的心，才明白上帝不是在教堂裡，是在生活的苦難現場。

光是這句話金姑娘就可以住免費的了。不過金姑娘這一夜本來就免費，憑著以前米妮為她在我們的海拍的照片，兩年歸來，獲得免費一宿，之後她也短暫加入打工換宿。

金姑娘拿給米妮看當年她為自己拍的黑白肖像，那時金姑娘有著一頭青絲與一張不馴的臉，如黑枝椏的牡丹。米妮的腦中閃過，如果這次要拍金姑娘，那麼她應該像白茶花，素淨卻剛強。

在夜幕降到河水時，等渡船的人潮如影武者，河水如歌行板，走過的是時間，一年一年行經青春的面前，她們這樣的慕道者注定是走在時間之外的人。慕道者是逆向者，違反人間的吃喝玩樂，慕道者必然走上一條十分人間卻又超離人間的路，因而這注定了獨特的艱難。

金姑娘問她，難道妳這麼多年過去，沒有再踏上尋道之路？

米妮說還是有的，只是沒有特別規劃尋找的路，自此人生像萍蓬，隨處擱淺也隨意移動，甚至隨愛漂流，最終可能幻滅。感到幻滅者心中都有自己描繪的聖景，只是年輕時將聖景安置錯誤之地錯想之人。這幾乎是一趟相信與不相信的兩點移動，看山不是山，看水不是水，最後又回到山是山，水是水。

米妮又說被擱淺一方也無不好，何況在旅館當導覽地陪，必須學習擱淺，學習了解旅行者。比如傳道者和他的島嶼妻的事蹟，她不用故事這個詞，而是用事蹟，因為她想打撈的是他們的所思所想所為，而非故事的來龍去脈，也不依時間述說，而是憑感情與感覺，無所緣起，無所緣滅，只剩存在。

我覺得妳這間旅館充滿了老靈魂，好像從淡水通港之後就來到的老靈魂都沒有離開，金姑娘說著，聽得米妮起了一身雞皮疙瘩。但她仍守住了夢婆的祕密，沒說出夢婆與許多金髮姑娘流連在旅店開同樂會。

她們倆曾在淡水小鎮的沿河頭尾兩端消磨青春時光，當時她們不知道青春所踩踏的每一塊磚都是傳道者與島嶼妻所行經的路，在生命風起雲湧的現場，錯失青春與神交的可能。

也許這樣是更好的，青春太蒙昧，所經所歷如浮光掠影。於今三十多歲的輕熟女歸返淡水，小鎮喧嚷，內在卻很淡定。

米妮感到年輕時金姑娘對生命與信仰的軸線就像是橢圓形建築體，動彈不得，無法調整。現在如長方形，雖有邊卻調度空間有餘。說到這裡，米妮突然停止再說話，因為當她們推開面河的咖啡館大門時，迎面的潮濕海風，送來海的味道，頓時丘壑如有一座海，無言是最好的回應。

龍王是否在海裡宴請祂的蝦兵蟹將，美人魚的幻象依然在誘惑著水手嗎？青春之歌，潮濕如梅雨季，米妮想終於捱過三十歲來臨前的動盪青春了。

以前常說不要生活被平衡，要極致過日，極致往教堂去，或者極致過著今宵不知酒醒何處的生活。總以為平衡是庸俗的，所以書店到處擁擠著與神對話或者心靈雞湯的書，金姑娘說。

現在只能煮自己的湯了，米妮笑答時，她們已經買好渡輪的票。這次來到對岸，她想和青春好友一起搭渡輪回淡水，闊別這條河流太久，她很渴望穿行這條河流，遙望靜默的夜海，如一條穿行慾望的黑夜輪船號。

距離渡輪還有十五分鐘，遂在河邊小坐。

大學時許多人都以為我堅貞如修女，其實我也是貪愛之人，情慾很自然地煽動著我的身體溫度。但因為信仰，慾望就變得很折騰。其實那時候我不是交了個男朋友嗎，我都還沒和他上床，我就劈腿了，那時有個學長約我去淡水，那位學長剛喪母，所以我起先只是想陪他去河邊散心，去看一條河流幾乎是我們的渴望，何況他很悲傷。不料回程時，他卻邊單手開車邊單手拉下褲子的拉鍊，旋即拉我的頭往他私處那裡放，說來這竟是我的第一次經驗。金姑娘的真心話聽得米妮心驚膽跳，彷彿她是神父似的聽著金姑娘的告解。

金姑娘又續說著本以為我會非常討厭且覺得非常髒，但竟沒有，就好像去菜市場買一條魚然後做菜前就必須把牠殺了一般的自然，血腥但自然，沒有包袱，罪惡已忘。後來想，也許是因為那個學長正好是我喜歡的型，只是他看穿了我對他的喜歡，男人這樣的自信使得這件突如其來的事沒有造成誤會誤解與誤導，我果然在他的自信引領下，完成了這高難度的事，完成了對教條的背叛。

是高難度啊，在車的速度裡，在封閉的空間，在心情背叛神旨意下的天人交戰，米妮笑著回應。妳是因為這樣和當時的男友分開的？米妮又追問。

也沒有，只是我後來行為怪怪的，他自己也看出來了，就生氣地不理我了。至於那個學長也離開了我的生命，很短，他當時只是找個人陪他度過失去母親的悲傷罷了，而性愛往往是喪禮之後如煙花的燃燒能源。套句現在的話來說，我不是他的菜，但卻引起他的好奇，當他知道我是一個虔誠堅貞如修女的人時，他幾乎是以誘惑一個修女似的心情吧，這可能讓男人很刺激。但他沒想到我竟那麼容易上手，且還帶點卑微的討好。他幾次後就感到無味了。後來我曾在網路上看到他寫的一篇文章，意思是告訴女人不要相信他的甜言蜜語，他說他的一切言語都是為了和女人上床而已。我看了之後，毫無感覺，心裡倒有一點冷，自己接受試煉，沒通過考驗。但卻更看清了人性。嘲笑女人獻身的男子很糟糕，金姑娘一口氣說著。

沒有了解人性，卻想要靠近神性這幾乎是妄想，米妮也搖頭說著。

金姑娘放下堅貞的神情，她上路和異文化碰撞之後，燃燒的生命更美，這使她的信仰落到了人間真正受苦者的土地，也使她更溫柔。

米妮喜歡金姑娘現在的樣子，可以坦蕩坦白。

旅館分享故事時間還沒到，一條河流就先把她的故事碎片沖刷上岸。

渡船從對岸駛過來，海霧送來了迷幻的夜燈。

夜晚，又到了旅店圍爐時間，真心話大冒險的聚會時光。金姑娘沒有再說話，她看著圍爐的旅人說著故事，只是靜靜地想著自己在異鄉的飄蕩與求道旅程，那些午夜誘惑她的幻象都是關乎身體的、性慾的、情色的、曖昧的，四處飄飛的費洛蒙的，人與人的化學酵素變化突然在旅途裡加了料，那些不被收錄在旅行書的香港日本巴黎紐約倫敦多倫多，這些旅程重疊傳道者與島嶼妻的旅程，海陸兩進，標誌了首次航行世界的歷史紀錄。她想不論自己或是在我們的海的旅行者，不論旅程走得多遠，不論穿行海洋或者飛翔天空，當年輕的旅人抵達異地時，信仰往往還沒建立，於是道德的邊界一觸即垮，身體的召喚也一觸即發，看似抵達很遠很遠，座標繁複如星辰羅列，但其實甚麼也沒有抵達。抵達的只是宣揚自己的異國情調，宣說自己的品味與征戰，旁觀他人生活的種種。直到自己的青春也按下熄燈號時，才恍然有那麼一點感覺了，原來生活不要太用力，感情也別太用心，開始有了些平衡點，傾斜的人生於是有了些支柱，金姑娘最終才明白支柱來自責任，自由行旅再如何暢快但若無地圖座標也很空茫。

今夜無夢。

夢婆跟米妮說金姑娘是非常重要的客人，因為金姑娘有信仰、有經歷、有勇氣，要米妮留更多的夜晚時間給她。旅館的壁櫥柴薪被點燃時，今夜旅館的旅人即圍爐話舊。

夢婆提早進入安息日。

夜深，米妮離開圍爐話題，留下客廳四面八方的旅行者。露台前方海色迷濛，潮濕炎熱的夏天已然預告。她翻開傳道者日記：熱熱熱，病病病，島嶼進入瘋魔氣候。異鄉人寫「學堂像一所醫館」，幾位學生因發高燒而精神錯亂似的吼叫暴怒。華氏八十八度，九月最炎熱的日子。島嶼氣溫經常越過此線，於今人們躲在冷氣房裡，忘卻外面焚風狂燒。

那時的海，傳道者如此容易看到上岸的船長與水手、商人與買辦。現在的海，布滿油桶，油輪航行淡海，換取路上車子跑動的油。通往金山的藍色公路，傳道者常抵達的金包里，夏日有郵輪通行。米妮在窗前眺望開到關渡的白色遊艇，關渡在傳道者筆下叫干豆，那時的甘干風光，應該像是叢林溪流那般原始。那時候的八里五股林口新莊松山三重埔（南港）關渡蘆洲大稻埕雞籠就像傳道者的廚房，那麼遙遠又那麼近，被雨水趕上的腳程，全身濕透的長途跋涉。

米妮跟金姑娘說旅館玻璃櫃內擺滿的小物件都是住宿者自動留下的紀念物，妳想放甚麼物件在玻璃櫃？

金姑娘仔細地望著玻璃櫃的小物件，發現竟然有一撮被五彩線繫成的金色與黑色夾雜的髮絲時，她說這真是最恐怖的美麗。

那金色髮絲是米妮綁上的紀念物。有一回打掃的歐巴桑請假，她便權充打掃工。闖進一間如魔鬼歡樂過後的房間，有一種闖進犯罪現場之感。通常情侶比較沒有時間融入旅館情境，他們不是躲在房間就是四處拍照歡笑，只有落單旅人才會和旅館產生較大的連結。那日來入住的正好是熱戀的情侶，打從進了旅館的門，除了各自得脫鞋之外，均十指緊扣。

一個荷蘭金髮男生和一個真理大學女學生，說是在臉書認識的，從他們入住後，米妮就幾乎沒有見到他們出來，她很怕會不會有人自殺在旅館，偶爾會刻意經過，貼牆傾聽一下聲息。偶爾有點笑聲，有時聽見說話聲。旅館的隔音很好，因為她住過太多旅店，最感痛苦的即是隔音差，因此我們的海比起其他的旅館老房子隔音是好很多，有盡量做到隔音效果的處理，當然嘶吼尖叫的聲音還是會穿牆入耳，好在入住者鮮少出現這樣的瘋狂戀人。

即使如此，貼牆仍可傾聽一點動靜。但像這麼熱戀的情侶卻又保持如此靜默的戀愛者則太稀有。這引起她的擔憂，愛到死就會如此靜默了，愛神在嫉妒或占有時會轉成死神。戀人沒有打算交換故事，沒時間也沒故事，因為剛認識，而臉書經驗每個人都差不多。但他們非常樂意且盼望她給他們拍照，這是她唯一和他們單獨相處的時間，在他們入住兩夜的時光裡。拍照時，先拍他們一起的，接著拍個別的。她發現拍個人時，這個荷蘭男生有一種憂鬱神情不經意地閃過，尤其他望著窗外的海時。女生則單純，一逕地笑，討人開心。

戀人退房後，米妮打掃他們的房間時，發現地上床上到處有著金色與黑色髮絲，荷蘭男生的金髮留到肩膀，垂直如琉璃金片，很美麗。女孩的黑色髮絲像黑曜岩，撒落在地上床上的髮絲，她一一撿起，竟有一把。交疊如砂岩與頁岩，很有意思。她就把髮絲綁起來，五色繩是某個導遊朋友從西藏寄來的，旅館有很多五色繩，供她偶爾做點珠串來賣，沒有特別的意思，她說。

金姑娘聽了卻搖頭笑說這看起來像祈福，也像在施行某種法術。

我倒覺得很有創意呢，我相信他們還會再回來。

我也許去後面小徑山丘的相思林撿相思豆放在玻璃櫃內，金姑娘說。

太沒創意吧，妳沒看玻璃櫃早有很多相思豆了，希望要點特別的物件，至少有故事的，人人愛故事。

那我再想想，金姑娘巡著玻璃櫃的物件後，在玄關穿鞋離開。四處走走，也許有靈感。當然還要去吃淡水魚丸包子，還有糯米腸與米粉湯，米妮提醒她渡船口的那家還在。

黃昏，我們再一起看海，米妮拋話給她，見她已經走在河岸。

好的，我在淡海老地方等妳，她也拋話過去。然後她朝著小徑走下坡，石階小徑旁的樹影斑駁，徑岸的軟枝黃蟬花朵開得喧鬧。

她們兩人的老地方是青春時期常去光臨的黑店，吃排骨飯，然後往淡海行去。人工的淡海漁人碼頭是帶觀光客去的，在許多路徑可以穿越原始海岸，穿越海岸植物，掉落一地大黃花的岸地前方有一片沙灘，被穿比基尼游泳的少男少女廢棄的海岸，光禿而荒涼，如威尼斯之死的老人，只能讓幻想占滿意識。

在退潮時，這裡有幾公里的海灘暴露眼前，就像完全可以互換沙土的地方。妳看，這地方不屬於任何人，也還沒有名字，米妮說。

它不屬於任何地方，它也還沒有名字，金姑娘聽了也喃喃重複著。

一片海洋。這片海洋之所以迷人是因為傳道者與島嶼妻都曾經日夜地望著它。這些地方之所以可堪讓米妮一看再看，因為信仰，因為愛情。那股彷彿從海洋深處所散發出來的激情與絕情一再讓她反芻咀嚼，直到破碎，消失。島嶼妻愛傳道者起先源於脫離舊生活，傳道者娶島嶼妻起初是源於主。信仰是現代最匱乏的名詞，以為信仰會取走人的自由。真正的大信反而讓人自由，因為無懼無畏了。但走到大信之路，路途有太多顛簸，而信仰無法量化，說不出寫不出的往往才是心之所向，無法言喻，只能經歷。

她們一起看海，自問著年輕時看的海和現在看的海有不同嗎？心老成了，神色世故了，海還是一派純真任性，戲劇性。將她們微縮成一粒泡沫，人卻頑執將一粒泡沫變成一座大海。念頭閃逝而過，每回看海總能引起心念如潮汐攪動。

夏日海灘是一種海市蜃樓般的幻覺，陽光像玻璃帷幕，人們在潮浪之間跳躍喧囂，對生活明顯的好感在此表露無遺，宜玩宜居，但是對於金姑娘這樣生活在他鄉的人來說，對於幸福是不會有真切感的。

金姑娘說起住在海邊的某些藝術家朋友到了夜晚需要威士忌驅走內心的寒冷與絕望感，需要愛。她在旅行時曾在巴黎和一個瘋子藝術家短暫住在郊區，說這個男人是瘋子還不如說是愛情毒派教主，和他在一起會把所有內在最黑暗的東西吐出來，有能耐者日後鍛鍊成愛情變形金剛，百毒不侵；脆弱者不是失心瘋就是封閉了自己或者鄙視了自己。她說到現在自己的心底還常湧起一股羞恥之心，卻要佯裝自己一點也不在意那時的瘋狂錯愛。

不該說起這個男人，浪費唇舌，雖然米妮聽到金姑娘說起這個故事的開頭時，表情顯得很有張力，她還以為金姑娘會吐出年輕時常掛在嘴上的：我會懺悔，主會為我洗罪這種言詞，但這回沒有，她的臉上不再是評斷自己，而是彷彿在聽別人的故事般的抽離，顯然已經度過了漫漫煎熬的長夜。

金娘娘旅行巴黎時住在郊區靠近哈佛港的小山丘，常日日夜夜喝酒到天明，她人生的喝酒與抽菸額度差不多就是那時用盡的。罪惡與懺悔常是蹺蹺板的兩端，

金姑娘也是在那時收到她人生的第一本英文聖經，瘋子藝術家給的，愛情毒派教主說他當初進團契是因為可以認識教會女孩子，這理由不錯，就像她讀高中時信教是因為覺得學校的西班牙修女很漂亮。瘋子藝術家讀過的經典，書的皮面已然被撫摸得極為光亮與褪色，她十分喜愛就接收了。

金姑娘，是米妮人生遇到第一個誠實面對情色與信仰的朋友，她那天真爛漫的氣息一直開在她們老

去萎凋的友誼。

這使米妮一直忘不了金姑娘，這頂上有著小天使光暈的女生，隨著時間光度不滅的人，這點倒是稀有。難怪夢婆會在入她的夢時吐出金姑娘，夢婆念念在茲的人都是具有這種特質的人。因為夢婆永不死，就是因為這個信念。

不論成鬼成神。

傳道者 **皇后大飯店**。第一次投宿中壢客棧，他發現旅館竟然沒有桌椅床墊，只鋪一張髒草蓆，環境惡劣，與豬作伴，處處是跳蚤。但卻已是當時島嶼最舒適的旅社，他戲稱自己住的地方是「皇后大飯店」。有馬車就騎馬，但大部分都是徒步。有泥灶可以做飯時，他的島嶼妻也會開伙煮飯。他也是在這趟旅行第一次參觀甘蔗廠，第一次吃到熱帶的甘蔗，東印度公司的罪惡都在這個甜蜜的甘蔗廠被微縮了。廠主聊天的內容不外都是漢人受到土著侵擾廝殺等恐懼，他藉此傳他福音，祈福這片土地。遇見賽夏族。傳道者老友巴克斯寄來他寫的《遠東海域》，描寫島嶼許多年輕女性面容姣好，男子臉頰與前額刺青之景，穿著未染色的粗棉紗，有如西洋棋盤的方格紋外衣則披纏在肩胛與頸間，婦女褲裙鬆適便於帶小孩，衣長則越過膝蓋。當地部落從未看見過西洋人，他們被部落的人團繞著，深深對他們的高鼻子白皮膚吸引，且還驚訝他們竟然一頭閃著金光的鬈髮，沒有漢人的辮子，這讓當地人很驚訝。他以閩南方言向部落傳福音，可惜部落的人聽了完全霧煞煞，好在頭目是懂得雙語的，因此就由頭目翻譯給族人知曉福音內容。之後發生了一件讓傳道者難忘而寫在日記的事。那時傳道者拿出筆記本素描當地的房子時，沒想到惹來土著的惱怒，甚至一些年輕人衝出茅屋，持著長矛怒目衝向他來。經翻譯擋下才知，他繪製當地茅屋，部落人認為此舉會掠走他們的祖靈與居住的靈魂。傳道者那時候才明白。當他們一邊虔誠地唱著聖歌時，他們一邊也是永遠心懷祖靈的。旅程的最後，傳道者與巴克斯都染上了熱病，從觀音山穿過五股坑，再回到淡水時，旅途的冷熱交替與濕氣瘴氣，已經使得他染上了熱病，這熱病後來一直潛伏在他的體內，使他的身體像是住著一座島，蘊含著曝曬過度的陽光雨水，暑熱潮濕的島嶼。旅行布道，雲遊福音，和當地神祇打照面，互相禮敬，至少做到不理會。他曾見到玉皇大帝和抬城隍王爺的隊伍，在竹塹看著幾百名婦女戴著枷鎖與鐵鍊時，頓時十分驚嚇。三把交叉成三角形的刀且架在這群婦女身上，他差點奔上去想要解救她們。但彷彿有個莫名的力量把他瞬間拉到一旁，免得讓隊伍傷到他。接著他聽見隊伍裡有裸身的人身上流著血，焚燒的煙塵使他幾乎無法呼吸。但這比之於上一回他差點在錫口遇上暴風雨，差點栽到橋下差點溺斃的驚險，這簡直是微小得不能再微小的事了。有形的枷鎖易除，無形的枷鎖難除。探險者在好奇上路時，總是伴隨著因為四處有著強悍部落互相襲殺而不安，時常可見的船難劫掠也常讓人聞風喪膽，但他們倆的旅行因為有了天父的榮光隨行，又有維多利亞女皇的旨意，似乎減輕不少隱藏的憂慮。然而一位土著當地嚮導聽見不吉利的鳥聲，也可以因此而終止一趟偉大的攀爬，他的雪山之旅，在他首次和巴克斯船長一同旅行時，他們僅僅抵達據推算的可能的獅潭位置，只走到了苗栗。第二度的雪山之旅則因不知哪裡傳來的不吉利鳥聲而匆促被迫中止，山地嚮導無論如何都不願意再前行，甚至當他再三懇請帶路時，露出驚恐之情地加速折返，兩度雪山之旅都未能在山脈上插上十字架。未竟的雪山之旅，熱病的囈語，高燒在枕畔溽濕著被褥，秋日的長途跋涉之旅再度啟航，夜晚望著流星，他告訴主：我要穿越山巒，橫越基隆，前往蘭陽平原，我感覺到那裡有一群人在等待著我。於是他再次穿越北投來到了地獄谷，時間是一八七二年的盛夏七月二日，初秋九月二十八日他再次抵達鷄籠港的仙洞。一八七二年，這一年是他最孤獨也最靠近台灣黑暗之心的旅程。四年後，劉銘傳在淡水架起了砲台，北門鎖鑰自此將淡水喉嚨縮小成一個灣口，使得淡水成為覬覦的要港卻無能摧毀它，日後摧毀它的不是槍炮，而是淤積、染汙。從雪山橫貫整個島嶼東西岸，一直是他的宣教版圖大夢。告別巴克斯的十七年之後，他終於再次抵達了後山之山巔水湄，而同行者不再是終須一別的旅行者或冒險家，而是換成了他一生最堅貞不移的道侶。美妙的一天，露水沾滿草坪；可愛的一天，下雨潮濕山林。早上醫館，下午學堂，晚上禮拜堂。沒有旅行布道的日子，不論晴雨，他的日常就是主。島嶼妻卻常被他遺忘了，他又天真地想妻子一定會理解的，因為她嫁的丈夫的所有一切並不屬於他自己，連他自己都沒有自己，那麼又如何能分享給另一半。

六　一滴大海

走進這些古老發音的地名，
從混沌荒地插起十字架。
他的腳起泡，他忽冷忽熱，全身淋濕中還得提防森林躲藏著嗜殺的目光。
他那衰疲的胸脯心臟必須大力跳動好向死神證明，
這還不是他死的時刻。

當海上的霧氣開始飄進眼睛時，當鼻子聞到腐朽的腥臭融進濕熱空氣時，最熱盛夏已然到了尾端。

在雨水盡頭的旅館露台的最好時光是過了炎夏的入秋之前，穿著白棉布寬大洋裝望海，灼熱過後的初涼微飄空氣中，躺在涼椅上喝茶，從這裡可以將整座山海納入胸中，天空在刷得亮白之後逐漸轉淡，橘色光開始刷上，幾架飛機陸續飛離島嶼。直直望去，海洋如此平靜。

沿海的樹被島嶼海風熱浪曬成了焦芽敗種，皮膚吸著一季暖夏的古銅色，旅人減少甚多。沿著河岸的燒烤店也稍有安靜之時，人走風景才露出臉。鄰近咖啡館開了又關，主人換了好幾回。新主人充滿著裝飾的熱情，敲敲打打，挖挖補補，聲音鑽耳，夢也難安。

所幸這幾天要移往另一座海，夢裡花落，訊息霏霏。

夢婆這一連幾天都給米妮同一個訊息，要她前往蘭陽平原與太平洋東海岸。夢婆說亡魂之處總是充滿寶藏。

我不是不久前才陪那個乃木先生到宜蘭了嗎？

她在夢中傳遞疑惑訊息。

夢婆卻說上回妳被乃木先生干擾，所以很多我要妳幫我重新回憶的地方並沒去。何況妳要具有傳道者的精神，他可是去了宜蘭二十八次，來回等於五十六趟，每一回路徑不同，每一回靈魂受洗的人數也都在攀升。夢婆又叨叨絮絮說著蘭陽有她的前世好兄好弟，只要給人們一個遺址，每個人就可以各自動用他們自己的想像力去編織逝水年華的枝枝葉葉。蘭陽平原與滬尾之間的旅程，是傳道者在島嶼最後幾年經常不斷離與返的兩點座標。

她醒來感到疲憊，很想把夢枕鎖進櫥櫃內，可是又覺得這樣做很沒感情，畢竟一開始是她自己先好奇而入夢的，不該失去承諾，不該說斷線就斷線，畢竟不是天天都是安息日。

每天米妮記錄著夢婆給她的夢語，但卻一直遲疑著上路，倒不是因為沒有人手可以管理我們的海，何況金姑娘來了，等於多了一個幫手，某個真理大學女孩也來換宿打工，這女孩在真理大學還有三個學分要補修，等著畢業前來打工，這使得我們的海進入前所未有的秩序狀態，每天都聽得喜悅的刷洗聲。而她也送走了在東北季風吹起前最後一對在我們的海結婚的有情人。

這是一對她永生難忘的戀人，拉子婚禮。

艾莉絲走進來的時候，所有的男人眼睛都亮了起來。當垂涎的男人們發現艾莉絲愛的對象竟是女生時，每個男人都垂下了慾望的翅膀。甚且搭訕的人都覺得這不過是艾莉絲找理由拒絕男人的說詞，男人說拒絕何必找理由，何必這麼直接。

我是說真的，因為不想浪費你的時間，所以直說，艾莉絲說。

這也實在太讓人心碎了，男人說。這些旅館的搭訕者後來都成了艾莉絲婚禮的觀禮者。

醒目的是艾莉絲穿婚禮的白紗手上的刺青，沿著手腕到關節的長長刺青圖案，艾莉絲刺青不是為了時髦，而是在原有的胎記上刺青。艾莉絲說自此她終於可以穿無袖的上衣了，從小因為手臂上的胎記，使她一直很自卑。但也覺得自己已經是幸運了。胎記也會遺傳，她的母親的胎記在側臉，她常把母親想像成是在嘉年華會上戴面具的神祕美麗女子。有時候母親也會用彩妝將自己臉上的胎記畫上各種圖案或者美麗的顏色，那時候的母親就像印第安人，美豔而神祕。長大後她效法母親，更直接的是採取刺青。沿著手臂有著她最愛的貓靈，日本神貓，可以守候靈魂駐足。過去不敢穿短袖的掙扎轉變成瞬間可以拉開衣袖給別人看那美麗的刺青。

這個痛可以忍受嗎？刺青師關心地問著。

艾莉絲笑著說是可以忍受的痛，因為沒有心慟痛，所以還好。

那時她正飽受愛情背叛之苦。她一個人旅行到希臘，在殘破又美麗的雅典，她遇到另一個女人。雷達自動會感應到是否為同一族類，她們彼此瞬間眼睛燃起了慾火。她竟在那家外賣店和希臘女人聊了五個鐘頭，直到希臘女人卸下工作。酒吧裡，希臘女人說自己已有女朋友，艾莉絲說那我們就來個五天之戀，她要在雅典五日，五日到了就是慾望的盡頭。

從希臘回來，才二十八歲的艾莉絲看起來像是女巫瞬間老了，但也催發得更為美麗。在網路上，突然遇到真愛，就是來到我們的海結婚的對象，帥氣的阿格西，中性的短髮加上女性的優雅，配上艾莉絲的殘破之美，使旅店頓時成了水晶球，旋轉投射著愛不可逼視的光芒。

婚禮上艾莉絲唯一要求的是不要一般的婚禮陳設，她給的元素倒像是在布置一座神祕祭壇。貓靈的靜默之臉，黑色五芒星閃爍，掛在枯枝敗柳上的月牙。艾莉絲穿著露肩銀白色禮服時，玫瑰花瓣依然撒下，米妮依然用最通俗的玫瑰花瓣沿著艾莉絲婚紗路徑撒下，艾莉絲眼光朝她眨眨眼，知道米妮貼心，不想把婚禮搞得太黑色，畢竟是一個需要祝福的婚禮。阿格西走到露台時，一身帥氣黑西裝，整間旅店露台映著海面夏末最後一抹大藍天光，每個參與者都微笑著，舞動著身體，將手邊的香檳搖晃著金黃泡沫之美。

那時某個剛喪夫的寡婦也入住旅館，原本要離開淡水了，卻特別為這場婚禮留下，說要在此緬懷自己離開的丈夫，從此把對丈夫的記憶送給海洋。

艾莉絲與阿格西的婚禮簡直像是祭壇，她們要旅館布置婚禮的圖騰或者氣氛都像黑暗使者，這使得旅館留下一次美麗獨特的婚禮紀錄。也使米妮終於在忙碌幾週之後可以喘息，她接續好久斷電的夢婆，夢婆不怪她失去連繫，因為夢婆也喜歡婚禮。只是夢婆對於同性婚禮仍感到不安，說是違背她的主，她的主不允許。

我雖不認同，但可以欣賞，夢婆又說，這使得米妮舒心極了，愛情需要被祝福與欣賞，在我們的海的露台婚禮在東北季風颳起時，將卸下春夏的婚禮派對。逐漸邁步走向寒冷的寂靜，除了耶誕與新年之外的長長淡季。

在秋風未起，內陸的風等著將要狂襲這座海時，米妮一時還沒想去夢婆交代的花蓮之旅是因為內心還掛記著大學男友還住在那裡，那個畢業前和她跑遍整個島嶼動物園的男人，她永遠難忘和這個情人曾在關子嶺某家私人旅館闢設的一小間動物園內，看著一隻被抓的台灣黑熊被豢養在籠子的那種孤獨，胸上有V字的黑熊在他們每天經過時都會嘶吼一聲，然後又頹然坐下。黑熊外有幾隻台灣獼猴，還有一、兩頭鱷魚，這就是那家動物園的全部。整條街看板都是野食廣告，山豬肉羌肉鹿肉蛇肉雞肉牛肉羊肉。街上更像動物園。因為動物園男孩還在花蓮，因而米妮一直對去花蓮始終遲疑著心情。

她在夢中對夢婆說，感情的幽魅仍在記憶海興風作浪。她羨慕十八歲就終結青春的婚配者。

夢婆聽了大笑，這可是夢婆第一次在夢中開心大笑，笑到米妮差點從夢中被嚇醒。夢婆笑完，喘口氣說能理解米妮的這種羨慕，百年前看似完成的愛情其實並未完成，不然她也不會在歷史的陰風中還在這座島輪迴，無非情執或是復仇心切。

為何未完成？明明妳在過去的生活裡家庭美滿和樂幸福，米妮說。

不是走向結婚就完成，不是沒有走向結婚就未完成，我的未完成愛情是指愛情還沒開始就已經先進入婚姻，等到我知道甚麼是愛情的滋味時，丈夫卻過世了，夢婆說。

那甚麼是愛情的滋味？米妮好奇夢婆的體悟，百年的靈魂是否對愛情的品味很古典？

愛情滋味的悲哀就是失去時才嘗得到，失去時才知道擁有過，但來不及了，夢婆說，語氣充滿著遺憾。

因為失去所以沒有說出口的愛嗎？米妮想著夢婆應該不懂得愛要說出口，夢婆的婚姻是責任，是結婚生子，是服從丈夫與上帝，愛情本身即是一場未完成。

再替我去後山探訪吧，夢婆在清晨快斷訊時再次說著。夢中她聽見整棟老房子的木頭地板被夢婆弄得嘎嘎響，彷彿暮鼓晨鐘似的一路盪開。

米妮仍執意在冬季來臨前先再次學習傳道者探訪宜蘭，且她想走老路而非新路，走過去的九彎十八拐，此亦是夢婆顯影她走的夢中老路。

妳去的時候不要走雪隧，那裡已經沒有我的祖靈，夢婆說。

抵達地圖上標誌一個埋在群山凹陷裡的部落。這條老路也是她的青春公路，她在露台的房間裡和夢婆進行著不同時空的覆轍之旅。

盡好呷、呷笨，她聽見宜蘭女孩和旅客聊天說話的口音。平原被山阻絕，因此沒有被同化，保留原音重現。這特殊的宜蘭腔，「真」好呷總是發音「盡」。就像宜蘭女孩的個性也很難被同化，她像個聰明靈巧俐落卻又不失直腸子的傻大姊。

山海阻絕，在工業社會，時間成本是一項挑戰，後山的路途，有著不為人知的時間考量。不論山去海回，都得幾彎幾拐方得靠近宜蘭，繞幾重山幾重水而行，沿著海岸線前進。點與點之間看似近，但卻無法看見彼此，綿亙的高山多年來就像台北與宜蘭之間的時間屏風。

這道時間屏風，就在雪隧開通後，突然像是拿掉了遮屏。直到雪隧開通。速度帶來了改變。人們嫻熟宜蘭，就像熟悉自己後院一般。到處有來到這裡開民宿要關民宿的人，她的同業突然變多了。

這塊平原，雨神齊聚宜蘭上空。平原三面環山，海朝東開，狀如畚箕，易有地形雨。宜蘭女孩跟米妮說，自小她就敏感宜蘭風，宜蘭雨，宜蘭濕度，宜蘭溫度，她依賴的是小時候住在鄉野宜蘭平原教她一切有關大地的事，聽風的歌，聽苦楝樹結果的祕辛，聽稻穗抽長的喜悅，聽蟲鳴夜晚的呢喃，看星辰的遼闊，看雲的流動，看襯在田園底色下的家族勞動的背影。宜蘭女孩的父親告訴女兒每一張家族的臉譜蘊涵的都是日後的人格養分。

阿藝倌真正水，噶瑪蘭厚雨水。宜蘭女孩在櫃檯忽然唱起歌仔戲的台詞來，她說比起噶瑪蘭，滬尾的雨水很溫柔，她很習慣。宜蘭女孩手頭沒工作時她會在旅店櫃檯埋首寫著碩士論文。她寫以頭顱裝飾家屋，以髑髏當枕，是愛是仇？保留敵人頭顱風俗的研究。一八七三年十二月二十五日傳道者收到消息，學生許銳在獅潭底山上被生番殺死，他們在山上尋找許銳的屍體，翻山越嶺，但沒有找到頭顱。幾年後，傳道者在山上部落傳道時，沿著屋外圍牆，抬頭就看見了許銳，穿過空洞的眼窩，他看見浮雲移過，看見天使飛過，他流下老淚來。許銳的頭骨鼻梁上有斷裂的凹陷處，那是許銳的特徵。就在那時，傳道者同時看見一個穿著部落勇士衣服的男人朝許銳的頭顱撫摸了一下，就是這麼一刻，他決定在這個對他無禮又冷淡的部落繼續傳教。

這時櫃檯的電話響了。這時代還是有許多人習慣以電話訂房，米妮心想。

傳道者 潮間帶騷動的是一波又一波的鄉愁。一段段旅程，歲月為他雕刻了一枚枚的勛章。天堂的那邊，在風雨中，他聽到上帝的聲音。被迫在浪尖的險境裡淹沒，洗刷傷痕的蹤跡，一路從淡水徒步到台北，乘船出海到宜蘭，翻山越嶺徒步前往內地後山。步行到花蓮港時，船被士兵推到水裡之後，開始進入氣候惡劣的風暴圈，整日強風而更改航向，航進小海灣時，忽然有一陣劇烈的西北風吹來，船無法定錨，划手竟然整晚守著船直到天亮，三小時之後，他們才抵達南方澳。下船，一時殘留著暈船的搖晃感。搭船的年代，艋舺—五股坑—干豆—雞籠—新店，沿著河，沿著河兩岸，就可以抵達島嶼邊緣。或搭火車或坐轎或騎馬，旅程的出發就是他的呼召，旅程的過程就是他的勛章，旅行就是他與他的島嶼妻的蜜月時光，他們是那時候才開始認識婚姻的，基督是他們的媒人，但他們不在花園尋求愛情的棲地，他們是在艱困荒澀的徒步中植摘信仰的花朵，採福音的蜜。愛情不在他的心，他的心只有主。他們的蜜月旅行沒有蜜，而是不斷地環繞島嶼，尋找信徒們。他們專心仰望上帝，忍耐使心頭的擔子輕省起來。唱詩歌拔牙禮拜施洗領聖餐，彷彿他是參與過耶穌生命現場的門徒，信仰的格鬥士。他踩踏噶瑪蘭多年，生命最後的三年全獻給這座平原裡的部落，他徹底把自己變成平原山海的人。澳底、蘇澳、南方澳、南澳，他由南方澳搭乘平埔族人的船進入噶瑪蘭族部落，當時被稱為蛤仔難三十六社之地，以蘭陽溪為界，他進入以北的西勢番，進入以南的東勢番。歷經險阻，進入打馬煙社、抵美簡社、奇立丹社、奇立板社、貓里霧罕社、抵美福社、流流社、武暖社、歪仔歪社、新仔羅罕社、利澤簡社、加禮宛社、奇武荖社。噶瑪蘭人被有如撞球似的被撞進深山林內，在平原內部做境內的小遷徙，遷往三星、蘇澳等地。之後南遷奇萊平原，在美崙溪北岸建立新的聚落，以加禮宛社為頭領的大社，初到該地的噶瑪蘭人，稱雄於奇萊平原，原本居住在該地的阿美族和泰雅族又被撞球給撞得更入深山了。他在日記寫著的地名日後將有人覺得充滿異國情調，他預見這往後將須靠翻譯才能知曉的古老地名的意思。雞籠、石碇、頂雙溪、頭城、礁溪、羅東、大竹圍、抵美簡（浮地）、大里簡、阿里史、大洲、大湖、叭哩沙、北關、奇立丹（溫泉或鯉魚）、武暖（斑鳩之地）、辛仔罕（溪邊）、三結仔街、奇立簡、蘇澳、南方澳、龜山島、紅柴林、下破布烏、天送埤、頂破布烏、銃櫃城、八王城、掃笏、打那美、埤頭、珍珠里簡、冬瓜山、奇武荖溪、加禮宛、番社頭、奇立板、波羅辛仔宛、董門頭、淇武蘭、打馬煙、流流仔、奇武荖。走進這些古老發音的地名，從混沌荒地插起十字架。他的腳起泡，他忽冷忽熱，全身淋濕中還得提防森林躲藏著嗜殺的目光。他那衰疲的胸脯心臟必須大力跳動好向死神證明，這還不是他死的時刻。他就像來島上過冬的留鳥，有時候被人拔了毛、醃了鹽後烘乾。或者像被釣上岸而任意丟棄翻仰著身的烏龜，他曾聽見烏龜整晚就像人生病一樣地呻吟著。在潮濕又充滿敵意肅殺的雨林，沒有地方落腳是多麼雖受的一夜。

宜蘭女孩說最近電話常響了卻無聲音。

米妮聽了想起了安大略博物館展覽的那些神主牌，也許是先人們托夢，無主神無人祭拜。神主牌如果來到了傳道者身上，勢必將有一場被火焚身，往火堆一燒灰飛煙滅。她繼而又想，應該不是冥間打來的電話吧，或者是父親？但父親根本不執著於她，父親在淡水時每天也很愛看海，很愛四海遊蹤，她想父親的靈魂應該正在逍遙。

她又想難道是死去多年的詩魂故舊催促自己快快上路弔唁他嗎？

她失約後山多年。於是趕緊整理幾樣東西，拎起背包一路搭捷運到台北車站。在搭車前往宜蘭路程，一路上她回想著之前落腳後山的大學社團友人，一個喜歡寫詩卻沒當成詩人的同儕。他已辭世多年了。偶爾她會想起年輕時就認識的詩人和她看的第一場北野武電影。那時她好年輕啊，而那個不是詩人的詩人感情細膩，詩風奔放，為人正直，但卻身弱。這使得他神色偶爾會飄過一抹落寞神色。他們是邊界清楚卻不失相濡以沫，喜歡藝術因而擺渡不同性別的友誼，雖然當他移居宜蘭後，這樣的擺渡隨著雙方生活的巨大變化而停止了擺渡，但偶爾關心的問候，或者藉由他人口中得來的消息，至少米妮都知道中年詩人已安然後山生活。

再次聽到的消息是他走了。現在她一個人偶爾望海看山，卻反倒想起消失的詩人老友不知在天堂可好？她記得他去宜蘭之後，生活與感情都轉好了，也更多了自己的主見與堅毅個性，像是這片土地才能培養出來的美好人格。但時光已經不給他太多了，他最終還是快速消耗了生命，告別山海。

唯獨最後一次相約，米妮卻失約。那時她在電話裡，跟他說要到宜蘭踩踏民俗田調，請他帶領她看看傳道者的教堂，但之後她想寫的田調故事沒寫成，而宜蘭探訪也沒去成。只記得是夜，不是詩人的詩人曾打電話來確認究竟她明日是否去宜蘭。由於當時她自己的感情混亂迷惘，是那種常常心情一轉彎就哪裡也不想去的人。她在電話說，那就先不去了。他淡淡回說喔，好吧，那妳何時要來再告訴我。這電話之後，她失約，他走了。

沒幾年光陰，想起來竟感覺遙遠的回憶。遙遠？但多久才算遙遠？幾年光景竟催人老。回憶鑲進另一個回憶。她和金姑娘在大學時有一回相約在台北車站，首先是那日相約時的地點混亂。火車票在她手上，但是她卻尋不到金姑娘。她在地下道迷亂了相約的地點，然後電話響起，金姑娘說那妳先買月台票進去等，我直接趕緊到月台，火車快來了。在最後幾分鐘，米妮終於趕到車廂，金姑娘則已經入座。還是金姑娘聰明，知道先買月台票先進來。米妮是迷糊的人，眾所周知，尋常東西掉了都是小事，東西被偷，記錯時間，上錯車下錯車，她說自己是最適合寫旅行警世錄的差勁旅者。

她和金姑娘那回下榻一間雙人房，聊了許多事，這幾年的人生跌宕。白天她們四處吃著美食，至天送埤吃卜肉和蔥油餅，排隊美食川流人潮。旅程大部分都是金姑娘在說話，因為只要有她在場，似乎就可以很省力了。博學的金姑娘總能擔起許多的問題深度。晚上，她們在旅館入睡前，米妮的手機忽然響了起來，來了一通電話告知一位好友在下午自殺了。

米妮當時暗自神傷，金姑娘問她怎麼了。她喃喃低語地說了一下，金姑娘也跟著沉默，突然自言自語地說著自殺不好，壞了教義。然後她們各自盥洗，看書，熄燈。隔天一早金姑娘邀心情不好的米妮同去旅館對面的羅東運動公園散步。她們在藍天綠地的羅東公園走著走著，風吹過，吹過樹梢，金姑娘忽有所感地說著：真不懂，為甚麼有人要放棄生活，死亡就在前面等著人，人不需要趕赴死神之約啊，死神總是會在終點等我們的啊。米妮以前經常到處在島嶼走動，但都沒有那一回來得印象深刻。光是這句話就夠撐住米妮對金姑娘的記憶了。之後隨金姑娘去逛了羅東市集，買蔥油餅，還沒下油鍋的生餅，她教米妮如何油煎，才能外酥內軟。之後逛了攤子，米妮買了一些當地食材，說要回民宿時招待客人。

她們帶著味覺來到市集，和傳道者帶著信仰前進這塊當年的蠻荒部落，簡直無法對比。現代人的移動，趕集著吃喝玩樂。食物是現代旅人和當地連結的密碼，金姑娘比米妮能吃愛吃，曾說要嚐遍大江南北與天涯海角，北非的庫斯庫斯或者阿拉伯的烤羊肉串，真幻三昧都在金姑娘的舌尖，也許當年傳道者進入部落，頭目以食物盛宴款待，食物分享就是生命分享邀約的前奏曲，食物在部落的意義重大，一起喝同一杯酒，一起吃同一盤菜，代表彼此的認同。那個因為獻貢高級味噌卻被誤以為是送來屎羞辱部落者因而遭砍頭的日本人可說是最不幸的人，因為食物而遭到厄運。

火車經過龜山島，海面迷濛。龜山島上有被人遺棄的廟，被人遷出的神。無人島，人棄守之地，神也無法待下。沒有眾生也就沒有菩薩，連神都孤單的島。她看向那凸出海面的島，想著寺廟的飛簷被離去者斷離，必須削去廟簷，如此遷出去的神才不會回來舊廟，或者神不會被滯留在原地。迎神靈到宜蘭，龜山島人自此一去不回。當年傳道者來到島上布道時，一個女孩跟著他來到淡水讀學堂。女孩長大後，就是砍斷廟簷的信主第一人，一九七七年，年邁的老婆婆最後被迫遷離生長一輩子的島。

海之後，平原。平原之後，海。視覺就在這樣的藍綠中擺盪而過，接著宜蘭就到了。她租了一輛車子，驅車來到往昔舊地天送埤，買了個蔥油餅吃，油滋滋的餅，煎得熱燙燙。夜晚她在民宿和金姑娘視訊時，提了往事，也特別提了白日吃蔥油餅卻沒有當年好吃的味覺感受，想是因為當年年輕覺得甚麼都好吃吧，又或者和金姑娘在一起時，因為彼此感情深厚而特別覺得歡樂呢？

米妮是那種可以日常平淡度日，又可以癲狂一起瘋的結伴者。現下分隔兩地，相同的是又都住到了一間旅館，孤獨如托缽者，裝載著未知，身旁走動著許多陌生客。

傳道者 **眼見耕耘北部有成**。轉往東部，他在日記裡寫了多回的噶瑪蘭平原還有平埔番與生番等字詞，他喜歡他們帶著原始式的熱情與直接的回應方式，至於傳福音的難度，他認為到島嶼的任何一處都是難的，整個島嶼的起初不全是異教徒？而這塊平原部落的人被漢人壓迫，也使他感到一種深入此地的義務感。他和學生從淡水出發時，從沒想過會在這座山海平原開出這樣的成果。他先是越過阻絕在前的山，再逐步越過雞籠南部的山，接著進入噶瑪蘭平原。由於雨水豐饒，常使旅途窒礙重重，雨天時泥濘不堪，涉水而行，則水淹路面。恐怖的出草獵殺又不時出沒，暗處傳來叫喊聲。一個上氣不接下氣的漢人經過他們時，驚恐地說著他的四個同伴已經被砍去頭顱了，這漢人因閃避得快才逃過一劫，太可怕了，太可怕了。但傳道者並沒有被嚇到，刀子畢竟是一次一個，不若槍一次數發，他覺得刀子尚不可怕，雖然那樣的死亡訊息，總是瞬間會像烏雲飄過頭頂，彷彿暗黑世界又統領了整座山的驚恐感會讓他瞬間腎上腺素飆高，他在心裡頭呼喚著主，知道上帝不會毀滅祂所創造的，他再次讓信仰的力量支撐整個旅程，他絕對不會讓自己屈服於恐懼，也不會讓自己因此就不前進福音未至的島嶼深山，也許餘生都要在這種恐懼中度過，那他也要前進。在聽聞四個人頭現下血淋淋地高掛旗杆上，杆下有圍著火狂歡叫囂的舞踏勇士與期待熱鍋燉肉的狗，他感到自己的靈魂正穿著裹屍布，直到福音的香氣充滿整個山林，直到著魔式的恐懼魔鬼味道消失為止。他知道只要眼睛露出膽怯的目光，就不可能抵達深山林內。這世界的每個航道都有不同的傳道者，而他知道自己的孤獨與恐懼不是唯一的。走到峭壁頂端，山縫裂開一座海的眼睛，俯瞰海洋，他的來處，又多了力量。他在高處看見有人跳到海裡，以躲避後面拿著長矛攻擊的部落勇士。長矛讓人聞風喪膽，見過腿部因被長矛鐵頭射進而被取出後發爛著，長達四個月，那可憐的人每天看著腿爛卻無藥可醫。他終於看見了這人的苦痛，花了近兩小時才取出，才醫治了那個人，從此他又多了個幫他做見證傳福音的事工。醫治所有的病痛，癒合一切的傷口。他放下手術用具後，對這個人說著信主得永生，他卻問他信主可以得水牛嗎？聽得他大笑起來。在南方澳，他們一去再去，有一回他和學生們一行人抵達村子時，忽然下起傾盆大雨，他們敲了一間又一間的房子，但沒有人願意讓他們躲雨，且聽到門被大力闔上。天黑雨大，太平洋波濤洶湧。他們往漢人家去，想試看看會不會有比較好的待遇。涉過淺水海草，甚至撞到停泊在岸上的船，被露兜樹絆倒，大力敲門，門後冒出一位老人滄桑的臉，緩緩說著沒有地方可以給番仔住了。關上門後又打開說，風雨交加，如願意可住牛欄。老人打著燈讓他們到牛棚，且還給熱飯吃。老人隔天跟他說，想到汝從遙遠的地方來，就不忍心。他回說善良永遠是會勝利的。南方澳教堂以他的名字命名，在最難的地方矗立起十字架，教堂成了許多教徒躲被砍頭的庇護所，海邊充斥烏龜腳步，讓村民以為有烏龜可捕，結果竟是生番們以手在沙上畫出的擬烏龜腳步，只為等村民出來好跳出藏匿處，再將村民以長矛刺死。連他自己都曾躲在自己的教堂過，當教堂外有十多個生番走動時。帶槍巡邏才能保護自己與家人，他還教他們唱詩篇以驅趕恐懼。有一回他們一行人在山林迷路，暮色掩上時，他們渾身濕透。又飢又渴，他甚至因為找路而跌進田裡與泥地裡，但只要想到他們是主的事工，就無怨言。連他的學生也都沒有。整夜風雨不斷，走到廟裡過夜，村人可真硬心。他和門徒睡在潮濕的稻草堆，隔日步行到村莊，沒人願意聽他說話，他們只好離去。最後離開山林走往蘇澳海邊之後，遇到三個人，卻有一個黑面老人願意聽聽他接下來要說的話，還請他和學生們吃魚。老人聽完，吹貝殼聲召集村民來聽，泥巴與稻殼混在一起的板模蓋了個有頂的講堂。幾個星期後，他第一次從平原男孩女孩的口中聽到他們唱誦詩篇時，他淚流滿面。有一處福氣地路遠難計。他認救主無驚見笑，好膽干證道理。一切信者都獲大能拯救。他花了八個禮拜在此打下根基，在箱上睡了八個禮拜，他要信基督的人將家裡拜的偶像與神主牌位還有燒的冥紙集中起來，他點了火，瞬間將這些木刻物燃燒，且用此火烘烤他們一行人濕掉的衣服。沒有歸信的別村漁民們，經過他已然扎下的根基之地，看著他將祖先神主牌和媽祖千歲還有千里眼與順風耳等偶像被當作柴薪火燒時，有人在心裡不安地說著，這外邦人不知我們的文化是慎終追遠，靠海敬鬼神。他們覺得這黑鬍鬚太狂信，太瘋狂了。離開這個基地時，他且得雇三個工人才能抬走他準備運到淡水博物館的其餘木刻偶像。他每到一處宣教成功，即拿著籃子，挨家挨戶要他們把祭拜的偶像和其他行頭丟在籃子裡，然後找個空地，將收集來的神像與神主牌集中點火。在火堆中，一位頭目撥開火，一具正在燃燒的觀音像被他撥開且夾起來時，眾人見著火的觀音都哄然大笑著。其他村莊的人經過看到著火的觀音與被刀劈的神主牌公媽時，驚慌地行過，不解地互相說著我們並不排斥你，但我們拜佛祖也顧媽祖，拜關公也拜觀音。為何你們要這樣攻擊老祖宗與古佛？他們聽見在火中哭泣的聲音，他們只要一想到自此葬身火窟的公媽與自身百年將死無人哭之境就不寒而慄，回去村子裡告誡子孫期期不可為之，不斷說這不是偶像，這是有傳承意義的家族祭祀禮儀，別看這小小一片神主牌，其實就是咱家的族譜，村長不斷挨家挨戶走著說著。就這樣，傳道者經過的村莊，有人狂信有人不信。在十九世紀末，西方的宗教與文明在黑暗時代雙方一觸即發，死亡是必要的新生，最讓人心驚的是蘆洲的李東面、李先登父子的獻祭經歷，他們在信教時知道會付出這樣的代價嗎？十九世紀改信基督教和被山林部落出草同等危險，小自被驅逐宗族失去一切，大至遭致欲加之罪的殺頭命運，一八七七年李先登教師和他的父親李東面決定改宗入教後，宗族族人認為這樣他們再也不參與宗族的祭祀了，不孝之人無權再擁有祖先遺下的土地，屬於他們的田地因此被同宗族人占去，而地方頭人不願意插手管此家事。傳道者知悉後，趕緊和教徒一起到衙門去擊鼓告官。李東面跪在大人面前說冤枉，官吏則告訴他：「把自己的祖宗和宗教丟棄而去跟隨那個『番仔』，是不孝不忠不義的。」但這對父子最後被控的原因卻又和這個無關，他們被控帶刀子要殺害縣官，最後被押解到台灣府，竟遭斬首，兩人的頭顱且還被放在籃子裡，上面寫著「入教的人頭」，人頭被帶回艋舺之後，將此父子的頭顱懸掛在艋舺的城門上，以此示眾。任何教義初起時，流血事件總是不斷耳聞，和搞革命差不多。連島嶼妻的弟弟張新添加入傳道者行列，竟至也失去田產。張新添後代張約翰在往事追憶錄寫：「內公媽在五股坑是位富翁，田佃和茶山共計八十餘甲，內公媽說佇新添入番仔教，不拜公媽，財產之後連一毛一角都不分伊。」可憐的心靈被惡魔占據了，他說。為主殉身者的後代逐漸從哀傷中復原了，恢復具有主命的堅決目光，嘴唇發出福音時也不再顫抖了。他身為牧者對於迷失羊群的命運的關懷傳遞得如此之深，即使觸怒島嶼在地鬼神竟也在所不惜，而島嶼往後有如此多的信士勇士前仆後繼，於是從一間教堂到三間教堂，接著四五六七八間，最後到十九間教堂矗立在噶瑪蘭平原，直到他最後倒下前，他恆是心繫這座平原，這座平原也心繫他，此後竟至以他的中文姓氏來傳家於後代，主之名遍開荒原。

米妮抵南方澳時，已是黃昏。海上閃爍著入港的漁船，沿著港口走動著旅客，兩岸賣乾漁獲的店家總會不時冒出人挨近來問要不要搭船？想去哪啊？要不搭船去看海一圈？他們都戴著花巾斗笠，斗笠下的目光黝黑晦暗，混身猶如移動的海，飄散著乾漁獲的腥臊，魷魚鹹魚蝦米干貝的海味。她想像著如果她是十九世紀末的西洋傳道者初抵達這裡，那將是見到何等風光？海比今日年輕，比今日藍，傳道者舉目只想找人，而不是來看海。他要找尋耳朵，願意聽他說話的人。

這些願意聽傳道者說話的人，都因吃了西藥好了。傳道者說凡受傷的，必纏裹；凡生病的，必醫治。漁民病好了，相信全能的神。現在長老教會的十字架依然閃著光亮，和媽祖廟南天宮形成信仰的對立面。耶穌與媽祖、海鮮與溫泉，神性與人性，往往是兩個點與點的擺盪，就像鐘擺，這邊盪到極端，自然會盪回另一邊。

她路經南方澳大橋，一座跨漁港的拱形鋼橋，大型漁船進出著，新建碼頭對外連絡的捷徑和環港道路構成環狀網絡，她在這裡開車繞著港灣與大橋走，驅車至山坡高點時她佇立在橋上吹風，俯瞰整座港灣，藍色跳動的血液奔流，海與藍天連成一線。她繞進南天宮，從廟裡看向港灣漁火，有一種奇異的心情，彷彿漁舟點點隱藏著各種生命的掙扎。

港內停泊漁船，行經媽祖廟旁的咖啡館廊下，她見到許多面目深邃黝黑的菲律賓、印尼漁工在打牌，興許是打發下船的時間。異邦語伴隨著海風的魚味，傳道者這樣富有神職靈性的異邦人已經換成更物質性的勞工。飄散在四周，旅人瞬間就能聞到南方澳作為遠洋漁業重要基地的港灣特質。四周有著琳瑯滿目的乾漁貨，靠近港灣附近的餐館全以海鮮為賣點，她保持著一種對旅遊觀光業的戒慎。特別聆聽著進去餐廳的人的口音，有帶著宜蘭口音的人在裡面用餐她才進去，因為她知道當地人會去吃的餐廳基本上和觀光客不太相同，至少她不會被當冤大頭。

之後，她再走回漁港，原本圍在港邊咖啡館外打牌的外籍漁工都上船了，行經咖啡館時廊下靜悄悄的，唯有滿地菸蒂。昨晚她靜靜地閱讀著這些離家的海上勞工的表情，他們有著被太陽曬傷的神色，銳利的刀刻在肌膚上，很年輕的臉卻有著蒼老的風霜。十字架和媽祖都在岸上各自閃著光，海上外籍漁民不知相信誰？也不知誰會保佑他們。岸上有摯愛的家人在等著他們的歸返，行船人的愛暗藏著海上的冒險。

在漁火與遊人之間遊蕩漫步，海港在光華的背後瀰漫著今宵不知酒醒何處的慾望。經過的海鮮店門口擱著的水族玻璃箱沾著陳年水藻漂浮，等待被撈起的魚蝦吐著最後的幾口氣，經過濕漉殺戮現場，食客喝著啤酒喧譁的成排餐廳，再不遠處就是海港了。近處的漁船，稍遠的大輪都靜止了下來。再踱步回老街，商店陸續拉下鐵門，霧夜的港口，水手上船作夢。水手的情慾沒有被解放，只有回到大海這座夢枕繼續眠夢著被男人留在故里的女人。

米妮彎進咖啡館，在咖啡館的電腦上收伊媚兒，宜蘭女孩寫信說又收到史蒂瑞寫來的明信片了，宜蘭女孩且將明信片正反面拍給她，她讀著史蒂瑞的明信片，中文的意思是：滴兒米妮，我已經從大海中回到陸地多日了，大海烈焰，在甲板燒炙著無處可去的寂寥。我真不知道為何有人夢想去走船，走船好辛苦，還是看海就好。／史蒂瑞。

明信片的風景是海，看起來像是藍色地中海。米妮想史蒂瑞不知航行哪個海域？而她自己重疊著島嶼妻的旅程已經很久了，沾滿了環島旅行的塵埃。

之後米妮一個人慢慢地從海邊盪回民宿，應該說是汽車旅館。因她沒找到民宿，於是入住這家汽車旅館，一個不開車的女生單獨落腳汽車旅館是頗為奇怪，起先這汽車旅館還不讓她住，她想可能是怕她這女人是跑來自殺的，否則怎麼會一個人。

我是因為找不到近一點好一點的民宿住啦，我看起來像是會來旅館自殺的人嗎？她笑靨甜甜，企圖證明自己陽光充斥於胸，毫無陰鬱，一點烏雲飄過都沒有的天晴神色。

這櫃檯穿著白襯衫的年輕男子笑答，沒說自殺的人臉上會寫著要去自殺的。

她想著自己從來沒有想過會有人跑到我們的海來自殺，可能在我們的海的網頁廣告是露台海天一色，很難和想要棄世的人聯想在一起。而汽車旅館即使再美麗也總是躲藏著說不出甚麼的奇異色彩。

那我該怎麼證明自己不會殺死自己呢？她笑著說，心想怎麼有把眼前生意推開的笨蛋，真是好青年。

再找一個人住，我就放心了。我真的沒有看過一個女生大老遠跑來觀光地住汽車旅館的。

難道他在引誘我？這麼晚我去哪裡找人來摩鐵跟我一起住？她心裡笑著假想。

那你來我房間陪我聊天不就好了，她故意這樣回答。

我要上班呢，那我找我妹妹來陪妳可好？年輕男人又說。

問題是我明明要一個人住，怎麼冒出要有人陪住才可以？她心裡真覺得好氣又好笑，就這樣跟他閒扯著。

放心，我妹妹很乖，男人說完秀出手機上的照片。

原來他妹妹是一隻漂亮的狗。

人若有事，狗會狂吠，我就會聽見聲音，知道有異狀。

好吧，我也沒地方可以住了，你再不讓我住，我去哪裡落腳。

我晚餐時間可以休息一個小時，騎摩托車回家帶妹妹來陪妳，一小時之內妳不會想死吧？他也開始幽默起來。

人真要想死，一分鐘都可以跳海跳樓，心想這年輕人天真。但心真好，這樣明亮。她點頭笑著付了錢，收下他給的鑰匙。

她想旅途甚麼事都可能發生，但第一次有人要他的狗來陪自己入住的怪事。

汽車旅館住起來大有情色豔開之感，床櫃內的物品配備完整，保險套、愛液潤滑劑、依必朗，尤其依必朗讓她想起曾經生病臥床的父親。臥床者經常會用來殺菌，或者屎尿都得在床上清洗時也都必須用依必朗作為滅菌液。這樣一想時，旅館的情色瞬間揮發一空，情色瞬間凋萎。她起身拉開抽屜，一本躺著安然的《聖經》，燙金版本，毫無被觸摸過的痕跡。貞節乾淨萬分，沒有人在汽車旅館讀經。

在床櫃旁的電話機上擺有面紙盒，還有塑膠架上擱著未拆封的保險套與潤滑液，島嶼最眼熟的物件，這兩樣東西就像巧克力和口香糖，常擺在超商最方便拿取的位置。我們的海並不提供這類東西，但這兩樣東西幾乎是台灣汽車旅館最基本的配備，陌生的戀人需要，或者不熟卻需要防護臨時慾望勃發的人，常發生在汽車旅館這樣的奇異空間。

電鈴頓時響起，她從床上跳起來，撞到床邊緣有著特殊設計的立桿，帶著發疼的頭去開了門。博美狗發亮的金毛在走道幽暗中像是一盞微火。

妹妹朝她吠了幾聲。

他說這表示她喜歡妳。他一鬆手，妹妹就自己跑進房間了。

男人的手機乍然響起，有人催他趕緊交班。他邊講電話邊對米妮比了一個ＯＫ手勢就轉身離開，好放心的男人，他擔心她一個人來汽車旅館會不會自殺，卻放心把他的愛犬交給一個他認為有可能會厭世的人？他不怕我把狗從樓上往下丟？米妮搖頭失笑地想著怪人怪事的旅館。她關上門，轉身看見博美狗發亮的炯炯眼神直盯著她，毫不怕陌生人的狗，就像陪伴過許多人的表情，很快就跳到她的床上。

她很快就睡著了，醒來時通天大亮，燈還是入睡前的大燈。她驚怕妹妹不見了，成了百口莫辯的仙狗跳。跳下床時，發現妹妹竟也睡到床底下了。聽見她的腳步聲，妹妹也跳了起來，開始繞著她吠。她想可能妹妹肚子餓了，想把妹妹還給櫃檯男，開門卻看見門口有狗罐頭還有三明治。

彎身拿起托盤，開了狗罐頭，妹妹舔著食物吃，她也吃著三明治。拉開窗簾，才發現她的房間竟風光明媚，面對著港口，遠處是海。遠方的海有漁船逐漸開回港口，漁船的引擎聲滑開水道，她看看時鐘清晨六點半了。

決定去散步，經過櫃檯男時，物歸原主。他笑著，神情很開心。他說妹妹乖吧，我這妹妹喜歡妳。她點頭笑說寵物旅伴真好，勝過男人。但我現在要一個人靜一靜，去散散步。

還要再住一夜，妹妹不用陪我了，你看得出來我真的不是來自殺的人吧，她秀著手裡的相機說。

妳的工作真好，只需要到處閒逛。

閒逛也要有點能耐，很多人可沒辦法一個人上路，怕無聊、怕孤單。

前方漁港的景致，晨間的港口忽然有一種寂靜，像是昨夜通宵過後的寂寥，港邊過亮的陽光灑在白色的大橋。任何老派的港口或舊式車站，都能折射許多離別的故事。

隔天她離開奇怪的汽車旅館，去租了輛車。開進蘇花公路，危險重重的台九線，起先一路都是上坡路，左邊崇山峻嶺，右邊大海的水都像要流過來。但一路無法鬆懈，即使大海誘惑，但山壁嚴峻，最多只能以餘光瞥一眼，旋即又聚焦在山一重水一重的公路，對向的砂石車或者追在後面的快車，兩者都讓神經繃緊，一路開下來才發覺雙肩發硬發痠。大約開至一百一十六公里時，車子才得以喘息。

她在東澳國小稍作休憩，漫步教堂附近，十字架早已根生此地了。

傳道者 **進入了舊社系統**。進入推至千年前的鐵器時代，擁有奇幻發音地名的年代，只有發音，沒有文字。命名充斥著待解析的意義與古老傳承。打馬煙是不打馬也不飄煙，打馬煙是煮鹽。帶領島嶼妻與忠心耿耿的門徒，一路從溪北上，走打馬煙、下番社、宜蘭農校、奇立丹、哆囉美遠、貓里霧罕、珍仔滿力；再轉到溪南，一路走加禮宛、社尾、新店、流流、利澤簡、奇武荖、武淵、打那岸、珍珠里簡、南搭吝。他們在溪南溪北的暴風雨中兩岸遊走，整天在打馬煙中旅行布道，大批群眾護衛他們從打馬煙走到頭城，走過平原。考察男獵女織的部落，往太平山的山路，一邊是山岩峭壁，一邊是大片山色下有著遼闊河床平原的視野，這些介於高山與碎石子路之間的河床是漢族和原住民經常交兵之地。原住民與漢人在河床中間的械鬥，每一塊土地都流過淚，受過傷，嗜過血。他們走得深，進入很深的部落，這旅程全憑意志與信心。幾次的噶瑪蘭之旅，他與門徒阿華等人沿著蘭陽溪，抵達的終點是大霸尖山下，泰雅族傳說的發源地。他認真地聽著阿華的解說，泰雅族名Atayal是真人、勇敢的人。他聽了問著阿華說那我們也都是真人了，阿華笑著點頭。阿華向他解說當地泰雅族的一些歷史，比如泰雅語稱紋面為ptasan，脫離兄妹繁衍後代因而妹妹紋面才不被哥哥認出的傳說，紋面意義浮顯：驅除邪魔的作用；美麗雅觀之效；圖騰可為族系的一種識別；男性要能狩獵，女性要能織布，才能紋面，是榮耀的象徵。泰雅族在幼年時不管男女都會紋上額紋，但成年後男性必須獵首級返回部落後才能紋唇下的頤紋。女性初經過後，熟悉織布且善於持家之後才能紋上頰紋。頭目也對他說，你看我們的禮儀是源自生活技藝而不是知識，要有行動力的人才能逐步取得地位。也只有歷經生命禮俗與學習經驗，臉上有著完整紋面的人，才是真正的泰雅人，才有資格論及婚嫁，否則會被當成小孩子，得不到部落族人的尊重。他就在這雲雨重重的部落裡走踏多年，直到一九〇一年，當他從蘭陽平原巡視教會和信徒見面之後，未料回到淡水就病倒了，自此沒再回蘭陽。在夢中他常見到教堂閃爍著光芒，和港口媽祖南天宮相對，在黑夜裡如鐵般的沉靜。斷馘為王，夢中不斷上演著泰雅族人出草，沿著溪床的屋簷旁頭顱成排，長眠的靈魂睜著空洞的雙眼，任雨流淌，任風吹拂，任淚乾涸。

抵南澳前視野有烏石鼻岬角，過新澳橋，左轉娜娘路。

之前米妮來南澳是搭火車，沿著火車站附近，她晃到街上市集，菜市場小販很親切地朝她手上的鏡頭微笑，沒有人再畏懼鏡頭會攝去靈魂了，一路上每個人等著被拍或者不斷自拍，昔日因鏡頭拍下部落人而遭砍頭的人好冤好冤。但人間冤情何其多，過去所冤之舉，化為今日可能成了時髦。

風聞有家良糧小食堂有好喝的咖啡。她照著宜蘭咖啡館地圖上的地址尋去，夏日的陽光將她的影子拉得老長，柏油路反光瞳孔，她瞇起了眼睛來看門牌，尋到良糧時，門卻關著。但聽見裡面有微細聲響，想到好不容易來了，敲門果然主人在。主人濕著一頭髮絲走出，和她聊天說著自己可不是南澳人，卻愛上南澳，由於平常日客人不多，所以這間咖啡館採預訂。小店騎樓花草可愛，屋內販售小農米與書，為了表達支持，她買了木刻印一組關於農民小日子的明信片。她打算將明信片寄給史蒂瑞，她用大海來寫信。

南澳小村莊的發展看得出隱藏一個完整的結構組織，小鎮以火車站為中心，劃出山城聚落，層次出現日常生活的步履踩踏之地，加油站、超商、市集、小餐店、文化中心、圖書館、教堂、學校。在南澳泰雅生活館她用相機幫突然冒出來的一群山裡的孩子拍下照片。相機深受孩子喜歡，他們在她的鏡頭下目光炯炯，黑白分明，臉龐深邃美麗，他們的美如此獨有。她問自己為何來到這裡？就為了夢婆？

離開山林部落的孩子之後，她想通了自己是來尋找傳道者的芳蹤，為她的淡水導覽工作增添更多的生活場域的現實感，也增添更多讓自己在島嶼移動的可能。

因為常常有旅客希望她陪他們去淡水之外的景點走走，這時候她如果字詞乾燥，無法解說，將一路難以帶動旅程的互動感，她自己必須有料才能言說，否則遊客也覺得無趣。

導遊地陪是一個奇特的工作，不斷地重複述說，千篇一律，卻又得熟記每次的千篇一律。每座景點每段歷史每個傳說，不斷從嘴巴吐出的字詞，逐漸有了自己的生命似的長出血肉。在導覽過程她偶爾也說笑話，但不開葷話，會動用一點點文學語言來增添深度，於是這就被稱是文化之旅。她其實覺得這個名稱好笑，哪個地方沒有文化呢，文化是日久生成的肌理，但凡有時間感的地方都會自己形成自己的文化底蘊。不是講點文學就是文化，文化是生活的展現。她這樣說的時候，民宿的遊客都說管他的，反正我們覺得妳有文化就有文化。說得她都不好意思起來，其實她倒覺得帶客人去看淡水的景點時，客人都覺得悶，大家悶在一起，反而挪出多餘的心理空間看看風景了。也許這也是一種慢遊。但現在她到處走訪傳道者的事蹟，語詞因為豐富而活潑，旅客也很受用，這使她的導覽成了慢遊中的漫遊，有客人留言落腳在我們的海都是因為她的導覽與攝影。

她要找宜蘭女孩說的樂水部落，上回和乃木先生來時沒有抵達這個部落。她彎過好幾道山路。尋山神而去，雲朵幻化，人車稀落，在起霧之前，見到山原路徑立著部落眺望台，旁有木牌刻著「被遺忘的部落」。繞進樂水部落轉著，立即呼吸到空氣迴盪著一股寂寥。田園以不同的塊狀黃綠色層次分布，層層山巒環抱之下的小小平原，樂水生產水稻，高麗菜、白菜、李子、橘子和竹筍等作物也一片盎然，溫度山氣濕度都使得這田園充滿生機。像她這樣的闖入者，部落村民見到她的表情卻顯得很平常，可見這裡的遊人頗多，彎進村落。往昔傳教士上岸摸了孩子的頭而遭殺害，亦有傳道者發生在部落素描時，被部落勇士衝進來持刀制止。部落人天真認為素描會掠奪人的靈魂，如同攝影。她想著當代的文化差異，卻正是吸引外人之處。昔日的恥辱可以化為今日的異國情調或者文化窺探。朝著路的上坡走，樹林裂縫劈開黃綠色相疊的稻田，稻米來到部落，稻田與茶園取代了往昔的叢林和原野。

稻米就是最初的收服者。這古老的大米，改變了部落人的胃。夢婆說她這挑剔的胃裝過小米、黍、番薯、胡瓜、南瓜、韭、薑、野菜、辣椒、豆、臘肉、魚、蝦、豬與雞。難怪夢婆說得她連在夢裡都會流口水。下坡段走時，被一整排的壁畫吸引而走上屋前廊道，廊下休憩之地掛著民宿，還有偕姓三兄弟等字樣，就在此時，一個美麗的原住民婦人走向她，說她叫阿拜。她正是宜蘭女孩介紹米妮要見的人，嫁給偕姓人家的原住民女人。阿拜也開民宿，米妮答說自己也在開民宿，她笑說那我們是同行。她說隔壁也開民宿，難怪這村落雖遠雖小，對陌生訪客卻如此平常，和她預想的差不多。阿拜就像遇到普通朋友一般，非常隨和地帶她進去屋裡看她的畫作，連她是誰都不知道就敞開大門讓她進去，她想這就是這塊山水大地養出來的自然之心，看見牆上有很多她的繪畫。阿拜說一切都是上帝所賜，她是虔誠基督徒。她問阿拜說偕姓或許與傳教士來宜蘭傳教有關，阿拜說自己也不知道典故。她看著阿拜的繪畫，一直讚美她。阿拜不好意思地說，人不過是塵土上的一個塵埃，沒甚麼可誇的，我不是甚麼畫家啦，也不曾想過藉繪畫來讓自己出名，我是真心喜歡畫畫，覺得畫圖是一件非常美的事，真正的畫家是上帝，是祂藉著我的手來作畫的。

落腳民宿，夜晚長聊，讓她在旅途想念在我們的海的旅人之夜。阿拜的童年有很多野外經驗，比如她會一個人在山上顧小米，主食有小米芋頭地瓜玉米高粱，顧小米就是不要讓小鳥飛來吃小米，前後要顧上一個月的時間。她說一早出門，要一個人顧小米田顧到傍晚五點多，然後還得自己找吃的。阿拜的民宿是算人頭的，很便宜。樂水的人叫她偕媽媽，偕媽媽是她的招牌，阿拜的蛋餅與牛肉麵好吃。四、五月桂竹筍節，帶遊客參觀森林鐵路隧道，半穴屋高腳穀倉百年樟樹桂竹教育步道。阿拜很興奮地介紹著，當說到樂水社區還會恢復停辦半個世紀之久的祖靈祭時眼睛都發亮了。

隔日她要下山前，抬頭望了阿拜的房子一眼，那時阿拜正好也往窗外看，朝她揮了手，她咀嚼著阿拜說她自己在做一件事時，心就放在那裡。山神精靈在夢裡舞踏。她從樂水部落下山之後，一路驅車又回到市區。在舊城西路和舊城東路一帶，走宜蘭女孩給她的幾個必看座標，幾家在地獨立書店，品嚐咖啡，古早味糕餅店。在宜蘭已經習慣穿越山，行過溪。到處都是她的同業，開民宿與咖啡館彷彿成了文青的集體行業，即使有創意也都沒創意了。「民宿」成了這座平原的擁擠地標。到處都是寫著民宿的招牌，未經現代化卻立即進入後現代的景觀。

石灰牆壁繪製美麗的海，水田中央有咖啡館，還有繼續耕種的人家。如果再擺上一隻套軛的牛，大概會讓她錯以為祖父的魂附身。一座小鎮，保護的山被炸開，從此阻絕的山被穿心，塞車成了噩夢，水田之上不是稻米而是水泥，水田踩踏的不是祖父輩黝黑的臉孔與龜裂的手腳，而是隨時被蚊子咬或見到蠕動昆蟲會尖叫的城市女郎白皙臉孔與高跟鞋。

淡水城那個千里迢迢赴此宣教的傳道者如果在夢裡看見雪隧，大概也只能說這是上帝的旨意。

傳道者 拜見頭目。門徒向他解釋紋面，可作為當地不同族群地域的辨識與認同的標誌。在這裡沒有技藝的人是活不下去的，不能光憑口說，要有實力。比如織布是有價的交換物，也是婚娶聘禮，還可以作為賠禮之用。泰雅女生要會織布，男人要會狩獵。以物易物，結婚前，女孩織布的技藝已臻成熟，在泰雅的古禮裡，女子結婚前必須自織嫁衣與新郎衣，甚且為夫家新人各準備一件織物。織布也跟隨著族人一生的終結，族人會用織布包裹著亡者的身體後安葬。他好奇地看著泰雅的菱形圖騰，頭目說這是他們祖靈的眼睛，獲得無數祖靈的保護之意，織上條紋的意義是代表通往祖靈居住的彩虹橋。他的島嶼妻也仔細地看著當地人的織布，嘆為觀止著。織布是繁複的手藝展現，從種苧麻開始，然後採收、剝皮刮麻，取出麻莖內的纖維，剝成絲狀，煮沸曬乾，成為白色麻絲，再用薯榔或炭灰汁染色，用手工在杵臼上緩慢敲打，顏色咬進了絲，擴散成一座顏色之海，藍褐赭紅黃黑，染色後逐一捻成線綑，女人在整經架上繞線，手臂來來回回伸出抽回地拉出肌肉緊實的線條，紡織娘如蜘蛛吐絲，線條讓外行人看了像無窮結，不知從何始從何終，織布緊緊扣著泰雅族女人的一生。頭目繼續向傳道者說，泰雅女嬰出生時，臍帶必須放到母親的織布箱裡面，讓她一出生就聞到母親織布的氣味。他聽了阿華的翻譯解釋，讚嘆說佇真係厲害。他的腦海浮現女嬰躺在美麗如星辰的織布圖案上，舞踏著手腳，晃動著目光，很有力量的人生之始。女人從幼年起就開始和母親學習織布，血脈傳承之後是技藝傳承，以技藝來決定自己日後的社會地位，這非常公平。他覺得部落比漢人社會開放且民主，較量的都是技藝，因為必須學習織布才能論及婚嫁，不會織布的女人不僅無紋面資格，甚且不具結婚條件，還會遭部落的人看不起，最慘的境況是被逐出部落，成為飄零人。聽了頭目的織布解說，他心裡暗自想著要在這裡有尊嚴地活下去，那非得把這些技藝學習好才行，這樣的激勵能否用在信仰的國度？但信仰如何衡量它的強度？比如可以拋名棄利拋家棄子，或者殉道？但這都太極端了，上帝的用意不是這樣極端的，上帝是看人心，但人心怎麼看？行動就是最好的檢驗，口說無憑，嘴巴說得最輕巧。他的腦海閃過很多念頭，這時頭目帶他們去外面飲用酒，頭目說部落的食器酒器最初都是神器，供神之用。他看見院外有許多的泰雅女人正在織布，社會地位與聲望高的人還可多了些裝飾，在織布面上串以珠串或者擁有特殊的布料材質，比如羊毛或者羽飾等等。織布是女人的獨有世界，男人是絕對不能碰的，織布關乎女人的生計與命運，因之禁忌也多。男人連種植苧麻都不行，更別談織布與碰織布機了。男人外出狩獵與獵首期間，則整個部落的人都不碰觸生麻，也停止織布，唯恐外出的人遭受意外。不在家裡刮麻，以免人和畜外出有意外，逢種植祭典時，不碰觸麻與針，否則小米會像苧麻遭到蟲蛀蝕，如針穿孔一般，孕婦不能參與煮麻也不能靠近煮麻之地，以免煮麻不順或是不熟或無法將麻線處理乾淨。對於他而言，這些禁忌都帶著文化差異上的觀察樂趣，他津津有味地看著差異文化的習俗。後來他試著用一些西洋物品來交換這些美麗織布，他把這些美麗的織布最後渡海原鄉，他想讓外國人也能見證這座島嶼的美麗技藝。有一天，他和頭目兩人辯得面紅耳赤，頭目還氣得差點就要手揮番刀，所幸被旁人勸說才刀沒出鞘。原來當頭目說起泰雅的祖先從石生、樹生和石樹合生而來的各種傳說，頭目說泰雅在太古時代，因巨石崩裂，而從石頭跳出一男一女，他們於是開始繁衍子孫。他聽了卻說這聽起來就像是泰雅人的伊甸園，而伊甸園其實是來自上帝的花園。頭目又說泰雅族人相信鬼神，認定人類是鬼神而生。就是這幾句話，他向頭目說起了偉大的造物主，他說一切萬事萬物都是造物主所創造所賜予的，就這樣他們兩人開始爭吵起來，誰也不讓誰。

黃昏時，米妮來到宜蘭女孩介紹的一間小書店，低矮平房外觀就像當地任何一棟房子，以前是一家老碾米廠，原米廠改建拆卸的木料就是書店的書架，還有剩料釘成書箱與菜箱，看起來素樸，晴耕雨讀的生活。

走進小書店的隔壁，卻看到一夥人臉上正笑意盈盈地要開飯，原來是割稻日一起吃飯，燈下都是年輕臉孔，文青耕田，臉上多半戴著眼鏡，表情斯文。大家都站著吃飯，也有蹲在地上的，真有古早味。忽然在一群吃飯的人當中聽見有人叫著章米妮，她一轉頭看著叫她的那張臉，感覺又熟悉又想不起名字。她笑嘻嘻地走近米妮，燈下的臉看得更清楚了。

竟是動物園男孩的妹妹，阿倫。

多久的人了，大學男友當年有時候會騎摩托車載她去找阿倫玩，阿倫念銘傳，租屋士林，沿著一條溪住的頂樓違建。那年頭他們常租便宜的頂樓加蓋違建，盛夏熱，沒冷氣，狂吃冰消暑。廝纏之後就是去夜市買冰吃，尤其是暑假留校補考的時節，河流發瘋成熱河，熱到青春燃燒。

那些發熱發瘋的記憶泡沫都消失無蹤了。

米妮，好久不見。阿倫叫著她，開心地捧著飯碗走到她的旁邊。阿倫怎麼在這裡？她想，難道嫁宜蘭人？

阿倫拉著米妮說話，她是既想親近又想逃離。

阿倫說從花蓮來到宜蘭，從切大理石到種稻米，全因為老公。指著在長桌尾端吃飯的臉面深邃的黝黑男人。她嫁給外國人嗎？她好奇地望著那男人。阿倫帶著她走到那男人面前，男人開口卻是一口道地台語，原來她的老公先祖曾經有外國血統，隔代遺傳。男人出生時還讓母親嚇了好大一跳，怎麼吐出一個金髮寶寶。

阿倫的男人從小在宜蘭就被追著叫哈囉哈囉。而他都神回一句：哈囉你去死。

這句話把在場的人都笑翻了。想像一群孩子追著他喊哈囉。

阿倫沒說起她的哥哥，心照不宣。米妮記得最後一次阿倫寫信給她時，還怪了自己的哥哥，提了一句我哥哥是負心人。其實事隔幾年，她倒覺得那個往昔被她稱為動物園男孩的男人倒是早看透了她的不定性，她想動物園男孩是知她，故不害她的人。

她留下來和文青小農一起吃割稻飯，感到既驚訝又開心，這些知識小農，和島嶼祖父輩的耕田年代像是兩個世界，他們有的人是飄洋過海來種田，這個時代的知青小農很多都是碩博士。在島嶼祖父輩年代，農務是如此艱辛。

現在當小農卻是重返田園、接觸土地的生活方式。

看著桌上擺滿了古早味佳餚，幾戶人家老小齊聚長長餐桌，有種公社生活或者集體農場的味道。不僅她到的這一天是收割日所以齊聚一堂，就是平常日附近農民也會來一起搭伙，是「農民食堂」共食共享的具體再現。勞動交換，二手書交換，彼此購進對方友善耕種的不同作物，在獨立書店裡賣蔬果，推廣給客人賣米賣菜賣書，紙香混著菜香，米香混著醬香。

他們有人聊起了藝術，聊起在蘭陽的生活，有人自己剪頭髮，或者根本懶得剪頭髮；有人自己做衣服、染衣服；有人自己動手漆房子、蓋房子；有人種花種樹種菜，他們讓這座島變得聲色盎然，即使營造這島嶼平原的過程是寂寞的。有海的平原給了他們棲息於此的某些重要元素，比如舒坦的綠野，更重要的是緩慢的時間。他們見到許多來到蘭陽的新移民，他們開始動手設計打造。在省錢與環保的概念下，從敲磚到砌磚，從打牆到築瓦，每一件事都得自己來。

阿倫說住到蘭陽平原，營造自己的生活，還種植自己每日三餐的蔬果。她問阿倫成天看花看樹的生活是甚麼感覺呢？

接近自我精神治療，自然的美麗風景會讓城市人減少躁鬱之心。無數的生生死死，多少花開花謝，夜晚到來飛蛾飛蟻撲火，隔天就是屍體滿堆。而花開花謝從來就不等人的，人們要見到那美麗與無常就只能剛剛好地在那裡才會發生。

他們在平原夜色下泡茶聊天。米妮想夢婆如果知道她百年前的平原已經變得如此文青，是該高興還是覺得怪異？

她看著移居蘭陽平原的新移民朋友，生活的從容與微笑。阿倫說每回送別來探訪他們的朋友時，總會把頭掛在車窗上說：「你們確定要回台北啊？這裡有你們可以安居的樂土。」朋友眼裡總流露著想留下來卻又無奈的眼神，但即使心動，最終還是讓車子動了，將宜蘭身影拋於窗後。

在旅途裡她常會想起自己究竟失落過甚麼物件，又這些物件到底是在時光的長旅中顯露了重要性，抑或是只因失去而誤謬地賦予它的重要性？

阿倫身上都是稻草的味道，聞起來比年輕時常用的香水清美。大地的野性氣息已經徹底把阿倫變成另一個女人了，而米妮仍在城市花園裡看盡荒煙蔓草的人生。米妮的滬尾是十九世紀迎接傳道者、貿易商、植物獵人上岸，這些人四處踩踏島嶼，各自尋找心中的標的物。信徒金錢植物性愛繁衍，交織交媾成當代的島嶼混血樣貌，土地自此染上了大海的藍眼睛。

傳道者 **收集神器**。過往的食器，隱含著神性，如神器。尊重食物如神。他常以西洋醫藥換取許多原住民物件，日後成箱地扛回淡水，再從淡水離開福爾摩沙，落腳他的洋故里。島嶼造型各異的器皿、大小口簧琴、圖案繁複織布、綴飾貝珠的華服：以白色貝類穿孔磨成細小如綠豆之貝珠，將它穿綴於整件衣服上，是泰雅族獨特的衣飾文化。貝珠衣有多種形式，最尊貴的一種是部落領袖或獵首英雄於凱旋歸來參加盛會時所穿，也是結婚時重要的聘禮。貝珠衣之外有珠裙、珠帽、綁腿以貝珠串成。珠裙是訂婚或女子生產後男方送給女方家長的答謝禮。他特別著迷於部落的食器，接受部落招待時，他用心地體會食物的原味氣息，品嚐泰雅族用撈來的溪魚或捕來的獸肉加進小米飯所製成的菜餚。馬告香氣瀰漫喉間，米、小米、玉米、甘藷、胡瓜和野菜就像神的創世記花園。竹棚下竹葉、月桂葉和香蕉葉盛著烤物，是他的島嶼妻所喜愛的食物，他的食物偏西式，但在部落，倖存者抵達最難抵達的是關於飽餐的歡愉。琩琩瑪卲（糯米）思糢（香蕉飯）打麻面（醃肉、醃魚），抹鹽山豬肉和炒飛鼠，他一路記著所吃的食物發音與意思。他們一路翻山越嶺才抵達後山部落，這艱辛腳程為他們進入部落前傳遞了一個訊息，部落人是誠懇的人，是真心的人，他這種覺受傳達給在地人，讓他們獲得了尊敬。日後他受邀參加部落各種盛典，這份邀約就是他為主打的聖戰，他的勝利身分證，他在沒有聽聞主的地方終於宣揚了主的名字，終於抵達了被大山大海阻絕的後山平原，平原的平原，部落的部落，大海的大海，他且不只是抵達，他且在土地裡寫詩篇，在森林裡唱聖歌。他喜歡觀察在地習俗，他寫下自己在現場觀看島嶼民俗活動甚多。親歷平埔舊族社寮島平埔族祭典（一八七二年九月二十七日）、後龍大社道卡斯族祭典（一八七二年十月十日）、划龍舟擂鐵路橋（一八八八年六月二十日）。在噶瑪蘭欣賞龍舟比賽使他印象深刻，他看見團體合作之美，深刻的默契。上二龍村的淇武蘭和下二龍村的洲仔尾，各自擁有一條繪有太極圖案的龍舟，淇武蘭以綠為底，洲仔尾以紅為底。全村居民加入比賽，從下午到黃昏，只見水藍色的河川來來回回划動著紅綠色龍舟，看得傳道者拍掌叫好。他在苗栗第一次看見牽田豐年祭（一八九〇年九月二十七日），牽田三天，熱鬧異常，分享獵物，他看見自己純粹的自然本性。敲鑼遊街，晚上祭祖，迎接祖靈降臨，展開舉旗之後，開始牽田歌舞，讚頌及追思祖先，共舞至夜。他們也邀他一起共舞，他入境隨俗地轉了幾圈，大家見了都特別覺得他很親近。吃著他們準備的醃製海螺、蝦、蟹，他藉此說著這一切都是上帝的福音，雖然有人不懂吃個食物為何要感謝主，但在莊嚴的感恩氣氛中，他使他們見到主的隱形存在，存在於萬物，存在於時間，存在於所有的存在。他抵達島嶼的第一個歲末，多年後都會想起的某種奇特的心情，他在東方度過的第一個跨年，那是他在新竹第一次見到獵頭族正在熬煮番仔的人骨，吃人骨，是如此地驚嚇著他。在危險氣氛瀰漫中，他在恐怖氣氛裡逐漸感覺他們的善意，衝突的氣氛是源於害怕無知，逐漸在危險中釋放的奇特善意，這些恐怖中的善意，對他是如此的怪異與矛盾。也許是上帝的福音讓他們聽見了，他想上帝看見這一幕會有何感想？但在這之前，他不也曾將釣來的活魚丟進起火的熱爐中，為了怕拚命往外竄出來的活魚，他和門徒還找了鐵片使勁地蓋住。魚骨和人骨孰輕孰重？他內心問著，上帝的回音是唯有禱告，才能在暗黑中，抬頭看見一抹閃亮的星。

米妮在宜蘭的旅程末梢，她走在路上看著溫泉鄉的旅人都有放逸的姿態。住在別人的旅館，常慶幸自己還好不是管理這樣的旅館，否則每天光是看這些浮世男女來來去去，可能對愛情再也沒了幻想。現在要找人，容易。但要見上一面，未必容易。因為寂寞或者因為思念，她破例約了昔日曖昧好友小海來礁溪相會。

通訊軟體快速跳出小海，螢幕上他笑得燦爛。他說立馬到礁溪來，我住基隆，來此不遠。一路他們視訊，她看著阿海視屏上的公路海岸風光，訝異阿海竟是騎摩托車來赴約。

為了再次和妳一起回到大學的年輕時光，所以這次特別為妳騎了我的寶馬重機，他說著把手機夾在手把上，一路海風把他的髮絲吹得像是刺蝟，三十幾歲的男人臉龐逐漸脫殼青澀，住在海港的他曬出一身只看照片就聞得到海的味道海的顏色，被海鹽浸泡的風霜，把他從毛小頭熬成了男子漢。

阿海是動物園男孩的同學，因此他們彼此認識時，米妮有動物園男孩，阿海則有一個企管系女友。除了一堆往事之外，現在他們兩個甚麼情人也沒有，走在要邁入三十五歲前的愛情市場的臨界點，也許會使熟男熟女失去理智。

她一路和阿海視訊，使她在礁溪旅館像是一個等待恩客上門的女人，等待有人把她的慾望接走。可能隔壁房間傳來男女交媾的歡愉聲響，使她對阿海萌生了奇特的愛意，或者該說是經期來臨前的費洛蒙正在蠢蠢欲動，難耐撩撥。每當這個時間點她的身體和心智分開時，她就會想寺院的出家人或者修士神父的守戒之難，她曾任由身體告訴她該如何自處。但這危險，畢竟聽憑身體就像大海來襲。她昨夜曾問夢婆在百年前的未婚女子如何處理情慾時，夢婆大笑著說還沒要到處理的時間點，身體旁邊就睡了一個人了，然後就開始初夜，生兒育女，不懂甚麼是情慾，只知道責任與義務，還有身體的生老病死。

她的手機一路隨著阿海轉換風景，猶如觀賞一部公路電影。像是他們大學一起看過的無數公路電影，騎馬的天涯鏢客或者開著車子經過城市荒原，一站又一站的汽車旅館，一站又一站的加油站，四處闖蕩惹禍或者與當下狀況搏鬥或邂逅的電影，困難重重的廝殺，所遇的紅番狼群、劫匪搶客、風暴冰雪或者蒙昧不清的前途茫茫，鑽動著他們青春的身體，老電影荒野大鏢客雌雄大盜巴黎德州末路狂花，把年輕的他們推向寂寞荒地的公路電影詩人溫德斯，使他們的青春陷在電影的黑暗中，掙扎在逃逸與追尋並置的人生，嚮往逃離的本身即是抵達，無所事事的冒險，反社會傾向的上路者，沒有固定的居所對比中產階級緊緊擁抱的房子。那時他們相約如果要逃離島嶼，就一起結伴。但阿海畢竟不是天涯亡命者，而她也只是波希米亞浪遊者的仿冒品，感情留在黑暗的電影中，畢業後，各自天涯。她去了一些地方，名為逃離，實是逃避。阿海開始做起生意，海洋是他熟悉的，公路不是，他的童年在海港中目睹物質世界閃亮地進港出港，從一艘又一艘的大船肚腹中吐出了一輛輛嶄新發亮的汽車，吐出一箱又一箱的家具貨櫃，這都給予阿海想要賺大錢的衝動，他是真正海洋貿易者冒險家的後代。

隨著重型機車的速度，她看著後方的樓房逐漸消失，七堵八堵暖暖平溪牡丹三貂嶺，轉入九份、福隆，接著離開了深藏在山間的村落，進入海的波濤，一路再挺進海岸，如荒澀的青春。

約在旅館見面的本身是一種明示，阿海在通訊軟體的微笑也充滿著對她的遐想。五年沒見，其實變化不大，阿海腦中依然是米妮身輕如燕的曼妙與笑起來帶點愁思的文藝少女。

米妮看阿海騎的昂貴重機就知道他這幾年藉著海洋召喚了不少金銀財寶，他如果見到她一貧如洗，甚且是月光族，不知做何感想？笑傻笑痴笑天真，她胡思亂想著。甚且心裡竟有一種衝動，想要跟阿海要點錢度日，和阿海上床能否換點夜度資，她敲敲頭想，這都把自己當成賣身契了啊。尤其接手父親經營旅館之前所累積的負債可不少，眼看兵臨城下的負債，嘴裡不曾吐過艱難，但心裡其實常感擔心。

她的腦中跳躍貸款的負債數字，眼睛卻看著視屏中的阿海隨著速度騎出漂亮弧度，後方的樓房逐漸從他的照後鏡消失，藍天山景海色逐漸入鏡。旅程的四分之一，他一路緩緩駛進平原小鎮。她眼睛看著阿海，鼻息卻飄進動物園男孩的身體氣味，往昔男孩女孩身上常飄著沐浴乳的人工香精氣味，連吻都沒有牙菌斑腐蝕蛀牙。沒有藥味，尤其沒有甚麼痠痛藥膏的那股老年將至的氣息。身體除了汗水就是沐浴乳，連汗臭都飄著強悍的侵略性。

管理旅館不能隨便動情，在最貼近情色之地，冷感是必要的。她開玩笑說著，和阿海隨意聊著天。但阿海的話語都被風吹走，螢幕聽不清楚，只見他一直笑，一直笑，全罩式安全帽下牙齒燦白，有時陽光灑在他大笑的牙齒時，反光造成的燦亮如星辰，她從不知道阿海有如此帥氣的一面。

在公路旅程三分之二，她看見阿海在某處停車，在螢幕上他指著一家咖啡館，然後邊拿起掛綁在手把上的手機，邊說他要進去喝杯咖啡解癮。她看見阿海背後的夕陽染紅了海，海邊的釣魚人紛紛歸來，海味濃得都有魚腥味了。

她在旅館床上看著他騎車的身影，微笑的臉龐融在公路的風景。他一路開著通訊視屏。突然她尖叫一聲小心，一輛砂石車飛快超車，螢幕中的他陡然歪向一邊，煙塵四起，他嗆了好幾口。她要他專心騎車後，便切掉了通話。這是早上十點，她下樓去櫃檯續訂一夜。旅館櫃檯的氣氛和淡水我們的海差異頗大，制式的旅館沒有太多餘的空間容納陌生人的越界。

阿海說要將旅程的四分之三留給彼此，一起去吃卜肉、喝羊肉湯，吃蔥油餅，他隨口在螢幕上說著，她彷彿就有了舌香的幸福。他那樣興味盎然，使她都不好掃興，跟一個幾乎甚麼都吃的美食家說自己是素食者肯定是掃興，之前有個朋友想要慰勞她的辛苦，想要煮美食的人一聽她吃素，就沒了煮菜宴客的興致。所有的聚會，她都是隱藏的素食者，吃鍋邊菜方便素，給人方便，不掃興。她是環保素的支持者，和宗教無關。這回她想，也不給阿海掃興，決定甚麼都吃包括吃阿海，她笑了起來。於是旅程的四分之四，他們在礁溪，同時按下逸樂的時間馬表。

傳道者 布道旅行。在旅途中，一切都可以成為討論的對象，包括福音、人們，以及如何傳揚真理與創造一切的上帝。他拜訪了噶瑪蘭平原上的每個宣教站，每天晚上都在一間教堂過夜。共有二十間教堂，一八九六年他們還巡視了六個福音站。他們以前從來沒有像這樣在這個地方深入旅行，上了一條河舟之後，他們幾乎划遍了每個地方。這給了他一個很好探視細節的機會，他藉此繪製了一張很精準的地圖。在靠近山的地方溪水湍急，但是在平原時河水流得很緩慢，幾乎停滯不動。有許多地方的河道非常狹窄，連划槳都無用武之地，只能靠著兩根竹竿推動小舟繼續前行。在這些狹窄陰暗的溪流上，樹林與樹叢垂落之間緩慢划行，有時會讓他錯覺進入創世記。在茂密樹葉的潮濕地表長滿古老植被，陽光斷斷續續地從頂上的浮雲縫隙間照射了下來。離返每一處噶瑪蘭平埔村落時，他的心靈總是喜悅，看著欣慕意愛的所在，榮耀著天父的居所。天父與阮片刻無離，阮無免煩惱驚惶。唱誦之後，他和門徒棄舟上岸，徒步到村莊，見到已有多人在等著他們的到來。他拿起鉗子，開始拔著列隊者的牙。之後，由他引門徒先唱一首聖詩，接著所有在地的男人女人和小孩就會隨著音波一起加入，頓時如海浪，整個岸邊迴盪著愉快的音符，他喜愛這樣的唱詩方式勝於在教堂裡唱詩千百倍。非常美妙的詩歌流蕩於水湄邊樹林間，如鳥聲，如浪聲，高歌讚美著上帝。上帝上帝，傳道者每到一地總是勤於呼喚這個主詞，把主吐出於唇間，融入心間地讚頌。衷心門徒說他們曾親眼見到傳道者在吐出上帝之名時，瞬間從舌尖射出一道道金光。門徒這樣說著，因而部落的老老少少都睜大瞳孔，盯牢他唱著聖詩：上帝創造天尬地，生成萬物逐項能，功勞真大擱真闊，一世稱呼永無息。上帝所生的五穀，花園青翠的樹木；水內所有的魚鱉，攏係上帝做的物。日頭發現光滿天，日落月出照暗暝，日月星辰攏顯明，上帝主宰大權能。上帝照顧世間人，不論大員抑或外邦，給阮逐日米糧，兼入厝宅尬衫褲，上帝給阮食夠額，天頂飛鳥地上蟲蟻，攏無出上帝心以外。上帝恩情說無盡，差遣耶穌救萬民，大家愛用真實心，給祂感謝唱聖詩。村民有的直說真的看見傳道者口吐金光，直直稱神蹟。但當他繼續唱著逐個菩薩攏無真，世間假佛人所刻，不比上帝係至神，上帝大恩到萬世，卡高佇天闊佇地……老一輩村民耆老紛紛離席，叨說著稱讚上帝係真好，但何須批評佛，外來和尚豈知真假。假作真時真亦假，咱的哲學，伊不識啦。但當耆老的後生帶回他發給他們的西洋藥品時，他們又覺得伊真厲害，一呷佇叨見效，實在有神。在海邊唱著主耶穌愛我，主耶穌愛我，阮的罪過祂洗盡，佇阮身邊免驚惶，阮若愛祂至路尾，祂必引阮覲天父。聲音迴盪在他們住了一輩子的老屋，他們看著案上燒了一輩子香的觀音菩薩還有祖先牌位，不知該如何是好。很多人怕領不到西洋藥，仍勤於走動教堂，但不敢把菩薩和祖先牌位交給來收的傳道者門徒，丟到廣場準備燒棄也令他們惶恐。村落人已然分成兩派，有人認救主無驚惶，有人繼續拜著老祖宗。村裡異音四起：信主得永生與南無阿彌陀佛的標語比鄰而居。外來種經過適應期，落地強悍生根。時間流轉，也就各信各的。

米妮第一次在不熟的男人面前脫下衣物，脫下一切，像獻祭給阿海似的十字架。阿海心疼這女子依然心思擁擠，其實可以簡單擁有性愛，他不明白為何這纖細的女生躲藏著沉重的心理負擔。他打算來解放她，於是他不斷地帶引她，放鬆她，撫摸她，使她逐漸鬆掉盔甲，才進入她最柔軟的內裡。軟塌的汁液衝過硬殼，分泌如珍珠的淚液，潤滑著荒澀的心。

青澀戀人的記憶，像是一逝不回的暮色時光。傍晚時分所有關於肉身的野性都在擴散中，也許黑夜裡有幢幢女人的浮香暗影，她們企圖以慾望勾住男人的寂寞血肉。溫泉鄉暗藏春色，充滿著人性的暗夜氛圍。天色向晚，溫泉鄉的天空開始瀰漫著湯煙水色，旅店窗外植物散發著幽縷氣息，混合著戀人一身的香皂味。一輪明月已升，離地平線近，散發黃澄澄色澤。那色澤讓她有一種錯覺，感覺月娘彷彿竊聽了整個夜晚他們所浸淫沉醉的祕境時光。泡完湯，兩具疲軟的身體攤在床上，任時光之蟲爬上他們的身軀。

經熱水冷水反覆地淋漓對撞著皮肉，溫泉鄉濕樂園，繁花瞬間可成枯。在美麗平原，戀人的美好光陰苦短。在湯屋的床頭，戀人不忘彼此索取諾言。但她和阿海沒有諾言，只有今宵。他問米妮為何找我前來礁溪旅館？這種邀請就是情色的明示，她笑而不語。她很怕在情愛的最後一關會被自己的理性卡住，因為她的火星在處女座，到了行動關卡時，她經常會喊停，搞得已燃起慾火的男人發火。

但這回沒有，米妮沒有讓阿海失望而歸。黃昏到來，他們兜轉在溫泉小鎮，礁溪街頭四處林立旅店，人影走動在街上，他們也跟著在旅店那條街閒散走著。彼時春意正興鬧著，某後院人家植的桃花仍掛枝頭，春初緋色紛紛。戀人眼眸深處凝結成一幅平原溫泉的潑墨畫。她想，傳道者百年前來礁溪時，是怎麼樣的風景？這些戀人風光應該都隱藏在溫泉的夾層。

現在這些溫泉旅店，冒出的碳酸泉水滑溜在年輕肌膚，戀人飽滿地吸納著幸福。或許她心裡想的是和阿海這種一離別又不知何年何月才會再見面的人，是沒有可以揪心掛心的事，甚至回憶都會在性愛結束後回歸冰點。一夜戀人，騎車夜遊。離開泡湯池，溫暖肉身拭盡風塵。一夜戀人決意夜晚在街上尋覓食物，一路沿著騎樓經過不少現炒攤位，攤位前擺著許多藍色水桶，裡面有魚蝦貝。沿著冬山河，平原的蘭陽，適宜兜風。兜風過程，她說起在這座平原曾和動物園男孩留下許多的美麗印記，在旅店可以回憶上一個旅次的記憶，一個套一個的回憶，數不清來了多少趟宜蘭。那時也是和他經常騎摩托車來到宜蘭。

妳何必記憶他呢？不值得，阿海說。

她說還好風景有情，不會因為愛情失敗就遺忘我們。

她和阿海在驅車途中，冷不防坳處常露出一大片的閃爍碎鑽，一座燈火通明的平原夜色已燃亮了它的溫暖微光，陷落平坦如一只巨盤。移動的人車恍如是其中的小小骰子，車燈茫茫，風中搖曳，性愛過後的身體軟塌而沉默，一夜戀人在時光的明亮與幽冥的兩界徘徊。一路，一夜戀人屢屢在政治立場與現實困境的幾番辯論後，又陷入了無語，像是心情連著溫泉，被燙了好幾回後，終至只能沉默以對。她提醒阿海，是來秉燭夜遊的，只消忘記時移，只消忘記城市繁囂，他們就能回到年輕時光的蘭陽平原。但其實當然不是這樣，回到年輕的蘭陽，那是一種奢望。

一夜戀人，把握殘餘光陰。一回定終生，記憶停格。直到溫泉變冷泉，直到旅途的終點已到盡頭。肉身拓滿一夜交歡熨燙過的氣味，那種屬於整個礁溪的視覺昏黃，喧囂裡有寂寞的奔逸。一早的礁溪小鎮總是一臉疲憊，洩露著昨夜的任性。奔馳著轉眼即凋的色慾。行經礁溪教會。她看見一八八七年四月八日傳道者來此建立教會的老畫面。她在礁溪，遺忘夢婆，直到逸樂過後，才想起夢婆，先前把夢婆忘得一乾二淨。情愛的力量常常高過於信仰，禁果永遠不會消失。

阿海再次騎寶馬重機離開後，留她繼續未竟的夢婆噶瑪蘭。

阿海邀她一起搭他的機車返北。她卻對重機迷的阿海說，我其實一直不喜歡坐歐嘟邁。他笑說還以為妳喜歡，妳看起來這樣自由的人，竟會不喜歡坐歐嘟邁。

她笑說是身體不喜歡，但心是喜歡的。

就像身體喜歡我，但心是喜歡別人，就好像妳對我一般，常身心顛倒。阿海自嘲，揶揄著她的回答。

有點接近喔，但心也不是不喜歡，只是兩人偶爾當一夜戀人剛剛好，她輕鬆地開玩笑。

妳需要我的幫忙嗎？阿海突然說。

她看著阿海的眼神，真摯得十分誠懇。但她哪裡說得出口呢，因為她需要的是錢，而錢是最不能在性愛之後開口的，那會使她覺得自己像妓女，雖然她很願意為此獻祭，古典而老掉牙的文藝說詞。

她搖頭，阿海摸摸她的頭。那就乖乖的吧。

她瞬間泫然欲泣，好想求阿海留下來。請你再留下的話終於沒說出口，阿海轉動機車把手，帥氣地往北的海路騎去。她知道阿海回到屬於他的海港，很快就會投入另一個女人的懷抱，阿海的成熟魅力與物質身價已經使他站上了愛情市場的贏方。而她的世界仍然只剩下一間父親留給她的貸款旅館，君父哀慟，聖女更哀慟。夢婆說她的父母親在天之靈都很好，要她別擔心。夢婆為了答謝她，常會傳遞冥界訊息給她。

之後，她租了車，開在台二線頭濱路二段，往頭城方向，在竹安橋南側一三八公里附近再右轉進入得子口溪南岸沙丘地，按著夢婆的指示，在這裡代她遙想著往昔。

她聽見的遙遠聲音來自沉煙大海的打馬煙。

傳道者 **船行蘇澳灣**。沿著發亮的河水上岸。距離一八七三年他第一次來到噶瑪蘭，十多年過去了。

一八八七年他從打馬煙到頭城，然後去大里簡，他看大里簡漂亮的禮拜堂與學校時，內心十分歡喜。他對當地人說只有喜愛耶和華的律法，晝思且夜想，那麼這人就有福了。他征戰後山平原的歷程逐漸開枝散葉，往後日記不再是寫著當初被村民丟石頭，或者不斷地經歷下雨餐風露宿的慘烈。接下來所寫的日記是拔牙看診與施洗，基督之名在島嶼昂揚。每一間教堂他都設計不同的樣貌，注入在地特質，比如大里簡教堂，蓋在面對著海的一塊台地上，從台地一條道路走下去幾英尺就是海邊了。教堂及其他建築的柱子都是堅固的樹幹，柱子之間的空間則是用竹子編織起來再抹上泥灰。牆壁的內外都刷成白色，屋頂以茅草覆蓋。隔年他從大里簡疾走到北關，在一間房子面前他唱幾首詩歌，拔一些牙齒，然後禱告。再有一年他從奇立板到番社頭，，晚上他在番社頭開講，村民為了他而特地殺了一頭牛和一頭豬，為他舉行歡迎晚宴。他講約伯記時說著「那人完全正直，敬畏神，遠離惡事」，村落的人一邊吃著烤牛肉和烤山豬肉，他們第一次耳朵飄進一個新的名字叫約伯（一八八七年三月十一日）。他曾帶著德國博物家瓦柏格博士到龜山島，從打馬煙準備了兩艘船去龜山島。晚上十點上船，划槳破浪，身體濺濕，直至天亮終於上岸。九日，用完簡單早餐，他與門徒阿華登上龜山島的山頂。對著很多人講道，分送藥品，拔牙齒。然後上船。（一八八八年一月八日）他在日記又寫著：動身去頭城，下午都在那裡。晚上屋子裡擠滿了人。新的禮拜堂完工，晚上禮拜，禮拜堂擠滿了人。這一趟宜蘭平原的巡行之旅，二十七個教會他們全都去了。每間教堂都有一扇貼著耶穌聖教會的門，也都有世界地圖和天文圖，新近建造的教堂則有黑板。幾天後，罹患瘧疾的教會長老高振等到了傳道者來看他才嚥下最後的一口氣，傳道者為他唱〈我要向山舉目〉，高振學會的第一首詩篇陪伴他闔上眼睛。傳道者帶引大眾唱詩歌直到午夜，那時節他從淡水一路帶來的夾竹桃正開得豔麗繽紛如桃。之後他再從辛仔罕去武暖，宣說「回去吧，照著你所信的，給你成全吧！他的僕人就在那一刻痊癒了。」（馬太福音8：13）。他將大量藥品發給生病的群眾，生病的人蔓延島嶼內陸，瘧疾盛行，疾病說來竟為他開了宣揚信仰主的窗口，生病時的人最脆弱，而經過西藥的醫治痊癒後往往深信主的神蹟，因此他確信醫療是主給他的傳教良方。他來到董門頭，那時候當地人都還在田裡忙著農事，即使如此，竟見到有三十個人看見他時，忙丟下鋤頭進入教堂，只為了聆聽他傳的道。(一八八八年三月十六日)他在曬乾的泥磚蓋起來的堅固教堂與泥灰牆旁，宣說「你該知道，末世必有危險的日子來到。」(提摩太後書3：1)他從奇立板搭船再次去董門頭，在菜瓜棚下，他為病人看病，接著做禮拜(一八九〇年九月二十四日)他為教堂掛上一張世界地圖，孩子們都睜著晶亮神采看著平面化的世界全圖。教堂前後的院子植栽著麵包樹桃樹柚子芭樂梅子與楊桃和棕櫚樹，美麗的樹景讓他感到上帝彷彿來看過他。有人問他十誡，他轉頭看發問者，是一個牽著女孩的少婦問的。他跟少婦說，讓妳的女孩來淡水讀書吧，女兒之後就會告訴妳甚麼是十誡，還有超過十誡的經書裡的更多更多的知識。一時之間，所有在場想要讀書的孩子紛紛舉手，他立即寫下有十五個孩子願意到淡水讀書。共有兩人受洗，三十七人領聖餐。十五個孩子中也有個也叫米妮的女孩子，就是問十誡那個少婦的女兒。這女孩子一直抓著他的手不放，他就彎身跟她說，來，來女學堂讀書，主就會為妳打開世界。

阿海離去多日後，米妮仍一個人沿著海岸走。她進去頭城漁會看了看魚販的買賣，濕漉漉的踩踏叫嚷聲中幾張饕客的臉映在燈泡下。她從來無法做饕客，對美食沒有熱情，阿海笑她難怪妳的性慾也沒有溫度。她想起阿海，笑著翻閱著漁會的鄉史誌。海是小城的最初，沿東頭城港與北通往烏石港的港道隨海起隨海落，往昔熱鬧的貨物集散中心，日治時代洪水淹沒，陸運取代海運。頭城河主流上游得子口溪，像送子娘娘的得子口溪源於雪山山脈烘爐地東，匯集林尾溪，流至七結橋下的二龍村界處，得子口溪變成二龍河。舊河道流經淇武蘭聚落，相遇港仔尾港，流量增而河變寬。河流行經多處，鄰近打馬煙出海，離開陸地，河水回到母海，流向滔滔太平洋。

海邊可以看見海中浮島，無人島，她之前聽某個宜蘭人說過先祖離開龜山島時，得把廟的飛簷削去，去神，廟裡無神空留餘香。怕人搬走了，神卻留在孤島。於是廟被削去飛簷，再也飛不起來。就像曾經如此繁景的打馬煙教會，在傳道者逝世後，紀念他的石造教堂也被海水所吞沒。

神，被人遺忘。

她來到烏石港時，漁船已進入淺水期的休航狀態，港口淤塞，人心慾望也阻塞。溪水改道南流，頭圍港改由打馬煙口進出，船隻暢行無阻，取代了烏石港的功能。教堂和信徒的房屋蓋在海邊沙地上，靈性上也是如此。打馬煙教會，曾有過二百多名信徒，一九三六年剩下兩個倖存者。這繁花似錦曾經擠滿每一瓣張開的耳朵，曇花一現，轉瞬消逝在教會的歷史中。

遠方的海如壁畫，點染了山城的一抹藍。平原打通雪隧，自此迎接來自四面八方的人來到這片沃土後山，但為了信仰而來已是稀有。她想起在我們的海的宜蘭女孩，這宜蘭女孩講話總讓人不會產生任何的遐想，正派正直，就像一個傳道者。宜蘭女孩打電話給她報平安，說旅館無事，淡季時光，旅館也進入安眠。

頭城的海比淡水的海遼闊甚多，少了屏障，看海心志也彷彿寬廣起來，讓她的心在跌宕起伏時，有所對望的撫慰與依靠。

烏石如人類學之眼，看盡噶瑪蘭、泰雅、漢人來去。

停泊岸上有烏石港賞鯨船，烏石港魚市場濕漉，每一個巨大的水桶裡的海族都在做著死前的掙扎，饕客行經，濺起驚慌的水花。很快地她就離開了漁港，往真正魚群棲息的大海走去。

大坑里海濱的海水浴場，不見沙林聽濤者，浴場落寞，幾乎連一個人影也沒有。看海，走海，在濱海公路驅車往山海行，昔日她這個野女孩已然汰換成走在十字路口的輕熟女。她一路訪友，喝茶，看海，夢婆舊路再也難尋。看著下一代年輕人落腳後山，賣力耕耘夢想。看著旅人流浪來去，黃昏天空美絕。上岸或漂流，許多失戀失業者在後山試圖尋找新的生命、失落的故事，後山黏住了許多人。待拍的照片，未說的人生。把人生變成一滴大海，她看著地志史料，想入夢後告訴夢婆，這座平原已經不是她當初的平原了，這平原不毛之地都長出了毛，長出了感情的刺。

傳道者 **在等待的島嶼**。一八八三年末，他歷經險阻在這裡開出第一朵荊棘之花後，噶瑪蘭不再是不曾聽過基督之名的信仰荒地。最初對陌生事物的那種恐懼已被馴服，死後會被傳道者挖去眼取走心的傳聞已逐漸被噶瑪蘭族打馬煙社的頭目阿都打破，島嶼的醫藥落後使西藥成了治療身體的神蹟，疾病被療癒是傳奇化的最佳一帖，疾病的慌亂與無助給了信仰的縫隙。一切都因為生下來就注定難以逃脫的蛀牙宿命之病，使他在行旅路上被信賴被期待，阿都頭目身形勇而大漢，大家都怕他。最初他每年到噶瑪蘭傳福音，卻都無法進入該庄社，阿都曾是他傳教的死對頭大敵。在風雨日，天已暗，他那回想要借宿，阿都沒答應。直到這阿都頭目有回牙疼不已，痛得連吃睡都困難，正好他又不死心地來到此地傳教，當下見到頭目牙痛機不可失，止痛就是最好的收心。他的牙齒被傳道者拔了，那晚之後阿都就睡得好，阿都對他感謝不已，並對過去自己的作為感覺羞愧，自此也就不再和傳道者敵對了。阿都返回部落，勸說族人除去偶像，把偶像集中起來之後，也是一把火燒了，沒燒的偶像被他收進他的箱子。打馬煙村人改信基督教領受洗禮，阿都也因身體病痛被解除了，他不知道是西藥的厲害，但如果是西藥厲害，阿都也認為西藥是上帝發明的特效藥，太好太好了，神蹟出現，一八八四年四十七歲，那日二月十七日，和阿都一起受洗者有四十三人，包括都仔嫂，阿都女兒二十五歲的阿雲。阿都領洗，且此後如婚盟般的竟將他的姓冠在自己的名字之上，且獻出自己的房屋作為禮拜堂。三年後阿都死了當然具有深信。傳道者在一八八七年八月十七日星期三的日記寫聽到阿都的死訊，描述他是一位頭人，最初激烈反對主，後來卻非常支持。自此每次的禮拜人數為數可觀，竟有兩百人之多，將小小禮拜堂擠得水洩不通，且從此不說星期幾，而說禮拜幾。至於島嶼有多少神主牌與木頭偶像被敲毀被焚燬？聽聽灰燼裡的哭聲與夢中的鬼腳拖曳聲即知。然而島嶼人之狂信迷信與烈性也並非頭一遭了。百年之後，傳道者已預見當他升天後，早就看到欲加之罪何患無辭，那些因為擲筊槓龜的人，將木刻神丟入水溝或遭毀壞的黑面木偶的傷心又有誰聽見？他想島嶼人祭拜時多存功利之心，他們拜神只為了Tsoe-Kong-tek做功德，這句話就和他常聽到別人叫伊Bok-Su一般，他聽很久才知道這個字的發音是「牧師」。這兩個相反的字詞總是在耳朵裡震動。自此他和島嶼妻在這座平原裡有了家，可以在有星光的海邊唱歌，處處都有神的足跡如風吹過，那島嶼亙古陰暗潮濕的寂寞從此有了如向日葵的亮光，雖然光亮對某些人卻可能是光害，刺傷不同的族群。當上帝的訊息被唱出和說出之後，使那個村落也信了主，村民決定要有一個敬拜主之地，因而有了教堂，留下一位宣教師。當他們丟棄神像，成為基督徒，在稻埕齊聲讚美時，他的心中充滿著榮耀上帝的鼓舞之情。一八八八年，他在雨中從三結仔街急忙趕去辛仔罕，新蓋的禮拜堂，工程順利。用餐後，他排解一位傳道人與太太之間的爭執。整晚大雨，唱著詩歌，雨繼續像洪水般狂瀉。一百七十三人在雨中領聖餐。所有的人都有好的靈性。他稱這辛仔罕教堂為威爾森禮拜堂。「堅固門徒的心，進入神的國，必須經過很多的患難。」（使徒行傳14：22）。他們一行人從銃櫃城到叭哩沙，雨下得像是山洪暴發，回到阿里史。受邀喝茶，看著平埔族人在新土地拓墾，新荒地上只有高及膝的菅芒草，菅芒草顯得如此孤寂。他在雨中說著記住一位沒有參加安息日而被停權的長老，記住他們的愛與犧牲，光是慕道是不夠的，還要入道。他要門徒與壯丁們抬回很多被丟棄的偶像，他以此榮耀上帝，他沒聽見被棄的木刻偶像在箱子裡哭泣，他不懂甚麼叫開光。一八九二年三月十九日番社頭地震，天地劇烈搖晃，房子崩裂，教堂幾乎被海水吞沒，但人心不會被吞沒。他從三結仔街出發，穿過稻田與牧場，中午停留在蚊仔煙埔，兩百名平埔族人在蓋房子，蓋著教堂。於是年復一年，一八八三年到一九〇一年，三十五所教會在噶瑪蘭平原上的教堂逐一被蓋了起來，皮膚黝黑的平埔族人唱著福音，綠色平原有了伊甸園。你們要努力進窄門。他聽見路加福音第十三章第二十四節這句話。滅亡的門很寬，永生的門很窄。

米妮沿著烏石港一帶的衝浪勝地沙灘行去，夏日戲浪的旅人因海而歡樂的戲浪聲消失，面海的窄仄之路傍著成排販售游泳衝浪民宿的店家也都靜悄悄的，島嶼海岸的冬日讓她看起來像是一個投海的傷心人。之後她驅車續行，過了頭城，沿途盡是海，在開車抵達北關海潮前，一路大小不一的單面山迎窗而來，沿路招牌都是關於「海」的關連字，近山臨水，沿岸樹木頂過東北季風，海岸植物強悍。紅楠、樹杞、水生植物，水鳥生態、綠意盎然。在海岸公路飛奔著呼嘯而過的砂石車，聲響震耳欲聾。海的迷霧席捲，沙丘一路綿延。

她起身拍掉沙粒，離開頭城，離開山海，又回到平原。她還掉了租車，徒步走到巴士站，回程改搭噶瑪蘭巴士，入雪山隧道返北。車子一路往平原彼端的台北走，長長的黑暗隧道裡燈光點點，每一個紅光點都像是小小宇宙，車廂裡的人可能瀰漫著疲憊的旅途睡意，可能呢喃耳語，也可能孤獨一人。她望著窗外，車速或慢或快地流動在黑暗的封閉隧道，山若有知，是否暗自流淚這樣的空洞？人應謙卑後山旅途這樣的便利。

雪隧的便捷，速度瞬間帶離後山。急匆匆的車流與廢氣將迎接著鼻息，她在車速中，彷彿看見傳道者和門徒走在頭城，夏日他們一行人在老榕樹下唱歌拔牙。榕樹吐出的氣根，牢牢攀住地盤。

傳道者 **鬼魂眾搶孤**。他的信徒們在隨他旅行布道時，沿著在地儀式的路徑紛紛對他說起童年時在中元節陪著家族來觀看過的生活點滴。阿華對他解釋搶孤的源頭是為了普度孤魂野鬼眾的重要活動。這習俗是百姓為了追思在開墾中死難的英魂，每年在頭城鎮慶元宮舉行祭典儀式，從開墾年代沿襲下來。高難度的搶孤讓他看得心驚膽跳，島民也為之瘋狂。他興致勃勃地看著搭設高約數十公尺的孤棚，上層頂端搭有孤棧，擺放供品插上旗幟。他仰頭仔細地看著柱子上塗滿的牛油，看著人們爭先恐後地爬上那滑溜溜的孤棚柱子，最先取得棧頂順風旗的人即是奪標者。阿華還告訴他一個叫吳沙的名字，頭城搶孤主祭這位宜蘭吳沙等先民，祈求普度孤魂、消災解厄，吳沙是在一七九六年率眾進墾蘭陽，頭城為最初據點，島嶼當年戰禍、疾疫和天災多，搶孤儀式盡普度之忱，倖存者召喚祖先自陰間歸來，饗宴大餐外，也好讓天上人間相會。他和門徒走在頭城，眺望著烏石港，望著平原貨物貿易樞紐，航海時代貿易的繁華歲月馳過蘭陽第一街，古厝建築細部透現往事歲痕。海色綿延，海風吹拂，開蘭首城，宜蘭的貿易入口港在節慶過後特別顯得蕭索的荒涼感。門徒教他滄海桑田這四個字，今天他在日記寫下只有主的福音不會是滄海桑田。

七　變遷與哀傷的海

裝一瓶思念海洋的水，掬一把瘴氣的泥地，

沒有一種書寫能抵達他的精神聖地。

古老船隻送來了傳道者與商人，那時河流還巨闊到可以讓大船吃水，還沒被汙水廢棄物滿溢而缺氧。家庭汙水畜牧放水工業廢水，沿著河流可以看見家具死豬廢五金，甚至跳河的傷心人。缺氧的河流，她寫信給遠方的金姑娘，對比旅店貼的金姑娘寄來缺氧的高原明信片，她才明白原來不只最高點會缺氧，連最低點的淡水也會缺氧的。黃昏時，她站在露台上望著前方矗立的風塔，矗立在大坑遺址上的汙水處理廠輸電電塔，深埋地底的陸放管輸送至海放管，如土地的心臟被迫裝上支架的人工管線靜靜地吸收城市汙水，任由海洋吸納。截彎取直的河流已經見不到傳道者的路線，連朋友的老家都被徵收搬遷。從中正紀念堂遷移至基隆河，一次因偉人遷移，一次因防洪遷移。上帝答應不再洪患，以彩虹為誓。雨後的彩虹橫越對岸發電廠與垃圾焚化爐頂端，上帝把彩虹放進雲裡。彩虹是神的記號，每逢彩虹現身，就會提醒上帝勿忘永不再用洪水毀滅所有人類與動物的應許。高高矗立的風電，攪動著藍天。走出房間，看見門外放著一張明信片。

收到史蒂瑞最新的明信片，她看了微笑想又是一座海，這人自從來到我們的海之後，就中了海毒。

冬日的海域狂襲著烈烈東北季風，無人下雨的淡海像修道院般蕭索。

離別的晚宴，經常發生在我們的海會為客人慶生。

由住宿者每個人提供一道美食，但帶來的食物必須符合主題。米妮並不介入餐會主題的設定，甚至鮮少參加，因為素食者對於正在大快朵頤分食肉類者是掃興的人。她非常清楚這種掃興，特別是烤肉晚會或者像今晚這樣的海洋主題。旅店設有自助廚房，冰箱是葷素分開，方便穆斯林信徒使用，免得誤拿豬肉。她常發現站立在貼有素食標記冰箱前的大多是西方人。在這一點上，食物不再是情色的隱喻與延伸，但或許又是，比如今晚圍著海洋餐桌的幾乎都是入住的台灣人和日本人，那些食物她認得的有蝦子、大魚、牡蠣、螃蟹，她看見當每個人努力地埋頭在吃一種名為風螺的食物時，餐桌傳來的吸吮聲，前吸後吸，吸了七、八個才吸到一口細如髮夾的螺肉時，接著她聽見有人歡呼。生物變食物，狂歡者擊掌，只為吸吮這高難度的風螺，她在中島廚房望著前方餐桌的慶生晚會時，成了一個旁觀者。她想沒有太多慾望在食物上，自己會不會在性方面是一個無聊的人？

旅店這幾日來了一個基督書院女孩，被米妮代稱為書院女孩的打工換民宿的女生很喜歡在旅館打工換宿，書院女孩的英文也很適合訂房工作，書院女孩開始和宜蘭女孩輪班。噶瑪蘭女孩則已經離開我們的海，旅館來來去去，這裡沒有永恆。

某一天米妮在外地帶導覽，書院女孩打電話來說旅館遇到麻煩了，有個客人投訴昨晚的室友帶女人回來，竟就在房間搞了起來。那是四人床房間，昨晚只有兩個客人入住。一早控訴者來到櫃檯，說有人在宿舍半夜大演活春宮。

我去房間時，澳洲年輕白人正和一個台灣年輕女生睡擠在一張單人床上，床鋪酒氣四溢。我就叫醒澳洲白人起床，天啊，推開棉被根本沒穿衣服，書院女孩說。

那就請澳洲男要付費，因為他多帶一個人回來必須付費，米妮說。

我說了，但他不願意，結果我從廚房回來，澳洲男就落跑了，書院女孩又說。

他帶回來的那個女孩呢？

米妮想還是回去處理一下，旅館最怕感情糾紛，萬一變成情殺就萬劫不復。有死亡的旅館短期誰都不敢再進駐。

回到我們的海時，在門口並沒有聽到特別的喧擾聲，也許問題已經處理了。她進門，走到四人房，推開門，一眼就見到基督書院女孩在清洗著地板。

昨夜澳洲男帶回的女人的嘔吐物。

女人竟然還在睡。

米妮搖著女人，卻不醒，把她嚇死了，連忙跑去廚房拿冰箱的冰水淋在毛巾。到房間邊擦拭女人的臉，邊拍著身體。女人終於醒了，吐出一身酒氣，遞了一杯熱水給女人，要她趕緊穿衣服。女人看自己裸體，喝著熱水，頭痛欲裂，慢慢清醒。女人問澳洲男呢？

走了，米妮對女人說。

我們要他改住雙人房，他一聽雙人房要付一千兩百元，轉身拿背包走了，竟丟下妳不管，書院女孩在旁補充說。

澳洲男帶回來的女人聽了臉色一副快哭出來的樣子，她邊穿衣服邊嘆氣。

米妮看她手肘和膝蓋竟然都有著傷，應該是昨夜被撞傷的，單人床有九十公分寬，雖擠得下不胖的兩個年輕男女，但在大動作時畢竟床太小，難怪到處是傷。

好不容易送走這突然被拋棄在旅店半途的女人，她和書院女孩都累壞了。

那個連一千兩百元都不願意付的澳洲男，變成代號一千二。有時候最麻煩的是遇到一再來詢問露水男人原鄉地址和電話的台灣女生，想來是異鄉男子沒有留連絡電話或地址給她們，僅僅是幾夜情的意味濃厚，女孩事後不死心，來到旅店希望可以提供資料給她們。

很抱歉，我們不能提供住宿者的個資。

女人們失望而回。

她常想，這些女人是怎麼回事？

西洋男人背包客在島嶼撒野，他們不用千辛萬苦就可以在島嶼各地輕易發洩一夜情。這活春宮上演的一夜情使我們的海迅速變為以時計費的休息旅館。以前白人是上岸來傳教，現在是白人搭著捷運來上床。旅店有幾間多人床的背包客房間，他們都簡稱這類房間為「宿舍」，按床位計，一個人五百元。床位上下鋪，必須克制慾望，必須容忍聲音，有人上上下下地晃動床鋪時，否則夜晚絕對失眠。

旅館房間常讓人有迷失感，和飛行一樣有時會讓人陷入空間迷航。

以前老旅館年代，常發生不付費白住的旅客，他們趁天未亮時落跑。或者那些臨時想讓情慾著床的休息客的夜晚敲門聲。在米妮的父親年代，旅社大門隨時得為這些慾望的夜行者開放。現在只能接受預訂，為了旅館的安全。平靜時刻只要不被記憶打破或者被奧客打壞，安靜是可以維持好一陣子的。有時候我們的海有打工者換住宿時，不用上工的米妮可以像貓似的躲在房間一整天，她伏案之外，就是看海。她可以望海，望到整個世界調暗了光，寶藍色的海開始有星子露臉。

河邊的孩子與貓都被叫回家吃飯了，幾個掉漆的投幣式旋轉鴨子遊樂設施空蕩蕩無人。

房間是日常生活的歸處，更是非日常生活的收納地。躲藏自我與慾望，隔絕外界真實的溝通。有時隔音不好，慾望越界，隔天總是接到其他房客的抱怨。她想起不少新興旅館要申請執照下來可花不少時日，光是消防設施與停車設備就夠折騰，所以地下黑牌旅館很多。好在她承繼父親年代留下來的旅館牌照，但最初為了擋掉夜晚帶著女人想要休息的醉客，旅館即使有空房也只好在夜晚高掛「客滿」。

許多的陌生人不斷將旅館刷新了記憶。

電腦記錄著來客的姓名地址電話與留宿時日，早年還用手寫登記的住宿本就像是醫院的病歷表，住宿本仍保留在老旅店的櫃子內，米妮的父親一直有保留老物件的習慣，厚厚的幾大本住宿登記本就像是港口的流動史，充滿潮來潮去的迴盪之聲。有幾回她好奇地將住宿登記本拿出來翻看著，一一循著手寫字翻頁，那些名字留在發黃的紙頁上，讓她興味盎然地延伸想像，就像傳道者的受洗簿似的有趣。貞潔與淫蕩，茶室與教堂，比鄰如畫夜。情慾不死，從淡水開航以來港口就是傳道者與妓女和商人的天地，休息三百五、五百五。以往的茶室兼旅社，門外有著等待解慾的客人於今隱藏更深更深的不知處。曾經在港口徘徊的夜行者也因無船可渡河而難以上岸。

畸形與精神錯亂的瘋子可能比道德正直的人更靠近神。她忽然想起史蒂瑞曾說過的話。

房間的表情可以看出時間，舊式旅館的裝潢長一個臉，連盥洗用具都傻乎乎，沒有文創的多餘包裝，總是一整大罐的洗髮沐浴精，毛巾多是用過即丟的不織布。摩鐵時光最消磨，瞬間即丟最廉價。

我們的海最多有八個人一間的，也有單人房雙人房四人房，八個人一間的房間像學生宿舍，是背包客的最愛，一床五百元。西方年輕遊客入住時常迅速找到遊伴，或者突然寂寞來襲時也可以找到撫慰者，但也有可能被吵得整晚無法入眠。如果遇到懂國際禮節的年輕人，知道聲音的侵擾，手機會關靜音，講電話會走到外面，但他鄉遇故知的音量最難控制，聽到母語時，瞬間兩人擁抱、尖叫，進而開始被母語圍成一座時光膠囊，彷彿同寢室的其他人都不存在了。

在科技年代，所有的事情都可以在屏幕背後完成。除了一開始的進駐會遇見人之外，有時連離去都不見人影，鑰匙往籃子一丟即可。這種宅型客人一進駐就躲在房間，神出鬼沒。生怕撞見人，走在陰影裡，只有手機的光反射臉部，只靠網路就連通了外界。

金姑娘說她以前在國外旅行也常如此，尤其心情不佳時日。也有朝相反路徑走的煩客，每天在客廳櫃檯遊晃，看見任何人都可以天南地北扯著。

離別在旅店裡每天上演，一轉身，有些人已經成了夢中的人。

旅人有各種故事，旅人也有各種怪癖。

有只曬上午十點鐘太陽的旅人，有人按班表排行程，有人在旅途發騷，成天想邂逅遇桃花，有人哪裡也不去，彷彿這間民宿就是他的終點。有人訂房繳了錢，卻只見到第一天與離開的最後一天。有人白天出現，有人晚上出現。有人聒噪如鳥，有人卻總是低頭如鬼。

米妮不旅行時，她的眼睛其實仍在旅行。大千世界在眼前流動。有時整個旅館的客廳都變成調情所，她經常以冷感的身體處在最熱感的旅店空間。她知道有客人在背後叫她冰山美人，冷感美人魚。

我美嗎？她笑著自問。

她知道某些角度某些時候自己會散發一種讓人目眩神迷的樣子。那不是她刻意的，那是她自然散發出來的奇異時刻。但這奇異時刻連她自己也不知何時會展現出那樣的迷人魅力，當對方也展現讓她吸引的光芒時，她應該就是那個時候會因為喜歡而不自覺地也回應了美眩的樣子吧。

書院女孩也曾對米妮聊起關於她自己的恐外症，說她在畢業前夕，在山下靠近學校的一棟別墅，在一個老外經營的餐廳裡，老外忽然強行舌吻了她，這導致她日後有恐外症。又有一次是一位教友突然對她伸出狼爪，這些都讓她對我們的海的外國旅客保持距離。

米妮就是聽書院女孩這樣說才錄用她的，因為她不希望媚外者在旅館工作，那對媚外者誘惑太大了，整間旅館都會變成他們的遊樂場。不知何時她覺得自己變得有點拘謹，甚至道貌岸然。我們的海則充滿陽光海水之地，在露台舉辦的婚禮更是充滿玫瑰與百合香氣，但房間在戀人身體戰火轟開之後也是亂象浮生，百合香氣的腐朽甚至比任何花都腥臭。翻身即逝的情慾，她看到了這樣的結局，傷感魅惑所抽走歡愉的空氣。

我們的海的旅人繼續叫她冰山美人，或者老著一張臉的年輕女人。臭著一張臉還沒有人上網寫這樣惡毒的評價，但有人上去寫評語時曾提到管理者常常老著一張臉，即使微笑看起來也滄桑，但結語都會加注這一切都值得，因為她的導覽非常有fu，她的聲音迴盪在四周，彷彿從海裡上岸的鯨魚，導覽充滿著感性的憂傷，文學字詞的優雅。這樣的網路留言，使她在鏡子前看著自己的臉，微笑的臉看起來滄桑，她想是愛情的苦已然滲進她的臉龐了，這愛苦之海，她是其中的一尾魚。她試著大笑，提醒自己對旅客要保持笑容，旅客畢竟是旅館的衣食父母，導遊生活費的來源，她不能得罪他們。

米妮管理我們的海，已走過幾個寒暑。轉眼夏至，夏天旅館冷氣鎮日轉，熱氣使人疲憊。一杯冰啤酒就可解慾似的，四處都聽得見啤酒瓶被醉客丟向沿岸的撞擊聲，每隔一陣就傳來的咆哮與哐噹聲響，和潮水聲一起沖上耳際。

夏日炎炎，惶惶然的豔夏，把所有的人都關在房間裡。

外國遊客都被豔陽曬傷了，白人像紅蝦子，直呼不知這麼熱，再也不能這季節來到火燒島了。海洋熬煮熱風，把島變成一只鍋。

盛夏的黃昏豔麗異常，裹著大海如焦糖。只聽聞每間房間的冷氣呼呼作響，應該都宅在房間了。出門旅遊最後還是被一間房間收留，傍晚才會陸續見到其他人。

金姑娘曾去某些島嶼旅行，她說一來不愛水，一來怕豔陽，所以一個人到熱帶島嶼絕對是一種折磨，沒有人是落單的，在這樣充滿海水豔陽花香的地方。宜蘭女孩聽了說，真不知妳為何要一個人前往一座島。

這些眼前走動在我們的海的這些異鄉人又是為了甚麼來到淡水？金姑娘也不解。

在旅途少了原鄉的依靠，很容易在一個團體裡看出人緣好壞與個性本質。孤僻者上路也不會寂寞，聽見房間流瀉影片的聲音，似乎有人在看星際大戰，熟悉的音樂飄來。那句經典台詞「我對你的缺乏信念感到很惱怒。」達斯・維達正這樣地說著。夜晚也許有人在讀經或禱告，民宿的櫃子擺放著聖經與金剛經，但很少人打開來看。床上有人一下子就和睡神相逢，有人忙著認識他人的身體。慎獨，在房間裡高掛這兩個字的書法，米妮的父親所寫。

有時候米妮會穿著運動鞋走出房間，散步到淡江中學運動場。這是島嶼妻在傳道者丈夫過世二十四年後，當島嶼妻知道自己將追隨丈夫的時間快到時，她將丈夫留給家族的五千多坪土地，全數捐給淡水中學。五千多坪土地後來成了運動場，充滿能量爆發的橄欖球校隊在運動場競技，但當代人已經逐漸遺忘她了。以丈夫命名的醫院川流不息，她則在墓園上靜靜地聽著海。

上岸的人不再是船長水手商人領事殖民者傳道者植物獵人人類學家，沿著河水上岸的異鄉人各懷目的來到淡水。現在單純多了，僅僅是上岸的觀光客就可以讓河水整日失眠。上岸忙著自拍，忙著直播，忙著服務手上湍急流動的螢幕訊息，稍不慎就會淹沒的訊息比河水氾濫還驚人。再重大的事情可以瞬間就被覆蓋了，生命隨時可以終結，就像螢幕關機。往復游移的手指，螢幕訊息如螞蟻移動，悲喜一線之隔。勵志的金玉良言像糖霜，死亡的訃聞如夏日海邊打一聲雷。

反核的旗幟掛在旅館的廁所門外，反核之重變成廁所門簾之輕。

米妮繼續往教堂走，傍晚的漫步是一天的身體唯一的勞動，教堂紅磚旁的雞蛋花是從十九世紀就不老的一派天真鵝黃。教堂與茶室，牧師與查某間，聖潔與淫蕩為鄰，寂寞黯淡的街巷，路燈投射影子。

老去的女人，最後爬上教堂的階梯，棲息。深夜或者清晨的港口與小巷或還躲藏著十九世紀開埠的神色，霧遮掩了時間的線條，紅磚白磁磚油漆霓虹看板消失。外國旅客那充滿各種發音的「是是內內係係那那牙牙耶耶」的語詞也都靜了下來。

米妮的叔叔在淡水老街路口有家店鋪，他每天在門口拉了張凳子，走馬燈似的人群從他身邊行過，就是沒進他的鋪子。米妮的叔叔以前跑船，遠洋世界的他方之物堆在他的屋子塵封，他曾是米妮的新世界，葡萄酒白蘭地約翰走路萬寶路洋菸、打字機望遠鏡拍立得相機羅盤地球儀、香水香皂面霜乳液眼影、二手皮衣皮包靴子、跳蚤市場水彩畫和不知名字的亡者肖像。挖冰淇淋的圓形勺子是米妮第一次看見的食物新工具，當叔叔把勺子挖進冰淇淋桶子時，米妮說整間旅館像是被仙女點了螢光棒似的發著亮。

為此，她現在喜歡旅館提供免費冰淇淋一球的福利，迎賓禮不是水果，而是一球台式冰淇淋。開酒器咖啡機燒水壺等等也都是米妮的西方文明。神奇工具之後就是一些像舶來品的服飾，這是她叔叔失敗的地方，她認為叔叔跟不上時尚的快速節奏，結果屋子裡堆滿了許多賣不出去的衣服鞋子，甚至蕾絲內衣褲絲襪。

米妮的叔叔曾是她的世界地圖。當年繼承這間旅館和這位叔叔也很有關係，叔叔經常住旅館，旅館和家沒兩樣。叔叔遊說米妮的父親將百年旅社擴大成一間旅館，那些入住者就是他銷售的對象了。但米妮曾對金姑娘說，其實她並不想一輩子都住在淡水沿岸，她心中的河比眼前的淡水還要巨大，這使她迎向新世界的速度很快，比很多沒有旅行經驗的人更容易進入旅館的經營。

或許日後米妮一個人將會孤身上路，就像幾年前的金姑娘一樣，她們或許將會命運對調，但際遇卻無法置換，離別帶著遺棄的況味，這間旅館和小鎮的過去都被人丟在轉身之後，迎向不可知的命運。米妮收到旅人不斷寄向大海的明信片，她知道很多人都沒有忘記這座海，只是島嶼人忘記了。

旅店擺了一個地球儀，很美的地球儀。許多外國人都會在地球儀上指著他的原鄉，彷彿這樣就可以帶引陌生人認識他的故里。

一直住在淡水的米妮說她搭船可以解鄉愁，但如傳道者來到淡水的那種決定性的旅程彼時尚未出現，尋找自己是誰的問題有時會在旅程的夜晚孤獨時光冒出來，米妮親眼見到過去浸泡在叔叔雜貨鋪的世界，異鄉的小攤子香菸亭書報攤小雜貨鋪中國城那些粗糙無比的雨傘內衣褲太陽眼鏡手錶，都是和她一樣的異鄉人正以奇特的口音叫賣著，把廣東移植過去的中國城商街，蠟黃的臉孔蜷縮在下午的暗影裡。彷彿祖上遺傳給她的那種孤獨感一直在夜晚徘徊不去，古老的家族傳遞著愁緒，如童年第一次被叔叔的拍立得相機閃燈閃了一下，旋即望著顯影畫面牢牢盯住影像分秒的變化，直到灰階轉為彩色，手中拿著小小張相片的狂喜雀躍，或者想起舌尖嚐著冰淇淋時著火的瞬間燙覺，第一次噴香水時叔叔喚她一聲夢露的奇異之夜。一九八七年的解嚴時光，給了米妮的叔叔更多的遠航，但已不只是走船了，在飛機中穿梭雲層的時光，遠離地球的空間，她的叔叔離開淡水時，淡水捷運尚未通車，小鎮尚未爆滿，旅館生意清淡，如夢境滑過的淡水霧夜，彷彿不再來。多年後，米妮畢業旅行，她搭上飛機，搭上輪船，她說那種魔幻感卻反而消失，當抵達現實那一刻，她的叔叔忽然從她的夢中飛離。消失的淡水，消失的港口，消失的鐵路，消失的叔叔搭上最後一班開往淡水的列車，扛著一個布袋，喚醒少女的她，裡面都是阿拉丁神燈似的物質，可以通過許願抵達遠方。裡面有幾個非洲面具，還有日本能劇的面具，面具平靜無表情，空茫冷淡。米妮叔叔曾告訴米妮蒙馬特女人戴著面具，脫光衣服，任叔叔玩樂時，她感覺世界從聖女貞德轉成了毒蛇繞頸的變身聖母。

她跟金姑娘說這件事的時候，看金姑娘嚇壞的眼神，米妮突然旋即大笑地說，那只是我作夢的夢境啦。

是噩夢還是好夢？

只是春夢，少女發春，米妮在大學社團時曾對金姑娘說起這件往事。後來在旅館裡金姑娘曾不小心看見米妮的日記，她匆匆一瞥便如罪惡般地闔上，她發現米妮在日記裡面盡是懺悔，盡是眼淚。她不知哪個才是真哪個假，但這一點也不重要。是米妮要去面對自己的過去，那個模糊複雜的過去，就像一座關掉燈火在黑夜航行的輪船，如果不小心打開探照燈，會看見慘白的燈光下不斷撲向火光的蛾。

不能隨便打開生命的探照燈。

在異鄉的各種孤獨處境，其實米妮沒出國也完全明白，因為整間旅館的旅人即是徘徊在故里與異鄉兩輛列車對撞的衝突之中，往往旅人住到了旅館躺在陌生的床枕時，那種懷念的相思如潮浪會瞬間襲來，這種相思撫慰了異鄉的心靈，卻會讓孤單的旅者頓失前進更遼闊世界的耐力與意志力，

於今那個賜予米妮歡愉童年與哀傷少女時代的帥氣叔叔已然進入帶點失智的錯亂模樣。常常看他一個人坐在擠滿物件的店鋪門口發呆，囤積狂的發呆老人模樣。但有時看似清醒時，他會把金姑娘錯以為是米妮，拉著她的手往他的店內走去，打開都是灰塵的櫃子，告訴金姑娘關於航海的故事，和一個又一個女人的浪蕩故事。或者那些無家可歸的孩子，酒吧肥胖的女人，在路邊火爐取暖的流浪者，等待機會的上岸者，歐洲的背包客在海邊狎妓而過。米妮，他握著金姑娘的手，叫著米妮，我買給妳的東西呢？他在背後扯開喉嚨問著。金姑娘掙脫他緊握住她的手，往店外跑，陽光烈焰，差點迎頭撞上在當時僅存一家茶室工作的遲暮女人，女人見金姑娘如風般闖過的狼狽模樣，從背後朝她大聲笑著說，別睬彼個色鬼郎。

傳道者在他的日記描述他第一次落腳的中壢皇后大飯店：「沒有桌椅床墊，只鋪著一張髒草蓆。環境惡劣，和豬作伴，處處是跳蚤。」等到傳道者在島嶼四處轉之後，他才驚訝發現這間皇后大飯店已是台灣最舒適的旅社了。這大飯店外的院子還有泥灶，供旅者作飯搭伙。這間飯店就像傳道者在一八九三年前期傳道的交通工具馬車般高級。

長安西路依然有名為皇后的飯店，不知飯店主人是否讀過傳道者日記。

民宿最重要的場域就是客廳還有廚房，尤其在廚房，很難避免不和別人說上一、兩句話，至少食物也會彼此越界，冰箱擠滿食物，彼此挨著，裝在保鮮盒，盒上貼著名字。但有的包裝食物因沒分類整齊，被誤食掉或被偷吃掉的情況也是常有的，或者是上一個客人留下來的，以瓶瓶罐罐為多，黑白胡椒罐紅辣椒罐薑黃咖哩罐，顏色紛然地雜陳架上，寫著任何人都可食用的英文字。食物的背後看出國家的食物文化。泡菜是韓國來的，芥末味噌是日本來的，起司是美國來的，炸魚條是英國來的，水餃麵食多半是台灣來的，冰箱是小小的聯合國。

白人總是受歡迎，即使在她看來是長得醜的人。

米妮在看海時，旅人從她背後走過時，她大多能用嗅覺來辨識，白人的氣味和中東人的氣味是最容易辨識的，剛剛是醜白男走過，身體有一種羶狐起司味。轉頭想確認是否是她想的那個旅人時，聽見不遠處摩托車聲逐漸駛近，她往露台下一望，一片綠意，郵差正停車走下來，往她露台一看。

掛號和信件喔。

某個朋友寄來了明信片和一包要給民宿賣的各國物品，這回米妮收到朋友寄來的琉璃珠和綠松石、碧璽瑪瑙之類的項鍊手環和戒指，這一類充滿異國情調的物品多半非常吸引喜歡流浪的女生。

一個離開很久的旅人威廉寄來旅店的明信片寫他正在一個部落，參加某印第安人的慶典。明信片之外夾著一封信：部落舉行的祭典儀式是以綠松石為聖物，綠松石過去是印第安部落祭祀物，有神性的。亡靈如萬人塚，當年白人進入部落，帶來了細菌，印第安人死了一半。接著白人帶來了槍，原先一槍一彈，部落還擋得住。等到發明了一次可連五發的槍枝後，印第安人就只好投降了。白人開始圈地，印第安人開始得向白人買綠松石，因為買不起，只好用偷的。他們想開採祭祀用的綠松石卻無法進入，只好用偷的。原本是自己的祖靈地，最後卻偷雞摸狗地進入，且被抓到就得坐牢。白人也殺了太多的野牛，使當地生態失去了平衡，動物全都瘋了。米妮，妳看，光是一個膚色就可以害死很多人。

她把信翻譯成中文，將中英文貼在擺放綠松石盒子的牆上，讓各國旅人可以閱讀。玻璃櫃愈來愈豐富，非洲和台灣原住民琉璃珠彼此挨著，北美綠松石和土耳其綠松石彼此取暖，中國玉飾和碧璽並置，西藏尼泊爾銀錫銅飾昏黃如夢，印度假寶石璀璨如星辰，歐洲水晶閃閃，她把新的綠松石擺進玻璃櫃，彷彿迎神似的莊嚴。

白人帶來細菌，航海多地的白人染汙著新天新地，但也有白人卻把舊天舊地開成了繁花盛景。

女人的故事要從一間房間開始說起，也要從一間房間結束。

傳道者的島嶼妻從中年就變寡婦。寡婦這個詞米妮想自己永遠也不要有，因為她想不婚。現在要殺夫也很難，金姑娘笑著回答她。

她們兩個人不是寡婦，但也過著寡居的生活。

神的愛海與真理的山就在眼前，是海和山陪伴她們寡居的生活。

寡婦是一個非常古老的身分，那天她在伊媚兒的信箱看見一個名字時，她嚇了一跳，以為鬼魂復活。是老情人的信箱，但他已亡故，且她當時還偷偷參加了他的葬禮。把那信箱擱著，沒敢打開，怕是中毒軟體。科技讓人可怕之處即是鬼魂四處漂流，比如已經早不連絡的人，偏偏臉書設計一個「我的這一天」，過往的歷史跳躍而出，每天刪了又刪，但對方沒刪，刪成了關鍵字。早知不用臉書，但民宿活動必要的宣傳自媒體，無法避開。尤其當科技已經變成一頭野獸時，每天光是要「殺」人就不知要浪費多少時間。即使她每天看著電腦螢幕跳出的名字，仍佯裝沒收信，這是唯一的優點，可以躲在螢幕後面，不必正面交鋒。但基督書院女孩有一天代班收信，不僅把信打開，且還回了信，更幫對方處理了訂房。

那是鬼魂啊，她尖叫。米妮以為那是電腦系統發出的信，以為是時空之鬼。

書院女孩對米妮的反應也很驚嚇，她說怎麼了，不就是一個陌生客的訂房。她手裡拿著列印出來的紙張給她看，她看著熟悉的電子信箱，但名字是陌生的。想了一陣子，突然她才明白，那個名字是前情人的妻子，也就是在告別式上擁有鞠躬回禮權利與義務的護喪妻。那感覺像是很久的畫面了，穿著全身黑衣的女人，頭上戴著一頂很奇特的帽子，像六〇年代賈桂琳・甘迺迪在為甘迺迪喪禮出席時穿戴的帽子，黑色帽子前有一半的網紗，看起來魅惑而神祕，遮住哀傷的眼睛。

她想這個女人為何要來住旅館呢，是刻意尋她來？還是不知道她在這間民宿工作？這個女人為何要用丈夫的信箱發信，這不是針對妳來就是無法忘卻過去，書院女孩沉吟道。

有的人會想要延續活著的人的事物，比如密碼，她現在就改用父親的生日作為密碼，好像替亡者把日子過下去。

她來那幾天，妳看我要不要迴避一下？米妮說著。

不行啊，那天剛好民宿只有妳在。我和宜蘭女孩都出遠門了，她回家，我是要到修道院，都說好了，無法改，書院女孩無奈說著。

米妮覺得她們彷彿說好一同把自己推向火坑似的。

那場葬禮，她遠遠看著這個寡婦，很節制的哀傷，很得體的答禮。

她為何要來？還是她不知道她在這裡工作？她又重複想著。

在見到前情人的護喪妻之前，她去政大參加一個全球化下的旅遊與文創論壇，走出講堂時，一個頭髮灰色且瘦削的中年男人朝她走來，從他的背包拿出一本書，說是他寫的，自費出版。他丟了一句話：給妳讀，妳覺得會有人想要看這種書嗎？

和她一起參加座談的朋友就站在旁邊，因此這中年男子給她書後只好轉身走了，她當時感覺他好像要跟她敘舊似的，而旁邊的朋友則以為來了一個搭訕的人。看著他的背影，朋友問妳認得他？

她說有點面熟，卻怎麼也想不起來他是誰。

回到民宿，夜晚就著海風想起背包內的書，沒有書名與作者，很簡單的印製。翻著翻著，終於想起來了，緣於兩個關鍵字：內容提到父親的名字和情人的名字。她想起這兩個名字才連結到他是誰，很短暫遭逢的一個人。

一句話跳進腦海，植物有沒有毒是它自己的事，人不用管。

當時他面對她問他這植物有沒有毒時，說的一句當時印象最深刻的話。抬頭看樹葉，還要低頭看落葉，他又說著。

奇怪，她怎麼把他的長相完全忘了，卻記得他說的話。

同時她還記得他說過大陸開放之後陪父親返鄉，卻睡了自己的大嫂。第一次謀面的大哥大嫂，父親大陸妻子生的孩子，看起來更像他父親。但大嫂卻相對年輕，原來是大哥續弦之妻。她聽了啞口無言，他卻像是在講一件路人甲似的口吻。

可能他說的事情太強烈，所以她反而記了事情，卻忘了他的臉。

那時她和這個短暫遭逢的人曾入住一座荒廢的農舍。他們不知道鬧鬼，就是那時候才逐漸習慣屋子有鬼魂，就像她習慣我們的海有夢婆的存在。

淡水河沿岸的旅館取的名字就和建案一樣，都和海有關，卻都是別人的海，異鄉的海，從加勒比海、地中海到愛琴海，世界很近，都在眼前。但卻是虛幻的，假想的。唯獨淡海，真真切切，只要願意奔赴，就可仰躺屏息凝聽海龍宮下的生息。或者爬上一階階的小徑，往山丘行去。遠處眺望海洋和近處在沙灘看海截然不同，青春奔赴的海洋，不復波濤洶湧。閃亮的海洋金幣，沉沉地睡在長滿青苔的船艙裡，如一座失去路徑的宮殿，埋藏在闃黑黝暗的磷光之海。她對於海洋最大的想像是裡面有一座龍宮，住著海龍王，海裡面傳說有一座豐饒的圖書館。

從離別姿態，她大概都可以預料誰會再度寫信來給她。比如史蒂瑞，她就知道他總是會寄來明信片，牆上的旅人明信片又多了異地郵戳。他寄明信片來就是他想念她的時候，而她也以窗前的海水寫信給他，再不見面的旅人，若沒有建立關係，終是會斷電。上帝與信徒，老師與門徒，丈夫與妻子，父母與孩子，都是關係。而朋友關係是最容易質變的，比如很多年近乎黏在一起的閨密，不知為何可以一夜翻臉，那之前的黏膩又算甚麼呢。

史蒂瑞寫著他非常喜歡淡水，夕陽寺廟教堂茶室墓園，他的祖上，遠征島嶼的異鄉人。明信片的末了寫著尤其是因為淡水有妳，淡江女孩。淡水在我心中激起了使我永遠永遠永遠都會珍愛的記憶。

連續用了四次永遠，彷彿永遠是沒有止境的重複句。淡江女孩，討人開心的字句，她想應該是淡江老女孩吧。

明信片後面夾著一張紙，他附上估狗來的網路文字是關於淡水，關於傳道者，關於她。他最末還附注一句說，這間民宿鬧鬼，有土地婆鬼與女洋鬼。看到這一句時她笑了，戴姑娘在洋教士年代就來到這裡了，過世於此地的洋姑娘或許鬼魂還在這裡飄蕩著。連帶她才想起，之前稿紙有如被風一路捲出去的不是風，那紙真的有意志，只是不是本身有意志，而是這百年老房子裡面的百鬼夜行使然。後來她和夢婆打過交道，夢婆好幾次弄得木樓梯吱嘎響的。她和夢婆溝通後，夢婆答應沒有旅客入住時才出來晃蕩，免得嚇到人。

夢婆徘徊陰陽。

她想像著夢婆，想像著淡水的傳道者之妻，她以想像力如此寫道，她只管個人的想像力並不管歷史。夢婆否認自己曾是傳道者之妻，米妮聽了覺得夢婆也有矯情的時候，時空倒錯，身分與認同錯置，甚至許多的黑暗面如潮水湧上舌端。

看著史蒂瑞寄來沖洗出來的照片，看到倚在禮拜堂紅磚旁的他笑得很開心。她把照片釘在板上，彷彿她看見穿著學士服的自己在紅毛城留下身影的過去，那時的她好瘦削，瘦削得像是一尊皮影偶，單薄卻蠢蠢欲動。

曾經，史蒂瑞放了一個在墓園撿的小石頭在玻璃櫃內。他寫比石頭堅定的是信仰。「在旅途中，每個人每天都會習慣性地去收集某種東西的標本，像是植物、花、種子、昆蟲、泥巴、黏土等，到了休息的地方時，就對所收集到的東西做研究。」傳道者日記這段話跳入眼簾，好像是有人替她將日記翻到這一頁似的。

收到史蒂瑞明信片的同時她也收到久別的查爾斯的旅途明信片。明信片的照片是一艘郵輪，他上了一艘船，準備抵達印度港口。

她當夜回了一些旅人的電子郵件，同時閱讀了關於夢婆傳遞給她的水路與陸路的首航經驗。她想起叔叔，那個水陸兩棲動物已然成了巷口失智的發呆老人，時間滄桑。她後來看了查爾斯的明信片日期才發現信竟晚到了半年。信被輾轉寄到別處，最後才跋涉抵達我們的海。原來，查爾斯沒有忘記她。

就像傳道者當年行旅島嶼時帶回的許多植物與礦石標本，她應夢婆之邀前去的多倫多之旅，那回她特地去了一趟多倫多皇家博物館。傳道者將島嶼物件帶回故里，她得飄洋過海才能看見那些原住民的美麗飾物與島嶼物件。

在多倫多皇家博物館，靜靜被封存在玻璃櫃內的原鄉物件如亙古解碼的訊息花園，吐露著無數的歷史芬多精。就像她之前曾經寫過傳道者那看一萬次也不厭倦的聖書，就像放著乾掉植物標本的火柴盒，裡面堆滿落葉的盒子，在玻璃櫃裡安靜吐息的礦物，傳道者從島嶼各地收集來的標本，彷彿在他鄉編織著另一個聖殿。裝一瓶思念海洋的水，掬一把瘴氣的泥地，沒有一種書寫能抵達他的精神聖地，有主的地方。她準備著要導覽的故事，當島嶼妻抵達聖城之後再轉往巴黎，接著到紐約，多倫多。查爾斯寫信給米妮說我已經替妳去了。他記得米妮在博物館對他述說的故事。

金姑娘不久也要再次離開我們的海。

米妮想，撒旦不會漏掉去考驗像金姑娘這樣的單身旅者，她很快就會滾進一個人旅行中的一個人的耽溺、一個人的享受、一個人的折磨、一個人的傷懷、一個人的自覺、一個人的孤單。一個旅人遇見另一個旅人在夜露、清晨、熱午、部落、教堂、寺廟、城市、草原、冰原、荒城、古都、河岸、海洋、島嶼。最後在旅店或者旅店的床，隨伺在側的孤單鬼影大啖著寂寞血肉。

米妮某一天在明信片上寫著：查爾斯，在邊界與邊界遊走，看盡一個人旅行。你的身體我很明白，你的相機我很明白，你的行李箱我很明白，連你的牙刷我都很明白。一個人的旅行意味著人遭逢他人的邊界常被打破。

查爾斯回說，最終我才發現自己總是難以說再見，在各式各樣神奇的邊界上。

看著查爾斯寄來的明信片，她的腦海裡也浮上了自己的困惑。想起查爾斯在旅館曾經拍下自己的照片，她覺得查爾斯拍照時簡直是在用相機意淫。男人瞬間跑到她的腦海，毫無理由地闖進，就像當年西班牙水手抵達海岸一般，無法預知殺戮的開始。被斷頭的水手們，颶風擱淺的船隻早已拆解腐朽，回不得原鄉的西班牙水手也許投胎轉世成島民，也許復仇的慾望不明，獵殺的慾望卻強烈，如此循環。那個唯一的倖存者，躲在部落，化為當地人，娶妻生子，改變島嶼後代深邃的臉龐。

許多旅人只純粹用照片述說故事，眼睛穿透照相機背後正要按下快門的眼睛，她盯著照相機，像國家地理雜誌拍阿富汗少女的那雙綠眼睛，故事在那時候就等待飛揚，能讓故事飛起來的關鍵時刻。是注定要成為故事的一雙眼睛，攝影師重返阿富汗，費盡千辛萬苦尋找照片少女日後的存在刻痕。故事竟成真了，不再只是想像，少女成婦女，遮住所有的可能，只餘面紗背後裸露的那雙發亮的綠眼睛，一樣射中想像力最遠之處，手拿著她少女時登上雜誌的照片，再次被照相機拍一次，在丈夫的同意下。彷彿少女被拍的那張照片就是整個國族命運的微縮，倖存者才能見證日後時光的摧枯拉朽並不低於當年的災難。

傳道者與島嶼妻的水路陸路大旅行，飛翔著主的靈光，不若當代女子的旅行充滿美食旅館如明信片廣告似的甜美幻象。那些覆轍的旅程：廈門、香港、新加坡、加爾各答、孟買、巴黎、倫敦、梵諦岡、耶路撒冷、多倫多該如何描述呢，應該隱藏自己嗎？因為逸樂本不屬於這個版本。

夢婆在夢境知曉她的憂慮，她說米妮妳放心，旅程已到了尾聲，我也將踏上返鄉的路上。往後的旅途，各自為自己的命運負責。就在天快亮時，夢境突然斷線，腦海呈現雜訊畫面。

她從雜訊中醒過來，望著前方的太平洋微笑，太平洋比起淡海遼闊，是真正的藍海。她起身，倒了杯水喝，走到露台往河邊看時，她見到了前情人的護喪妻。

她看過登記的名字是叫小瞇。一雙笑起來像是瞇瞇眼的女人，戴著一頂黑帽，穿著一身黑衣，像是還在守喪似的黑寡婦。

小瞇為何要來我們的海？她真不懂。來問我是不是和她丈夫曾在一起過？女人不會那麼蠢吧？米妮的念頭如跑馬燈閃過。

小瞇好像感應到她的目光似的，小瞇從河岸向站在露台看海的她打著招呼，揮著手說，下來吧。她笑著指指屋內，意思是還有事情，小瞇卻仍一逕喊著下來下來，來散步。

聲音聽起來沒有敵意，米妮想難道她只是巧合住到我們的海？

米妮戴上帽子換了雙布鞋後，走下樓，穿越暗仄巷子，來到河岸。

好久不見？小瞇說。見米妮臉上疑惑神色又說，葬禮上我見到妳躲在暗處，我知道妳，妳不用擔心，我在阿經的日記裡都讀到了，他對妳的喜歡比較像是知音相惜。

知音？米妮心裡一陣苦，上床的知音還是藝術的知音，又或者是人生的知音？理念的知音？愛情的知音？

妳刻意來住宿這裡嗎？米妮問。

我住了才看見妳，前天看見妳去送那個甚麼金姑娘到捷運時，我才知道我竟住到了妳管理的旅館，小瞇說。

米妮聽了放心，果然沒敵意的來者。那這回妳怎麼想要入住淡水？淡水不遠，從台北可以通車啊？妳不知道我這兩年都在大陸，自從阿經走了之後，台北房子賣了，但卻賣不掉我對阿經的記憶，所以現在又回來，可能考慮再買房子，在郊區一帶。妳呢？怎麼會在旅館工作？

米妮接著說了些父親過世接手旅館的事，我們的旅館經常有故事交換的活動，妳晚上也來說說。好有意思，我也真希望加入交換故事的生活。

可惜感情不能交換，米妮笑答。

交換就亂了，小瞇意有所指似的說著。

打算住幾天？

明天就到台北找房子了，來淡水只是為了看海。阿經骨灰有部分灑在海上，有一部分掛在我的胸前，小瞇摸著她的胸口，米妮看了一眼，覺得全身起了雞皮疙瘩。當我看海，就會覺得我們一體，小瞇說。聽得米妮對感情越發清醒起來，她覺得小瞇彷彿活在寡婦的監獄裡，這樣的「一體」太悲涼了，生命還年輕難道就要自此守寡？米妮想著，但覺得交情不至於問出這樣的話，一路就聽著小瞇說著北京的生活種種，不知不覺兩人就在河岸中逐步地走向了海。

記憶的泡沫如潮水悄悄溜走，不斷復返。

即使消蝕如魚骸，仍尖銳刺著心口發疼。

八　與海比老

海邊有拍婚紗的戀人，愛情想要與海比老。
淡水繼續開挖的山坡總與山爭高，
原來與海比老的不是愛情，而是遠方的油港。

陌生人的慈悲是要愛就要愛得徹底，不僅要愛所愛還要愛敵人。米妮讀著一張沒有署名的明信片，不知是誰寄給我們的海。她覺得字跡熟悉，卻又想不起來是誰？寄給旅店的明信片並沒有期待得到回音。

她把明信片釘到牆上時，抬頭看到前方有在拍婚紗的戀人，白紗如白浪，愛情想要與海比老。淡水繼續開挖的山坡與山爭高，原來與海比老的不是愛情，而是遠方的油港。

一座港口，航海載來他方的貨物，帶來八里的石業，供予豪宅的花崗岩陳列如墓碑。再眺望遠一點，可以目視起落的飛機，沿著島嶼邊緣離返。焚化爐與風力發電的扇子尖端畫出天空的眉影，每天收垃圾的清道夫將觀光客留下的垃圾帶走，在夜暮時分飄著刺鼻腐朽的臭氣，鼓浪前進的遊艇不是唐朝畫舫，是偶爾得聞著河水在無風前進時的水溝味。翻山越嶺的水程，商賈旅隊的戎客船照片掛在旅店牆上，有一張是傳道者搭船從艋舺到淡水的黑白影像，彷彿諾亞方舟，一條小舟擠滿了渡河人。那時河水的兩岸還像是亞馬遜河內陸叢林。

米妮看著影像，腦海閃過夢婆近來不斷傳送的訊息：妳要去花蓮，錄下太平洋的海聲回來，夢婆說。

夢婆知道米妮一直在延宕後山旅程，彷彿後山住著比鬼更可怕的東西。

別怕，妳青春的戀人已經去大陸開工廠了，妳的花蓮早已沒有會割傷妳記憶的碎片了。

她想怎麼連那動物園男孩去大陸了夢婆都知道。

甚麼動物園男孩，早已成肥胖商人了。夢婆言詞直接，發福不說，硬要說肥胖。

她的夢境將恐懼打出原形，她沒有面對的陰暗面全被勾招出來。她打開電腦，旅館網頁跳出熟悉的廣告詞「陪你島嶼飛翔，但不降落花蓮」。她敲打著鍵盤，尋思要如何更改文案。沿著島嶼邊緣爬行，靠著河海順流拓印。她覺得寫得很差，沒有詩性靈光。旁邊在幫忙處理訂房事務的宜蘭女孩笑說，那妳要不請出ＡＩ少女詩人小冰。

少女詩人小冰？她第一次像天啟似的聽見這個名字。宜蘭女孩旋即示範，將民宿房間的照片輸入後，得到的詩句是：飛於人間萋萋芳草，臥在天空渺渺茫茫，他披髮狂奔，走海上如雨。在這寂寞的生命中，多少夢的影子。米妮玩味著語句，心裡想這詩倒有夢婆的味道。少女小冰也是鬼，虛構中的鬼，來無影去無蹤。

看來導遊有天也會失業，估狗地圖與文字導覽如此周全，只差少了和導遊戀愛的可能。不過旅館不會關門，再虛擬也需要一床安穩供色身歇眠。

在我們的海，年輕時的海，她才知道慾望樹只是停止竄長，並未枯竭，落盡枯葉為度寒冬。某天她在臉書遇見以前常在師大路某家酒吧一起喝酒的老友，聊起才知那酒吧女店主小茶早已搬去後山。為此開啟她一直尚未履行夢婆願望的旅程，有了小茶在後山，讓她多了抵達的動力，因為小茶也開了民宿，這讓她有興趣落腳。她連絡上小茶，說想去她那裡住，下回小茶到台北再到我們的海住。換宿，換居，是最好的交易，何況她們還有記憶可交換。

小茶聽了非常高興，她說快來吧。她每天都盼望有老友來尋舊憶，從酒吧到後山，從最喧譁的一條街到最最安靜的一座海，這使她的心恆在冬夏擺盪。

米妮可以體會小茶的心情，她在心情跌宕時，也可以把自己關在房間幾日，交代民宿的打工妹只要按時送食物在門口，然後就足不出戶。但她其實並不是在真正地閉關，閉關是要關掉所有的慾望。而她是在一間房間完成所有的慾望，突如其來的情感撞擊，亟欲奔流的記憶暗潮，爬梳筆記本的文字蟲，等待上色的空白畫布，看日光從最亮到最暗，聽漲潮高音到低音，聽山坡下人聲喧擾到寂靜，在一間房間，世界都在眼前。暑氣如蛇往心裡黑洞躲著，冬天是回魂的季節，她在房間裡靜靜豢養著一匹想像奔馳的馬，讓牠帶她去遠方，企望神聖的平靜來到。這是她自從父母親都離世後所養成的習慣，訓練自己是孤兒的必要獨立。

她在房間時，唯一對外的連繫，就是電子信箱。以前一個按鍵就立即傳送的伊媚兒現在卻變成是速度最慢的訊息連結，此慢並非真慢，而是閱讀者延緩了連結，必須逐一打開信的動作，讓時間已經變成這樣小的單位，幾根指頭的連結就是整個世界。伊媚兒已成慢訊息，替換成一個指頭就能看見的賴訊息。多了一個必須「繼續閱讀」的指頭動作，文章就經常成了盲文。伊媚兒沒有已讀或未讀，緩慢得如搭莒光號，但這樣的速度對米妮竟是剛剛好，比起等待他方寄來明信片要好，等待明信片如搭區間車，伊媚兒畢竟還是對號快車。但區間車有緩慢的喜悅，筆跡清晰透露心情起伏，筆跡收藏在夢裡。

幾日之後，她打開房間門，空氣凝結之後需要鬆開時，她就會移動。這回知道小茶開民宿，花蓮多了想像空間，於是約好之後，她就上網買了車票，在民宿冬日淡季前往另一座海，夢婆念茲在茲的海。

普悠瑪，速度常讓她耳鳴，暈眩。看書會晃動，容易眼花撩亂。刻意搭慢一點的火車。偶爾從晃動的昏眠中醒轉，放眼車內昏睡一片，大白天裡作著夢的感覺很奇特，沒人看見。好像是她獨享的風光。每過一個山洞她就看見一張臉，被前進速度拉到她眼前的臉。先是被她在心裡代號成動物園男孩的大學男友，接著是跳海的阿聖，再來是在科技年代怎麼打上名字與關鍵字都無法找到的一位花蓮朋友，還有一去不回的日本友人，還有許許多多的旅人……逐一跳出來的人臉，在黝黑中如此清晰。

在這個時代不要沒事隨便在網站找人，之前她上網找了一個失聯的國中同學，結果上網資料吻合她找的人卻是死在一場二氧化碳的意外新聞，跳進她的視覺，同學的名字不多見，新聞描述的年紀與長相還有區域都吻合，新聞描述著這名朋友和母親過世的那間房子她在國中時還曾去過，她看著新聞上的照片，啞口無言。這當代的報信者是電腦，電腦是約伯。太平洋成了治療她年輕傷口的白藥水，她的逃逸之地，海上的教堂，只要一回想就讓她掉入年輕時的無數趟太平洋東海岸之旅。那時她離動物園男孩那麼近，但他不知道彼此同在一座海，愛情無風帶，杆斷拖垮膨脹的帆。

直到動物園男孩結婚，直到連在這裡打算終老卻辭世的最後一位日本朋友也離去了。往後她想不再回到這座海了，太平洋的海不再是白藥水，而是弄痛傷口的碘。只要在那片海落腳的人都會離開她，向愛情致意彷彿會引發太平洋海嘯。

於是在還沒進駐小茶民宿前，她先去了幾個青春的印記之地。

上午在淡水的海，在我們的海，下午她已出現在年輕的海，老成的海，航海者上岸的海。

金姑娘寄來旅店的明信片風景是大雪的紐約，旅人寫著她從航行的陽光海岸航進紐約風雪時，覺得造物主太奇妙了。口口聲聲造物主的金姑娘，旅行的際遇召喚是否已經像一頭獸躲進她的心，簡單的手寫信，看起來筆跡匆匆，應該是在船塢上投遞的。她們都在路上，在海上，當代島嶼女子的移動，不是因為婚盟，恰好是因為沒有婚盟。比如她和金姑娘，還有過幾天後她要去見的小茶。過去因為婚盟而移動的女子，於今不管婚不婚、盟不盟，都可以任意在路上，遭逢自己的際遇。一個旅者可能會遇到一個植物學家的幽魂，一個殖民者派遣的水手，一個將熊掌與獼猴帶回倫敦的殖民官的過去。

但她甚麼也沒遇到，她看見東海岸的水泥橋梁水泥廠水泥房子，路上奔馳著砂石車與貨櫃車，馳過海岸山丘沙地高山，鐵皮屋小吃店外的黑狗兒狂吠。波羅樹麵包樹茄苳樹葉落，木麻黃與瓊麻抗拒著太平洋的海風，濱刀豆抓住地表的勁道，招潮蟹不斷在沙地冒出的小白花泡沫與寄居蟹吐出的星砂，吞吐如分秒流逝的時間。島嶼拓荒，一座山朝海奔去，一滴血色大海在白令海峽分家，狩獵捕魚燒陶的血緣兄弟自此成了陌生客。

米妮的後山，無法切割動物園男孩。

她在花蓮看海，回憶著和動物園男孩第一次到後山的十八歲暑假，假期沿著太平洋倒退的藍色海洋，於今她覺得魚都老了，與海比老的青春也不堪一擊。二十六歲那年，她曾來到靜浦找一個隱居的藝術家，她看到藝術家的生活後，確定自己生命缺乏這種藝術家的特質，決定朝庸俗一點的導遊解說工作和書寫在地文化就好，不要去召喚生命的艱難，因為艱難自己會按時間表來到。

曾和金姑娘一起落腳的教會她已忘了在哪裡，她隨意遊走，任海風吹拂。這座冬日的海，凶猛如夜潮。她想起動物園男孩，他愛妳時是真心真意，他離開妳時也是真心真意。相聚沒有反悔，離開也沒有反悔。十八歲的花蓮，她第一次領略地震來襲的花蓮，之後每隔幾天都有微感的地震搖醒夢中人。遇到輕微地震不跑的，都是花蓮人。大一的青春人，她隨他來到這座東海之城。在歡愉時，真正的大地震突然來了。她看見本來男孩的臉在自己的上方，頓時蒼白的燈把他的身體打到了牆面，影子擴張得有如宙斯。他又被地震打回到她的身旁，他的汗滴到她的臉，熱燙如燭。

男孩不跑她就知道這場地震沒事，在搖晃中，他比地震的搖晃更劇烈，引起她生命的海嘯也更恐怖。就是那時候她看見整個大學生活之後都將離不開這一夜，離不開這座海，離不開地震板塊的宿命。她記得那初夜的房間。那是男孩母親在花蓮市區開的一家服飾店的房間，專門賣手染蠟染之類的民俗風。因此地震來襲的瞬間，有一排的衣架倒下，他的身體和她的身體被覆蓋著顏色豔麗但不俗的染衣，他們像是美麗的木乃伊，最後他們又悲傷又開心中大笑起來。

時間風切身體，時間讓愛慾得癌，在無盡的黑夜裡她保持瓷薄似的思念，如宋瓷的薄胎，小心翼翼地守護著年輕時的海。將機械文明擺在身後，讓這以青春燒煮的海、慢慢扭塌在她的時間裡。她一直記得男孩對自己說別怕！只是輕微地震。他的汗繼續滴下，熱燙她如煙疤。

米妮走得出了點汗，隨著回憶的海潮，她抵達小海的家。

小茶的民宿取名為「小海的家」，別人是大海，她偏偏叫小海，小海不就是內陸湖，但配主人的名字小茶倒是可愛得貼切。海邊的民宿到處都有偷天換日的海，以「名字」換來安逸，希臘風情，打到浪，來看海，挪威森林……而她只看見冬日的浪，阻絕旅人躺進海的懷抱。島嶼總是幻想被海環繞，卻不知島嶼本來就被海環繞，無須幻想。

米妮跟小茶說，我們去買鵝肉與米粉湯滷味吃，這麼多年過去了，鵝肉先生還在。她吃鵝肉米粉時，湯裡突然浮現著動物園男孩，年輕時長得像約翰藍儂的他。頓時湯裡彷彿一隻甲蟲在黯黑漂浮著。

隔天米妮約好和小茶一起去夜遊，去看海，她穿著黑衣弔唁青春的海。岸邊停著幾艘貨船，看見不上岸的水手們在甲板吹風，像是熱病剛過的孩子，望著黑衣女子如在夢遊。

小茶開的民宿，同時可以聽見輪船起錨的嗚嗚，也可聽見飛機引擎的轟轟然，還有火車的氣岔聲。全花蓮都聽得見飛機掠空的聲音，但可不一定聽得見黑夜號輪船，還有火車聲。那幾夜米妮和小茶聊的都是往昔，那由奇異的酒精與情慾所攪拌的青春。米妮感覺這東海岸海的夜色像是可以把回憶送到很遠的遠方，回憶像一趟遠航，必須背對著她生活的小小島嶼。這座島嶼有很多的危險轉彎處，足以吞噬而導致個體的失語失能。當她凝視著黑夜，那裂處的天光，就像從海洋偷渡來到她身旁的記憶。當她有如奧德賽的旅程出發，從想像的海洋返航岸上時，青春已遠，她這渙散的瞳孔，勞形的身影。

米妮看海時突然嘆口氣說，畢竟我們都三十好幾了，再玩下去也不是辦法，青春逸樂就像放煙火，成本很高卻只為幾秒。如果有點年紀再去逸樂，就很不堪了。

對啊，我去酒吧最怕看到老女人耍年輕，最怕看到老男人穿花衣追美眉。我這間民宿來住宿的不是一概接受，像這種怪叔叔怪嬸嬸，我都跟他們說房間客滿了。小茶說得好像自己永遠不會走進這個初老族群似的。

套句上年紀的人經常提點她們的話，女人老了就知道。米妮覺得老了並不可怕，只要還有對生活的渴望。

主要是老人出現的地點不太對，畢竟酒吧都是年輕人，小茶說。

難道要他們去養老院調情啊，米妮開玩笑說著。

總之不難堪也難看，一身雞皮鶴髮最好還是躲起來，妳看過老人搞自拍好看的嗎？小茶說得好像老人也不能談戀愛似的。

也有很可愛的，她笑說，但旋即也不禁感慨時間的殘酷，滄海桑田。感情的山崩地裂，就為了往後的每一瞬相逢。

末了她們都同意青春時花那麼長的時間在這種感情上，但再相逢時卻多半不堪，一點也不值得當初的天崩地裂。各自呷了口酒，驅寒。二十幾歲的動盪只為了抵達愛的盡頭，如此不計代價，只為心中未竟的懸念。

民宿冬季又非假日，生意慘澹。小茶說正好現在可以過著二十來歲時想過的半年工作半年遊晃的日子。她們那時候被說不切實際的幻想，其實並非幻想，她覺得還滿真實的，不是實現了嗎？像她們常被認為是不切實際的幻想者，但米妮以為不論成功或失敗她都是不會感到失落的人，因為她以為幻想的本身就是自己的影子。

傳道者 **沒有門徒何須傳道者？**門徒都是他在島嶼旅行布道，拔牙與傳福音的重要助手，忠心耿耿的門徒是傳教最重要的梁柱，沒有門徒也就沒有傳道者了，眾生不在，菩薩也不必走下蓮花座。門徒們分別都扮演過旅途中的料理人、傭人、理髮師、裁縫師、書記等之雜務。他們抵達花蓮港時，經常遇到非常困難的考驗。有一回他們在夜間十時從蘇澳開船，夜晚搭釣漁船，竟靠著五枝手划槳，在月黑風高中在茫茫大海中前進，從深水湧起的浪濤聲聽起來沉鬱如鐵，他在心裡一直禱告著。直到隔日下午一、兩點才抵達花蓮。他和學生們都暈船了。下了船，在暈眩中徒步拜訪村莊，走進東海岸村落，部落又經常從山上投下石頭砸他們，隨時都有危險。他聽說花蓮太巴塱的故事，他們告訴他太巴塱是指阿美族的白色螃蟹，傳說只要吃了白螃蟹，三餐就都不會飢餓。他聽了很喜歡，覺得這故事和耶穌的五餅二魚很有雷同之處，五餅二魚可以餵五千人，而一隻小白螃蟹也可以抵三餐。打從他進入島嶼，山林部落就如同他的天家，夜晚他們在見不到房子的空曠之地，開始起火煮飯，搭著過夜的帳篷。他看著部落頭目也把眼睛睜得大大地盯著他們，他也不管他們是否聽得懂，只管一直宣說著大衛的上百詩篇，聲音昂揚，聽得部落人只覺這個人有意思，他聽見從自己發出的福音被夜晚的風再盪回來，山谷回音著詩篇的呼召，他在後山壯闊的山谷裡熱淚盈眶。他發現歌頌詩篇震懾了部落首領與部落人，他們都一直靜靜地注視著他，歌頌之後，他和門徒一起躺下，看著星空，圍著火爐，仍感到十分冷寂而無法入眠。部落的人也不睡，直盯著他們這些生人是否有別的動靜發生。直到天亮，他說服酋長讓他進部落去瞧瞧他們生活之地，經過非常誠懇的商量，酋長終於帶著三十幾個族人和他們一起出發。穿過山林，踩著落葉與熟落的果實，衣褲也都被有刺的藤枝勾破了，但這些都讓他非常高興，走進後山的部落，他發現部落的住屋多是木板的竹子或藤造，有的是泥土塗在蘆葦上。數百個男女和小孩都直盯盯地看著他們師生一行人，狗則狂吠著，他聽到還有很多人聚在一起狂歡狂叫，正在歡宴一顆漢人的頭顱被斬下來帶回了部落，他轉頭看見那頭顱還血淋淋的，那眼睛像深淵，血腥味飄來，像驚恐的羊在黑夜的恐懼。瞬間他感到暈眩，為這島嶼這樣的廝殺命運感到極度悲痛，彷彿身處在一個巨大的屠宰場。但瞬間的恐懼飄過後，他又被主的寶血穩住了心。主回應了傳道者，接著他被部落的人迎到了上座，在那一夜，他看到部落人有人得瘧疾，他給了他們服用奎寧，一時之間部落人又開始聽他講一些他們聽不懂的一堆言語，有的也進入了昏睡中。這時候他拿出了紙筆，開始素描著屋裡的人與茅屋外觀，有部落人發現後，互相開始耳語，一時之間聲音如浪傳開，生氣的吼音盪開來，然後就見到有幾個年輕人竟拿著鐵頭的長矛衝進屋子裡，他才知道原來紙筆素描他們是禁忌，會被認為攝走了屋子的精髓與人的靈魂。經過通譯的解釋，如果他繼續素描，他們一行人就沒有一個人可以活著走出部落。紙筆素描竟如此要命，他因此又上了一課。他觀察到進入的深山裡住著不同的部落，每個部族都各有特殊的語言習慣與生活方式，要成為男人要通過種種考驗，活得野性且血性。打獵才能活下去，打獵才有資格娶妻生子，槍矛弓箭狩獵山豬熊鹿，吃剛獵下的溫熱生肉就是美食佳餚，種植的山米、玉米、芋頭、甘藷、柚子可以供全村人食用，至於莓菓子李子梅子橘子則野生得吃不完，粗麻衣有美麗的裝飾品，珠子貝殼玉髓銅環。聽著他們自製樂器發出曼妙音樂，他想有一天一定要讓他們唱主的詩歌。他們是一片空白的畫布，歡宴舞踏表達對天地的感恩之情，他告訴他們天地就是上帝。有一回傳道者和門徒跟著酋長兒子爬雪山，這是他最深入內山的一次，這是他最夢幻登頂的一座山，沿途山上可見茂密的柏樹樟腦柑橘毛栗橡樹棕樹大羊齒樹，山岩峭壁四周是溪水淙淙，在山上目視著靜靜的海，他感到一陣狂喜。無奈一路爬了四天之後卻無法再走，酋長說要回部落去，因為酋長剛剛聽見鳥兒的聲音在警告著必須回頭，他不斷地和當通譯的酋長兒子說明自己想要攻頂的願望，但酋長執意回去，說這次發出警告聲的不是別的鳥，這可是偉大的長尾縫葉鶯，他們是牠的信從，牠總是會捎來前進或回頭的訊息，沒有一次不準。沒有商榷餘地，少了嚮導，他只好失望地跟著走回。一回到酋長的村子，就聽見勇士的狂野舞踏，一顆漢人的頭又被高掛了，鬼魅般的狂舞與火焰，風簌簌響地送來生肉伴隨著野花的雜糅氣味，他看見切肉片時全場人屏氣凝神盯著，然後瞬間迸發狂烈的嘶吼聲，有人持竹片裝滿的酒要傳道者喝，他以目光狠狠瞪回，這猛厲目光竟瞬間把勇士化成石頭，嚇退了這部落勇士，後來他的名氣與勇氣也因此就被傳開了。不喝敬酒的黑鬚番，和他們一樣也都被叫番。

他在下山之路想著，來此山林部落必須保有一顆純粹之心，要能沒有別的念頭，一心為傳福音，以剔透的心才能建立權威，才能在此插上十字架。在緩緩的九月初秋細雨中，一路上他的衣襟沾滿了山林的泥土，袖口衣角也都被藤刺勾破了，天邊亮起了一顆如海面的星，葉片銀光指著路，月光中見到很多骷髏頭，比雪還亮的白骨在露水中愁容滿面，彷彿集體在林間成了失眠的山鬼，鬼腳踏行異地，無主之魂夜夜流淚。他不知如何安慰亡者，只願復活的希望如四季輪替在這塊土地上。

冬日海域，無人，除了遠方停泊的大船上的燈，迷霧海的燈看起來像寒星，海也像眼淚。

白天，除了走去海邊，好像沒有特別想去的地方。她還是老往海邊跑，沒有海景，後山的旅館都少了靈魂。

米妮的生命時光都消融在一座海，海自此成了她生命的一部分，但卻也模糊得無法解析成分。她從淡海到北海岸，從西海岸到東海岸，故事都沒有往下走。

她感覺此刻是如此奇特，就在青春的現場，也不過十幾年過去，卻彷彿活得比一粒石頭老。霧散後，海面如鏡。身上長滿尖刺的海膽趴在石上吹風。牠身上的黑完全襯托著浪顯得更白，一顆顆被時間沖刷的花蓮石敞亮著古老身世。

甚麼時候死心的？小茶問。

死心是早死了，只是殘存的記憶有時候會自己和過去連結起來，景物依舊人事已非，大約是這種俗濫句子的樣貌。怪的是我們的人生都需要這類俗濫的抒情，這類句子就像是止痛藥。

妳那個長得帥氣的大學男友還住在花蓮嗎？

米妮點頭說是啊，前幾天來花蓮搭火車還見到他們家的工廠。奇怪，每個男人離開我後都結婚了，說不結婚的也結婚了。

是妳臉上寫著我不結婚的，小茶笑說。

她無辜地說，哪有，從沒拒絕過婚姻，只是沒人開口說我們結婚吧。

別騙自己了，妳根本就害怕結婚，妳的那股害怕，就是繞地球一圈後也還老遠就看得到，那是妳整個人散發出來的氣息，無法躲藏。

那妳呢？她問小茶。

最適合結婚的年齡，我卻開酒吧，那種地方會遇到甚麼好男人，更遇不到想要結婚的，都是寂寞的，傷心的，失婚者，失戀者，所以妳說呢。

原來都是我們自己的問題。她笑著說我現在有在彌補，我們的海有幫戀人辦婚禮和拍婚紗。

不觸景傷情啊？小茶說。

不呢，覺得挺美的，感覺沒那麼害怕結婚的樣子，接受美麗過後的杯盤狼藉。

小茶聽了笑她真的不一樣了。

她喜歡海在黎明前的那種寂靜，醒在一片黎明的海。

小茶煎的蛋香飄在空氣中，民宿早餐的味道。

小茶去當地陪賺點外快，問她要不要跟？她搖頭，定點聽導遊講話她往往覺得很累。

妳不是也常當地陪？讓別人站著聽妳說話，小茶邊倒著水壺邊笑地陪的工作特質。

那不一樣，就像開車，自己開車和被載完全不同。她順便要小茶借她車子，因為等會兒有小巴士來接小茶，車子用不上。小茶點頭，把鑰匙留給她，叮囑老車要注意的事項，別開太快，後來又自言自語著反正也開不了多快。

她在花蓮的日子，海收留了她。她在黃昏遊蕩，心想也許會碰到動物園男孩帶著他的女兒撿拾花蓮石。當然這是胡思亂想，何況就是遇到她應該也認不出動物園男孩變成肥胖商人的樣子，她對他殘存的記憶僅剩下幾個關鍵畫面：墮落街初遇的剎那，沙崙海邊的夜遊，在每一條街尋找他的身影的執著，在他說不要在一起之後的剎那如被刀插進胸膛的血痕如昨，為了他而不去上課的蹺課時光，在他為她新租的屋子裡畫上一座藍色海的悸動，探訪他的兵營外旅館的計時性愛，他第一次來到她的家探望她得水痘時的熱燒身體……忽然膠卷斷片，起了火地燃燒。

她一直以為她嬰兒時期出過水痘，因臉上有疤，但大四那年出水痘是滿驚人的，結果是動物園男孩免疫，他在幼童時期出疹過，還有記憶。所以她也不知是被誰傳染的。那時冬日時節，發熱發癢的肌膚還能承受，成批出現在臉手腳身體各處的紅色斑丘疹、皰疹、痂疹，讓她的臉像大麻花。她不敢出門，他見她竟然一個禮拜都沒有找他，可真是稀奇。

因為太稀奇了，他本來想甩老是黏著他盯著他的人，當不再黏不再盯了，他反而主動找她，當他出現在她家門口時，她嚇了一大跳，從戴著口罩的口中問著你怎知道我的地址？他說妳忘了妳寄東西給我過，包裹上面有地址。

她想起那是剛認識不久放寒假時寄的，寄的東西是書，幾本關於電影與攝影的書，那是他們的共通話題。但不知他把地址給牢記著。她帶他去淡水鎮上網路咖啡館隨意看影片，然後他騎摩托車載她回家前去了附近一家商店買了一個好看的書包，有點像現在最夯的時尚郵差包，中性美麗，可以放書和電腦。那一次出水痘的發燒身體被他完全攻占，燒燙的身體在冬日像火爐給肉體溫暖。自此她記得他的好，而遺忘他的不好。她記得他的靠近，卻遺忘他的疏遠。出水痘之後，這終生免疫的疾病換得了他們終生不再見的分離。她沒再找過他，動物園男孩變成一位異鄉貿易台商，他背海而去，為了貿易為了撈金，為了更便宜的人工。起先他是大陸，接著是越南台商、印尼台商，再來是緬甸台商。他的移動比祖先更劇烈。

動物園男孩的母親在花蓮基督教門諾會醫院病房度過最後的臨終時日，他的妹妹阿倫給米妮捎來一封信，大約是提及其母親過世之事，阿倫以為她會去弔唁。但動物園男孩妹妹天真，忘了沒有走入婚姻的感情從來都不是葬禮的邀請者。葬禮比婚禮更需要一種身分，沒有身分不只是突兀，還可能是一種傷害。就像之前的藝術家情人過世的那場葬禮，米妮也只能躲在角落裡悼念，她的出現會傷害護喪妻未亡人，護喪妻在訃聞上宣示主權，也接收情人的一生。

米妮，妳的感情實在太綿長了，當斷則斷，小茶說。

我斷了，但記憶不肯斷，或者該說懸念者把未完成還放在我的身上，常使我的心情還藕斷絲連。

她提到那個奇特的護喪妻後來出現在我們的海，她跟小茶說她像是刻意尋她來似的，淡水那麼多旅館，偏偏訂到她的旅館。

她知道妳嗎？

我想應該是整理遺物時發現我的存在，畢竟和那個藝術家情人往來有不少手寫信件與信物。他突然發病，來不及整理私物，即使來得及整理，人也有僥倖心理，總想病會好，等到認清死神隨時會伸出爪牙時，也無力無心無能整理了。來不及丟掉的私物，常常成為揭開的傷口和爆開的祕辛盒子。

遺書遺言遺物都很可怕，很有殺傷力的東西。所以要提早丟東西，比如裸照之類的。小茶說著兀自大笑，米妮也跟著笑說這不用等到遺物那一天，只要情人翻臉，裸照或親密照都是要立馬刪除，不然就會成為威脅之證物了。

前情人的未亡妻下榻在我們的海，妳都沒落跑？小茶問。

沒有，來不及落跑就打上照面了。米妮說著當時的畫面，她從來沒有管理訂房業務，因此不知來者是誰，等到知道時，那個未亡人已經住進我們的海。夜晚玩真心話大冒險，這前情人的未亡妻還順勢把瓶子轉到米妮面前。

未亡妻問米妮一個尖銳的問題，妳介入過別人的婚姻嗎？

能說真心話嗎？因為當時藝術家情人告訴我的是他已經在準備離婚，只差簽字，我就傻傻地跟了他。但這種話說出來很傷人，所以我真不知該如何回答。

她為何不放過自己？這樣問又有何意義，人都走了，小茶說。

是啊，但有時事情的真相反而可以療癒她，當然也可能相反地再次殺傷她。

妳記得我們一起看過的電影《藍色情挑》嗎？小茶問。

記得，失去丈夫的鋼琴家痛不欲生，直到丈夫的第三者出現才恍然大悟不用如此傷心，因為丈夫不是她獨有的，丈夫在外面還有情人的事實，反而救贖了失去的苦痛。

那妳還不告訴她真相，妳究竟怎麼回應這個問題？小茶問。

就是含含糊糊，不能認真，因為其實最初在海邊也有遇過一次，她還說她丈夫認為和我只是一種知音關係，到了晚上不知為何玩起遊戲卻認真起來，反而是用刀子般的口吻訊問我似的。所以我就搖頭說沒有，因為在當時交往對象時對方都有出示是單身狀態，所以我即使有誤闖過地雷區也是因為不知情。大庭廣眾，沒人認真，何況都是陌生人組成的短暫夜晚圍爐聚會。

她沒追著妳問？

沒有，我也很快就躲到房間，後來且離開旅館幾天，直到那個護喪妻離開淡水。她有留一封信請櫃檯的宜蘭女孩轉給我，但我一直沒打開看。

幹嘛不看？

沒意義，因為她把自己的問題丟給我，回應或不回應都是問題。她攤攤手躺回沙發說著。

在旅館遇到老情人或者老情人的妻子都很尷尬。

尷尬的還有情人帶著別人來投宿旅館，她想起宜蘭女孩的經歷，當場櫃檯前變成戰場，一場龍門客棧的廝殺。

早些年代，許多戀人要讓情慾著床，都是去那種超級便宜的老旅社，那種老旅社只有歐巴桑，不會遇到宜蘭女孩的情況。現在文創旅店都是年輕人甚至文青打工之地，遇到熟人的機率和情人的可能率都大大提高，真的滿危險的。小茶起身添炭火，冬日的東海岸真是濕冷。

以前老旅社的歐巴桑都滿凶的，不是臉色蠟黃面無表情就是一副老娘不爽的樣子。

在炭火的溫暖中，米妮聊起童年的老旅社經驗，母親經常在那間老旅社打牌。幾個女人忙著打牌，櫃檯還會幫忙叫餐服務，女人的女兒們就在旅社四處玩耍。打到夜深了，戰局休歇時，其中一個年輕媽媽才發現女兒不見了。她媽媽問她之前那女孩不是跟著妳在一起玩？她說之前有，後來她說要去廁所我們就回來大廳了。大家急忙離開牌桌，在老旅社三層樓的每個房間尋找著。媽媽怕女孩被陌生人抓去房間，但這樣的恐懼並沒有發生，因為小女孩是溺斃在老旅社的水池裡。那個母親的哭聲，直到現在都迴盪在記憶裡，因此她對那種陰暗的老旅社充滿了鬼魅感。後來母親就戒賭了，可能被小女孩溺斃的畫面嚇到，母親過世之前都把她抓得緊緊的，至少她的行蹤母親都很注意。

我也很怕老旅社，小茶說起鄉下旅社住的都是南來北往的打工仔或者商人，她對旅社有一種奇特的感覺，就是夜晚再寂靜都有人在踩著地板似的發出如鬼走路的嘎嘎響。

應該是起來上廁所的聲音吧，她說。

老旅社感覺有鬼。還好他們的民宿很明亮，到處都是新油漆新裝潢的味道，鬼怕油漆、松節油，魔鬼怕的味道，小茶開玩笑說。

米妮突然想到夢婆，如果說出來肯定會把小茶給嚇壞了。小茶這樣說，她心裡忽然想，有一天應該找人把旅店油漆刷新。但刷油漆的時間還要再想想，夢婆交代最後一個任務之後吧，她只是不希望夢婆嚇到別的客人，但按著夢婆指示來幫她看看往昔的淡水與新世界的淡水，這她是很願意的。

小茶之後去巡房，米妮隨意地翻閱著小茶民宿架上的旅遊雜誌，奢華旅館的精美吸睛著。金姑娘曾說她在旅途裡有過幾次下榻豪奢旅館的經驗，比如在尼泊爾和印度下榻的凱悅旅館經驗，讓金姑娘至今難忘，因為走出精美旅館，乞討者蜂擁而上，使住宿成了折磨。看著雜誌介紹的頂級旅館的泳池與大海融合成地平線之美，整面窗景的蔚藍海岸，掩映在植物林間的房間，停靠港灣的私人小徑，地中海馬爾地夫峇里島斐濟大溪地，島與島，海與海，生態保護區成了旅館客人專屬的風景，錢可以買海，露天起居室餐廳廚房泳池平台吧檯健身房圖書室三溫暖，旅館打著皇家貴族的體驗。一樣靠海，相形之下，她和小茶的旅店卻像是停格在童年的那間老旅社，充滿抵達與離別的氛圍。

夜晚躺在小茶的民宿，米妮遙想起很多不敢想的畫面，反覆如浪來到腦海的那場地震中的初體驗，她想著自己的青春與動物園男孩在這片海的地震之愛，倒塌的彩色衣服覆蓋著他們青春的身體，被倒下的鐵桿衣架打到竟也不覺得疼的青春身體。誰能走得出這座海，除非死亡，不然總是會回頭的。

白日走在青春之海，而男孩已不在她的這岸了。他走進過她的心海。比太平洋壯闊，比奇萊山深高。燒出焦臭的青春，那青春年紀她走過流浪犬漫步的寂靜寺院與安逸教堂，曾經像個幽魂。時間維度把她的回憶擠壓得很窄仄，回憶變得很薄很薄。

有如賞鯨船擱淺的冬日海域，等不到出船，愛已消失。

傍晚米妮回到小茶民宿，小茶給了她一張明信片，沾滿海洋的氣味。在東海岸，金姑娘知道她暫時落腳小茶的民宿，在遠方用大海寫信給她：討海人正加速在全面洗刷我剛登船時那種人生長期被擱淺且被宗教罪惡束縛的呆板形象。討海人說妳為何不早一點出現？因為他這個漁夫早已用孤獨打造了封閉的城堡。他花了十年時間才打造這種對抗孤獨的飛翔能力，他害怕跟我只是露水，足以濕溶他孤獨的地基。米妮，其實討海人說得沒錯，他的觀察是對的，因為起先我確實只想一夜情，我上船航行海洋，找到屬於我真正的海洋情人後，我想我就不會和他在一起了。

米妮笑說這金姑娘的開放程度已經到了令她這個也看過世界旅人的人嘆為觀止了。

小茶聽了信的內容，驚訝金姑娘的變化。金姑娘就好像一個從沒看過大錢的貧窮者，不僅無法抵擋誘惑，甚且變得更貪婪。就像一生都沒釋放過愛情餘震的人，突然一航行世界，板塊被晃動後，山崩地裂。

只能說旅行會上癮，米妮說。

自此成了被詛咒而無法上岸的水手，小茶說。面對金姑娘的二度世界之旅，她們都很有感觸，即使心裡羨慕也沒說出口，因為自己的情緒也頗多複雜。

米妮在窗前聽海，第一次面對太平洋海色回信給金姑娘：這片海洋，是我的默禱的流放聖地。我成為海，想抵達的過去都沉沒。親愛的神，必然也能讀懂妳的鄉愁。順著水流潮汐，沖刷過來的是無盡的千萬道傷口的礁岩。我問我的神為何總是讓我走得這麼遠，才抵達主的客西馬尼園。我是渺小的微塵，我的慾望碎裂，在神浩瀚的星床，我見到自己躺下如獻祭。我等待親愛的妳的歸來。／米妮

夜晚，在小茶的民宿不知為何夢婆無法傳夢給米妮，米妮每天躺在夢枕都無夢。她想或許夢婆也會有生病失去法力的時候。於是她的想法沒有被夢婆知道，夢婆要是知道她的翅膀也想飛離我們的海，夢婆或許會不高興呢。

但米妮知道夢不能作太長，太長夢會變質成魘。

她聽見內心出現這句話時，預感夢婆離開她的時間近了。

每週的安息日，將變為永遠的安息日。相聚有時，離別有時，冥界已給了暗號。

她躺在小茶為她準備的床，望著窗前的大海。東海岸的海和西海岸的海如此不同。夢婆要她來東海岸，覆轍傳道者和島嶼妻的旅程。旅程可以覆轍，路徑卻無法再製。傳道者那驚心動魄的入海出海離海，登陸如登天。而她搭上自強號或者普悠瑪，瞬間就抵達東海岸。大一時，和動物園男孩要回他的後

山曾買黃牛票。買黃牛票是一個奇異的空間，就好像現在的網路面交。約在後火車站，見到一個中年人跨坐機車上，動物園男孩就走過去說花蓮，對方的手就往口袋摸出火車票，一手交票一手給錢。

你怎麼知道是那個人？她問。

一看就是那種賣黃牛票的人，動物園男孩說。

那麼篤定的口氣，又帶著嘲笑她的語氣，好似她怎麼這樣不解世事，黃牛臉很好認啊，臉上總是東張西望，深怕被警察認出來。

想到這裡時，她已經在東海岸驅車亂晃，借小茶的車子遊走東海岸，心情在山海中前進青春場域。黃昏時她停車，一個人在海邊徒步，聽海，將太平洋的海錄在隨身聽裡，回雨水的盡頭，她也要讓房間充滿了太平洋的聲音。

這回來花蓮，她也特地重訪當年和動物園男孩下榻的某家大飯店，飯店之前易主，又因地震拆除一空。許多大理石工廠聽說大理石碎成一地，她想不知道動物園男孩的大理石工廠如何？但知道又如何，她繼而一想。整個海岸的大理石已然是進口的，島嶼進入觀光化潮流，像快速轉動的影片，很難定錨理想的方位。幾日後她又回到了淡海，像烈火情人，在希臘小島終老。

回到我們的海之前，米妮在小茶的民宿舉辦了一個旅人玩密室逃脫的活動：使徒來襲。她覺得這遊戲的名稱簡直就是夢婆來附身，遊戲要一直跑一直跑，跑到最後，米妮還是被使徒轟炸，沒逃脫。

回到淡水，她睡回了夢枕。

幾日後夢婆再次出現。

為何要我來一趟後山之旅？我並沒有照妳的指示，我哪裡也沒去，只去憑弔了青春的墓碑就回來，我把青春之海封印了，米妮說。

夢婆在夢中微笑說，我正是要妳這樣就好，妳不是玩了使徒來襲的遊戲？

她在夢中也笑著回答，是啊，我被使徒狂轟襲。因為我只有一個人，沒法分散使徒轟炸的目標。

感覺如何？

無法呼吸的難過。

連遊戲妳都這麼認真，夢婆笑說，難怪和動物園男孩的感情記憶會困在妳的生命多年，浪費正好的青春光陰，往後妳的生命還會遇到很多次的使徒來襲。

米妮在夢中這回見到了夢婆之後出現許多頭上有著光環的使徒，其中以曾到地獄的聖保羅，外號神選杯最讓她安慰。

既然是神選的杯，必先喝盡苦杯。

神選杯使者帶她進入地獄，她想是否會和小時候在淡水鄞山寺外讀的遊地府記結緣書一樣充滿油鍋刀山釘床剝皮的恐怖？

神選杯使者還沒引米妮進入入口，她就驚嚇醒轉了，她被父親死亡前的幽魂喚醒，她才想到自己很久都沒有想起父親了。父親的海，依然波濤洶湧，傷害處處。

她推開房間的門，走到露台。

霧夜的海，有一艘黑夜輪船號緩緩駛進這雨水的盡頭處。

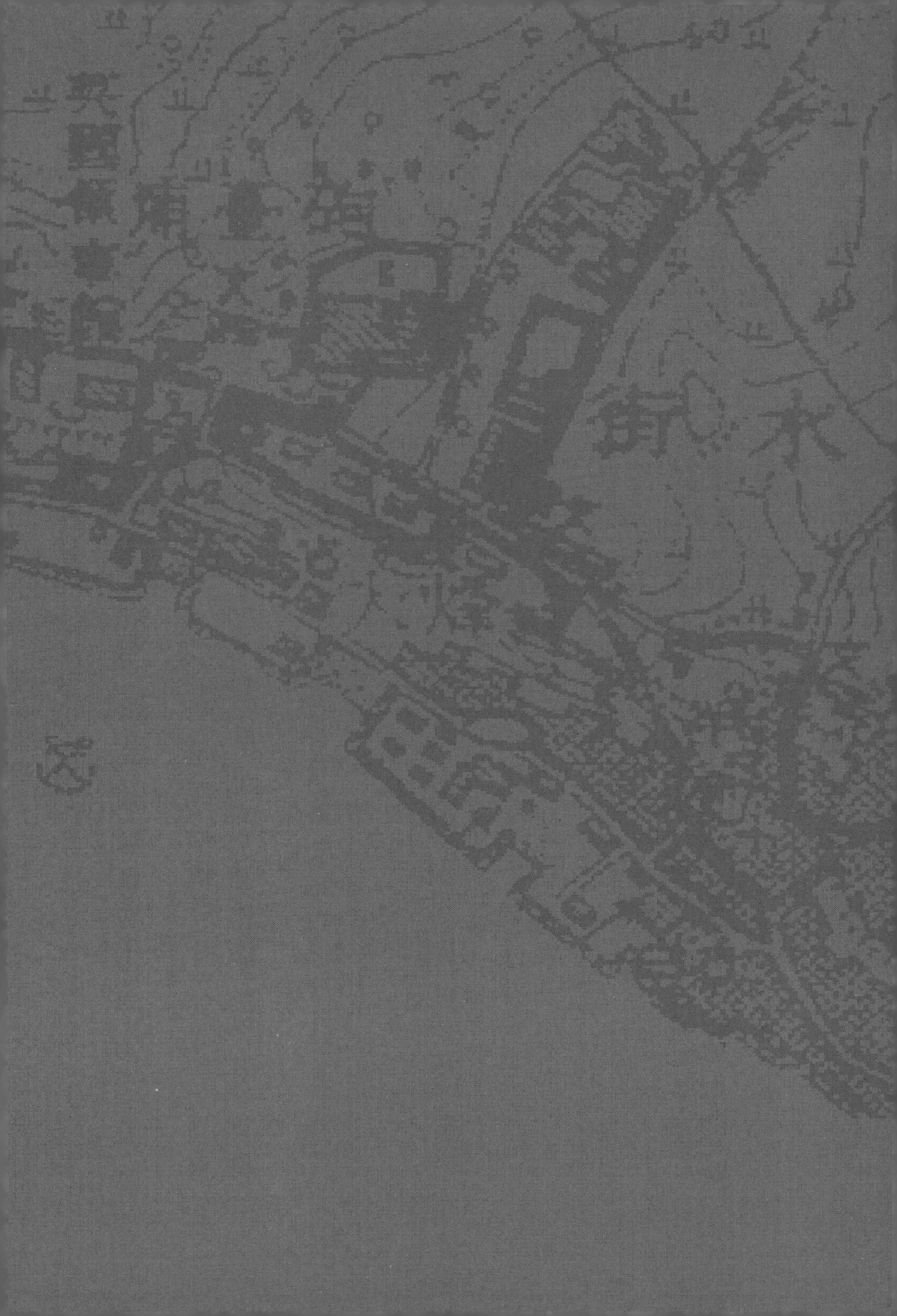

【卷参】

金星以南　未曾走過的路

九　走水路　航向我的男人之邦

在每個狂烈顛簸的航線中，我偶爾會從上帝睜眼的縫隙中，感受甜美的微風吹過，就像懷中的嬰孩的可喜。

筆記0 這是我的骨中之骨。雨水盡頭的愛情，種子落地，繁衍子嗣，等待復活的瑪連、苡利、叡廉正帶著主的復活旨意，準備來到這座雨水盡頭處的港口。五月二十七日，下午天晴，當我與丈夫走出紅毛城，彎進淡水街上時，每間店鋪裡的人都在廊下以好奇的目光向我們看著，五月時節的廟宇正在祭拜的人也不禁都放下了手中的祭品與香，走到街上張望著我們結婚的隊伍，那像是一串由信仰串起的大信者隊伍，我與五大信徒、信徒眷屬與女學堂的學生們，和他們一起走在街上就像是聖母出巡，我們堂堂走過對我們仍懷有強烈敵意的大街小巷，我們走動的影子輕盈如風，傳遞著神的祝福，信仰者的臉上都有光。神也要本土化，神要學當地話。頭尾巴還掛著辮子的許多大人望著在神的祝福下行過的璧人時互相耳語著，我聽見有人說娶一個某，恰贏三仙天公祖。被丈夫易名為聰明的我自此加入宣教師行列，自此我留其名，皆源於這場婚配。而那些住在砲台埔姑娘樓的西洋宣教師，她們站在露台高處回望河水下的新婚隊伍時，德姑娘、金姑娘與銀姑娘不禁也想起自己的故鄉，她們孑然一身只為上帝而活的幽靈日後是否只值得住在姑娘樓？五月的梅雨轟然降下，異鄉姑娘的魂魄將和島嶼共榮共生。島嶼女子加入聖經女子的隊伍：夏娃、撒拉、夏甲、羅得之妻、利百加、拉結、利亞、猶大兒媳婦他瑪、波提法之妻、摩西的兩個母親、米利安、喇合、底波拉、雅億、大利拉、拿娥米、路得、哈拿、米甲、亞比該、隱多珥女巫、拔示巴、大衛王之女他瑪、亞比拉的聰明婦人（聰明這個詞早已鑲在聖經裡了）、利斯巴、示巴女王、耶喜別、撒勒法的寡婦、書念的婦人、亞他利雅、約示巴、戶勒大、以斯帖、箴言婦女、書拉密女、歌篾、伊莉莎白、耶穌之母瑪利亞、亞拿、撒瑪利亞婦女、有罪之女、患血漏之女、希羅底、約亞拿、迦南婦人、馬大、伯大尼的馬利亞、西庇太兒子之母撒羅米、只有兩個小錢的寡婦、抹大拉的馬利亞、多加、呂底亞、百基拉。五十三位女性的行列裡，自此多了米妮，只有兩個小錢的寡婦膚色是偏黑的，但我比她們更好，我擁有名字，丈夫為我取的英文名米妮，我不是一個無名氏。但我在起初是有疑惑的，為何聖者芳名錄裡鮮少有結婚的女性通常都隱居背後協助聖者專心傳道，我以為這也是一種美麗的犧牲。就像耶穌來到馬大和馬利亞家講道時，馬利亞專心聆聽耶穌說話，馬大則跑進跑出招呼客人，馬大責怪馬利亞都不幫忙，這時耶穌說因為馬利亞知道甚麼才是重要的。丈夫在廚房跟我說了這個典故，我瞬間明白我遇到了真正懂得這條真理道路的人了。結婚初夜，我們住的古厝屋外十分潮濕，像是屋內也是海洋似的潮濕。我們袒露身體都是第一次，彷彿領聖餐似的莊嚴，赤裸在彼此的眼眸下。黑暗中，不須學習，人性的本能即足以驅動儀式，慾望也有權利，我忽然明白。上帝在亞當沉睡時取下人子的肋骨，把肉合起來後造就的女人，這個新女人的新世界來到我的眼皮下，這是我的骨中之骨，肉中之肉，你可以稱為女人。丈夫為愛朗讀創世記：我必多多加增妳懷胎的苦楚，妳生產兒女必多受苦楚。妳必戀慕妳的丈夫，妳丈夫必管轄妳。我聽了流下淚來，我甘願被統御，我知道這是偉大的束縛，為此即使是苦楚都是甜美的。基督是個人的頭，男人是女人的頭，女人的頭要頭上加頭。神是基督的頭，女人是男人的榮耀。教會如何順服基督，妻子也要凡事順服丈夫。以正派衣服為裝飾，不以編髮黃金和貴價的衣服為裝飾。我像是被洗腦催眠似的臣服在丈夫之下，我本來就樸素，養家沒有給予太多行頭。養祖母曾說雖然我是被生家送來當童養媳的，但比之於把女人裝在布袋裡的走私者又好太多。養祖母問我妳見過在市場裡被裝在布袋的查某嗎？我睜著黑白分明的大眼搖頭。那布袋裡留有縫隙，願意出價的人往縫隙裡一摸，才決定是否要買。摸哪裡？我問著，那時我才十二歲，剛死了童年就婚配的小丈夫，沒有淚水也不知恐懼。妳猜呢？我還沒回答時，隔壁來聊天的女生就說是摸乳，因為要看有沒有發育。養祖母聽了笑，露出上排牙齒少了好些顆的古錐模樣。我回答說是要摸牙齒才對。這時養祖母聽了說妳講對了，妳看阿嬤的牙齒攏掉光，老嘍，誰會買我呢？妳的整排牙齒像貝殼，生命力像海湧。

筆記1　遇到男人之後，我的耳朵才擁有了布道辭。我邁著纏過又放開的腳，抵達我的男人之邦。我時刻都記得出航世界之前，就在一八七九年天黑的某一天，我坐在轎子內，丈夫與他的六個門徒徒步要走到教堂的路上，剛好和當地寺廟的祭拜節慶隊伍相逢，那是節慶的末端，神明遶境儀式即將結束，信徒的熱情如火，行程隊伍千人，如著魔般地跳躍叫囂。有人認出了我們一行人時，忽然空氣停頓一秒之後，有人像回神似的突然往轎子裡丟進一枝火把，小火把穿過我的臉，再飛過轎外。火光閃過我的臉，我的眼，那一刻我本以為自己要被射瞎了，火光沖進轎子，眼見要著火了。但這火把瞬間卻好像有了生命似的彎折了角度，往轎子另一邊的窗戶飛去。這時，轎外有兩個丈夫的門徒被街民抓住了辮子，有的門徒則被團團圍住，有的門徒被暴民推倒在地，他們被圍住，被困住，就在無法動彈之際，一個老人從屋裡奔出來，以他餘生的力氣發出聲音，老人要隊伍聽他的勸說，不該在祭拜節慶日傷人，這也是不敬神的。圍住他們的人群聽了逐漸散開，在人群稍微鬆動時，我轉頭看見我的男人一把將我拉出轎子外，我見到馬路有條小巷，急忙告訴丈夫逃往小巷去。就這樣，我們才擺脫遶境隊伍對我們的暴力恫嚇。我心驚膽跳，直到聽我的男人一進教堂即開嗓以堅定的語氣宣說就像山圍繞著耶路撒冷，主也必圍繞著祂的子民，從今直到永遠。我在台下熱淚盈眶地看著我的男人帶著雄性的昂揚聲嗓，安撫著我的不安。當晚，我們從艋舺歸來滬尾，將孩子安頓上床後，我走到客廳點燃油燈，準備縫補放在籃子裡的衣服。火柴被叫番仔火，我的男人被叫黑鬚鬚番、西洋番、阿兜仔，我住的城也被稱作番社。我的生活開始出現多番物，甚至竟要旅行番邦了。我第一次看見世界地圖時，還是一個剛死了翁婿的童養媳，眼看夫死，遇着歹大姑，黑暗苦命要把我狠狠罩住時，忽然迎來了異鄉人，別人的禍不單行，到我這裡變成禍至福也至。他是不怕吃苦不畏失敗不驚嘲弄不懼威脅不憂生死的異鄉人，起初如何，今日亦然，以迨永遠，及世之世。這穿越種種大海苦難的渡海者成了我的丈夫，傳道要漢化，首先須和親。神諭鑰匙開啟了我的彌賽亞的到來，自此我不是文盲，我還會講英語。我不是棄婦，我有夫有子，還坐擁世界。此刻我看著世界這麼大，丈夫指著海水另一岸，指著他的陸地，指著他的來處。他橫越了多少路途才到達我的面前，我一想起來就覺得這千山萬水彷彿都是我的貴人、我的媒人。我開始識字，開始查經，開始賺錢，開始擺脫黑暗的廚房，開始對未來有憧憬，開始有伴侶，開始有子嗣。一切的開始都是眼前在燈下讀經的男子，被叫番的男人，我的男人，我的牧者，我的領航員。我邊縫補衣服邊想著這一切像是一場夢，我不願意醒轉的夢。我的男人闔上日記本，站起身來，拿著燭火移到我的桌子旁，卻沒有坐下來，我的男人招呼我，要我過來。我放下縫補的衣服，走向他，燭火照亮牆，映出一張世界地圖。我的男人指著地圖，就好像我第一次在課堂上看見他一般的知性，聲音穩定柔和，但沒有一絲一毫可以妥協的縫隙與遲疑，他發出的語言腔調已融入了島嶼。我看著世界地圖，藍色的大海，我彷彿聽見遠方響起的汽笛聲。海送來了我的男人，現在海也要把我送去男人的城邦，我即將抵達的新天新地。沒有人想過一個原本注定生兒育女毫無自主與獲取知識可能的女人竟要走出海，走到世界的面前。我的新世界再無恐懼，我的男人帶來了主，帶來了十字架，說信主無驚。第一次航行，將往大海去，沿著水路航行我的處女航，也是整個島嶼女性的首次行程。我的男人指著地圖上的福爾摩沙，手指沿著海，越過台灣海峽，從他口中陸續吐出淡水—廈門—泉州—汕頭—香港—新加坡—檳榔嶼—馬德拉斯—加爾各答—孟買—亞丁—蘇伊士運河—開羅—耶路撒冷—維蘇威—羅馬—巴黎—倫敦—愛丁堡—魁北克—胡士托—紐約—牛津郡。我仔細看著地圖上的羅馬拼音，牢記著男人吐出的發音，我聽著新詞新音，不斷在腦海複誦，直到心中也住了一座辭海。

筆記2　走水路。聖誕夜出發一八七九年十二月三日。和我的男人一起去拜訪閔虔益牧師的家，一起和他們參加禮拜。我的男人在日記一連寫下可愛的日子，可愛的一天。耶誕節前後聖靈充滿，白天我們很愉悅地一起著手整理行李，我第一次整理行李，不知道要帶甚麼不帶甚麼，男人說帶妳的眼睛妳的好奇心妳的虔敬心。我聽了笑了笑，在心裡想著嬰孩可不光靠這些就能長大呢。男人知道我的疑慮，告訴我即將抵達的許多城市，應有盡有。聖誕節隔日夜晚，我邊收拾行李邊聽著我的男人對學生講述彼得前書講述信心，燭火映照著許多噙著淚光的瞳孔。我在那些如鏡面的瞳孔中，看見我的男人的影子。新年即將到來，我這一回將在船上過新年，我們兩人即將把一八七九年翻頁，動盪的一八七九，我新婚一週年，我在我的男人所寫的日記裡角色變了，從蔥仔到聰仔，從太太到偕師母，我一直往上竄升。而我的男人始終如一，一個渡海者，一個我心中永遠的主的代言人，一個最認真且不容別人占其上風的堅毅傳道者。這一年和我們結婚相同日子的五月下旬，初夏我在大龍峒生下一個查某囝。漂亮的女兒，混血女娃笑咪咪地睡在她那能幹父親所親自打造的搖籃，不哭不鬧就像一個修道人似的安靜。很多門徒的孩子沒事就跑來看混血女嬰，他們沒看過混血女嬰，有人說原來這叫洋娃娃。我聽了感到安慰，還好沒人說女嬰是混血番。也許有人說，但我沒聽見，我信主後就揀選福音入耳，骯髒的語言流不進我的耳朵。門徒送來很多餞行的禮物，大部分都是給女嬰的，這個被父親取名瑪連的孩子半歲大就即將遠洋，回到君父的城邦，她是幸運的孩子，我想。不像我自己和原生家庭的父母都沒有緣分，被送走後竟連養家也沒緣分，我的世界原來比這些要大很多，主不要我委屈於舊世界，祂為信祂的人所準備的船可以渡過整個世界的汪洋。每個夜晚，我呼吸著丈夫的呼吸，呼吸著女嬰的呼吸，我的鼻息吸進了島嶼女子最早全球化的空氣。在度過不斷默禱安息的耶誕節之後，二十七日我終於抱著嬰孩登上阿爾拜號船，丈夫的門徒們都來送行，船卻擱淺在滬尾，等待漲潮，夜晚十點終於出發。船沿著水路順風而行，我展開人生的新航路，去看主的故鄉，去看孩子的父親的故鄉，去看許多不同顏色肌膚的世界人。船沿著島嶼邊緣，在週日晚間抵達台南府。隔天我們去看了巴克禮和李麻夫人，這位帶引我丈夫來到滬尾的關鍵人物，我由衷感謝。李麻夫人特別送了幾件衣服給我，說到國外妳一定會穿得上，妳沒看過下雪，那種冷到骨頭的天氣，妳帶的衣服鐵定不暖。我聽了，想像著下雪情景，白花花的雪，我連圖片都沒看過。夜晚，夢境裡出現雪，雪國的人皮膚白皙，眼睛都蒙在風雨中。這年的最後一日，我們從施大闢傳道者家裡離開，中午再次搭上阿爾拜號，這回登上船就不再是沿著島嶼邊緣了，我的心情瞬間變得複雜，首次離鄉，心境就像眼前的汪洋大海一樣充滿了戲劇性。大船鳴笛拔錨，島嶼愈來愈小，陸地的海岸線像是眉毛，最後變成一個點，消失眼際。海愈來愈遼闊，但起初的航行過程非常顛簸，我感到海的巨大震盪力量，震得我腸胃像是要被吐出的難受，好在天氣和緩後，海的野性就被馴服。航行到大海中心，真正的大海寧靜如死亡。我第一次離開岸邊，海把我帶離了島嶼，看見島的邊緣，就像我第一次看見丈夫一般，那時心裡從來沒想過有一天會成為這位授予我知識與信仰的老師的妻子，也沒想過還有機會旅行世界。我曾問過我的男人，當他抵達這座島嶼時，知道就是此地了，那是甚麼樣的覺知呢？是通過呼召，還是直覺？我的男人笑著，告訴我有一天汝會知影。海很大，遠處之地，有著異教徒與殘暴的憎恨，當時我的男人也曾心裡起過一念，他自問是否還有機會再回到故鄉？生命禁得起可怕的遭遇嗎？我會做出錯誤的決定嗎？但念頭一轉，他知道客西馬尼園已然發出邀請函，而他也必須出航，回國述職之外，還要募款。他在風平浪靜之後，走出船艙，望著洶湧海岸，他有了啟航的力量。他來的時候一個人，離開的時候他已經有門徒，有了妻子我，有慕道者。於是航海成了愉悅的事，從滬尾啟航，丈夫看著他初抵島嶼的這座美麗港口，如今已是商賈林立，山邊那棟紅尖頂上的十字架插入藍絨絨的天空，閃亮著靈光，像是詩篇。

筆記3 Minnie護照上的照片，我的目光炯炯有神，新天新地新名字，我的護照有了英文名字Minnie。丈夫在我耳邊念著米妮，我也跟著丈夫複誦著米妮米妮，心想有米真好。新年這日，我二十歲。我的孩子才半歲，就開始張望世界。我第一次搭上大船，登上彼岸，泊靠廈門，我隨著我的男人上岸，一路沿著海出發，走著一條最古老的水路，我們在海上看著島嶼，看著廈門這對外界門戶大開的城，我東張西望，懷中的孩子也呵呵笑著，新的空氣與語言腔調灌入，這讓我開始有了一點點離鄉之感了。丈夫把我安排住到朋友家後，獨自一人和來會合的湯普生先生一起搭船到泉州，只要有機會講道，我的男人都不會放過。我在廈門等他講道歸來，一個人抱著女嬰不是很方便，但我仍在附近抱著孩子走走看看，有些人家常停下來看我，逗逗孩子，我聽這地方語言有些懂有些不懂。我來到先祖渡海的起點，也是我自己走向世界的起點，這使我充滿了感恩，看著這人們眼中的洋娃娃那晶亮亮的眼眸，整個當母親的心也被照亮著。我的丈夫講道回來已是四天後，快到晚上時，我們登上廣東號，早上抵達了汕頭。我的丈夫帶我到處走走，行經那些陰暗濕漉的暗巷，睜著望向我們的好奇黑白瞳孔。丈夫告訴我現在他已經能夠聽懂泉州口音了，我聽了笑著，覺得丈夫真是適應異鄉異土的好品種，甚麼都能撐下來。當夜我就見他迫不及待地對當地約有上百人之多，宣說著福音，許多當地的孩子都跑來看這個異鄉人，個個開懷大笑地看著他，有的還偷偷摸著他的手，摸摸他的衣角，彷彿他帶來了雜技團或者嘉年華會，夜晚的東方暗巷有燭火搖曳。我也跟著丈夫四處宣說教義，有了我，丈夫感到欣慰，像是一個外來種接枝了原生種，開出了西洋繁花。所以你們要去、使萬民做我的門徒、我們不在律法之下，乃在恩典之下。他的語言奔馳在文明黑暗的東方，像是一株奇花異草，媽祖廟面向大海，順風耳與千里眼竊竊私語，問媽祖，這大海送來的這個西洋番，講著甚麼呢？媽祖只是笑笑，香火把祂木頭的臉燻得黑黑的。東方仍處福音的異地，舊的神還沒見到新的神，福音初啼的暗夜，每個人都聽得霧煞煞的。在港口走動著船夫蓑衣，稻草編的蓑衣成了擋雨的天然屏障，木製車載物輪軸滾動出咕嚕咕嚕聲響，人力車娃娃車貨車急速而過。

我們再次登上廣東號，經汕頭登岸一日。我隨著丈夫去了他少年時的偶像賓威廉的紀念教堂，丈夫告訴我賓威廉是影響他一生的重要人士，他的棺木只放一樣東西那就是聖經，我聽著牢記下這個名字，這是我從十三歲遇見他時就養成的習慣。然後我們拜訪浸信會，晚上繼續出航。晚上躺在船艙，丈夫又在對搭船的人宣說福音，只要有機會，他的嘴巴就是為福音服務。女嬰睡得很安穩，我起身禱告，感覺到自己生命在變化中，我也要變成像我的男人那樣屬靈的人。晚上的大海也像搖籃，在海上枕夢，是如此奇幻，我再次失眠，坐起來看著海霧瀰漫整個船艙。單調的景色，逐漸進入緩慢的水流。丈夫在船艙房間的小桌子寫信，冬日的寒氣在玻璃窗凝結成霧嵐，我哈口氣在艙窗上，寫下了最初習得的第一個英文單字：God。

筆記4 **離開島才看見島。**清晨簡單梳洗，餵了孩子後，我抱著嬰兒和丈夫及其他旅客站到甲板上，眾人一起看著船緩緩駛進一條狹窄的海峽，循著彎曲的峽灣路徑前進，接著豁然開朗。看似一樣的海，卻大不相同。黃昏時，我們的船抵達香港時，我看著這個英國統治的島嶼，景色又中又西，非常奇異。當我們走下甲板時，苦力們全醒轉似的擠成一團，高喊著這裡這裡。香港後來成了我們的避難所，也成了我的丈夫生命最後的治療寄望之地，當然這是很後來的事了，這趟旅程無從得知的，上帝沒有預言島嶼命運會轉到日本人手中。循著海路，我們再次離開香港，往新加坡航去。上帝與我們同在，直到我們再相見。他總是對萍水相逢的送行者這樣說著，彷彿從未分離，在信仰的國度裡。他和故鄉連結的第一個儀式永遠是宣教，宣教不只是連結故鄉，也連結從小即嚮往當屬靈人的童年，連結靈魂的樂園，連結主的應許之地。不論到哪裡，他總是對陌生人宣說福音，而我就是得力助手，門徒阿華是見證者，我們三位一體，說到激動處有如狂信者。無所求於陌生人，只求陌生人打開耳膜，陌生人也樂於聆聽新聲音，加上我們的組合太有意思了，一個黑鬚牧師，一個看起來眉目深邃的年輕女人，一個忠心耿耿的隨侍。上帝的完美包含無限，包含未知的喜悅，隨處即可宣說，一如當年在淡水的逍遙學院。只是聽的人口音差別，也不知能否聽懂他的閩南語布道。我們看見英國人在香港的足跡，黃大仙與媽祖高昂海上。我冥思著我的丈夫的教義將如何在地化？聖母瑪利亞或者也被漢人在地化而視為觀音媽呢？但耶穌基督對島民則陌生，因為少了想像的連結，關公門神都沒能連結，那十字架形象是獨一無二的。我看著香港的新式漁船與破舊漁船航行在維多利亞港，我搖晃著孩子，孩子吹著港口的風，我們搭著船看著沿岸的新舊參雜，語言參雜，人種參雜，我從來沒看過這種畫面，這視覺一直殘存在往後，黃花閨女逛大觀園，香港這個地方彷彿一個夢境，在我晚年寡居的時候，這趟旅程初抵香港的心中震撼幾近停格，只要一回想這座半島就十分鮮明。我覺得自己很像這座半島，甚麼事物都沾一半，每一半都無法完整。我看著它從最邊緣的漁村一步步邁向自由大港，看著它與異族的英國親密，但卻又無法擺脫祖國文化底層的召喚。我在旅館面向海洋的窗前看著忙碌上下貨的船塢，我如此想著自身的命運，我與丈夫心靈相契，但我的臉譜永遠刻畫著一座島嶼，彼此滲透參雜。但我忽又羞愧地想，怎能把自己想成是眼前這座半島呢，我可比這半島強太多了，我有自主權，我不是租借來的時間與身體，我是自己的主人。我知道很多人看我的眼光好像我是一個依附者，一個被異族人改變命運的女人，但其實不是，初始或許是，但後來我就被分枝出去而長成自己的樣子。看著英國人走在街上，堂而皇之，島被租借出去，意味臣服於槍炮，這使得香港迅速發展。我睜大眼睛望著魚場與鹽場的臉孔，曬得黑亮。而那些西洋人白得近乎看得見血管，就像我的丈夫最初來到島嶼的樣子。但我的丈夫四處旅行布道，肌膚也已逐漸曬得烏金發亮。自由港開始發出海洋似的金幣色澤，我聽見自由竄流在海上的聲音，也聽見底層牢固的習性與信仰依然沾黏在人們的身上，港口附近沿街逐步而上，有西洋房子，外圍拱形長廊，斜尖屋頂覆著瓦片，我的丈夫看著西洋樓房，但醫療人才仍匱乏，他在這裡看到和島嶼一樣的行為，生病時到廟宇內祈福擲筊後，拿香爐裡的灰當藥。丈夫和我聊天時說道，用殖民的心態傳教永遠只看得到成效與利益輸送，如果只想到自己的利益或是國家的利益，這樣就無法生根。我聽了點頭稱是，丈夫不是殖民者，他反而是自願被同化的人。我們倆總是對街上風光睜著好奇的目光直盯人看，行經街上，看見許多屋子的梁柱角落擱置著神龕，清晨與黃昏特殊香氣瀰漫街角，香塵繚繞，與洋人行經的畫面形成新舊對映。走動的腳與腳不斷行經這些小小的神龕，對我和丈夫都是獨特又有意思的畫面。丈夫說他無法想像如果把耶穌和十字架也放在小小的地上，任腳行經其旁，這會成了褻瀆。後來我自己也好奇著，就問著旅館櫃檯的人為何把祭祀小廟蓋在街外的地上？他們用廣東話說著，我邊聽邊猜，才了然原來這是拜地基主或者土地公，所以當然要擱在街外的地上了，要接地氣。我們行經街角的神龕時，都嗅得到發舊的爐上燃點著香，香灰的塵味混搭著隔壁的燒烤，玻璃內懸掛著滴著油脂的肥鵝肥雞肥鴨，他們把這叫三寶，人們吃著粵式三寶飯喝著英式奶茶，玻璃外漆著紅色的頂蓋是迷你小廟簷，裡面神像瞳孔被燭火映得發亮，黑白分明的假眼看著人來人往，泥偶也有生命，這對我的丈夫來說，絕對是要征服的異教。但我自己則認為各信各的主，但只能讓這想法飛過心湖，對不同意見最好是靜默。雖然我常想提醒丈夫，這世界不是只有一個聲音，但說這句話肯定是會挨他的訓斥，丈夫的個性是不容他人和他相佐，他辯才無礙，這使得他說的話很有分量，而我在丈夫面前是馴服者，嫁雞隨雞，但這外來種雞的鳴叫卻如蒼鷹，如獅吼。我每回望著丈夫的背影，都會悄悄地感謝著他，感謝著主。我竟能走出小廚房，還能踏上大書房，踏上大世界，連作夢都會微笑呢。我們在香港待了七天，黃昏時初抵香港見到維多利亞港沿岸的樓房震憾已逐漸平息。我抱著孩子去花園，我的丈夫去佑寧堂大禮拜堂聆聽一名主教的布道，觀摩別人的講道，調整自己講道的聲量手勢與內容，他是個要求甚高的完美主義者。在香港的拔牙鉗子派不上用場，往後的旅行看不到沿街等著拔牙的群眾，那些抱著孩子等待拔牙的父親們，謹慎地接過我丈夫遞給他們的孩子乳牙，或者被蛀蟲蝕了個洞的黃牙。我告訴丈夫說他們會把上排牙齒丟到床底，把下排牙齒擲往屋頂，這是某些人的習俗。我的丈夫因此慎重地將牙齒交到他們的手中，我覺得拔牙很疼痛，不知為何這些排隊等待拔牙的人有如此忍痛的神經，丈夫聽我這樣說，也笑說是啊，不怕拔牙的島民，很強悍。我們在落腳的法國旅館偶爾會有這些往昔的對話，有時聊到暴民推倒剛砌好的禮拜堂的往事時，我都會感傷著，覺得丈夫被自己的族群欺負。丈夫總是說，倒了再蓋，久了見人心。我知道丈夫的力量不是來自他一個人，如果一個人有這種力量，那是因為聖靈進入他的體內。我也在等待這一天，但照顧孩子使人疲憊，待孩子入睡後，我練習著英文與羅馬拼音，不懂就問著也在做講道練習的丈夫，丈夫每晚都在練習講道的方式與內容，我看見他每晚也都伏案寫著日記。我在這趟漫長的紀行裡僅僅在丈夫厚厚的日記裡被一句話帶過：「和妻了去博物館和花園，看到士兵在操練。」

筆記5 **離開入住的法國旅館**。我們在港口搭上一艘東方汽船，船身有四百一十二呎長。我在這艘船第一次看見丈夫和我提過的黑人，那是一個我從沒聽過的地名桑吉巴，一艘汽船載滿了約四十名黑人、五十名歐洲人、一百名孟買來的印度水手。丈夫告訴我，歐洲人管這些黑人叫衣衫襤褸的男孩。我問丈夫這些人都要去哪裡呢？丈夫說，去新世界闖蕩。就像他最初搭上船離開家鄉一樣，只是他不是為他自己闖蕩新板塊，他是為神出發，為神抵達，為神所用。海上的夕陽比在岸上看巨大，像是整個撐開的紅陽傘。我自問為誰出發？二十歲的生命已然老成，前半生結束在遇見丈夫之前，新的後半生開始在兩年前五月的那場初夏婚禮，上午十一點的陽光柔和，紅毛城港望出去的淡水平靜無波，酷熱還沒來，颱風眼還沒形成，距離海風烈烈太陽豔豔還有些時日，往後我們的島上旅行布道總是炎熱，下雨，潮濕，炎熱，下雨，潮濕。在誓約的那一日，我在丈夫的筆下是第一次使用三個字的全名，在場作證的幾乎都是領事館、英商與醫師。那些我怎麼發音也發不好名字的異鄉人是我的婚盟見證人，那些婚盟的目擊證人有的也已經離開淡水了，但最重要的見證者是上帝，我很欣慰在神的主持下結婚，比之於我的童養媳婚姻，簡直是兩個世界，神聖性與野蠻性。那時我曾作過一個夢，一個聲音先出現在夢中對我說：我已經為妳的港口清除了障礙，妳可以揚帆了。有時候我不免覺得教徒禱告的聲音其實是自己的渴望之聲，我和丈夫講過這種模糊性，究竟聲音是來自神還是自己？丈夫笑說都有，但只有妳自己能分辨出成分的高低。出航的天氣很好。很快地，我們就轉往新加坡，發現新加坡有著島嶼熱帶氣息，東方面孔中總是夾雜著各樣深淺不一的人，建築處處有宗祠，卻華洋雜處。矗立港灣的萊佛士雕像，巴剎熱鬧，正在酬神演戲，絲毫沒有被他族異化之感。但耳邊傳來的各族母語，瞬間就讓丈夫明白這裡的傳教有一定程度的困難。丈夫布道的福爾摩沙與萊佛士效命的東印度公司脫不了干係，罌粟花絕美，可以入藥也可以變毒品。新加坡是輸往中國與島嶼的鴉片中心，賭博娼妓奴隸在港灣點亮暗夜。有了萊佛士中國鴉片的進口從低於五千箱到一躍成兩萬四千箱，這些名為增進貿易的買辦是英雄或是惡徒，其模糊性都讓我的丈夫在傳教時增添困難。我和丈夫某日在茶館歇息，聽見茶館有人用英文在辯論，聽了有趣，有一方問名震天下的成吉思汗豐功偉業和敗君的宋徽宗哪個成就大？另一方說這徽宗留下字畫，成吉思汗卻只留下遍野枯骨，你說這勝敗榮枯，誰說了算。我的丈夫轉頭看向我，我聽得一愣一愣的，不知雙方在說甚麼。只見我的丈夫低頭沉思一晌說，那我將留下甚麼呢？丈夫並不是問我，只是自說自話，接著禮拜堂的人就來茶館尋我們，帶我們去落腳處。一路我看著大街，華麗粉彩顏色的印度人與印度廟，我目不轉睛地看著。我的丈夫邊走邊跟我說這新加坡是西方向中國輸入鴉片的集散中心，丈夫旋即嘆了口氣說這毒品害死人。我看丈夫在滬尾總是去幫助戒毒的人，幫助在戒毒者治療中所承受的苦痛難耐與暈厥幻聽的過程。但在這裡，我們使不上力，過客只能做過客如浮雲的事，但浮雲有時也能聚集降甘霖，這使丈夫相信主的大能，因此他總是隨處宣說福音，即使只是一、兩句，彷彿撒種，旅行布道，這已經成了丈夫的習慣，整個世界都彷彿是他的國。我的人生在遇到丈夫之前是沒有習慣的，我像是一個空瓶子在海上漂流。現在我逐漸養成了許多習慣，尤其是讀經的習慣，凡事用神眼看就能看得遠。在新加坡我們搭著馬車逛了這座城市，我沒有料到新加坡如此潔淨，景致舒暢，街道兩岸種植著一種像大傘的雨樹。雨樹景致特別，生態也特殊，我那喜愛植物的丈夫，特別還駕車去看了肉桂林、肉豆蔻樹、芒果樹。丈夫在夜晚寫著日記，他寫畢念給我聽，要我糾正他的閩南語發音。中午抵達檳城，上岸看見椰子林隨風搖曳，我們去看這裡的人如何割稻，看著如何用茅草蓋房子。洋房林立，穿插著在地居民的茅草屋。丈夫念著「在這裡我們花了一塊錢就能夠駕著輕便的馬車四處閒逛。今天很熱，我的生命裡從未感覺這麼大的豔陽，熾熱無風。」我聽了覺得甚美，只糾正丈夫關於感覺和四處的發音，這發音對丈夫的舌頭有點困難。但念台語就簡單多了，我教丈夫四處改念四界，感覺可以改成體會，如此就好念多了。這麼大伫呢大，丈夫說改念閩南語對他比較容易些。隔日夜晚，來了整晚的暴風雨，丈夫發燒，服用奎寧。我發現丈夫頗容易發燒生病，我在晚上禱告，祈求丈夫這個傳道者能健康長壽，好服事主。在禱告之後，我想起白日丈夫帶我去參觀的一間用彩色石頭砌成的宏偉天主教禮拜堂，我忘不了一名手持念珠的婦女神色哀傷地面朝瑪利亞的聖母畫像虔誠地禱告著，好像在為所愛之人禱告，面容懇切，眼噙淚光。就像禮拜堂畫著聖母哀慟像一般，耶穌的畫像戴著用荊棘編成的王冠，一身是如夕陽的血紅，我見過最美的紅，在那間禮拜堂。

筆記6 **我陪著丈夫重返青春的朝聖地。**這位生為傳道者、死為傳道者的丈夫看著眼前的港口，曾經在青春時光也來這裡找過另一名宣教師。我的丈夫說起曾在此地的年輕往事。說的時候，我們搭的船正要航進孟買，這是一個迥異於基督世界的文明之處，丈夫再次來到他年輕時一度來印度學習宣教之地，但他已不再是一個人，他從孤家寡人變成一家三口。回望往事，他說當時他是特別來印度向景仰的亞歷山大・達夫博士學習如何海外宣教的。他告訴我達夫博士是蘇格蘭教會派往印度的第一位宣教師，他是在一八三〇年創辦了第一所英語學校，也就是後來的加爾各答大學。達夫博士是以教育和西方世界觀來作為宣教的媒介，這深深啟發了丈夫。他還記得達夫博士在一八五四年來到加拿大演講時，途經安大略省，當時他才十歲，對達夫的印象深刻，著迷似的想著未來自己的榜樣就在眼前。現在丈夫身邊的門徒阿華也已是宣教師了，丈夫冥思著自己後來走的路事實上和達夫的印度模式不同，因為他不願意以西方的教育和觀點在北台灣宣教，他要的是本土化，訓練在地的傳教士，才能真正讓教義生根。心智的全能生活是他想要創辦的學校類型，他在航行時跟我分享著他所確立的方向。他看著海說洞察神聖智慧的奧祕是不能關起門來教，必須融入大眾的生活才能彰顯神的桂冠。我傾全力預備自己，走一條沒人走過的路，狹窄但卻清楚，且穿過窄仄之後卻是開闊大道。這是丈夫闊別故鄉的第九年了，九年來他已經建立了二十間教會，擁有二十名宣教師，三百多名信徒，我看著他堅信的眼神，一如他說他相信回到母國，將因這些成績而獲得更多募款的協助。像丈夫的同工馬禮遜當時選擇到廣州宣教，結果丈夫說這個人花了二十七年的光陰卻僅得十位信徒，說起來還是島嶼是有福音之地。丈夫看著身旁的我，我回應著眉目深黑與堅毅的神情，他知道我更是他的協助者，讓他能快速獲得島嶼的認同。他說我們這趟行程還要獲得更多的醫療資源，任何能解除他人痛苦的醫療都是迫切而急需的，醫療影響之大無法估算。航行的前一年，也就是一八七八年，當丈夫和英國領事公醫林格醫師共同發現人體內的肺蛭蟲時，著實是件醫學大事。丈夫看見西方帶給當地的苦痛與文化的統治殖民，印度人本質是很難西化的，印度教深深內化了這個古老憂愁的民族，但英國的統治，使得他們講英語喝紅茶，對現世物質世界的著迷，商人以利盜心處處可見，他們比丈夫以為最難度化的島嶼艋舺人更難，東印度公司惡名昭彰但其影響力卻深入各地。東印度公司有了皇家特許狀，從商人變成印度的實際主宰者，重視數字財富的商人是丈夫傳教以來最大的敵人但也是最重要的盟友。這些閃亮棉花絲綢靛青硝石茶葉鴉片迷幻了心智，引發戰爭連連，連國土都可以被切割。這是又絕美又哀愁的民族，我們在加爾各答市街走著，西塔琴音樂伴隨暗巷流瀉。丈夫在中國看見佛教的影響力，但在印度他完全不見佛的影子。我和丈夫抵達的十九世紀末，這座加爾各答還是被切割成兩個世界，種族隔離如黑暗時代，我問丈夫難道在上帝的國也會被分種族，如果按種族分配領地，我們和孩子都將見不到面，因為我們是三種膚色。在加爾各答混血的顏色還比純種印度人悲慘，因為那意味著被英國人強暴所生之子。我看著從殖民政府帶來的工業發展，紡織和黃麻工業帶來經濟渴望，我當時未曾想到有朝一日我的島嶼也會步上被殖民的後塵。丈夫告訴我，英國政府準備在此生根，所以大規模投資鐵路和電報系統，這使我感到新奇，我還沒使用過電報，但從丈夫家鄉發來的電報我見過，離丈夫的家鄉愈來愈近，離我的島嶼愈來愈遠。到英國人住的區域，可以見到英國和印度文化融合的城市新中產階級，亞洲新起的中產階級，成員多是專業人士，貴族種姓階級且是親英派。我的丈夫讀著報紙對我解釋著。我的知識與愛情，都在眼前，我最喜歡丈夫對我述說世界的一切，我認真聽著，寫著以後不會被看見的筆記。我們旅行的印度，正走在十九世紀一場名為孟加拉文藝復興的社會革新熱潮，這使我感到生命力。加爾各答在十九世紀是印度第一個擁有政治動員力量的印度國民協會組織，加爾各答為此逐漸發展成為印度獨立運動中心的重要一地。親英派與獨立派形成兩大派，我們體會到殖民政府不可能完全執政，在港口上我們目睹群眾正抵制著英國貨物上岸。在印度教幾乎無處不在之地，英國人要植根宗教於此幾乎是天方夜譚。丈夫由於這些抗爭活動，因此在印度不特別講道，他發現這裡有著堅強的社群組織，外人很難打進去。我們離開加爾各答時，城市貧富差距甚大，誰能料得到在我們離開約莫半世紀之後，這裡會爆發大饑荒，數百萬人餓死。伊斯蘭與印度教的烽火更是加速死亡的推進。我們沒見過旅行過的城市往後的悲慘命運。在我那樣的雙十年華裡，我聽過丈夫告訴我的最悲慘的歷史都不是發生在集體的命運上，而是發生在個人的悲劇，許多傳道者的悲劇。

筆記7 **我的攪海大夢**。這大海遼闊搖晃，讓我暈眩，也讓我敬服。丈夫也曾多次被風浪捲進海底。我聽聞丈夫說他上岸前，這悍地滬尾的傳道史幾乎都還沒生根就被命運襲擊或是被悲慘斬除，十七世紀的滬尾玫瑰經文還沒熟化就已消失風中。首先是隨軍而來的巴托羅米神父是滬尾人第一個見到的藍眼珠宣教士，這位軍中神父和艦隊一起上岸就注定了他的宿命。即使他努力在地化，學語言、傳福音、建教堂，且還施洗少數番童。神父被叫洋番，土著被叫土番，但邊緣人卻沒能快樂番在一起，他們等著被歷史快速翻頁；還沒大展身手就因隔年聽聞荷蘭軍隊即將轟擊滬尾，這位可憐的神父持著玫瑰經與念珠，一時昏花竟在逃離中途掉入這座引他上岸的大海。當時島嶼是匹狼，不是你單方面的愛就可以降伏，即使像西班牙艾斯奇維神父這樣膽敢進入最凶猛的滬尾散拿社部落傳教，且在紅毛城內學習平埔族語，以羅馬拼音字譯成《淡水辭彙和淡水教理書》，這兩本書也是丈大經常翻閱的書。但這位神父卻在往日本的渡海途中遭船員殺害，丟入大海。宣教士的福音大海都聽到，如是輪迴，這魂埋經文的大海裡的魚蝦可都得道了。那些死於大海或死於島上部落殺害的，丈夫告訴我說這些人死得其所，福音戰士就是要死在宣教中，丈夫說伊也是將死在宣教中，死在這座島，死在有門徒有子嗣的土地。我想就是那時候愛上這位異邦人的，我謹慎地用了「愛」這個字，就像初聽福音一樣的新詞，但我從來沒有跟丈夫說過這個字，他也沒有，他的愛都在天主身上。丈夫說起傳道者故事：艾斯奇維神父將棒子交給華愛士神父，華愛士神父多年滯島時間，即使他常進入不同社的部落內部，卻因溝通不良引來敢愛敢恨的散拿社人的猜疑和嫉妒。華愛士神父死亡前那一天這淡水河平靜無波，船帶他抵達干豆，干豆一帶美麗如斯，草木鮮脆，大雨過後的空氣清新，神父的心裡湧起玫瑰聖母畫像上纏繞如蛇的華麗織錦圖。就在他散步時，從樹林跳出手持矛的人，他曾以玫瑰聖母經文的美妙聲響傳遞至其耳朵的人瞬間竟將他的肉體刺透，且斬斷右腕，神父手上的經書瞬間落地，被矛挑起，擲入河水，魚蝦頓時湧上吃著經文的囈語。再次受命殖民政府上岸的神父穆洛斯一樣在這悍民悍地的淡水傳教，穆洛斯上岸淡水，建玫瑰禮拜堂，先上求聖母下請紅毛城守將饒恕犯罪者，不追究華愛士神父之死的罪，接著他企圖深入散拿社與三貂角，傳聞當時受洗也有六百人之譜，但異國文化與原始宗教根柢是難被刨根的，受洗者文化的根沒有被一起受洗，因此受洗僅僅只是吉光片羽，曇花一現。穆洛斯神父死得更慘烈，一六三五年的某日春寒三月，他搭守軍運糧船，一路逆河而上去巡視教區，他宣教的萬福子民卻見他人丁守備薄弱，竟號召三百餘人暗中突襲，一時天空飛來箭鳥無數，躲也躲不了，神父中了第一枝箭時，他先是倚著樹木痛苦地望著他傳道的子民，樹林裡如獸的瞳孔竟燃著仇恨的火焰，他不解地看著，接著黑鳥齊飛，他倒下望著天空，天空雲朵被身上的利箭切割成送葬的白幡，緩緩流動的白幡，直到白幡轉成黑幡，他流盡最後一滴血，他還無法闔上眼睛。荊棘上的花冠全部枯萎前，有一隻白鷺鷥飛到他的身體上，這時尋找他的同族人有人從樹叢中發出他們在這座島嶼最淒厲的尖叫。十六天之後，穆洛斯那插滿五百枝亂箭的屍首彷彿香爐上的香，比荊棘還荊棘的箭身將他變成祭祀的香爐，變成射箭的靶心，變成母蜂缺席的蜂窩。聖母應垂淚，但對這座島已無淚可流。自從看到穆洛斯神父屍體之後，殖民官回到聖多明哥城，看著他們的大海來處，起霧的夜，如此多愁。茶樟腦蔗糖躲在玫瑰聖經背後的貿易利益，終於露出陰影面，那張臉被辨識出來，充滿殖民的意味，島民長老都聞得出來。神父的屍體上插著五百多枝箭的身體被拔下箭時，身體像是針孔，血色如玫瑰，這畫面太慘烈，聖母閉上眼，祂的子民再也不敢來這座厲島魅河傳教了。聖母玫瑰枯萎，芬芳甘香消褪，穆洛斯神父的靈魂對著萬福聖母稱頌，他流下如海的淚，他對聖母說不明白這樣不眠不休地愛著島民，卻被亂箭穿心。聖母看著穆洛斯的傷口，自此祂面向福爾摩沙之處也永不收口。殺戮陰風四起，枯骨魂埋地底沉湮海底，兩百年之後，等候一個說英語流著蘇格蘭血液的人上岸，重新洗刷血跡，聖母傷口藉著聖子之手彌合了，學校成為福音新基地，洋人成為新的聖寵。這人就是我的丈夫，丈夫萬福，他上岸就誓死不歸了，本不婚不娶命運卻轉了彎，他娶了我，且自此知道有我就有了地基，一手聖經化為一間教堂聖殿，一手鉗子化為拔牙利器，成了島嶼傳道史醫療史閃亮的一頁。（但這一頁，我在丈夫二十九年的日記裡，厚重頁數中卻僅僅只有幾行字提到過我，但我知道有人終將記得我。）

我在物化與俗化的混合國度聽著故事，也想著自己的故事將如何被留下。

筆記8 印度顏色繽紛喧鬧，我目不暇給地看著，眼睛像調色盤。印度生息如梵風履草，是怎樣的土地使得午夜的淚水特別傷心，我們走下甲板時馬上遇到抱著孩子的乞討者。說著殖民地的英文哀求給予錢的慰藉，我摸了孩子的頭，心想孩子應該到主的懷裡安歇，但他們要的不是肢體的撫慰，而是直接的金錢。之後，我們的船拔錨，即將行經的蘇伊士運河壯闊，這人工開鑿的壯闊之美竟不亞於天然大海之景，兩岸異國情調的景致更添我們的心的隱隱嗟嘆，這全能的上帝究竟是否不眠不休，否則何以能夠在這世界留下足跡？丈夫說一條運河，開通歐洲與非洲的連結，驕傲的歐洲人於是滲透此地，最後殖民此地，一條運河純利潤六十年高達三十五億法郎，英法和謀得利。開鑿工人的性命，僅由大流士在尼羅河岸的花崗岩石碑刻印名字，一連串如跑馬燈的名字並不具個體意義，就像戰爭紀念碑，碑上名字只是符號，一個亡魂。法國眷戀東方，一家蘇伊士運河公司在一八五八年迫使窮苦埃及人穿越沙漠到此挖運河，怠惰者且施以鞭笞，如此花費近十一年有了新運河，最後在一八六九年頂著巨大赤字通航，運河開啟東西方航道。我們在運河開航後的第十年行經此地，走海路，經蘇伊士運河，從海到河，從天然到人工，我看見上帝的旨意無所不在。我是第一個見到這條運河的島嶼女人，處在這個死亡多人的巨大運河。我好奇問著丈夫，難道虐待鞭刑工人也是上帝的旨意？丈夫說，當然不是，人違背上帝旨意處處可見。但若不違背，似乎運河很難在既定時間裡完工？還是可以完工的，完成目的不能靠非上帝旨意的手段，上帝的旨意是信望愛，人的旨意是貪與恨。我看見船航行在運河，夕陽餘暉裡美不勝收，這才是主的旨意。傷害性的產生，自然會有罪的代價。丈夫在夕陽中沉思著，緩緩地述說著。我聽了不甚明白，倒想起還沒信主前，孩提時在廟宇在稻埕在村口，也常聽老人家說起人的貪嗔痴，因果報應不爽等。真有意思，我想人的意志千百種，上帝的旨意卻只有一種。百年後位處歐亞咽喉占全球海運貿易有百分之十四從蘇伊士運河出口，於今船隻航行河上，人們已經遺忘了曾有的罪行，遺忘了越過沙漠的埃及勞苦工奴。人們只看見船上的貨物，物質世界的喧嚷與浮華的追逐。我想起這個旅程在印度所見的火葬場，恆河支流燒的屍體的煙飄過我的鼻息，我第一次聞到亡者的煙，屍體的灰。在這趟旅程我還見到甚麼是木乃伊，木乃伊的棺木畫著眼睛，靈魂之窗。信仰不同死亡方式不同，最後去的地方也不同。我緊緊抱著孩子，心想至少一家人去的地方是相同的。再過三個月就是我們的結婚紀念日與孩子滿一歲的生日，我知道屬靈的丈夫是不會去記這種俗事，但我想這一切只要我記得就行了。

筆記9 **寧可讓舌頭上了膛**。海外宣教師就是死也不該閉口，也誓言神威聖寵。眼看十字架的荊棘桂冠就要來到眼前，我的丈夫在甲板上跳躍，甚至把孩子一把高高舉起，這都是他很少做的動作，他如此穩定，鮮少帶著這樣孩子氣的雀躍行為，尤其在公共場合。他高高舉起孩子，指著前方的白色聖城自說自話，「眾山怎樣圍繞耶路撒冷，耶和華也照樣圍繞他的百姓，從今時直到永遠。」我聽了丈夫的吶喊，心裡也深受感動。我的丈夫給我臨時考題，問我剛剛吐出的最後兩句是出自經文何處？當我說詩篇一二五篇第二節時，丈夫竟然給我一記臉頰之吻，抬頭望著甲板上的陌生人朝我這邊也看了過來，這讓我忽然臉紅心跳的。但我也瞬間得到一個暗示，我只要好好背誦經文，會經常得到丈夫的獎賞。我們三人在雅法上岸，抵達白色之城耶路撒冷時，我們幾乎聽見自己興奮的心跳聲。這聖城以上帝出廠的品牌為顏色，白色聖潔。世人皆兄弟，萬物皆有法則，加冕以愛。那時候我就知道自己是島嶼第一個環遊世界的宣教師與先生娘，聰明如我，原本是土地的一株難以辨識且輕率將被拔除而遺忘的蔥仔，卻能誕生菜市場而勃發於教堂，自此我有了屬靈的名字，領頭的牧羊人賜予了我，如此彰顯我的未來桂冠的名，也將帶著主的榮耀進入耶路撒冷城，那是一座何等的奢華之城，精神的奢華安息。我陪著丈夫來到主的城，這日是禮拜四，我喜愛禮拜這個詞。一大早我和丈夫沿著牆走，看到大家都在爬錫安山，整天他們都在這座城，懷中孩子安安靜靜地看，奇異的孩子彷彿和這城榮耀在一起。丈夫總是在旅途上用他所有的已知來讓我明白這個世界。以西結預言耶路撒冷的毀滅，鄰國人歡慶喊著耶路撒冷倒了，巴比倫人入侵，詩篇在巴比倫寫著我們怎能在外邦唱錫安的歌。寧願舌頭上了膛，也要稱頌上帝的光。上帝愛祂憐愛的，神的權柄使祂要報應鄰國，以西結預言推羅王這座島會整個被推入海中，一座城被推進海裡，這是怎麼樣的想像。推羅王和魔鬼的相同點就是驕傲無比。以西結是一個守望者，那就是他的服事，但若沒注意敵人攻過來就得處死。他如不警告我的百姓，就要付上代價了，他們不聽是他們的事。主說我要找一個人來堵住破口卻找不著，他發現以西結就是可以堵住那破口的預言者。當這些事臨到他們，他們就會知道耶和華。把自己看成神是最大的罪，神棍就是把自己看成神，他們以神做幌子，其罪極大。牧羊人要為羊的景況負責，而不是羊要負責。壞牧人沒有盡到看顧人，而我要當好牧人，丈夫每夜入睡前都對自己這樣說著，但也更像在對我說似的。他說這跟婚約一樣，所有的約定都是這樣。新約舊約婚約誓約……約定的事就要做到。所以立約時說我必，I will。我必我必我必……如山谷回音的諾言，上帝對百姓的信約，西奈山與以色列人的緊密地緣情緣，但上帝不相信人的信用，祂明明知道人性極端容易受到誘惑與脆弱，祂知道那些高喊著我必維護誓言的子民們一定會毀約，但祂說我一定不會毀約。承諾永遠在，只是時間的問題，你們看著好了，你們以色列人一定會回到自已的土地，所以你們的生活得用上帝公義的標準來行公義，不要躁進，切莫忘形妄行。因為上帝是神，上帝說我必，就是一定會實踐。新的預言，以西結被擄，他看見新的河。聖殿下方即是河流的源頭，最後流入死海。異象，整個異象如夢，帶給人盼望。啟示錄提到很多預象，唯舊約聖經才能了解啟示錄。啟示文學，象徵多來自以西結書。奇妙大能，無所不在。祂的名字就是大能，人子呼求神的名，祂的名聲和祂的百姓息息相關，以色列人是上帝的百姓，所以他們即使歷經大屠殺，也一定會留存下來，苦難只是見證神的存在，太簡單容易的事世人不相信。所以上帝帶他們回來，耶路撒冷永遠只有一個上帝品牌，上帝是唯一的顏色，但人不相信唯一，或各自擁護自己心中的唯一之神，因而征戰四起。橄欖山山色下的客西馬尼園讓無數的傳道者長途跋涉，只為親臨，我抱著神賜予的孩子，親吻橄欖樹，親吻石塊。走過苦路，我掉下眼淚。我宣說，我見證，我也是神的孩子的隊伍之一，我是神的孩子，我來自島嶼，經過的修女握著我的手，我對修女這樣說著。我們雙目交會，我見到每個人的瞳孔恍如一座海，汪洋波潮流動其中。主基督是誰？天使在主誕生時歌唱，東方博士帶來了禮物：黃金、乳香、沒藥。「你是照亮外邦人的光，是我民以色列的榮耀。」丈夫告訴我這個故事。在乾旱沙塵滿天的旅地，我抱著孩子感受著外邦人的滋味，和丈夫易地而處，原來外邦人就是一直被盯著看，就是心無所歸，就是舌頭打結，失去母語。戰火雙方對峙的騷動頻傳，他們在旅館窩著炭盆取暖，聽丈夫講主的故事，丈夫經常清喉嚨，在沒有雨的漠地，喉嚨眼睛都十分乾澀。曠野寂寥，雨季不來。有時候我會感到入睡時一直作夢，夢見有個女人在盜取自己的過去，夢像野生的芒果，被島嶼熱風吹拂而頻繁擊落。夢婆夜裡入夢，在炭盆旁，我和女娃的手腳冰冷，瑟縮在丈夫的毛料斗篷內，我在外邦作著島嶼的怪夢。夢見自己時而嬰孩時而少女，時而皮膚白皙時而皮膚深邃。一個時空跳躍的狂夢，我夜晚醒來，才發現自己在遙遠的聖地，離島嶼千里。我有時會在暗處靜靜坐著，聽著丈夫和旅館其他人的酣睡聲，炭盆熄滅，夢如灰燼。我想是天主讓我作夢的，旅館冷風颼颼飄進房間的縫隙，島嶼第一個出航的人，我的命運是主的慈悲示現，從荒塚的旱地變成綠洲遍地的生命。我逐漸昂然獨立，荒漠真的有甘泉，灰塵處也有聖潔。在聖地，主的國，神的地。戰火一觸即發，久旱不雨，丈夫白日曾說當地異教徒紛紛說是神在詛咒土地龜裂群樹枯。想到白日的旅途見聞時，女嬰突然哇哇大哭，我解開胸前，餵食女嬰。丈夫依然睡得沉，而天色微魚肚白，旅館房間外有人起身走動和梳洗，我聽見不遠處教堂鄰近的回教宣禮塔發出異教徒的祈禱唱腔，我覺得自己雖然不是教徒也不懂禱文，但那朝天地讚唱的蒼涼聲音聽起來十分壯美淒美。逐漸地我抱著女嬰在窗外異教的禱詞聲波中又入了睡，直到有人來敲房門，導遊要來帶我們出遊了。

筆記10 **這日經過約旦河，傳說耶穌受洗的地點位於耶利哥以東五哩處的約旦河，自此約旦河成為**

聖河的象徵。我遙想著當年人們在約旦河水中領洗之景，就像施洗者約翰為人子受洗一般。晚上我們吃著加利利海來的魚，我聽丈夫說這種魚還被稱為「彼得魚」，因為是依據耶穌門徒彼得而命名的，我吃著神聖的魚，聽著二魚五餅的故事，簡直像神話來到了日常，我這個新婦新妻新母親，竟能在聖地的現場，我掐著自己，證明不是在夢中丈夫說。和我們一樣來到這裡的同時代某個日不落帝國的旅行家帶著十九世紀的眼光看著這座內海時，形容著加利利海水甜、漁獲豐饒，一片蔚藍海面，慰勞疲憊眼睛，注入暑熱的涼快、避世的寧靜。何亞迪神父對加利利海的形容是：「我相信世界上有很多美麗的湖泊，或許擁有更上乘的環境。但我仍然相信世界上再也沒有比這個湖更令人嚮往。乍看蔚藍狀似酣睡的表面簡直見不到半點漣漪，揚帆小舟似油畫，大地屏息以待，沒有絲毫驚擾。」加利利海也是耶穌基督講道和布施最多之地，我抬頭看見鳥群飛過天空，以色列介於歐亞非交接處，是候鳥遷徙途徑。鳥類在以色列空中的遷徙軌道是秋天南向非洲，春天時北返歐洲及亞洲，每年隨著季節變換往返以色列上空的候鳥超過五億隻。候鳥遷徙無國界，但是人類在入境這個國家卻檢查再檢查，連我的頭髮都沒放過檢查，還有我們的經書內頁也被逐一檢視。海關發現我的經書內頁只有乾燥的明亮玫瑰花瓣，只有虔誠撫觸的掌紋，只有地球最明亮的光，只有最古老的橄欖枝葉，只有最苦痛的荊棘花冠，只有最神聖的代他人受罪的蒼老臉孔。海關人員遞還給我經書，我們的經書是通行證也是最危險的證件。通行之後，迫不及待地上路，沿著這條路，我們遇見夢裡花落無數回卻永遠只想遇見的主，我們的天，我們的地。我們奔去了耶路撒冷以東的橄欖山，我一邊認真地讀著經文，一邊聽丈夫緩慢地解釋著這裡是耶穌預言耶路撒冷將被摧毀之地，也是被門徒猶大出賣被捕之處，在背叛之地重生，在此升天。丈夫問我為甚麼？我說這是啟示，原諒背叛的人。他看著我，我覺得他那時目光充滿讚許，一定是想難怪他要為我易名聰明呢，其實蕙仔也是一個啟示，為了啟示後人信主可以改變原來命運。山上建有不少耶穌聖蹟教堂。橄欖山下墓碑成林，教徒以葬在此為榮，靈魂在此升天離天堂最近。我們在此眺望山丘年代堙遠的橄欖樹，從主耶穌修行禱告時，樹就存在了。我覺得這橄欖樹可真是幸福，竟能親眼見過基督，不像我們只能從圖片去略窺主的風采。我撫觸著橄欖樹，撿了橄欖枝葉夾在日記裡。我也學著丈夫寫日記，只是這日記只有我自己知道。隔天我們離開耶路撒冷，在雅法搭上一艘簡陋的法國汽船，先是到了薩伊港搭船，抵達亞歷山大港再換船，船要載我們開往歐洲，航向那不勒斯港，羅馬巴黎倫敦，之後走陸路回到丈夫的故里。不久之後將告別海洋。當船駛離以色列時，不知為何我忽然悲從中來，想念著以色列，同時還特別想念起改變我命運的推手，我的養祖母陳塔嫂。我覺得養祖母根本就是以色列母親的化身，我幾乎可以說是代替養祖母來到聖地的，我知道養祖母一直想來以色列，但身體已然老邁，何況那時許多人最遠也就到中國，遑論抵達歐美，我的遠洋，島嶼女人聞所未聞。在離開耶路撒冷前，我們作了最後的巡禮，因為不知何時會再來，也許只能夢中相見了。我在航行的船艙終於第一次夢見我的聖地，夢中的苦路的寶血遍地。苦路十四站，站站皆苦，將環繞的刺痛荊棘化為豐收的桂冠。受難之路是耶穌從審判到被釘死於十字架的一段受難之路。受難之路人潮眾多，路窄，十四站的順序分別是耶穌被審受判死刑、耶穌背負十字架、耶穌第一次跌倒、耶穌遇見母親瑪利亞、信徒賽門幫助耶穌背負十字架、信徒為耶穌抹面、耶穌第二次跌倒、耶穌安慰耶路撒冷婦人、耶穌第三次跌倒、耶穌被剝去衣裳、耶穌被懸在十字架上、耶穌死在十字架上、耶穌屍體從十字架卸下、耶穌被埋葬。走一趟苦路的精神在於體驗耶穌的受難不屈。神父、修女及教徒、非教徒絡繹於途，在行進間，我看到虔誠的教徒喃喃祈禱，眼露悲光。

筆記11 沿著苦路的每一站，人們誦經和禱告。沾滿血跡的苦路，我看著第四站，基督與母親告別之站，以此最苦。星期五耶穌受難日，教會為紀念耶穌被釘十字架的苦難，舉行著拜苦路儀式。基督有信有愛有望，但凡盼望卻是最被忽略的，絕望是最大的罪。一心只看現在的短視子民未解教義充滿盼望，丈夫說人應該盼望看到未來。即使被趕出應許之地，要有之後必定會再回來的信念與盼望。榮耀進入聖殿，這就是盼望。天地要廢棄這片土地，但絕對不會毀滅上帝的百姓，以色列人是上帝的百姓，所以他們不會被滅。你不能毀滅屬神的人。我想起丈夫也曾對島嶼山民這樣說，你們是屬神的人，你們不能毀滅屬神的人。丈夫看見漢人常欺騙他們，奪他們的土地，把他們趕到山地去，分隔生番熟番，還有他這個洋番，我這個混血番。我的丈夫在旅途裡隨處布道地宣說著盲眼人必睜眼。公義必永存。祂指出光，大家看見那光就都信服了，我仰慕我的光，丈夫是我的眼睛，雖然他眼裡常看不到我，但我看見他就可以了。我的丈夫與在旅途遇到的人分享這個殘破世界卻有主保護的信仰，異象或神蹟都能彌補殘破的世界罅隙。死亡是殘忍的，但同時也是仁慈的，因為有了復活的期待。主啊！請赦免我們，因為我們不知道自己在做甚麼。在聖壇前點上燭火時，我聽見了這個聲音，迴盪在古老的教堂，在既慈悲又充滿殺戮的空間裡，想著自己獨特的命運，竟能在有生之年來親見丈夫服侍一生的主，我的心如火，充滿了光亮。聳於天的十字架，十字架上有蛇攀繞著。教堂內光線黯淡，殘敗的壁畫、馬賽克畫，白天的景致入到了夢裡。這日我們騎著馬到死海，我第一次騎馬，穿過伯大尼，我們和阿拉伯人的酋長會面，酋長當嚮導，帶引我們一路往下走到陡峭的不毛之地，看不見一棵樹，只有一些牧羊人在放羊。我們去看地球的一個裂縫，一直延伸裂到了約旦河谷。我第一次看見不是海的死海，一個內陸湖泊，沒有出口的海。來到摩西的墓，丈夫沿路說了摩西的故事給我聽，摩西在上帝耶和華的感召下，率領猶太人離開埃及。途中遇前有紅海後有埃及追兵的險境，結果在摩西一聲令下，紅海竟劈出一條路來，讓他們安然通過，而埃及兵卻被大海淹死了。摩西他們一群人離開埃及，自由了，卻也陷入曠野的漂泊。摩西一生都沒有抵達以色列，他抵達西奈山區，帶回了上帝耶和華給予猶太人的約法，也就是著名的《十誡》，我聽見戒律感到害怕，丈夫說戒律就像航海需要地圖，有了指引才不會犯錯，才不會迷航。我聽了其實心裡還是感到害怕，可能沒有自信吧。丈夫總是像導遊般地帶引我，他說著四十年後，摩西這位先知感到自己的死期近了，於是摩西選好了繼承人後，登上了死海東岸的山峰，在山頂上俯視約旦河，只有風在他的周身吹拂著。摩西死的時候沒有人在他的身旁，只有上帝在他左右。丈夫說他死之時也希望上帝在他左右。他不是說希望我在他左右，我微不足道。當時我們站的位置就在死海東岸的山峰，也就是尼波山。帶領我們上山的酋長指著摩西之泉山谷，說是摩西造出來的泉。酋長告訴我們當年猶太人遠離埃及，因為沒有水喝，口渴難耐，民怨四起，對上帝的信仰動搖。摩西因而造出了泉水，荒漠甘泉就這樣來的。約旦河河谷最豐饒的農業生產地，沿途我看著這荒漠砂礫，零星的綠意樹叢，尼波山山頂往周邊一望，心裡覺得這聖城真是太荒涼了。之後的行程，某一天約莫上午七點我們就來到那不勒斯港，上岸之後，住到了一家名為華盛頓的旅館。梳洗一番，搭了火車去了我一直想要參觀的龐貝城，我竟能親自抵達龐貝城，我逗著孩子笑說妳看我們母女很幸運對不對，孩子也笑得手足舞蹈。導遊跟我們說這裡原來到處有著惡名昭彰的房子，是妓女尋歡客之地。我想著這不就是丈夫曾經跟我說過的索多瑪與娥摩拉，被毀滅的城，索多瑪在每個時代每個地方都有，就像人性總是春風吹又生。當時從天上耶和華那裡將硫磺與火降予索多瑪和娥摩拉，把那些城和全平原、及城裡所有的居民，包括地上生長的都毀滅了。羅得的妻子回頭一看，變成了一根鹽柱，我聽這故事時，我知道有一天我會成為羅得之妻，我是會回頭的人（回憶就是回頭）。那時的亞伯拉罕清早起來、尋找不到義人可以救這城，他向索多瑪和娥摩拉方向一看．那雙城已然黑煙四起，如窯灰。當神滅城，神讓羅得從傾覆之境逃脫，就像約伯只有他一人逃出來報信。龐貝的倖存者後代依然住在這裡，每天看著火山，隨著可能的復活，火山復活就是城的死亡。但後代不認為會發生在他們身上，並非心存僥倖，而是天地之大，卻就讓他們成為龐貝城的繼承者，生長於斯，死亡於斯。我們走在圓形露天劇場，古羅馬城鎮的劇場都還見得輪廓，在維納斯廟宇，看見無法逃離的人的足跡落在地上，雜沓的步履，匆忙預言的逃難恐慌。熔岩柔軟如沙和土的混合，走起來沙沙響如死神的呢喃。這裡的荒涼竟是無懈可擊，我看著龐貝城博物館裡瞬間被火山熔岩凝固的屍體，臉色極度恐懼痛苦，臉著地的姿態，腳一前一後的姿態，狗打滾的姿態……瞬間被熔岩凝固的姿態，荒寂得可怕，我感到一陣陰風吹過，在骨骸處處之地，那些握著拳頭的屍體彷彿每一拳都還打著我。為何要毀掉這樣的城？我聽見地底的古老叩問迴盪虛空。神沒有回答，前方的維蘇威火山卻回答了。我們隔天往山裡走去，騎著馬，穿過藤蔓樹與無花果樹，在火山口附近活躍的活火山流下瀝青，一邊是靜止的火山口，一邊爆破活躍如浪子。維蘇威火山，以自然的力量回答於人類是毀滅，於山卻是能量釋放。龐貝城的後代繼承者，沒有要離開的意思，他們繼續過日子，不知火山神何時發出創世記的暴怒，他們真不知道。禱告，試著靜心。我聞到心靈之樹散出芬芳馥郁，旅途疲憊艱辛，但心靈卻滿溢著靜美。聽了很多毀滅的故事，抱著孩子，看著丈夫，我原本滿眼荒涼的心瞬間點了一盞燈。入夢時分，我看見索多瑪的廢墟中長出一棵蘋果樹。

筆記12 **幾日後我們搭火車**，去了中途站的羅馬巴黎倫敦愛丁堡，在這些大城市我們只是走著街，偶爾走去看城市的河，丈夫有時拜訪教會有時演講關於福爾摩沙的種種，或者丈夫經常生病著，讓我看了很擔心。我們等待搭回加拿大胡士托的船，等待六月十二日開往魁北克的船。主說往天下去。距離我的丈夫告別他的故鄉已經七年，一八八〇年了，我的丈夫領我到天下去，航行大海，貿易洋線流通著各式各樣新奇的東西，上帝創造的東西流傳世界各地，我喜歡打開窗戶，只要一打開就感覺世界在眼前。有月光和微風吹拂時，海有著玉米色的麥浪，其間我們經過，看見羅馬永恆之城的美，那樣驚人的美通過建築與雕像，聖母慟子像的力道在教堂的光線下十分令我動容，我看見通過人打造神的空間的壯闊雄偉，瞬間收攝人浮誇的心。聖彼得廣場環伺我們的雕像，如神俯瞰我們。我恍似看見島嶼的廟宇上也有八仙過海，神總是仰望人的。丈夫想起自己十歲時聽到海外宣教師達夫博士激昂的宣說：「你們往普天下去，傳福音給萬民聽。」他成了神的海外十字架戰士，他的妻子也是。我帶著東方島嶼的這張臉孔出航，在當地引發不少的注目，一個遙遠東方充滿花香鳥語的熱帶島嶼想像就寫在我的臉上，他們看見神蹟似的，一個島嶼女人可以被改造，被神改造成另一個樣子，我的故事本身就是一個神蹟，我的出現鼓舞了教會許多女性。他們希望可以聽聽我的聲音，於是我第一次用英文宣說自己的故鄉與信仰，我的聲線帶著島嶼的海水聲浪，一點滄桑一點迷離一點壯闊又一點甜美。當地人深深為眼前這個島嶼女性著迷，那次的募款極為成功，丈夫的在地化經驗，成為往後教會的成功案例。長老教會自此在島嶼生了根。夜晚的多倫多，我看著丈夫的故鄉，睡著的丈夫像個神的孩子，安靜而沉穩，像是把天把地都交給他的神的靜謐。我失眠了，想起我的命運，完全拜這個渡海者之賜。但我也不禁遙想起自己還是童養媳時被許配的夫，還是個孩子的夫往生了，賜予我重生的可能。而就在這時，渡海者穿過海洋，就是此地了，丈夫來到雨水的盡頭之城，把我從深淵打撈上岸。而此時，我竟能穿越大海，眺望世界，眺望神的故鄉，眺望夫的原鄉，這是何等的造化？只有神的旨意才能明白這一切。（再次從大海回到島嶼，已是一八八一年十二月十九日。從大海看見船慢慢抵達島嶼海岸線時，我是如此地激動，我可以想像當年的丈夫是如何抵達這座島。島的海岸線溫暖，覆蓋的綠色深淺不一，視野逐漸出現我熟悉的臉孔，營生的島嶼人是否曾在夢裡見過神？我見過，我想要和原鄉人分享。我是個報信人，是個使者，我知道，我忐忑。）當時新世界的震撼已然逐漸降低，我的心情開始轉為面對公婆的小小擔憂。等待一八八〇年七月一日回到丈夫的出生地，我忐忑地等待著這首次將和公婆會見的畫面，同時等待九月四日第二個女兒以利的出世。

筆記13 在旅途中結晶的孩子，跟著我航海，跟著我踏進聖城，踏進龐貝，踩著仁義之路而來的孩子，直到我們回到加拿大才準備她的降世，不給母親在旅途中增添麻煩，真是好孩子。我們再度登上開往魁北克的船，夜晚顛簸異常，海面寒冷異常，有霧潮濕，怒濤瘋狂，我們都暈船了。整整六天六夜，都在寒冷顛簸中暈眩前進。就在第七日，美麗的日落忽然在船身挺過一整片濃霧與烏雲時現身，彷彿創世記。我從嘔吐中逐漸清醒，丈夫也開始打起精神準備對船上的人講希伯來書以及羅馬書，當然最重要的是分享福爾摩沙見聞，船上的人聽得入迷，著迷福爾摩沙的種種場地全擠滿了人。在冒險獵奇的旅行年代，福爾摩沙見聞錄就像土著野人傳奇，雜染著獵頭烹煮與狩獵漁耕的異國風情，每個人都張開耳朵聽故事以度過船上的顛浪潮濕之夜，我在船艙裡縫製嬰兒衣褲，一邊唱著讚頌上帝的搖籃曲，耳邊流進前方正在專注聽著丈夫講述見聞錄而發出的笑聲。丈夫在日記寫著：「晴朗好天氣，沒有生病，這真好。」這幾日後船終於抵達魁北克，我們走下整個旅程的最後一艘船，這趟行程我算過自己總共換搭了九艘不同的船，有的我連發音都不會，我只是看著船身名字而記下了屬於自己的水路航程，這是我的創世記。我離水這麼近，海灣岬角之後就是天高地闊的大海，在大海的悲傷深處，我看見自己的命運倒影，二十歲的生命彷彿已活成了老人。在每座海洋每個黎明的不同航道上，我聽見不同上船者的各種命運交織；在開往不同陸地的不同船塢的港灣上，我抱著孩子隨著我的丈夫登上不同的船，那是Albay號、廣東號、Kai-sar. I. Hind號、Miryapore號、Khedive號、新加坡號、Odessa號、Erytheum號、Waldensian號。船艙瀰漫不同族群的身體氣味，人的汗臭雜沓，皮膚氣味散發吃過的食物腐朽酸味，肉味在密閉空間蒸騰出難以解析的氣味。航行這條古老的水路航線，從亞洲抵達歐洲美洲，從冬天搭到夏天，歷經七個月，我抵達丈夫的家園。我的心比原來在島嶼和丈夫一起看的世界地圖還大，日照山川挪進我的心。在白熱的烈焰掉下海平面後，在飛逝的將近兩百多個日子的黃昏，在向日葵般的黃昏，在冬日蕭索的黃昏，在秋天傷感的黃昏，在春日明亮的黃昏，在夏日金燦的黃昏，在每個狂烈顛簸的航線中，我偶爾會從上帝睜眼的縫隙中，感受甜美的微風吹過，就像懷中的嬰孩的可喜。（在往後二十一年之後，我開始失去丈夫的守寡日子裡，我常藉著回憶這次的初次大航行來度過漫漫長夜。）我從第一次搭上船的新鮮喜悅到搭了第九次船的暈眩嘔吐，我的日記寫滿了九次的關鍵字：大海，而我的丈夫的日記則是出現了九次的關鍵字：福爾摩沙與生病。（我那時候還不知道這個關鍵字的背後預言，我的丈夫將魂埋福爾摩沙且因生病辭世的預言，他會比我早走很多很多年，但當時我才二十歲，誰會想到二十一年後的事呢。）我們下船後，在夜半時分搭上了火車，行經蒙特婁，再次住進旅館。旅館床鋪潮濕，濃霧漫進房間。在加拿大了，終於抵達我的丈夫的原生國度了，從沒想過會有這麼一天，會啟動屬於自己生命的大航海時代，屬於自己的新約。搭火車騎馬騎騾，看仙人掌綻放狂麗奇花，目睹脫蛹不完全的蝴蝶如何撐起怪異不對稱的翅膀飛撞牠生命的第一道氣流，和全身只露出炯炯如火炬目光的阿拉伯少女的眼神初次的如電交會，踏過莽原粗岩的旱草如何刮傷我的腳踝，走過石礫沙漠與羊皮經卷的死海，行過甘泉綠洲突然降下的冰雹，我是島嶼女人第一個取得海關印記的大旅行者。（但百年後，接續我步履上路的女人，沒有人記得我，我走過的路早已泥濘且模糊。覆轍的腳步，已難以辨跡。那些被丈夫代替解剖的豬肝豬腦，那些隨著外來移入的鼠疫瘧疾瘟疫，那些朝西洋番丟擲垃圾屎尿雞蛋石頭的畫面，也早已被那些酣醉酒吧的洋人摟著島嶼女孩給取代。我那帶著如此開天闢地的異國婚盟，其單一的神性，從我開始，也從我結束。）在即將抵達北國時，我戴上耳塞，以免汽笛的聲音響徹耳膜，我要保留耳內注滿著海的聲音，不想被覆蓋，那是從島嶼帶來的大海的聲音。丈夫為我朗讀詩，通過世界的海洋之後，我們登上家園的第一日，他讀了詩篇。像島嶼蔗糖顏色的女生們和我錯身而過時，我覺得自己好像馬戲團。浮沉海上的日子終於結束，我和孩子都準備落地，但我們不生根。我要如詩篇一般，像一棵樹栽種溪水旁，按時結果、葉不枯萎，凡所做盡皆順利。

筆記14　終於在盛夏七月時節回到丈夫的原鄉。丈夫闊別家鄉多年，他彷彿從一個嬰兒變成童年，而我才剛離開島嶼七個月，我已然覺得時間似乎過了很久很久了。有一天丈夫回到家裡異常開心，他自言自語著上帝的事工後繼有人了。（很多年後，丈夫當下自言自語似的預言成真，他的晚年迎來了曾在高中時期聽過他在聖安德魯教堂演講的牧者吳威廉，這吳威廉只比我小一歲，他接續我丈夫離世後的教會領導事務，早我兩年離世也魂埋淡水，關於這些很多年後的事情都是當時未能預料的結果，當時我知道丈夫只要凡能宣說上帝的聲音就絕對不會錯過。那場在一八八一年初春三月下午三點的演講，激動了許多人，少年威廉當時立即說他有一天也要到異地傳福音，那個異地在多年後成真。）福爾摩沙，我的島嶼，大家好奇著，有人對我比著砍頭的手勢，我知道帶點輕蔑，但我的心有主，我的眼睛就不在意這些懷著鄙夷的目光。那時我抱著新生兒，覺得生活充滿新奇，充滿如蘋果的花香。老成的心，已能透視異地的好奇輕蔑或者不安的善意，但我對上帝的崇敬使我很快就能消泯他們對我的誤解。（我的島嶼不也是要到很多年後才從恐洋變成媚洋。）在我的時代，十九世紀末的異國婚姻，一個童養媳改變了命運成了牧師娘，這都是帶著恐懼感的新鮮事，在島嶼男人頭上還掛著馬尾巴的年代，彷彿是神話。神話，我想這婚盟確實是神話，依據神的言語而結盟的。我的異國公婆不懂甚麼是童養媳，對這種從小就嫁去夫家且自此成為家庭童工生產線一分子的情形深深感到不解，覺得這習俗好生奇怪。那時逃難來加拿大的黑奴已然形成，我看見逃難黑奴的命運時，也想著如果這也是上帝的旨意，那上帝到底要對我們說甚麼呢？我問丈夫，丈夫說阮相信主，正港基督徒，一心相信主就是。相信就有力量，不管其他，一心相信就是，我抱著孩子重複在腦中如咒語似的播放著丈夫的話，以增加自己有時候會晃動的心念。第一次見到公婆的陌生距離也逐漸有了熟悉感，雖然他們對我講的英文口音一開始有點聽不懂，但久了就能聽懂且能理解溝通了。公婆每天都對女兒瑪連親了又親，這種打招呼的方式也使我新奇，他們對身體的接觸很親近，這是我從沒經歷過的身體新語言，在我的島嶼別說碰觸臉頰，根本連正面看陌生女人都少有。起初我很不習慣，但久了也加入了身體語言的問候。被抑制的身體，走出了島嶼，投入大海之後，抵達的新世界有新希望。生活像果子，咬下去才知道滋味。在這裡我有很多的第一次，第一次看見蘋果樹時，我咬下第一口紅蘋果，仰望著樹梢那些懸掛在枝頭的紅蘋果，生命從來沒有這麼寧靜過。我第一次看見下雪時，從窗外看見夢幻似的白雪，跑到院子驚喜著這造物主的神奇。我第一次在紐約看見摩天樓式的迷宮街道，華人街暗巷曲折的蠟黃色臉孔，彷彿被太陽曬褪了色的街角擺攤人的糖果，倒鉤懸掛在玻璃窗內的雞鴨油膏味美，華人區語言不通，我聽著洋涇濱英語，看著流浪到他鄉的華人區依然祭拜著故里帶來的神，我想神也許也會迷路呢，或者聽得懂他們後代的語言嗎？我童少時看過島嶼村落有祭祖擲筊卻怎麼擲都無笑筊，後來有人說講客家話試看看結果就有了笑筊，才知道他們原來先祖是客家人，失去了母語。島嶼人在所有的港口面海處都會蓋上一座媽祖廟，媽祖經常看著大海駛進了商船，玉米色的黃昏大海，在此岸彼岸船隻航行，我常常可以坐在平台眺望大海，有海洋之地即生命盎然。我的孩子日後將成混血服事上帝的溫馴孩子。在這裡我不會再見到有人朝他們丟石頭雞蛋屎尿了，他們受到非常禮遇的尊重。也沒有人對我的丈夫好奇地問著，洋番，你的神，我們真不認識。直到很多年後，島嶼人才尊稱我的先生牧師，整個世紀之後，我的丈夫相片高懸許多醫院，雕像築基他上岸之處。在這裡，我覺得反而是在自己的家，在島嶼，得承受不可避免的孤獨命運。

筆記15 **有時我夜半醒來**，看著男人與孩子，還有等待降生的肚中孩子，男人給予我生命的一切，男人就是重新賦予我際遇的海洋，能把整個海洋顛倒過來，能讓太陽高掛而不落下。我喜歡看見台上的丈夫，他的宣說像海上的閃電巨響，我們一起在淡水山坡處看著天空，指著金星在黑絲絨的蒼穹閃爍，他說有這片天，他就可以向任何事情挑戰，向航海，向島嶼，向風霜，向雨露，向辱罵，向擊石，向仇恨，向死亡宣戰，他具有領天命者的那種堅忍神色，在我們往後被按下快門的每一張照片裡都可以見到，他是我一生見到最聰明最果敢的人（當然我一生也只有他），最有知識也最有耐性的人，散發著植物與礦物的男人氣息，他的野心與雄心不為自己，而是為神的權柄服事。不朽的榮耀大過他所有的夢想，大過世俗的願望。他和我結了婚，我知道我的價值並非建立在屬世的愛情上，而是建立在這份關係所能為福音扎根島嶼的價值上。但現在這價值我清楚看見從根部開了枝。等待生產的日子，我就不和丈夫四處走動了，肚中孩子在旅途裡有了靈體，也將在旅途裡被賦予肉身。兩個月靜靜的生活，我去了幾個丈夫讀書過的學校，認識了幾個丈夫的朋友，他們都微笑著說話，陽光穿過楓葉樹，灑下斑駁碎影，我有時想，如果能選擇回憶，這一定是最常被倒帶的畫面與場景。婆婆送給我一條項鍊，很像教堂的彩繪玻璃，玫瑰花瓣被刻在黑曜岩上。我想起就在十八歲時，他變成了我的生命。醒來的空氣再也不同，聽的腔調再也不同，我成了異鄉人，和丈夫的角色對調，但我這個異鄉人和丈夫的異鄉人是如此不同被對待的，我以為世界對待異族人都是蠻荒的，但在這裡我被握手，被臉頰親吻，被擁抱，被拍手，被歡迎，被聆聽，被迎接，我有了生命，不再只是一個躲在丈夫後面的妻子，上帝的名字從我的嘴巴被吐出來，光明正大，力量十足。我不知真正的歧視是否曾經來過，即使有，他們也都隱藏得很好。至少我這樣敏感的人，在我周邊尚未流露出來。也或許因為我去的地方都是教堂和丈夫的親友處，這些都是安全領地，歧視的目光還沒被養成。我知道歧視是人類的劣根性，千年難除。但我是幸運的，九月初秋楓葉時節，我在醫院誕生第一個異鄉寶寶時，醫院的護士看見我那漂亮混血的女兒都歡呼著。半年後，我發現自己又懷孕了，我期待這回能懷上個男孩，男孩接續君父在上帝國度的工作，三月窗外的雪初融，我聽見女兒寶寶的哭聲、鳥的鳴叫聲、廚房的水沸聲，丈夫的讀經聲，我看著天空的雲飄過窗前，雲的樣子，有天使的痕跡。丈夫他的日記裡記錄這趟走水路的行程，他記載的時間是一八七九年十二月三十一日——一八八一年十二月十九日。在異地七百多天的日子，我的異鄉歲月，我生下以利，又是一個漂亮混血女嬰，眉目深邃皮膚白皙，黑髮下是一雙晶亮的眼睛，我筋疲力盡滿身大汗地看了女嬰一眼，我看見上帝顯現的神蹟。伊甸園外蘋果樹花盛開，落在地上可愛如嬰孩的臉龐。我聽見詩歌隨風蕩漾耳際：我的良人在男子中，如同蘋果樹在樹林中。我歡歡喜喜坐在他的蔭下，品嚐他果子的滋味覺得甘甜。楓葉殷紅，我拾起一片端詳著，透過北國的陽光，楓葉斑駁著如星點的紅，燒燙著我的心，把楓葉夾進我的筆記本。我寫著耶和華靠近傷心的人，傷心的人不孤單，我也不孤單。

十　走陸路　踩踏新世界的女人

這一年，我們結婚已經邁入第十六年，我躺在異鄉的寒冷之夜，
想著島嶼黃昏的潮水見證我們的婚盟，
突如其來的悲傷感湧上心頭，一時之間覺得如夢似幻。

筆記16　島嶼最熱的盛夏出發，在一八九三年八月十八日再次離開島嶼。出航已成了日常的歡愉想像，就像遙想某日也將進入上帝的聖殿一般，生活需要想像，就如盼望一樣。仰望盼望希望，望之所來處，望所回歸處。上帝敞開手臂等待流浪的人子返航。第一次走水路時，我們仨，第二次走陸路時，已經變成我們伍。我看著三個孩子十四、十二、十一歲，遺傳父親的高鼻子與體格，遺傳我的黑髮黑眼珠，堅毅而好學，已是可以當友伴的年紀，這趟旅程因而歡笑聲不斷，孩子們睜著初看世界的好奇目光，一路抵達父親的家園。孩子就像島嶼的孩子，他們天生身體就住了一座海洋，我發現孩子們對海水毫無抵抗能力，在沙崙海灘，他們就像回到自己的樂園，如魚得水這句話我是從孩子身上學到的。但島嶼的孩子卻都不到海邊玩水，孩子聽多了海邊有水鬼，雖然愛玩水，卻不是一尾天生長出鰓的魚。出發前，丈夫指著地圖教導孩子認識要抵達之地的方位與文化，就像我第一次出航時，丈夫也在燈下教導我。只是點番油火變神奇的電燈。一八七八年，我和丈夫結婚這一年，愛迪生發明電燈，他說要讓電變得便宜，到時候只有富人才燒蠟燭。我總覺得像愛迪生這樣的人就是有上帝的靈住在裡面，否則怎麼能夠改變世界，這個能就是上帝的能，我想著，但上帝的不能呢？我還沒想。我在燈光投影出的人影中，看著我的丈夫我的孩子，看著白熾電燈泡下的地圖，我竟然要二度遠洋，且這回除了搭那讓我暈眩的鐵鴨子外，還要搭上鐵龍，我唯一的遺憾是還沒能趕搭上升空的鐵鳥。第一次出航時瑪連才半歲女娃，此次出航已然是十四歲的少女，十四年過去了，十四年島嶼教堂興盛，上帝的業務勃發。世界不斷在前進，工業革命的輪子帶動科技往前。上回在寒冬離開島嶼，這回在盛夏的八月出航。丈夫指著地圖向圍著他的三雙眼睛說著我們從淡水一路經廈門——長崎——橫濱到溫哥華，換搭太平洋鐵路到多倫多，再到爸爸的故鄉胡士托。兒子叡廉說爸爸的家鄉這麼遠，離海那麼遠。丈夫微笑著說不遠，想要抵達，一切就都不遠。（當時丈夫不知道這一次將是他最後一次回去見家鄉父老，八年後，他就要回到上帝的懷抱，死就有了益處。但誰也看不到未來，他還以為在島嶼還會長長久久。）一八九三年這位堅毅的傳道者，我的丈夫，他領著我們全家和學生阿玖等人出發遠航，這回已經不可同日而語。一八七九年出發時，我差點被人射穿眼睛，丈夫被推倒被吐痰。而這回除了太平洋鐵路在等著我們看世界，島嶼最難馴服的滬尾散拿社部落與一心想賺錢而只信財神的艋舺商人們，都對我和丈夫的態度大轉變。當地三大紳士竟下邀請帖歡迎我們一行人來到艋舺接受當地人的送別會，丈夫收到邀請帖時，吻著十字架說感情得來不簡單。曾經的羞辱都變榮光，他曾經歷在艋舺三度被驅離，當地蓋的教堂兩度被拆毀。出航前的送別，當地人全來歡送我們回返丈夫的故鄉。一八九三年八月十四日坐著八人大轎，由龍山寺出發，八支樂隊開路，鑼鼓喧天，奏樂鳴槍放鞭炮，旗幟飛揚，大轎後面有六個人抬著，二十六頂轎子由三百名穿號衣的壯丁扛著，五百發煙火被瞬間點燃，大人小孩齊望著河邊與天空燦爛火花。這種風光和十幾年前他被逐出艋舺的情況是天壤之別。異鄉人終於征服艋舺，讓心中只有盤算的人們從商人的心轉成屬靈的心。我看著丈夫自一八七七年就進入的艋舺城，歷經艋舺在地的十六年恥辱歲月，天際線終於有著美麗的尖塔禮拜堂，尖塔在陽光下閃閃發光。戴著寶血的桂冠，我們登上海龍號，此行共十三人，船開往廈門。

筆記17　信心永遠沒離開，直到阮擱再相見。島嶼邊緣消失中，岸上信徒朝我們喊著這句話，聲音逐漸消失在浪潮之中。上午抵達廈門，下午四點再次上岸，半小時後即進入香港，風和日麗的海。孩子們玩著父親的望遠鏡，那是島嶼人送別時贈他的禮物。抵達香港後進駐維多利亞飯店一號房間，二度來到香港，先前的記憶被現在環繞的孩子們覆蓋，但香港新起的高樓洋房，讓我看得如抵新世界。幾天後一起來香港的學生先搭福爾摩沙號回返淡水，學生們都流著淚面對分離。唯獨阿玖留下，丈夫帶著阿玖和小兒子叡廉一同搭電車到太平山頂，這條山路風光使丈夫原本發燒的身體舒服多了。他感到身體大不如從前，動輒發燒。一八九三年九月六日，我們搭上來自丈夫祖國的印度皇后號，皇后號設備新穎，這一回丈夫帶了十四個箱子回到故鄉，先抵達上海，接著往日本長崎去，上岸三小時隨興走走。這是我們第一次到日本，經過港口上的舞廳咖啡館，丈夫對孩子們說這些人都是可憐的，行為愚昧的，但我知道有的女人是身不由己的，希望主可以幫助她們。丈夫在當晚的日記上寫著長崎看起來像雞籠。隔天船繼續穿過日本內海，花崗岩風化之地看起來荒涼。晚上到達神戶，船艙小孩的哭聲大作，有人跟船長抱怨著。丈夫對我說，他們聽自己孩子的哭聲時就會是完全不同的感受，聽到孩子哭聲要感到幸運呢。丈夫帶著兒子和阿玖去搭黃包車逛街時，在神戶搭了黃包車，逛著海港商街，也是有些荒涼感。丈夫晚上跟我說，這拉車夫竟然會說英文，在船塢可能常載外國人吧，司機一直推銷逛窯子，但都沒拉成，最後竟跟我們說，你們這些人來海港也不看白蘭地，也不逛妓女戶，你們是怪人。他和阿玖聽到怪人都笑了，兒子說他在旁邊聽得一愣一愣的。十九世紀末，在丈夫的日記裡出現的日本人形象是身材矮小、放縱好強、歡樂幼稚、高興而輕浮，體力骨氣與智能都不如華人。而我自己的感覺是丈夫愛屋及烏，他愛福爾摩沙。離開橫濱前，丈夫和這艘船的馬歇爾船長兩人在甲板上散步兩小時，船上有一位美國人帶著我和孩子們玩擲套環，我們玩得很開心，我第一次玩這種遊戲。禮拜日，我們在丈夫和船長的主持下唱著詩歌。海邊聞起來有下雪的冰涼感，雲朵一路隨著航行飄遊，我看滬尾的寺廟住持說出家人就像是雲遊僧，這時候我也覺得這個詞非常貼切，但我還是覺得詩篇更美，詩篇言語如蜂蜜，滴落如露，如細雨落在草原上；祂領我們抵達生命水的泉源，神必擦去我們一切的眼淚。我的眼淚也早被神擦去，遇見我的牧者之後，淚也是甜的。

筆記18　海上依然顛簸，祂一吩咐，狂風就起來，海中的波浪也揚起。孩子們問我，為何祂要這樣吩咐？我還沒說，他們的父親就說，這樣我們才會知道祂的存在，知道還活著，感激試煉，撐過就會風平浪靜。很快大浪就過了，怒吼也止息。馬歇爾船長邀我們全家到引擎機械艙參觀，設備頗先進，孩子們對船上的羅盤與引擎都充滿興趣。天氣好的時候，船上的人幾乎都跑到甲板上來看風景，風不再騷擾海洋。好天氣的隔天轉眼又變成暴風雨夾雜著散不開的濃霧，孩子們只好待在房間裡，一起高歌唱著就是愛救世主，救世主就是愛你，我就是愛救世主……幾個重複字反覆組合，孩子的心很純真。這回搭上的大郵輪是可以直接開到維多利亞港的。我的華裔臉孔被海關官員說要抽人頭稅，丈夫反覆跟海關說我是加拿大人，所以我的妻子也是加國人。他拿出結婚註冊書給官員看，官員卻仍說一定要付錢，他的孩子和學生也都要收人頭稅。後來溝通說再去查查。海關官員很傲慢地離開，好像不抽到稅很不開心。丈夫在船上收到歡迎回家的電報，最後有個屬於太平洋鐵路公司的先生來了，但這名海關徵稅員依然傲慢無耐性，不過溝通之後，我們最後過關，結果我們這麼多人只收一個人頭稅五十元。我感覺被歧視了，為何長得不一樣的臉要付人頭稅？我們一路從溫哥華搭上太平洋鐵路抵達多倫多，鐵路之旅全家都非常開心，看著窗外風景不斷讚嘆著，冰河奇景讓我心中住進了神的天啟，我看著丈夫不僅在船上講道，連在火車上也依然講道，丈夫吐出好幾次的福爾摩沙，旅客們都聽得興致昂揚，這個地名是第一次進入異邦國度陌生人的耳瓣，我看著丈夫彷彿是島嶼的活廣告，最早的觀光代言人。從八月十八日離開淡水到十月九日這天，我的孩子終於也來到了父親的家園。上午八點多倫多的地名從鐵路廣播聲中傳到我們的耳朵，我們拎好行李準備下車。當晚我們在靠近加拿大太平洋鐵路終點站聯合車站附近的聯合旅館入住一宿。隔天下午兩點五十分才離開多倫多，在五點三十分進入丈夫故鄉胡士托。他又回到家了，我看著丈夫熱淚盈眶，孩子們雀躍不已。只是這一次，我的公婆都去天國了，「親愛的父親、母親都不在了，為甚麼靈魂要哀嘆呢？他們在神的天堂大門裡，很快我們就會與親愛的雙親相會，不再分離。」當晚丈夫和我分享他寫下的字句時，我心裡不知為何心臟一陣劇烈跳動，丈夫寫這句話，彷彿預知死亡紀事，死亡字眼讓我不安。在多倫多，為了讓丈夫好好講道，我們那幾天落腳旅館，住過聯合旅社、皇家旅社、全球旅社，一天一塊錢，我還陪丈夫去看了牙醫，丈夫幫島嶼人拔牙超過上萬顆，但他自己可不敢讓門徒幫他拔牙。帶孩子們搭電車去看世界博覽會，逛園藝館。孩子們對人類學館特別感興趣，丈夫還帶他們去聽了一場激情有力的布道，布道者高喊我們要緊靠著耶穌。不久丈夫又患了重感冒，天氣寒冷來惡劣，我陪同丈夫去海關取回從島嶼一路隨著大海來到的十四個箱子，裡面都是他多年來從島嶼收藏物件，很多都是原住民部落的物件，他一一打開看著，每一個物件的背後都是故事，他把島嶼帶來異鄉，像個人類學家的眼光打量著它們，他知道這些物件將來會進博物館，物件會繼續說故事。

筆記19　島嶼人的體內豢養一座海。原鄉人歸返原鄉。丈夫這回在自己的家鄉講道如魚得水，他懷念島嶼，島嶼已成母語，他偶爾忘記竟在講英文時忘情地夾雜著幾句台灣話，彷彿島嶼已經勾住了他的舌頭。丈夫已經取得全面性的勝利，十五年來，在北島嶼建設許多禮拜堂、牛津學堂、女學堂，四十餘間教會。海外宣教師都來向我們請益，有意思的是丈夫繳的那五十元人頭稅竟被退回來了，不知誰去情商的，丈夫捐出那五十元時對我說，是上帝去說的，我聽了大笑著。家裡走動著很多來看箱子裡面寶物的人，丈夫邊指著島嶼物件邊說著傳道的奇聞軼事，屋裡擠滿著人。這回噶瑪蘭平原被丈夫吐出最多次，在暴風雨之夜，我在異鄉角落邊聽著丈夫說著我的島嶼，忽然想起自己在十二歲前的童養媳生活，在暴風雨之夜跑回原生家庭卻又不被收留的悲慘歲月，誰知道現在我竟然又來到了胡士托，生活在完全不同的氣候與地景上，這真是太奇特。孩子們的飲食也都逐漸習慣三位一體，橄欖油、乳酪和麵包，我也學著和麵粉烤麵包。連續幾天狂風暴雨濕冷，我服侍我的丈夫入睡，他又重感冒了。積雪的日子來到，孩子們第一次坐雪橇，開心在窗外玩雪的聲音傳進在床上躺著的丈夫耳裡，丈夫說這些孩子們真是無憂無慮啊。他病好之後，要帶孩子們去學校上課，不久學校就因風雪關門一個禮拜。他在家裡講道，因有風雪又有流行性感冒，來的人零落。好久沒有過這麼冷了，我跟丈夫說忽然想念起淡水，熱風吹拂人好眠，在這裡冷冰冰的，難以入睡。丈夫教我劈柴生火，在雪國生活的技藝能力和在熱島嶼完全不同。生火之後，整個家的味道就溫暖了。我想起島嶼海岸山坡上的淡水白屋，屋子的壁爐冷卻好久了。

筆記20 神的無所不在。這一天我在旅行筆記裡寫著這句話。我們第一次航行時走海路，見證了海權海路的時代，目睹運河對世界貿易發生的重大影響。第二次的出航，美國鐵路網的完成，使我們能夠在最短旅程的時間下抵達了世界。我們一行人欣逢鐵路萌發年代，搭鐵路回到多倫多，看見丈夫在原鄉的魅力，看見丈夫抵達原鄉被賦予的權柄，丈夫這一回當上了議長，也為島嶼學堂與醫療發展奠下了關鍵性的影響。我好奇地一路望著火車窗外滑逝而過的風景，我是第一位走出島嶼環遊世界的女人，走水路、走陸路，一路上我不斷地求著神開路，期盼我從十二歲重生的生命能夠自此為神所用。我看著眼睛骨碌嘴巴吱喳說話的孩子們，我的心充滿詩歌的美麗安慰，我的丈夫，這名永不歇息的傳道者，他也看著我們這幾個經由主的靈而擁有的孩子，他們那美麗的東西方混血臉孔躲藏著神的足跡，他們都是神的孩子，一切都歸於主的聖名。我闔上書，耳聞孩子們勻稱的呼吸聲，還有呼吸濃稠的丈夫鼾聲。我也闔上眼睛，聽著窗外楓葉隨風吹拂的窸窣碎響。我想明天還要去撿楓葉，把葉子夾在筆記本裡。（那時我還不知道幾年後我那兩個美麗的女兒將嫁給丈夫的學生，姊妹倆同日結婚，在和我差不多的年紀時被主安排走入人生另一個階段。我十八歲嫁給一生侍奉主的丈夫，十九歲和二十歲生了女兒們，女兒們又接續了我的人生，充滿繼承主的旨意的婚姻，愛情是甚麼我們不知道，愛情只好變得微不足道。十二歲那年我還不知道，六年後我會嫁給我的老師，也當然不知道他會自此永遠滯留島上，死在雨水的盡頭，望向他的海洋來處。那時我還不知道，幾年後我會成了寡婦，經常在丈夫的墓園一直安安靜靜地凝望著島嶼海岸線。我看見丈夫從沒闔過他的褐眼珠，他總是眺望著淡海，墓碑經常濕答答地蒙上一層霧。那時我還不知道，丈夫一直眺望著海，一望多年，直望到小山丘的背風處長出的樹影蓋過了他的墓碑，直到他望到我的墓碑也來到了他的身旁，然後兒子的墓碑也來了。直到他望到他的名字成了一條街名，直望到他的醫館成了一間博物館，直望到他的雕像被矗立在滬尾岸上，直望到他的原鄉牛津郡也與他後半生的淡水結成了姊妹市。）在一八九四年寒冷的這一夜，午夜一隻不斷旋轉撞著小燈的飛蛾吵醒了我，我聽著丈夫高燒沉睡的夢囈，他午夜濃稠的呼吸聲，我想著這個來到我生命的渡海異邦人，此刻換我成為異邦人，這一年，我們結婚已經邁入第十六年，我躺在異鄉的寒冷之夜，想著島嶼黃昏的潮水見證我們的婚盟，突如其來的悲傷感湧上心頭，一時之間覺得如夢似幻。（在那個當下，我不曾想過七年後這個隨處演說福音的丈夫將失語，他一個人孤獨來到島上也將孤獨回到天國的家，而我自己將進入漫長的二十四年寡居生活。我也沒想過往後我的丈夫名字在島上將具備非凡昂揚的力量，往後日夜響徹雲霄的救護車聲響將載著無數的病患進入以丈夫命名的醫院。一八七二年，這名將成為我丈夫的傳道者上岸淡水，他的這趟旅程改變了自己，改變了我，改變了島嶼。）我不曾問過丈夫愛我嗎？我們不曾對彼此吐出愛這個字眼，因為我們的本身就是這個字的本身了。山阻海絕的年代，島嶼平原的女兒要再看見從小看到大的田，總是得有長長的節日到來才有可能。還沒分別就開始兩地相思，還沒離開就開始想念的，大概就是那片海洋了。島嶼人盼著離開，而我是望著返轉。我都說島嶼是我的田，天父的田。但我有時喜歡說是自己的田，因為我用心用時間耕耘過自己的童年，自己的少女年代，自己的青春，我努力改變命運。在異鄉懷念島嶼，在每個撿楓葉的黃昏，我的腦海揚起一座海，海天一色，林間起霧，四野炊煙，農人身影染上金黃。島嶼躲藏我的故事，淡水河在午夜化為我的夢幻河流，雲深不知處是我思維馳騁的神仙地。我在異旅夢中看見有一個古老的夢婆又在夢中採集我的故事，將我的故事飄到雨水的盡頭，我的故事掩埋在丈夫的身後，我不斷地做著攪海大夢。夢婆翻動我的筆記，我以為是不值一提的敘述，夢婆卻源源不斷地傳輸著給一個遙遠的陌生女子。夢婆對我說，米妮，只要有一個提筆的人記得妳就行了。太初有道，道與上帝同在。我與妳同在，滬尾與妳同在。雨水的盡頭，是愛情的盡頭。

【卷肆】

在愛苦之海

十二 一生最後的住家

他已經和世界沒有關係了，你們都去，
都去祈禱，耶穌已經為他派來天使，他要回天家了。
在天上相聚，啟程回天家。他賜下一條新的誡命，你們要彼此相愛。

米妮在旅館和旅客玩真心話與大冒險時，她曾說了一個關於自己名字的源頭。

在米妮還是小女孩時曾向主祈求顯靈，她天真又好奇地想要以她從海邊撿來的貝殼和保存下來的餅乾糖果奉獻給主。但躺在床上好幾日，主完全沒顯靈，連聖母瑪利亞都沒有。只有伴隨著小女孩即將要進化成少女的黑眼眶與經血的到來。

也許祕密就在黑眼眶與經血。宜蘭女孩笑說，被米妮打了一記。

我們的身體就是世界，主在妳的身體顯靈。宜蘭女孩繼續笑說，臉上卻一派嚴肅。

米妮說他們家以前只要母親走進來，就像走進了天使與彩虹，走進了恆星與太陽，走進了原子與星辰，走進了笑聲與宇宙，可惜母親卻四十幾歲就過世，讓米妮十分傷慟。米妮分享著自己從小環境的信仰生活是來自第一代上過讀經班的查某祖（tsa-boo-tsoo），查某祖來自「火煮潮水以製鹽」的打馬煙，而她被母親命名為米妮，說這是要紀念傳道者的島嶼妻，故以島嶼妻的英文中譯命名，因為英文譯名比較私密，可以私下紀念，銘刻感情。據說米妮的查某祖出生的那一年，曾經夢見一艘開往自己家園的船，船上有個男人，擎著火炬，整個海面彷彿燃燒得透亮。一八九四年，米妮祖上的家族信徒救起了一艘船難的船員與眷屬，船上有歐洲人、美國人和中國人共二十一人，是夜，倖存者隨著信徒來到海岸教堂，看見一間明亮潔淨的教堂。異鄉人瞬間淚流滿面，他們參加主日的禮拜，從上午十點至下午兩點都沒有離去，為自己穿越大海的倖存流淚感恩。反覆如海浪旋律的吟詩、祈禱、講道、祈禱、頌榮、祝禱。突然某個倖存者在禱告後，在離開教堂前握了查某祖米妮的手，感激她去喊村人來救援。

後來這個握著米妮查某祖的異鄉人就被趕走了，異鄉人懂得救主卻不懂風俗，在當年男女不同席不共食不同群之下，握手成了一種肌膚之親；連禱告都要用屏風隔開男女，隔開貧富。紅布隔開的雙屏有兩道門，富貴家的夫人小姐坐著轎到門口，進入禮拜堂聽講時，幾乎沒有男性看過貴夫人的臉與腳。

垂設布幔讓其他姊妹們同坐，在布幔中間讓出幾尺通路，中間擺置一小講台讓傳道同工上台傳道，傳道者要有能力以聖靈的靈能傳道，才能感召大眾。但隔屏則讓異鄉人不解，也讓傳道者極力想要拆除，幾年後，傳道者的島嶼妻才看到隔屏的拆除。那個被撵走的異鄉人，完全不知道自己究竟犯了何錯。後來米妮的查某祖講起這件事都莞爾一笑，風俗有時候連上帝也改變不了。有人說那上帝不是萬能，上帝為何要創造那麼多文字語言與風俗？查某祖回答不了，她就寫信給淡水的學堂老師。老師卻都沒有回信給她，等待多時卻傳來老師病危的消息。

米妮的查某祖在打馬煙沒有得到老師的答案，她是在夢中得到啟示。語言文字和風俗都不是疆界，心才是疆界。被撵走的異鄉人出現在夢中，這個差點成了波臣的水手後來隨船上的倖存者去了中國，他開始學習中文，成為傳道者。終於對於那年握著婦女的手的錯誤感到有意思，認為這是神的暗號，因為如果不是因為這樣，他不會被撵走，不會去了他的新天新地。

打馬煙教堂有一扇大門望海，禮拜時常見參加禮拜者在吟詩或向海祈禱。路人經常被傳道者的聲音吸引，門外好奇地走動著乞丐、僧侶、商人、漁民、農人、苦力及各色人種，他們經常路過教堂，杵在門外望著教堂裡面的長條椅裡坐著甚麼樣的人，看見認識的人坐在其中時還會情不自禁地叫喚著。

米妮在導覽筆記本上寫著：傳道者最後一次從淡水來到噶瑪蘭是一九〇〇年初夏，他和平時一樣，帶著信心堅強的學生們，進入宜蘭平原訪問平埔族。當傳道者和門徒學生即將離去時，有三百多個人一路唱著詩歌，伴隨他們離去的腳程，當地人見到所敬愛的傳道者不知為何神情與往昔有異，他依依不捨，轉身向大家招手時，這樣剛強的人竟也熱淚盈眶。作為一個牧者，他忽然有預感不會再見到學生們這樣純真可愛的面容了。在海上送行的這一幕，使他感受離別愁緒，海潮不興，海鳥翱翔，浮雲飄過。他不斷地回頭看向陸地，而岸上的詩歌也傳送如海潮。米妮的查某祖當時也在其中，她的手不斷地揮舞著離別的姿態。

米妮的查某祖當時內心悵然，因為不知為何，她有一種今生再也無法和老師再相聚的感覺。之後米妮的查某祖收到老師生病，傳道者病倒床上，幾個月後沒有轉好的消息時，然後米妮的查某祖來到了淡水，她再次進入牛津學堂，遇到傳道者之妻，由島嶼妻接續教她們這群女學生的功課。

米妮的查某祖活得長壽，晚年查某祖想起某個初秋，當她在第一主日受教會指派來到頭城教會主持禮拜的那個秋雨綿綿的午後，她永遠記得當老邁的自己推開教會大門時，她感覺到自己的手彷彿還沾著門鏽似的有一股鐵鏽味。在海風浸滿的空氣中，她聞到潮濕而飽含經年似的霉味與塵埃。她打開窗櫺，灰色微光透進斑駁的牆壁，緩慢地穿過無光的黑暗，撞到一整排長木椅，膝蓋瞬間感到疼痛。真是一把老骨頭了，她想。

米妮的查某祖的眼睛停在牆上的十字架，她疑惑著難道自己記錯日期？怎麼整間教堂空蕩蕩的？接著她的目光移到成排長椅的最後一列，她突然看見黑暗中有銀燦燦的光，她發現是某個人的銀牙在微光中發著亮。

那最後一排的長椅上，竟坐著三位老婦人，她們像是被海風塑成了雕像，臉部的皺紋浸滿著安寧，如鹿渴望溪水地望著她的到來，其中一個咧開嘴笑著，以至於銀燦燦的牙齦在微光中透現一種奇特的喜悅。長條椅子中的高大柱子上的十字架忽然掉落，木頭十字架竟因她的走路而鬆動，米妮的查某祖撿起十字架，看到靠海教堂的潮濕，看見光陰的霉斑。三位老婦人的表情苦傷，臉部皺紋銳利如刀，她們長年被海風烘焙的瞳孔乾涸無淚。她們的穿著也是赤貧而苦澀，褪了色磨了邊的黑色粗布衫褲下是赤裸的腳，裸露的皮膚黧黑，臉與手臂腳趾都被太陽曬傷，彷彿生命無處可去的模樣，雙眼無神，無精打采地坐在長條椅子上，看見有宣教師進來時，她們的眼神起先透著某種疑惑不解，好像教堂是她們的避世洞穴，隔絕世事太久而不知還有和她們一樣的倖存者。

米妮的查某祖靠近她們時，就好像棲息的鳥突然振翅起飛地驚動了她們。不知過了多久，老年查某祖才緩慢地開口問她們是來聽福音的嗎？她們沉默不語，半晌點頭又搖頭。福音很久沒有來了，嘴巴咧開笑的銀牙婆婆說。半晌她們吐出是打馬煙來的信徒，但她們每回來到教堂卻都只聽見海聲迴盪，彷彿魚兒都比她們還了解上帝。只有她們仨報信給查某祖，打馬煙教會殘留下來的信徒，因為整座漁村已然沒有教徒了。

打馬煙，最後沉煙大海。

連同查某祖和其他三位老婆婆信徒，在某個氣象報告失準的夏季颱風夜。陸地有十字架，海裡也有，她們循著海流，與魚骸沉睡。如果這是上帝的旨意，她們就此與海同枕。昔有綠色殉道者，她們是藍色慕道者。

傳道者 **黑夜舉火的人**。傳道者以前常去基隆，日記上拼音Ji-long雞籠。傳道者來到和平島，甚至在和平島買屋落腳。整個北海岸都是他的海，整座後山都是他的山林。但是這一回他旅行布道歸來，在大龍峒見學生時，卻發現自己的皮膚開始冒出紅疹，且不舒服地發著燒，學生家長見到他的情況後，很多人紛紛扶他入內休息。去請華雅各醫師來為他醫治，華雅各醫師診斷是水痘後，並囑咐此傳染病的危險，要他不要靠近其他人。他一回到淡水，先是在家門口脫衣燒，接著消毒全身才進屋，見到島嶼妻時說了出水痘，要她別靠近，當時大家都很害怕傳染病。但即使他警告著妻子與學生，學生卻彷彿沒聽到似的依然圍著躺下來休息的他。島嶼妻拿冰水讓他減少發熱，但學生們連忙接手來做，要牧師娘休息。看著他發著高燒受著痛苦時，有的學生都流下淚來，學生吳益裕把手放在老師的前頭額，以冷毛巾濕水解熱，他當時在發燒中發出如夢囈的話，喃喃自語著這是誰誰誰，你這樣做很好。學生們輪流以冷毛巾解老師的熱，反覆以此方法過了兩、三天後燒退，他從退燒中醒轉，看見他的學生們不眠不休環繞著自己的那一刻，他知道他在島嶼已然從荊棘開出了花朵。他在這座島嶼總是生病，但也都撐過來。他在這座島嶼總是發燒，但也都冷卻了。他在這座島嶼總是覺得炎熱，但夏季終會過去。絕望是最大罪，他從不絕望，即使在最苦最痛最傷的時候，他在這夢中幻想的島嶼，那如樂章的海岸線，沉睡的死火山，露水的潮溼葉脈，戴著斗笠穿著蓑衣的漁民划著槳挺過風頂過浪，將他送到雨水的盡頭處，梔子花香和漁獲的腥羶雜染，傾盆大雨中的濃霧染得風景如潑墨山水畫。學生們問他怎麼度過這些生病的難過時，他說除了主的福音能安慰他，還有的就是福爾摩沙的一草一木，一山一海。主在夢中浮顯的命運紙牌就是此地了。傳染病是考驗，痛苦是信仰的香料，他不會以絕望來度過難關，更不會以哀傷來弔唁亡者與過去。當部落人企圖用鐵矛刺穿他時，他以十字架頂了回去，當他的聖經如山羌野鹿被掛在石灰牆如一只掛氈時，他看見上帝為他築的福音巢穴，從心底深處升起的鄉愁，足以治療他在島嶼所染上的一切疾病，這抹平他憂傷的魔幻力量，將整座島嶼四周的海鍍了一層金沙，使他傳道時的音量比海洋更有勁、比地震更強烈。他吐出最後的文字：弟兄姊妹們，我們暫時分手，這不過是身體的離別，心靈卻仍在一起。彷彿是夢中之路。一九〇〇年五月二十六日這一天，他巡視蘭陽平原教會，從打馬煙社離開宜蘭，一路返回淡水，這條走了二十八次來來回回的老路，一回又一回的靈魂施洗，放上每一塊信仰之磚，沿著河水上岸。不久即聲音沙啞。診斷罹患喉癌，他那忠實的門徒女婿阿玖每天替他的傷口換藥，醫師建議他從淡水搬到大稻埕，在河溝頭住下，以便就近照顧。日本黑岩醫師為他做氣管切開術，僅用局部麻醉，但他卻非常安靜地忍受著痛苦，開刀約費一個小時才完成。但兩個月後，有膿腫，開刀傷口一直沒有好，喉嚨的傷口約有五分錢幣那麼大，有液體從傷口一直流出來，吞食之物由喉嚨流出，用圍兜來保持清潔。但仍沒有好轉，於是又搬回他念茲在茲的淡水。只是九月牛津學堂開課時他已然無法言語，一九〇〇年十月星期五，在霧鎖滬尾的厚重夜霧，他咳出血來，深紅的顏色，如牛津學堂的磚頭，任風吹雨打，磚塊卻愈磨愈亮。有時他靜默地望著颳起有如颱風的風，整天下著雨默想著天堂，還有耶穌，緊緊安慰的上帝在旁，上帝掌理一切。但他的島嶼妻子卻十分不忍，她望著日日以聲腔宣道的丈夫竟然得的是喉癌，一生都在昂揚宣說的人最後只能靜默用筆交談，主的寓意是甚麼？在純然的痛苦裡，他呼喚他的上帝，同時他為衷心所愛的島嶼祈福。他初抵滬尾港口的畫面就像銀鹽黑白照片般的經典永恆。他的相機記錄著島嶼的過去風光，他的舌頭在逍遙學園以青天為頂青草為蓆下，教出島嶼第一批宣教師，但為何上帝要封鎖他的喉嚨，為何要讓他失語？這是甚麼樣的暗喻？但他沒有退失信心，生病後，他仍打鐘要學生唱福音：你要餵養我的小羊，避免他們所虧欠的罪債，不要讓他們遭遇試探誘惑，天地會成為過去，但我的話卻永存不滅……他無聲的語言仍迴盪滬尾大街小巷。喉嚨放了根管子，使他可以呼吸，於是呼吸也還安靜，入睡時在黝黑中他期待天使來，有時風拂過使得燭影晃動時，他都睜大著眼睛想要看清天使的長相，但旋即又陷入昏眠。偶爾會有一些陳腔濫調卻極為受用的天語飄過耳畔：你要與命運搏鬥，堅定自己的信念。他想回話，但醒來卻發現無能言語，因為有根管子在喉中，無法講話。他想筆談時，天使已經飛過屋簷。天氣好的時候，起初他還會在走廊上走動。因此他不願相信自己得的是癌症，以他這樣充滿活力又強壯的人，深受著折磨的痛苦。有時在黃昏漫走，穿過紅磚建築物，仰頭看見藍天上的十字架時，他的嘴角會浮上一絲孩子似的微笑，沒想到他自己真的在主未曾抵達之地插起了十字架，近三十年的島嶼光陰此刻在燭火投來的光下，他不斷地讀頌著主的名字，一遍又一遍，一再地呼喚著，稱頌著，甚至到了囈語似的熱燒程度。

米妮家族百年來信仰基督的源頭來自於查某祖。她的查某祖親眼見過傳道者與他的島嶼妻，米妮想查某祖也許愛過傳道者，因為查某祖不僅後來搬來了淡水，且暗地裡把自己和後代都取名跟傳道者的島嶼妻同英文名。彷彿她們要一起完成那個世紀所未完成的懸念。

她想這些因信仰或者因內在靈性驅動的人，不外有幾個原型，揮別所愛、離鄉受苦、冒險犯難、不屈不撓、忠誠奉主、為他人犧牲自我。這些人寫下最偉大的苦行，也寫下最黑暗的懺悔錄。

她非常喜歡閱讀這類書寫，很靠近她的陰陽兩面。她放下閱讀的蒙田筆記，房門外有吸塵器打掃的聲音，她不必看時間就知道是客人剛退房不久的十二點一刻，房務阿姨已經在清潔了。房務阿姨洗的杯子在陽光下連指紋都看不到，杯子透明得有如剛從爐火裡新生。

她抬頭看看時鐘，起身換衣，她要去醫院探望一位得胃癌末期的朋友，這是她近年第一次去醫院不是為了父親，她要前往一家以治療和緩癌症患者聞名的醫院，沿著關渡平原，轉入樓房盡是科技廠房連結的區域，還有入口的佛教機構與後方的汽車維修檢驗廠。

環繞病院外的樓房冰冷，走動的人也很沉默而制式。

米妮想起曾經和這個朋友在大學時參加清大核工系聯誼的活動，她們曾一起在基隆和平島遊玩，當時她記得大學的聯誼充斥無聊的活動，除了烤肉之外，就是在海邊戲水撿貝殼。她們兩人在海岸走著，崎嶇嶙峋的海岸石頭哀愁得如從洪荒就被丟擲在海岸的神情，那是她唯一喜歡和平島的原因，至於那些沾滿醬油沙茶醬調料的肉片，她一口也沒吃到。

當時她們兩人脫隊，沿著海岸走到車站，在月台吹風等待車的到來。

於今她想時間又移前幾格了？這個青春期友人竟已在醫院垂釣著死神了，她自問自己的信仰又往前邁了幾步路？

傳道者 **發熱中**。他遙想起三月時節初抵滬尾，源於堅信的力量，他知道自此這滬尾的每一棵樹每一條路他都將熟悉，島嶼的植物與礦石標本靜靜地躺在每個收集來的玻璃盒，而火柴盒內擺放著島嶼植物種子的傳承祕辛，就像生命的奧祕，蘊藏島嶼的解碼器。無限悠長的聖音，不會讓他抵達時感到任何的驚怖。初春的三月九日，他的抵達，在滬尾掀起一陣黑洋番的好奇與鄙視聲，人們把他當成是德記洋行的貿易洋番，直到他那台語布道的聲音四散，終於在陌生之地插上了主的名。但他在起初還不知有個島嶼女孩的命運將被他改變，那時他的島嶼女孩還是個孩子，還在黝暗的空間度著奇怪的童養媳命運。他驚訝於童養媳這樣的夫妻結合，近乎買來的妻子，從小先養在家裡，多了勞動人口，又確保不會離開的一樁生意。他改變了他的未來之妻的命運。未來之妻此刻就在眼前，緊緊牢握他的手，他感覺妻子的力道十分強烈，那是堅信者才有的手勢，為此他感到安慰。如果妻子不恐懼，那麼他更不該恐懼，因為他不是孤單的，他在這座島嶼繁衍子嗣，荷負主的家業，荊棘已成桂冠。他的妻在旁讀著經語，她看著眼前這個把異鄉當故鄉的牧羊人，撫摸著他的手時心緒偶爾飄過他們初次相見之景，雨過了此地就停了，命運到此就不再滾動無知了，有了新天新地。生命的出口如迷宮，也如明亮的房間，際遇一覽無遺。他聽見窗外的淡海漲潮聲息凶猛，已然六月了，他剛度過三月的生日未久，旋即將迎接死亡。死亡是殘暴的，同時也是仁慈的，因為苦痛終結。荒原與豐饒的生命田地，他都耕耘過。他在昏睡中看著周遭，燭火將周邊人都放大在牆上，影影綽綽地移動著，有人緊張，有人靜默，有人奔走，有人低泣。這是他的時刻了嗎？他聽到有人說著加拿大長老母會已經命定馬克露博士來台，他已經從海的另一岸飄洋過海抵達島嶼，從大陸河南一路挺過海浪，挺過黑水溝，已然即將來到台灣照料他。然而他已然陷入夜晚的囈語時光。穿過夜與夜連結的黑暗甬道，他疲憊地瞪大雙眼，高燒的幻覺，交織著如電光火石的幻影。山丘櫸樹搖曳，相思樹林低語，竿蓁茂生，平埔夢婆在姑娘樓狂歡。八里對岸是他的島嶼妻來自之處，五股已然籠罩在神光微暈裡，他的容顏爬上了安慰的神色。他聽聞阿玖說過這彼岸山色有個美麗的名稱觀音，他聽聞過觀音慈悲之名，苦海化作渡人舟，這不就是當初他遠道重洋來的原因嗎？這片海已然不再驚濤駭浪，他聽見喉部發出魔鬼的聲音，但他沒有恐懼，因為他明白自己早已走在神的道上。他聽見呼召。望盡山色，曙光高懸之後，他慢慢地依靠抵擋疼痛的意志力，讓自己慢慢地離開床鋪。只是這喉部的情況是愈來愈糟，他知道魂裡的熱誠有如蠟燭的光，總有燒盡之日，但靈裡的熱誠有如神燈的光，卻可以不斷地注入。從十歲以來，他就一直知道自己會活出合於神心意的生命，活出有神同在的生命。如果神要拿走，那就是神的心意。

米妮在朋友的安寧病房的窗戶目及著關渡的景致，再過去一點她知道有關渡宮與玉女宮。關渡，干豆，傳道者搭船沿著淡水河抵達之地，那時風光明媚如原始上帝初造的江河，上岸旅人宣教士水手貿易商，和島嶼瘧疾黃熱病A肝霍亂寄生蟲肺結核共生共亡，前仆後繼如島嶼的潮濕不斷。

在這樣死寂的安寧病房外面高樓環伺，可想而知這些高樓的繁榮都拜環繞醫院所賜。傳道者當年行經他一生最愛的竹林，甚至墳墓旁都植有搖曳生姿的竹林是島嶼常民物，鄰舍以竹子圍，竹籐竹籃竹竿竹椅竹筷竹床，傳道者的居家最愛竹，化為島嶼的相思物。竹圍不再，樓圍窄巷，人車穿梭與救護車爭道，市場攤販流動著病人外傭家屬，連結成醫病浮世繪圖景。

傳道者 **牛津學堂的相思樹**。鵝黃的花開滿了枝頭，相思的柴燒，他思念這氣味。學堂旁，他親手栽種從兩吋到五、六吋高的百棵榕樹已然長高，這些他從歷經風霜的百年榕樹所剪下的樹枝已然接了地氣，就像他一樣，他也吃過檳榔，入山時獻給部落酋長，求和的禮物。他記得第一口嚐鳳梨的滋味，嚐過鳥梨，島嶼的野蘋果。他記得當地人用著無患子果實洗衣服，島嶼婦人洗衣服，不論在湖邊、溪邊、河邊、溝邊，衣服放在水邊的一塊木板上或一塊平石上，用一根一吋厚兩呎長的木棍搥打著衣服，無患子揉搓布面，將衣服再翻過來，反覆地搥打，搓揉，衣服在水中漂甩，沖一沖洗一洗就乾淨了。他在溽熱小島穿過香蕉纖維製的涼薄夏衫，穿過瓊麻編織的漢式褲子，穿過棉襖，戴過瓜皮帽。在融入中埋藏著鄉愁。日日步行深入島嶼內部，徒步旅行是危險且令人倦煩，所經之地路崎嶇，高山砂地叢林野地，溪流湍急，不易渡過。但抵達目的地之後，他會進入市集，買魚料理；他還教學生做香蕉派，搭配香蕉、蛋一個。黃昏時以雞肉佐以兩、三個地瓜吃，他帶來島嶼的植物也已泰半收割，半個高麗菜，做道簡單的西洋菜。他朦朧中見到學生的笑容，他們第一次吃到香蕉派，嚐到裡面的砂糖像是甜蜜的詩篇，咧開嘴地笑著，嘴巴裡面缺著牙。他夢見兩萬多顆被他拔下的牙齒笑得銀燦燦的。在月光下，彷彿會吃夢。他帶來的西洋菜，島嶼妻手藝巧，島嶼潮濕多蛇，躲在磚塊下，他看著工人用一枝棍子將蛇頂在地上，然後他拿出自己的菸斗取出尼古丁，置入蛇的嘴巴，蛇竟就顫抖縮成一團，抽了四代的菸斗，尼古丁含量之高，讓他永遠難忘蛇竟就被嗆死的那神奇一幕。茶葉，他喜歡看女生採茶，茶葉置入背後的籃子裡，聽說車前草會認人，島嶼到處都有牽牛花攀爬在牆上樹上，看起來像鳥像蜘蛛像蝴蝶的蘭花，他養了六隻猴子，從嬰兒養到長大，猴子像是島嶼最早的化石，美麗優雅的梅花鹿、穿山甲，掀開尖硬的鱗甲，挖開螞蟻窩，等待不知踏入有如鐵網中的螞蟻爬滿身體，牠一閉上鱗甲，螞蟻就被搗碎了。他記得水牛載運甘蔗的美景，他常傾聽台灣最美聲音的雲雀高歌，被眼鏡蛇攻擊的高山旅途，他記得將稀有的蛇置入博物館時的那份熱帶悸動，夏日蟬聲沿著山坡一路迴盪到海邊，每天都在學堂裡見到埃及神聖甲蟲，看著滾動圓球的母蟲有趣極了，學著掛蚊帳，這島嶼的母蚊子咬起來讓他癢得難耐。淡水的寄生蟹是海洋教室，稻田和茶園取代了家鄉的叢林與原野。「即使賠上生命千次，我也甘心樂意。」他在日記這樣寫著。寂靜的深淵，凶番出沒的荒僻之地，他早晚都要吟唱詩篇，面對著眼前這條河流，流淌了多少時光？造物主，他內心輕柔地呼喚著。所有的河川都流向大海，他也在等待著流向大海。河流從甚麼地方來，就會回到甚麼地方去。如果當年沒有走出去，他現在還會在多倫多胡士托小鎮嗎？那時他還不知道一生以聲帶宣說主的教義與神蹟的自己最後是死在一片恐怖的靜默裡，喉癌潰爛了他宣揚主的聲帶，那是很多年後的結尾之聲了。在即將跨過落腳島嶼的第三十年，他在霪雨霏霏的淡水起霧早晨，聽見雨水滴簷，他聽見時鐘滴答響，他無聲地以食道發出腹語，他說神，我來了，我照祢的旨意行走大海島嶼，我的故事未來在島嶼的淡水經卷上被記載了。這霧鎖淡水的一萬多個日子裡，我和島嶼之妻共同生養著未來的傳教子嗣，這一切都為了神的榮耀，請帶我走吧，如果時間已經敲響了天堂的贖罪鐘。他的兒子將因他的苦難而學會順從，兒子是未來他的島嶼繼承者，他會善用他留下的產業。二十世紀才剛翻頁到來的時刻，兒子叡廉從港口上岸，他騎著腳踏車來到港口的身影，這是人們最後一次見到他出現在淡水渡船頭。得知羅患喉癌後，他進入靜默時光，他安慰自己終於離上帝很近了。七月盛夏從南方長途跋涉抵達淡水的梅監霧牧師和蘭大衛醫師來到他的床畔握著他的手，凝視著這位如被火燒環繞痛苦的人子，他們看著眼前這位島嶼魯賓遜皮膚蠟黃乾枯，驚訝他的臉上竟再也看不見蘇格蘭人的影子了。

她想起傳道者在逍遙學院時期掛在胸前的那只懷錶，沒看過時間可以被標記的牧童爭擠望著奇妙的數字轉動，指針辨識時間，日昇月落。

旅館牆上轉動著格林威治時區。

白銀黑組成的時鐘中間是世界地圖與台灣地圖，在地圖旁有一個老式的日曆，紅絨布為底金飾為框，紅絨布底下是磁鐵板，可以吸住每天更換的日期與時間。

過十二點的夜晚，還沒睡覺的值班人第一件事就是換日期，尋找數字，然後往紅絨布一放，磁鐵板就吸住了鐵製的數字，十分環保又醒目。

從米妮祖父年代就有的活動日曆，使旅店既現代又古老，時間的臉像輪迴，逐漸增加的數字，接著到底了又歸一。

傳道者 **追索他的木刻神**。夢中他見到島嶼的祖先神主牌和被他丟入火爐的木頭觀音關公媽祖等神像朝他奔來，他恐懼地瞪大了眼睛，接著他看見往昔有位門徒本來也時常為別人畫平安符，催符念咒為人算命、稱命、命名，信主之後就將一大堆有關算命的書冊焚燒掉，現下他的身體熱燙如置焚書的火堆中。接著他看見往昔旅行布道時看見的三十六把刀的刀梯上爬著兩名法師，法師燒著紙錢，往刀梯下丟，民眾爭著拿那些紙錢燒的紙灰。他越過七處火堆，越過豬鹿猴子和人頭擠在一起的廣場。他依然帶領禱告，直到這條最難馴服的艋舺街，這最難被改變信仰的地方，也被他馴服，從番走到師，耗盡他整個青春。獲得了不論年長年幼歡迎他的場景。最後這一切都改變了，十字架從天空投射地上的倒影，紅磚牆嵌入彩繪聖像的玻璃，最後取代了廟宇。那些變成灰燼的神像跑來夢裡找他，追著他跑，他一直一直跑，跑到了盡頭，山巖下一座海，海浪滔天，後面的神像如追兵，他正要往下跳海時，醒了過來。熱氣逼人，他的衣服都濕了。他想起剛剛的夢，火爐中的神像，火燒的觀音的容顏笑著追著他跑。拭去汗水，緩緩想著也許因為這樣，主才要收回他這樣疲憊的生命，他聽見你的國到臨。很令人難捱的天氣，炎熱讓人窒息的高溫，在夜晚都將降了下來。生死晝夜，何時才降下涼意？火燒似的疼痛中，他想起保羅使徒傳釋放了他們的傷心，難忘的逝者，在死亡前的從容，安慰了他。他已經和世界沒有關係了，你們都去，去祈禱，耶穌已經為他派來天使，他要回天家了。在天上相聚，啟程回天家。他賜下一條新的誡命，你們要彼此相愛。她的第一位女信徒，也是媒人婆，也是養祖母。陳塔嫂過世前還跑去中國，為了滯留中國的女兒傳道，女兒信了主，她才歸來。這位以色列的母親，現在老是出現在他的夢中。換她安慰他，他們一起唱詩歌，一起到山丘去。他搭船從滬尾溯河而上，見陳塔嫂過世前安靜不語，在最後終點時，她突然唱了第十首詩歌，唱第四十一首，唱到第三句時，她說天堂的門開了，我要走了，有個大轎子來接我了，女兒別喊，我回去了，我正要出發，我們將在天堂相見。然後她轉頭向牆，就像躺在耶穌的懷裡沉睡，辭世。有信仰的人，那股力量，那種清明，無解。聖徒的安息，門徒的信心，使他在最痛苦時能度過依然清醒的末日。亡者群像有父親母親，離鄉多年父母親都白了頭，他見到死去的門徒們，有幸福的陳塔嫂，有流下悲傷眼淚的許銳，被番人砍頭去的信徒們在風中露著空洞的眼，在風中化為骷髏。行旅髑髏，布道者所經之處的島嶼如處荒原。拔下的牙齒，兩萬一千顆牙齒銀亮，彷彿依然說著話。被竹棍敲碎的蛇頭，依然吐著有毒的蛇信。瘧疾的嘔吐，如昏翳的燭火。福爾摩沙是上帝為他選的地方，那麼即使這個地方整日潮溼著，他的骨頭痠疼如老狗腰桿也得像把傘地撐住。在孤單的病痛夜晚，往事如烈火燃燒。想起他的第一個學生阿華站在門外的情景，阿華是上帝派來給他的第一粒種子，這粒種子播下之後，他開始整地，四個月後，他開始講道，為門徒禱告，開始各地旅行布道。他想起到很多地方很多人想要殺他，想起那些被砍的頭顱。他已經是一日旅程快近天家了。僅僅二十九年，他豈能了解千年來文化生根的那一面，那些在眼前飄搖如鬼火的神主牌、神像都來到了眼前。他奮力一推，換成受難的主，流乾血的身體。在石頭上煮飯，在海邊教課，在大雨中和雨競馳速度，在星空中辨認宇宙方位，在廟宇街上市場布道，在旅行中沿途唱福音。可以一連幾日寫著相同的話：潮濕且他生病了、潮濕且他生病了、潮濕且他生病了。連續的呼喊，難以忍受的天氣，他吸藥，明礬與松香燃燒屋內，驅走潮濕。但上帝是良善的，身體所期待的天氣在難受到極點時會露出曙光。因他所遭遇的是出於祢，為此他默然不語。一九〇〇年十月十二日第一口血從他的喉嚨吐出，這是寶血嗎？不再服務天語的喉嚨，不再吐出中英語的講道者，噤聲的人，他不明白一生用聲音傳達福音的人為何首先被拿走的是喉嚨？他在疑問中想起第一次用筷子吃飯，第一次吐出閩南語，第一次用閩南語發出的福音。不驚見笑，作伙來，掰乎死，睏中晝，熬早熬早。他的舌頭逐漸和島嶼的氣候黏在一起。大霧的海，陰霾炎熱顛簸的海，夢中的河，觀音山的日落稜線，見證他和妻子的信仰婚盟，看盡他從西洋番外國鬼佬鬍鬚番一路被叫到牧師的歷程。一八八七年三月，當他走過人群聚集之地，他聽見大家叫他的是Kai-bok-su偕牧師。他感到安慰，不論他們是否對所說的感到興趣與否。贏得最終的尊敬，以所有的屈辱。番油燈下的解剖，支離破碎的豬肝、被打開的動物頭骨，他教學生研習，他帶來的氯仿麻醉劑、奎寧、眼藥水，西藥成了上帝的代言物品。憐恤人的人有福了。他敲鐘，上最後一堂課，二十九年的島嶼，潮濕、炎熱、生病、發燒、拔牙、下雨、海和上帝與基督同等分量，這些是日記重複最多回的字詞。但最後，疾病與試煉真的來到了他自身的生命，上帝之火的試煉來了，且從沒離開過，後來更是變本加厲。來去的船，侏儒號台灣號福建號福爾摩沙號淡水丸號。生病使他整天待在家裡，僅有能安慰他靈魂的上帝在旁。有時會有非常被眷顧的天氣來到窗前，陽光烘焙他潮濕的靈魂。但自一九〇一年一月開始，在藥物影響下，他在日記寫著：很不幸，很悲慘。晚上都沒睡好。二月十日，晚上九點，開始注射嗎啡。啊，嗎啡，睡眠之神，鎮痛之神，上帝的慈悲。譫語譫妄的幻覺，鈍痛之後的銳痛。痛無法回想，痛切斷未來。二月十一日禮拜一，早上華氏五十二度，有好的睡眠，感覺比較好。他逃過一個死劫，在吃晚餐時，突然起痰，咳不出來，阿玖把指頭伸進他的喉裡，窒息約五分鐘之久。接著銀管插在一處的開口上，氣切，使他能夠順利呼吸。頸子日益腫大，伴隨高燒。五月一日，他聽到診斷的內容，流下淚來。他知道無法康復後，難過得吃不下飯。靜坐整日，甚麼也不要。傷心的人子，經常想念的人也是兒子。在思念的難熬裡，他聽見彼得耳語著受苦，不是羞恥，是榮耀上帝的事。

米妮發現自己竟在朋友的病床旁睡著了，她看見夢婆來到醫院，這可不是甚麼好事。夢婆說近來妳一直在檢討自己，妳真是一個可愛的姑娘，但辯證是無意義的。

那甚麼是有意義的？她嘴巴還懸著字句，就突然被護士喚醒。為朋友量血壓血糖的護士進來，定時出現的身體防護人。即使病人已到末端，還是要盡所責。

她看著朋友的身體即將進入歇工的日子。

她也將進入這一週的最後導覽工作。六日之內，忙碌的耶和華造天、地、海，和其中的萬物，第七日要安息，賜福與安息日，安息日聖日。人的安息，是上帝安息的微縮版。當紀念安息日，守為聖日。六日要勞碌做你一切的工。傳道者的生命也進入尾聲，她讀著傳道者的故事，感受到傳道者死亡前一年的苦痛發燒與信仰的熾熱。

傳道者 **他在島嶼收集一切可收集的**。他把任何能記起來的事物都寫下來，直到確定這些事情都會被保留下來的仔細程度。他想著教他的島嶼妻認識字寫字的美好時光，聖光籠罩，想起了他們的大旅行。妻子在公共場合的宣說，氣宇軒昂，他很想再看看她穿著自己族群的刺繡與褶裙，那是如此地美豔。有時意識也會不經意地跳到年輕時她在蚊帳中褪下衣裳的光滑肌膚與結實的骨骼，軀體安眠的舒坦自信，呼吸的節奏如海風起伏，毛細孔在夏日熱空氣中散發出來的芳香體味，使睡在隔壁的他感到島嶼生活終究是被祝福的。妻子的手可以寫字，可以撫摸愛情，可以使植物盎然，可以照顧孩子，可以穿行羞辱或致意的人群，他想起第一次握住她的手時的複雜感情，又淡然又悸動。妻子對他的全心全意，就像他對主的全心全意。她為你脫掉外在的一切，你是唯一也是所有。有時在高燒熱病中閃逝而過的畫面有著別離的車站與港口，他與母親的離別，在顛浪中前進的意志，群眾叫囂湧流，受洗信徒的歡愉……忽然疼痛將他喚醒，天已亮了，他悠悠思念起兒子叡廉，他的女兒曾經怪父親只栽培兒子，把女兒丟給妻子，連吃飯都是男兒國與女兒國各分東西。女兒的怨懟讓他無言，他確實總是帶著兒子學習，兒子也越發像極了他，一個領導將才。此時他回溯著夢中感受到的預言，他想自己將不久人世了，他意識到要趁神智還清楚時，讓人把兒子找回家來。消息傳到在香港讀書的兒子，叡廉聽到父親即將蒙主恩召的消息很快就回到了淡水。五月二十二日他一聽到消息，勉力起身，從病床走下來，穿戴得整整齊齊，走到淡水街上去迎接叡廉。當時看到他的人都覺得他精神很好，步伐就像個軍人似的。兒子帶回了一輛自行車，他第一次坐上自行車後座，看著腳踩輪胎機械在陽光下轉動美麗的線條。他想這真是上帝的傑作，而自己也是上帝的成品，但為何上帝要召回我了？我做得不好嗎？在疑惑中，他知道門徒阿玖正在寫下他的臨終之路：五月三十一日之後，他開始有幻覺，半夜堅持要到理學院去主持學生考試。這是缺氧性的精神錯覺。他想起遙遠的故里，童年的故鄉，霧中風景一幕幕閃過。當年那艘載他離岸的船，遠離玫瑰與蜂蜜顏色的土地，駛入茫茫大海，雲低風過，煙霧之中，他信心滿滿地感受未知的遠方訊息。太陽總是躲在雲霧之後，黃昏時遠方的山巒幻景如水墨畫，船尾滑出的白浪將黑漆漆的大海滑出一條條刻痕。旅程裡，顛簸嘔吐，翻滾攪動，他出航的心卻是寧靜的。船頂過海洋的浪脊，有時駛進無風帶，寧靜如死寂時，他凝神靜聽，品味安息。他想起遙遠的某個晚上，他聽見同船者史密斯在室外布道時，有人拿棍子把聽道的孩童們驅離。他想起童年左拉村的木屋，十歲聽到主之名的電流仍然滾燙，時光跳躍。他自一月就沒有再提筆了，日夜在病榻想起的都是戰爭的場面。那時法軍剛砲轟淡水時，眼見海上火光四起，因之晝夜未休息，那時他持續為受傷民眾治療，最後竟至自己也昏迷，海關醫師強森來看望他，卻診斷出他患了腦膜炎，就在高燒持續不退時，寶順洋行茶商陶德剛好載「冰塊」一來到淡水，他用冰塊為傳道者解熱，他因而得救。冰塊取出時，許多孩子都伸出手偷偷摸著，好澆，有孩子快速伸回手，有的頑皮孩子的手竟被黏在冰塊上，疼得哇哇叫，大人笑著邊往冰塊處澆了水，孩子的手指才和冰塊分離。在夢囈中，他見到港口法軍炮聲隆隆，很多信徒傷亡，他見到很多信徒都哭了，一八八四年夏天，法人入侵島嶼之後，使得仇視外國人的氣氛更甚以往。大龍峒教堂被暴徒拆毀，還為他立了墓誌銘：「黑鬍子的洋鬼子，埋在這裡，他的工作完結了。」戰爭與暴徒，往事如流水滑過，潮溼了他的夢境，他不斷發出囈語。後來他完全不能發聲，他起身想要上課，就將講義書寫於黑板上。最後時光，連走到理學堂或者寫字在黑板上都顯得十分吃力。他躺回床上，無言地望著天花板，徹底無言，連呻吟都發不出來。兩眉深鎖是唯一的表情，低矮黝暗無光的日與夜，漫長的告別，靜寂如夢中。門徒阿玖來到恩師的臥房時，見到恩師進入如地獄般的苦痛，阿玖知道那是一種十字架之苦的代受，他正在代受他人的苦。他斷斷續續說著胡話，發著高燒，火燙如熱鐵，四周有著血腥與腐朽似的臭氣瀰漫。有時會聽見他喊著：上帝，阮的救主，勿放捨阮。有時他會清醒片刻，要求阿玖幫他看看身體四周，看看為甚麼他的身體如炭火般的灼熱，這熱使他如處焦焚之感。阿玖幫他解開胸前鈕釦，解開後，阿玖目光露出驚嚇，恩師那頸口的潰爛處已經蔓延到胸前，像爆漿紅果肉的腫瘤逐漸熟靡，止痛劑讓他進入昏沉的睡海深處。但是只要學堂的鐘聲一敲響，他卻會頓時乍醒，他那完好的耳朵仍能聽見從船塢處搬貨工人的腳程與輪子滾過熱燙土地的聲音，他仍能聽見窗外他植下的榕樹根部的吸水聲，聽見阿美族人送他的波羅蜜樹的果子熟開的爆漿聲，聽見五月躲在樹叢的一隻捱過冬眠的蟬聲那微細的共振求歡。特地前來滬尾治療他的醫師來了，他寫著字問醫師是否試過任何偏方，東方傳說的偏方並不是他走的路，多少年來，他批判廟宇香灰祈福等儀式，他不走島嶼偏方之路。他心知肚明沒有偏方可以治療死亡的惡疾，當天國已經近了時，發班給他的車子並沒有延遲來到的跡象，他的疾病一天比一天糜爛。他以顫抖的手寫著字問：是否還有希望時。他見到醫師沉默不語時，他頓時流下淚來，那一刻他知道自己沒有活下來的希望了。唯一還感到安慰的是島嶼妻正握著他發燙的手，以熾熱的眼神安撫他的苦痛。瞬間他就想起初航福爾摩沙的晚風習習，海風攜來暮色。闖過一場又一場的生死交關，神的記號還是來了。

七是神聖的數字，病人要用洗罪油在身體膏抹七次，傳道者塗抹油膏時，眼睛瞪得老大，彷彿低矮的天花板上有著聖主的肖像。古巴比倫氣息吹拂黑暗的房間，三角窗投射一道光。到處浮現七的倍數，在石版上，第七日、第十四日、第二十一日、第二十八日，皆為安息日。

這是歇工日，心靈歇息的日子。

看向海洋是大部分旅者的第一個入住動作，夏日的海風吹來熱風，很快就會被太陽趕進屋內吹冷氣。直到傍晚火紅的夕陽即將掉入觀音山背後時，旅客會奔出來望一眼夕陽暈染的紅海。秋天海風呼嘯，揚起的沙塵使人流淚，很快地沒有船隻出入的海洋就會讓人看了覺得平板而睏倦，尤其冬日海域，猶如廢海。

除了港口之外，沒有生氣。但港口的生氣卻又是死板的流動，射氣球吃燒烤啖蝦卷呷魚丸，歷史埋在深淵暗影處，冬日的河流如艋舺夜市被切剖的乾蛇皮，灰暗縮小，爬行的招潮蟹如蛇皮上的丁點褐斑。

等待蛇蛻的春日閃電，海中生物活過冰河時期，在我們的海的泊宿者活過了感情的地殼變動。有人抵達了島嶼成原住民，頂過深水上岸的傳道者找尋插上十字架的土地，同時發現了愛情。

猶如在地球核心的海洋或許並沒有分家，海洋在黑暗地心串流，不分太平洋大西洋印度洋，如同在我們的海。

傳道者 馴服難馴服之人。二度將返他的原鄉報告海外宣教成果，也就是一八九三年八月十四日的這一天，最難馴服的艋舺人，用鑼鼓八音歡送他到海岸，贈他物品者極多。傳道者認為此舉是上帝改變人心，殊不知這一切看在當地寺廟的眼裡仍是功德的算計，如果當年教堂落成，宣告榜單艋舺人卻全落榜，又會是何等光景？但際遇對他而言都是主的深意，如果失敗，也是為了等待下一次的成功。艋舺人因為甚麼原因而信主不重要，重要的是他們受洗，信了主。就像有人因為被拋棄而聽見觀音聞聲救苦，就像有人因為幸福而覺得蒙主眷顧，人們各有原因，但相信只有一個念頭。寺廟的人和傳道者不再辯駁，因為他們發現自己對佛菩薩的信念與信心都遠遠低於這個渡海來的傳道者。因此教堂蒙殉難者的賠償金，不僅擴展且也就安然度過風暴了。人們談論著這場西仔反，敗滬尾。地方仕紳則宣說戰爭會贏完全是得力於清水祖師助戰，媽祖顯靈，觀音護佑。不信基督的當地人則認為清法這場戰爭完全是庇蔭於清水祖師廟，清水祖師廟坐落淡水高處，俯視海洋興風作浪，清水祖師有無顯靈？這得問問祂。但對傳道者的渡海之路的擴展征服艋舺是個關鍵，他在艋舺曾經三度被逐出城，兩度教堂被拆。他說艋舺是一個物質主義與功利之地，令他頭痛的城市，排外心理特強。信心是一切的根基，遇到逼迫，也沒有放棄上帝。禮拜堂被拆毀之後，傳道者與門徒前往新店，到達之後發現禮拜堂已經不在了，因此他們就在基地上吟詩祈禱，世俗人圍在四周觀看，感覺相當地詫異。就像甲午戰爭之後，總督乃木希典握著他的手說：「見義人受苦，乃志士所不忍睹。」乃木希典總督開證明書給他，准其自由通行傳教，並下令保護教會。幾天後乃木希典且親抵傳道者住處砲台埔訪問，對他的收藏很有興趣，隔天還派專人來攝影。這就是一種上帝的保護，派義人在其中，也因此教堂歷經清代日治，戰爭烽火，存活到現在且和島嶼命運一體。每當他的島嶼妻望著她的後代子孫進出以他的名字命名的紀念醫院時，他知道妻子的靈就會微笑地俯視著這座多情的港灣。他知道妻子怨他沒有給過她愛情。他想，可愛的女子，她不知道其實我給她的愛情就藏在雨水的盡頭，藏在相思林裡，那曖曖發光的十字架上。

旅客大衛讓米妮印象深刻，大衛是美國人，他從北京來到台灣，當他進入房間後，行李才剛落地就看他衝出房間，櫃檯的宜蘭女孩都嚇了一大跳，心想房間怎麼了。

大衛說，房間裡面布置的油傘在哪裡買？

油傘？宜蘭女孩歪著頭想著甚麼油傘，後來才搞清楚他想要買房間的油傘。

房間的油傘不能賣喔，這是在美濃買的。

請問我要怎麼去美濃？

美濃？為何你要去這麼遠的地方買油傘？宜蘭女孩問。

講著一口標準北京腔的大衛原來就是特地要來買台灣油傘，即使他在北京也有看過油傘，但他知道台灣油傘最好。哪裡知道他一進房間就看見布置在角落的油傘。

聽到有人這麼愛美濃油傘，宜蘭女孩很開心，於是特地為大衛訂了高鐵票，並幫他找美濃民宿，由美濃民宿去接應他。

從北京來到淡水再從淡水去美濃，大衛讓米妮感覺到這個人就像是曾在淡水落腳的茶商陶德，他捨棄武夷茶，一路渡過黑水溝，深入島嶼群山林內只為了覓地種植福爾摩沙茶。好物值得追尋，好愛情卻未必。陶德公司從安溪引進烏龍茶苗，聘僱李春生當買辦，李春生是傳道者最熱愛的大施主，阿春阿春，叫喚李春生猶如親。

某一位旅客在圍爐時間說他曾在倫敦紐約都喝到了福爾摩沙烏龍茶，旅客的祖上某一房當年曾從廈門上岸，當時聽說陶德茶公司貸款農人種茶，招工製茶，於是他的祖上自己試著種茶，讓查某祖學習製茶烘茶。在我們的海有照片為證，烘茶篩茶的女人旁邊是焙籠與火爐，揉炒烘烤，掛在牆上的黑白水漬照片似乎都還散著茶香。

旅館吸納著這樣千里迢迢來覓物或者尋人的故事碎片，後來呢？沒人知道。早年旅客離開旅館只會短期還寫明信片回覆感謝，現在旅館業者則擔心不已，因為客人隨時可以上網留言留評，一個按鍵就可能毀了時間慢慢累積的形象與好評（殘存的一根頭髮或者一丁點氣味都會瞬間引起退房狂。或者奧客離去時毀了一間房，更遑論那些惡意的旅者）。後來呢？離去者最多傳來致謝函，除此就是空白。

就像茶商陶德最後娶了南澳平埔婦人，故事停擺，後來書寫者接續想像。

傳道者 **盛夏的蟬聲未起**。他喝的湯開始從喉部流出，五月二十九日連水也很難入口，整個呼吸道和食道都潰爛了。還有希望嗎？他問遠道而來的魏金遜醫師。魏醫師搖頭說完全沒有希望，說完不敢看他一眼。他坐在教室旁，聽著門徒代他授課。他的喉部傷口再過不久就已然大到約莫五十分錢那麼大時，他自知宣揚福音的喉部已被癌細胞侵蝕了。最後侵入食道，從傷口外面都可以見到。五月三十日，他過世前三天，海外宣道委員會來了信，他還起身並戴上眼鏡看電報。他用粉筆在黑板寫著：是否有希望醫治？二十八歲的他轉眼已是五十七歲，他沒有活過六十，他蠻驚訝這件事的，遇到主耶穌，他一定要問問祂。但祂會說，我自己連四十都沒活過呢。丟棄萬事為糞土，地上的年歲也只如浮雲。保羅說，基督究竟被傳開了，我就歡喜，且還要更歡喜。六月一日，他口渴，但一口水也無法喝下，他吞嚥著唾液，嚅動著嘴唇，他跟阿玖說自己活不過今晚了。我不是無罪的；我也與其他人一樣，會面對生活中各樣的困難及試探。但我的生活模式就是在一切大小事上信靠基督。我最大的渴望是取悅神，而不是在意別人對我的評價。一連串夢中吐出的聖語，如窗外的雨。撐過夜晚的他，在六月二日寫下：if my，如果我……沒有寫下去。上午十點陷入昏迷，下午兩點曾一度企圖起身時暈倒，暈倒後再起身，再暈倒。中午，他完全安靜下來，睜眼看了周遭。他無法說話，屢屢舉起雙手指向天。他認出環繞在他周遭的每一個人，阿玖用浸過水的棉花放在他的嘴裡，好讓他自己吸吮，他像個餓壞的孩子吸吮著。島嶼妻守在身邊，握著他的手，傳送著訣別的溫暖。下午三點五十分，他的呼吸非常緩慢。下午三點五十五分，他吐出最後一口氣。下午四點，他離世，沒有顯現受苦的樣子。他告別淡水，進入真正的死亡。他等待復活在島嶼的歷史檔案中、在島嶼往後一家家的紀念醫院中、在一代又一代的提筆者中。他安慰自己終於離上帝很近了。形體的相聚是短暫的，天國的相聚卻是永恆的。沿著淡水河，干豆艋舺大稻埕松山新莊五股三角湧水返腳，這些島嶼地名，已成了他的夢中家園，他揚名主之名的成績單。兒子為他穿上殮服，護喪妻未亡人握著他的手，直到溫度轉成冰冷。六月三日，他被擺進外黑內白的棺木，內柩頂端是玻璃，人們從透明玻璃瞻仰他的容顏，黑鬍鬚像黑海深處。六月四日，三百名非信徒四百五十一位信徒聚集，人生最後可以換成數字，二十九年，六十間教會，兩萬顆牙齒，四千個施洗者為他哭泣，他們哭得猶如失去父親。羅為霖醫師快來了，但已無濟於事。上帝掌理一切。祂一喊，鬼神就走了。受主差遣，死了就有益處，儘管蟲蛀他身，但他的靈將得見上帝。他之前說過的話被兒子叡廉朗讀著，他的遺囑特別註明不魂埋西仔墓，他的墳墓與外僑墳墓隔著一座圍牆，阿玖哭得最傷心，高聲說著洋岳父是永遠的台灣女婿，正港台灣人。一座被欺負的島嶼，突顯出他的大愛。經常被漠視的人突然獲得了注目與關心，都會牢記著他人的好。難怪他的上帝要他們到沒有聽過主之名的地方傳福音，那些沒聽過主之名的土地尚在洪荒時期，適合新的種子落土。烏雲不會在上空停太久的，阿門祈禱聲音熱絡，福音詩歌從樹林飄到海面，島嶼西方文明初啟。燃燒的荊棘遍布，焚而不燬成了箴言。

十二　山魚水雁

他看見了自己長途跋涉海上，在滂沱大雨的顛簸之後，抵達三月的初春港口。
航行在我們的海，在最深的海洋，往北，星星在河床等著他上岸。
他遙想起那年輕慕道的心，內心感到不曾有過的平靜與安心。

這一天，米妮在旅館的工作將進入晚上的收尾，第五百位預約她導覽的旅客已歸返旅館。

米妮想要給這個幸運成為第五百名的異鄉人一份獨特的禮物，就是只要異鄉人合情合理地提出他的願望，她就會去完成。當然願望不能是涉及金錢感情身體或者日常生活可以想像履及的範圍。她沒有把這個想法告訴最後的導覽旅客大衛，想要最後一天導覽結束時告訴他這份願望的清單禮物。

買到油傘歸來的大衛每天撐著油傘在淡水大街小巷拍照，猶如模特兒的洋人帥氣俊俏臉孔，使他在淡水拍照時也引起路人舉起手機拍他。米妮在露台上往下望見沿著河岸的大衛周邊總是圍繞著對他好奇與好感的人，白皮膚洋人總是受歡迎，相較之下走在河邊的黑人路易士就沒有甚麼人搭理，甚至有的人還指指點點或者離他遠一點。西洋白人的長相指引著當代美學方向，就像米其林指南指導人們的舌頭，她這樣想著時，背後突然出現路易士，他來跟她告別。

今天回到日本一定很高興，可以見到思念的戀人了，她用英文跟他說著。

謝謝妳米妮，妳的旅店讓我有個很美的假期，只是淡水人很多，但走到牛津學堂和真理大學一帶我就想念起美國家鄉，路易士說。

她幫路易士提行李到樓下，等待計程車的時光，她幫他拍下幾張照片，她已經很久沒有為旅館的人拍照了，近來夜晚的圍爐時光交換故事也幾乎到了盡頭。準備轉身者，似乎也沒有太多的心情為其他的轉身者留下滬尾時光。

看著計程車載著路易士到捷運的背影，她想自己送客人的日子累積下來也可以是幾本日曆了，重視日期與時間的旅館，牆上立著世界幾個重要城市時間的圓鐘，提醒異鄉人的離與返，擱淺或航行。

傳道者 **他看見童年，看見君父。**看見父親在果園後方舊木屋旁的石砌屋工作的身影。那是他的童年後花園，牧場上有散見的花崗石塊，他們將撿來的樹枝堆在石塊四周，點火燒烤著，一夥友伴圍著聊天。有人提議說說長大後想做甚麼？當水手，擒拿海盜。率領騎兵，四處征戰。做總統。輪到他時，他說不出口，隱隱覺得都不是他們說的這些東西，但自己究竟要做甚麼卻也說不清楚。當晚父親在家庭禮拜時說了聖經故事，如主差遣羊要進入狼群之中時，不要害怕，因為耶穌走在你的前面。父親的話進入耳中，他從死灰中又獲得力量。當他說夢話或者譫妄時，他的信仰化成畫面，如瘋狂的聯播畫面，一直在腦中旋轉，夢魘消耗他僅存的一丁點精力。窗外的大雨暫歇了，風也不在他種下的樹群中嘶鳴了，天空沉重如黑幕，沒有一顆星星，他想起遙遠的那些年，那些驚心動魄的布道，瞬間可能一觸即發的傷害，騷動叫囂蠱惑的大街，航行在河水的白晝黑夜，突如其來的傾盆大雨，雷電交加的夜晚，異乎尋常的雨總是這麼地下著，潮濕悶熱，有時大雨也有好處，可以瞬間洗去塵埃。那一天，他看見百年的竹子開花，他想起那些年和學生沿著村落，挨家挨戶收集被丟棄的神祇，那些被香薰得黑黑的樟木雕刻，去神化後變成了只是偶像，被集中在禮拜堂附近的廣場，他們點火燒了偶像。那些偶像逐漸失去了頭身手腳，變成了灰，煙。夢婆警告過他，即使自己信天主，也不能忽視在地的信仰，那些不可見的力量，越過了界，將引發天界交戰。他在夢裡看到夢婆的厲臉，他沒有理會。但他最後陷入發燒囈語，講著許多大家都聽不懂的話。他見到過去可怕的場景再現，他曾記載過的血腥殺戮，族與族連結的深仇大恨，砍頭割肉煮屍，頭顱被掛在長竿，最恐怖的行刑跑到面前，而被俘的番不知死期將至，嘴裡尚且還吃著食物，頭卻被瞬間從背後砍下來時，食物竟從脖子流出。他當時見了，僅僅幾句話寫在日記，但在生命燭火飄搖之際，卻變成具體的畫面來到了眼前。他雙手一直揮動，祈求主拿走這些痛苦。就在瞬間，主彷彿聽見他的痛苦。接著他想起的畫面是溫暖的。那是他抵達淡水的隔年耶誕節，他和博物學家約瑟夫・史蒂瑞來到茶商陶德處，喝著福爾摩沙烏龍茶，消化著剛剛陶德親自下廚煮的火雞肉和烤山豬，享用李子和布丁。史蒂瑞給他瞧著在淡水採集來的標本，還有他們去雞籠和平島買來的珊瑚、魚、貝類和甲殼等，他聞著這些標本，還記得那充滿大海的氣息海味，隨著風送來。

大衛對港口的情愛與慾望特別感興趣，荒島吸引傳道者長途跋涉而來，他可以理解港口充滿教會的神性，但也好奇港口在神性之外的東西，比如紅燈戶，他認為港口必然有的產物。

大衛估狗資料，他遞給米妮看，米妮笑著點頭說沒錯，茶室已經消失了，大衛露出可惜的神情。她和大衛走在過去淡水的老人茶室集結區，從教堂走到竹竿厝和長興街水源街。沿著傳道者的名字，可以找到教堂與煙花館，起先是喝茶，後來競爭而加入粉味。

粉味？

連中文很好的大衛都聽不懂，米妮試著用女人搽的香水與撲的香粉來表示粉味。

那我怎麼知道我去的是純喝茶還是不純喝茶？大衛問。

他們管純喝茶叫清茶，不純的叫花茶。大衛覺得花朵真倒楣，都被隱喻成情色。

花茶店外都會掛個紅燈，看見紅燈泡就知道喝茶只是醉翁之意不在茶。

中山路一二九巷菜市場，人潮如水，她帶著大衛穿越菜市場，他們沿著教堂區與茶室為鄰的傳道者之路走，這是她最常帶旅客來的路徑，有著衝突的過去，神女與神性交織的暗巷。有男有女衍生粉味，清茶阿珠店反而關門，街口三號梅花茶室隨著淡水後來有了駐軍，禁慾阿兵哥紛紛聞香而至，閃爍紅燈輝映教堂的彩繪玻璃，此處落寞一陣，連神也不願靠近了。

大衛聽了說世界各地都有阿珠與梅花的競爭，這巷子如此窄仄，神太巨大，可能無法穿越。她聽了笑大衛的想像，她也曾聽聞人們看不見的神有的比高樓大廈還高大，淡水盤結的坡地如此暗窄，加上五色人擋路，情慾擋門，神過不了。

港口之處旅館應該很多吧？大衛又問。

很多年前，傳道者前後年代很多外國人住宿海關宿舍或是領事史溫侯的家，你現在經過的海關住過一個客死異鄉的理查‧奧罕，植物獵人，在淡水發現楓香。

大衛要米妮拼這個人的英文名字，她仔細地說著Richard Oldham。這個名字自她的嘴巴吐出好幾次，她喜愛楓香，書本夾著很多楓香葉片。

隨著港口淤積，捷運通車，淡水非常便利，都是一日遊。冬天淡水是島嶼最冷的地方，冷冽冬風從西伯利亞狂掃而下，大陸的沙漠連沙都可以吹進來，冬日海域一片霧茫，住下來的更少了。留宿的多半是愛海的人或是像你一樣的外國旅客。我讀大學時有萬熹大飯店，還有暗巷有很多旅社。以前禮拜堂的後方有玫瑰旅社。她指著一家金紙佛具店說這裡是旅社舊址。教會現在已經購買環繞禮拜堂的茶室，教堂與茶室並置的畫面終於消失，夜梅花茶室成了宣教中心。

這樣峰迴路轉真有趣，好像神與神女的鬥法，大衛聽了笑說著。

一路走來，他們來到導覽的終點，中山路糕餅店擠著試吃的觀光人潮。她拿起一小塊綠豆椪給大衛嚐嚐，大衛覺得怪，甜皮卻是鹹蔥肉餡。她為大衛介紹台灣結婚下聘的喜餅文化，大衛聽了覺得結婚好麻煩，同居就好。走出喜餅店，他們回到靠海的路徑，閒散走著。她跟大衛說，你是我第五百個接待過導覽解說的客人了，大衛聽了露出既欣喜又不解的眼神。

你是我第五百個解說導覽過的客人，你可以許願，我幫你完成。當然不能是那種我做不到的或是強人所難的。

願望不都是自己達不到才要許嗎？大衛笑。

你可以現在許現成想要的願望，也可以許日後我們再相遇的願望，或者不說出願望，只賭緣分是否還會再相遇。

我要把願望封緘，我賭緣分，我們會再相遇，大衛說。

那時海邊有漁人在捕冬日擱淺或凍死的魚，漁獲上岸，瞬間吸引岸邊的冬日留鳥，瞬間他們的天空揚起了美麗的白色羽毛。

米妮介紹大衛認識竹竿厝，在地人認為竹竿厝本來是用來形容狹窄壅塞，但卻非常筆直的小巷，另外竹竿這個名字也有人認為是因為以前的花茶店前面都植有竹籬笆，掩映著夜慾風情。

也有台灣人叫我竹竿，大衛笑說。

因為你長得又高又瘦長。

中文常有許多雙關語，真有意思，也真難懂。大衛搖頭笑說之前在大陸學中文發生很多趣事，比如吃方便麵等會去方便，你方便時找我。

他們有說有笑地來到三民街，從昔日金福茶室走到重建街永全旅社、大方旅社舊址。她哼著有緣無緣大家來作伙給大衛聽，大衛說台語歌都有點蒼涼。

因為底層人的哀歌，她說起金門王與李炳輝的故事給大衛聽時，大衛隨手從口袋拿出口琴，他竟能憑著她剛剛唱過的音律吹出流浪到淡水。

我也可以走唱了，大衛說。

可惜你沒有賣點，她笑說。

淡水旅社多，異鄉人上岸必須馬上解決的事情就是住宿。大衛閱讀到資料上寫著長興街有來成和蝴蝶旅社，中山路上有秀山莊旅社和清麗旅社，英專路有平和別館。港口旅社的榮景年代不再，速度改變了腳程。

他們又繞回傳道者的街，教堂前面昔有梅花茶室，後方有玫瑰旅社，合併成了夜梅花茶室。八〇年代後期，梅花凋零，夜色不再，教會看準這個時機，陸續收購房產，曖昧隱晦雜沓的夜色中恢復光明，茶室再度從人慾轉成神性，廢墟的性愛轉成宣教中心的永恆。

大衛撿拾了一片白色羽毛給她。

羽毛象徵書寫，希望妳一直書寫這座海，直到妳無話可說，直到妳風心無別。

風心無別出自一個異鄉的舌頭，她在心裡偷偷流下感動的淚來。

之後他們又盪回了我們的海，在露台喝啤酒，看河海交界處的海。

幾天後，大衛要離開了，她第一次載入住旅客前往機場。

從淡海往北走，過關渡橋下八里，淡水河從右邊走到左邊。米妮指著河水的某棟老公寓向大衛說那裡是自己的工作室。

她只簡單說父親過世因而接手管理旅館，但細節沒說，大衛也沒有追問故事的好奇，作為一個旅者，旅途的本身就是故事的糧倉。

我可以去妳的工作室看看嗎？大衛突然說。她的車子隨著對話已經開到了馬路的路口，方向盤決定要轉進巷子或不轉進？

米妮看看手錶。

我們還有時間，大衛說。

習慣早出門的旅者，距離上飛機還有六個小時，六個小時可以發生很多事情。但她沒有感到不安，因為至少大衛一定會離開。她平常絕不讓任何曖昧的男人來到她獨有的工作室，怕男人不走，非常麻煩。因為確定大衛一定會離開，她想也不能太不近人情，畢竟大衛住在我們的海近一個月。一個月對於旅者而言，已經是很長很長的擱淺。

但即使這樣千迴百轉地想著，她還是沒有準備好迎接大衛，她的心裡充斥著死亡的陰影。大衛遇到她的時機不對，最近一個好友住進安寧病房，她瞬間變得蒼老，而一個蒼老的人其眼耳鼻舌身意隨之乾枯，春雨不來，冬雷隆隆，但她忘了車內的閉密空間比房間危險，大衛在一個長長的紅燈時，探了一個吻過來，潮濕的嘴唇吻著她軟柔的耳垂，柔軟的臂膀，尖領口被他吻著。她的右手再次摸向車的方向盤時，大衛才回歸自己的位子。

經過突然的親密接觸後，兩人反而沉默下來。好像經過海嘯的身體必須安靜才能再次啟動能量。

這傳道者過往經常往來的八里仍有著古老的氣味，墳墓處處，寺廟也多，人卻稀少，除了假日的左岸。一路行經的渡船頭碼頭汙水處理廠十三行博物館八里安養院修道院五路財神廟玄天大帝廟，經過療養院、垃圾處理廠，進入台北港範疇，砂石車卡車垃圾車揚起的灰塵足以遮蔽海色。

這環伺工業敗廢感的海，看起來彷彿連人都不願意駐足看海，大衛說。

以前這西濱公路還是我最常駐足看海的地方，看飛機離返，看黑夜的漁船點點，她說。

大衛看著遠方說你們這座島消費海太快速太掠奪，但在這裡開車，竟也有某種公路電影之感。

尤其路上車不多時，垃圾場發電廠和療養院之景，真是滿眼荒涼。

經過八仙樂園時，她轉著方向盤想起這座樂園曾是她以往夏天和動物園男孩來過幾次的玩樂之處，動物園男孩暑假在這座樂園當過救生員，常有免費的票可以供玩水玩樂。逸樂之景在火殤之後，樂園成了鬼園，竄出牆外的椰林熱帶植物如寒霜的臉沾著被廢棄似的海砂飛塵。海聲迴盪著哀號，遠去的笑聲都在火殤中轉成悲歌，這是她看過最傷心的樂園。八仙都嚇得回返天庭了吧，

八仙遁逃人子火殤的那一夜，她剛好人在對岸，看著救護車來回鳴笛徹夜，她心想出事了，卻不知是這樣慘烈的悲劇。

她手握方向盤，腦中思緒盤旋，而大衛也一直看向右邊的海，兩人沉默地往前方公路移動，她行經十五號公路無數次，飛機抵達島嶼盤旋西海岸時，她總能立即聞到海的味道，看到家的方向。這條公路十年來是她離島離海之路，也是返島回海之路。丘陵地芒花開得人心慌，西海岸乾澀如荒地。風力發電的白色巨塔和風舞動著，她想這海景寂寥而荒蕪，海墳如塚，飛沙走石。

異鄉人往返的海路，貨櫃車奔忙，她這一生看過太多異鄉人。大學剛畢業時曾短暫租屋在師大商圈是第一次近距離和異鄉人比鄰，師大夜市環繞的老舊公寓，長長廊道兩邊隔著塑膠隔板的房間，一個月從七千漲到九千，再從九千漲到一萬二千的所謂雅房，一點也不雅，更像是老人的晚景居所，走出房門的卻是拎著塑膠臉盆毛巾趿拉著夾腳拖的年輕酣睡臉龐，日本美國德國法國英國和非洲的年輕人和她為鄰，她每天都被這公寓的雜沓語言和口音叫醒，異鄉人來這裡學華語邊交女朋友，非常划算的時間空間代換。

看過世界的人對其他人種不會好奇，但她和老外走在一起，老是被路人盯得很不舒服，也因為這樣，她在島嶼絕少和老外出門，不喜歡被注目。現在當導遊就難了。

大衛聽她打破沉默地說著一長串的話，他說妳太在意別人的目光了，其實他們看他們的，妳走妳的路有甚麼關係。大衛想難怪他私下約她幾次都沒成，這女生只把帶老外看淡水當成是分內工作。

但他覺得這女生明明是一個可以有趣的人，偶爾卻把自己弄得老氣橫秋的，他覺得這座島嶼真容易催人老，就跟眼前這公路風景一樣蒼澀。

終於抵達機場，彎進出境航道後她在靠近中國南方航空標誌前停下，她沉默看著前方。大衛也沉默，他終於推開車門。大衛聽見後車廂彈開的聲音，看他拉好行李，她拉下車窗，大衛走過來，頭掛在窗邊深情地望著她，這種眼神殺不了她，別說死別，生離她已熟悉。從小住在旅館，離別就像空氣。

她說我不送你進去了。她仍杵在位子上。

大衛在窗口說，那至少下來和我擁抱一下。

她想了一下，推開車門，下車走到大衛身旁，和大衛擁抱了一下，忽然被大衛快速吻了一記。

妳看起來很輕鬆，但我覺得妳的心太愁苦了。有天我們再相逢，看妳在哪個地方，我去找妳，大衛說。

她笑了笑，心想我會一直在我們的海。

她以像是被海風吹襲過久的冷淡口吻點頭說好，但我不相信你會來找我？

北京，一點也不遠，我會再來這座海。

我要是到地獄一遊呢？米妮開玩笑說。

那我樂於奉陪，大衛也笑說。她幫他拉下行李，看著他轉身，以為他會再轉身揮手，她等在原地望著大衛背影，結果只見他的背影被拉行李的人來人往遮住，然後再細看時，他已經走進了玻璃窗內，只剩下一抹掛在背包後面的美濃陽傘。

她偽裝的冷淡瞬間刷了層熱淚，她已經封存好久的離別傷感竟瞬時抓住了喉部，使她無法呼吸之感。

她不知道她發動車子時，其實機場大廳的玻璃窗內掛著一張臉，望向她來。

回程又是海。

她驅車任砂石車狂飆經過她的身旁，她轉著方向盤，突然想起沒有問大衛許的願望，她並沒有執行大衛的願望。她的第五百位導覽的旅客，也是她第一次親自開車送行的旅客，不知他的願望是甚麼？或許希望能再見面就是大衛沒有說出口的願望。

她的心裡突然感到沉甸甸的，遺忘許久的思念滋味突然飄來。許久以來她生命上空的空氣早被親人的過世悲傷給抽乾了，她知道要很久很久才能把心打開。

心的裂縫已經出現了。

傳道者 **死亡的歷程**。一個人孤獨前往一個陌生的地方，他被記憶的樣子是他不想成為傷殘的樣子，蘆葦壓傷真能永不折斷？將殘的燭火永不吹滅？連他這樣終生侍奉上帝的僕人都難以倖免歷經如此巨大的苦痛。可以看在基督的面上，把他這個痛苦移開。但他的喉嚨已經發不出聲音。死神策馬飛奔來到他的床枕，拿著聖油的人已經上路，走在淡水老街了。房間哀傷靜穆，耶穌受難像高懸。朋友牧師來了，他像飢渴的人伸出了手，牧師彷彿人神化身，朗誦讚美詞，右手大拇指浸了油，臨終塗油的儀式啟動。塗抹眼睛，疲憊的瞳孔看盡島嶼遍插十字架，塗鼻孔嘴巴雙手腳板。牧師給了他一根蠟燭，他握著蠟燭，榮光包圍著他。他逐漸從苦痛的喘動中平息下來，蠟燭帶給他光亮，他的表情有了明靜。他想起那些曾經喊著揍死他的人，驅離福音的頭目們，丟石頭的人，被砍頭的信仰者，然後他的手垂下，吐出最後一口氣。他聽見蓋棺，聽見走動地表的聲音，瞻仰他的人群從淡水老街一路走上山坡來，經過他最初上岸的港口，經過他最初落腳的馬廄房，經過紅毛城，經過清朝海關，經過他的逍遙學院，經過牛津學堂，經過他的白洋房。捧著鮮花或者十字架的信徒們有的搥胸有的吶喊有的唱著聖歌，有的默默靜語。但他卻倒帶想著不可逆轉的關鍵時刻，究竟是哪個環節出錯了？為何耶和華要這麼快就收回他的天命？他事必躬親，曾經抱怨來的洋傳教士都做不好他交辦的工作，以至於他出航母國時，牛津學堂竟被迫暫時關校。他反省自己，但不得答案，他認為一切初始，能力強者才能生存。但他在晚年經常作著噩夢，火燒觀音水毀關公的那些木刻神，將祖先神主牌丟入火爐之舉，都在這一刻反撲至夢裡，不理解符咒附靈的島嶼神祕事物，有時看不見的力量比看得見的力量更加強大。但他忽略或輕蔑了。他信主不驚嚇，但卻參不透命運的隱喻。人們的盛情在他死亡後才以海嘯的姿態撲向他，他想愚蠢的人啊，這些亡後的儀式做給誰看啊？但當他看到最忠心的門徒阿華和阿玖時，他那未枯朽的靈魂瞬間熱燙，如果沒有門徒，他的一切根本不值一提。再來是妻子孩子，他的寶血，會繼續傳唱他的事蹟。淡水開港以來最大的一場喪禮敲響了福音，連福佑宮的廟公都站在廟前看著弔唁的人潮如水流過，廟公望著天空烏雲想這番邦力量真強大，天上的神搶信徒的征戰比人間還劇烈。雨水盡頭的滬尾在歷經長長如冬日的哀傷，他看見生命謝幕的華麗場景後，他逐漸放下這一切，因為他知道上帝的名真正已進入島嶼的黑暗之心了，他知道十字架是真正被插在這荒蕪之地了。有別於嗩吶鑼鼓喧天的東方死亡儀式，他的儀式簡單深邃，淡水老人都記得第一次看見洋教的喪禮，覺得沒有東方的繁文縟節甚好，孤家寡人者更是讚不絕口，因為傳統喪禮必須長子捧斗孝女哭墳嫁女爬行都不用了。幾日後，淡水終於恢復往昔節奏，港口依然充滿異鄉人，走動著領事貿易商傳教士買辦者，洋行倉庫教堂西洋住宅和東方三合院廟宇在天際線輝映，真理街一號的白弧線西班牙建築映著海面的夕陽，院子外的松樹種下距離他的喪禮剛好七年，七是真理數，也許是一個隱喻。松樹在他五十歲的生日時被植在這片多雨的山丘，松樹和十一年前他從花蓮原住民部落帶回的麵包樹互望，現下這些樹都已然分了株，遍開在滬尾。觀音山依偎著海的寂靜沿岸，新生的福音消泯了性別，喚醒所有的土地神祇祖先靈位，海底交換著沉船的屍骨密語。他在入夜思想起在這島嶼的命運海路上，逆流中的禱告懺悔求援，撼鬆了千年信仰。沿著冬山河，仲夏蘭陽的風揚起他的姓氏。地球儀，學徒睜著發亮的眼眸望著世界地圖。番油燈下吐舌的燭火如蛇信搖曳，三年後才迎來了電燈。十年後，迎來了井上伊之助，以基督的愛寬慰在太魯閣山被原住民殺死的父親之靈，希望拿刀的手可以改拿聖經。迎來了故里的葉慈宣教師，三十年後他過世在以傳道者命名的醫院。三十年後，迎來了太魯閣族人打歪，從花蓮到滬尾，被關七年仍是堅毅的傳教者。他一生的歡喜攏在此，在大湧拍岸中，在竹林搖動的蔭影下，情留一生最後的住家。為了情留島嶼，他的雙腳必須像是經過冶煉的精銅，閃閃生輝。為了福音散播，他的聲音必須如瀑布的水聲般。為了在荒蕪島嶼釘上十字架，他必須右手握著七顆星，同時口中吐出一把利劍。人子的面貌如同烈日放光，宣說他是首先的，也是末後的。他是那永活者，也是那不死者。他曾經死去，但已經復活了，而且要活到永遠。他執著開放死亡和陰間的鑰匙。人們將看見一切的奇蹟，包括現在和將來要發生的事，他都記錄下來。他那一雙威信正氣深邃威嚴凜利的眼睛，逐漸昏暗。他想起第一次見到島嶼妻，在妻子出生的那一年，他已經當了小學教員又去了多倫多神學院深造，他在夢中曾朦朧見到一個女嬰，聽見她那等待命運欽點的哭聲。飄洋過海，隱藏的太陽星辰，從未絕望的心。夢中他循著哭泣的聲音，找到一個杵在黑暗的傷心人，看到那漲紅的臉，他摸著女嬰發燙的臉，他為女嬰禱告，女嬰將得天使護佑。那女嬰日後轉印在他那美麗的妻子的臉龐，他第一次看見還是學生的少女妻子時曾想起那個他在當教員時某日在宿舍的遙遠夢境。六月二日，天未亮，他睜開雙眼時聽見梅雨末期的最後一場夜雨，雨聲淅瀝落在屋頂，降在雨水的盡頭。滬尾，他衷心所愛的港口；福爾摩沙，他衷心所愛的島嶼。總是潮濕潮濕潮濕的島嶼，使他的心濕漉漉地深耕此地。他聽見樹梢初夏的第一隻蟬悄悄地開拔牠的嗓音，這是他懷念的聲音，他聽見牠來送行了。他收藏島嶼的第一個脫蛹成蛾的繭，正奮力掙脫翅膀的那一刻，他看見了自己長途跋涉海上，在滂沱大雨的顛簸之後，抵達三月的初春港口。航行在我們的海，在最深的海洋，往北，星星在河床等著他上岸。他遙想起那年輕慕道的心，內心感到不曾有過的平靜與安心。當年他不確定上岸後等待他的際遇，但他對未來的信念卻非常篤定。淡水，他反覆在心中念著這個曾是新地名新字詞的舊天地。河流末端的尾巴，雨神自此停下腳步，在雨水的盡頭，有他的妻他的子嗣，他的十字架。滬尾，他的起點。

一九〇一年六月二日有若干門徒遠從噶瑪蘭平原步行三日，抵達淡水，只為了見傳道者最後一面。夢婆送來了傳道者墓碑刻文：PSCXXV-2詩篇一二五篇第二節：眾山怎樣圍繞耶路撒冷，耶和華也照樣圍繞祂的百姓，從今時直到永遠。

夢婆說米妮妳不要害怕，因祂與你同在。多麼扎實的祝福，看著那加給力量的，凡事都能做。承諾的願景。你們祈求，就得到；尋找，就找到；敲門，就給你們開門。有力的兌現。

福音機裡面究竟有多少字句？

她已經得到過多少啟示，福音從來沒有重複的字句。她的牆壁上貼滿著從傳道者醫院福音機所抽到的新約字句，隨著時光消逝，傳真紙變成空白，變成無言之言。

原來世間所有的心靈雞湯都來自這裡，世人只是盜用，加以語詞的變化或轉用。

我死之後，只有愛能喚醒我，萝婆冥語。

萝婆的懸念已了，她終於讓米妮幫她說出了卡在百年的喉嚨裡，那一直未能吐出的愛的核果。

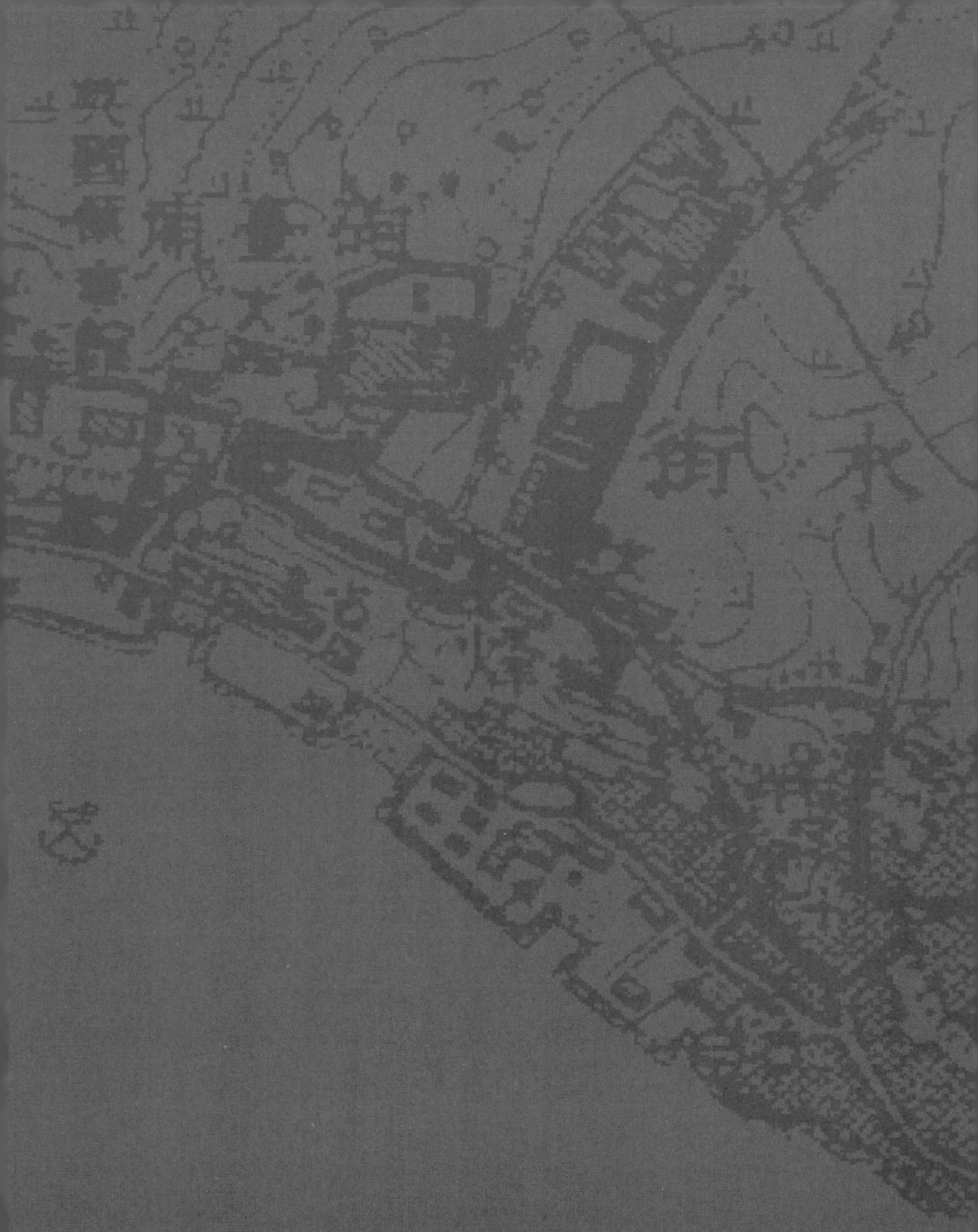

【卷伍】老神寡婦

十三　海不枯石不爛

她靜靜地聽著聲音滑過，思起海外漫無目的的流浪旅程，一場又一場如得黃熱病的幽冥感情。

老神的分靈被船帶上岸後，老神就落腳在這雨水的盡頭，入戶島嶼最冷之地，在東北季風日復一日裡，接受紙錢供品香塵的百年供養。木刻偶像神與十字架上的受難人子經常潮濕著一張臉，歲月爬滿縫隙，和小鎮寡婦的乾燥生活成了對比。

順著米妮導覽的手勢，很多旅人才發現這雨水的盡頭是北島嶼西方文明的起點，滬尾，雨神到此停下步履。教堂的尖頂和寺廟的屋簷在天空彷彿肩並肩，八仙過海的彩繪交趾陶迎著河海褪色斑駁，跪禱在神聖彌賽亞前的罪人們周邊瀰漫著福音聖靈的喜悅。

人們永遠想要不勞而獲地立即塗銷罪惡感，這使得廟會與教會推出的年度活動擠滿了人潮，為功德為贖罪而推出的年度優惠活動，使聖者的靈光掩埋在人心計算的塵埃中。

米妮等待旅客四處拍照的空檔如此想著，這些當然是不用她說出口的內容，這只是她自己的導覽私筆記。

島嶼妻 **起初只是為了拿到一銀元**。大海幾乎要吞噬了這個男人，最後他穿越了大海，航向島嶼，愈來愈靠近她，現在看見男人已經在島嶼的海岸線沉思了，同時他的嘴巴喃喃白語的語言竟是她聽得懂的，她覺得這夢兆有意思，但卻不知何義。她看見這個高鼻子深目珠的男人一直做著看起來像是在向天求救的祈求姿態，那姿態很動人。三月的清晨寒氣滲透磚房，養母已經在叫喚她這個懶屍查某囝了，她感覺這黑暗的矮厝像是一間囚室，她不明白為何自己會被困在此地，只知道她的命運已經被原生家庭賣掉了，島嶼女人的尊嚴在漢人來到後逐漸化為烏有，查某婢女就像物品，可以賣給婚姻，賣給勞力，賣給未來。她望著自己悲慘的命運時如此地冀盼著夢裡的人可以來解救自己，因為夢裡的男人如此真實，就好像在她的身邊跟她說話似的。但這樣的冀盼是痴心妄想吧，她心想自己怎麼可能會有另一個丈夫？她未來的夫還像個孩子就睡在隔壁，老遠就可以聞到這個少年濃稠的呼吸聲，像是呼吸困難似的喘著氣。這年她十二歲。夢裡她看見一個長得不像台灣人的神。曾有人問神，世界這麼多國家的人都用不同的語言在祈禱，神聽得懂嗎？當然，神微笑著，祂說因為任何一個人所說的語言，其源頭都是神語，都是神的語言所創造的。如果上帝是妳的至善，是妳的中心，那麼妳不但會將心掏給家人與陌生人，還會將心掏給整個世界。後面這一句話忽然響在心中，她邊洗著衣服，邊四下望著，沒人，三月風穿過密竹林，攜來「你們必曉得真理，真理必叫你們得以自由」福音，抵達她的耳朵，那樣新鮮，那樣飽滿。想起男孩丈夫過世後的悲慘生活，有一夜的大雨，無盡的大雨下得人慌，觀音山下滾石滑動，鎮日不安。養母不知何故非常生氣，在她淋雨入屋時，忽然抓起竹鞭朝她如雨狂打，好像她是個不祥之物，養母必得除之方能一解愁怨似的打法，半夜裡她在大雨中偷偷地拉開木門，滂沱的大雨中她流著淚，不知何以自己的命運如此。有神嗎？神在哪裡？濕泥巴沾黏她的衣褲，沉重濕透的重力使她感到無望，這島嶼的潮濕讓她像一艘沉海小舟，不知如何划向彼岸。不知走了多少雨路，終於走到自以為的彼岸，來到生母家時腿都快跪地，生母打開門見了她說蔥仔，這不是妳該返轉的所在。但生母仍邊讓她進來邊放了熱水讓她清洗，找衣物給她重新換上，祖母卻在這時候醒轉，走到她的身旁說，住在這裡是不行的，汝已經是別人家的了，返轉吧。祖母要生父撐傘陪她回去，她望著這個出生的家，看來也是無望的。如同回時路一樣的大雨，雨勢凶猛如海，那時候她的腦中飄進一個畫面，一艘在海中飄搖的船隻上方籠罩著一道光，她不知甚麼是天使，但她心裡忽然升起了一團微火似的溫暖。微火的溫暖即將來到。那時她還是個少女，不知天主，不知愛情，不知牧者，不知忠僕，她只是一個一心想要逃離家的少女。之後她隨著養祖母來到了傳道者的逍遙學院，沒想到這個如夢中顯影的傳道者卻是她日後生命在瀕臨危險時的聖殿，他收留她，終結她的苦難。學校敲鐘了，在外面的學生紛紛往教室跑去。她釘在原地，絲毫沒有要動的意思，還在聽著夏蟬的鳴唱，眼睛梭巡著土地上的樹葉，先生教她天上的樹葉要看，地上的更要看。地上可比天上豐饒。抬頭看樹葉，還要低頭看落葉，看那些掉落的種子，看爬行其間的昆蟲。先生說著。她問先生，這植物有沒有毒？先生又說，植物有沒有毒是它自己的事，人不用管。她收集著樹葉，準備交給先生。她的世界被先生打開，她總是默默地看著他的背影。步穩疾馳，瘦削精爍，自信如風，把她們這群原本只能在廚房勞動的女性帶向了世界。有一天她穿拖鞋到學校，被禁止進入教室。她低頭注視著自己的腳趾頭，那腳趾頭像是奴隸似的烏黑，她的膝蓋也烏黑，經常跪著做家事。她被罰站在教室牆邊時，她覺得甚好，抬頭望著雲，低頭望著楓香，海風染黃了葉，先生說發現這楓香的植物獵人理查・奧罕在淡水採集幾百種植物和上萬種標本，後來染病，葬禮比海安靜，一個哭聲都沒有。她平視海上船隻，港口卸貨忙碌。她好想去海上，像行走海上的摩西。先生形容海是上帝最驚心動魄的傑作，她無法想像甚麼叫驚心動魄。樹枝受傷流出的樹脂可以癒合傷口（楓香膠在很多年後成了學生很愛放進嘴巴的口香糖時，她已經轉了好幾世），她仰臉沐浴在碎光碎影中，天真地想先生就是她的楓香，癒合她的傷口。先生要他們採楓香葉餵食天蠶蛾幼蟲，因此她對楓香特別有感情。但相思樹是她教先生認識的，Siu-si-a，思的尾音拉長。自她來到淡水學堂後，她常幻想著編織香蕉絲的結婚禮服，採集瑪瑙珠貝珠植物珠編成頭飾足脛飾腕飾耳飾。在這樣想時，見到先生走過來，她立即收回望海的視線。先生走向她，遞給她一樣東西，然後手比著穿上它入教室的動作。她邊套著鞋子邊望著先生背影，她已經感覺到幸福。剛剛幻想的結婚禮服，主已經聽到了嗎？晚上成績好的人可以獲得紙張，她在米紙上寫著信，這信紙是來福爾摩沙採集的威廉・胡克在滿山遍野上遇見的蓪草，將之帶回英國發表。蓪草製成米紙，紙很神聖。她想著俄氏草、金毛杜鵑和山林投豐饒。一八六四年四月，她出生第四年正是植物獵人死亡之際，無緣相識。但她認識先生，這已足夠。不慎被咬人狗咬到的白皮膚人，是他們學生最愛取笑的模樣。先生對他們每日的生活不時叮嚀，梳頭髮、刷牙、剪指甲。剪短指甲很重要，因為乾淨。一開始大家都很害怕，因為只有學拳術的人才會剪短指甲，很多人以為學堂在教拳術。左手留長指甲三、四吋是很流行的樣子，先生還把學生剪下的長指甲留下當樣本。她覺得先生好有意思，舉凡大家覺得平凡近乎垃圾的東西在他眼裡卻是寶。回想剛來學堂時，因為炊事值班的人不在，她和一起來的上級生陳英，就將炊事器具隨便放置。先生剛好來巡房，結果全部的炊事器具都被他生氣地擲到外面。因為當時她是新入生，不知道學風而流淚。先生嚴厲監督室內的秩序和潔淨，所以當時的每個教堂都非常整齊。她在女學堂的教室課桌椅寫著每日的學習心得，寫著懺悔錄，寫著筆記，寫著往事追憶錄。異種雜交得不到甚麼好東西，在那個未見過東方之外的島嶼人眼中。如果每一個生命都存有偉大的可能，是否如此就僭越了主？成為傳道者的丈夫提早預知死亡的滋味，在顛躓航行大海時就已經和死神交手無數回，海神降伏不了他，一個島嶼的顯微鏡下才能見到的病菌卻足以鎖喉索命。他獨留她一人，這二十四年的寡婦房間，這一切在未來，注定成為一個回憶。以後她不會想起過去的事了，除非看見海洋。古老的海洋，伯勞鳥信天翁黑面琵鷺赤腹鷹大杓鷸黑脊鷗白鷺鷥，就像島嶼的族群，沿著海平面與地平線，生命共舞。她看見一個渡河的男子，他的胸前有著發亮的十字架，男子留著兩鬢鬍子，瘦削，眼神炯炯。看見這個披荊斬棘的傳道者，她未來的夫並不是貪戀舒適的信仰者，他是真正的狂信者，狂字並非自狂，狂是來自大信之後的無畏離怖的丰采，這世間多的是擁抱信仰之徒，但他們都不夠狂，不夠大信，現實的一點風，就足以摧毀信仰，或者逸樂的一絲雲，就足以忘卻堅持。他的狂植基於他的大信之根，枯枝敗葉只是冬眠。於是在命運的鏡盆中平埔夢婆看到了傳道者正在渡海，這歷史性的一刻純潔無瑕，飛鳥撲拍著牠們的翅膀，她看見即將被翻耕的歷史。眼淚與汗水，信仰與崇敬，愚人與神明。朝祂走下去，朝祂爬上去，這是傳道者唯一的方向，他的身分證明就是來自上帝的使臣。他從大陸河南一路挺過海浪，挺過黑水溝，奔向淡水。她在丈夫學習語言的筆記本裡讀過這個詞tsiu-kuá-ê-hū-jîn-lâng守寡的婦人，有一天，她就成為丈夫筆下的守寡婦人。她永遠記得她第一次見到傳道者眼中閃爍的信仰火花與優雅讀經的姿態，瞬間讓她想皈依主的腳下，感覺到上主的聖靈，她心裡浮起想要得救的念頭。那時刻，她像是聽到主的回應，空中傳來別擔心妳的靈魂，妳一定會跟他一樣進入天堂。但她現在卻不那麼確定天堂的方位了，而丈夫是否在天堂？她一點也無法得知。至於他有沒有去過地獄，她卻是確定的。罪人為何看起來比較快樂？她曾問過丈夫。丈夫說因為他們不知道有上帝，所以不會時刻擔心上帝的懲罰。妳在教堂見過上帝嗎？丈夫問她，她搖頭。我只見到一群希望上帝給他們快樂幸福卻甚麼都不做的傢伙。丈夫聽著笑了。

米妮的在地解說工作與導覽身分讓她有了出入墓園的方便性，警衛認得她，讓她憑證出入。警衛有時會笑她說妳的工作怎麼不是在談死人就是在看墓園。警衛把歷史當作死人，她笑著想確實是死人的世界，但就靈界來說，死卻是生。

墓園前方大湧拍岸，竹林搖曳的陰影處是傳道者最後的住家，彷彿巴比倫時代就被種下的樹，淋著細雨，被傳道者放在溫暖的行李箱越過大海再載送到滬尾山坡的西洋種子已擴散成集體的餐桌蔬菜。

大樹背後有清朝海關，前方紅毛城的黑色槍枝炮口朝著大海，槍桿上停著海鳥，姿態寂靜而哀傷。殖民建築的窗簾裡是否鬼影幢幢，一如我們的海的夢婆總是不捨離去。

島嶼妻 **維若妮卡的手帕**。見證偉大的束縛。夢婆曾是雲海之女。失傳的巫師後代一躍變成主的子民。百步蛇圖騰上有尖頂，人骨貝類項鍊掛在胸膛，織布機碾米機逐漸被漢化的雲海之女，在夢裡見到海上有一艘船，船上那個異邦人，好生面熟。但她的命運在當時等著被送作堆，送作堆送得好就是神仙美眷，送不好就真成了堆。那時候的女兒是要送給日後長大等著匹配成一堆的夫家。白日裡村子有許多人擠在一張告示前競相說著讀冊竟還有錢賺，係真係假？凡十二歲以上都可以來讀書，每個月還發一銀元。那時候一斗米也不過兩角錢，這一銀元太吸引人。她在養祖母帶引下也跑去讀書，學白話文，終於認識在心中呼喊多年的神，學會禮拜與敬畏上帝。每回拿給養母的白銀，逐漸終止她被受虐的原因。神聖愛情即將降臨，首先是受洗，接著是更名，然後五股有了第一座教堂，養祖母幫這樁愛情牽線婚盟，傳道者虔敬禱告，得到神的回音：這有助於擴大傳教與愛的投入，有人照料食衣住行可以讓他專心傳教，一切都為了耶穌，不是為了愛情。傳道者終止了單身生活，從未想過自此在異鄉繁衍枝枝葉葉，一切都歸於神的旨意。那個雨夜來到聖殿，她明白苦難的背後其實都是隱喻。命運叩門時，我們要打開心聆聽。教她識字認主的老師將成為她的丈夫，一八七八年五月二十七日，上午十一點，淡水晴日，初夏海風不興，鳥群齊唱聖歌，山丘的樹林搖曳著美麗的姿態。她穿上最好的衣服，那是她第一次穿上美麗的蘇格蘭傳統服飾，然後他們走到紅毛城，在英國領事費里德夫婦和稅務司李華達夫婦、茶商陶德、醫師林格的眼皮下與上帝的證婚下，她和丈夫望海，背影就像其他古老島嶼的任何一對堅信者望向前方初夏的海洋，他們寫下以我自信，毫無阻礙的海誓山盟，海不枯石不爛，就算海水逆流石頭崩裂，他們都要成為經典傳奇。海洋為證，這片我們的海見證了渡海者與島嶼妻的婚盟之約，他們是北台灣第一個以基督教婚禮實踐主的旨意的婚盟，第一個解除童養媳身分和西洋傳道者結婚，第一個島嶼師生戀，第一個島嶼異國戀。養祖母說創世記寫那人獨居不好，她要為傳道者造個配偶幫助他。於是養祖母向門徒阿華仔說起女孩自死了男孩丈夫後，女孩養母常將氣出在她身上，認為她是破格身。她經常要去餵鴨，有做不完的農事。養祖母見到她的媳婦經常虐待女孩這童養媳多年，每天要她剝落花生兩斗，手指被曬乾的落花生挫傷，卻仍不得休息，吃飯也僅能食菜尾。養鴨子得曝曬在外，臉都曬得黑黑的。養祖母看著她的眼神，充滿疼惜，她知道這世間如果有神，那麼養祖母就是她的神。她的貴人出現了，上帝聽見了她的懇求。傳道者的門徒阿華回養祖母說關於女孩子皮膚黑這一點是無妨的，首先是要幫助她離開養父母家，停止曬太陽就可以慢慢白回來，這是很微不足道的事。何況傳道者先生並不在意外表的顏色。她最先是來到傳道者學堂，開始學習識字，讀經典。她去了牛津學堂上課後，就知道台上講道時眼睛發亮的傳道者是一個堅信者，這樣的人又怎麼會在意皮膚的黑白與否。她學羅馬拚音，他學台語拚音，教室語言喧鬧。傳道者是島嶼第一位外籍丈夫，他們即將繁衍神的僕人。就這樣一個牧師來到她的生命，她沒有想成為牧師娘，但她愛這位神的僕人，願意為信仰將婚姻打進胸膛的人。照律例，他永為她的丈夫。簡潔鏗鏘有力的宣言，在她生命裡曾是嚮往的誓語。屬於你，渴望你。紅毛城屋外擠滿了人，人們說洋番與童養媳結婚，許多人好奇得目珠都差點掉下來了，屋外灌入海風，樹木搖曳生姿，陽光灑落海面如金粉，每個人都笑得彷彿是自家喜事似的。因為她的奇遇，使得許多童養媳的命運正等待耶穌救贖，許多童養媳在那個時候也偷偷擠進人群，看新娘時或許她們想著為何神沒有聽見她們的苦難求救呢？她們想我們也讀書，也來牛津學堂，但常常來沒幾天就被養母喚回去工作了。神難道有分別心？人們這樣想著看著。傳道者和她走出聖殿時，群眾裡有人歡呼，黑鬍鬚台灣女婿真係厲害。傳道者聽到了笑了笑，他極目望海，看見自己的來時路，靠海涉海航海渡海，他抵達了這座還沒被主插上十字架的婆娑之島的北岸，他感到心裡踏實，就是那一刻，他確信自己那寧願燒盡不願毀壞的信仰，在島嶼生根了。而身旁的她即將從今夜轉成女人，她的命運緊緊黏著自己，無法切割的臍帶已然綁在兩端，神的印記彰顯在婚盟裡，世人卻常背棄婚盟，身旁的她知道已成為傳道者的丈夫不是這樣的人，一個有信仰的人，不會只是信仰神的本身，他會信仰神所俯瞰的整個世界，因為整個世界都是神的，他只是僕人。請賜心的每次跳動都與你齊聲同在。聖體聖血他願飲盡，注入江海傳送天下。就像傳道者冒著頭顱被高懸風中的危險，將十字架釘在島嶼，南方的十字，頂著地的罪，她覺得他們身上有男渡海者的影子。上斷頭台的君父，不知前方險惡，只知奔赴未來。島嶼各處的萬善祠埋藏許多征服者殺戮的革命無名氏殘骸，對映傳教士將十字架的愛遍插島嶼許多山林部落，她寧可愛這十字架，那些萬善祠萬應公讓童年的她行經時十分恐懼。天主明亮，聖母垂憐，她感到有安慰。最偉大的愛情是若願為自己的朋友捨棄性命，那麼就再也沒有比這更偉大的愛情了。她看見傳道者身上的愛情，她願意擁有這偉大的束縛。聖神憂鬱，只因人匱乏信德的神蹟。每天花些時間和聖神一起，她從隨便生長的蕙仔轉成學堂的聰明，再從聰明轉成偕師母，從偕師母成了宣教師，從宣教師成了旅行者，成了島嶼首位航行世界的先生娘。從此故事不翻篇，停格在夫妻成樹化石成碑的傳說，流著兩股東西血液的族氏自此墳埋淡水，化為荒煙蔓草裡的時間真理。婚盟那一天，紅毛城英國領事館和她同站在傳道者身旁，十八歲的她已可以走入聖殿，而三十四歲的傳道者成熟，五月的淡海吹拂薰風，陸續抵岸的船隻走下一些洋人，他們朝紅毛城走來，沿河水彎折處繞進商街，爬上英國領事館的花園，聖樂已飄，盛夏的酷熱尚未成形，為神結合的夫妻其愛更大，像前方的海，在這樣戲劇性的結合裡卻金光閃閃，神所在之處，愛情就成形了。在互相吐露我願意時，她瞬間熱淚盈眶，她望著領事館前面的觀音山與淡海，這山這海見證她的愛情，雖然那時候愛情比慾望來得還要晚，愛情不是最重要的成分。觀音雖非她的信仰，但她感受到祂的慈悲與丈夫胸前十字架映照的力量。如果一八七二年，傳道者沒有上岸，如果那一年她那原被預定的小丈夫沒有死亡，那麼眼下的這一刻，都不會發生。劇本已然寫好，只等著發生。想到這一點，她才自信滿滿，上帝欽點，既是這樣，再無恐怖。淚沿著年輕的臉頰落至鎖骨，那片美麗的鎖骨，彷彿也是雨水的盡頭處，丈夫這時候不禁牽起她的手，同時用手帕輕拭這神聖的淚水。丈夫吻著抹過她臉龐的手帕說，這手帕像是為耶穌抹面的維若妮卡，自此手帕轉印著聖者的肖像。

她知道必須要有狂信意志，才能穿越危險，她雖非狂信者，卻也是一個慕道者，足跡遍及許多前人慕道場域，只是她缺乏犧牲的高貴意志。或許這就是她，她已經盡可能鍛鍊自己了，但「罪惡」感常讓她感到窒息得無法呼吸，罪惡感像是無形的繩索提著她的頸子，使她常過著聖凡兩邊都不是的擺盪生活，終至成了精神的漂泊者。

她每天吐出滬尾的愛情故事。女孩的苦日子即將結束，但睡他隔壁房的男孩，被許配的未來行房的丈夫卻必須死，才能換取女孩的未來自由。神為彰顯凡人之路的不凡，於是賦與機遇的曲折，以對比往後的奇遇，擴大故事性就像島嶼的海洋，永遠不落幕的戲劇性。等待十二年之後的一場關鍵命運，米妮想這原本沒人愛的廉價蔥仔最後竟轉成高貴的聰明。

傳道者在滬尾的海風吹拂下，逐漸進入夢境的女巫的祭祀場，預告原始宗教的消失。地方神奔相走告，西洋神來了。

西洋神將來到島嶼，帶著苦難的榮光穿越海洋降臨。而島嶼苦海女神龍正立在海岸，慈航普度的鬼月海洋吸納著沉睡海底的肉身。就像沉在海裡的上等瓷器，逐漸覆沒海中的瓷胎瓷身，寂靜如死亡的潮水，重複水洗傳世工匠藝匠日夜窯燒守候成形的官窯民窯，最後來到了紈褲子弟把玩的手，或者煙花巷裡鶯鶯燕燕們較勁的裝飾細軟金簪玉鐲。

那百年時光，航海盛世航道埋藏多少冤魂，多少官宦淪為波臣，多少貴族豪奢浪底，多少傳教血誓東流。

島嶼妻 **老神與寡婦的小鎮**，墓園成了她的孤獨遊樂園。只有那些得著恩賜的人，才能成功地過著獨身的生活，她聽見空中飄來這呼召。細數她踏下的每個印記，時光在墓園慢走，她與死亡為鄰，讓她以為這樣可以提早召喚死神的來到，但她已經孤單度過二十幾個年頭的生日了，死神卻還沒有上路的跡象，上帝是否遺忘了她？墓園看似荒蕪，內裡卻生命力強盛，沙沙聲響的昆蟲走動地表的窸窸窣窣，黑狗群集，螢火蟲飛閃，蟋蟀振動高鳴，她聽見骨骸喀喀作響，她一個人經常踱步到丈夫的墓園，在榕樹旁凝視良久。默默地澆水除草，撿拾落葉和種子，再沿著真理街回到住處，將那些植物種子放進丈夫的玻璃櫃內，一如丈夫當年常有的樣子。淡水暮色變得更短了，快速染上漆黑的海水與山坡，這讓她覺得孤單而陌生。有時她也會走去隔壁的西仔墓園探望其他的老友，隔壁是外國人墓園，外國人和丈夫分屬不同墓園。丈夫認為他是台灣人，所以不埋在洋人墓園，洋人墓園還是有很多洋朋友，這墓園像是當年航海時代的國力象徵，英美加德的異鄉人在此歸化成島嶼鬼。原鄉人是否忘了背海者？幽冥海中有泣聲。陳塔嫂養祖母不只為了主，更為了她，將她嫁給傳道者，是因為養祖母很早就當寡婦，她知道寡居的苦。她十二歲就死了小丈夫，難道她也要守寡？養祖母搖頭，絕不能，這絕不是上帝的旨意。沒有養祖母就沒有她的新生。當了母親之後，她才理解自小沒有母親護佑的悲劇。她一直不解張家是地主，並不窮，但為何要把她送作堆，從小給人當童養媳。母親曾告訴她，實情是為了她好，因為算命仙鐵口直斷她這女嬰若留在原生家庭會養不好之外，還會波及家人，只好把她送走。這算命仙把她推入陌生地，但也將她迎向新生活。她自此害怕算命之類的東方神祕事物，拜土地公城隍爺之類的都讓她恐懼。天主的明亮與簡潔，沒有燒香燒紙，讓她感到寧靜。撫觸著丈夫遺下的懷錶，滴答滴答，她彷彿看見錶面上走動著不論晴雨在上午或下午漫步在砲台埔丘崗的丈夫。她握著丈夫生前的拐杖，慢慢咀嚼著丈夫種下的甘藍菜，時間往前奔去，她蒼老得很快。十九歲當母親似乎快速吸乾她的青春。她沒有一張照片是微笑的，但那不代表她不快樂，只是她沒有習慣微笑，所以看起來每一張照片都隱藏著某種說不出的愁容。但她快樂嗎？她也沒有辦法回答，畢竟人的心情是起伏的，但她確定她是幸運的人。她的丈夫娶了她之後曾經寫信給家鄉母會解釋原因，丈夫說為了解救在地婦女的靈魂。她的靈魂等待被拯救，宣教婚姻不確保快樂，但確定了永恆性。神權罩頂，一切都是神所賜。她的照片看起來沒有微笑，那是因為微笑時沒有被拍下來。比如出航，看著陸地和島嶼邊緣逐漸後退，之後整個遼闊的大海微縮在瞳孔時，她看見丈夫瞳孔中的自己是微笑的，抱著嬰兒指著海鷗笑著。島嶼第一個站上耶路撒冷的女人，帶著混血女兒站上演說台以異邦語在主的寶血地見證女子被改變的命運。以色列女子跟外邦丈夫在異地定居，子女就算是外邦人了。但她是外邦女子跟著丈夫在自己的原鄉定居，所以到底哪裡才是外邦？還是不屬於主的信仰都是外邦？是地理的疆界還是心的疆界？是心的疆界還是信仰的疆界？是人種的疆界還是膚色的疆界？她以提摩太作為演說，提及了使徒行傳提摩太，他的父親是希臘人，當他還是個孩子時，他的母親尤妮基和外祖母蘿苡如何地教導他《希伯來語經卷》。之後他的母親與祖母因為使徒保羅探訪該城市而成為基督徒。之後她們還勸導提摩太相信基督教的道理。保羅後來寫信給提摩太：「我想起你心裡存著無偽的信心，這種信心首先存在於你的外祖母蘿苡和你的母親尤妮基的心中，而我也確信它在你心裡。」她依賴的也是這份信心，而引領她進入主的國度的人也是她的養祖母陳塔嫂，她是台灣的以色列母親。她第一次在異邦吐出台灣，吐出養祖母陳塔嫂的名字，吐出以色列。她後來在筆記本中寫道，每回丈夫說完話後就會把我介紹到講台上，我彷彿是他最偉大的功績。隔天她又站上演講台，在伯利恆，她說我曾在曠野旱地認識祢，寶血與聖靈不可分，耶穌以寶血洗淨我們好贖回我們走向歸鄉的路。但關於她的部分都沒有被記載下來，顯影在歷史的她都是陪襯者，每一張照片身邊都有他者。當她留下第一張照片時她已經有了三個孩子，每一張照片都可以看到孩子的成長，以及丈夫布道的成果，直到晚年時光，她拍下獨照。獨照上她戴著帽子，像是凋零的女王，也像垂老的女僕。她盯著黑白照片細數光陰刻度，新年穿唐裝中式衣服的家庭照片是丈夫最喜歡的一張，她和女兒穿著大襟衫，寬大的袖子可以搧起一陣風，紫雲吉祥刺繡沿著肩膀到斜襟處，灰色夏衫的鈕釦以港幣穿孔縫製而成，港幣的鈕釦，多有創意的貿易和拓荒年代，時代精神微縮在一件衣衫裡。丈夫與兒子頭戴瓜皮帽，女生都穿寬袖斜襟。她自己最喜歡穿蘇格蘭傳統衣服的那張家庭照片，由於背後的圓弧形藤椅的裝飾性，使她坐姿如女王，立體高聳抓肩，如燈籠的泡泡袖，胸前車線使腰錯覺細如維多利亞時代的婀娜，寬大裙襬遮住因生三個孩子而變大的臀圍，蕾絲裝飾衣領袖口，使她既莊嚴又嫵媚。兩個妙齡女兒以利和瑪連穿著加拿大寄來的傳統洋裝，荷葉襬綻放胸前，寬窄層次相疊的燈籠袖將臂膀的弧度撐起如美少女戰士，眉宇之間英氣逼人，那神色恍如隨時都可以為主犧牲上戰場的人。她把眼神移到女兒時，心裡忽然感覺一種命運同體的疼痛感，女兒和母親一樣沒有體驗過愛情就進入婚盟的務實性，她的媒人是天主，女兒的媒人是君父。丈夫將兩個女兒許配給忠貞的兩個門徒，以利知道這件事之後，徹夜未眠，她見到女兒伏案寫信的背影，信將寄給加拿大的姑姑。女兒問著姑姑，為何父親要這樣對我？我雖然不懂愛情，但至少知道心動的感覺，我認識阿玖太久了，久到都以為他是兄長甚至是叔叔。父親把年紀輕的陳清義配給大我一歲的姊姊瑪連，卻把大我十二歲的阿玖許配給自己？未久姑姑來信說，相信父親的選擇，為了主，人子可以犧牲，勉勸她要聽父親的話，因為父親代表的是信仰，她不能失去她的信仰。出嫁前母女談心，這麼多年來，這個家幾乎是男生一國女生一國，連吃飯常常也是女生一桌男生一桌。她帶女兒，丈夫帶兒子，連拍照也都是這樣靠性別站。丈夫把教育兒子的事情交給自己，他親自帶兒子遊歷四方，一起騎馬運動念書釣魚打球。女兒則跟著母親，但她這個做母親的卻不知道如何安慰要出嫁的女兒，只是拍拍她的肩膀表達安慰，她知道丈夫的決定就和主的決定一樣權威，如果多說甚麼反而成了贅詞。在壁爐柴薪燒盡燭火即將熄滅之前，女兒拭乾淚水回到自己的房間。看著女兒的背影，她嘆了口氣，一個人就著月光走到大門前的迴廊，在階梯上眺望樹林前方的河水。當年她從淡水渡河來到女學堂上課的情景忽然走動在眼前。那個注定成為翁婿的丈夫就是她的一切，阿玖將來也會成為以利的世界。她和女兒初夜流的血也是某種寶血，女人不談犧牲因為她們就住在犧牲裡面。婚姻是獻祭的羊，表面莊嚴內裡殘酷，她聽見河邊傳來又陌生又熟悉的聲音，彷彿她的分身。

米妮覺得進入墓園彷彿有鬼引路，沿著灰色石階，草地上有著前夜下雨的水漬，她木然地穿行在鮮軟的鳥糞與枯去多時的落葉泥地。

墓園安靜如白屋內每個房間裡的壁爐，壁爐不曾再點過任何柴薪，壁爐只是主人曾經是洋人居所的見證，壁爐成了窩藏隨意從任何縫隙吹進的海風之所，慰藉島嶼妻對海洋的懷念。

懸掛窗簾的落地窗也是西洋物，透過落地窗可以看到海港進出著油輪，港口的油罐與對岸的垃圾焚化爐，幾架造價昂貴的風力扇，隨著風轉著的扇葉像摩天輪，廣闊無邊的朝天空跳舞，搧動塵埃，任由風的指引。

覆蓋的石碑，百年的海鳥在此撒下白色的身體廢棄物，鳥禽的氣味，風中的光影，她記得白屋二樓的天花板是尖頂建製，通往二樓的階梯前掛著遊客止步，但白屋的管理員讓她上去過，閣樓的每個房間都有天窗，在孤獨的島嶼妻的漫長生命中，島嶼妻曾在窗前眺望過蒼穹，目睹星子銀河，一個又一個的黑夜。

島嶼妻 **當時她們被形容成奴隸**。島上的女人們行為端正、任勞任怨，是好妻子，但更像是奴隸。遷徙時，婦女負責搬運所有的家當、小孩，幾十公斤是常見的，而男人只拿著槍和弓箭。女人提前衰老，居家操勞又缺乏營養，生病乏人照料，不滿三十歲就已形容枯槁。由於長期勞動，很快就從中等身材轉為矮胖壯碩，婦女穿越密林時還是信徒、偵察者、照料者、協調者，像她這樣的在地宣道婦與旅行者則是島嶼第一人。銬上她們腳鍊的傳統轉成了信仰的依靠。婦女是最好的旅行通行證，有原住民婦女同行如同護照，若不是如此，「人頭早已高掛某位青年勇士祖傳的棚屋裡。」她出生的一八六〇年彼時英國駐台領事史溫侯是開啟台灣自然史研究的第一人。史溫侯搭上堅忍號來台尋找失蹤船員，三週內繞福爾摩沙一圈，卻未尋找到任何一個外國人。她的傳道者丈夫讀著外國畫報的消息說，史溫侯應該上岸到內地來看看。她的丈夫曾經在打狗的蔗糖工廠看見被俘虜的船員在蔗糖倉庫做苦力，馬尼拉人、智利人、黑人都有。她的丈夫繼續念著畫報：台灣人看到外國人可以死盯著他們連續幾小時，就像博物學家在詳細檢視狐猿或其他奇怪的生物，絲毫沒有終止窺視的意思。丈夫跟她說這史溫侯寫得太有趣了。史溫侯上岸這一年她才剛剛出生。在丈夫抵台的前兩年，必麒麟則已回到英國。而見證她山盟海誓的紅毛城猩紅已久，這紅色經常在她的夢境中出現，結婚典禮的見證者充滿奇異的紅色，陶德先生曾跟她說這是伊莉莎白女王最鍾愛的顏色。夕陽打在紅城，輝映藍海。她的命運關鍵點在此被改變，一句我願意從此如紅城的永久租約。VR1868維多利亞女皇在此鐫刻的數字就如同她和丈夫的盟約數字MM1878。MM，她和丈夫的英文名字縮寫，他是Mackay她是Minnie，他們相敬如賓。迴廊驅走溽熱與潮濕，還可遮雨遮陽。她晚近常作夢，好像作夢是為了等待清醒，在人性與神性之間，她生活太久了。神諭與預言都成了真，禱告詞是屬靈者的密碼。她在夢中看見海龍號駛進港灣，夢見丈夫要離開她了，他脫下了他在島嶼終年戴的白帽子，以一種道謝的姿態告別時，她痛哭起來，哭到自己竟從哭聲中醒轉，才發現自己作了夢。她想起夢中問他，這麼多年過去了，你真的要走了？丈夫的喉部流下液體，吐出一口如淡海落日的豔色紅血。我一生的歡喜攏佇此，我一生攏總獻給你，我心未通割離的……海浪聲突然蓋過了丈夫微小的聲息。她睜眼，白色天花板爬著一隻壁虎，壁虎叫聲徹夜，沒人說話，是壁虎在說話，陪伴著這棟清冷的房子。她走到房子外，在廊外可以看見以前全家人住的白色別墅，還有前方的紅磚姑娘樓，她捐出來的牧師樓。紅磚襯著樹林，秋末與河神搏鬥的漁夫出航歸來，日出日落，她有點時間不分了，九月，秋老虎燒炙著萬物，無風的下午世界彷彿靜止不動，船隻也都停擺，陽光赤焰，炎熱異常。焚風颳過，萬物燒燙。太陽移到樹梢後，她才從秋暑中醒轉。房間安靜，顯得秋天蟬鳴嘶唱巨響，秋天訣別，她聽見訣別的聲音。九月也是女兒以利誕生的季節，那時她在丈夫的原鄉，凌晨四點，嬰兒啼聲如秋蟬。丈夫幫她度過這一夜，但隔天丈夫依然忙碌，他到賓威廉禮拜堂對領聖餐的人講道，丈夫那天講奉獻己身，她還記得。北國的九月冷冽，她一直發抖。壁爐的火光溫暖與木材香氣，帶給她全新的感官體驗。就像丈夫第一次看見扇子一般，但扇子只能捎來一絲涼意，無法讓丈夫適應熱島嶼，他經常高燒。丈夫曾經買扇子送她，她說不能送扇子，會分手，扇與散同音。丈夫卻不以為意，他說一切在主。丈夫看新娘子結婚上轎往後面丟扇子也覺得好玩，但她很多年後常心生懊悔，懊悔自己沒有堅持要丈夫不送她扇子。丈夫喜歡東方事物，戴瓜子帽，穿唐裝，都讓丈夫看起來很獨特，但這樣的裝扮只能在冬日。九月的島嶼，秋老虎發威，火焰般炎熱，燒得昏沉，丈夫的黑鬍鬚看起來也很熱，像是燒枯的乾草。有時熱到讓人失去清醒，胡言著不知上帝那時候去哪了？也許上帝也熱昏而休眠了。但到了冬季，無盡的雨季與潮濕，又讓人懷念陽光，很多外國傳道人只因為懷念家鄉的陽光竟至棄島歸鄉。醫館的賽德利茨藥粉也經常一下子就被索取一空，太陽像火爐，有時候竟會熱到失去意識，夜晚更是失眠。最高興的時刻就是收到從倫敦寄來的藥品，藥品有如上帝，大家都引頸盼望。秋天多雨，秋颱驚人，暴風雨在屋外盤旋，雨聲清晰如昨。躺在房間想著那一年又一年的酷熱與潮濕，九月之後，夏日的難熬終於過去。像得了熱病的港口城鎮回魂，這回她也得了熱病似的，看起來是熬不過九月了，這年她才六十五歲，但已守寡二十四年，有時寡居生活漫長得讓她想主是否忘了自己？她其實可以離去了，早在二十四年前，當傳道者丈夫過世後，她才明白丈夫的死去，絲毫沒有影響到這城鎮的日常生活。那麼她的死去也就輕如鴻毛了。神常允許一根刺扎在祂所愛的人身上。這根刺，到了丈夫晚年變成一根巨大的刺，穿刺他的喉嚨。神愛他嗎？神愛這樣把一生都獻給祂的兒子嗎？還是祂更愛浪子？她曾經這樣問過主。無言的主以大雨寫詩，以秋風訣別。輪到她自己了，九月的海，清晨時分鐵灰色的滬尾河邊安靜到只有一隻貓走過。討海者背海，秋風獵獵決絕。勾牽一世的淡海，灰色的雲劈開了光，海上走著人，她看見渡海異鄉人。她常夢見蛇，夜晚的蛇繞梁倒懸，蛇信如千年訊息，望她深情。有一回丈夫從艋舺到淡水，又是火焰般的炎熱天氣，伴隨著嘔吐拉肚子，擠上一艘滲水的船，他們邊搭船邊從艙內舀水出來，結果在湍急河段，搭的那艘船卻撞上另一艘船，他們被拋到水裡，攀附著船慢慢爬到岸上等待船修理好，悲慘的一天，搭了二十個小時才抵達淡水。她記得那一天，因為開門見到丈夫時嚇了一跳，全身濕透疲憊的丈夫幾乎要倒下來。她也記得可憐的女兒以利發燒，在九月炎熱的日子，孩子們躺在床上如軟糖，丈夫給以利服用六毫克的奎寧才好轉。發明奎寧的人也是上帝嗎？如果是上帝，為何要先給我們苦痛然後才給我們解藥？她聽見有人問著丈夫。醫館也經常聽見受傷的可憐人的哭泣尖叫，清創的疼痛聲響徹整個空間。聲音隨著丈夫離開，也安靜了下來。然而學堂之外的園子卻繁花勝景，有一年有一條巨蛇還跑進房間，紙堆裡發出聲響，丈夫用魚叉瞬間插入蛇的頭部，血從蛇的身上溢出，鮮麗的蛇甲鱗片發亮，九呎長，學生見狀都非常害怕這種蛇，必得埋之方罷休。香蕉樹下也有一尾巨蛇，島嶼最古老的生物逐漸退化到夢裡。九月的蛇，即將儲備冬眠。九月的她，即將去見丈夫，至於主，她不確定是否見到，她也沒有那麼一定要見到主，如果主在，那時時刻刻都在，分分秒秒都得見。但丈夫離開已經二十四年了，丈夫卻很少入她的夢，丈夫留給她的都是回憶了。她記得女學堂學生排演天路歷程時，痛哭之聲曾如魚雷炸開來。集體的渲染力，召喚易感的心，往往這一召喚可以綿延一生一世，自此相信神蹟附體永不分離。也有半途易主，從主轉為佛，從聖母轉為度母。但青春的孩子易感，比如有集體出家，有集體靈修，這都是青春孩子可以形塑的柔軟特質，她喜歡孩子，學堂就是她的家。為了學堂，丈夫也總是絞盡腦汁準備教材。有一度，家裡總是充滿豬頭羊頭，丈夫傍晚點起明亮的燈光解剖豬肺，唱詩歌唱到半夜。有時候她會在角落裡凝視著丈夫，暗自冥思他的力量從何而來，異鄉人活在非我族群，一切從頭學習的馬拉松賽如何跑到終點？她知道在這場賽局裡她扮演至為關鍵的核心角色，但她在丈夫厚達近千頁的日記裡，僅短短出現幾次，她從來不知道丈夫怎麼想自己的？學生、妻子、道友、孩子的母親、牧師娘，在這麼多的名詞裡，她喜歡的名詞卻都不在上面，她很希望丈夫喚她一聲：摯愛、我的愛，愛這個單字，丈夫不曾寫過說過，丈夫愛她，只是以主之名的愛。丈夫無法記載她後來的新名詞：未亡人，還沒死去的人，她是他的未亡人。她進入寡居年代，二十四年來她守著記憶，如貓守著魚般的守著墓園。在這裡倒帶往事，她的時代從沒開始，卻也從沒結束。她是隱身在丈夫背後的幽魂，名稱關係著時間的移位與關係的改變，最後出現的關係詞是妻子，牧師娘擺在前面。她最喜歡聰明，她是聰明的，但也是蕙仔的，沒有蕙仔的苦就沒有後來的聰明之聰。但她不知道甚麼是愛情，她只是一個傳道者之妻。

在雨水的盡頭，多年前的一個禮拜日，安息日裡起了一陣騷動，來了一個盲眼詩人。流浪到淡水的盲眼詩人，一路販售著久遠古老的錢幣，他將銅板掛在胸前，隨著移動而發出沉滯歲月的聲音。

旅人靜靜地聽著聲音滑過，思起海外漫無目的的流浪旅程，一場又一場如得黃熱病的幽冥感情。

在孤燈下駐足等待命運欽點的萎靡女郎，廣場上全身噴漆的街頭表演者停駐不動如雕像，在地下鐵敲打各種塑膠盆鐵盆的細瘦黑人，在菩提迦耶地上爬行的小兒麻痺乞討者，走過山一重水一重的雲遊僧，倚著斑駁佛陀石雕像的地雷爆炸受難孩童，揭開面紗的中東美麗少女肖像如追緝令地貼滿街頭的每一面牆，歐洲之星夜行列車內念誦玫瑰經的梵諦岡修女，冬日到來就窩在精神病院的藝術家友人，北極圈小酒吧內鬼影幢幢的熊鹿標本，寺院黃昏擊響天地的暮鼓，高原匍匐前進磕大頭的流浪行者。

腳程履及的地圖，一切的過去像墓園。

島嶼妻 **五股坑，丈夫在熱島嶼的第一教堂。**傳道者遇到她之後，自此結束了在石頭上煮飯、在海邊教課的最初島嶼生活。她想起費里德領事，為她證婚的異鄉人也早已離去。剛結婚的最初幾年，比如一八七八年的九月，丈夫都在生病，一連病了近半個月，在閔虔益牧師的兒子法蘭克彌留之際，丈夫還抱病陪法蘭克一整個晚上。那時候孩子們還常追在丈夫後面叫著番仔狗、番仔鬼，而她就是番仔鬼婆，番仔鬼新娘。她是番仔也是鬼婆，嫁洋夫信洋教，航世界開洋葷，現在一切的騷動噪音都靜下來了。晚年時她最常一個人靜靜地遠望著夕霞勾勒觀音山的金色容顏，觀音山某處曾是她還是童養媳時的受難地。過去猶如海葬，直到山色邊線消失在黑水中，她起身煮飯，簡單吃食，有時以利阿玖他們會來叫喚她一起吃，但她喜歡一個人，一個人可以安靜想事情，想主，想丈夫。她永遠記得離別那一天，離別如遺棄，丈夫要棄她而去了。她聽見窗外的淡海漲潮聲息凶猛，已然六月了，丈夫剛度過三月的生日未久，旋即將迎接六月的死神到來。死亡是殘暴的，同時卻也是仁慈的，因為苦痛可望終結。荒原與豐饒的生命田地，已都耕耘。她望著這個曾是異邦人的丈夫從昏睡中看著周遭，燭火將每個環繞在他周邊的人都放大了好幾倍，牆上影影綽綽地移動著，有人緊張，有人靜默，有人奔走，有人低泣。他說這係上帝召喚的時刻嗎？她跟丈夫說加拿大長老母會已經命定馬克露博士來台了，伊從海的另一岸飄洋過海，真緊叨抵達淡水。馬克露博士正從河南一路挺過海浪，挺過黑水溝，即將來到淡水，照料她的丈夫。然而她的丈夫已然陷入夜晚的囈語時光。她望著丈夫喉部溢出的血水，彷彿三月春寒的綿綿冷雨，整個屋子都是濕氣，丈夫最怕的島嶼濕氣浸滿他的每一寸肌膚。別人的客途，卻是他的陵寢。終於馬克露博士來到丈夫的床前，帶來上帝的訊息，一個生命終途的人，異邦人從風雨現身，也從風雨消殞。異邦人從海上來，卻不從海上歸返，他要死在這塊土地，和古老萝婆重逢。我的神我的神，為何離棄我？哪怕是死亡也不能把我們分離。丈夫發高燒囈語。神有時允許用祂恨的來成就祂愛的，從台南趕來的甘為霖牧師說神與他將沒有距離，因為他願意承擔永無終結的苦痛，自然會與神的旨意相逢。丈夫目光發亮，發燙地望著周邊的人，尤其是兒子，他愛兒子甚過妻子，她知道。當年得到應許的婚盟，讓丈夫順利在北島嶼插上十字架，他的榮光理應有她，但丈夫很少在公開場合正視她，彷彿基於禮數，或者愛情是如此微不足道。她的榮光卻是他，把她從陰暗的養家廚房拉到整個世界的人，她握住丈夫的手，創世記交會的手也不過如此。六月二日，丈夫斷氣的時刻，那悲慘的喉癌，噤聲的喉部，無法再吐出語言。為何他這樣的傳道者要被上帝拿掉他終其一生為宣揚主之名的聲音？他的語言沒有一句不是為了主之名而存在，他甚至沒有跟她說過任何愛語柔語，世俗的那種甜言蜜語是絕對不會從丈夫的喉部吐出。語言只剩福音的人，為何最先被拿掉的是喉嚨？她看著燭火下的丈夫臨終之臉，充滿苦痛，喉部不斷流淌著膿腥的乳黃液體，她握著丈夫的手，傳輸著她的溫情，但她知道眼下這具軀殼已然即將要道別了。喪鐘已然敲響。舙，三個舌頭組成的字，比上帝還遙遠，難以企及的舌音。起先她沒有時間望向淡水對岸的觀音山腳，丈夫過世後，她卻又有太多的時間沉浸在眺望遠方的靜止回憶中。她當過兩次未亡人，一次是觀音山腳下的那個蕙仔時光。很多年後，她才明白蕙仔存在之必要，那些成長想要遮掩的身世，無非都是神的印記。十二歲時她未來的小丈夫染疾而終的那日，她永遠記得張家的人每個人都望著她，眼睛冒出的火焰，好像是她奪去那男孩性命似的射出兩道燃燒的仇恨火焰。男孩在少年時期常看著她發出慾望火苗，有一次企圖拉住她的手想要抱她。男孩和她的目光交會時，她知道慾望野火終將燒向自己。她對男孩溫柔地說放心，我不會說出你的念頭，雖然你的念頭她只是用聞的就聞得到。話語失效，是因養祖母突然走到廚房時撞見才喝止了男孩的擁抱，他唯一伸出小丈夫的慾望小爪卻成了一次敗筆。沒有透過儀式就斗然冒出的愛慾是被禁止的，被截斷的慾望往後也來不及彌合，男孩得了急症離世。他不也是神的孩子嗎？雖然她絕少想起這個無緣的小丈夫，但小丈夫的身影並不曾自記憶塗銷。他有時候像是一個鬼魅，偷窺著她。尤其在關鍵時刻時，小丈夫幽魂總會出現，病弱地站在屋子的角落，陰涼如風，她知道他如一片枯葉地飄來了。她有時候擎起燭火想要靠近這個無緣的小丈夫時，他就消失在燭光裡了。小丈夫埋的墓園她從沒去探望過，可能就是一小墳丘，孤立在農田之中。切斷關係再無相生相剋。

米妮在感情真空期，雖處熱鬧旅館，但人來人去，心始終是孤獨的，她經常感到自己的生命彷彿已如墓園般地進入靜止冥想的氛圍。

天氣好的時候，天空出現老鷹盤旋，地平線遠方是海，但異鄉人已不再從此上岸，上岸的是石油。這荒漠之景讓最堅毅的傳道者也有流下眼淚的時候。

這致命的暈眩感不再來自海洋，而是比海洋更古老的信仰一直匱乏如斯。

她聽見墳墓地底傳來嘆息聲。主人離開的白屋和墓園一樣埋藏著鬼影的腳步聲。

她想起第一次來到淡水的六月，第一次離開淡水也是六月，六月海風不興，她的夏天才剛要開始，卻看見即將離開大學城的孤獨與如永生般的愛情幻覺。

那時的港口與墓園，還有紅毛城白屋紅樓都比現在美，也比現在凋零，埋在塵埃中如貓步輕盈。現在的港口像菜市場，沒有載運蔬菜與卸貨郎，滿滿的人潮比海潮聲擁擠。

這一天，她買了鮮花，一路散步在高大的樹木群窄路，她的臉龐彷彿寫著自己是唯一長得像墓碑的人，她的臉疊映著雙重面孔，米妮與米妮，當有一天她發現自己的中文名字的故事源頭和島嶼妻的英文名字連結時，她覺得自己老家在淡水似乎冥冥中有主的安排，主要她寫下故事。

她身後的秋天蟬鳴殘喘，腐爛的空氣中墓碑兀自繁衍著夢，她看著海仍然存在墓園前方，視野安然，沒有遮蔽物。牙痛痲瘋病盲人，肥腫如大象的腿與長滿肉疣的乞丐，等待取白藥水的患者環繞著傳道者，現在都安靜下來了。

蕭索的靠海黃昏，墓地是酣睡的獸，荊棘劈開，她見到一八六七年第一個被放在這墓園的是一個小小洋娃娃，兩歲的女嬰，孤獨在山坡上看著即將轉身離去的英國父親查爾斯，女嬰自此成了滬尾幽魂，和百年夢婆作伴。

難怪夢婆要她來弔唁女嬰，她在墓碑旁放著一束小雛菊鮮花時，忽然看見墓碑上一個熟悉的名字。

島嶼妻 **夏日新婚那夜**。當洋丈夫的身體在她的身體上方時，她越過丈夫硬挺的肩頭，看見杵在床畔陰暗角落裡的小丈夫濕淋淋的，好像長途跋涉似的疲憊病懨，但射向她身體的目光則哀愁且銳利。她的身體私處在初次彷彿被尖銳如刀劃傷的疼痛裡，忍住了尖叫，冷不防卻想起小丈夫那回想要親吻自己卻被養祖母撞見而喝止的一次敗筆。針刺撕裂般的疼痛如海浪一波波撞擊沿岸，她的眼眶泅滿著眼淚。洋丈夫沒有看見，四周太暗了，她也只看見洋丈夫上下彈動的身體，丈夫的臉細部泰半被隱藏在他那如黑水溝的鬍鬚裡。已是真正的丈夫了，這時候她才感覺到自己真的有丈夫有家了。丈夫沒有特別的溫柔，但有特別的觸感，他的手掌溫厚粗礪，手臂的毛髮觸得她很癢，皮膚摸起來如童養媳時期勞動的拳草，如柔軟有鬚刺感的肌膚，如植物的外皮，她一直忍住身體的悸動，免得看起來過於淫蕩。她們的生命是沒有這個字詞的，她傳承給女兒的也是絕無此詞，此詞是一種蒙羞的字眼，即使是身體自然的反應。有了兩個女兒之後，她才覺得自己是個母親，但女兒到了青春期，她也不知如何教導她們。丈夫也不曾教過她這方面的知識，養祖母陳塔嫂曾隱晦地告訴過她關於女人身體的事情，她很驚訝要接觸才能有孩子。以前她都不敢讓小丈夫牽她的手，有一回在黑暗的夾道和小丈夫錯身時，還是男孩子的小丈夫突然抓住她的手，她快速抽回，但心裡怦怦跳，入夜更是難安。養祖母看出她的不安，知道原因後，咳笑個不停。她才知道一些男女的事情，但也是懵懵懂懂。去聽當時還是老師的傳道者布道時，養祖母那晚告訴她關於伊甸園裡有著亞當與夏娃的故事，夏娃吃的蘋果，她從未見過，遑論吃過。至於伊甸園的蛇她常見而害怕那冰軟的爬行物。夢中的蛇，爬行在花園，神提及祂的日常生活幾乎都環繞在祂的布道上，就像她的丈夫的日記，幾乎都是布道才衍生的日常，最後沒能寫下他最後幾日的苦，因為已經無法書寫了。耶穌最後一日一夜的受難，丈夫告訴她神從來不送出沒有啟示的經歷。在她出生之前，神已對她做了安排，揀選者都有安排。妳抵擋不了所有既定的安排。時間點來過之後就無法回頭了。她的未來洋丈夫已經上岸了，等著她的未來。信仰如斷頭台，沉重又輕盈，她知道當自己以生命和感情為上帝出征時，全世界都會為她讓出一條路來，雖然這條路十分窄仄，但也已是她的完美棲息地。無緣的小丈夫死後一年，她已經在陳家無日無夜地勞動了整整一年之後，主已經聽到她的哭泣聲，養母虐待她的日子堆起來都比教堂尖塔高了。她被罵破格、食菜尾。主知道再不為她安排，她將老死養家。一八七三年，她的未來洋丈夫來到五股坑時，她還是一個孩子，看著天使走過，她聞到他身上走動流汗的皮膚味道。從此島嶼北部有了第一間禮拜堂，養祖母陳塔嫂也成了洋丈夫的第一個女信徒，上帝安排一條繩索，牽起她和洋丈夫的婚盟。首先是她可以讀書認字，年齡門檻也剛剛好，十二歲以上的小孩可以到教堂上學，學習白話字，學習羅馬字，學習說英語。多年以後，牛津學堂開辦時，她不僅是一位妻子，還是一位母親，更是學堂六位老師中唯一的本地籍女宣教師。她的洋老師變成一個有體溫有呼吸的人，從他的聖壇走向她的床，將她的心插上十字架。命運是這樣，不可逆轉的土壤往往埋伏著奇花異草。自陳塔嫂養祖母帶領著她進入教會，從此她就沒有再離開這個地方了。剩下的只是時間，等待她從小女孩變成成年人。五年後的二月，先是受洗，再是更名，接著陳雲騰作媒，養祖母牽線，五月二十七日，改變彼此命運的時間點，她的老師變成丈夫，沒有戀愛基礎並不重要，重要的是以我自信，毫無阻礙。多少個夜晚，她站到英國領事館的露台望海，看著丈夫從霧中的海洋走來。淡水通商口岸開港時她出生，彷彿為她的愛情開港，日日波動杳閃著金光的海知道她是在海上尋詩的人，另一種島嶼的苦海女神龍。

查爾斯，墓園小女兒的父親名字，米妮在心裡乍然一驚。

那個短暫遭逢的情人，相遇在安大略皇家博物館，陪她一起看著傳道者將島嶼收來之物帶到西方的同名者。

異種番與特有種，混血正夯年代。他們走在一起稀鬆平常，沒有人覺得突兀。查爾斯啊查爾斯，她記得最後他說我們會再相見，她知道遇到查爾斯就只會遇到情慾，情慾之後，必然分離。

查爾斯的命運。

多倫多安大略皇家博物館玻璃櫃內裝著獵頭族的網袋躍進了她的腦海，乾涸的血液成了網線牢牢吃進麻料的古老幽黃顏色，兩個人在看島嶼文物時性愛的香氣盤旋上空，性與死亡對撞，交會成兩股空氣，在只有投射燈的陰暗博物館逐漸醞釀一股氣流，若非監視器太多，當時他們就此野獸撕咬啃殺。她看得很不經心，常感到他在頸項背後吸吐著絲縷的氣息，西方的身體聞起來有一股野性味，沒有被遮掩的騷狐氣。氣味的裸露帶引鼻息尋找發洩地。離開博物館前往旅館的幾條街路途，被他們趕集似的加快了腳步前進。

他帶來了蘇格蘭酒，他遞給她，示意含一口酒，她含了一口，嗆極，卻魅惑地引誘著男人，她將口中的酒往男人的嘴裡送時，她明顯感到他燒炙的興奮，呼吸濃稠心跳加速。查爾斯迫不及待脫下了她的牛仔褲，但一時之間卻卡在臀部而脫不下來。這時是她笑著說我自己來，他也笑著轉為脫自己的牛仔褲，她聽見男人的皮帶被他急切的手甩得劈哩啪響的，擁吻撫摸，手掌觸摸著長長的細毛有如去角質的磨砂膏之粗礪。查爾斯將她的手放在他的身體，當他們滾到白床單時，彷彿呼吸著比一座大海還要狂烈的潮浪。

島嶼妻 **天微亮時，她看見丈夫被林間的風驚醒。**梅雨季節惱人的連綿小雨尚未停歇，我要趕長路了，丈夫握住她的手低沉地說著，沒有人聽得清楚，只有她聽得真切清晰無比。這條路無法報信給我嗎？她想。二十四年後，當她即將步上丈夫離宴人世的腳程時，她想起丈夫吐出的那句話，還有那個綿綿不絕的雨。那些天，頑固的失眠纏著她，失眠簡直像是葬禮，一切就此結束了，丈夫在島嶼的榮光就此留下，但她卻是就此結束了，她本來就是丈夫的影子，她是一位妻子，最容易隨著丈夫辭世而一去不返的稱謂。如果丈夫是一本書，那她只有幾頁。她明白所有屬世的心都會是變動的。她在世時就眼見著丈夫辛苦打造的打馬煙教會最後如煙消失。一九〇一年她的丈夫離世之後，彷彿連上帝也離開了，幾年後從打馬煙回來的門徒們相繼告訴她，這個地方的人嗜酒、吸鴉片，已經不能再說是基督信徒了，再說是信徒都成了褻瀆者。眼見丈夫心愛的打馬煙教會人數如聖壇的燭火，逐漸縮短，終至消失。在她生命即將進入倒數的第五年，一位門徒寫信給她，提到打馬煙教會終將如煙消失，門徒建議教會轉往漢人居住的頭城布道。她知道訊息後，趕著在教會消失的最後一刻來到了打馬煙。那一日，刺目的海風襲來，她坐在北部教會為了紀念丈夫在噶瑪蘭傳道的功績，而捐獻的這座石造教堂的門外望海，空無人煙的教堂，如島嶼盡頭的荒涼。最後是上帝自行收了回去，一場狂風暴浪襲來，蓋在海邊沙地上的所有茅屋，還有以丈夫之名蓋的石造教堂都被海浪暴風拖走，從岸上逐步拖至海神懷抱，灰飛煙滅的打馬煙。當晚她夢見丈夫走在海邊，一身黑鬚翻飛如浪。丈夫在海邊大聲朗讀著馬太福音：「那聽見我這些話而不實行的，就像一個愚蠢的人，把房屋蓋在沙土上，一遭風吹、雨打、水沖，房屋就倒塌了。」接著又唱起哀歌：「有誰像你遭受這樣災難？你的災禍像大洋無邊無際。」「主在發怒的日子，連自己的聖殿也丟了。」清晨她從哀歌中醒來，窗外淅瀝雨聲雜糅著破曉的雞啼，彷彿幽靈來過，濃雲密布中有一小片亮藍色，她知道幽靈棲息。我要讓妳的生活夜晚有光，丈夫伸出手撫摸她，但等到她真正醒轉看清楚臉孔時，她才發現那臉孔沒有黑鬍鬚，是十二歲就死去的小丈夫的臉，幽魂還沒離去，她感到自己的時間也所剩無幾了，他們都來探望她了。上帝保佑你，幽魂。洋丈夫與小丈夫都來了。她想起小丈夫被埋在五股的一座小丘，沉寂的山丘，她的祕密是曾在少女時光偷偷去祭拜過他，僻靜的林園有雞屎味與花香撲鼻，寧謐的死亡寒風襲人，她感到小丈夫的孤獨。未完成的愛情，在棺木裡不願腐朽。她整夜都夢見小丈夫——她曾對洋丈夫這樣說時，洋丈夫沒聽懂，以為她說的是夢見他自己，只微笑無言。夢是懸念，洋丈夫不過問夢中情景，他只關心現實，他覺得妻子的夢都是睡眠不足所致，畢竟三個孩子，又忙於女學堂教學，想必累壞了。

她遙想著查爾斯第一次觸摸東方女子的肌膚，女人的皮膚如大理石，讓他十分驚訝這樣細緻的東方質地，出水的鐘乳石，如罌粟綻放，銷魂的毒液，讓他推進的速度逐漸從抽送轉成衝撞，他的大手握緊女人的細腰，如罌粟花的梗，細柔曲直。男人甚高，因此他的膝蓋碰著她的膝蓋下方，甚至可以吻到她的腳掌，那小巧如貓掌的腳讓男人興奮難耐，她聽見後方的喘氣聲像要山崩海裂，她如千年鐘乳石融化，她聽見水聲，聽見潮水湧來，聽見山神怒吼的最後一聲響。

男人的山跌落，女人拱起的山也消失了稜線。蜂採花蜜，食器的勞動獻給了女王蜂，循著氣味的地圖，不敢與君絕。她聽見誓約順服：我將放棄一切管轄我的。我要把我及我的所有，不論心思意念、四肢百體、財物、時間或一切力量，都奉獻給祢。為了使我成為有用器皿，俾能引導眾人歸向祢，更能榮耀祢的名，我決意終身服從祢。我以熱切的心情、謙卑的決意，希望永遠屬於祢，而且時常能察知祢首要的指示，以熱情及歡愉之心來實現奉獻意志。主啊！求祢用我作為祢的器皿。加我在祢揀選的百姓中，使我得以在聖子寶血裡洗淨罪，使我穿著祂的義，在聖靈裡得以成聖。求祢改變我，使我能像祂一樣，得到清潔、喜樂、安慰及所需之力量，更使我的生命在父神的榮光及能力之下生活。

她躺在旅館房間，聽見遠方彷彿有雷彈下，男人不知何時已經離開了。只剩下夢婆的嘮叨。

島嶼妻 **她幾乎快要不記得小丈夫的長相了。**童養媳歲月，小丈夫只看著未來她這個小媳婦的勞動背影，而她沒正眼看過小丈夫，她總是躲避著他的眼神。她的白日是無盡的勞役，他的夜晚是無盡的挫敗折騰，他們彷彿隔著一座海。畫面大約是這樣的：一八七二年三月九日一艘船滑過雨水的盡頭時，滬尾港的對岸大霧瀰漫，山林裡的鳥禽噤聲，竹筍冒出尖殼卻無人採收，這戶人家的每一個人都環繞在一張陰暗的床邊，臉孔在搖曳的燭火下皺紋都被刻畫得深刻，愁雲慘霧的空氣比三月的春雨濕氣還沉重不堪。小丈夫要離世了，而她沒有圍在他的床畔，因為她還沒有資格，她只是一個童養媳。可恨的是童女養著，卻還沒養成媳，預定的未來老公眼看就要嚥下最後一口氣了。少年瘦削，正在承受燒炭似的火熱苦痛。她躲在人群之外，從縫隙瞥見小丈夫。她第一次想要去握他的手，或者給他一條冰毛巾，上午她才走很遠的路，挑了兩桶冰冷的山泉水回來，水缸的水都是冰涼的。但沒有人要她接近，甚至小丈夫闔眼的那一刻也都沒人想起她，只有她自己透過縫隙看見瀕臨死亡的臉。二十九年後，她握起即將被召回的洋丈夫的手時，有那麼一刻的閃神，小丈夫的臉龐疊映到洋丈夫的臉龐，蒼白如鬼魂。二十九年後，她不僅被允許陪伴丈夫臨終，且也是最有資格代替上帝安慰亡靈的送行者，愛是獨裁的，臨終送行也是。這種獨有的特別權力，要進入關係才能展顯。小丈夫被埋在荒丘，逐漸成了廢墟。她當時不識字，連小丈夫的名字都不知道怎麼寫啊。洋丈夫相信徵兆，因為神的記號由此發亮。偉大的權力存在於對信仰的獻身上，比如神父牧師出家師父，由此獻身才獲得位置。而她的獻身是婚姻，由此獻身而獲得世間，教育權生育權子嗣權出遊權。如果那艘船沒有把洋丈夫送來這座海呢？如果丈夫被海神吞噬，那麼她的命運將會如何？不可抗拒的力量，如海洋地心引力。信仰比愛情更迷幻人心。信仰像地底的礦產，有人可以不用挖掘就看見礦山，有人挖掘一生也挖不到礦。那些提心吊膽的崎嶇山路，潮濕青苔的溪石，隨時出沒出草的獵人，丟石頭撒糞的街民，擎著火把要燒向轎子的暴民，每天都風風火火的日子。她的日子的一切都隨丈夫要過去了嗎？丈夫開口說話，他忘了無法出聲。要了紙條，寫下別擔心，有慈悲的上帝。空氣飄著藥味，最熟悉的藥味，梅雨季比往年都來得早，魚汛也來得早。五月的河水不湍急，流量甚至會讓船隻擱淺。抵達港口前，很多人雙腳潮濕，爬上灘頭。從一開始誰都不喜歡丈夫，到最後誰也不捨得他竟要離去。啟航的舢舨一艘又一艘的航過河水，出海口漁舟點點。自稱植物學家與商人在港口上岸，沿河村落對於洋人已經不像第一次目睹時的驚慌。輪到她是寡婦了。這些年她也參加不少人的葬禮，穿黑衣服的憂傷寡婦，丈夫最會安慰她們了，現在輪到她時，丈夫已經離去而失語，只有牆上無言的十字架可以安慰自己了。但神語有時她未必能解，且瞬間昂揚的情緒常遮掩了神的聲音。她有時候會怨懟神，覺得丈夫不該受那個罪。那些年多少人寧願得瘧疾死去也不願意接受神，但也有寧願被砍頭也要入教的人。這世間充滿極端，死亡的風把丈夫最後一丁點對神的眷戀颳走，丈夫進入夢囈，猛烈急促的鼾聲夾雜著坐在床畔對神嘮叨的她的碎言碎語。只有神的權力可以制止丈夫上岸的步履，但也只有神的權力可以取走丈夫走下神壇的步履。丈夫暴躁的脾氣，頓時像熄了火的爐子。他睜開眼時，已然午後，日影偏斜到樹影後了。他吐了一口長長的微弱氣息，她知道這是死神，在當年小丈夫離去時，她也聽見過這種大口吐氣的聲息。在衰弱之中，丈夫依然掙扎起身，去學堂敲最後一次鐘，這深深打動了許多人，很多年後，許多長大的學童都記得這一幕，鐘聲繞耳不絕。丈夫一陣咳嗽，上氣不接下氣咳著，悲慘地燦然一笑，屋外的鳥猴子鸚鵡還有蛇也都屏息著，連風都停止吹動。如無風帶，如丈夫果敢的性格。洋丈夫的體重在臨終前少了十公斤，丈夫身高不高，僅一米六八，形容枯槁縮水似的像小丈夫，唯獨那曾經撫觸她的臉頰的鬍鬚仍茂密如樹叢。丈夫的喉部潰爛，枯黃的臉，凹陷的胸部，受損的肺部正在努力呼吸最後一口氣。薄暮時分顯得如此荒涼。瘦得可怕的模樣，裹著毛毯下的顫抖身體，只剩最後一口氣，他忍住咳嗽與吐痰，像是撐住整個耳朵似的聆聽著主的召喚，彷彿只有丈夫不知道死期的迫近。最後幾天，丈夫要她攙扶著他，走到屋外教堂露台，他的眼睛直盯著自己曾深愛的淡水，看著被他自己宣稱是最美的海港，看著身旁的妻子，無言的一切，正要奪去生命的疾病其實是微不足道的，但被取走說話權，這使丈夫痛苦。活著就是為了講述，但現在活著卻只是躺著。五十七年的生命，這樣怎麼夠呢？之後，丈夫無法入眠，高熱譫妄，喘不過氣來。兩隻眼睛像吐火舌的眼睛，他寫的日記長卷如島嶼回憶錄，敘述著島嶼的宣教生活，植物與礦物的紀錄。抵禦死亡的來到終究徒勞無望，失去舵的船，丈夫吼了一聲，我如何才能走出這個房間？她和丈夫相遇的那張床，後來成了丈夫生命走到盡頭之所，客廳有面模糊不清的鏡子，還有一張長木桌，客廳後來成了丈夫的靈堂，擠滿來探望他的人。她想，我也會死在那個房間，但不會有甚麼人來探望我的吧。她聽見讚頌主的詩歌傳來，天空最亮的金星卻消殞了。永生，誰配得？

不知過了多久，米妮才發現自己竟坐在墓地發呆著，回想往事，惡之華已開到荼蘼，回憶也是墓地。

她起身拍拍褲子沾滿的草與濕氣，極目望向銀光閃閃的海。十九世紀的女嬰魂魄望斷海，孤單滯留陌生島嶼，是否靈魂也學會了異邦語？

她踏步離開墓地，從海一路匍匐上岸的風吹拂著她的臉她的髮絲她的手肘。

心情擱淺時，她總是去看海，內心感到滄桑，常想這看不見的海底龍宮是否也有眼淚。走到淡江中學時，運動場上一群年輕男孩正在踢著橄欖球，那土地是島嶼妻離世前捐出丈夫留給家族之地。

她從嘴巴吐出多少次的傳道者之名與他的島嶼妻，講久了好像人物都長在心裡。

那些故居的照片都像從黑白影像中走動起來。導遊是世上最奇特的工作之一，不斷地從嘴巴吐出字詞，那些字詞可以重複幾百次，連笑話都是一樣的，自己的笑點也控制得很好。一切都變成符號了，比如佛陀成了酒吧，佛像成了時尚印在衣服的圖騰。比如受苦的十字架也成了胸前的金飾銀飾。

島嶼妻 **黃昏時刻，她經常走到曾經海誓山盟的結婚城堡**。英國領事館按下熄燈號，或者有時候領事館大廳水晶燈下歌舞昇平。但她總是一個人靜靜地在那個廊道上望著海洋與山色。白日直勾勾的太陽曬著屋宇廊廓，大街在白日的陽光曬了一整天後，反射出的熱氣形成一種霧夜似的哀愁。那些年她和丈夫搭上一艘又一艘的船航行，旅行布道讓她的步履也跟著抵達許多地方，當然更多時候她守在學堂教學，她被認為是母性強烈的人，偶爾她也帶孩子們課外教學，認識植物甚至編織物品賣給從海上來的人。但這些已成往事追憶錄，死亡的幽靈將她的記憶弄亂了次序，有時她的記憶像天空清澈，有時卻如廢墟而忘了時間感。夕陽把山稜線勾勒出黑線條，河海金沙閃閃，裸露的沙灘有擱淺的漁舟。背後的玫瑰散著香氣，她起身往花園走去，在幾株植物裡看見蔓生的果樹。她摘了顆番石榴，往身上的棉布擦了擦，齧咬一口，香氣躲藏野性。島上很多番，番仔火番石榴番茄熟番生番，還有她的鬍鬚番，她的番丈夫。丈夫帶來的種子都已經落地生根，多年來開成一片燦爛。她的丈夫伏案，不是寫信給加拿大母會就是寫日記，他鉅細靡遺地描述著島上與旅行的一切，吹熄番仔火之後，整個夜霧從岸邊襲上來，山丘下的許多窗戶也逐一捻去了火光。躺在身邊的丈夫還在想著事情，她佯裝睡著地傾聽他的聲息，直到他的聲息融入了夢。有時會聽見他作噩夢如發燒的呻吟聲，汗流滿面。有時會聽見他一直說話，說著她聽不懂的連串英語，像是在和上帝答辯。天堂有辯經大會嗎？她不曾聽聞過他夢見過自己，有時她會想愛情在丈夫的眼中應該只是裝飾品，整座伊甸園唯一會荒蕪的就是愛情花，因為丈夫不灌溉。女兒曾經問過她，嫁給牧師好嗎？因為女兒日後也要被丈夫安排嫁給牧師。她聽著女兒問著這句話時，她先是沉默地望著窗外的樹葉在秋陽照耀下閃爍如金沙，像女兒雙十年華般的花朵在雨露均霑下花苞已微張，女兒國在醫館其實寂寞異常，這是她晚近才有的感受，但連寂寞都是不該有的詞彙。她念著：上帝賜給我們，不是膽怯的心。乃是剛強、仁愛、謹守的心。（提摩太後書1：7）使徒，她的提摩太，和她的丈夫一樣是外邦人，他有著無偽的信心。十八、九歲的年輕提摩太被保羅揀選為海外傳道者。她闔上聖經，重複喃喃自語著提摩太提摩太，就像在懷念一個老友般的悠遠聲調。在她的故里，當時還沒有人像她這樣旅行世界，水路陸路航向世界。異鄉想念的都是屋前的這條河流，新店溪、大漢溪、基隆河匯至淡水河沿河是丈夫探勘之地，也是她隨著他進入後山平原的移動風光。這水從何處來？丈夫總是喜愛發問，但那是未竟之旅，沒有抵達最高最遠的水源處，僅僅是眺望大霸尖山山色而興嘆。她隨著丈夫要抵達耶穌受難地，抵達丈夫的誕生地，出發前，她常在燭火下捏著自己的臂膀，深怕是一場夢。當駐足甲板望海時，遠方出海口緩緩流淌著水或者湍湧的浪，都讓她暈眩如夢。偶爾會有人問她旅行的事，那個她丈夫來處的西方。她的旅行時間如此長，一言難以道盡。海上航行，進入無風帶，寸水難行，當風颳起時，船開往香港之後，一段平順暢通的航程，順著東北季風，抵達的喜悅猶新。那是很神奇的一刻，航行中，她像作了長長的夢，失真的搖晃感一直持續到上了岸。唯有停泊時，才能減輕痛苦。海上航行，讓她更尊敬丈夫，他和海神多次交手，眼見有人得了壞血病，或者死亡在大海上，種種顛簸，最後不僅活著來到島嶼，還要帶著妻子回到原鄉。但和海神交手後，恐怖的島嶼正在迎接他，潮濕多山瘴癘溽暑，有害健康的島嶼，橫行山林的獵人，多霧的港口，暗礁與擱淺，洶湧潮流，危機四伏的海域，肆虐的蚊子咬得人失去耐性，疾病為此擴散。墾荒者貿易者傳教士遭土著獵頭殺害，風中竹竿上懸掛著人頭，種種這些，都不曾阻礙她的丈夫。她看了海之後，才愛上她的丈夫。海上航行，她開始夢想陸地。頂著陽光的船桅，她瞇眼望著線條，孩子牙牙學語，她教孩子說海。丈夫則說sea，她聽起來像是死。十九世紀末，一個清朝台灣女人穿著島嶼華麗服飾來到白人世界，起先她覺得自己像是一個馬戲團裡的變種獅子，最後當她開口說英語時，她才變回人。人要造通天巴別塔，因此上帝讓這些人開始說不同的話。丈夫邊向她傳福音，隨著海洋，抵達丈夫的原鄉，夢中她看見自己在雪國教堂，燭火溫暖，耶穌在十字架的彩繪玻璃如萬花筒似的旋轉，圓拱形屋頂如巨眼似的凝視著她，聖器室是她最喜歡的地方，藍色與黃色交織的圖案燒在磁磚上，安安靜靜的聖壇，讓她遺忘了海上那些蒼白如染病的船員水手。晚年回憶這些旅程，那些喧鬧吵雜的城市，倫敦紐約巴黎孟買比夢境還夢境。她記得荒漠上的奇花異草，吃麵包橄欖油起司。她在印度看見的乞丐雛妓殘疾者爬行者流浪者僧人失業者無家可歸者，整個她的故里島嶼沒有女人像她跑這麼遠，沒有人像她嫁洋人，說洋話，開洋葷，信洋教。她記得某個星期五的下午，和風初起，海岸上有著歡樂的氣氛，丈夫帶她和孩子走下甲板，在濱海小路上閒走著，才發現居民都在街上，全家老小在人行道上烤著食物吃，有人熱心地招呼著他們。她記起那好像是印度某個港口，到處是氣味與灰塵雜糅的氣味撲鼻，樹林間有螢火蟲一閃一閃地照耀著。耶穌在這裡嗎？她感到疑惑，印度紗麗女子和她錯身，她們對她魅魅一笑，眉間的硃砂像滴紅血，在深黑的眉毛中如心臟彈跳，看得她痴迷。尤其是從水中爬起的那一刻，整件紗麗貼背的線條有如山水雲煙波動。沿岸坐著身上塗著灰裏著布如乞人僧的靜坐者，她看到某個人的腿一直高舉過肩，絲毫沒有要放下來的樣子。他也是上帝製造的嗎？顯然他們的神和她的不一樣，她感到困惑，但卻無法和丈夫說出這樣的想法。印度讓她迷惘，到處都是神，卻沒有屬於她的神。

時間時間，活成一則訃聞。海逐漸滾起潮浪，漲潮了，米妮聽著海潮音。如神啟的夜之光即將降臨這座海，年輕時的海，傳道者上岸的海，島嶼妻渡海來此岸凝聽神諭的海，彷彿媒人的海，可以銜接東西方的海，將死亡的激情推到最寧靜的海。

她想著再次入住我們的海的金姑娘不知在想甚麼？

她看見金姑娘一個人在沙灘的另一端望海，白色長洋裝與白圍巾飛揚在烏雲下，在海霧籠罩下她的形象帶著禪意的乾淨，好奇特的一些畫面閃過米妮腦海，她彷彿看見金姑娘的內心掙扎，沾滿旅途塵埃的迷惘者。

她想也許金姑娘在許多城市曾卸下那彷彿聖女的外表，也許她演練自己日後進入上帝國度前如何抵抗世俗誘惑的能耐。

每分每秒挺進魔鬼的盛宴，面對內心魔鬼的試煉。

剎那差池，瞬間深淵。

島嶼妻 **一八七九，她曾在航行時的夜晚夢見親生母親。**航行的大海將藍色沖刷進她的心房，大海用潮浪寫著無言書，如籤詩，卻解不開當年母親為何不要她？只因她是女性或者是因為困頓？夢中的女嬰哭泣，她從哭聲醒轉，才發現是自己的女兒在哭著，她抱起女兒，推開艙門，去看夜行的海，黑夜的輪船滑行黑水，銀光下閃著魚鱗似的微光，女兒不哭了，小手揮舞著空氣，腥鹽的潮濕空氣，讓她想起了島。奇幻的際遇，她竟然一步一步地踏進聖殿，比夢還夢。嬰兒在臂彎睡著後，她看了一眼移動的月之海，轉回艙門。房間裡的丈夫也熟睡了，鼾聲如浪。她放下嬰兒，也疲憊地躺回了枕頭。夢奇異地尚未中斷，連接著之前的夢境。原生母親笑著說，現在知道我為何要送走妳了吧，妳看妳現在多幸福，如果不是我把妳送走，妳等待的人就可能不是現在這位洋丈夫了。她搖頭笑著說還不是因為婚配的小丈夫死了，不然我怎麼可能脫離養家又回到生家呢。只見母親聽了微笑，至少我是妳命運的緣起，如果漏掉我這個環節，妳可能從養家又換到另一個甚麼廖家李家之類的罷了。如果以緣起論，那麼還得推到那場戰爭，淡水被迫開啟通商口岸，迎來了異鄉人，送走了異鄉人。彼時她隨丈夫在海上，如夢似幻的海，她在搖晃的浪潮中，夢中和母親說著話，兩人一來一往，她這個做女兒的怎麼樣就是不肯把感恩母親掛到嘴上。她深睡時分，早起丈夫已不在床上，他去看海了。他和信天翁像老朋友，他總是能和任何生物做朋友。那時她還不知道丈夫的生命比可以活到六十多年的信天翁還短，那時她只知道他們和信天翁一樣深信一夫一妻，天長地久，與海比老。原以為上帝賜給她的這根肋骨，是鋼鐵打造的。或者該說鋼鐵在風吹雨打中也會生鏽，她突然感到懺悔，不該懷疑主的仁慈。上帝造水，神船航行。大海下方千千萬萬個不同生命物種對她是個謎，她有時在甲板躺著，望著寧靜如死境的海。她搭過各式各樣的船，桅船帆船郵輪，航行有時顛簸難受有時歡愉。孩子興致勃勃地登船，期待從甲板上看向島嶼。微風吹拂，丈夫會從蒼白的臉色緩轉成溫熱的氣色，船上的水手也會來聽他說福音，最喜歡聽到他醫治憂傷的人，包紮他們的傷口。水手們的傷痕聽了福音彷彿就結了痂，鄉愁轉瞬剝落，午夜不再發燒吶喊母親，突如其來的情慾獲得澆熄，因齟齬誤解或者逞凶鬥狠的握手言和，徘徊岸邊遠眺陸地的渴望眼光有了依止。航行大海時，她看著海，不禁想著難道上天只照顧人？一個個貨櫃吃深海水，載著雨林眼淚化成的家具、載著童工刺瞎眼睛所織的錦繡、載著東印度公司暴力的糖、載著迷幻人心的鴉片、載著人口販子買賣的奴隸。她在船艙遇見一個黑人，來自非洲最惡名昭彰的奴隸海岸，黑人的友伴肉身沉到海裡都變白了。她不敢問丈夫關於這些疑惑，只是任這些思緒如潮浪起伏而過，有一回水手們捕獲了大魚，沉睡深海三十年的大魚被支解了，血水沾染著甲板。駛過混沌的海面，海鷗爭食著金槍魚。船上的各國孩子們逗著海鷗竄飛。航行時常見遠方的山脈頂端積雪，貼著水面航行的船艇過浪，他們很快又從想要嘔吐出膽汁的暈眩中回到平靜。山的支脈切割使波浪變得洶湧，風把他們趕進船艙，有時暈眩讓懷孕的身體發燙，熱汗濕透了衣裳。顛浪中，有時一個海浪就可以把人從甲板上捲走，虛弱的身體已經沒有可以吐的東西，疲憊不堪地躺在床鋪上，奄奄一息似的，她想著丈夫為了實現主的福音所萌生的超人力量。起初大海覆蓋的陸地，除此無他。直到上帝造太陽，造月亮星星。說要有光就有了光。再造相似的靈體，成了天使。六日奇工，耶和華造天、地、海，和其中的萬物，她第一次領受這樣的天，這樣的海。上帝在哪？上帝在天在海。但她記得她在印度時，她看不見上帝了，但那種看不見並非是信心的消失，而是她被外界迷住了。在印度等待轉運的船，她看著河邊塗滿白灰的異教徒盤著腿動也不動，她不知道這動也不動的意義何在，她也不明白經過的山洞裡關在裡面的修行者，上帝創造腿不是為了走動嗎？十九世紀末水路陸路繞行地球一周，她把大千世界放在心口上，但卻無法獲得任何的解答。博學丈夫固然可以回答，但她並不想問他，因為他總是會說神創造這一切。她對丈夫最初的觸感來自他的鬍子，粗硬的鬍子磨著她的臉頰和乳房，發癢的感覺，有時要忍住笑，因為丈夫連在床上都頗嚴肅認真。丈夫不說那些綺麗淫靡的語言，他盡本分地完成丈夫的責任。她躺在床上對即將發生的事一無所知，只任憑丈夫的身體帶引。但丈夫是祭壇老手，卻也是婚姻新手。記憶中，五月的初夏海洋空氣將他們的身體都彷彿浸濕了。他也是一身的汗，壯年男子的身體有著堅毅的線條，有力的手肘，如海藻的肌膚，深邃的目光。原來那樣就可以有孩子，她度過幾個夜晚之後，噁心嘔吐開始來了，丈夫告訴她有孩子了，她看著丈夫噙著淚光地看著自己的肚子，上帝的旨意，她沒理會這句從丈夫嘴巴吐出的字詞，她抓住的是他的目光，他隱藏的喜悅，某種大過於神蹟的東西。她的願望成了丈夫的責任，她那時候才懂得丈夫曾經分享聖保羅說基督的愛激勵他們。他是她生命萌芽的一切起點，她知道。初學初夜初航初講，她是初生之犢，也是老身之慧，彷彿與生俱來就是可以站到舞台的人，只是很多年後她才知道她有這個能力與魅力，很多年來她都以為自己的光是借自丈夫的光，而丈夫的光是借自上帝的光。丈夫不曾見到每戶人家點上電燈的情景，在番仔火時代，一根火柴已是恩典。丈夫除了對學生不認真會發脾氣之外，脾氣很少失控。但他倒是每天都急匆匆著，個子不高卻走路奇快，連年輕的學生都跟不上，更別說她了。她有時坐轎子和丈夫四處布道，但她喜愛散步，可以看風景，讓風穿行身體，那時候她才真正覺得有上帝，她那時候曾這樣想過，上帝不應該只是在一間房子裡，教堂之外到處都是神蹟。丈夫為何要一直蓋教堂？當她這樣想時，丈夫彷彿有了神通似的竟回答她，教堂不是為上帝蓋，是為看不見上帝的人蓋的，能到處看見上帝的人，教堂就只是一間祈禱室。丈夫的榮光基地，偏愛噶瑪蘭勝過任何地方，是上帝的理想中心與他布道的寄託之地。是他光亮的所在，現在一切的光都調暗了，曾經只顧追著丈夫趕路，現在她覺得這寡居的二十四年如斯漫長。救贖要代價，榮光也要代價。她已經不是過去的她。在婚禮上，她心裡曾經對自己這樣說著。婚姻給了她從到養家就失去的自由。上帝幫她贖身，無條件的解放。她一身瑩白，望著海的盡頭，漁夫們朝他們祝賀招手。她容光煥發，晶亮的黑瞳孔與健康黑髮融為一片海洋，紅色磚牆的盡頭伸出一株白色的花朵，她的輪廓彷彿是大理石雕像，象牙白的牙齒笑得燦爛如金沙。往後無論她在密室或在明室，她都極為順從，這順從是源於丈夫給她的安全感，並非源於她對命運的屈服。

早晨米妮照例進行夢婆為她前夜準備的聖經所落下的第一道神諭，這一天上面的文字是：你們要禱告，求上帝別讓你們跌進魔鬼的圈套。

她想她的問題是自己為何努力禱告卻仍落下魔鬼的圈套，那麼人子該如何不失去信仰的力量。漲潮的聲音如鼓，無言有聲，各自承擔。

金姑娘漫步踏浪過來，把整個陰影拉到了她的眼前。

米妮在沙灘的陰影處，拿出紙和筆，快速描繪海天一色。

陰影很快地移到了頭頂。

攤開一張空白的紙，即是漫漫長夜。

生命的漫漫長夜。紙筆之外，眼前的海色天光也一點一滴地流失而去，終於夜神降下了黑袍。

她和金姑娘藉著海岸微火走上公路。

島嶼妻　通往啟蒙之旅。丈夫的意識是通往她的靈魂窗口，他把她導引到有光的所在，一個神奇的桃花源。她給他的卻都是最世俗的歡樂，而最後幾日，連這樣的歡樂也沒有了。丈夫無法進食，他以回憶為食。有時目光會燃燒如火，有時則陷入黑洞似的暗沉。尋找者停下了腳步，擎起火炬的人先燒向自己才能點燃陌路。往昔那些島嶼的仇恨目光轉為關懷眼神。海送她去看世界。水路與陸路的兩次世界之旅，使她寡居的時光有足夠的回憶資糧。由於她是第一位來訪的台灣女性，她的同行引起許多的好奇與關心。當時傳道者的遙遠故鄉，發起在淡水建立神學院的募捐運動，在一八八一年他們返台前，教會舉行了一場歡送會，她於會中被邀請上台。身著台灣傳統服飾的她向眾人致詞，並發表她在加拿大的種種經驗與感想。最後由報社代表，將六千多美元的募捐成果贈送給丈夫。「你們是上帝的殿，上帝的靈住在你們裡面。因此，要是有人毀壞了上帝的殿，上帝一定要毀滅他。」淡水是沒有牛的牛津，移植到淡水的牛津。一八八二年丈夫帶她參觀即將完工的書院，來自丈夫祖國的經費所建，紅房子上有十字架，中西混搭，十分別緻。她見丈夫四處繞著這間美麗的學堂雀躍著，種下的樹木可以遮蔭了，風攜來樹木氣味。丈夫指著學堂吐出了英文字Oxford College，牛津學院。這年丈夫三十八歲，她二十二歲，一個搖身一變成為校長，一個變成唯一的本地宣教師。她早已不是文盲，她能說能寫，中英文都行。因為有她，島嶼女子的教育露出曙光，她成了最好的範本。十九年後，丈夫在即將被上帝召回的兩、三天前都還掙扎起身敲鐘，要孩子們上課。幾天後，丈夫走了，她開始寡居生活。如何寡居？沒有頭緒。她從聖經得到保羅給的答案。由於淫行的普遍，男婚女嫁可能是明智之舉，結了婚的人則不該剝奪配偶所當得的性滿足。未婚和守寡的人像保羅一樣保持獨身是好的；結了婚的人必然會分心，因為他想得到配偶的嘉許，但獨身的人卻只為主的事掛慮。她現在是獨身的人了，一心只為主的事掛慮，但她沒有，她的心有時焦慮有時平靜，有時晃動有時靜止。丈夫曾分享他的信仰，那是丈夫在十歲的某個主日夜晚，她記得當她聽到十歲這個時間數字時，腦海還曾一度飄到那時她在哪裡呢？她還沒出生，距離自己的出生還有六年的光陰，六年光陰有幾個可能，她還在輪迴漂流，或者她還沒死，是個老人。但輪迴之說，她沒說出口。仍靜靜聽著復活的故事。丈夫說他兒時經常坐在母親的膝上，背誦詩句：深夜在伯利恆的草上，牧者看守他的羊群。我是世界的光，跟從我的，就不在黑暗裡走，必要得著生命的光。（約翰福音8：12）旅途中，她曾和丈夫一起去弔唁丈夫少年時的信仰英雄賓威廉的墓，在墳墓上唱著頌詞，當聖靈臨在，言經我出，如戰慄的閃電，像微風的呼喚。站在永生與死亡之間，救恩的號角吹起，尋見救主而歡喜。信仰復興，隨時待命，街頭的傳教者，擎起炬火前行。在墓前，丈夫說起賓威廉來到加拿大時，也曾到訪左拉，聽著他激昂的演講，深深激盪著幼年的心靈。他在賓威廉的墳墓點上蠟燭，放了一粒石頭。她聽到墓底傳來詩篇，流淚撒種的，必歡呼收割。

一路她們沉默行經青春之地，曾經海需要防守，現在海的問題不在防守，而是海岸的消失阻絕。寂寞時看海，她們還沒老卻已擺出老人類的姿態了。

米妮想著她那一生望著海卻從來沒出過海的父親，米妮父親在淡水度過一生卻從來沒有離開陸地。住在靠海的小鎮邊，米妮的父親活得像土番人。

她這段時間也常陪金姑娘去探望老人院。

老人院的人都喜歡金姑娘，老人喜歡身上帶著貞潔氣息的人。

米妮日夜努力地加快閱讀夢婆傳輸的傳道者與島嶼妻的生命碎片，她導覽著一波又一波入住我們的海的旅客，她知道在旅館做導覽工作的人不可以只知道故事，重要的是要感知生命的深沉波動。就像她常遙想傳道者上岸時看著起霧的海岸，是否這霧海瞬間使他感到遙遠的鄉愁？像極了蘇格蘭的霧鎖淡水。海表面平靜，內裡卻十分凶猛。

島嶼妻 **清晨她聽見詩篇**。只要聽見箴言，她不用看日曆也會知道一定是特別的日子。從學生變成女婿的阿玖來接她出門到台北，他們不再搭船，船成了古老工具。有了新天新地，跨基隆河，列車逐漸轉西北，經干豆平原，沿著淡水河，載他們往返台北與淡水。鐵路興建時，淡水很多老人家都流淚了，以為這鐵龍將會破壞風水，吸走河神的精髓。那時只有她搭過鐵路，轉換過不知多少鐵路才抵達白人的冰冷世界。許多人圍著她問鐵路長甚麼樣子，會不會暈車？她笑著說鐵路很好，比船安全穩定。丈夫也經常看著河岸鋪軌道的工程讚嘆著新時代的來臨，可惜丈夫臨死前都沒有見到北淡線通車，淡水線是丈夫最熟悉的水陸，於今陸路只剩下她一個人了，她搭上北淡線，想起搭鐵路抵達世界的旅程，耳邊響起嘟嘟嘟氣岔氣岔的聲響，那一去不復返的時光。過關渡隧道，經北投石牌士林劍潭圓山，抵達雙連。自此丈夫的榮光復活在這座充滿傷害的島嶼。以丈夫之名的紀念醫院在她五十二歲那年年底在台北建設完成。第一任看護長烈以利姑娘特別來迎接她，烈以利姑娘的手溫暖而白皙，握住她的手時，瞬間讓她想起一些逝去的異鄉女子，這些洋姑娘的靈魂滯留島上。她送走過許多異鄉人，也迎向許多異鄉人。她看著牆上貼的「看護婦學」學員名字，嘴巴跟著念著潘阿鄙、潘阿油、黃陳醮、陳清秀、陳銀英、李養、呂來好、陳月霞、楊春嬌、林阿粉、周珠好、王取、李玉、蘇秋菊、李金紀、林本、潘阿春、陳阿李、洪盆、林罔市、陳餘足、潘文金。在她死亡之前，這些名字曾烙在她的腦海裡。宋雅各院長來見她，聊著醫院的事情，她發現自己已然是局外人了。她過世那一年，救癩之父戴仁壽當院長時，她無緣見到，也沒去過戴仁壽創辦的八里樂山園。之後的李約翰、妙道拿、李達莊、李天來、呂革令、江鳳欉、夏禮文、羅慧夫、吳再成等人就更遙遠了。醫院的宣教師們等到了花至荼蘼，花寂寞晚開也終是開了。雨天適合閱讀丈夫留下的筆記、語錄、日記、報告、研究、文章、人物素描、傳道紀錄及見聞，她自己的日記則鎖在心房。一八九三年八月十八日她和丈夫攜家帶眷地離開島嶼，進行水路之旅，丈夫第二次的返國述職。那是她在島嶼之外最長的時光，整整兩年又三個月，她聽著外邦異語，講著外邦異語，看著自己也成了異邦人。

還沒回到旅店前，米妮和幾個老朋友在淡江大田寮附近餐廳見面，其中一個朋友是美食家，被上帝吻過的舌頭可以分辨解析各種味道，常笑她舌尖笨拙的人。她常抗議不是笨拙是不執著，美食當前而不為心動，尤其幾年前在父親生病之後。

她曾一度在醫院流浪太久，因此看到血腥場面太多，對於肉食了無興趣，她常想在開刀房的醫師們非常厲害，能在開刀血肉模糊狀態之後吃肉。或者在檢驗室的檢驗師也很了得，學了滿腹經綸的醫學知識最後每天盯著人們的屎尿血檢驗著。

臭皮囊臭皮囊，她嘲笑這具色身的同時，卻仍然盯著鏡子看著自己的臉孔時恐懼著時間殺手在側，虎視眈眈地盯著她最後的青春尾巴。

帶客人導覽的旅程結束後，米妮的日常生活又進入軌道般的固定移動。偶爾到醫院探看朋友，之後看海，再回到旅店，之後又是看海，書寫。有些夜晚，有年輕人會聚在一起玩生命靈數，算塔羅牌。還有睡不完男人的女人，女神變神女，漁夫變賭徒，轉盤大轉著，角色大扮演。

有旅人選擇拍照，有旅人選擇交換故事。金姑娘說起自己的求道之旅，她這樣的慕道者在耶路撒冷行旅時和各種信仰交錯的故事，她曾行走苦路，感受苦與大愛是一樣的兩端，等待死亡與等待復活，因為有了復活，使得死亡既是殘酷也是仁慈的。

米妮知道生命的旅程已經在等待了，她以預言者的口吻對自己說，為愛擱淺的時光已走到了盡頭，在這雨水盡頭的小鎮，慕道之路與性愛之路是如此地重疊複沓，如此潮濕的水城。

島嶼妻 **丈夫的牧地。**丈夫日夜為主披荊斬棘。夜晚丈夫的日記陪著入睡前的時光，以丈夫的眼光寫成的研究、追憶及雜纂，是這些點點滴滴使她愛上丈夫。島嶼、漢人、平埔族、生番、傳道中心；樹木、植物、花卉、動物、種族、平埔族特徵、稻作、在平埔族間的傳道經歷、東部海岸的旅行、對熟番的傳道、南勢番的生活、生番的生活習慣、與獵人頭者的交往、淡水素描、訓練本地傳道者、牛津學堂、本地婦人傳道工作者、醫療工作及醫院、外國人與宣道會、與英國長老教會的關係。植物生物地質礦物，傳教在噶瑪蘭平埔族各地的文字陪伴她度過寡居的八千多個日子。阿玖所拍的照片掛在牆壁上，丈夫剛抵達淡水的搭船照片，十分吸引她的目光，戴著白色帽子的丈夫坐在船尾，盯著鏡頭，背後觀音山景迷人，關鍵性的時間點，那時她還在養家，夜夜聽著養家喪子的哭泣聲與謾罵她的聲音。丈夫與門徒旅行時或翻越山嶺、或唱福音後的拔牙、或舟行奇萊平原、或在牛津學堂與新店教堂前留影，照片的存在感強烈如昨。她第一次看見照相機時十分驚訝那小小的黑盒子可以拍下影像，沖洗出來的照片圍著許多人觀看，嘖嘖稱奇，也有人哭泣著靈魂被攝走了。她看著影中的自己還有丈夫和孩子，心想這也是上帝的奇蹟嗎？之前丈夫說冰塊是上帝的奇蹟，那麼照片也是嗎？如果問丈夫，那他一定是回答當然，除了上帝沒有別的了。那上帝為何要發明照相機？如果要發明照相機為何不早一點或者晚一點？她聽見有門徒疑惑著，她知道相機的發明是為了記錄丈夫上岸之後東西方一觸即發的靈光時刻。就像她第一次讀到電報，從遠方傳輸來的文字，透過一條纜線來到她的眼睛下方。這也是上帝的工作嗎？她的疑惑從來沒有發出她的舌尖。丈夫是不容挑戰的。而她注定成為丈夫的陰影，歷史的幽影。她在一九一二年讀到瑪瑞安凱斯Marian Keith寫的《黑鬚番》，丈夫在福爾摩沙的生活，她見到自己在他的日記裡只有寥寥幾句話就結束了。丈夫是竿，是杖，是她的靈修牧者。失去丈夫，但主會帶領哀家的身心靈找到安慰。她是哀家，是忠僕。開始寡居的這一年她才四十一歲，卻猶如枯枝上的落葉之感。書出版的這年是紀念丈夫在淡水設教四十年，由丈夫的母會海外宣道會所籌劃的書，她知道不能和上帝搶功勞，也不能和丈夫搶功勞，她只是自己，不須任何人的描述，任何的描述也可能失真。時光到了紀念丈夫在淡水設教六十年時，她已經不在人世了，一九三二年John Mcnab寫《福爾摩沙的馬偕》（Mackay of Formosa,

Diamond Jubilee），她已經辭世七年，相逢只能在夢中。美麗島、建設者、初熟果子、試煉的日子、收割者。教會、傳道者、宣道婦、執事、長老、受洗信徒、牛津學堂學生、女學學生、患者、當地捐款、加拿大補助款，詳盡描述。她屬於宣道婦，屬於女學生章節，屬於妻子的部分在教會眼裡不值一提。家庭主婦可以換算的數字絕對不如一個捐款數字，和丈夫同姓的一位夫人捐一千五百元作為建設醫院之用，後來金額增加到二千五百元，這些數字帶有神性，為了打造神殿。偕醫館和牛津學堂逐步被打造起來，丈夫總是告訴她需要錢時自然就會有錢，求神預備即可，不用擔憂。那一天她見到肉身天使。丈夫的日記本有許多羅馬拼音，多年來他教她如何使用羅馬拼音的白話字。拚出台語的聲音及語調，白話字很適合婦女、兒童及未受教育的人們使用；一八八五年七月，丈夫帶著同工巴克禮牧師創刊的白話字刊，回家時就像見到上帝的口吻，幾乎臉都要吻上她的雀躍，在番仔火的映照下，瞳孔如水晶體發著亮。那一天她見到肉身天使，長出隱形的翅膀。丈夫拿著《台灣府城教會報》，對她念著發刊詞的文字：「你們自己讀聖經，會受聖靈的感動，雖然沒有人講道給你們聽，仍然會明白上帝的旨意。可惜漢字很難學，會讀的人少，因此我們另行設法，以白話字來印書，使你們較容易看懂。我們最近在府城安置一部印刷機，可印這種讀物。希望眾人要出力學習白話字；以後我們若印甚麼書，你們都看得懂。不要有人以為看得懂漢字，就不必學白字，也不要看輕它，以為是小孩子的玩意。兩種字都有用處，不過因為這種白話字易學易懂，因此必須先學它，以後如再學讀漢字更妙；但是要先學白話字，以免因為不學讀白話字，而看不懂我們以後所印的經文。勸你們眾人、信徒、慕道友、男女老幼、識字或不識字都趕快來學，這樣你們就會讀報以及其他的書和聖經，希望你們習道愈深，德性愈完備。」將聖經譯成本地語言才能延續信仰。一八九三年丈夫投入編排《中西字典》，因為這本書很多人不再是文盲。她因此認識了九千四百五十一個字，丈夫透過羅馬字拼出台灣讀音，同時解釋字的意思，福音自此開枝散葉。一八七四年初稿最初是丈夫自己要用，後來丈夫讓門徒跟著每日抄寫一百字，人人背誦。丈夫日記一八九一年四月十一日寫著：「蔡生、嚴清華從上海回來，這是我託他們帶字典到上海去付印的」，之後他們搭密士號返回淡水。丈夫最初來到淡水時，馬太福音書、約翰福音、馬可福音及路得書已備，之後加上使徒行傳、彼得前後書、加拉太、以弗所、腓立比、歌羅西、約翰書信，可讓她的閱讀大為提升。丈夫很喜悅，有牧職可照顧的羊群，可主持聖禮典。傳教者都有語言天分，彷彿上帝附身。丈夫曾對她說那是他第一次感受到哥林多書所記載的使徒保羅的體驗，受封者在異地聞到了顯揚基督的香氣。她當時曾天真問丈夫基督的香氣是甚麼樣的香氣？問的時候還下意識地聞著自己身上的氣味，除了人肉味外，她還聞到丈夫摘回來的月桃葉香氣。自此淡水以北成了丈夫的牧地，勤勞誠懇認真虔敬，都是丈夫能做好宣教的素質，但領導人的威信不只因為這些，她看到更多的是奉獻。旅行的安息日，移動中的靜止，乘著亞美利加號，在安息日抵達日本橫濱，望著富士山峰雪白。再搭羅娜號前往汕頭，在廈門港搭英國雙桅船金陵號。當晚開船，橫渡台灣海峽，漆黑之夜，海洋如墨。「凡我所吩咐你們的，都教訓他們遵守，我就常與你們同在，直到世界的末了。」「我一定和你常在一起」，動搖的心已經去了。天上的神是我靈魂的看守人。

十四　沿著貓路的河

牧者夜間環坐草地看守著羊群，大湧襲來，連海神都歌詠。
她是玫瑰，但丈夫從來不聞這香氣。
她是沿著河走的貓，喜歡靜靜看著海。

新年倒數，有一個時間圖案一直在被轉傳，秒針從壓力焦慮失望疾病腐朽憎恨挫折失敗懊悔混亂黑暗，轉成光明健康成功順利安寧幸運期待充實積極美滿希望。大多數人毫無作為的只是一心盼望好事好運連連，人們擠在時代廣場看大蘋果掉落、擠在一〇一看煙火四射秒殺幾千萬、擠在狂歡隊伍爛醉。米妮想著可以為旅客辦點不一樣的新年嗎？

新年可以靜坐無語嗎？就像她在禱告中度過的每個新年。但旅店畢竟百種人都有可能，單一信仰是沒有吸引力的，如何能有深度又有樂趣，這實在考驗著辦活動的人。

她接管父親留下的這間旅店已進入幾個寒暑了，她沒有算過，感覺好像只是瞬間自己就已然走到了輕熟女的年紀。最早的新年跨年她還滿興致勃勃的，比如她會讓入住客人在廚房親自烹調一道家鄉菜，食材由旅店提供，只要事先列出菜單食譜即可。那年吃到日本壽司韓國炸物鍋飯菜德州漢堡薯條義大利海鮮麵羅宋湯烏骨雞湯，從菜色看得出國度，胃裝著鄉愁，即使像淡水這樣堅信刻苦的傳道者昔日來到島嶼也得做上一個香蕉派犒賞胃。

在我們的海，旅人駐足，淡水青春之城，淡江女孩慕道渴道，但卻又止不住滑動的生命土石流。曙光從海平面豔光四散，我把大海寄給你，各地寄來的旅人明信片猶如時光印記。

她將一疊明信片放入戀人留下的喜餅盒。

她在這家旅店拍下的照片與辦過的婚禮成了她生命最喧譁的片段。

看海的露台婚禮，準新人笑靨如花。

氣球鮮花蠟燭相片蛋糕香檳，中式西式，雙唇之吻，他們深信婚姻可以免於往後慾望的墮落，以為可以終止誘惑或者停下尋覓的心眼。愛你一生一世，一定要幸福，婚禮都是這樣的，高度的甜蜜，毫無保留地愛對方，不論生老病死都不離不棄。

為甚麼得說我願意呢？她如何相信自己可以答應永不變心且另一個對象也如此地相信永恆？婚禮的照片有的輸出貼在旅店的牆上，笑燦燦的，百看不厭的歡樂，親吻，玫瑰，香檳，蛋糕，誓言。現在這些不離不棄的戀人都去哪了？

唯一仍常寫信來旅館的是一對拉子，她記得那場旅店在東北季風吹起時的年度最終婚禮，艾莉絲與阿格西。

島嶼妻 **這一天是她被烙上印記的日子。**一八七八年二月三日未來的丈夫要為她受洗，同時更名。受洗的水讓她渾身打顫，受洗的水讓她想起那場逃回生家的大雨之夜。成了牧師娘之後，很多人懷著好奇來看她，布道會都能毫不費力地召聚大批聽眾，以致會場坐無虛席。不祥剋星已成最亮的那顆星，三個月後，她將成為施洗者的妻子。隔著淡水，她早在觀音山腳看見未來的夫。羅馬字、英語都是新語言。她望進丈夫那漆黑的雙瞳，炯炯如光。有力的聲音吐出，直到最後一句話的消失。她最常會心微笑的畫面是丈夫為許多出生的孩子受洗時，冰冷的水洗得嬰孩號哭，引來大家開懷笑著。她的丈夫是如此擅長徒步，一雙草屨，跋涉淡水到宜蘭，甚至台南，他都可以徒步，走進未知的天涯。教堂如藥局，西藥瞬間解除人的痛苦。高麗菜、花椰菜、水蠟樹、夾竹桃遍植雨水的盡頭。但中日戰爭後是一個苦痛的年代，頑強抗爭持續多年，直到所有的抵抗都失敗。傷亡或者流離，基督徒飄零落花中，她陪著丈夫前去見總督乃木先生，她靜靜聽著丈夫如何為政權更迭的台灣人與基督徒訴說著苦難。乃木先生總督聽了緊緊握著丈夫的手，感謝並允諾保護教會及其同工們。自此傳教者有了特別的通行證。有一天丈夫一直對她發出神祕的歡愉微笑時，她猜到了一定是和主有關的事才能引發丈夫的快樂。她一方面妒忌著主，一方面又感到這樣的丈夫打著燈籠也找不到的幸福。丈夫拿出特別通行證給她時，她笑了，覺得自己果然心有靈犀，丈夫在她的眼底根本就如透明無異。但她在丈夫的眼裡卻是罩了一層霧，她是雨水盡頭的霧，一如幾百年來也無法參透她的河水命運。丈夫唯一貼心之處是在島嶼旅行時會讓她搭段轎子，丈夫的腳程如風，幾乎沒有人追得上。往往搭一段水船之後，在沒有鐵路可通之下，必須徒步旅行。丈夫精力充沛：靈活而細心，忍耐力與腳力都像是被上帝加持過的無敵，他可以從淡水步行到南方，然後再徒步走回來。旅行前她幫著丈夫準備的物品最重要的一項就是藥品，但藥品不是給自己吃的，而是為了方便在旅途中有病患需要時可以立即投藥治療。拔牙鉗與眼藥水和金雞納霜是三項基本配備。成群牙痛者總是跟在他的後面，拜託他把蛀牙拔掉，有一回她目睹丈夫在一天之內拔掉一百多顆蛀牙，拔牙之後的人上牙丟床下，下牙丟屋頂，丈夫看了總是發噱。每一回丈夫要到部落布道旅行時，孩子們常靜默地看著他離去，孩子們的表情彷彿瀰漫一股難言的悲戚。當丈夫說再見時，她知道孩子們都擔心失去父親，因為獵頭者出沒不定。丈夫的旅程從噶瑪蘭沿東海岸而下，抵達奇萊。她總是泰然自若地安慰著孩子們。放心，爸爸會平安返轉。她總是很平靜，平靜到她的聲音可以安撫騷動的心。有了孩子後她就少於跟隨丈夫深入後山了，她在丈夫打仗的後方度日。照常打理醫館及學堂，同時在丈夫離去幾個星期或是幾個月後，要孩子們到菜園，摘些青菜放進籃內，她再讓門徒把菜籃和書信以及其他東西差人送到東海岸給丈夫。那時候丈夫的音訊都是透過平埔人一站過一站地傳話而來的，或者有後山學生徒步來到學堂時也會帶回丈夫的消息。每一回遠行丈夫歸來時，孩子們總是雀躍圍著丈夫聽故事。比如忠犬救主，是丈夫反覆說過好幾次的故事。他和學生們在東部旅行時，隨遇而安地在溪邊過夜，或在草叢中望星空臥睡。有一天突然平日喜愛的小狗一直咬住丈夫的衣服不放，無論如何安撫就是不讓他入睡。這是一種警示，他趕緊叫醒門徒們離開。後來隔日聽說他們離開後不久，有一群獵頭者偷襲他們原來睡覺的地方。丈夫總是和幾個門徒出門，但回來卻跟著一群人。聲音略微暗啞的平埔農夫、漁民，還有跟著回來準備在淡水女學堂讀書的山地女孩們。每一回丈夫打開帶回的箱子，就像阿拉丁神燈似的帶來好奇之眼與歡愉之聲。部落或各地的土產品，還有貝殼、矛槍、頸飾、箱籠，還有許多家庭的神主牌、觀音、媽祖、關公像，甚至蛇與猴子都被帶回淡水，最誇張是有一回竟帶回了一隻大黑熊。一到晚上，孩子們總是老愛圍著丈夫，央求他說說旅行中的種種遭遇。見著丈夫平安歸來，她心裡無比歡喜卻不動聲色，幾日幾月來的提心吊膽終於可以再次放下。她曾擔心寡婦的生活會不會到來，但又相信主會安排好一切。只是她原以為丈夫的死亡將會是因為被獵頭者出草，卻未料到取走丈夫性命的卻是喉癌，上帝取走他最寶貴宣揚福音的聲器，這讓她對主的安排非常不明白。往後的二十四年，她常常問著主，卻都沒有答案。有一天丈夫托夢給她，夢中出現一些平埔族人，他們的額頭上印著「偕」字，他們不言不語只是微笑。清晨醒來時，她望著即將亮白的天色，起身走到窗前，眺望霧夢的河流。她想起丈夫初次去到噶瑪蘭平埔社時，當地人對他粗暴，且不許丈夫和門徒們在社裡過夜，大雨中就任他們淋雨。直到有一次酋長的女兒患熱病發著高燒，被丈夫治癒後，酋長才看見天使行過，把自己的家不僅作為教堂用，還把自己和家族的姓全改成傳道者的中文姓氏。傳道者的族裔，讓她明白上帝並沒有取走丈夫的聲器，信仰者的生命不是只有一期一會的。西洋鐘敲了五下，清晨五點了。除了這口鐘教她認識時間，還有丈夫身上的懷錶，現在懷錶掛在她的懷裡如恆星，只要低頭就在。以往早晨五點鐘是丈夫在書房工作的時間，他經常清晨六點鐘就一個人踱步到教室，在空蕩蕩的教室讀經，渾厚有力的聲音迴盪在樹林中。

午後米妮在淡水老街糕餅店遇到一個很熟悉的面孔，女人看到她卻把臉瞬間轉過去，且快速地拉著旁邊的男人離開店家。她拎了盒愛吃的綠豆椪結帳後，邊走回旅店時邊想著那女人臉孔熟悉為何卻想不起她是誰？

經過某開放式的咖啡館騎樓時，一首歌傳進來，她聽著那歌，愛如初見，她才想起，那個女人入住旅店之後在等待婚禮的日子常看她老是反覆看的幾段MV，愛如初見，女人反覆聽。

那是這年冬日來臨前的最後一場米妮在旅店為新人舉辦的婚禮。

之後，東北季風乍然吹起，露台不再是踩踏著新人的步履，而是經常吹落著離枝的枯葉，有時幾日沒掃，落葉乾枯，米妮踩著發出簌簌響音，海面無人，海回到了她的懷抱。

夏蟲不語冰，野狼不與綿羊同眠。救世主提供無數創作的靈感，救世主的本質消逝。由於她在我們的海做了三年的淡水導遊之旅，每一回都得進入傳道者與島嶼妻的生命故事，那源於信仰的力量使她必須相信，否則導遊的語詞就會阻塞。被割斷喉嚨的見證人，她總覺得他們活在她的嘴巴四周，藉著她的聲腔震動發出有力的堅信語。

承認自己是一個懷疑論者的人對耶穌說：「我信不足，求主幫助。」去幫助了他的懷疑，而不是撻伐他的懷疑。回應了這個「誠實」的承認，耶穌祝福他，且治癒了這個懷疑者的孩子。

只有幫助再幫助，沒有任何的背棄。誠實提出自己的懷疑，其實是一個想要確定要走這條路者的心聲，因為想走這條路卻看不清楚路才有的惶恐懷疑。就好像嫌貨的人才是要買貨的人。與神連結，救贖，全心全意，她的字詞顯得神性。帶著神性的語詞回到日常，她仍經常在小鎮與旅館之間穿梭。她知道自己躺在床上是兩種面貌，病體與性愛的肉體，她在這兩端裡體會著超越字詞的暗影生活。

她突然明白在街上遇到的女人為何看見她會匆促轉身離去，因為女人身旁的那個男人不是女人當初結婚的對象。而她畢竟是這個女人當年幸福婚禮的見證人，當時在我們的海的每個戀人都會拿到一份特別的字詞：以我自信，毫無阻礙。百年前的傳道者與島嶼妻在紅毛城寫下的誓句，於今卻顯得如此輕盈。

我們相遇的時間就是最好的時間，歌詞反覆的這句話她聽了心裡感嘆。畢竟別人的幸福未必可以挪用到自己身上。無論順境或逆境，對彼此忠誠直到永遠，戀人響亮地發出我願意的聲音，依然迴盪在旅館的露台，隨風送到海的深處。

據說有信仰的婚姻比較容易受得起考驗，但米妮懷疑了。

島嶼妻 **眺望曾把自己送去看世界的這座海。**這天她回憶起曾經和丈夫一同接待兒玉源太郎，還有台灣總督樺山伯爵及乃木先生伯爵。那時兒玉源太郎穿著紅色軍服，身材不高但行動敏捷，和她的丈夫一樣。然而畢竟是不同世界的人，不若甘為霖牧師，和丈夫交誼三十年。甘為霖總是叫丈夫Kai-Bok-su偕牧師，他們兩人喜歡吃飯時比賽用筷子夾米粒。想起這些畫面時，她已經走到了紅毛城，她偶爾會坐在山坡上，眺望送丈夫來到她生命的這座大海，眺望曾把她送去看世界的這座海。為他們證婚的英國領事，請他們喫茶的陶德先生，那些來了又走的商人神父水手領事探險家植物學家博物學家，和島嶼女人結婚的還俗神父跟她說過，必須警戒心極強才能免於誘惑。還俗神父帶著島嶼妻回到原鄉，島嶼妻成了丈夫原鄉的眾矢之的，他們不怪罪看管不了慾望的兒子，卻罵著這個誘惑她兒子的黑皮膚女人。語言不通又不識字的女人最後淪為一個幫傭者，某些島嶼妻為了破戒神父成了與上帝心意背離的人，還成了丈夫家族心中的仇人。她覺得自己真是太幸運了，丈夫不用破戒就可以同時擁有上帝也擁有愛情，有了愛情還可以幫助丈夫傳教事業。為神製造下一代子民，她的兒子也接續丈夫的職志，誰當初會想到情節會繼續走到這一章節。東西方的戀情，連茶商陶德那樣厲害的商人都躲不過，所有人對神父或牧師都是有所求的，他們的責任就是給予，且不拒絕。受不了島嶼因雨的潮濕天氣而快進入發魔的西班牙神父跟她說，我不愛你們了，我要走了。這西班牙神父從小家貧，因此就被放在教會，吃住教會，母親只對他說不要亂交女朋友就好了。現在是日本人滿街走，她的眼睛看過太多異鄉人。一八七三年至一八七四年之間來到紅毛城與丈夫喝茶的美國博物學家史蒂瑞，她無緣認識。當紅毛城茶商陶德邀請史帝瑞和她的丈夫一起喝福爾摩沙烏龍茶，她還只是一個尊稱丈夫為老師的學生。她是在一八七八年結婚之後才有機會和丈夫的洋人朋友同喝下午茶，她常覷著他們的獨特長相，聆聽那些異邦語，聽著他們八音難分的舌頭攪拌著對淡水的生活種種。她在丈夫收集的神器中爬梳著記憶，掉落的兩萬一千多顆牙齒在午夜發著銀森森的微笑。一九〇一年後，這些大大小小的拔牙鉗不再伸進人們黑暗的洞口了。她也曾經讓丈夫拔牙，丈夫的手勢真的很溫柔，還沒感受到疼痛，牙齒已然在丈夫的手中了。她看著他們全家穿漢服的大合照，丈夫最搶眼，穿著中式裙子，手持搖扇。這一年之後，別人看她經常流露一種服喪的神色，她的故事結束於丈夫死亡的那一年，自此人們遺忘了她。喪事為她鋪設了新的心理空間，再也沒有丈夫的心顯得空蕩蕩。假如丈夫不在天堂，她就不把天堂放在眼裡。找尋神的國度和祂的正義。熱情戰勝了苦難，她知道丈夫是這樣的人。他有辦法把痛苦引到祕密小徑，守護這小徑不讓別人踩踏，也不讓苦楚蔓延到別人的身上。一切如舊，但房子卻變得空曠起來。少了丈夫，房子如此安靜。上帝把快樂抽走了嗎？接下來漫長的日子，蟄伏著悲傷，她整理著丈夫的物件，和天國的榮光比起來，女人的愛情榮光似乎毫無價值，讀丈夫的日記本，她感覺聖潔。她沒說出口的是這崇高的偉大者有時讓她也會呼吸不過來，上帝的正義，讓只為了滿足人的一切都是墮落的。旅行時身處異鄉，無須犧牲就能獲致的幸福。上帝不要求她的犧牲了。她曾自問自己追求的幸福是甚麼？或者她從不追求幸福，因為幸福就在心裡。在上帝與丈夫之間沒有障礙嗎？傾向上帝多些還是妻子多些？妻子出現在日記的次數少得可憐，且出現時僅僅是隨行者的角色，她的話語不曾被丈夫收錄，她是歷史的一道陰風。她知道不能崇拜偶像，但丈夫是她的偶像，英雄的一切，不會因死亡而停止。上帝給他們預備更好的東西，丈夫對她說的遺言。丈夫完成了他的犧牲，而她自己將進入漫長的守寡時間。原來她像個朝聖者地朝向丈夫，邁向主。感覺到丈夫在身旁，她就不害怕了。丈夫才是她的天。但天國窄路卻容不得兩人並肩偕行，因此丈夫先走進窄門了。她寫的日記只給自己看，日記更像是懺悔錄，中世紀教士的懺情錄。一生要維持著身體不被碰觸的教士的情與苦，她不明白，但她知道女人的孤獨。她的故居白屋旁有姑娘樓，但最初是被寫成孤娘樓。姑娘樓到了夜晚總是腳步聲不停，似乎失眠者來來回回走著與睡神搏鬥，或者與突如其來的慾望抗衡。她想起淡水紅毛城英國領事館的某個耶誕節，那時丈夫已經離開人間多年，她受邀去參加耶誕節時，她拎著一杯酒，走到廊前望海。她將紅色葡萄酒灑向地上，她說主啊，幫助我。為何在我夢中，到處是上帝，讓我的喜悅只來自於祢。主啊，丈夫去了何處？為了愛上帝，我要先愛上他，我的第一個男人，也是最後一個。我將奉獻給祢，我的餘生。卑微的禱告，卻無法移開壓在心中那痛苦萬分的石頭。禱告一夜，充滿內在的安慰，光耀的平靜。丈夫，我愛你勝甚過愛我自己，勝過愛上帝。十字架就是她的嫁妝，她的戒指，她的飾品，她的詩章，她的頌詞，她的靈歌。

米妮從淡水小鎮走回我們的海，東北季風已然吹起海沙，窗外一片灰澀，遠方海域無舟。旅店也一片安靜，淡季人少，入住的幾個人都外出了。

她在廚房煮杯手沖咖啡，嗅著香氣醒轉著腦海，走到往昔戀人吐出誓言的露台，幾隻半野放的貓占領，夏日才漆的白牆在盛夏烈陽的曝曬與暴雨的侵襲下呈現剝落的一張老臉。她想也許旅店之後就不再舉行婚禮了，也不再幫入住者拍照了。

如果她離開這間旅店，這些都將成為記憶的灰燼。藉著點和點的時間節點來串成永恆是一種虛幻，時間的痕跡，時間的侵蝕，時間的風化，造成感情的挫傷塌陷剝落。誓言在時間的催化中，

三十幾歲的輕熟階段，她處在青春的尾巴上搖擺姿色，在她的母親年代這個年紀卻是少婦的終點。青春尾巴的身體與腦子對抗，她的腦子經常暗示裝飾色身的無常無用，但青春尾巴的身體卻對色身的美麗又緊抓不放。

米妮知道自己有一個很壞的習慣等待改變，比如她喜歡的一件東西她會買兩件甚至三件，唯恐只有一件時卻掉了或壞了再也買不到同款。但經營旅店之後，她整理物品才發現另外的一件備胎卻幾乎沒有用過，因為她喜歡的東西早已替換成別的了。那些備胎就像一些曖昧的感情對象，時間過後，竟常想不起來他們的曾經存在。

島嶼妻 幸福的大門也窄嗎？她必須戰勝失去丈夫的憂傷，殘存不去的憂傷齧咬著她的心，憂傷蝕

骨。一個人的房間，她不習慣，空無一物的憂傷，上帝的愛進不到她的輓歌之心，甘美甜蜜沒有立足之地。凡不是上帝的一切都無法滿足她的渴望。領她到達無法抵達之處死在主懷裡的人從此有福了，丈夫是死在主的懷裡，她確信。她必須開始等待死亡嗎？我用盡全力呼喊祢，靈與肉的戰爭，生活在記憶上面，會不會壓垮了記憶。淡海黃昏的潮水湧上了岸，金黃色彷彿淹沒了事物，朦朧中事物低聲訴說著往事。一個人影走進，是丈夫的門徒，也是她的女婿，他擎著一盞燈。霧靄飄進，今夜海水踏浪而來。她彷彿看見一個人走在水面上。丈夫日記的關鍵字是潮濕和大雨，發燒與生病。她曾隨他去見證一場特別的婚禮，徐水永娶平埔族女子偕以擺為妻，傳道者看見上帝的蘭陽，流傳著他的新子嗣，偕姓永留傳。那是個毒蛇出沒年代，傳道者親眼見到多次雨傘節。黏土曬成的磚塊砌成的教堂，丈夫受邀到許多地方喝茶。她也跟著喝茶。陶德總是帶著茶走進他們的白屋，經常邀他們一起喝茶，正確應該用品茶，但丈夫都是用喝的，丈夫說時間寶貴，沒時間玩這些所謂品味的東西，知識都學不完。或因這樣，丈夫在別人眼中顯得嚴肅，難以親近。她在淡水喝英式下午茶，是和姑娘樓裡的戴姑娘，她在倫敦旅行時已經知道紅茶要加糖，她喜歡看著白糖溶在茶湯裡。但戴姑娘反而不加糖，和丈夫一樣他們喜歡喝烏龍茶和鐵觀音，中式茶不加糖，喝的是茶的韻味，不能添加，如上帝一般。但她喜歡昂貴的糖沾在舌尖甜滋滋的，她的著迷神情讓戴姑娘也跟著笑了起來，戴姑娘問她嫁給牧師的生活刻苦而單調吧。她瞬間點了頭，但旋即又猛力地搖著頭，彷彿那麼用力是為了剛剛自己沒細想的念頭感到慚愧似的否認。會覺得單調是因為被柴米油鹽或者日復一日的生活給遮蔽了，是因為認識神太少了，不知神預備的生活終其一生也學不盡。戴姑娘聽她這樣說時羞愧地說這天這地這風這海都將因為妳而吹動起來。一八六〇年她的出生彷彿牽動世界的變化，茶商陶德先生在她出生那一年第一次來到台灣，她出生這一年淡水開放通商口岸，兩人彷彿等著命運交錯。道先生對茶葉嫻熟，福建安溪茶在台北丘陵地試種成效大利於市，他的寶順洋行成了她丈夫上岸後的得力資源，還好有英國領事館和商行，才能保她的丈夫在基督之名尚未聽聞之地插上十字架。寶貴和順洋行道先生總滿口生意經，說和中國人打交道要如何如何。道先生的福爾摩沙烏龍茶是她最喜歡的茶，喝了精神奕奕，丈夫好幾回喝了失眠，直說這茶比上帝的呼召還厲害。丈夫去艋舺大稻埕一帶傳教時，整條街都可以聞得到茶香。那時港口還常見到停泊的船運茶。在她出生前八年，植物獵人羅伯・福金Robert Fortune《茶鄉之旅》的書讓丈夫認識這個異鄉人，福金來到淡水時，深深被一種無刺灌木植物吸引。她記得養祖母第一次帶她來到淡水時，她也曾被這些高大植物卻被叫做「蓪草」的植物吸引，她目睹那一片盛開的通脫木景色，她的那一眼和植物獵人與她的丈夫應該是一樣的，充滿新奇的目光。丈夫當時指著遍開的通脫木告訴她，這是台灣第一種以拉丁文命名的植物，德國一位本木植物學家命名的。碩大無比的葉形七裂片，製成薄如蟬翼的蓪草紙。蓪草畫紙成了當時最流行外銷畫的用紙，廉價工匠繪畫紙上的紀念品往往受西洋人喜愛。福金就是從淡水將植株帶到英國人在廣東沿海的洋行，讓廣州十三洋行的工匠們趨之若鶩。她想像著三十幾家店內的後方聚集著兩、三百人一起在蓪草紙上作畫的光景，甚覺貿易的厲害。福建安溪茶來到臺灣北部，淡水通脫木去了廣州，就像她的先生來到台灣，又把她帶向世界一樣。買蓪草畫和紙扇子，洋人高高興興覺得沾到東方味了，可以回到巴黎沙龍或倫敦茶店大說特說旅行的獵奇了。丈夫在台灣的十九世紀末的這最後二十幾年，也正是印著Formosa Tea飄洋過海的熱門時期。她跟隨丈夫的步履來到倫敦時，他特別帶她去了Thomas Twining喝茶，她的東方臉孔錯落在彷彿看得見血管的白人身旁，像是個高貴的女王。她聽著大不列顛耳語和杯盤交錯的下午茶，明亮的午後玻璃窗外是井然有序的馬車噠噠馬蹄而過，她捏捏自己，真的來到倫敦了。東方美人茶香甜，司康餅香脆，午後高朋滿座的品茶時光，她的島嶼深山梯田的茶農與採茶少女正一畦一畦地採摘而過。傳道者在日記中寫：每年有一萬安溪人從廈門渡海來台，做著茶葉的工作。台灣工資比大陸高，有錢賺可以吸引窮漢子冒死渡黑水溝。平地人把通脫木做成畫紙，原住民則是吃它們。傳道者記錄著Barahoi Natoku，通脫木的稱呼充滿異國情調，就像她的丈夫，一如她的信仰，傳道者都是外邦人，她聽過佛教的南傳北傳，基督則是東傳西傳，陌生人的慈悲，四通八達之前是山阻海絕，一座山奔向一座海前要先山崩地裂，她要奔向她的男人之前要先付上十二年的眼淚。十二年眼淚換來二十三年的相聚歡愉，二十四年寡居，如此值得。何況表面的守寡內裡實則是守雙，主在神在。主說，你別害怕，因為有我。肯定句，簡潔完整。太陽照耀之地，茶樹飄香。如果她沒嫁給傳道者，她應該也會加入採茶或者製紙的女工行列吧。她想起茶商陶德，丈夫口中的道先生，她最後一次見到他時他正春風得意，娶了大南澳平埔女子的婚禮。婚後，她沒再見過他，偶爾商行傳來的消息是一八九〇年時他離開了台灣。道先生第二次來台灣時她才四歲，她記得道先生曾這樣笑說。源於蘇格蘭高地的相思氣候讓他喜愛上淡水的冬日，有鄉愁的霧夜，紅毛城廓外，他的背影在抽菸尋思。他偶爾來家裡作客，說的都是滿腦子奇想。他曾經租地挖過石油與探查煤礦，投入樟腦茶葉，在淡水他是她的婚姻見證人，也曾用冰塊讓丈夫高燒退去。道先生曾說起淡水的地震，讓她和丈夫聽了甚是驚訝他的記憶力如此驚人：一八六七年的地震，當時淡水坍毀的房舍中，有十七具中國人的屍體被清理出來，而淡水港興建中的一間廟宇也傳倒塌，同時，雞籠發生八公尺高的海嘯，比平時高出五公尺。在還沒有文明化之前，島嶼以打劫失事擱淺船隻為職業的人很多，上岸水手連衣服都被扒光。一八六八年，道先生在艋舺北邊的低海拔丘陵地將樟樹移植到自己的庭園，他發現島嶼完全不設法防止森林資源的竊取。深山食人族公主聲稱道先生是她的君主，拿道先生令牌等於有了護身符，遊歷群山可以免於被吃掉。她和丈夫及孩子邊喝茶邊聽著道先生的傳奇故事，聽得都彷彿上帝不存在似的著迷了。彼時港口的霧遮住了視線，退潮的海不再送異鄉人來。使徒約翰在四處茫茫的海島望天，專心等候主的到來。這世界只剩下自己與神單獨相處了，單獨與天使摔角，神和她，她和神，她微笑入夢。寡居的日子比有丈夫的日子偶爾還要歡愉。到了晚上，只有祂一人在那裡。我的殿荒涼，你們卻只顧自己的房子，Sip-ju-ke、kiu-tsuja-so十字架、救主耶穌，曠野的宴席，從海上吹來風和丈夫的聲音。

朋友笑米妮挑食，她心想我才不挑食呢，平常吃東西簡直和托缽沒兩樣，有人給甚麼就吃甚麼。她的某朋友外號饕客平常嘻嘻哈哈，也常來旅店客串廚師，宴請訂位旅客私房菜。但聚會那天饕客竟說起愛情與美食一樣無常，要把握嘗鮮的保存期限。聽得她豎起耳朵。饕客之前收到一個朋友寄來的極品自製醬料，他打電話去致謝且聊了一下近況，自製醬料的先生說很好，山上天氣秋涼，邀他近期上山品咖啡。但幾天前饕客竟接到自製醬料先生的女兒按著手機儲存的電話號碼找到他的訊息，電話一打來就說爸爸過世了。他才知自製醬料先生突然過世。唉，私房醬料自此失傳。饕客的口吻聽起來好像更可惜極品醬料的失傳。

怎麼走的？米妮更關心人如何離開地球。

聽他女兒說就是坐在客廳看電視，突然一直嘔吐，送到醫院發現腦幹溢血。饕客說這句話時正把桌上的韃靼牛肉放進嘴裡，生牛肉的血紅看得她心驚膽跳。這道菜讓她想到國家地理頻道正在播放的老虎撲殺羚羊的畫面。

島嶼妻 **等待生命被更新的人**。清晨她看著面海依山小市街，溶溶江水繞庭階，如歌的行板。她的丈夫，已經入土二十四年了，墓碑長滿了青苔。丈夫的名字卻日新月異。距離她出航世界，已過了四十五年。她在異鄉用英文演說，異邦人的英文因主而充滿了聖潔，沒有人因她的口音恥笑她。從文盲到用英文說話，這條路走得艱辛卻並不漫長。二十歲她就來到了丈夫的原鄉，在水路困難的年代，航行大海的顛簸與受限，帶著嬰兒接著旅途懷孕，異鄉生產，都成了夢境。孩子都結婚了，丈夫將兩個女兒分別許配給自己的門徒阿義阿玖，女兒的信仰也堅定，這讓她感到因主結合而萌生的奇異力量。丈夫說毫無畏懼地使用自天而降的力量，讓上帝決定不屬於你的命運，婚姻是上帝決定的，女兒與門徒，丈夫眼中的好結合，信心就是福音的載具。以前的女子靠婚配移動往後人生的落腳處，一間小小的房子遮風避雨且終結了她一生最大的艱難角色：童養媳。她搭渡船從觀音山下來到淡水這岸已過了五十多年，她對時間的感覺是環繞在人身上，人背後又拖帶著事件，事件連動著地理疆界。離開養家，十年；丈夫離開，十年，再一個十年。遲暮光陰，偶爾有人來拜訪。她從午睡裡聽見有人敲門，她一下子坐起，披了外衣趿拉著拖鞋前去開門。門外沒人，忽然傳來happy birthday，她驚喜中往外看，才發現敲門的人躲在門後，而往下看正有一些人爬坡往家裡走上來。敲門的是阿玖，笑嘻嘻地遞上來一束花，女兒捧著蛋糕。已經有電燈的屋子也沒有太亮，黃昏的小屋裡灰白著海霧，但蠟燭點上時，那慘白的霧就退去了，每張臉都像開在花香滿徑的容顏，長出了桂冠。丈夫在世時這些世間儀式都省略，但丈夫去宜蘭時卻很願意接受信眾的食物供養，他真心喜歡後山。每一回去宜蘭的同行學生組合不一，但嚴清華是永遠的跟隨者，其餘如陳騰、連和、蔡生、葉順、劉在、高振、洪安、柯玖等，最特別的一年是一八八四年的七月盛夏，傳道者讓嚴清華召集女學堂的女學生們一起來到宜蘭走踏。她看著那些女孩子開心地遊賞著風光，慕道的眼神射向自己的丈夫，她感到一種榮耀，同時又有一種吃味感升起，她突然意識到丈夫不僅屬於上帝，還屬於很多人，尤其女孩們，每個人都流露著渴仰又卻步的神情。直到女孩們叫她一聲師母時，她才突然羞赧起來，為自己有那麼一刻想要專屬於丈夫一人的念頭而感到羞愧。蜜月旅行也是跟著一群人，到哪都是一群人，只有丈夫在忙碌一天過後，回到房間時，他才是一個丈夫。她記得自己曾問丈夫為何每次出門都要帶上一些學生時，丈夫看著她的眼神，隱含一種奇怪的樣子，好像覺得她這個問題根本就不該存在。但丈夫仍然耐心地說著這樣他們才能夠對於宣教的各種工作有實際的認識，將來才能有效地服事及應付各種危機事件。每個人在旅途上都有各自不同的職務。

愛情與誓言，都是這樣孤絕。

米妮很佩服婚姻聖殿可以吐出誓言的人，更佩服吐過誓言卻可以更改誓言的人。上帝的盟約可以更改嗎？誓，打折的言語。她的腦子從愛情連結到誓言時，卻聽到饕客的女朋友笑說餐桌上擺滿食物時，若動也不動，那道菜鐵定不好吃。

旅店的廚房冰箱是最難清理的，離開的人常常有未吃竟的食物留在冰箱，未過期或過期，開封與未開封，菜葉與肉，起司與罐頭。其中被最多人留下來的就數醬料，買一罐醬料通常都會剩，有細心貼紙條在玻璃罐上的剩物比較會被後人接收，不然就多當作不明食物丟入垃圾桶了。

在我們的海工作的人一到黃昏都有個任務：餵貓。貓食有時候也會剩很多，旅客有的會贊助貓食，野貓固定出現，旅客愛拍貓影，在我們的海的露台屋瓦四處常跳躍著貓影或者窩在角落曬美體的貓兒。

島嶼妻 **晚上她來到丈夫的房間**。看著以往的旅行物件，地質槌、扁鑽、拔牙鉗、望遠鏡、拐杖、帽子，衣物，一件一件地整理，中式西式整齊地懸吊著。陶德的消息在她整理物件傳來，他逝世在北威爾斯的住宅裡。丈夫在經濟困難時曾在德記洋行預支錢，和她結婚的十年來已經在德記洋行透支七千元，如果沒有商人，上帝連房子都沒有。那時候丈夫薪水一千元，卻有五十間教堂要維持開銷。丈夫太能幹又太有效率，形成一種跋扈氣勢，和許多人都處不好，和英國領事還吵過架。黎約翰寫了九封信投訴丈夫，最後仍黯然離開島嶼。丈夫身旁仍只有她和門徒，因此他們出國時，學堂卻必須暫時關門。太厲害的傳道者苦無後人接棒，她在丈夫過世後才理解為何丈夫要把兩個女兒嫁給自己最鍾愛的門徒，也理解為何丈夫培訓兒子的用意。陶德在台灣考察樟腦與茶葉市場，認為深具潛力。滿山茶色，陶德總是請他們喝茶，她也常去淡水寶順洋行走動，陶德的買辦李春生也請他們喝過茶。她發現港口的洋行都充滿著做生意的熱情，在這座多雨多情的港灣，異邦人到處探勘島嶼，卻和她的丈夫很不一樣，她的丈夫滿腦子都是主，而洋行的人滿腦子都是錢。像陶德也積極於考察泰雅族、凱達格蘭族等部落，充滿著博物學的眼光，但心裡更多是怎麼貿易物品。陶德因為做茶葉買賣，也跨足到山區的樟腦、基隆的煤礦，甚至在苗栗發現石油。陶德還涉及政界，使他們有更多的安全感。她想起一八八四年，中法戰爭的戰場延伸至台灣，法艦於一八八四年十月進攻淡水。陶德成了通訊員，寫下了法軍封鎖淡水的《北台灣封鎖記》。他們全家最初在港口外海也是無法上岸，就是靠陶德的奔走協助才重返淡水。長得帥氣的陶德女朋友很多，頗有花花公子似的左擁右抱，看在丈夫的眼裡總是悄悄說這是個不屬靈的人。丈夫過世時，陶德來弔唁，喪禮結束的十月時節，他還帶著茶來拜訪白屋，她和他漫步在廊道，彼此聊著近況，得知他已娶大南澳平埔女子為妻，早已不住淡水了。越過大樹之後的河水大湧拍岸，東北季風已起，鐵灰色如鉛之海被風切出如刀痕的浪。一生都在島嶼港口進進出出的貿易商人在面臨老去之時是否涕淚縱橫，一生在錢潮與情海打滾，如前方的河海來去無蹤。陶德手扶著廊道的屏欄，眼神迷濛，似乎想吐露甚麼，但終究是打住了，就在這時兒子正巧騎腳踏車回到白屋，兒子取來相思樹樟木等木材將壁爐的火點燃，陶德說著自己情定平埔女子的愛情故事時，她竟在溫暖的火光中昏昏欲睡，情節不復記得。那是她和陶德見的最後一面，六年後陶德過世，他沒有闖過中國人對九的恐懼，他沒有牢記島嶼的風俗民情，不過九的生日，他不理會甚麼逢九要跳過，他搖頭說這島上的無稽之談可多了，異邦狂徒攢了錢就長了驕傲的翅膀。在七月盛夏時光，他快速如歷史翻頁，烏龍茶之父轉成後代的小說柴薪。

旅館傳道者蓋的教堂都小巧，但尖頂高高。她發現空間的重點是高度，高度讓朝拜者的視野瞬間少了壓迫感，且仰頭就是一種崇敬。一早她走去教堂，仰望十字架上那俯瞰島嶼百年的寶血之主，然後在山坡上的窄巷階梯穿梭，看看海，望望山，聆聽屬靈的心。

我行花未開，我在雨水的盡頭等待花開最末，我的所親所愛有許多人已經到了另一個世界等待新的花開。米妮從夢枕中醒來，發現那字句是夢婆的暗示。她想很久，這是甚麼字謎？花未開，花開最末，那不就是輪迴嗎？一個花未開，一個已經花開最末。淡水哪裡有輪迴之地？她靈光一閃，夢婆要她去墓地，去西洋墓區弔唁。

她穿好布鞋，推開門，發現旅館有點安靜，她想起是旅館和真理大學合辦一場台灣露天電影展與台客派對，吸引不少外國旅客去觀賞，大夥兒都出門去了。

沿路是貓路。

旅館一直是不養寵物的，貓味使旅客失眠。所以米妮很久沒有養貓了，但餵貓則延續她從童少在淡水就有的習慣。

米妮有個淡水朋友在餵貓時不慎被機車撞死，這則警示錄一直流傳在旅店，提醒餵貓時要注意安全。旅店的外國旅客最怕台灣摩托車，有的甚至開玩笑說好想在台灣開戰車，說這句話的人是入住我們的海來參加她導覽一場淡水傳道者之旅的老外威廉。威廉，不是島嶼歷史偉大的傳道者威廉甘為霖，這個威廉是漢文交換學生，二十四歲的臉龐卻看起來蒼老，他即將在獎學金結束後回到他的母國荷蘭。威廉之前來住過幾次了，每一次來，他都更成熟了。威廉看著我們的海貼有不少他從世界各地寄來的明信片，感覺像在看一個舊識，他喜歡這座海。

島嶼妻　失去丈夫庇護的女人可以獨居嗎？她想或許教會很快就會將房舍收回去，但這事卻一直沒發生。她在白屋住到晚年，直到自己捐出房子移到後方小屋，住到了台北。在尚未遷出白屋時，每當她失眠，她就在自家的博物館撫摸每個物件，火柴盒內的植物種子和葉脈，記錄著丈夫的腳程。丈夫總是把植物系分得很清楚，森林、果樹、豆科、草本、球莖、纖維、其他未命名蔬菜，寫滿植物暗藏的生命密碼。昆蟲動物也是分類得彷彿他是動物學家與昆蟲學家，台灣特有種與非台灣特有種，鳥魚、爬蟲、昆蟲、軟體動物，丈夫的田調筆記她總是讀來興味盎然，彷彿丈夫就在講台上上課一樣。「木瓜樹約有二十呎高，果實成熟時，風味佳，產生一種乳汁。」航行水手牙齦浮腫靠的是吃野生柑橘提供維他命C，植物就是上帝的代言人。她帶著孩子們吃著上帝的代言果實，啃拔仔、喫番石榴，番石榴特別親切，和丈夫一樣都有番名。丈夫告訴她土拔仔係十七世紀荷蘭人從爪哇帶來，隨口一吐籽，遍地蠻生。丈夫喜歡吃香蕉，加點糖，做成香蕉派。她第一次吃派，隨口丈夫教她英語，薄娜娜。香蕉。她覺得這名字像是一個性感的女人。她的世界，就是丈夫打開的世界。丈夫的島嶼，就是她的島嶼。神把祂的房間的棟梁安置在水裡，雲是祂的馬車，火焰是祂的傳道者。祂藉著風的翅膀行走，祂奠定大地的地基。而這個地基永遠也不會毀滅。雖然大地在變，雖然山脈被帶進海裡，我們並不害怕。永恆的神是我們的避難所。在祂之下會得到永久的庇護。她是打穀機，有著又新又利的齒。她是光和鹽，在灰燼中她上台致辭，聽者熱淚盈眶。隔天報紙寫：那晚她穿著一襲台灣本地的傳統服裝。沒有提及她的名字，而是某某的太太。她沒有名字，她是外敷「wife」。當丈夫受傷時可以被他拿來外敷用的人。她也是外夫，丈夫長年在外時她必須扮演的外夫角色。寂寞時，她望著將丈夫送上岸的海，彷彿看見海水浴場上丈夫在游泳，丈夫教著兒子游泳，但並不教女孩游泳。脫下外衣的丈夫有著寬肩、厚胸，胸膛沒有過多的肌肉，被島嶼太陽曬黑的面孔下有一雙恆定如泰山的眼睛。聽學生雲騰說，有一回他們往南港到基隆途中，丈夫跳進河水裡游泳，卻久久不見他上岸，後來看見他越出水面，雲騰立即跳下去拉他上岸時，他接近溺斃的眼神卻仍了無恐懼。還有幾次是翻船時掉入河裡，丈夫都能安然無恙。照片上的丈夫和島嶼男人比起來差不多高，他卻有過人的體力。他步行很快，連學生都趕不上。在授課之前他總是先到野地散步，散步後才吃早餐。即使在病中去世前的六個月，在咽喉手術後，他仍在近郊散步，把疼痛甩開。起先午夜醒來，床畔空空，後來她和丈夫分房睡，各不干擾。丈夫是書痴，日讀超過十二小時，清楚知道書擺放在書庫的位置。抱書比抱孩子多，耽樂讀冊，疏離的理由很正當。重視研究科學精神，擁抱各種動物，植物，礦物，醫學，番族相關的知識。丈夫是個雄辯家，當他講道時，是很活潑充滿活氣的。門徒說幼小時曾經聽見過他的講道，但至今大部分還不忘記。這讓她想起和丈夫回到加拿大時，丈夫在聚集著三千人的現場演講。演講完畢後，有一個美國人站起來說我未曾聽過這樣好的演講，如果現在有哪一個記者，能把他所講的書寫記錄下來，我就立即給他上百美金。很快丈夫就募到款，現場的人聽他的布道，都受到很大的感動。丈夫說演講感動人是因為他有不變的深邃信仰，使無神論者瞬間看見神的記號，深信主會幫助我們打勝魔鬼。他的聲音能夠導熱，將福音熱情傳遞給每一個空虛的耳朵。但這並非偶然，她每夜目睹丈夫背影，他勤讀聖經，時刻祈禱，努力工作。曾經有一個朋友問他，先生你來台灣傳道，又遭遇反對和迫害，被丟屎潑糞，被丟石頭被丟鞭炮，你為何不會失望失志呢？在縫補衣服的她頓時耳朵聽到宏亮的聲音回答著不，永不失望，我的信心就像前方的海，海湧拍岸，日夜不歇。這位原本無神論者仍是不相信地喃喃自語著為何能夠不失望呢？丈夫於是指著牆壁的十字架說耶穌是我救主，祂未曾違約，因為我相信他所說的話。沒有信仰的人連神的門都打不開，怎麼可能見到神。可是你說我們既是祂所造，那哪需要信仰，就好像我的東西透過我的指認並不需要信仰而是通過連結。以你這樣淺薄的心如何連結那樣深遠無邊的神？突然門徒阿玖忍不住代答。

在我們的海，我度過了在台最快樂的時光，有個日本旅客寄來的明信片只簡單地寫了幾個字。米妮在島嶼其他地方旅行時，也經常入住旅館或摩鐵，她常常習慣把房間的筆帶走。

近來她發現用最多的筆是來自於旅館擱在床畔櫃上的原子筆，每枝原子筆都烙印著旅館的店名，筆上的名字就是一張夜晚星圖，標誌著連鎖旅館、五星級旅館、兩三星小旅店，暗巷旅社、摩鐵、文創民宿，把筆一字排開，像是她近年移動在外或逸樂在外的微史，一張未寫的摩鐵懺情錄。

在不久之前，她整理了浴室小櫃子，竟整理出一堆摺疊式塑膠梳子，白色、咖啡色、透明色錯落，有點像是摺疊小刀造型的小梳子，不知何時成了台灣的旅館必備品，現下倒成了回憶擱淺情人或臨時戀人的時光附贈品。

這款梳子標誌著一間間身體航盡港灣的螢光地圖，或者一段段奔赴情感的短暫歇息地，見之讓她疲乏不已，卻又帶著些微感傷。

島嶼妻 **她經常聽見學堂裡的鐘聲。**學堂的學生讀書的聲音朗朗，以前在學堂附近還有學生養鷄養鴨或曬衣服的畫面，逐步在丈夫的明禁下消失了。學堂前方靜止著雙桅縱帆和漁船，船在她的目光中擁有最美的線條，船送來異鄉人，她的丈夫。她是先有丈夫才有天主，就像上帝先是造海然後才有人工船航行其中。船在淡水河畫下水的詩句，每個角度看河海都有不同的美，她以為高處平視是最美的視角。就像牛津學堂的美，不同光線投射不同的美。在尚未有牛津學堂時，丈夫在以天地為帷幕的逍遙學院授課十年，逍遙學院在神的天空下永遠不會掉磚。丈夫在設計時就想過用鋪板瓦的屋頂中，將瓦攏上，每格數尺加鋪一塊磚，使之兼具壓重之效，以抵港口東北強風，同時供日後修理屋頂時可以讓工人行走踩踏之用。屋頂俯瓦與仰瓦交織，與從福建來的紅磚與藍綠紅的彩繪玻璃輝映。紅磚上的擋水磚經常停著來聽經的鳥群，十姊妹相約群聚樹枝。所有的授課都是丈夫親自打鐘，多年來那口鐘響徹海域。銅鐘在潮濕的海湄山巔間逐漸染上了青銅色。他在生病之後，因熱燒而日夜不分，常常半夜跑去敲鐘，很多住宿舍的學生們一開始在半夢半醒間聽見鐘聲迴盪，瞬間從床上跳起，穿上制服抓著課本跑去學堂時，才發現天根本還沒亮。他們在月光下見到學堂門口站著敲鐘的校長，孤獨身影執著敲鐘。直到看見她從白屋走近，才把他領走。傳道者已成夢遊者，他仍記得要傳授聖經、天文學、地理地質學、動植物學、礦物學、生理衛生、解剖、算術、初步幾何、音樂、體操。生理衛生要到偕醫館實習，體操使用木槍，他以軍隊式的叫號令帶領學生做著伸展體操，每一個動作都停留甚久，抬頭低頭伸手踢腿擺腰跳躍。彷彿那些姿體不只是為了強身，更多是為了仰望天空凝視土地，與風比快與樹比老。有一夜她夢見海中漂流著被廢棄的神。許多被丟棄的符令神像神主牌，斷手斷腳的觀音再也無法千手千眼，黑面關公失去關刀，蓮座載浮載沉，寫著祖德流芳的木片沾滿著纏繞的海藻，連祖宗姓名都看不見。他們聯手拉著自己，直要把自己拉到海裡，她無法呼吸，只要一蹬腳浮出水面就又被拉到水裡。她快要滅頂時，掙扎著拉開那些狂拉著自己的手腳，就在快失去呼吸的那一刻她醒來，醒來時還像是嗆水似的狂咳著，吐著幾口酸口水才舒坦過來。她慢慢起身，看見昨夜的壁爐木頭都已燒成灰，未燒成灰燼的木頭乍看有點像是那些曾被丈夫丟進火爐的觀音像，讓她的背脊發了一陣涼。倒了杯水，她走到屋外，從高處望向河水，河水兜攏著霧，狂放野風尚未揚起，收束在河堤上的是微風，貓野盪在失眠的老人身旁，滬尾安靜，雨水落盡。緩慢而有節奏，毫不像夢裡的興風作浪，尤其關公持刀模樣，紅面黑面的臉像是血管爆裂，東北季風蓄勢待發，冬日即將來臨，但她想再怎麼狂烈也不會像夢中的可怕了。她在晚年逐漸看到自己，頭髮依然盤在腦後，髮色如河水成灰暗，她很清楚這二十四年自己是如何寡居的。神為何還不來接她走？二十四年的每一日每一步都是救贖，島嶼在意識深處居住著一座思想的煉獄，丈夫努力卸下舊宗教的桎梏時，卻看不見神主牌和土地神正在流淚。

霧鎖淡水，藍色大海絕跡了藍，塗抹了傷心。傷心有顏色嗎？她笑著自己這種無聊的思緒，把夢中的恐懼擺脫後，她手中的水杯也喝盡。清晨的風伴著鳥聲吹拂耳際時，她轉身進屋，走迴廊，在盡頭處彎進廚房。她突然想要吃香蕉派，用甜點壓壓驚。丈夫在筆記本上的香蕉派食譜：全蛋一個、蛋黃兩個、高筋麵粉二十五克、細砂糖五十克、玉米粉十五克、奶油七十克、香蕉兩條。做好後，放進自製窯爐，等待烤派時，她泡了一壺伯爵茶。絕配的口感，她永遠記得第一次吃香蕉派的美味，如果能從味蕾認識天使，或許比較容易布道了。烤爐裡的相思樹枝，Siu-si-a，相思丈夫的舌尖吐出的新詞。派烤好後，她坐在這間丈夫走後才蓋的兩層樓房子的外圍廊道，享受著美味的香蕉派，海不枯石不爛，但港口卻擱淺，異鄉人不再上岸。相較於有些人被異化、被醜化。她和丈夫真是幸福，連一個不好的詞都沒有。但這並非浪得虛詞，她親眼見到陳雲騰、葉順、葉俊結婚時，丈夫從自己的私錢拿出來幫助學生成婚。丈夫是第一個目睹陳火當別人借錢的保證人，結果借的人不能還錢時，找上了保證人，要陳火賠償，找丈夫求助，她看見丈夫拿出幾百塊錢幫陳火賠償。保人是呆人，丈夫說。她還看見教徒蕭大醇因病需要休養時，丈夫讓出基隆社寮島的自宅房子提供給教徒養病，蕭大醇餘生就一直住在那房子，直到死後，丈夫且讓他葬在那間房子的庭院，就這樣，蕭家子孫全信了主。從施藥到安魂，出於衷心無求的心。她在寡婦的房間靜靜回想這一切，常常想起這些往事。她終於懂得寡婦並不寡。有的寡婦為了名節守寡，但她不是，她是為了愛，為了回憶，為了回報，為了值得尊敬的人守了寡。

大多數旅館所配備的梳子都長得非常一致，一端齒列細，一端齒列粗，供迷亂髮絲歸位之用。但她的旅館為了環保則不準備這類物品給旅客。

她發現那些旅館所附贈的梳子多半很難梳，短髮好些，像她這款長髮常是只能梳梳前段和劉海，若用力梳不是齒落就是髮斷，常兩敗俱傷。她這種趴趴走的女人，住宿旅館卻習慣帶走梳子，就好像男人習慣拿走打火機一般。

她除了喜歡旅館的原子筆還很喜歡梳子，各種大小與形狀的梳子。她的袋子沒有放化妝包，但一定有把梳子好摩擦馴服她的亂髮。若忘了帶梳子出門，有時還會跑去便利商店買把臨時梳子。梳子和雨傘很像，亟需時都會臨時買個廉價品。

她有幾把祖上傳下來的上等好梳子，牛骨製梳，鑲嵌貝殼的犛牛骨梳，硨磲瑪瑙琉璃。

物是相思，物也是一種追憶逝水年華。

物件背後是使用的主人，愛它的主人，以物件來作為主人心思的最佳表達。

如果她要記憶年輕的浪旅，旅館的梳子或可說是時光印記。

島嶼妻 **這是她的最後晚餐。**她對食物念了經文，在進行食前的禱告時，她聽見丈夫沉滯的腳步聲，看見他帶著她最愛吃的香蕉派來到餐桌前。丈夫那一口清脆流利的閩南語，直到入夜，都在她的夢中宣說著神的福音語言。在台灣的前七年，丈夫在家的時間總共不到半年。這半年才現身一回的丈夫，使她晚上會瞬間覺得孤寂，但很快地仰頭看見十字架就覺得安慰。他和先祖一樣，只帶著憂傷的回憶出走。丈夫說有朝一日要和祖父一樣做出驚天動地的壯舉。丈夫可以徒步從淡水走到宜蘭，他是徒步者的繼承人。他的祖先以兩個月時間橫渡過大西洋，走上百哩路抵達加拿大。丈夫的腳程又大又快，像是被天使扛著走的使徒。她闔眼前想起自己第一次拍下照片的少女照，想起為了抗拒纏小腳遭挨打的疼痛淚水，想起那個過去怨恨的算命仙說她必須送給人養的預言，但此刻回顧一生，她卻微笑地想要感謝這算命仙，也許天使必須偽裝在他的嘴巴裡，吐出箴言。受苦也是主的安排，窗外秋天的蟬聲，帶著悲切的暗聲，送別的時刻來了。丈夫墓碑上的經文，那美麗的詩篇「眾山怎樣圍繞耶路撒冷，耶和華也照樣圍繞祂的百姓，從今時直到永遠。」願一切的榮耀歸給上帝！誠心所願！未亡人代表丈夫出席會議的象徵性已然到了尾聲。九月十五日，她病逝台北，沒有再看見這座海。她最後看見這座海是被長長的隊伍抬進滬尾的，送葬的隊伍一路從港口緩緩走到砲台埔。九月最後一隻蟬在樹梢等待她的棺木行經滿園的相思，她在黑暗中聽見秋蟬送別唧唧，聽丈夫在墳墓中高歌阮認主無驚見笑。她聽見時微笑了，是丈夫的聲音。墓碑上瀰漫夜霧的聲音，她被放在丈夫的右側，看著為丈夫而種下的竹子林正在等待抽長，她的寡婦生活打上了句號，姑娘樓也都安靜下來了。牧者夜間環坐草地看守著羊群，大湧襲來，連海神都歌詠。她是玫瑰，但丈夫從來不聞這香氣。她是沿著河走的貓，喜歡靜靜看著海。她在寡居的日記喊著她的上帝，因為只有祂知道自己那微不足道的小小哀歌。溫順的胴體在蚊帳內映著燭火的赤裸感到羞恥。她能記起的僅剩那粉塵般的蝴蝶撒下金粉，東北季風吹走了海風的熱，蒼蠅滋擾，她不想帶入墳墓的祕密，堅硬如石的睪丸如他們旅行時吃到的無花果，皺紋如她的纏腳布，流血的喉嚨如丟棄的臍帶胎盤，祖母的祕辛就是女人的眼淚，浸泡葡萄等待成酒的初秋，後院的焦糖蜂蜜都像黑白照片停格。她問兒子，她的頭發燙，受濕氣折磨的膝蓋，送行即將赴日的兒子，她知道死亡離自己已經很近了。她已經快成為迎向死神的女人，這垂死母親的臨別腐臭沒有人聞得到，別再想傷心或者榮耀的事了，那都是死神所丟棄的東西。死神不在意美醜或者榮辱，祂關心的是時間。她第一次聽見蟋蟀的叫聲如此軒昂聒噪，死前的喧鬧嚇到了她，死後的安靜也嚇到了她，滂沱襲擊的大雨，如神鷹瓜分著聖骸，從海中上升的晨曦，使她能夠看到最後的黎明。寧靜的藍眼睛，儀式結束，離開吧。神的羔羊除免世罪者。新盟約喚醒她對丈夫的記憶，他曾是她在黑暗小路茫然遊蕩的明光，在墓與墓之間遊蕩的腳步猶如前方呼喚著大海的潮聲，一閃而逝的黎明如油燈將熄，如果上帝疏忽，她就要在垂死邊緣繼續遊蕩了。還要有再另一個生命嗎？死亡長袍上的絲線被祂扯斷，她看見朝她轎子內丟進的那把鞭炮燭火，朝她丈夫丟去的石頭，幸福的桂冠與榮耀神的鐘聲響了，大雨盡頭的寡居時光終於掩上了門，死後最初的寂靜即將來到。她想起不久前在心頭揚起如盟約的祈禱文：嚴肅的死期一到，地面上一切希望與快樂也將消失，但得救與盼望是如此確切。天父求祢可憐祢將死去的兒女，請祢把我們抱在祢那永恆之手裡，將信心放在將離世的靈魂，接納我的靈魂，我將以寧靜快樂的心等候祢對我們應允的成就，在祢面前同享榮光桂冠的喜悅。在我離世之後，但願能把這約分享給朋友，願祢的恩典允許他們也能與祢擁有立約的福德。願讚美，榮耀永歸於聖父、聖子與聖靈。阿門。她最後一張肖像被沖洗出來，高懸悼念的廳堂。肖像滄桑，依然沒有微笑。她和女兒留下的照片都是沒有笑容的，因為她們的笑容早已超越微笑這樣屬世的臉孔。苦是她經歷的真相，至於女人寂寞的特質，是上帝送給敏感女人的一面鏡子。

六月二日傳道者紀念日，米妮在埔頂散步，從紅毛城走到教堂，雨水的盡頭處埋藏她的青春，中正路老街與漁人碼頭的熱鬧都是不屬靈的，只有埔頂的小徑偶有讓人放慢腳步的靈感，還有真理學堂墓碑一帶的紅磚夕陽，糯米黑糖石灰沙相伴的百年老牆，穿著學士服的她曾倚在傳道者當年興建的學堂邊，仰望屋頂的尖塔和雲朵嬉遊，一八八四年淡水女學堂開學，她彷彿看見聰明女孩如何學習知識的模樣。獨行淡水百年老房，她倚牆傾聽，姑娘樓的西洋幽魂都安靜了，夢婆夢斷。

大海，送來了傳道者。潮汐，日夜拍打著信仰的心跳聲。

穿越歷史，女子重疊，新舊米妮，在淡水拓印各自的人生。

傳道者與島嶼妻。

人子稱頌祢的名。

牆上的歷史圖片翻轉，在淡水大街小巷的無數回穿梭裡，她跟滯留淡水旅店的旅行者所說的傳道者與歷史事蹟，海洋、島嶼、淡水、學堂、聖經、醫療、旅行、日記，也暫時按下了休止鍵。

她在旅館打盹，依稀看見她的人生這時候才真正要啟航，或許也該想想要留下甚麼靈光印記在她單薄可憐的逸樂年代。夢中一個留著大鬍子的醫生曾經走進父親住的安寧病房，他對父親笑了笑，他說：「如果我們能堅忍，我想進一步不需要做任何事情就會痊癒了。」

她從這句話中醒來，想起幾年前父親住過的傳道者醫院，醫院裡的福音祝福機給了她很多的安慰，那滾動著主的字詞，讀來總是神聖又莊嚴。我們在一切患難中，祂就安慰我們。（哥林多後書1：4），她朗讀字詞給父親聽，看見父親的臉上顯現十分寧靜，從未有過的平和。

傳道者的盡頭，病人的曙光。

島嶼妻 **回憶那一日，她褪下穿了一整年的黑衣服。**在衣櫃前選了洋丈夫往昔最愛看她穿的蘇格蘭傳統服飾，在鏡子前緩慢地綁好散亂肩上的如瀑灰黑長髮，頸項戴著華麗珠貝項鍊，朝著還在朝霧中沉睡的海走去。海洋總是上帝的詩歌，她看海就見到詩。神隱神降，千言萬語。從灰姑娘變成公主童話的女人，只有她自己知道，真正的命運重點不是這個，而是她從童養媳能走到世界，作為島嶼女子的第一人，這才是海的重點，承載著離去與抵達。也只有她知道這不是童話，這是神話。神的話語，透過她來示現。天津條約戰敗國為她帶來希望，開港通商，商人上岸，傳道者上岸，而她在觀音山腳下出生，神曲開唱。纏足不成，世界才走得成。她的蜜月旅行，沒有流奶與蜜，而是徒步跟著丈夫拜訪北部教會，她的作用在這時候彰顯，她使洋丈夫傳教更順利。她知道這婚盟原先是沒有摻進愛情成分的，一切都是使命，傳福音傳福音傳福音，連生的孩子都是屬靈的，上帝的兒女。結婚前三年，朝代已從同治轉換成光緒。她與閔虔益牧師夫人，從事教會婦工。丈夫在世時，一切都顯得如此美好。如今一切彷彿都黯淡下來，一切都慢了下來。丈夫最初生病的消息讓許多人吃驚，且後面更吃驚的是病魔的速度調快了腳步，丈夫衰朽的模樣仍撐住希望。使她不覺得他會就此離去，那年她才四十一歲，而丈夫也才五十七歲，一甲子都尚未過完，之前精力旺盛如牛，誰會想到她的丈夫即將離去。最後一次陷入譫妄似的夢是他夢見他童年在左拉村時夢見一頭驢子闖進家裡，把所有的東西都吃掉，窗簾地毯盆栽玻璃杯衣服，最後這隻驢子跳到聖壇上，將聖經要生吞活剝進喉嚨時，他醒了過來。丈夫告訴她這個夢之後，她攙扶丈夫起身，在清晨淡水的幽靜潮濕的露氣中往屋外走去，花草芳菲的小徑上，她和丈夫靜靜緩緩地走向渡口，她見到市集的人，上岸的商人，紅毛城領事館裡午後四點一刻被端出的紅茶、杏仁糖、巧克力、牛奶糖……丈夫呢喃低語，佇些攏變成真遙遠的回憶嘍。丈夫拍拍她的手臂又說，只有阮作夥欵記憶永遠勿消失。她是丈夫在島嶼關係的最後一人了，她也是他的助手、心腹，是丈夫宣說福音時激情的聆聽者，也是夜晚銷魂的陪伴者，她代替上帝安慰他，他可以在她面前卸下毫無缺點的布道一面，可以蹺腳挖鼻孔蹲茅房，可以毫無遮掩地只剩情慾的裹屍布。她也曾悄悄吃醋過，當她見到丈夫被女學堂的學生簇擁時。但這都是遙遠的往事了。又是五月了，他們初入伊甸花園的夜晚也是五月，木棉血花剛落盡最後一抹，油桐如雪染白了山頭。現在也是五月，這一季彷彿轉瞬即逝，他們望著海。她知道這將是丈夫最後一次看海了。她眺望著丈夫的來處，海把丈夫送來島上，但再也不會把他送走了。

一八七七年在新店染上天花的傳道者，在發燒頭痛肌肉痛的疼痛中，最初以為是感冒，接著咽喉黏膜與皮膚冒出紅疹，呼吸道與皮膚皰疹分泌病毒。傳道者沒有趕上人類登上月球那年滅絕了天花。她聽見自己在導覽故事時，有旅客的竊竊私語。她也得過水痘，唯一留下出水痘的證據是臉上有兩個細小如綠豆的瘢痕，破掉的紅疹留下了凹洞。

大人說這是出痲，一個孩子出痲全部的孩子都一起出痲，聽起來像是集體遊戲。

海風吹進，放在米妮書桌前的傳道者日記，被風吹跳翻著最後幾頁，彷彿夢婆傳來的電報，堅信者最後的文字：

1900.12.26

更冷，颶風與灰塵。下午四點見醫生。

1900.12.28

四處走走。讀書讀到疲憊。下午四點見醫生。

1900.12.29

如果我們能堅忍，我想進一步不需要做任何事情就會痊癒了。

1900.12.30

長時間在沉思與禱告。

1901.1.6

花很長的時間閱讀詩篇。

1901.1.26

每一天在藥物的影響下，很不幸，很悲慘，晚上都沒睡好。

1901.1.27

整天待在家裡，僅僅安慰的上帝在側，天清氣朗。

1901.2.10

晚上九點注射嗎啡。

1901.2.12

有好的睡眠，感覺比較好。

日有日的榮光，月有月的榮光，星有星的榮光。

在旅店的長廊裡，她懸掛著幾幅自己的攝影作品之外，其餘裝飾著複製的黑白輸出影像，關於滬尾早期的老照片，傳道者前後時代的淡水老照片，往往吸引的人只是她自己，大多數人在行經影像時尋常只是瀏覽而非閱讀，而她是盯著影像目眩神迷起來，一股故事衝向她來的晃動感。

寄給大海的明信片：天父的時間難以計數。

她的導覽字詞停留在「栽種在好土裡的，就會發生長大、結實。」牛津學堂牆上大理石板上刻的字句。

她一次又一次和旅客告別，相忘江湖，明日天涯。

導遊，敘述的字詞已然來到雨水的盡頭。

導覽者，進入安息日。

夢婆傳輸的夢語夢境，已進入靜默的尾聲。

維若妮卡的手帕倒映出兩張臉：雙面米妮。

（全書完）

【後記】

命運交織的抵達及其神祕

直到我旅行異鄉多年之後，我才看到我的淡水是一座如此混雜著異鄉情調的多雨小鎮。

在我就讀淡江時，人生交織的只有知識與愛情，沒有家族沒有歷史，青春生命活得彷彿無身世的人，直到青春燃盡，才看見每個人都是故事的繼承者，歷史的建構者。

淡水是我人生最重要的地景：第一次離家，第一場愛情，第一回遊河。但離開大學城之後，我即離開淡水，除了短暫幾年曾在台北工作外，我一直在路上。

自此故里與異鄉這兩條交錯列車不斷地擦撞著我的生命板塊，我遇過無數的異鄉人，遭逢無數人與人的故事，高原平原冰原草原……地景如列車上不斷退後的模糊風景，最後自己也成了故里的異鄉人，異鄉的陌生人，列隊的失語者，時光的背對者。所到之處是異鄉，往事也是異鄉。

往事如異鄉。

生命的異域，感情的異地，錯置的靈魂，如雪絮飄飛，如鏡面倒映。

返鄉的異鄉人

離鄉多年之後，我又住回了淡水河沿岸，沿河而居的生活對撞著異鄉旅途，總使我想起無數異鄉人的臉孔，異鄉人在故里與異地發生的際遇。這和我過去書寫的旅行系列不同的是，我過去的旅行書寫僅關注在我自己的當下旅程與我心儀的藝術家故事的彼此對撞，旅行時空並未拉大，自我的歷史也沒有參與進來，當然也不曾將島嶼重新安置在「異鄉人」的歷史與目光之中。

我的第一篇短篇小說〈怨懟街〉也從淡水出發，以淡江墮落街為原型的愛情小說，但小說裡看不見淡水的歷史，只餘個體的青春哀歡。早期曾獲得聯合文學小說新人獎的〈怨懟街〉，多年後，連綿延展擴大成三十多萬字的《想你到大海：百年前未完成的懸念，來到了雨水的盡頭》。

一八六〇年，一只條約讓淡水開埠，一個女孩從此出生。一八七二年，一個傳道者上岸島嶼，這一年童養媳女孩的小丈夫過世，歷史轉彎，他們等著相遇。我開始對歷史有了想像的熱情（雖然自我的生命故事依然纏綿不休）……

雨水的盡頭——滬尾，這樣詩意的名字，常使我想起多年前那個剛剛離開母親的女孩，爬著克難坡或者徒步走到海邊的青春歲月，這多雨潮濕的小鎮，讓女孩多次佇立碼頭望著渡輪送往迎來。在紅毛城與教堂或者砲台埔拍下大學畢業照時，我只知道有一天我要離開這座海，迎向我的新世界，我要乘海離鄉，這一離多年，直到近年母親中風倒下，親情把我的雙腳牢牢釘在島嶼，且如此地靠近我的青春之城。

母親成了病人，長期往返淡水竹圍馬偕院區。

當這本小說還在修改的路上時，母親卻已然住進了小說人物的現場。

今昔對照的命運

我總覺得是小說之神將母親召喚到馬偕醫院的，因為我動筆寫《想你到大海》大約已是七年前的事了，靠近馬偕醫院後，使我更有感於當初一個異鄉人提著醫藥箱和聖經上岸的歷程，但人物故事已然被神化和刻板化，使我寫起來非常綁手綁腳。於是最後我用一種既熟悉（畢竟我從十八歲起就在這條河流生活，從淡江女孩到淡江一姊）又陌生（歷史通過陌生化的眼光再次給予新的敘述），比如書寫首次從島嶼出發海陸旅行世界的張聰明的「旅行筆記」，旅行筆記的擬仿之音，其實也是作者旅程的魅影幽魂再現。

很多年後，當我從世界歸來島嶼，我才驚訝地發現自我過往的旅程無形中覆轍交織著張聰明的旅程，她的旅程如此堅貞，和我是如此地不同。小說原本寫四十二萬字，最後我把自我的旅程剪去，只獨獨留下張聰明的旅程書寫，以一個「擬仿」的我，書寫張聰明的旅程心情，以一種「筆記」體，去假想她的旅程所見所聞。當然小說是一種虛構，建構現實的旅程之下，她的所見所思當然是作者的「再造」。因而小說裡多以「傳道者」「島嶼妻」稱之，人物採集自歷史，但已演化成小說。小說出現的當代外國旅人名字，都是過去曾經到過淡水的異鄉人，將過去與現代重疊，賦予歷史幽魂新的復活。重新對異鄉人探勘，把他們還原成遊子，來到島嶼開天闢地的想像書寫，以心境的描述來對應際遇的荒謬性。

小說兩條主線，一是以淡水旅店「我們的海」的章米妮為主敘述（以張聰明護照上的英文名字Minnie為對照組，使今昔淡水女孩的樣貌呈現劇烈的差異，兩個不同時代的米妮映照出時間的軸線）。章米妮在淡水繼承祖父輩這間老旅店，同時當解說員地陪，以此帶出另一條傳道者與島嶼妻的歷史敘述。串聯這兩條主線的是島嶼不死的靈魂「夢婆」，只要米妮一靠近夢枕，夢婆就會傳輸文字給她，夢婆無性別，他是一個敘述者。小說通過夢婆「轉述」「轉印」，又多了小說歷史的曖昧性與不確定性。

抵達的神祕與荒涼

我且刪掉了母親住院馬偕的種種過程，因為這是我的下一本長篇小說《帶你上高原》書寫的起源，一個女孩為了母親的送終之旅，抵達高原的種種際遇與變化。

換言之，異鄉人系列已然成形。

我的下一本小說也已經在動筆了，將再轉換地景，由大海來到充滿轉山生死隱喻的高原。島嶼迎來異鄉人，異鄉人離開島嶼。文明交會，際遇交會，熟悉與陌生交會，故里與他鄉交會，現實與虛構交會。

如此產生了新的系列書寫，觀看事物也有了新的方式。在一座移民混血之島，不可忽視的多元文化與種族，領著我朝異鄉人的複雜性走去。我的寫作生涯一直都在島嶼，因而這座島嶼注定成為我的出發與抵達的座標。

我的人生又曾經四海雲遊，這個現實也注定了有朝一日，我的旅行觀看不會只是散文書寫，其複雜性與黑暗面勢必要回到小說。身為職業寫作者與半雲遊僧，我無法只寫一個城市一座島嶼。儘管寫異鄉人，是有些壓力，因為我的書寫和當今標榜的旅行浪漫是逆反的。但我認為真正的異鄉人是永遠無法不帶著故里去看世界的，嚴肅的旅者永遠懷著自我也懷有他者，對於歷史與文明保有開放性的探索。

我終其一生都將省思與探勘我的故里與他鄉，同時思索與想像異鄉人是如何改變自己與一個地方的命運。

我們都是天地的旅人，天地供我們借居，天地使我們行走。我們何能自鎖一方？如要解鎖，最先就是得注目自我。然一個無視自我的人將看不懂他者，而一個只視自我的人當然也是無從昂揚他方的。

當我在二〇一一年出版島嶼三部曲最終曲《傷歌行》之後，我把目光調回兩個視點：故鄉裡的異鄉人，他鄉裡的故里人。當時提筆想書寫異鄉人還有一個原因是因為我的長篇小說《短歌行》日文譯者上田哲二先生驟逝，一個耕耘台灣文學的日譯者，使我想要以小說來書寫島嶼的異鄉人，但彼時他的故事太靠近筆端，太近而失焦，且靜筆尚未沉澱，於是我把筆墨推向我的淡水，這座曾讓異鄉人在多霧的夜晚思起蘇格蘭祖上鄉愁的小鎮，於今似乎只剩下河岸的燒烤與觀光客了。

在書寫《想你到大海》時，我的母親病房正巧來了印尼看護阿蒂，於是之後我的異鄉人書寫系列，也將擴大至東南亞。

於此時代，科技一個按鍵就把我們帶到世界，但那其實是一個既存在又不存在的擬想世界，因為個體看到的螢幕世界，手指一「滑」就成了過眼雲煙。

我以為唯有個體真正踩踏行旅他方，或者真心感知來到自我世界的異鄉人故事，如此才有可能在面臨異文化的同化過程產生對磨合歷程的深刻同理與尊重。

如同我喜愛的作家奈波爾（V. S. Naipaul）所描述的古典世界——那個之所以成就今天的我們，卻已然遭我們遺忘的世界。

我們善於遺忘。

書寫者如我，心中卻常浮現漂泊的旅人，在陌生的城鎮，歷盡滄桑的生命，這些生命是我個人雲遊他方的夢境。是時間，也是故事。是歷史，也是個人。

異鄉人的光芒與黑暗

犀利敏銳的旅行者保羅．索魯（Paul Theroux）曾說旅人本質上都是樂觀主義者，否則他們絕不會到任何地方去。

在我的異鄉人小說系列第一個上場的異鄉人傳道者即是一個樂觀主義者，且還是一個嚴厲的實踐者。因為這樣，他改變了自己的命運、改變了抵達之地、改變了歷史的發展、改變了在地信仰、改變了中西愛情的可能。這樣的異鄉人，在我心中是複雜的，是極其光芒閃爍的表象之外有其自我的黑暗。一個傳道者，最終以「失語」，告別雨水的盡頭。

我常常在醫院照顧母親時，想著小說的尾聲隱喻。如此靜默的哀愁。窗外滬尾，卻是如此地喧騰騷動。在充滿藥水味與蜂鳴器不斷響了又靜止的空間，我完成了遲遲因為現實經濟而擱淺多年的《想你到大海》，百年前未完成的懸念是甚麼？小說讀畢，懸念才能終了。

異鄉人在我的筆端交織拼貼成一個小說家獨有的「世界」：有人情「世」故，有邊「界」移動，有古代有現代，有大海有高原，有城市有山林，有酷暑有雪獄，有繁華有荒涼，有婚配有寡居，有逸樂有救贖，有獲得有失落，有掠奪有給予，有和解有仇恨，有不思善有不思惡，有光亮有黑暗。他們其實也是鏡中之我，個體的微型。

這也是抵達之謎，創世記之指即將碰觸，際遇可能一觸即發。我一直著迷一個地方生活著許多來自不同地方的各色人等，不同的面貌與經驗交織交融。彷彿回到唐朝長安城第一次發生異邦文明的華麗大熔爐的進程。

移動帶來新的目光，目光重新折射命運的地圖。於是，舉步即異鄉，異鄉也是同鄉，他鄉也是此鄉。

《最後的情人：莒哈絲海岸》

這一趟旅行走了二十年，
鍾文音最著魔與依戀的生命之旅，
她寫作，她愛情，她走向莒哈絲出生，
烈性創作，成名風光之地，
歷經波濤洶湧，也義無反顧，
台灣最完整一本收錄莒哈絲與自己的連結之書。
鍾文音寫給莒哈絲的一封文學情書~~~

《憂傷向誰傾訴》

一座城市。一聲召喚。三個憂傷的靈魂。
這是記憶與紀行之書，也是倫敦微攝影之旅。
鍾文音與詩人普拉斯，作家吳爾芙的綿密對話。
從童年，性別，寫作，愛情，異鄉為起點，
以孤獨，決離，靜默為終點，
女子們熱烈情感在字裡行間飛揚，
過往與現刻有了雙重，三重，四重，多重對話，
旅途上，分不清誰是普拉斯，誰是吳爾芙，
或者誰是鍾文音……